W0086062

SCIENCE FICTION

Herausgegeben
von Wolfgang Jeschke

Von **SHADOWRUN**™ erschienen in der Reihe
HEYNE SCIENCE FICTION & FANTASY:

HANS JOACHIM ALPERS

DIE AUGEN DES RIGGERS

Zweiter Roman der Trilogie
**DEUTSCHLAND
IN DEN SCHATTEN**

Elfter Band
des
SHADOWRUN™-ZYKLUS

Originalausgabe

WILHELM HEYNE VERLAG
MÜNCHEN

HEYNE SCIENCE FICTION & FANTASY
Band 06/5105

Redaktion: Rainer Michael Rahn
Copyright © 1994 by Hans Joachim Alpers
Die Kapitelüberschriften sind Songtitel von *The Doors*,
The Rolling Stones und *Radio Birdman*
Die Kapiteleinleitungen sind Zitate aus:
Michael Immig & Thomas Römer (Hrsg.):
Deutschland in den Schatten.
Copyright © 1992 by Fantasy Productions, Erkrath
Die Karten auf Seite 6 und 7 zeichnete Dietrich Limper
Umschlagbild: Jim Nelson
Umschlaggestaltung: Atelier Ingrid Schütz, München
Technische Betreuung: Manfred Spinola
Satz: Schaber Satz- und Datentechnik, Wels
Druck und Bindung: Elsnerdruck, Berlin

ISBN 3-453-07757-1

INHALT

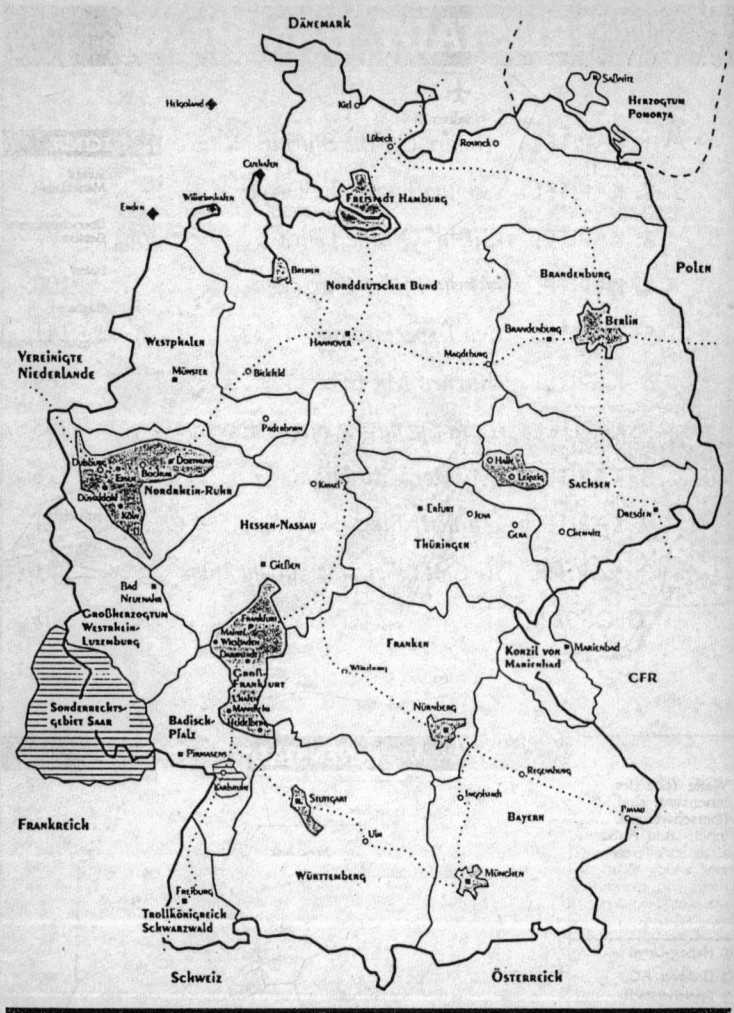

DÄNEMARK

Helgoland
Kiel
Cuxhaven
Lübeck
Rounck
Saßnitz
HERZOGTUM POMORYA

Emden
Wilhelmshaven
Bremen
Freistadt Hamburg

Norddeutscher Bund

Brandenburg
Brandenburg
Berlin
Polen

Vereinigte Niederlanden

Westphalen
Münster
Bielefeld
Hannover
Magdeburg

Paderborn

Duisburg Dortmund
Essen Bochum
Düsseldorf
Köln
Nordrhein-Ruhr

Hessen-Nassau
Kassel
Halle
Leipzig
Sachsen
Dresden
Erfurt
Jena
Gera
Chemnitz
Thüringen

Gießen

Bad Neuenahr
Großherzogtum Westrhein-Luxemburg

Franken

Konzil von Marienbad
Marienbad
CFR

Frankfurt
Mainz
Wiesbaden
Darmstadt
Groß-Frankfurt
Offenbach
Hanau
Mannheim
Heidelberg

Sonderrechts-gebiet Saar

Badisch-Pfalz
Pirmasens

Würzburg
Nürnberg
Regensburg
Ingolstadt
Passau

Frankreich

Karlsruhe
Stuttgart
Ulm
Württemberg
Bayern
München

Freiburg
Trollkönigreich Schwarzwald

Schweiz
Österreich

DIE LÄNDER DER ADL

- ● Freiburg > Landeshauptstadt
- ● Heidelberg > Verwaltungszentrum
- ○ Ulm > Großstädte
- ◆ Emden > Arkoblöcke
- ▨ > Sprawl
- ▤ > Sondergebiet
- ⋯⋯ > Transrapid

FREISTADT HAMBURG

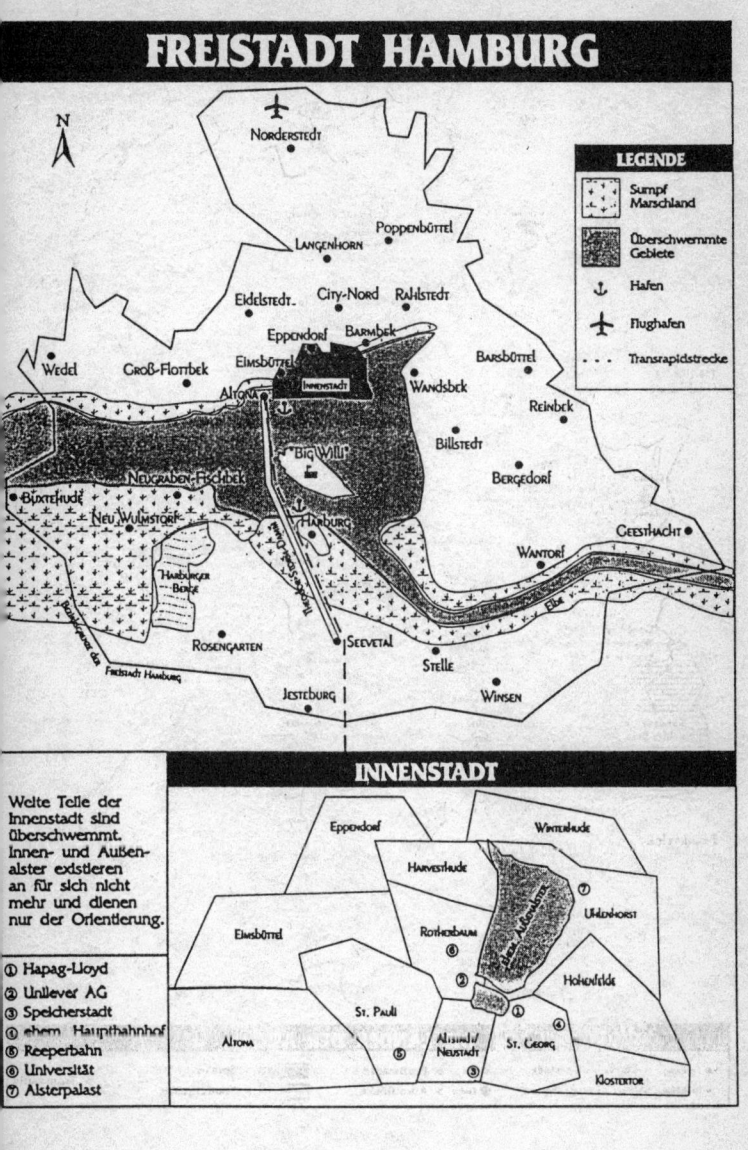

LEGENDE

Sumpf / Marschland

Überschwemmte Gebiete

Hafen

Flughafen

Transrapidstrecke

Norderstedt

Poppenbüttel

Langenhorn

Eidelstedt · City-Nord · Rahlstedt

Eppendorf · Barmbek

Elmsbüttel · Barsbüttel

Wedel · Groß-Flottbek · Altona

Innenstadt

Wandsbek

Reinbek

"Big Willi"

Billstedt

Bergedorf

Neugraben-Fischbek

Buxtehude

Neu Wulmstorf · Harburg

Geesthacht

Wantorf

Hamburger Berge

Elbe

Rosengarten · Seevetal

Stelle

Jesteburg

Winsen

Freistadt Hamburg

INNENSTADT

Weite Teile der Innenstadt sind überschwemmt. Innen- und Außenalster existieren an für sich nicht mehr und dienen nur der Orientierung.

① Hapag-Lloyd
② Unilever AG
③ Speicherstadt
④ ehem. Hauptbahnhof
⑤ Reeperbahn
⑥ Universität
⑦ Alsterpalast

Eppendorf

Winterhude

Harvestehude

Elmsbüttel

Rotherbaum ⑥

Eppendorf

Uhlenhorst ⑦

St. Pauli

Hohenfelde

Altona

Altstadt / Neustadt

St. Georg ④

⑤

②

①

③

Klostertor

1. KAPITEL

›Riders On the Storm‹

Die Tradition der Hexe ist uralt: Bereits die Antike kannte die zaubermächtige ›Striga‹ oder ›Maleficia‹ und fürchtete sie. Im Mittelalter jedoch galt – entgegen der landläufigen Meinung – schon der Glaube an die pure Existenz von Hexen als Ketzerei. Erst die Neuzeit brachte die furchtbaren Hexenverfolgungen, in deren Verlauf unzählige Frauen, aber auch Männer Verleumdungen und Aberglauben zum Opfer fielen. Die Deutung dieser Zeit reicht vom Frauenhaß der Kirche über eine bewußte Tötung der kräuterkundigen Hebammen bis hin zur versuchten Ausrottung verborgener Kulte naturverbundener Gottheiten.

Letztere Interpretation gewinnt vor allem seit der Mitte des zwanzigsten Jahrhunderts Anhänger – weniger unter der Wissenschaft als in den Kreisen ›neuer Hexen‹ und Weiser Frauen, die in dieser Zeit zum erstenmal an die Öffentlichkeit gingen. Aus Teilen der Frauen- und Ökologiebewegungen sowie älteren esoterischen Traditionen entstand zuerst in den damaligen USA eine neue Kraft: Namen wie Gardner, Sanders, Starhawk sind nur Beispiele für den besonders um die Jahrhundertwende aufblühenden Wicca-Kult, der vor allem der Großen Göttin der Natur gewidmet ist.

Dr. Natalie Alexandrescu:
Hexenwesen und andere Naturmagie in der ADL,
Deutsche Geschichte auf VidChips
VC 24, Erkrath 2051

Ein kalter, steifer Nordwestwind peitschte die Wellen. Der Wind schmeckte nach Salz und Petrochemie, was eine widerliche Mischung war, die sich erfahrungsgemäß selbst nach einem doppelten Aquavit nicht vom Gaumen lösen wollte. Immerhin vertrieb die Brise den durchdringenden, chlorgeschwängerten Waschküchengeruch, der mit dem Nebel der vergangenen Tage über dem Wasser gehangen hatte. Die Piraten hätten es allerdings lieber gesehen, wenn der Nebel sich noch ein paar Stunden gehalten und mit dem Dunkel der Nacht zu einer undurchdringlichen schwarzen Suppe verschmolzen wäre.

Im Südosten, gut zehn Kilometer entfernt, schimmerten die Lichter der Arcologie Bremerhaven herüber. Die wandernden Hologenkegel der Suchscheinwerfer blinkten aus dieser Entfernung wie die harmlosen Lämpchen einer Christbaumgirlande. Aber sobald ein größeres Luft- oder Wasserfahrzeug in den Radius der fünf Kilometer umfassenden Sicherheitszone geriet und nicht den gültigen Sicherheitscode funkte, wurden die Lämpchen zu Raubtieraugen, unter denen sich gierige Rachen öffneten, die eine tödliche Fracht ausspuckten. Aber die Piraten hatten nicht die Absicht, es mit der Feuerkraft der Arcologie aufzunehmen, und hielten sich deshalb in gebührendem Abstand.

»Kein Wetter für Pinkel, die ihre Glatze unter einem Toupet verstecken«, schrie Druse herüber, der sich wie Pandur gegen den Wind stemmte, während er mit einem Lappen über die Auswurfschienen des Katapults wischte.

Pandur prüfte im Licht einer abgedunkelten Niederfrequenzlampe die Munitionszuführung der Minikanone und verzichtete auf eine Antwort.

Wenig später hatten die beiden Männer die Routineinspektion ihrer Wamos abgeschlossen, die in die Startbuchten am Bug des Hovercrafts eingeklinkt waren, und kehrten zur Brücke zurück. Ihren glatten

Monturen aus dunkelrotem Syntholeder vermochten weder der Wind noch die aufspritzende Gischt etwas anzuhaben, aber da sie ihre Helme noch nicht aufgesetzt hatten, wurden ihnen die Haare stromlinienförmig nach hinten gedrückt. Für Sekunden gerieten die Köpfe der Männer in den Lichtkegel einer der beiden Lampen. Druses kantiger Schädel sah mit der rote Fahne seines Kraushaares aus, als habe er Feuer gefangen. Seine Stirnbuchse wirkte dabei wie eine Kopfschußverletzung, und die vernähte und längst vernarbte frühere Hasenscharte zwischen Mund und Nase ließ ihn zusätzlich wie das Opfer eines Beilhiebes erscheinen. Mit seinem energisch gestutzten, kurzen blonden Haar wirkte Pandur dagegen eher wie ein struppiger Punk, dem ein eigensinniger Friseur vergeblich eine Dauerwelle aufzwingen wollte. Seine Stirnbuchse lag ebenfalls frei. Die asketisch strengen Gesichtszüge mit der wie Pergament gespannten blassen Haut, die leicht gekrümmte Nase und die tiefen Schatten unter den Augen signalisierten körperliche Zähigkeit und zugleich eine Art von geistiger Müdigkeit und Entrücktheit, die an Selbstverlorenheit grenzte. Es schien, als würden die Elemente für einen Moment sein Innerstes auf seinem Gesicht abbilden. Der Moment verging, und zurück blieben starre Linien, die eiserne Entschlossenheit ausdrückten, seinen Job bestmöglich zu verrichten, und nichts weiter.

Du bist ein Profi, und damit hat es sich!

Pandur senkte den Kopf gegen den Wind und stapfte weiter, immer eine Hand an der Reling, die Dünung des Schiffes mit den Knien ausgleichend. Unter der Synthojacke drückte sein Cyberdeck schmerzhaft gegen die Rippen. Es war albern, es dauernd mit sich herumzuschleppen, und er bekam oft spöttische Bemerkungen darüber zu hören. Er war seit der Aktion bei Renraku nicht mehr in die Matrix gegangen. Aber so sehr er auch mit der Vergangenheit gebrochen hatte: Von

11

dem Deck hatte er sich bisher nicht trennen können. Im Gegenteil, er klammerte sich geradezu daran. Es war sein Talisman und zugleich Symbol einer verlorenen Identität. Er redete sich selbst ein, ohne das Deck in einen Strudel hinabtauchen zu müssen, der sein ganzes Fühlen und Denken auffressen und ihn als seelenlose Maschine wieder ausspucken würde. Und vielleicht hatte er mit dieser Befürchtung sogar recht.

Wünscht du dir nicht manchmal, eine solche seelenlose Maschine zu sein, um in dieser Welt besser zurechtzukommen? Warum wehrst du dich dagegen? Du bist ein Bündel von Widersprüchen und solltest dich endlich mal auf eine Linie festlegen!

Unwillkommene Gedanken, in diesen Minuten so überflüssig wie ein Kropf, sogar gefährlich und verdammt unprofessionell.

Kapiert das endlich, ihr verdammten Synapsen!

Endlich hatte er die Tür zur Brücke erreicht, zwängte sich als erster hinein und genoß die stickige Wärme.

Die *Broken Heart* hielt sich mit Viertelkraft der Bremsdüsen in Position, um nicht vom Wind und von der Flut noch tiefer in den Weser-Jade-Busen gedrückt zu werden, ein Ergebnis der letzten Flutkatastrophe, von der die norddeutsche und holländische Küstenlinie einschneidend verändert worden war. Brack, der Rudergänger, hatte keine Mühe, den Hovercraft unter Kontrolle zu behalten, während Käpt'n Tupamaro gerade mit einem Nachtsichtgerät den Horizont absuchte. Wie immer trug sie ihren Colt Manhunter offen in einem klobigen Holster am Gürtel, als sei sie eine Killerlady aus einem Spaghettiwestern. Auf der anderen Seite baumelte ein Betäubungsschlagstock. Sie sah kurz auf, als Pandur und Druse zurückkehrten, sagte aber kein Wort. Tupamaro gehörte nicht unbedingt zu den Schweigsamen im Lande, aber in solchen Momenten demonstrierte sie gern ihre angebliche Ausgeglichenheit, verkaufte sie als Wortkargheit. Eine Fassade, die in

Situationen echter Anspannung zerbröselte, wobei sich unbeherrschte Aggressionen in wilden Zornausbrüchen entladen konnten. Tupamaro war ihr selbstgewählter Piratenname, aber wegen ihrer Exzesse bei einigen Kämpfen wurde sie hinter ihrem Rücken manchmal Blut-Steffi genannt. Ob Steffi ihr richtiger Vorname war, wußte allerdings niemand so genau. Es interessierte auch niemanden. Oder doch? Pandur ging durch den Kopf, daß Druse sie vielleicht so nannte, wenn er es ihr im Bett besorgte. Aber Tupamaro paßte wirklich besser. Wahrscheinlich auch im Bett.

Pandur und Druse gesellten sich zu den anderen, zu denen außer Tupamaro und dem Rudergänger noch zwei Männer und eine Frau gehörten, die Männer bis zu den Zähnen bewaffnet und verdrahtet. Die Frau, schon älter und in eine Art Tunika aus schmutzigblauem Leinen gehüllt, war blaß und ungepflegt, wirkte irgendwie so, als sei sie gerade nach wochenlangem Darben aus einem Kellerloch gezerrt worden. Absurderweise nannte sie sich Lady X und war praktizierende Hexe. Carlo, der kleine und ältere der Männer, bediente außerdem den Funkcomputer und holte fiepende Codes von den Schiffen herein, die sich fernab von ihnen in der tiefen Fahrrinne bewegten. Die *Broken Heart* hatte nur einen geringen Tiefgang. Tupamaro nutzte dies aus, indem sie den Hovercraft über den Untiefen kauern ließ, die bei Ebbe als Sandbänke aus dem Wasser ragten. Früher waren das einmal künstliche Wurten, Deiche und andere Erhebungen gewesen, inzwischen dienten sie zumindest bei Flut als Meeresboden. Reklamegirlanden wie die anderen Schiffe brauchte der Piraten-Hovercraft erst recht nicht. Deshalb verzichtete man auf Positionslichter. Die Brücke war abgedunkelt. Es brannten nur einige abgeschirmte Niederfrequenzer, die ein diffuses, bläuliches Licht verströmten, das aus der Ferne kaum auszumachen war. Das Schiff würde zwar auf den Radarschirmen der

Schiffe auftauchen, aber kaum Aufsehen erregen. Es gab hier reichlich Bauwerkreste, ehemalige Hafenkräne, zusammengeschobene, aufgetürmte Autowracks und andere Relikte aus früheren Tagen, die aus den Fluten ragten und das Radar irritierten.

Die verdrahteten Samurais waren Troubleshooters, die Eingreifreserve, außerdem Tupamaros Leibgarde. Die eigentliche Entermannschaft bestand aus weiteren achtzehn Piraten, zwölf Männern und sechs Frauen, und hielt sich unter Deck auf. Einige davon lümmelten an den Geschützen oder den Geschützcomputern herum, während sich der Rest wahrscheinlich dösend oder saufend die Zeit vertrieb, obwohl Tupamaro jedem an die Gurgel ging, den sie im Einsatz mit einer Pulle, mit Drogen oder einem BTL-Chip erwischte.

Gemeinsam starrte die Brückencrew zu den Lichtern der Arcologie hinüber. Aus der Ferne sah er wie die Lichtsilhouette eines hoch über die Wellen aufragenden Schiffes aus, aber in Wahrheit ragte die Arcologie mit fünfhundert Metern Kantenlänge fast zweitausend Meter empor und ließ dagegen jeden Ozeanriesen wie einen Zwerg erscheinen. Den Kern bildete ein Quader, der sich im Bereich der letzten dreihundert Meter zu einem Pyramidenstumpf verjüngte. Eigentum von Proteus.

Niemand wußte genau, welchem Zweck die Arcologie diente. Proteus sprach lediglich von Forschungsvorhaben, was alles bedeuten konnte. Der multinationale Megakonzern hatte vielfältige Interessen in allen wichtigen HighTech-Bereichen. Die Belegschaft, international zusammengesetzt, wurde hermetisch von der Umgebung abgeschottet. Gewiß war nur, daß der Megakon nicht nur expandierte, sondern förmlich explodierte und weitere Arcologien baute, die schon jetzt als Arcoblocks die norddeutsche Küstenregion dominierten. Das Bestreben von Proteus, sich in den festungsähnlichen Arcologien abzuschirmen, ließ nichts Gutes ahnen.

»Die Arcoblocks von Helgoland bis Emden werden wir uns als erste schnappen«, sagte Tupamaro leise, »wenn wir erst einmal die Freibeuterrepublik Friesland ausgerufen haben.«

»Hirngespinste«, erwiderte Pandur ohne Schärfe. »Eher geht ein Kamel durch ein Nadelöhr, als daß sich die Freibeuterkapitäne jemals einigen werden.«

Tupamaro sah ihn wütend an. »Hast 'ne verdammt große Klappe an Bord *meines Schiffes*, Chummer!«

»Damit fängt es schon an, Käpt'n«, entgegnete Pandur, der vor Tupamaro Respekt, aber keine Angst hatte, was ihn von den meisten anderen an Bord unterschied. »Du duldest an Bord keinen Widerspruch, und von einem anderen Kapitän läßt du dir erst recht nicht reinreden. Und die anderen Kapitäne sind genauso. Wie wollt ihr da jemals eine Republik auf die Reihe kriegen?«

»Auf der letzten Kapitänsversammlung waren wir uns fast einig.«

»Ihr wart meilenweit auseinander.« Pandur war vor zwei Monaten auf den Faröerinseln gewesen und hatte die chaotische Versammlung miterlebt. Die Kapitäne arbeiteten gut und effizient zusammen, wenn es darum ging, gemeinsam Beute zu machen, die Beute zu verkaufen oder Waffen zu beschaffen. Aber teilen oder Macht abgeben wollte keiner von ihnen. Instinktiv taten sie damit sogar das Richtige. Bundesgrenzschutz, Marine und die Sicherheitstruppen der Megakons beschränkten sich bisher auf gelegentliche Razzien, wenn die Nadelstiche der Piraten allzu lästig wurden. Als geeinte Kraft, am Ende gar mit einem lokalisierbaren Stützpunkt, liefen die Freibeuter dagegen Gefahr, mit ein paar ernsthaften, gezielten Schlägen vernichtet zu werden. In manchen Piratenhirnen spukte zuviel Seeräuberromantik. Selbst Störtebeker, auf den sich einige der modernen Freibeuter beriefen, hatte gegen eine entschlossen auftretende Hanse nie auch nur die Spur einer Chance gehabt, und heute war der Gegner von einem ganz anderen Kaliber. Die Piraten, Schmuggler und Hehler besetzten lediglich eine Nische im System und taten gut daran, sich darauf zu beschränken.

»Du bist noch nicht lange genug bei uns, um die Sache in ihrer ganzen Tragweite zu schnallen«, erwiderte Tupamaro. »Also halt endlich deine Fresse, verdammter Jackhead.«

»Aye aye, Käpt'n«, sagte Pandur ironisch. Er wußte, daß man mit Tupamaro über ihren Traum nicht diskutieren konnte. Ihre groben Sprüche nahm er hin. Er wußte, daß sie ihn im Grunde genauso schätzte wie er sie. Und sie brauchte ihn. Nicht als Decker. Er tauchte nicht mehr in die Matrix ein, hatte sich selbst in Rente geschickt. Aber als Wamoreiter. Darin war Pandur gut. Besser als Druse und die meisten Wamoreiter der anderen Schiffe. Und das wußte Tupamaro zu würdigen. Dafür verzieh sie ihm manches. Sogar, daß er es trotz einiger unverblümter Aufforderungen abgelehnt hatte, mit ihr ins Bett zu gehen.

Sie war Ende Zwanzig, vielleicht drei Jahre jünger als Pandur, hatte einen für seinen Geschmack zu breitschultrigen und zu muskulösen Körper, besaß aber ohne Zweifel erotische Ausstrahlung. Doch Pandur hatte ihre Augen gesehen, als sie tötete. Diese Frau nackt im Arm zu halten, lag jenseits seines Vorstellungsvermögens. Er wollte gar nicht erst wissen, ob sein Unterleib sich darüber hinwegsetzen konnte. Vielleicht hatte er sogar Angst davor, daß es ihm physisch möglich wäre, mit ihr zu schlafen.

»Wir sollten die Ware an Cisco geben«, bemerkte Druse, der sich offenbar schon mit der Beute beschäftigte. »Der karrt sie nach Paris. Dort bringt Elektronik im Moment den besten Preis.«

»Nix da«, beschied ihn Tupamaro. »Lieber ein paar Ecu weniger, aber schnell und sicher. Woher willst du übrigens wissen, daß wir Elektronik bunkern, he? Halt dich raus aus diesen Dingen, so ka? Wir verticken das Zeug über Hamburg nach Prag, wie immer.«

»Aber…« Druse hatte die buschigen Augenbrauen hochgezogen, die so mächtig wirkten, daß man sie für angeklebte Attrappen halten konnte.

Tupamaro schnitt ihm das Wort ab. »Meine Entscheidung, Chummer. Außerdem weiß ich, warum du Cisco ins Spiel bringst. Würde dir ein nettes Sümmchen Provision bringen, wie?«

»Drek! Ich rede von den höheren Preisen in Paris.«

»Und ich von Ciscos Schmiergeldern. Vergiß es!«

Druse ließ die struppigen Dinger wieder hinunterrutschen. »War nur 'n Vorschlag.«

»Ich glaube, ich hab' ihn«, mischte sich der Funker ein. »Drei Seemeilen Nordnordwest, Kurs Bremerhaven. Das dürfte die *King Creole* sein. Der Code paßt.«

»Wird auch langsam Zeit.« Tupamaro ging zum Funkmodem des Bordcomputers und kontrollierte die Angaben des Mannes auf dem Bildschirm. »So ka. Wir lassen ihn passieren und jagen ihm was von hinten in den Arsch. Begleitschutz?«

»Sieht nicht danach aus. Der nächste Pott läuft eine halbe Seemeile weiter südlich und fällt zurück. Scheint sowieso 'n Geisterschiff zu sein und kein Atlantikläufer mit Crew.«

»Im Auge behalten.«

»So ka.« Der Mann studierte weiter den Bildschirm und zerlegte die eingehenden Codes.

Tupamaro setzte wieder das Nachtsichtgerät an die Augen und musterte den Horizont. In der Ferne kam stetiges Motorengeräusch auf. Offenbar handelte es sich bei der *King Creole* um ein Containerschiff mit traditionellem Schraubenantrieb. Im Großmotorenbau hielt der mit Turboladern zu höherer Effizienz getriebene Diesel seit Jahrzehnten seine dominierende Stellung. Aber das Ende seiner Ära war abzusehen. Mit den neuen, effizienteren Solarzellen begann sich der aus Sonnenenergie gespeiste Elektroantrieb auch auf Schiffen durchzusetzen. Wenn es allerdings auf Wendigkeit und hohe Geschwindigkeiten ankam, setzte man Turbinen mit Strahltriebwerken ein. Für Frachtschiffe war dies nicht nötig, aber der Bundesgrenzschutz verfügte natürlich über Hovercraft-Schnellboote.

Die *Broken Heart* war kleiner, aber genauso schnell wie die schnellsten Einheiten des Grenzschutzes. Anders war das Handwerk der Hochseepiraten in der Nordsee kaum denkbar. In der Panzerung und Bewaffnung den Kriegsschiffen unterlegen, setzten die Piraten nach der Plünderung auf rasche Flucht zu den Schären, die nach der Großen Flut vor den ehemaligen Küsten Schleswig-Holsteins und Dänemarks zurückgeblieben waren. Bei besonders hartnäckiger Verfolgung setzte man sich weiter nördlich ab, notfalls bis zur norwegischen Küste oder den Färöerinseln.

Kampfflugzeuge oder Helikopter wurden bei der Verfolgung nur selten eingesetzt, weil das Risiko, von Giftgeistern angegriffen zu werden, im Verhältnis zur Bedeutung der Vorfälle als zu groß galt. Einige der Giftgeister vermochten mühelos aus dem Wasser zu schnellen und schienen an Flugobjekten ein größeres Interesse als an Schiffen zu haben.

Die Piraten griffen vorwiegend nachts an, wußten sich mit Flakgeschützen gegen Feinde zu wehren, nutzten den regen Schiffsverkehr in der Deutschen Bucht als Tarnung und hatten nicht zuletzt fast immer einen Schamanen an Bord. Eine echte Kommunikation mit den Geistern war auch ihm nicht möglich, aber er vermochte sie oft zu besänftigen. Wenn er gut war, schaffte er es vielleicht auch, ihnen die Flieger als schmackhafteren Leckerbissen zu verkaufen oder selbst fliegendes Metall vom Himmel zu holen. Darauf verstand sich auch Lady X ganz gut, wenn sie nicht gerade sturzbetrunken war. Meistens war sie allerdings sturzbetrunken.

Als das Motorengeräusch des passierenden Schiffes wieder leiser wurde, nahm Tupamaro im Pilotensitz der Kommandozentrale Platz, die als panzerverglaste Nase aus der Brücke herausragte. Sie schob den Speedcontroller um zwei Striche nach vorn und ließ den Generator für die Hauptschubdüsen anlaufen. Das leise Summen war kaum hörbar, aber eine Veränderung in den Schiffsvibrationen zeigte die Leistungsbereitschaft der Maschinen an.

Die *Broken Heart* war mit einer Länge von etwa dreißig Metern kaum größer als die für bis zu 50 Personen ausgelegten Lloyd-V5-Fähren des Bremer Vulcan, hatte aber einen doppelt so stark dimensionierten Antrieb. Tatsächlich basierte das Schiff auf gestohlenen Lloyd-V5-Bauplänen und war illegal auf einer nigerianischen Werft erbaut und später in Algerien mit stärkerem Antrieb, Panzerplatten und zwei computergestützten 4-cm-Flakgeschützen aufgerüstet worden. Vor einem halben Jahr waren auf einer ukrainischen Werft die Katapulte für die Wassermotorräder hinzugekommen.

Nur die Installation der Katapulte, die Wamos selbst sowie ein bißchen moderne Elektronik gingen auf Tupamaros Konto. Das Schiff als Ganzes hatte sie hingegen einem anderen Piraten abgenommen, als Ergebnis eines irgendwie wohl nicht ganz astreinen Duells, über das man besser nicht sprach, wenn man sich nicht ihren Zorn zuziehen wollte.

»Wamos klarmachen«, befahl Tupamaro.

Pandur und Druse griffen nach ihren Schutzhelmen, setzten sie auf, während sie zur Tür gingen, und tasteten sich dann erneut zu den Katapulten am Bug.

Gegen ein etwas steifes Gefühl in den Hüften ankämpfend, kletterte Pandur in den Sattel der Maschine, verdrahtete den Helm mit dem Computer des Wamos und schob die Sicherungsbügel über die Oberschenkel. Ausgerechnet jetzt machte sich ein leichter

Schmerz im rechten Knie bemerkbar. Pandur hatte es sich vor ein paar Tagen bei starkem Seegang angeschlagen, und es war noch immer leicht geschwollen. Er verdrängte den Schmerz, so gut es ging. So etwas konnte er jetzt nicht gebrauchen.

Im Rumpf des Schiffes summte leise, aber eindringlich auf- und abschwellender Alarm. Die Mannschaft wurde auf die Gefechtspostionen gerufen, während gleichzeitig zwei nervenaufreibend schrill surrende Hydraulikmotoren anliefen, um die Hauben über den Geschützöffnungen zu öffnen. Sie klappten wie Muscheln auf, die verdammt harte und schnelle Perlen zu vergeben hatten.

Bei den Katapulten im Bug machte sich die Dünung stärker bemerkbar, und Pandur fühlte sich daran erinnert, daß er beileibe nicht mit Seebeinen geboren wurde. Obwohl er schon seit zehn Monaten bei den Piraten war und davon die Hälfte auf See verbracht hatte, machte ihm immer noch die Seekrankheit zu schaffen. Aber gegen den Tanz, der unmittelbar bevorstand, war das bißchen Schaukeln, unter dem er im Moment litt, nicht einmal das Vorspiel eines Vorspiels. Wenn er sich ehrlich prüfte, dann rührte sein gereizter Magen auch weniger von den Schaukelbewegungen her als von der inneren Unruhe, die mit Versagensängsten und wieder einmal greifbarer Todesfurcht zu tun hatte.

Er startete die Turbine des Wamos. Sie kam sofort und summte leise im Leerlauf. Pandur konnte das Geräusch nur hören, wenn er sich darauf konzentrierte, aber er spürte die Vibrationen, die sich über den Sitz der Maschine und den Lenker auf seinen Körper übertrugen.

Dieser Einsatz war der vierte, den Pandur als Wamoreiter erlebte, und in den drei vorherigen Einsätzen hatte er sich zur vollsten Zufriedenheit seines Käpt'n geschlagen. Rationale Gründe für die Angst zu versagen gab es eigentlich nicht. Aber die Drüsen kümmern sich bekanntlich einen Dreck um die angeblichen Erkenntnisse des Großhirns.

Pandur wünschte sich, schon mit dem Wamo draußen zu sein und den Angriff zu fahren. Am schlimmsten waren immer die Momente vor dem Katapultstart, wenn der Hovercraft wie ein bescheuert schnell fliegendes Schüttelrost mit abartig rubbelnden Bewegungen die Wellen glatttritt und womöglich gleichzeitig die Geschütze knapp über die Katapulte hinweg ohrenbetäubend Muni spuckten.

In diesem Moment flammten vier gleißende Scheinwerfer auf, die an der Brücke befestigt waren. Zwei glotzten nach vorn, je einer leuchtete Backbord und Steuerbord aus. Festbeleuchtung. Jetzt ging es zur Sache.

Die Turbinen heulten auf, und die *Broken Heart* hob sich senkrecht ein paar Zentimeter über die Wasserlinie. Tupamaro war in der verspiegelten Pilotenkanzel nicht zu erkennen, aber ohne Frage hatte sie jetzt den gepolsterten, brüchigen Lederhelm mit dem daran befestigten roten Blechstern aufgesetzt, ein uraltes Erbstück aus der verblichenen Sowjetunion. Eine Marotte, von der sie nicht lassen wollte, wenn es ernst wurde, wahrscheinlich eine Art Glücksbringer, ähnlich wie Pandurs Cyberdeck. Vielleicht war der Helm auch eine Krücke für irgendeine Last der Vergangenheit, die ihr in die Gegenwart hineinhing.

Pandur glaubte, die harten Linien des angespannten Gesichts unter diesem Lederhelm direkt vor sich zu sehen. Hellblaue, in solchen Momenten fast glasig wirkende Augen, emotional ausdruckslos, aber geradezu fanatisch auf das Ziel konzentriert. Leicht bebende Flügel einer etwas zu kurzen Nase. Die rechte Hand um den Speedcontroller gekrallt, die Sehnen wie Stahlseile aus der Haut ragend. Die Linke im Halbrund des Servolenkers verankert. Bei Angriffen wie diesem wurde die Hauptruderanlage abgekoppelt und durch das Pilotenkontrollpult ersetzt.

Die Turbinen heulten auf, und im gleichen Moment schoß der Hovercraft nach vorn. Die *Broken Heart* hatte die Verfolgung aufgenommen.

Tupamaro steuerte ihren Hovercraft jetzt wie ein Rennboot, wenn nicht wie einen Jet, und sie war verdammt gut darin. Auf dieser präzisen und reaktionsschnellen Handhabung eines im Grunde klobigen Wasserfahrzeugs basierte der Respekt, den Pandur seinem Käpt'n entgegenbrachte. Immerhin war Tupamaro, nicht zuletzt auch beim Abfeuern der Katapulte und der Wiederaufnahme der Wamos, so eine Art Lebensversicherung für ihn und Druse. Und sie hielt ihre Mannschaft gut im Schach, was Pandur ebenfalls zu schätzen wußte. 25 Piraten auf engstem Raum oft wochenlang zusammengepfercht – da wurden Aggressionen frei. Und neben der üblichen Anzahl von Söldnern und Kriminellen, die vorrangig an randvollen Kredstäben interessiert waren, leidenschaftlichen Jägern, die ihre Beute im anderen Lager witterten, und umsturzorientierten Sektierern waren in solchen Zusammenballungen auch immer ein paar gestörte, total durchgeknallte Existenzen dabei. Typen, die ein Faible dafür hatten, dem Nächsten nicht die Wange hinzureichen, sondern ihm den Bauch aufzuschlitzen, wenn sie sich angemacht fühlten. Und das konnte schon ein Blick zuviel bewirken. Aber Tupamaro wußte ihre Leute hinreichend mit schlauchenden Arbeiten zu beschäftigten und mit ausreichendem Druck in Schach zu halten. Notfalls schoß sie auch mal einem die Hoden weg, um ihren Standpunkt klarzumachen. Letzteres hatte Pandur schon miterlebt, und es war eine verdammt blutige Sauerei gewesen. Der Kerl befand sich heute noch an Bord, und der Himmel mochte wissen, wann er sich rächen und seinem Käpt'n irgend etwas Spitzes sonstwohin rammen würde. Nach außen hin kuschte er allerdings seitdem und war beinahe handzahm geworden.

Dieser ehemalige Mann, den trotz seines Handicaps niemand Eunuch zu nennen wagte, würde mit den anderen zusammen am seitlichen Rumpftor kauern, nervös seine Waffen überprüfen und darauf warten, daß das Tor hochklappte und die schießende Fracht der *Broken Heart* ausspuckte.

Mit verzerrtem Gesicht umklammerte Pandur den Lenker des Wamos, beugte sich so tief wie möglich darüber und suchte den Schutz des Kunstglasschirms, der die Armaturen wie eine Halbkuppel überragte und zugleich den Wamoreiter schützen sollte. Er bemühte sich, die Gichtspritzer zu ignorieren, die an dem Schirm vorbei den Sichtschutz seines Helms benetzten. Die Maschine ruckte und zerrte in der Verankerung, als die *Broken Heart* über die Wellen rubbelte, und irgendwo dort unten, zwischen Maschine und Katapultaufhängung, addierten sich verschiedene Klirrgeräusche zu einem metallischen Singen.

»*King Creole* in Sichtweite«, kam Tupamaros Stimme über Köpfhörer. »Wir packen sie an Luv. Abschuß der Wamos in zwanzig Sekunden.«

Pandur schaltete den Frontscheinwerfer ein. Voraus erblickte er die Lichter des Containerfrachters, der wie ein schwimmender Berg aus dem Wasser ragte. Im gleichen Moment begannen die Flakgeschütze zu feuern. Ziel war die Brücke des anderen Schiffes, um die Elektronik auszuschalten. Die meisten Geschosse gingen seitlich ins Leere oder beschädigten die an Bord festgezurrten Container. Das Schaukeln der beiden Schiffe machte selbst computergesteuertes Geschützfeuer zu einem Lotteriespiel. Endlich rasierten drei oder vier eng beieinanderliegende Treffer den linken Teil der Brücke ab. Entweder war die Elektronik gestört, oder der wachhabende Navigator der Seekontrolle hatte eingesehen, daß die *King Creole* nicht entkommen konnte. Jedenfalls wurde der Frachter langsamer und trieb schließlich sogar ohne Fahrt auf dem Wasser. Tupamaro ließ das Feuer sofort einstellen, um nicht durch weitere Fehlschüsse wichtige Fracht zu beschädigen.

Einen Moment lang sah es so aus, als würde die *Broken Heart* den großen Bruder rammen wollen, aber Tupamaro steuerte bereits in einer leichten Linkskurve auf die linke Seite des anderen Schiffes. Sie hielt knappe fünfzig Meter Distanz und drosselte das Tempo, indem sie auf Gegenschub schaltete. Es war in der Dunkelheit nicht auszumachen, ob die *King Creole* Geschütze an Bord hatte. Für alle Fälle hielt Tupamaro den Hovercraft in einer Position, die nach allen Erfahrungen als toter Winkel galt.

Geräuschlos die Lippen bewegend, hatte Pandur die Sekunden mitgezählt. Dann verspürte er einen heftigen Stoß, und im nächsten Moment berührte sein Wamo die Wasseroberfläche und ritt wie ein flacher Kiesel die Spitzen der Wellenberge ab. Die Geschwindigkeit verlangsamte sich, die Steuerung konnte greifen. Gleichzeitig spürte Pandur, daß der Katapultschub durch die Antriebskraft der Turbine ersetzt wurde.

Das Wamo hatte sich links im Bug befunden. Pandur steuerte eine weite Linkskurve, um Druse nicht ins Gehege zu kommen und die *Broken Heart* passieren zu lassen. Er vollendete fast einen geschlossenen Kreis und heftete sich dann an das Heck des Frachters.

An Bord der *King Creole* waren mehrere Menschen zu sehen. Dann begannen Maschinenpistolen zu rattern.

»Drek!« schimpfte Druse. »Wieder mal die harte Tour, Chummer.«

Pandur gab keinen Kommentar ab. Er nahm an, daß die Sicherheitskräfte erst in der Deutschen Bucht zugestiegen waren. Seit dem verstärkten Auftreten von Giftgeistern war die Nordsee als verseuchtes Gewässer eingestuft worden. Zwar hielt man mit speziellen Reinigungsschiffen die wichtigsten Fahrtrouten frei und schwächte dort die Macht der Giftgeister, aber für Menschen blieb die Durchquerung der Nordsee riskant. Die

Piraten wußten ein Lied davon zu' singen: Es gab immer wieder Übergriffe der Geister, die Menschenleben kosteten. Die Reedereien hatten daraus ihre Konsequenzen gezogen und setzten größtenteils computergesteuerte Schiffe ein. Nur Schiffe, die Fernrouten bedienten, hatten drei bis sechs menschliche Besatzungsmitglieder an Bord. Ob die *King Creole* dazu gehörte, wußte Pandur nicht, aber die Leute mit den Knarren wirkten keineswegs wie normale Seeleute.

Tupamaro schloß sich Druse an und stieß einen Fluch aus, schien aber nicht sonderlich überrascht zu sein. Pandur hatte sie schon aufgebrachter erlebt. Er wußte nicht, was der Tipgeber Tupamaro über die Fracht erzählt hatte – Piratenkapitäne sprachen nie über diese Dinge –, doch das bewaffnete Begleitkommando ließ vermuten, daß die *King Creole* ungewöhnlich wertvolle Fracht an Bord hatte. Schon möglich, daß Druse mit seiner Vermutung recht hatte. Elektronik brachte immer einen guten Preis.

»Ihr seid dran!« kam Tupamaros Stimme über Kopfhörer. Das galt Pandur gleichermaßen wie Druse.

Tatsächlich waren die Sicherheitsleute auch für Pandur und Druse keine echte Überraschung. Begleitschutz durch Schiffe der Reedergilde kam selten vor, aber Wachen an Bord waren nicht außergewöhnlich. Hauptsächlich für diesen Fall befanden sich die Wamoreiter auf dem Wasser.

Auf der anderen Seite begann bereits Druses FN-MAG 5 zu rattern. Dieser Teil seiner Arbeit machte Pandur keinen Spaß. Unlustig nahm er das Heck unter Beschuß, wo sich zwei Figuren zeigten, die meinten, ihn mit ihren MPs von seinem Wamo pusten zu müssen. Mit seiner Vindicator hatte er mehr aufzubieten als Druse mit seinem Maschinengewehr. Während Pandur sich im Schutz des Plexglasschirms dicht über den Lenker preßte und auf die *King Creole* zuraste, dirigierte er die Minikanone durch leichte Kopfbewegungen. Sein

Helm enthielt eine Zielvorrichtung, deren rotes Faden-kreuz vor seinen Augen glühte. Er hob den Kopf leicht an, bis es sich in Höhe der Reling befand, und drückte den im Lenker angebrachten Feuerknopf. Die sechs Rohre der Vindicator spuckten Muni. Pandur feuerte absichtlich zu weit nach links. Er wollte die Typen nicht töten, sondern nur verjagen. Das gelang ihm. Beein-druckt von der Durchschlagskraft der Vindicator verzo-gen sich die Söldner in sichere Bereiche des Schiffes. Die Maschinenpistolen verstummten.

Das Wamo hüpfte unter den Rückstößen der Vindica-tor wie ein Wackelpudding über die Wellen, und Pan-dur hatte Mühe, die Maschine unter Kontrolle zu hal-ten. Er ließ den Feuerknopf los und zog das Wamo im letzten Moment am Heck des Frachters vorbei. Die Vin-dicator war wie ein übergroßer Penis und auch etwa in der passenden Höhe des Wamos angebracht. Man konnte schon auf dumme Gedanken kommen, wenn das Ding seine Fracht absetzte. Aber Pandur haßte diese Waffe. Er hatte nie ein Straßensamurai sein wol-len, und was machte er jetzt? Er spielte den Seesamurai, der sich in erster Linie durch eine mächtige Wumme definierte. Im Grunde, sagte er sich wieder einmal, hatte er vom Piratendasein schon lange die Schnauze voll.

Pandur hatte von Wamoreitern gehört, die ausge-flippt waren, im Zickzackkurs durch das Wasser kurv-ten und Freund und Feind niedermähten, solange Treibstoff und Muni noch etwas hergaben oder bis ein Volltreffer Wamo und Reiter zu den Fischen schickte. In diese Gefahr konnte er nicht geraten. Aber er hatte zu-mindest mehr als nur eine Ahnung, warum so etwas vorkam. Kombiniere ein starkes Motorrad mit einer starke Waffe, setze einen Kerl auf den Sattel, der nichts zu verlieren hat, und laß ihn Stoff geben. Das Ergebnis ist ein Rauschzustand. Atemberaubende Geschwindig-keit, geile Vibrationen, krachende Muni. Macht! Rache für alles, was dem Kerl widerfahren ist, ob nun zu Recht oder zu Unrecht. Vollstreckung. Das Jüngste Gericht mit High-Speed-Antrieb. Das war zu heiß für manche, die sich eigentlich für cool hielten.

Pandur jagte das Wamo in eine Rechtskurve und zog dabei das Feuer von der Steuerbordseite der *King Creole* auf sich. Er war viel zu schnell und bot ein zu kleines und zu schmales Ziel, um getroffen zu werden.

Druses Wamo kam wie ein Seeungeheuer mit einem leuchtenden Auge vom Bug des Frachters herangebraust und zog weitere MPs von der Backbordseite ab. Das war der Hauptzweck der Übung. Über den Lärm hinweg hörte Pandur so etwas wie das Dröhnen einer Glocke. Magnetanker schlugen gegen den Rumpf des Frachters. Offenbar stand die Rumpfklappe der *Broken Heart* weit genug offen. Tupamaros Enterkommando hatte damit begonnen, durch den sich vergrößernden Spalt aus schweren Enterpistolen Seile zur Reling der *King Creole* zu schießen.

Der zweite Kreis war vollendet, und Pandur steuerte sein Wamo wieder gegen die *King Creole*. Für Sekunden lag Druse, der aus der Gegenrichtung kam, fast parallel zu Pandur und nicht mehr als zehn Meter entfernt. Er reckte ihm den erhobenen Daumen entgegen. Beide Wamos rasten auf den Frachter zu, beide Waffen ratterten und putzten das Deck der *King Creole* blank.

Wieder eine langgezogene Schleife. Dieses Mal fegte Pandur dicht unter der Bordwand des Schiffes entlang, kurvte dann um den Bug und griff auf Backbord an. Er sah, wie die ersten Piraten an Bord kletterten, nahm noch einmal die Brücke unter Beschuß, als von dort Gewehrfeuer kam, und hatte dann einige Mühe, dicht vor der *Broken Heart* abzudrehen.

»Gute Arbeit, Chummer«, lobte Tupamaro.

»Drek«, murmelte Pandur. Er war nicht stolz auf das, was er getan hatte.

Er reduzierte die Geschwindigkeit seines Wamos und

steuerte einen weiten Bogen. Zum erstenmal spürte er, daß alle drei Kufen des Wamos gleichzeitig Wasserberührung hatten. Bisher war er nur auf der Mittelkufe gefahren und hatte jeweils eine der anderen Kufen zur Stabilisierung und Steuerung benutzt. Er atmete tief durch. Zwar war sein Job für heute noch nicht erledigt, aber die Schmutzarbeit war getan. Hoffte er.

Wie vorher abgesprochen, fuhr Pandur in großen Schleifen weseraufwärts, während Druse die Seeseite sicherte.

An Bord der *King Creole* wurde noch immer geschossen. Aber die Sicherheitsleute feuerten jetzt nicht mehr auf die Wamos, sondern wehrten sich gegen das Enterkommando. Sie hatten schlechte Karten. Das Feuer verstummte. Entweder sangen die Sicherheitsleute jetzt Halleluja, oder sie hatten sich versteckt und hofften, auf diese Weise ihren Hintern unbeschädigt an Land zurückzubringen. Wenn sich unter den Piraten kein Killer mit Spürhundinstinkten befand, der meinte, noch offene Rechnungen begleichen zu müssen, mochte das sogar klappen.

Tupamaro wies die Entermannschaft über Funk an, nach bestimmten Containern zu suchen, die sich unter Deck befanden. Ihr Tipgeber hatte die Container markiert. Es blieb nicht viel Zeit. Man mußte davon ausgehen, daß die *King Creole* um Hilfe gefunkt hatte. Außerdem war die *Broken Heart* weder groß genug noch dafür ausgerüstet, komplette Großcontainer auf See zu übernehmen. Die Piraten würden die markierten Container knacken und die interessanteste Ladung ausräumen. Waffen, Cyberausrüstung, Mikroelektronik, Laser, Mikrochirurgie... Je nach Angebot. Alles, was auf dem Schwarzmarkt gute Preise brachte. Der Ladekran der *Broken Heart* setzte bereits die ersten Transportboxen auf dem Deck des Frachters ab.

Falls keine Boote von Wasserpolizei oder Bundesgrenzschutz in der Nähe patrouilliert hatten, stand den

Piraten ungefähr eine halbe Stunde Zeit zur Verfügung. So lange brauchte die andere Seite, um aus Cuxhaven oder Wilhelmshaven auszulaufen und die *King Creole* zu erreichen. Pandur und Druse spielten jetzt Wachhund. Die Wamos waren mit hochempfindlichen Mikroradargeräten ausgerüstet, die selektiv arbeiteten und nur auf die bekannten Schiffstypen des Gegners ansprachen.

Unablässig trieb Tupamaro ihre Leute über Funk an, als hätte sie jeden Schritt im voraus analysiert und ihm Zeitvorgaben zugemessen. Sie nannte die Piraten beim Namen, fluchte und beschimpfte sie, bediente sich dabei eines reichhaltigen Vorrats an Obszönitäten. Pandur versuchte, die Stimme im Kopfhörer zu ignorieren, aber das wollte ihm nicht gelingen. Tupamaros Stimme, die für eine so massive, erdige Frau etwas schrill klang, forderte jederzeit ein hohes Maß an Aufmerksamkeit und erhielt sie auch. Der Käpt'n rührte sich die ganze Zeit nicht aus der Pilotenkanzel. Zusammen mit Lady X, vielleicht auch Carlo, sowie drei Transportarbeitern im Laderaum, war sie auf dem Hovercraft zurückgeblieben. Sie lag dort unter den Kontrollen, jederzeit bereit, die Leute zurückzuordern und die *Broken Heart* mit einem Alarmstart aus der Gefahrenzone zu bringen. Ihrer Stimme war jedoch anzuhören, daß sie am liebsten auf der *King Creole* gewesen wäre und den angeblich Faulen Beine gemacht hätte. Vielleicht mit dem Betäubungsschlagstock, mit dem sie an Bord des Hovercrafts Streithähne auseinanderbrachte.

Auch ohne einen Schlagstock im Nacken, arbeiteten die Piraten präzise, schnell und geradezu unglaublich diszipliniert. Jeder wußte, daß in diesen wenigen Minuten über das Level seines Kredstabs entschieden wurde, denn die Crew war prozentual am Erlös der Konterbande beteiligt. Einen besseren Flash für Arbeitseifer und Kooperation konnte es nicht geben.

Tupamaro bediente den Ladekran und setzte ihn so

sicher und routiniert·ein wie ein Rigger seine Waldos. Innerhalb von fünf Minuten brachte sie vier Ladungen an Bord der Broken Heart und fluchte trotzdem unablässig, weil es ihr nicht schnell genug ging.

In langgezogenen Achten kontrollierte Pandur einen Quadranten von gut einem Quadratkilometer Wasserfläche. Bisher gab es keine Aktivitäten. Knapp außerhalb der Zone bewegte sich ein kleines Objekt, das jedoch nicht den Charakteristiken der Polizei- und Grenzschutzboote entsprach. Da die Kontrollzone weseraufwärts lag, war sie im Dunkeln nicht unproblematisch. Es gab aus dem Wasser ragende Aufbauten eines Wracks, die unversehrte Kuppel eines Leuchtturms und eine nur knapp überspülte Zone, unter der rissiger Beton zu sehen war. Offenbar handelte es sich um die Reste eines früheren Hochhauses. Pandur fuhr so langsam und vorsichtig wie möglich. Aber es gab nach unten hin eine Minimalgeschwindigkeit, die er nicht unterschreiten durfte. Als er vor Monaten zum ersten Mal ein Wamo geritten hatte, war er durch zu langsames Fahren mehrmals baden gegangen. Die Zusatzeinrichtungen, vor allem die schwere Vindicator, ließen die Maschine bis zur Sattelhöhe ins Wasser absacken, wenn der Antriebsschub zu gering wurde. Ein Eigenstart war dann unmöglich. Damals hatten die Piraten das Wamo vorausschauend angeleint und unter großem Hallo mit dem Hovercraft wieder angeschoben. Pandur war sich dabei so lächerlich wie ein gesäßlastiger Wasserskiläufer vorgekommen, dem sein Trainer besser raten sollte, sich solche Sachen per SimSinn als Kopfabenteuer reinzuziehen.

Ab und zu gab Pandur eine Positionsmeldung ab, wobei er die Helmanzeigen ablas. In etwa den gleichen Abständen trafen Druses Meldungen ein. In seinem Bereich bewegte sich der andere Frachter, der ihnen zuvor aufgefallen war. Sein Kurs führte ihn weiterhin nach Südwest.

Als Pandur wieder die äußere Schleife fuhr, die ihn am dichtesten an die Lichter der Arcologie Bremerhaven heranführte, registrierte er auf dem Schirm des Helmradars, daß sich das zuvor bemerkte Objekt in seine Kontrollzone hineinbewegt hatte. Der Größe nach mußte es sich um eine Motorjacht handeln. Es konnte aber auch ein Zollkutter sein. Das Objekt bewegte sich mit mäßiger Geschwindigkeit – nicht mehr als zehn Knoten, schätzte Pandur – würde aber, wenn es den Kurs hielt, in gut zehn Minuten die beiden anderen Schiffe passieren.

»Im Auge behalten«, befahl Tupamaro knapp, als Pandur ihr seine Beobachtung mitteilte.

Er nahm das wörtlich, wollte sich nicht länger auf vage Konturen eines Radarbilds verlassen. Er legte das Wamo in eine neue Schleife und durchfuhr mit höchster Konzentration die unsicheren küstennahen Zonen der Bucht. Dabei geriet er um ein Haar in eine Salzwiese hinein, die einer kleinen Insel vorgelagert war, konnte in letzter Minute aber noch ausweichen. Dann ging er auf Nordostkurs und näherte sich dem Fahrzeug. Ihm war bewußt, daß er einen seltsamen Eindruck auf die Besatzung des Schiffes machen würde. Die schmale, an ein spitzes Dreieck erinnernde Silhouette des Wamos war vor der Lichtern der Arcologie nur undeutlich zu erkennen, aber der dahinflitzende Scheinwerfer mußte merkwürdig aussehen. Aber Pandur traute sich nicht, ihn auszuschalten und blind über das Wasser zu gleiten.

Das Fahrzeug kam in Sichtweite. Pandur vermochte es nicht zu klassifizieren, weil er ein ähnliches Schiff noch nie gesehen hatte. Es war kleiner als die *Broken Heart* und die *King Creole*, vielleicht fünfundzwanzig Meter lang, fuhr mit konventionellem Schraubenantrieb und wirkte schnittig und flach wie eine große Motorjacht. Und doch sahen die Aufbauten merkwürdig aus, als habe man nachträglich vorn und hinten Unterstände oder Kabinen für zusätzliche Passagiere angebracht. Es hätte ein Ausflugsschiff sein können, aber der dunkelgraue Farbanstrich machte einen wenig einladenden Eindruck. Außerdem fehlten die Scheiben. Statt dessen ...

Bevor Pandur sein Wamo auf Gegenkurs lenkte und damit auch den Scheinwerferkegel seewärts richtete, erkannte er, was statt der Fenster vorhanden war.

»Fremdes Objekt ist gepanzert und hat rundum Schießscharten«, rief er alarmiert in das Helmmikro.

Tupamaro brauchte nur zwei Sekunden, um die Neuigkeit zu verdauen.

»Alles an Bord zurück«, gellte ihre Stimme in den Kopfhörern. »Wamos: Einsatz abbrechen.«

Im gleichen Moment begann der Propeller das Wasser aufzuwirbeln, und das Boot wurde deutlich schneller. Dann ratterten hinter den Schießscharten des anderen Schiffes die Maschinenpistolen los. Es war eine müßige Frage, ob man den Funkverkehr zwischen Pandur und der *Broken Heart* abgehört oder andere Gründe hatte, die Maske fallen zu lassen. Kein Zweifel konnte hingegen daran bestehen, daß die neue Geschwindigkeit der *Broken Haert* galt und die freigiebig verspritzte Muni für Pandur und sein Wamo bestimmt war.

Auf Geschenke dieser Art hatte Pandur noch niemals gesteigerten Wert gelegt. Er preßte den Gashebel bis zum Anschlag und jagte damit die Turbinen seines Wamos hoch. Gleichzeitig legte er die Maschine in eine harte Kurve, um der drohenden Gefahr die schmalste Seite zu bieten. Obwohl der Gegner das Überraschungsmoment auf seiner Seite hatte und Pandur bis auf fünfzig Meter an das fremde Schiff herangekommen war, verfehlten ihn die Geschosse und klatschten ins Wasser. Und mit jeder weiteren Sekunde vergrößerte sich die Chance, dem unverhofften Hagel zu entgehen.

Pandur fuhr Zickzackslalom. Es wurde noch immer

geschossen, jetzt offenbar mit weitreichenden Gewehren, aber es hätte schon eines Glückstreffers bedurft, um den Wamoreiter aus dem Sattel zu holen oder die Maschine in Brand zu schießen.

Wassermotorräder waren schneller und wendiger als alles, was sich sonst auf und im Wasser bewegte. Der Kahn mit den schießwütigen Gegnern mochte einige tausend kW im Bauch haben, aber mit einem Wamo konnte er es in puncto Geschwindigkeit nicht aufnehmen. Ob er einem Hovercraft gewachsen war, würde sich zeigen. Offenbar setzte der Gegner auf Überrumpelung, solange die Piraten noch in den Startlöchern saßen. Es konnte sich aber durchaus erweisen, daß der Frühstart des Jägers letzten Endes zur Disqualifikation führen würde.

Mit einer harten Linkskurve setzte sich Pandur vor den Bug des Schiffes, das mit voller Kraft durch das Wasser pflügte. Jetzt konnten ihn nur noch jene Schützen beharken, die vorn und auf der Kommandobrücke postiert waren. Und das Wamo war für sie nur ein Strich, der hinter einem Lichtfaden über das Wasser huschte. Pandur schätzte diesen Aspekt als angenehmen Nebeneffekt. Wichtiger war, daß er bei der hohen Geschwindigkeit in der tiefen Fahrrinne blieb, wo es keine plötzlich auftauchenden Hindernisse gab, schnellstmöglich zum Katapultschacht der *Broken Heart* gelangte und seine Maschine einklinkte.

Während seiner Flucht hatte Pandur die neue Situation an Tupamaro weitergegeben. Er vermißte ein aufmunterndes Wort von Tupamaro oder Druse, aber beide hatten vermutlich genug mit sich selbst zu tun. Nur gelegentliche Flüche oder schroffe Anschnautzer für ungeschicktes Verhalten erreichten sein Ohr. Sie kamen von den Piraten, die Hals über Kopf die *King Creole* verließen und sich zum Hovercraft abseilten. Pandur hatte auf Breitbandempfang geschaltet und holte an Frequenzen herein, was er kriegen konnte.

Sein Ziel, etwas über den Funkverkehr des Gegners zu erfahren, erreichte er allerdings nicht. Offenbar benutzten die Angreifer eine Frequenz, die Pandurs Helmgerät nicht zugänglich war.

Wer waren die Fremden? Die Piraten kannten sich bestens mit allen Schiffstypen aus, die von Wasserpolizei, Marine, Zoll und Grenzschutz verwendet wurden, und hatten alle relevanten Daten in ihren Computern. Es konnte eigentlich kein Zweifel daran bestehen, daß die modifizierte Motorjacht einem privaten Eigner gehörte und mit Gardisten bemannt war. Die Reedereigilde unterhielt eine eigene Marine und zusätzliche Sicherheitstruppen, setzten die Schiffe aber nur ein, wenn sie Versicherungsprämien sparen wollte. Ansonsten beriefen sie sich auf die Pflicht des Staates, für die Sicherheit ihrer Schiffe zu sorgen. Gab es Konzerne mit Seeinteressen? Auf Anhieb fiel Pandur nur Proteus ein, der unklar definierte, aber in der Zielsetzung eindeutige Ambitionen in den Küstengewässern verfolgte. Schutz der Arcologien. Abschirmung der Arcologien. Warum nicht auch mit einer präventiven Strategie? Von Bremerhaven hatte das Schiff so schnell nicht kommen können. Es war unwahrscheinlich, daß dort überhaupt Boote stationiert waren. Also mußte es schon mit einem mehr oder weniger klar formulierten Schutzauftrag unterwegs gewesen sein.

Wie brisant ist die Ladung der King Creole?

Die *King Creole* lag voraus. Die *Broken Heart* löste sich gerade von dem Frachter. Die Magnetanker waren bereits eingeholt, die Rumpfluke stand nur noch einen schmalen Spalt offen. Aus den Augenwinkeln registrierte Pandur Druses Wamo, das sich von der anderen Seite dem Hovercraft näherte und etwa genausoweit wie er von der Broken Heart entfernt war. Beide Wamos reduzierten die Geschwindigkeit, um mit dem Andockmanöver zu beginnen. Hinter Pandur brauste die Konzernjacht heran, lag aber noch außerhalb der

Feuerzone. Es würde knapp werden, aber bei Pandurs erstem Einsatz als Wamoreiter war alles noch viel enger gewesen und hatte auch geklappt.

Plötzlich begannen die Turbinen des Hovercrafts zu röhren, und im nächsten Moment schoß die *Broken Heart* mit voller Kraft voraus. Seewärts. Die Bugwelle hätte Druses heranjagendes Wamo beinahe zum Kentern gebracht.

»Tut mir leid, Walez«, kam Tupamaros Stimme aus dem Kopfhörer. »Nimm es nicht persönlich. Gilt auch für dich, Druse. Ich werde deinen Schwanz vermissen. Wir sehen uns alle in der Hölle wieder.«

»Das kannst du nicht machen!« schrie Druse so laut in sein Mikro, daß die Höhen kollabierten und Pandur um sein Trommelfell fürchtete.

Tupamaro würdigte ihn keiner Antwort.

»Drekhead! Verdammtes Drekheadweib!« Druse war außer sich vor Wut.

In Pandur war einen Moment lang nur Leere. Er wollte es nicht glauben. Er sprach kein Wort. Aber er handelte. Obwohl die *Broken Heart* weiter beschleunigte, raste er in Höhe des Katapultschachts neben dem Hovercraft her.

Warum? Wir hätten es geschafft!

Er verzichtete darauf zu betteln. Bei diesem Tempo war es nicht möglich, das Wamo einzuklinken. Und nach wenigen Seemeilen würde das Wasser zu rauh für ein Wamo sein. Ihm blieb dann nichts anderes übrig als umzukehren. Wenn die Konzerngardisten keine Luftunterstützung anforderten, mochte es ihm gelingen, unbehelligt das Ufer zu erreichen.

Ein Blick auf die Treibstoffkontrolle sagte ihm, daß er sich Illusionen machte. Wamos waren Flitzer für kurze Einsätze mit High Speed und hohem Treibstoffverbrauch. Einen solchen Einsatz hatte er gefahren. Und er gab noch immer Stoff. Aber nicht mehr lange.

An Bord der *Broken Heart* sah er Gestalten. Frühere

35

Chummer. Verstörte Gesichter blickten zu ihm herüber. Er erkannte Kuki, eine etwas begriffsstutzige, aber immer freundliche Technikerin. Delmario, ein früherer Mafiakiller, der bei einer Häftlingsmeuterei von Big Willi, der Gefängnisinsel in der Elbe, geflüchtet war. Flink, einer der beiden Zwerge, die sich an Bord befanden.

Ein scharfer Befehl kam von der Brücke. Tupamaro. Pandur hatte ihn verstanden. Das war folgerichtig, aber er konnte es kaum glauben. Der Befehl wurde wiederholt. Dann hob einer der Piraten es war Caruso, wenn Pandur sich nicht täuschte, ein ehemaliger Konzernsöldner – seine Ares Crusader und tat halbherzig, was verlangt wurde. Er drückte den Abzug durch und jagte eine Garbe in Pandurs Richtung, hielt aber absichtlich zu tief. Die Muni klatschte ins Wasser.

Pandur hatte verstanden. Und er akzeptierte es. Keinen Augenblick lang kam ihm der Gedanke an Rache, obwohl die Muni seiner Vindicator noch nicht aufgebraucht war.

Er legte sein Wamo in eine lange Rechtskurve und fuhr tiefer in die Bucht hinein, ohne noch einmal zurückzusehen. Das Düsengeräusch der *Broken Heart* wurde leiser und verklang schließlich in der Ferne.

Warum? Wamos sind teuer. Die Hälfte vom Erlös der Beute wird dafür draufgehen, zwei neue Wamos zu kaufen und aufrüsten zu lassen!

Dann kamen die Erinnerungen an andere Niederlagen.

Noch eine Frau, die mich aufs Kreuz gelegt hat …

Er wehrte den Gedanken ab, weil ihm andere Frauen einfielen. Rose. Sie war für ihn gestorben. Er hatte keine Problem mit Frauen. Aber einige Frauen hatten wohl Probleme mit ihm gehabt und diese Probleme auf fragwürdige Art gelöst.

Welches Problem hatte Tupamaro mit mir? Daß ich nicht mit ihr ins Bett wollte? Sie hatte genug andere zur Auswahl.

Sie hat zwei Wamos und ihre besten Wamoreiter verloren. Warum? Was bekommt sie dafür?

Plötzlich fiel ihm schockartig etwas ein, das die ganze Zeit in seinem Kopf gewesen war, ohne daß seine Synapsen es verarbeitet hatten. Etwas Ungeheuerliches, das er gehört hatte, ohne es in seiner Tragweite zu begreifen.

Tupamaro hat mich Walez genannt!

Aber es gab keinen Piraten namens Thor Walez. Er hieß Pandur. Niemand an Bord der *Broken Heart* hatte seine wahre Identität gekannt, auch der Käpt'n nicht. Und Pandur war sich ganz sicher, daß er sich mit keinem Wort verraten hatte, nichts bei sich trug, was Aufschluß geben konnte, es sei denn sein Cyberdeck. Aber Cyberdecks sind nicht sehr gesprächig, und in dieser irren Welt liefen viele herum, die ein Deck besaßen und damit in der Matrix herumspazierten.

Woher kennt Tupamaro meinen richtigen Namen? Seit wann weiß sie ihn? Wer hat sie dafür bezahlt, mich auszusetzen? Pandur hatte keine Gelegenheit, den Gedanken weiter zu verfolgen.

Eine panikerfüllte Stimme gellte in seinem Kopfhörer.

»Hilf mir, Chummer! Für mich ist der Arsch ab, wenn du mich nicht rausholst!«

Druse hatte er total vergessen, ihn nicht einmal vermißt, als er die *Broken Heart* auf Seekurs begleitete. Eigentlich hätte der Rothaarige neben ihm sein sollen. Wo zum Teufel steckte er? Hatten ihn die Konzerngardisten erwischt?

»Was ist los, Chummer?«

»Der Teufel ist los!« antwortete Druse. »Mein Wamo ist am Absaufen. Hilf mir, bevor die Dreakheads mir die Rübe wegballern!«

Pandur fluchte. Wenn er Druse zu Hilfe kam, war die winzige Chance vertan, vielleicht doch noch mit den letzten Treibstoffreserven die Küste zu erreichen. Trotzdem riß er den Lenker des Wamos sofort herum und nahm wieder Kurs auf die Mitte der Bucht.

Voraus schimmerte ein einzelnes Licht. Druses Wamo. Es bewegte sich nicht vom Fleck, sondern tanzte auf und ab in den Wogen. Einige hundert Meter rechts davon waren die Positionslichter der Konzernjacht zu erkennen. Sie bewegten sich nur langsam seewärts, als sei sich der Kapitän über das weitere Vorgehen noch nicht schlüssig geworden. Offensichtlich hatte man die Verfolgung der *Broken Heart* abgebrochen, da der Hovercraft für die Jacht zu schnell war. Druse war entweder noch nicht als mögliches Ziel erkannt worden, oder die Konzerngardisten legten keinen Wert darauf, sich eine Abschußprämie zu verdienen.

Als Pandur diese Überlegungen anstellte, fiel an Bord der Konzernjacht eine Entscheidung. Vielleicht hatte Druse mit seinem Hilferuf überhaupt erst auf sich aufmerksam gemacht. Die Jacht drehte bei und nahm Kurs auf das einsame Licht. Pandur fegte neunzig Grad weiter südlich heran. Er hatte den längeren Weg, aber auch das schnellere Fahrzeug.

Es konnte kein Zweifel daran herrschen, was mit Druse geschehen würde, wenn Pandur ihn nicht rechtzeitig erreichte. Wenn auf der Jacht Polizisten oder Soldaten wären, hätte Druse zumindest eine Fünfzig-Prozent-Chance, lebendig davonzukommen. Zwar wurde auch bei denen mit Piraten meistens kurzer Prozeß gemacht, aber manchmal erwischte man einen Kommandanten, der Schiffbrüchige an Bord nahm, und sei es nur, um seinen sadistischen Neigungen nachzugehen und sie ein bißchen zu foltern, bevor er sie der Justiz übergab. Konzerngardisten dagegen handelten nach den Gesetzen ihrer Brötchengeber, die nach den Passauer Verträgen von 2011 im Konfliktfall vor Bundesrecht gingen. Proteus oder wer immer die Gardisten geschickt hatte zahlte seinen Leuten Erfolgsprämien und Kopfgelder. Man würde deshalb versuchen, Druse und natürlich auch Pandur vor laufenden Tridkameras ins Jenseits zu schicken, und dabei nach Möglichkeit die Wamos schonen. Wenn man die Maschinen bergen konnte, brachte das ein zusätzliches Prisengeld. Starben die Piraten effektvoll, konnte man die Tridfilme obendrein an einen der 47 Tridsender verhökern. Selbst jene Sender, die nach außen hin gegen die blutigen Realityshows der Konkurrenz wetterten, brachten gern solche Bilder, um bessere Einschaltquoten zu erreichen. Notfalls wurden sie als Nachrichtenmaterial aufbereitet.

Gibt schon gute Gründe, sich aus dieser Scheißgesellschaft auszuklinken und seinen eigenen Kram zu machen. Gegen die Execs der Megakons und die Medienhaie ist selbst der schlimmste Ripperpirat ein angenehmer und eher harmloser Zeitgenosse.

Mit Höchstgeschwindigkeit raste Pandur auf den Chummer zu, bremste dann sowohl mit den vorderen Düsen als auch mit den Kufen ab und erreichte Druses Wamo, bevor die Konzerngardisten in Schußweite waren. Aber es ging um Sekunden. Eine hohe Bugwelle vor sich herschiebend, preschte die Jacht auf die Unfallstelle zu. Erste Schüsse bellten herüber. Für den Moment klatschten die Geschosse noch ein gutes Stück entfernt ins Wasser, aber die Chancen des Gegners erhöhten sich mit jeder Sekunde, die verstrich.

»Wie ist das passiert?« fragte Pandur, der sein Wamo auf Minimalgeschwindigkeit hielt, damit ihm nicht das gleiche passierte wie dem Chummer. Im Grunde war es eine überflüssige Frage, denn die Antwort lag auf der Hand.

»Ich war auf Andockkurs und wurde vom Wellengang der *Broken Heart* seitlich erwischt«, bestätigte Druse seine Vermutung. »Ich dachte, ich würde mit der Welle wieder hochkommen, aber die Düsen lagen schon unter Wasser.«

»Auffangen!« rief Pandur. Er hatte das Fach mit der

Bordausrüstung aufgeklappt, die Enterpistole herausgenommen und schoß Druse ein Drahtseil zu. Gleichzeitig steuerte er mit der anderen Hand sein Wamo knapp an Druses Maschine vorbei.

Der Anker klatschte hinter Druses Wamo ins Wasser und versank, aber das Seil legte sich über die Maschine. Mit etwas mehr Sprit und ohne Verfolger im Nacken wäre Pandur das Risiko eingegangen, die Maschine selbst anzuschleppen. Aber dazu war jetzt keine Gelegenheit mehr. Mit der freien Hand befestigte er sein Ende des Seils am Lenker.

Druse griff nach dem Seil, hob es über den Plexglasschirm, damit es sich nicht an der Maschine verfing, und hechtete dann ins Wasser.

Pandur blickte über die Schulter zurück. Druses Helm tauchte auf der Oberfläche des Wassers auf.

»Festhalten!«

Pandur gab Gas. Das Seil straffte sich. Druse hatte es mit beiden Händen umklammert und paddelte mit den Füßen. Pandurs Wamo bäumte sich auf. Einen Moment lang glaubte Pandur, es würde unter der ungewohnten Last stehenbleiben und genauso unter die Wasserlinie sacken wie Druses Maschine. Aber dann schob es sich nach vorn und schleifte Druse wie einen verunglückten Wasserskiläufer hinter sich her.

Die Jacht war bis auf hundert Meter heran. Die Kerle hinter den Schutzverkleidungen ballerten, was das Zeug hielt. Links und rechts von den Wamos klatschten Kugeln ins Wasser.

Nervenaufreibend langsam gewann Pandurs Wamo an Geschwindigkeit. Noch immer kam die Jacht auf. Pandur rechnete jeden Moment damit, daß ihm eine MP-Garbe den Rücken zerfetzte oder den Kopf von den Schultern holte. Mehrere Kugeln knallten in den Plexglasschirm und brachten ihn zum Bersten, aber Pandur blieb unverletzt. Im nachhinein wollte ihm das wie ein Wunder erscheinen. Ob Druse etwas abbekommen hatte, konnte er nicht sehen. Immerhin hielt der andere weiterhin das Seil fest.

»Bist du okay?« fragte Pandur über Funk.

»Mein Körper hat nur die Löcher, die er schon immer hatte. Aber ansonsten komme ich mir ziemlich durchgenudelt vor.«

»Einen Orgasmus kann ich dir nicht versprechen, aber ich versuche mein Bestes.«

Pandur jagte das Wamo in eine scharfe Kurve. Druse wurde weit hinausgetragen, fluchte und jammerte und wurde wie ein nasses Wäschestück über die Rippen eines Waschbretts gerubbelt. Aber das Manöver brachte die beiden Männer zum Heck der Jacht und damit aus der Schußlinie der meisten Waffen.

Dann fiel die Jacht zurück. Das Gewehrfeuer reduzierte sich auf gelegentliche Einzelschüsse. Pandur fuhr eine weitere Kurve und nahm dann Kurs auf Bremerhaven.

»Hältst du noch durch?« erkundigte er sich. Er traute sich noch nicht, die Geschwindigkeit zu reduzieren.

»Mir geht gleich einer ab«, erwiderte Druse mit zusammengebissenen Zähnen.

»Das ist die richtige Einstellung. Genieße es, solange du es noch kannst. Der Sprit ist nämlich gleich zu Ende. Dann ist Schwimmen angesagt. Nach dem faulen Herumhängen wird dir die Bewegung guttun.«

Pandur hatte mit einem Blick die Treibstoffanzeige gestreift. Der Zeiger war längst durch den roten Bereich gewandert und stand jetzt still. Das Wamo verbrauchte die allerletzten Tropfen.

Stumm zählte Pandur die Sekunden. Er war bei sieben angelangt, als die Turbine zu stottern begann. Zweimal bäumte sie sich noch auf. Dann war Stille. Das Wamo sackte durch. Die Kufen konnten die Maschine nicht auffangen. Pandur hockte bis zum Gürtel im Wasser. Der Scheinwerfer erlosch.

Druse ließ das Seil los und schwamm heran. Vor

ihnen leuchteten in der Ferne die Lichter der Arcologie. Hinter ihnen und viel näher leuchteten die Positionslichter der Jacht. Einen Moment lang hatte es so ausgesehen, als hätte man die Verfolgung abgebrochen. Die Breitseite der Jacht war zu sehen gewesen. Aber jetzt drehte sich das Schiff. Links leuchtete die rote Backbordlampe, rechts die grüne Steuerbordlampe. Die Jacht kehrte ihnen den Bug zu. Die Finger der Suchscheinwerfer waren nach vorn gerichtet. Das Schiff nahm Fahrt auf und kam rasch näher.

Pandur ließ sich zu Druse ins Wasser fallen. Mit hastigen Kraulzügen bewegten sich die beiden Männer vom Wamo fort. Sie wußten beide, daß es ihnen wenig nützen würde. Aber sie wollten es wenigstens versuchen.

»Ohne mich… hättest du es geschafft«, keuchte Druse.

»Halt's Maul.«

»Danke, Chummer… Ich schulde… dir 'nen Gefallen… Erinnere mich daran, wenn wir uns… mal wieder begegnen sollten… Vielleicht… vielleicht kann ich… dich mal zum Tee… einladen.«

»Vergiß es… Grüß Lucifer von mir… wenn du zuerst unten sein solltest… Und halte… mir ein Plätzchen warm.«

Die Jacht hatte das Wamo erreicht. Der Lichtfinger eines der Suchscheinwerfer erfaßte die beiden Männer, fuhr über sie hinweg und kehrte dann zurück. Druse und Pandur tauchten unter, schwammen unter Wasser. Der Lichtfinger wanderte mit, verharrte dann. Als die beiden Manner auftauchten, wurden ihre Köpfe in taghelles Licht gebadet.

»Na dann«, sagte Pandur.

Er trat Wasser und wartete. Ein Kopfschuß würde besser sein, als sich die Lungen mit der giftigen Brühe zu füllen.

42

2. KAPITEL

›Sympathy for the Devil‹

Der Name ›Wicca‹ stammt vom angelsächsischen ›wicce‹ (witch, Hexe), das anfangs auch von den deutschen Gruppen benutzt wurde, denen das herkömmliche ›Hexe‹ zu negativ vorbelastet erschien. In Amerika kam der Niedergang der überwiegend auf europäische Mythen ausgerichteten Wicca-Bewegung praktisch zeitgleich mit dem Wachsen der indianischen Macht: Viele traditionelle Kultplätze lagen nun unzugänglich auf dem Gebiet der NAN, während der aufblühende Naturkult des Schamanismus dem Wicca zahlreiche Anhänger fortnahm.

Heute existieren in Nordamerika noch wenige Gruppen dieser Art, vor allem im CFS. In Deutschland dagegen wurde der Kult zu der naturmagischen Bewegung schlechthin. Auch Frauen und Männer, die vor dem Erwachen Magie für ein lächerliches Hirngespinst oder für Weltflucht hielten, wandten sich nun der neuen Richtung zu, die ein neues Verständnis der Umwelt brachte. Der medienwirksame Schamanismus der Indianer führte dazu, daß eine Zeitlang mit Begriffen wie Totem, Medizinhütte usw. gearbeitet wurde.

Inzwischen hat sich allerdings ein traditionelleres System durchgesetzt, in dem auch der Name ›Wicca‹ durch das allgemeinere ›Weise Frauen und Männer‹, ›Weise Leute‹ oder einfach ›Weise‹ ersetzt wurde – nicht mittels Dekret einer Obrigkeit, sondern durch allmähliche Entwicklung.

Dr. Natalie Alexandrescu:
Hexenwesen und andere Naturmagie in der ADL,
Deutsche Geschichte auf VidChips,
VC 24, Erkrath 2051

Die erwarteten MP-Garben und Einzelschüsse blieben aus. Im ersten Moment konnten weder Pandur noch Druse begreifen, weshalb sich die Konzerngardisten so lange Zeit ließen. Die Köpfe der beiden Männer lagen wie reife Melonen im Wasser, die nur gepflückt werden mußten. Ein Kinderspiel, selbst wenn man berücksichtigte, daß die Schützen durch das Überrollen des Schiffes in ihrer Treffsicherheit beeinträchtigt wurden.

Pandur hatte die Augen geschlossen und versuchte, sich auf den Tod vorzubereiten. Er glaubte, bereits das überirdisch strahlende jenseitige Licht zu sehen, von dem Menschen berichteten, die die Schwelle zum Tod überschritten hatten und zurückgeholt worden waren. Jenes Licht, das den letzten Funken Hoffnung verkörperte, nach dem Absterben des Körpers nicht ausgelöscht zu werden.

Als der Tod nicht kam, öffnete er die Augen wieder. Er war in jenes Licht gebadet, das er schon durch die geschlossenen Lider hindurch bemerkt hatte. Es wirkte nicht grell und blendete nicht wie die Lichtkegel der Hologenscheinwerfer, die weiterhin vorhanden aber zur Bedeutungslosigkeit verblaßt waren. Ein kaltes Licht, milchig verschwommen und unglaublich intensiv. Es hatte keine klar definierbare Quelle und schien von überallher zu kommen, aus der Luft und aus dem Wasser. Wie dicker, leuchtender Nebel über einem Ozean aus leuchtender Milch, und die beiden Männer steckten mittendrin. Für die Konzernjacht galt das gleiche. Sie war nur noch als Schemen wahrzunehmen, ein grauer Schatten im Lichtnebel, auf der Lichtmilch, wie die Silhouette eines Weihnachtsbaums, mit ein paar schimmernden Lichtpunkten abgesteckt. Kein Wunder, daß die Gardisten nicht geschossen hatten. Pandur und Druse, nicht mehr als winzige Fettaugen in der Brühe, boten kein Ziel mehr. Die Söldner hätten schon blind in die vermutete Richtung feuern müssen. Und dazu waren sie allem Anschein nach zu verwirrt.

Pandur wollte etwas sagen, brachte aber kein Geräusch über die Lippen. Er stellte fest, daß seine Stimme nicht trug. Von Druse kam ebenfalls kein Kommentar. Das Pfeifen des Windes und das Zischen und Prusten der Gischt hatten aufgehört. Die Konzernjacht lag totenstill im Wasser. Es war überhaupt kein Geräusch zu hören.

Dann mußte sich Pandur korrigieren. Es gab ein Geräusch, das so diffus war wie das Licht. Milch für die Augen, Honig für die Ohren. Leise summender Honig, auf- und abschwellend, von überallher kommend.

Es gab nur eine Erklärung für das Ganze, dachte Pandur. Sie hatten ihm den Kopf so schnell weggesprengt, daß er nichts mehr wahrnahm, keinen Schmerz, keinen Stoß. Übergangslos war er ins Jenseits eingetaucht. Es gab also ein Leben nach dem Tode. Das erfuhr er jetzt. Was er für seltsame Sinneseindrücke hielt, waren die Empfindungen seines Astralleibs, seine Reaktionen auf die neue Umgebung.

Er wurde eines Besseren belehrt, als er aufhörte, mit den Füßen zu strampeln und mit den Armen zu rudern, um an der Wasseroberfläche zu bleiben. Er sank unter die Wasseroberfläche. Wasser drang in seinen Helm ein, geriet in seinen Mund, als er zu atmen versuchte. Er spürte die eklige Brühe in seinem Mund, in seinem Hals, schon beinahe in seiner Lunge.

Verzweifelt versuchte er, wieder nach oben zu kommen, bevor er an dem Gift erstickte. Im nächsten Moment stieß er durch die Wasseroberfläche, prustete, röchelte, keuchte, erbrach sich, ohne indes die entsprechenden Geräusche wahrnehmen zu können. Er schnappte nach Luft und kam langsam wieder zur Ruhe. Wenn dies eine Jenseitswelt war, dann eine, die entschieden realistische Eindrücke vermitteln konnte. Tatsächlich fühlte Pandur seinen Körper nur allzu deutlich. Was immer mit seinen Augen und seinen Ohren passiert war, er hielt sich ohne jeden Zweifel in einer körperlichen Welt auf.

Das Summen schien lauter zu werden, das Leuchten intensiver. Es gloste. Visuell und akustisch. Und hatte dabei überhaupt nichts an sich, das auf einen technischen Ursprung hindeutete. Es schwoll auf und ab, organisch gesteuert, in einem langsamen, stetigen Herzrhythmus. So kam es Pandur zumindest vor.

Dann spürte er unter sich im Wasser eine Bewegung. Ein riesiges Etwas kam aus der Tiefe, schwebte im Zeitlupentempo nach oben. Es handelte sich eher um eine Kontur als um einen Körper, um eine Kraft, die das Wasser zusammenhielt, dann die Luft, als es sich aus dem Wasser erhob und weiter nach oben stieg. Helleres Licht in dunklerem Licht. Aber in dem hellen Objekt gab es einige dunkle Flecken, die aus dem Objekt eine menschliche Gestalt machten, einen Giganten, hundert Meter lang, auf dem Rücken liegend. Die Flecken zeichneten eine riesige, scharf gebogene Adlernase und Schatten unter den Augen in ein hohlwangiges Gesicht, markierten ein zerlumptes Gewand über einem buckeligen Leib sowie Finger- und Fußnägel, die wie die Krallen eines Raubtiers wirkten. Die Gestalt machte einen weiblichen, alten und verhutzelten Eindruck. Sie sah aus wie eine Hexe, direkt dem Märchenbuch der Brüder Grimm entsprungen. Eine Riesenhexe aus Licht, Wasser und Nebel. Sprühende Lichtblitze, wie von abbrennenden Wunderkerzen, kamen aus den Augenhöhlen und den Fingerkuppen und wuselten wie Lichtwürmer über die Kopfhaut, formten ein wirres Gestrüpp struppiger Haare, setzten sich im Gesicht und auf den Händen als verknotete Adern fort.

Pandur fühlte sich fortgestoßen von der Gestalt, und Druse ging es genauso. Als die Lichthexe aufstieg, riß sie einen Teil ihres Wasserkörpers mit sich, bevor dieser sich löste, durch Luft ersetzt wurde und in das angestammte Element zurückschwappte. Eine mächtige

Woge packte die beiden Männer und schwemmte sie mit sich fort, ließ sie auf dem Kamm reiten, schickte sie in das Wellental und hievte sie wieder hinauf auf den Kamm, jagte sie der Küste entgegen.

Der Jacht erging es anders. Die Lichthexe war genau unter dem Schiff aufgetaucht. So wie sie das Wasser absorbiert und angehoben hatte, absorbierte und hob sie die Jacht an, machte sie zu einem Teil ihres Körpers, bevor sie das Schiff wieder ausspuckte. Es stürzte aus zehn Metern Höhe ins Wasser, schon in der Luft seltsam deformiert und nicht mehr als Wasserfahrzeug zu erkennen. Es verursachte eine zweite Riesenwoge, die der ersten hinterherlief, und wurde dann unter zusammenschlagenden Wassern begraben.

Dies alles vollzog sich unter dem Summen und Glosen, das die Szenerie erfüllte. Das Zusammenpressen des Stahls, der Sturz, der Aufprall, das Aufbäumen der Fluten – dies alles verursachte nicht das geringste Geräusch, oder die Geräusche wurden aufgesogen von dem alles durchdringenden Summen. Zugleich schien die Zeit aus den Fugen zu sein, sich zu dehnen. Pandur hatte den Eindruck, sich im Blutkreislauf einer riesenhaften Kreatur zu befinden, den Herzschlag dieser Kreatur zu erfahren, die Adern unter dem Blutdruck summen zu hören und dabei einen Stummfilm in Slow Motion zu sehen.

Dann verblaßte das Licht. Die Gestalt wurde fahl, durchsichtig, verschwand. Der Herzschlag verklang. Das Summen schwirrte davon. Vor Pandur und Druse lag nichts als die Nacht.

Die beiden Männer kämpften mit den Fluten. Brecher schlugen über ihnen zusammen, krachend diesmal. Die Zeit der toten Geräusche hatte ein Ende gefunden. Schließlich beruhigte sich das Wasser.

Vor Pandur lagen die Lichter der Arcologie Bremerhaven. Näher als zuvor, aber immer noch gut sechs Kilometer entfernt. Viel näher, nur zweihundert oder dreihundert Meter entfernt, glomm ein anderes Licht, matt, aber hell genug, um die Reste eines aus den Fluten ragenden Hochhauses zu markieren.

Zehn Meter entfernt trieb Druse im Wasser, Kopf oben, wie Pandur mit den Fluten ringend, mit Händen und Füßen heftig rudernd, aber noch nicht am Ende. Den Mundbewegungen nach zu urteilen, schien er etwas zu sagen, aber Pandur konnte ihn nicht hören. Offenbar hatte eines der beiden Helmfunkgeräte den Erschütterungen der letzten halben Stunde nicht standgehalten, oder, was wahrscheinlicher erschien, es war mit Wasser in Berührung gekommen. Pandur hoffte inständig, daß es seinem Cyberdeck nicht ähnlich ergangen war. Er spürte es noch immer an den Rippen, und die gekapselte Tragebox, in der es sich befand, galt immerhin als wasserdicht. Ob damit nur Regenwasser oder auch ein Bad in den chemisch aggressiven Fluten des Weser-Jade-Busens gemeint war, wußte er allerdings nicht.

Erst jetzt wurde Pandur die Kälte des Wassers richtig bewußt. Die turbulenten Ereignisse der letzten Minuten hatten seine Sinne mit anderen Eindrücken blockiert. Er registrierte Kälte, Nässe, den öligen Geruch des Wassers und spürte, wie seine Syntholederkluft an ihm zog. Zum Glück war die Kleidung leicht, flexibel und eng anliegend. Sie ließ die Feuchtigkeit nur zögernd bis auf die Haut vordringen und saugte sich nicht damit voll. Wamoreiter trugen diese Kleidung nicht von ungefähr. Obwohl dicker und wärmespeichernder als ein Schwimmanzug, kam sie diesem in vielen Eigenschaften recht nahe. Vor allem wurde man in seinen Bewegungen kaum eingeengt und konnte damit passabel schwimmen. Eine sinnvolle und beabsichtigte Eigenschaft. Ein Wamoreiter, der nicht damit rechnete, mit seiner Maschine gelegentlich baden zu gehen, war in einem Schaukelstuhl vor einem warmen Kamin wahrlich besser aufgehoben und sollte die Finger von dem Job lassen.

Während Pandur auf das matte Licht zuschwamm, wurde ihm bewußt, daß seine Karriere als Wamoreiter vorerst abgeschlossen war. Er entschloß sich, das Wort ›vorerst‹ zu streichen. Er hatte ohnehin die Schnauze voll gehabt. Wenn er dies alles überlebte, wollte er mit dem Dasein als Wamoreiter wie als Pirat brechen. Etwas wehmütig dachte er an seine Maschine, die wahrscheinlich zusammen mit der Jacht von der Lichthexe verschlungen worden war. Sie hatte ihm bis zuletzt treue Dienste geleistet. War ein starkes Gefühl gewesen, sie zu fahren. Trotzdem hatte er genug davon, und sie war ihm im rechten Moment unter dem Hintern weggesackt.

Neben ihm schwamm Druse, jetzt nahe genug, um sich mit ihm über den Wind hinweg auch ohne Helmfunk verständlich zu machen.

»Geiler Spuk, eh?« rief Druse.

»'ne Idee, was das war?« gab Pandur zurück.

»Null.«

»Giftgeist?«

»Der hätte uns… gefressen…« Druse schnaufte. »Eher ein Elementargeist.«

»Sah aber aus… wie eine Hexe.«

Noch nie hatte Pandur von einem so großen hexenähnlichen Geist gehört. Aber es gab Gerüchte über Moorhexen, die zu den Erwachten, den Critters, den Wesen der neuen magischen Zeit, gehören sollten. Aber verläßliche Daten existierten nicht. Außerdem befanden sie sich nicht in einem Moor, sondern in offenem Wasser… Andererseits war das, was sich das Meer zurückgeholt hatte, früher einmal Land gewesen. Der Gedanke an eine Moorhexe mochte gar nicht so abwegig sein. Und vielleicht stimmten sogar die Gerüchte, daß draußen im Atlantik jene mythischen Seeschlangen und anderen Ungeheuer wieder erwacht waren, von denen die Seeleute aus früheren Tagen berichtet hatten, ohne daß man ihnen Glauben schenkte.

Pandur fragte sich, ob dieses Wesen aus eigenem Antrieb erschienen oder ob Magie im Spiel gewesen war. Der Gedanke an den Anblick der Lichthexe ließ ihn noch nachträglich erschaudern, aber nüchtern betrachtet hatte sie ihn und Druse vor dem sicheren Tod gerettet. Die Konzerngardisten waren der fette Happen gewesen, den die Hexe sich einverleiben wollte. Falls sie nicht über diesen Dingen stand und die Drekheads wie lästiges Ungeziefer eher beiläufig zerquetscht hatte.

Als rissige Betonmauern in Reichweite vor ihm aufragten, wurde Pandur zum erstenmal bewußt, daß er dem nassen Tod entrinnen würde. Das Leben, mit dem er dort draußen abgeschlossen hatte, ging weiter. Er wußte nicht einmal, ob er sich darüber freuen sollte. Er hatte in letzter Zeit nicht den Eindruck gehabt, daß dieses Leben für ihn noch besondere Freuden bereithielt.

Eine solche Einstellung sollte auf einen bettlägrigen Greis von achtzig Jahren hindeuten. Nicht auf einen Einunddreißigjährigen, der eben erst wieder bewiesen hat, daß sein Körper zäh und leistungsfähig ist. Der auch aus Situationen herauskommt, in denen andere umkommen.

Aber Lebensfreude läßt sich nicht herbeibefehlen. Als Natalie ihn für einen Chip an die Killerelfen verkauft hatte, war in ihm etwas zerbrochen. Und Tupamaros Verrat trug nicht dazu bei, sein Vertrauen in andere Menschen zu fördern.

Er griff nach einer Art Brüstung, die wie ein Wall eine dem Hochhaus vorgelagerte Plattform abschirmte. Keuchend zog er sich aus dem Wasser, ließ sich hinter die Brüstung auf halbwegs trockenen Betonboden fallen. Hinter ihm platschte ein zweiter nasser Körper zu Boden: Druse, erschöpft, keuchend, wortlos wie er selbst. Die beiden Männer rissen ihre Helme herunter und rangen nach Luft.

Auf dem Rücken liegend, starrte Pandur die Sichel des Mondes an, die durch ein paar Wolken hinweg für kurze Zeit sichtbar wurde. Er genoß stumm das Gefühl, endlich ausruhen zu dürfen, nicht mehr unablässig die Arme und Beine bewegen zu müssen. Selbst seine Gedanken kamen einen Moment lang zur Ruhe. Auf einer animalischen Stufe fühlte er sich zufrieden, erfüllt, in einer eingeschränkten, körperlichen Weise sogar glücklich. So mochte sich die Gazelle fühlen, die dem Löwen entkommen war. Aber in dieser Ruhe nach dem Sturm lag bereits die Gewißheit, daß es andere Stürme geben würde. Bis zum Ende der Jagd. Bis zum Tod oder bis zu einem Wunder, das nötig war, um aus einem Gejagten einen Jäger zu machen.

Nach einer kleinen Ewigkeit wandte Pandur schließlich den Kopf. Mit dem Widerwillen des Schläfers, der aus der diffusen Halbwelt zwischen Schlaf und Wachsein in den neuen Tag hineinblinzelt, starrte er auf das Licht, das durch mehrere Fenster direkt vor ihm aus dem Inneren des Gebäudes drang.

Er spürte, daß sich Druse neben ihm bewegte.

»Hast du eine Ahnung, wo wir sind?« fragte er leise.

»Ohne Frage eines der Hochhäuser des alten Bremerhaven.« Druse sprach ebenso leise, als hätte er mit Pandur ein Gotteshaus betreten und traue sich nicht, die heilige Ruhe durch lautes Reden zu stören. Als Pandur ihn fragend anschaute, fuhr er fort: »Die Arcologie wurde im Südteil der Stadt errichtet. Die Stadt lag früher wie ein zehn Kilometer langer Schlauch am Weserufer. Ich weiß nicht genau, was dies für ein Hochhaus ist. Es ragen mehrere aus den Fluten heraus. Vielleicht das ehemalige Columbus Center. Keine Ahnung. Ist wohl auch egal.«

»Und das Licht? Hier können doch unmöglich Leute wohnen, oder?«

Druse schüttelte den Kopf. »Schwer vorstellbar. Wovon sollten sie leben? Und dann so dicht vor der Nase von Proteus? Ist mir ein Rätsel.«

»Ein Außenposten der Arcologie?« Bei diesem Gedanken griff Pandur instinktiv zum Achselholster.

Seine Walther Secura befand sich noch an Ort und Stelle. Er hatte sie zusammen mit einem Munitionsvorrat vor dem Einsatz in Plastikfolie eingeschweißt. Vorsichtig öffnete er das Oberteil des Synthoanzugs, zog das Cyberdeck und die Waffe heraus.

»Kaum«, erwiderte Druse, erhob sich und schüttelte sich Wasser aus der Kleidung. Er zog die dünnen Gummischuhe aus, wischte sie mit der Hand halbwegs trocken und schlüpfte wieder hinein. »Die sind sich selbst Festung genug. Was sollte das für einen Sinn haben?«

»Vielleicht ein Provisorium, solange die Arcologie noch nicht voll ausgebaut ist?« Pandur öffnete die Box, in der sich das Deck befand, legte es vor sich auf den Boden, aktivierte es und startete ein Programm, das alle Funktionen checkte. Kurze Zeit später wußte er, daß sein gutes altes Deck die rauhe Behandlung nicht übelgenommen hatte und einwandfrei funktionierte.

Einen Moment lang hatte ihm Druse interessiert über die Schulter geschaut. Dann antwortete er auf die Frage. »Es mag noch vieles fehlen, und die Sararimänner haben noch längst nicht die Sollstärke. Aber die Sicherheit steht schon zu hundert Prozent. Die brauchen hier draußen keinen Wachhund. Außerdem würde es hier dann ganz anders aussehen: Suchscheinwerfer und ein paar Feuerstöße als Begrüßungscocktail. Vergiß es.«

»Und das Licht?« Pandur war aufgestanden. Während er Druse zuhörte und selbst sprach, riß er die Plastikfolie auf, klinkte einen 12er Munistreifen in die Secura und steckte die Waffe in das Achselholster.

Die seltsamen, aber unverzichtbaren Rituale des Schattenläufers. Du folgst ihnen, ohne darüber nachzudenken, ob dir das Leben viel bedeutet oder wenig. Ihnen nicht zu gehorchen, bedeutet in jedem Fall, ein kurzes Leben zu wählen.

»Vielleicht hat der letzte Bürgermeister von Bremerhaven vergessen, das Licht auszumachen?« Druse grinste. Als habe das Beispiel einen Reflex ausgelöst, verfuhr Druse mit seiner Waffe wie Pandur mit der seinen, fast ohne hinzusehen. Eine Folie knisterte, eine Beretta 200ST klickte, ein Magazin verschwand in ihrem Griff, die Waffe selbst wieder in der Kleidung.

»Warum gerade der Bürgermeister?«

»Vergiß es. Ich hatte gerade die Vorstellung von einem Kapitän, der an Bord bleibt und lieber mit seinem Schiff absäuft, als es aufzugeben.«

»So was wirst du bei Politikern nicht finden«, sagte Pandur. »Und was Kapitäne angeht, kann ich auch nicht mehr an irgendwelche noblen Züge glauben.«

Das ließ in Druse Wunden aufbrechen. »Diese verpißte Piratenhure«, fluchte er unterdrückt. »Ich wußte, daß sie das Kunstherzimplantat ihrer Großmutter zu Geld gemacht hätte, wenn sie knapp bei Kasse gewesen wäre. Aber ich hätte nicht gedacht, daß sie Vitalienbrüder ans Messer liefert. Dieses ganze Zeug von einer Freibeuterrepublik – alles nur Gewäsch!«

»Würde ich nicht sagen«, widersprach Pandur. »Sie glaubt daran, es bedeutet ihr etwas. Für sie ist das eine Utopie, von der sie träumt und für die sie arbeitet. Aber was sie als hehres Ideal verkauft, sieht sie im Grunde ihrer schwarzen Seele vor allem als Machtinstrument. Alle Ideologen gehen über Leichen, um ihr Ziel zu erreichen. Und wenn sie es erreichen, kommt die gleiche gequirlte Kacke dabei heraus wie bei anderen Machtgebilden auch. Kann durchaus sein, daß Tupamaro uns nicht aus Habgier verraten hat, sondern weil man ihr etwas geboten hat, was sie ihrem Traum einen kleinen Schritt näher bringt.«

»Pah«, machte Druse abfällig. »Wenn die von etwas träumt, dann von Männern mit großen Schwänzen.«

»Du mußt es ja wissen«, erwiderte Pandur ironisch und erntete dafür von Druse einen wütenden Blick. Er entschied sich, die fruchtlose Diskussion abzubrechen. »Ich weiß nicht, wie es dir geht, aber ich friere mir hier einen ab. Wenn irgendwo dort hinten Menschen leben, haben wir vielleicht eine Chance, an trockene Klamotten zu kommen. Und wenn nicht: Drinnen ist es auf jeden Fall wärmer als hier draußen.«

Druse nickte.

Die beiden Männer bewegten sich langsam die Plattform entlang. Die Helme ließen sie zurück. Sie waren nur hinderlich. Die nasse Kleidung machte sich beim Gehen doppelt unangenehm bemerkbar. Außerdem begannen die Muskeln weh zu tun. Aber Bewegung war auf jeden Fall besser als Herumstehen.

Das nächste von insgesamt fünf erleuchteten Fenstern befand sich etwa vierzig Meter von ihnen entfernt. Es war eine leere Höhlung ohne Scheiben. Als sie näher kamen, erblickten sie Reste davon, die spitz aus dem Rahmen ragten. Den größten Teil des Glases hatte der Sturm längst herausgeschlagen. Ein kurzer Blick zu den anderen Fenstern zeigte, daß es dort nicht anders aussah.

Die fünf beleuchteten Fensterhöhlen lagen in einer Linie übereinander.

»Sieht wie das Treppenhaus aus«, kommentierte Druse.

Tatsächlich schien sich hinter dem Licht so etwas wie eine Treppe zu befinden. Das unterste Fenster lag drei Meter über dem Niveau des Plateaus, während das oberste zugleich das letzte der Stockwerke des alten Hochhauses markierte, die noch aus dem Wasser ragten. Zur Not konnte einer von ihnen auf die Schultern des anderen klettern und sich zu der Fensterhöhlung hinaufziehen. Aber die beiden Männer glaubten, daß es eine einfachere Methode geben mußte, in das Innere des Gebäudes zu gelangen. Sie suchten die Front des Hauses ab.

Es gab andere Fenster, ganze Fensterreihen sogar, einige mit intakt aussehenden Scheiben, aber keines lag tiefer als drei Meter über dem balkonähnlichen Sims, der dem Gebäude vorgelagert war. Dann entdeckte

Druse am anderen Ende des Balkons eine massive Stahltür. Sie befand sich unter dem letzten Fenster der untersten Reihe und lag auf dem Niveau des Balkons.

Die Männer eilten mit schnellen Schritten auf die Tür zu. Druse rannte beinahe, als könnte er es jetzt nicht mehr erwarten, ins Innere des Gebäudes zu gelangen.

Die Tür war von Rost überzogen. Druse versuchte, die Klinke herabzudrücken, aber diese war genauso verrostet wie der Rest der Tür und ließ sich nicht bewegen. Wütend trat er mit dem Fuß dagegen. Ohne Erfolg.

»Drek!« fluchte er.

Auch Pandur versuchte sich an der Klinke. Nichts zu machen.

Beide Männer schauten sich nach geeignetem Werkzeug um, aber auf dem Balkon gab es nichts als rissigen Beton. Schließlich fummelte Druse an seinem Hosenbein herum und förderte einen schlanken Dolch mit einer zehn Zentimeter langen Klinge hervor. Er hatte in einer Scheide an der Innenseite der linken Wade gesteckt.

»Versuchen wir es mal damit«, sagte er zufrieden und begann damit, an dem verrosteten Schloß herumzustochern.

Stumm sah Pandur ihm zu. Er hatte die Arme unter dem Gurt des Cyberdecks vor der Brust verschränkt, um sich ein bißchen zu wärmen. Trotzdem fror er jämmerlich. Er überlegte, ob er nicht einen Munistreifen opfern sollte, um das Schloß herauszuschießen und die Sache abzukürzen. Keine gute Idee, dachte er. Wenn hier wirklich Leute wohnten, würden sie durch die Schüsse alarmiert. Und eine zerschossene Tür wäre keine gute Visitenkarte.

Druse arbeitete verbissen und versuchte immer wieder, den Drücker zu bewegen. Aber der Seewind hatte gute Arbeit geleistet und die chemikaliengeschwängerte Luft gewiß das ihre dazu beigetragen, das Metall zu zerfressen. Immerhin ertastete Druse mit dem Dolch, daß die Tür nicht abgeschlossen war.

Pandur registrierte zum erstenmal bewußt, daß Druse Linkshänder war. Während der Rothaarige Rost schabte, dachte Pandur über seinen Gefährten nach. An Bord waren sie einander aus dem Wege gegangen. Dahinter steckte zumindest aus Pandurs Warte keine Antipathie. Er hatte zu allen Piraten auf der *Broken Heart* Distanz gewahrt, war Einzelgänger geblieben. Hinzu kam in Druses Fall eine unausgesprochene Konkurrenzsituation. Sie waren beide Wamoreiter, und Tupamaro verstand es, sie mit Lob und Tadel gegeneinander auszuspielen. Zumindest schien ihr das bei Druse gelungen zu sein, während Pandur ihr Spiel schnell durchschaut hatte und es zu ignorieren versuchte. Druse war ohne Zweifel eifersüchtig gewesen. Eifersüchtig auf den neuen Wamoreiter, eifersüchtig aber auch und vor allem auf Pandur als Mann. Er wußte, daß Tupamaro Pandur unverblümt aufgefordert hatte, mit ihr zu bumsen. Sie war kein bißchen prüde und taktvoll erst recht nicht. Sie hatte Pandur im Beisein der halben Crew aufgefordert: »Fick mich, Chummer, ich bin scharf auf dich.« Im Beisein auch von Druse, ihrem bevorzugten Bettgefährten.

Über Druses Vergangenheit wußte Pandur so viel und so wenig wie jeder Pirat über den anderen wußte: ein paar hingeworfene Bemerkungen, dieses oder jenes Schlaglicht auf ein zurückliegendes Ereignis, Andeutungen über eine mehr oder weniger verpfuschte Karriere, Hinweise auf Leidenschaften durch eine vom Alkohol oder vom Speed gelockerte Zunge. Was dabei herauskam, mußte nicht einmal wahr sein. Was Leute eben so erzählen: ein wahrer Kern vielleicht, ein bißchen Angeberei, aufgeschnappte Geschichten, die als selbsterlebte Realität aufgetischt und vielleicht auch mit der Zeit selbst so empfunden werden.

Pandurs Gehirn sortierte die wenigen Informationsschnipsel, die mit Druse zu tun hatten. Er war nahe der holländischen Grenze aufgewachsen, hatte später in Bremen irgendeinen langweiligen Job als Sararimann ausgeübt, dann eine künstlerische Ader entdeckt und sich als Bildhauer versucht. Ohne großen Erfolg offenbar. Wie er zu den Piraten gefunden hatte, wußte Pandur nicht genau. Irgendeine Affäre mit einer Frau schien damit zu tun zu haben. Eine blutige Auseinandersetzung mit einem Nebenbuhler oder etwas in der Art. Auf jeden Fall eine Flucht, die durch eine Frau ausgelöst wurde. Frauengeschichten schienen überhaupt das bestimmende Element in Druses bisherigem Leben gewesen zu sein. Wenn man seinen Erzählungen trauen durfte.

Alles in allem machte der Mann auf Pandur keinen unsympathischen Eindruck. Er war intelligent, wenn auch etwas faul, und neigte zur Sprunghaftigkeit. Pandur hielt ihn für nicht besonders zuverlässig. Er benahm sich oft grob, aber das war unter Piraten nichts Besonderes. Er lachte viel und hatte einen manchmal hinterhältigen Humor. Gelegentlich kippte er jedoch unvermittelt in depressive Phasen ab und war dann unausstehlich. Er konnte aber auch überraschend einfühlsam sein: Er war der einzige Pirat, den Pandur über einen Toten hatte weinen sehen. Er war ein Sinnesmensch, ein Genießer, in seiner Faulheit vielleicht ein bißchen zu anpassungsfähig. Er war widersprüchlich. Ein Mensch eben. Ein Mensch, der zum Piraten geworden war. Wie andere Menschen zu Schattenläufern. Oder zu Schattenläufern und Piraten.

»Warst du früher mal Decker?« fragte Pandur.

Druse sah verdutzt auf.

Pandur tippte auf seine eigene Stirnbuchse. »Deswegen.«

»Vergiß es«, erwiderte der andere. »Ich wollte nur Spaß haben.«

»So ka.«

Pandur schwieg, und Druse arbeitete weiter. Die Antwort paßte zu dem Bild, das er sich von dem Chummer gemacht hatte. Natürlich hatte Druse wissen wollen, was hinter dem Slogan ›Better Than Live‹ steckte, sich das Buchsenimplantat einpflanzen lassen und sich BTL-Chips reingezogen. Aber er schien nicht danach süchtig geworden zu sein.

Immer wieder versuchte Druse, den Türdrücker zu bewegen, aber dieser gab keinen Millimeter nach. Wütend trat Druse gegen die Tür und wischte den Dolch am Hosenbein ab.

»Heb mich zu einem der Fenster hoch«, forderte er.

»Hast du bei deinem Käpt'n auch so wenig Ausdauer gezeigt?« fragte Pandur. »Gib mir den Dolch.«

Einen Moment lang hatte er den Eindruck, Druse würde der Forderung mit der spitzen Seite des Dolches gerecht werden, um diese Bemerkung zu quittieren. Aber dann reichte ihm der Rothaarige friedlich die Waffe mit dem Griff nach vorn.

Als sich Pandur über das Türschloß beugte, hatte er den Eindruck, daß Druse unsystematisch vorgegangen war, als wüßte er nicht, wie ein Türdrücker funktionierte. Pandur nahm sich gezielt die Stelle vor, wo der Schnäpper eingerastet war, pickte dort den Rost weg. Dann trieb er die Klinge so heftig zwischen den Schnäpper und die Türfassung, daß Druse fluchte.

»Drek! Du brichst die Klinge ab!«

Pandur beachtete ihn nicht, zog den Dolch zurück, rammte ihn noch einmal an der gleichen Stelle hinein und drückte dann im rechten Winkel dagegen. Etwas klickte, etwas gab nach, die Tür sprang auf.

Wortlos reichte Pandur den Dolch zurück. Druse verstaute ihn wieder an der Wade.

»Meine Vorarbeit«, sagte er.

»Vor allem dein Dolch«, gab Pandur zurück.

Die Tür führte in einen Windfang, der sich nach rechts öffnete. Obwohl alles still geblieben war, zogen die Männer ihre Waffen. Man konnte nie wissen. Als Pandur und Druse in das Haus eindrangen, lag ein dunkler, fensterloser Korridor vor ihnen, doch weiter hinten war ein Lichtfleck zu sehen. Der Korridor führte parallel zum Balkon zur Hausmitte, und das Licht kam von dem Treppenhausschacht, den sie bereits von draußen gesehen hatten.

Der Boden und die Wände waren feucht. Sie wateten durch knöcheltiefen Schlamm und Unrat. Es stank nach Faulgasen und Chemieabfällen.

»Der Allianzgesundheitsminister teilt mit, daß das Betreten dieses Ganges von den Statuten der gesetzlichen Krankenversicherung nicht abgedeckt wird und den Entzug aller Leistungen nach sich zieht«, sagte Pandur.

»Ich bin privat versichert«, meinte Druse und grinste. »Bei der Beretta AG. Willst du meine Police sehen?« Er hob die Waffe leicht an.

Im Schein von Pandurs Minischeinwerfer wurden Plastikmüll und uralte, verrostete Bierdosen sichtbar. Tief unter ihnen und vor ihnen gluckste es. Sie wurden daran erinnert, daß sich dieses Haus mitten in einem Gewässer befand. Zehn oder mehr Stockwerke standen unter Wasser, und die Wellen nagten seit Jahrzehnten Tag und Nacht an den Grundmauern. Es grenzte an ein Wunder, daß der Bau nicht längst zusammengestürzt war. Irgendwann würde er es tun. Pandur hoffte, daß dieser Moment nicht ausgerechnet in den nächsten Stunden eintreten würde.

Sie erreichten das Treppenhaus. Die nach unten führenden Stufen standen unter Wasser. In der Brühe trieb jahrzehntealter Müll. »Plastikmüll ist der Beitrag der Menschheit für die Ewigkeit«, bemerkte Pandur. »Eine Art Denkmal. Spätere Exponate für ein Alienmuseum, Abteilung ›Ausgestorbene halbintelligente Rassen der Galaxis‹.«

Wenn draußen der Sturm tobte und die Wogen gegen

die Außenmauern drückten, die Flut durch die Fensteröffnungen eindrang, stieg auch im Innern der Wasserspiegel. Vermutlich war der Korridor, den sie gerade durchquert hatten, dann überschwemmt.

Als die Männer die Stufen zum nächsten Stockwerk hinaufstiegen, erreichten sie die erste Lichtquelle, eine verschmutzte, matt schimmernde Leuchtstoffröhre.

»Möchte mal wissen, woher der Strom stammt«, sagte Druse. »Diese Ruine wird ja wohl kaum an die öffentliche Versorgung angeschlossen sein.«

»Solarzellen auf dem Dach, schätze ich. Interessanter dürfte sein, wer sich die Mühe macht, die Anlage in Ordnung zu halten.«

»Seltsame Mieter, die im Dunkeln rummachen, aber im Treppenhaus für Licht sorgen.« Druse schüttelte den Kopf.

»Vielleicht haben sie Angst davor, auf Schadenersatz verklagt zu werden, wenn sich hier fremde Besucher das Genick brechen.«

»Dann sollten sie gefälligst auch den Gang mal putzen. Ist doch keine Art, Gästen eine Kloake als Foyer anzubieten.«

»Der Hausmeister macht gerade Badeurlaub auf Ibiza. Was hast du gegen Kloaken? Lieber in einer Kloake auf einer Tretmine ausrutschen als von einer Landmine in den Orkus gejagt werden.«

Sie erreichten das unterste der Fenster, die sie vom Balkon aus betrachtet hatten. Rechts führte die Treppe weiter nach oben, links bot sich ihnen ein dunkler Korridor an. Er wirkte kalt und leer und tot. Staub, Dreck, Moder, keine Fußspuren. Die beiden Männer hielten inne und horchten stumm in den Gang hinein. Kein Geräusch war zu hören außer dem trägen Platschen des Wassers auf den Stufen unter ihnen.

»Weiter nach oben«, entschied Pandur.

Druse nickte. »Meinetwegen kann alles so ruhig bleiben. Hauptsache, wir finden irgendwo ein paar Wolldecken und ein Plätzchen zum Schlafen. Ein Becher mit heißem Soykaf und zwei bis drei Soyburger wären mir auch recht.«

»Kein Problem«, meinte Pandur. »Wir sind hier in einer Filiale von Aldiburger und kommen gleich durch die Küche. Allerdings ist der Geschäftsführer etwas nachlässig und hat vergessen, draußen die Leuchtreklame einzuschalten.«

»Wußte gar nicht, daß du so'n Spaßvogel bist«, erwiderte Druse. »An Bord hast du kaum die Zähne auseinandergekriegt.«

»Muß das ölige Quasselwasser dran schuld sein, das ich geschluckt habe.« Aber Druse hatte recht, dachte Pandur. Er redete zuviel. Wahrscheinlich eine Reaktion auf die zurückliegenden Ereignisse. Er tat besser daran, seine Instinkte als Schattenläufer zu reaktivieren. Sie befanden sich an einem seltsamen, unbekannten Ort, und seltsame, unbekannte Orte sind höchst selten friedliche Orte. Er tat gut daran, diese Hochhausruine als ein abgesprengtes Stück Sprawl zu betrachten. Ein Stück Zuhause, das angespannte Sinne erforderte. Von Druse durfte er in dieser Hinsicht nicht viel erwarten. Piraten waren keine subtilen Straßenkämpfer. Sie lebten in einem Rhythmus, der aus Ausruhen und Draufhauen bestand. Im Dschungel der Megaplexe herrschten andere Regeln, und nach diesen Regeln hatte Pandur acht Jahre lang gelebt. Er beherrschte die Regeln. Er hatte überlebt.

Als Druse, animiert vom Ausdruck ›Quasselwasser‹, seinem Wunschkatalog eine Flasche Rum hinzufügte, reagierte Pandur spröde. »Sehen wir mal, ob irgendwo eine Fete läuft. Ich lege allerdings Wert darauf, als Überraschungsgast zu erscheinen. So ka?«

Entschlossen streckte er die Secura vor und schlich so leise wie möglich die Treppe hinauf. Die Treppe erwies sich als so dreckig wie alles hier, aber in der Mitte der Stufen lag weniger Dreck als außen. Pandur mußte keine nassen Stiefelabdrücke ausmachen, um zu wissen, daß diese Treppe benutzt wurde. Druse murmelte etwas in den Bart, verstummte dann aber und folgte ihm. Er gab sich Mühe, bewegte sich aber nicht ganz so geschickt wie Pandur.

Es wollte Pandur beim besten Willen nicht gelingen, sich einen Reim auf das Licht zu machen. Mehr als vier Jahrzehnte waren seit der Flutkatastrophe vergangen, die Bremerhaven und viele andere Küstenstädte vernichtet hatte. Daß ohne das Zutun von Menschen all die Jahre hindurch das Licht gebrannt hatte, erschien ihm ausgeschlossen. Wenn aber Menschen in dieser Ruine lebten oder zumindest noch vor kurzem hiergewesen waren, stellte sich die Frage, was das für Menschen sein konnten. Der Ort würde sich ideal als Schlupfwinkel für Piraten oder als Umschlagplatz für Hehler eignen. Aber die würden kaum so dumm sein, durch eine dämliche Treppenhausbeleuchtung auf sich aufmerksam zu machen. Also doch Leute von Proteus?

Die Konzernjacht muß irgendwo in der Nähe auf die Broken Heart *gelauert haben. Vielleicht hier. Wenn die Jacht nicht von Proteus geschickt wurde, konnte sie von der Arcologie keine Unterstützung erwarten. Es würde einer gewissen Logik folgen, wenn ein konkurrierender Megakon unter der Nase von Proteus, knapp außerhalb des Machtbereichs, eine versteckte Basis aufbaute. Vielleicht hat tatsächlich irgendein Gehirnamputierter vergessen, das Licht auszumachen.*

Wenn diese Überlegung zutraf, mußte davon ausgegangen werden, daß hier weitere Konzerngardisten stationiert waren. Irgendwie paßten die Puzzlestücke aber nicht zusammen. Die Gardisten hätten sicherlich in Funkverbindung mit der Jacht gestanden. Sie müßten alarmiert sein …

Pandur gab auf. Aber sein Grübeln hatte zumindest bewirkt, daß die Anspannung wieder in seinem Körper war. Er rechnete mit allem.

Die nächsten beiden Stockwerke wirkten so verwaist wie die Ebene, die sie bereits passiert hatten. Wieder unbeleuchtete Korridore, still und leer, verstaubt und unberührt. Pandur hielt sich nicht damit auf, sie zu erforschen. Er ignorierte auch den Korridor des nächsthöheren Geschosses, nachdem er kurz hineingelauscht hatte.

»Wenn sich hier jemand aufhält, dann in Höhe der Wasserlinie oder ganz oben«, flüsterte er Druse zu. »Das eine ist der Hafen, das andere der Ausguck, so ka?«

Der Rothaariger gab keinen Kommentar ab. Er wirkte verdrießlich. Vermutlich akzeptierte er für den Moment, daß Pandur die Führung übernommen hatte. Dies versetzte ihn aber keineswegs in Euphorie, wie seinem Gesicht anzusehen war.

Sie erreichten das fünfte und oberste Stockwerk. Der Korridor, der sich zur Linken erstreckte, war beleuchtet. Daß hier jeden Mittwoch eine Putzkolonne mit Staubsauger und Bohnermaschine unterwegs war, konnte man weiß Gott nicht behaupten. Der Gang war ungepflegt, schmuddelig. Aber manchmal wurde hier gefegt, vielleicht sogar aufgewischt. Das konnte man sehen.

Vom fernen Ende des Flurs kam ein merkwürdiges Geräusch. Zugleich nahm Pandur einen modrigen, stickigen, zugleich brenzligen Geruch war, als würde jemand nasse Socken verbrennen, die er zuvor mit Stinkmorcheln gefüllt hatte.

Pandur und Druse waren stehengeblieben und lauschten. Das Geräusch wirkte wie ein tiefes Stöhnen, das aus dem Bauch eines riesigen Tieres kam. Es wirkte unartikuliert. Pandur fühlte sich an das ferne, verzerrte Singen eines Wals erinnert. Links und rechts vom Korridor gingen Türen ab, aber die beiden Männer folgten dem Geräusch. Jetzt klang es eher wie ein Raunen. Der Korridor führte zu einer Fensterfront am anderen Ende des Gebäudes und verlief dann im rechten Winkel weiter.

Das Raunen oder Stöhnen oder Singen – es schien alles auf einmal zu sein – schwoll an. Pandur und Druse erreichten den Korridorknick. Vorsichtig lugte Pandur um die Ecke: noch immer keine Menschenseele zu sehen. Die Quelle des Geräusches mußte sich rechts vom Gang befinden.

Die Männer pirschten weiter. Links die Fenster, einige noch intakt, andere mit Plastikfolie überspannt und wetterfest gemacht. Jemand schien zugluftempfindlich zu sein oder ein gemütliches Heim zu schätzen. Ölgemälde mit röhrenden Hirschen oder glutäugigen Zigeunerinnen hingen allerdings nicht an den Wänden. Aber ein paar Eimer hellblauer Farbe waren für die Renovierung draufgegangen. Sogar die Leuchtstoffröhren hatte man geputzt.

Wachsam registrierte Pandur, daß die Malerkolonne sich nicht darauf beschränkt hatte, den Flur in strahlendem Blau erscheinen zu lassen. Seltsame, abgewinkelte Striche hoben sich rot vom Untergrund ab. In Abständen von zwei bis drei Metern gab es unterschiedliche Gruppen dieser Zeichen, jeweils einen halben Meter hoch, in Augenhöhe. Runen! Sie mußten sich auf Magie einstellen. Pandur machte Druse auf die Zeichen aufmerksam, und dieser nickte. Ob er damit etwas anzufangen wußte, blieb unklar.

Er wird Ärger geben. Dahinter können eigentlich nur Schamanen vom Runenthing stecken. Völkische Zauberer haben mir in meiner Sammlung gerade noch gefehlt.

Dann fiel ihm ein, daß einer der Killerelfen ebenfalls ein feuerrotes Runensymbol auf seinem allerdings schwarzen Seidenhemd getragen hatte. Die klotzköpfigen Bewahrer germanischen Brauchtums würden schwerlich einen Metamenschen in ihrer arischen Zunft dulden. Möglicherweise hatte sich die Runenzauberei aus den angestammten Zirkeln gelöst, oder der Thing hatte sich fraktioniert. Daß der Gedanke an die Killerelfen entspannend wirkte, konnte Pandur allerdings nicht behaupten.

Rechts gab es eine Weile nichts als blau getünchte Wand und rote Runen. Dann kam ein Feuerlöschgerät in Sicht. Es hing in einer Wandnische. Dem Aussehen nach tendierte sein Gebrauchswert gegen Null. Die Malerkolonne hatte es blau übermalt. Auch der Feuerlöscher trug rote Runensymbole. Immerhin passend, was die Farbe anging.

Vor ihnen lag eine Doppeltür. Einer der Flügel war nur angelehnt. Durch den Spalt drang das Geräusch, das immer lauter geworden war, je mehr sie sich der Tür genähert hatten. Pandur glaubte es jetzt identifizieren zu können. Die Runen brachten ihn auf den Gedanken. Es handelte sich um einen vielstimmigen Singsang. Gregorianische Kirchengesänge auf Germanisch, arisch atonal durchgequirlt, wotanwuchtig, walkürisch wallend. Einzelne Worte konnte man nicht verstehen, obwohl die einzelnen Laute vertraut klangen.

»Laß uns von hier verschwinden«, flüsterte Druse ihm ins Ohr.

»Ich denke, du willst 'nen Burger?« flüsterte Pandur zurück. »Hier kriegste einen mit Hakenkreuz drauf.«

Er wartete nicht ab, wie Druse sich dazu stellte. Wenn sie diese verdammte Ruine trockenen Fußes verlassen wollten, mußten sie sich irgendwie mit diesen Leuten auseinandersetzen.

»Los, Chummer!« zischte er, packte die Secura mit beiden Händen, sprang vor, stieß mit dem rechten Fuß den angelehnten Türflügel auf und stürzte sich in das Innere des Raumes.

»Drek!« hörte er hinter sich Druse fluchen, spürte ihn dann jedoch hinter sich. Er machte Platz. Druse quetschte sich an ihm vorbei und haute sich neben ihm auf, die Beretta schußbereit in der Faust.

Vor ihnen lag ein Saal mit gepolsterten Sitzreihen für

mindestens hundert Personen, ein nach unten abgesenktes Halbrund. Vorn eine Bühne mit einem Podium, auf dem eine Reihe von Männern und Frauen im Schneidersitz auf dem Boden hockten, gekleidet in lange, hellblaue Gewänder mit roten Runenzeichen darauf. Pandur zählte dreizehn Robenträger. Zerkratzte Schalensitze aus grauem Kunststoff, die dunkelblauen Bezüge abgewetzt, darunter zerbröselter Weichschaum, der an einigen Stellen bloßlag. Die hinteren Sitzreihen waren leer. Nur in den vorderen fünf Reihen saßen etwa dreißig Figuren, in dunkelgraue Leinenkutten gehüllt, die Köpfe mit Kapuzen bedeckt.

Überall an den Wänden hingen mit Runen bemalte Stoffbahnen sowie bündelweise getrockneter Seetang und Algen. Auf dem Podium kokelte das gleiche Zeug in einer riesigen Messingschale. Es stank bestialisch.

Alle Gesichter, auch die der Männer und Frauen in den blauen Gewändern, hatten sich den Eindringlingen zugewandt, der Gesang war verstummt. Die Kuttenträger waren Männer und Frauen jeglichen Alters, die jüngsten noch Kinder, kaum älter als zehn. Alles Menschen. Zwerge, Elfen, Trolle oder Orks schienen nicht vertreten zu sein. Waffen konnte Pandur nirgends entdecken, was aber nicht viel bedeuten mußte. Unter den Gewändern und Kutten ließ sich einiges verstecken.

Pandur sah unwillige Blicke, aber keine unverhohlene Feindschaft. Ihn verblüffte, daß die meisten Blicke Gelassenheit ausdrückten. Keine Spur von Überraschtheit.

Niemand sprach ein Wort. Eine geradezu unnatürliche Stille lastete über dem Ort.

»Und nun?« raunte Druse nervös.

»Worauf wartest du noch? Du kannst jetzt deinen Soyburger bestellen«, gab Pandur genauso leise zurück. »Die Figuren auf dem Podium sind die Kellner. Du mußt ihnen nur zuwinken.«

Druse fluchte unterdrückt. Ihm schien der Appetit

sowohl auf Soyburger als auch auf Pandurs Humor vergangen zu sein.

Die Selbstsicherheit war nur gespielt. Pandur hatte erwartet, daß die Leute auseinandersprizten oder zornig gegen die Eindringlinge Front machten. Er hatte sogar mit Feuerbällen und anderen magischen Attacken gerechnet und behielt vor allem die Männer in den blauen Gewändern im Auge. Aber keiner griff nach einem Fetisch, niemand bewegte die Lippen, um einen Zauberspruch zu murmeln. Er wußte überhaupt nicht, was er von diesen Leuten halten sollte.

»Niemand muß sich aufregen«, wandte er sich schließlich laut an die Versammelten. »Die Püster haben nichts zu sagen. Wir wollten euch nur mal zeigen, wie schön blank sie sind. Hoffe, ihr wißt das zu schätzen.« Nach einer kleinen Pause fuhr er fort: »Hört zu, Leute. Wir sind in eurer schönen Räucherstube gestrandet und könnten ein bißchen Unterstützung gebrauchen. Zum Beispiel könntet ihr uns ein Boot geben und uns den Weg zur nächsten Kneipe beschreiben.«

Schweigen. Die meisten der Kuttenträger wandten sich ab und sahen zu den Männern und Frauen auf dem Podium. Einer von ihnen erhob sich schließlich. Er war schon beinahe ein Greis, mindestens Mitte Siebzig, bis auf einen grauen Haarkranz kahlköpfig, fast zwei Meter groß, mager, mit eingefallenen Gesichtszügen und nach vorn geneigten Schultern. Er trug einen kurzen, gekräuselten Vollbart, der wie grauer Schaum die untere Hälfte seines langgezogenen Gesichts umrahmte. Ein starrer Blick aus stahlgrauen Augen, ein leicht spöttisch verzogener Mund.

»Ich bin der Erste Sprecher des Coven«, sagte er mit brüchiger, aber Autorität ausstrahlender Stimme. »Ihr stört unseren Thing. Aber wir haben euch erwartet. Steckt die Waffen ein. Ihr benötigt sie nicht, und sie würden euch auch nichts helfen. Ihr solltet das wissen. Wart ihr nicht Zeugen von Tungritas Macht?«

»Tungrita?« Pandur hatte nicht die geringste Ahnung, wovon der Mann redete. Trotzdem folgte er der Aufforderung und schob die Secura in das Holster zurück, da keine unmittelbare Gefahr drohte und der Ausgang nahe war. Mit klammen Fingern folgte Druse seinem Beispiel.

»Tungrita«, wiederholte der Erste Sprecher. Es klang ehrfürchtig und beinahe feierlich. »Sie ist erschienen und hat eure Feinde verschluckt. Ihr werdet euch vielleicht erinnern.« Wieder der spöttische Mundwinkel.

»Das ... das wart ihr?« fragte Druse ungläubig.

»Nicht wir – Tungrita!« belehrte ihn der Kultist mit unverkennbarem Hochmut in der Stimme. Er behandelte Druse wie ein Lehrer einen Klippschüler, der immer den gleichen Fehler beim Aufsagen des Alphabets macht.

Es war schwer zu glauben, dachte Pandur, daß dieser Verein etwas mit der Lichthexe zu tun hatte. Aber er mußte es wohl akzeptieren. Aus irgendeinem Grunde war ihm die Erscheinung eigenständig erschienen, wohl magisch und Teil der Erwachten Welt, aber nicht Ergebnis menschlicher Einflußnahme. Schamanistische oder hermetische Magie, wie er sie bisher erlebt hatte, wirkte unmittelbarer, zielorientierter, und vor allem war sie an die unmittelbare Präsenz von Magiern gebunden. Andererseits mußte er zugeben, daß er Magie nur erfahren hatte, mit ihr aufgewachsen war, ohne sich wirklich intensiv mit ihr auseinandergesetzt zu haben. Er vermochte nicht einmal zu sagen, ob dieser Kult schamanistische Magie oder rituelle Hexerei betrieb. Diese Leute schienen sich zwischen allen Fronten angesiedelt zu haben.

»Wer oder was ist Tungrita?« fragte er.

»Die Macht, die uns bestimmt«, erwiderte der Sprecher knapp, als sei damit alles gesagt. »Und die ihr erfahren habt. Da es ihr Wille war, euch zu verschonen, seid ihr willkommen. Wir werden euch weiterhelfen. Später.«

Pandur hatte keine Lust, sich von den falschen Leuten helfen zu lassen. Tungrita oder nicht, wenn diese Kasper zum Runenthing gehörten, würde er sich nehmen, was er brauchte, und zwar ohne ein freundliches Lächeln.

»Habt ihr etwas mit dem Runenthing zu tun?« fragte er den Alten. »Oder mit der Nationalen Aktion? Stört es dich, daß ich russische, polnische und jüdische Vorfahren habe?«

»Der Runenthing geht den falschen Weg!« erwiderte der Mann mit Schärfe in der Stimme. »Und mit den Schlägern der NA wollen wir erst recht nichts zu tun haben. Und mir ist egal, was für Blut in deinen Adern fließt. Wir sind der Tungrita-Thing! In Tungrita sind verschiedenen Elementare, die Geister von Crittern und verstorbenen Menschen vereint. Tungrita kennt keine Rassen und keine Nationen. Wie könnten wir da für Nationalismus und Rassenreinheit eintreten?«

Das Bekenntnis klang echt. Aber Pandur war noch nicht überzeugt. »Ihr benutzt Runen und bezeichnet euch selbst als Thing. Das sind doch Markenzeichen der völkischen Schamanen vom Runenthing, oder?«

Bei den Anwesenden machten sich Unmut und Ungeduld breit. Der Sprecher hob die Hand und sorgte damit für Ruhe. »Wir sind euch keine Rechenschaft schuldig«, sagte er schroff. »Aber ich rechne dir deine Unwissenheit zugute. Vielleicht stimmt es, daß einige von uns früher einmal dem Runenthing angehörten, aber inzwischen folgen wir dem wahren Weg. Die Runen sind noch immer das Medium unserer Magie, aber nicht ihr Inhalt. Das muß euch genügen.« Der Alte machte eine ungeduldige Handbewegung. »Und jetzt stört uns nicht länger. Setzt euch oder geht. Wir werden euch helfen. Aber ihr müßt warten, bis unsere Zeremonie zu Ende ist.« Er setzte sich wieder, versenkte sich abrupt in eine Art Trance und begann eine monotone Litanei. Die anderen Männer und Frauen auf dem Podium fielen ein. Nach und nach gesellten sich Stimmen aus den Reihen der Kuttenträger hinzu, die sich wieder voll und ganz auf den Coven der Dreizehn konzentriert hatten. Bald wogte in voller Lautstärke der gleiche abgehackte, wimmernde, stöhnende Gesang durch den Saal, der Pandur und Druse auf ihrem Weg durch den langen Korridor begleitet hatte.

Die beiden Männer wollten den Raum verlassen und draußen warten. Sie wandten sich um.

Sie liefen direkt vor die Mündungen von drei Maschinenpistolen und zwei Sturmgewehren. Die Waffen hingen vor silbergrauen Uniformen, die in Brusthöhe mit einer schwarzen Spange verziert waren, die ein Atommodell symbolisierte. Graue Stahlhelme mit dem gleichen Symbol. Proteus!

Milchgesichter mit aufmerksamen Augen starrten sie an. Bis auf den ein paar Jahre älteren, grinsenden Anführer waren die Konzerngardisten noch blutjung, beinahe Kinder. Gefühlskalte, neugierige Kinder, die geil darauf waren, Wetware durch die Gegend spritzen zu lassen. Einfach so, um zu sehen, wie sich das machte. Oder die es schon gesehen hatten und denen es gefallen hatte. Zur Wiederholung geeignet.

Sowohl Pandur als auch Druse waren sich der Tatsache bewußt, daß die Burschen früher oder später auf sie oder andere schießen würden. Sofort, wenn ihnen irgend etwas nicht paßte. Da die beiden Männer keine Chance hatten, ihre Waffen zu ziehen, bevor sie durchlöchert sein würden, ließen sie den Versuch bleiben.

»Ehh, ihr Kiffer!« schrie der Anführer nach unten. »Raucht ihr schon wieder eure Matratzenfüllungen? Wir haben euch schon mal gesagt, daß wir dieses Stinkzeug nicht leiden können.«

Zu Pandurs Überraschung brach der Singsang nicht ab, und keiner der Robenträger blickte auf. Vielmehr kam es ihm so vor, als würde sich der Singsang noch steigern.

»Schluß mit der Katzenmusik!« brüllte der Konzerngardist, riß seine Scorpion-Maschinenpistole nach oben und jagte einen Feuerstoß in die Decke.

Beton- und Kunststoffbrocken knallten zusammen mit plattgedrückten Projektilen nach unten, Putz rieselte hinterher. Der Singsang brach ab. Aber die Mitglieder des Coven sahen noch immer nicht auf. Sie hatten sich an den Händen gefaßt. Ihre Augen wirkten leer, als würden sie in fernste Fernen oder in sich selbst blicken.

Plötzlich hatte Pandur das Gefühl, die Präsenz einer fremden Wesenheit zu spüren. Sie schien aus dem Ring aufzusteigen, den der Coven gebildet hatte, breitete sich aus und füllt den Raum aus. Das Feuer mit dem kokelnden Seegras flammte hell auf, aber sonst war nichts zu sehen. Wenn es die Lichthexe war, die in den Saal eingedrungen war, dann präsentierte sie sich anders als draußen in der Bucht. Ohne Licht, ohne ihren halbmateriellen Körper, nur als Hauch ihrer Aura. Aber es war etwas vorhanden. Ein Kraftfeld. Im Wasser des Weser-Jade-Busens war sein Körper von Tungrita fortgestoßen und in einer Welle davongeschwemmt worden. Jetzt fühlte er eine Kraft, die seinen Geist gegen eine immaterielle Mauer zu drücken schien.

»Schon besser«, sagte der Proteusmann. Entweder spürte er die Präsenz des fremden Wesens nicht, oder er wollte sie nicht wahrhaben.

Fieberhaft wartete Pandur darauf, daß irgend etwas geschah. Entweder würde gleich irgendeiner der nervösen Jünglinge wissen wollen, ob seine Wumme noch immer sprechen konnte, und sich zu diesem Zweck wahrscheinlich die beiden nächsten Ansprechpartner aussuchen. Oder … Er wußte nicht, was er statt dessen zu erwarten hatte. Die Vorstellung, die er schon einmal erlebt hatte? Aufgesaugt werden, verdaut werden, ausgestoßen werden? Keine echte Alternative zu der Aussicht, als abstrakte Malerei über die Runenposter verteilt zu werden. Inständig hoffte er, daß Tungrita ein paar magische Varianten beherrschte, die Zaungästen zuträglicher waren.

Der Wortführer der Proteusmänner schien seine Rolle zu genießen. Wahrscheinlich hatte er sie in daheim in der Arcologie vor dem Spiegel eingeübt. »Dabei wollen wir gar nichts von euch«, sagte er zu den Kultisten. »Wir wollen nur einen…« Er machte eine genüßliche Kunstpause, sah dabei noch immer zum Podium.

Klar doch, dachte Pandur. *Was auch sonst? Sie sind meinetwegen hier…* Seine Hand bewegte sich langsam nach oben, obwohl er wußte, daß dies sinnlos war.

Der Proteusmann fuhr plötzlich herum und richtete seine Scorpion auf die beiden Männer. Pandurs Hand erstarrte. Der Konzerngardist grinste. Er sah Druse an. »Hast du gedacht, wir würden dich nicht finden?«

So ein Schwachkopf! Er hält Druse für seinen Mann!

Druse spuckte aus.

»Nicht doch, Druse«, sagte der Proteusmann tadelnd. »Du versaust den guten Leuten hier den Teppich. Tut man so was?«

Pandur registrierte zwei Dinge. Zum einen, daß der Proteusmann Druse mit seinem Namen angeredet hatte. Was bedeutete, daß die Konzerngardisten, aus welchen Gründen auch immer, tatsächlich Druse suchten und nicht einen ehemaligen Decker namens Walez. Zum anderen passierte das, womit er die ganze Zeit gerechnet hatte.

Tungrita griff an.

Von einem zum anderen Moment spürte Pandur, wie ein Kraftfeld über seinen Körper züngelte. Was er selbst fühlte, sah er an Druse: Alle Körperhaare richteten sich steil auf. Dann flogen die beiden Männer als lebende Geschosse durch den Raum und prallten gegen die nächste Stuhlreihe. Das Wesen, Tungrita oder was auch immer, wurde als wabernder, konturloser, leuchtender Nebel sichtbar, eine brodelnde weiße Wolke, die mitten im Saal hing und von einer Nebelsäule aus dem Coven gespeist wurde. Kein hakennasiges Gesicht diesmal, keine glitzernden Augen, keine wuselnden Haarblitze, keine bucklige Gestalt. Nur Wogen und Wabern. Und Summen. Das unheilvolle Summen, das Pandur schon einmal vernommen hatte. Alle anderen Geräusche wurden absorbiert.

Die Konzergardisten feuerten wie von Sinnen in die Erscheinung hinein, lautlos, gespenstisch. Die Projektile wurden wie von einem Wattebausch aufgefangen und verschluckt. Dann lösten sich vom Rand der Wolke fünf Klumpen, wie Schneebälle, die von einem Titanen geschleudert wurden. Sie stiegen zur Saaldecke und sausten dann senkrecht auf die Köpfe der Proteusmänner hinab. Jeder der Bälle schien sein persönliches Ziel genau zu kennen und traf es mit unfehlbarer Sicherheit. Exakt im gleichen Moment erreichten die Bälle fünf Stahlhelme. Spalteten sie. Spalteten die Köpfe, die sich darunter befanden. Spalteten den Leib unter den Köpfen. Erreichten die schweren Stiefel und lösten sich auf. Die auseinanderklaffenden Körper lösten sich auf, verschwanden im Nichts. Mit den Uniformen, den Helmen, den Waffen. Kein Knopf und keine Atomspange blieben zurück. Es reichte nicht einmal für ein paar häßliche Flecken. In der Luft lag ein knochentrockener Hauch wie nach einer elektrischen Entladung. Dann machte sich ein Ozongeruch breit. Es wurde ersetzt durch etwas, das nach Salz und Tang roch. Dann kam ein schwerer, fauliger, den Atem nehmender Gestank, der allen Morast, allen Schlick und alle Exkremente der Welt in sich vereinte.

Dann war alles vorüber. Die Erscheinung hatte sich schlicht in Luft aufgelöst. Sie war nicht etwa unsichtbar geworden, sondern Pandur spürte eine plötzliche Leere, in die hinein sich das ergoß, was vorher zur Seite gedrängt wurde. Mit der wabernden Wolke war auch der bestialische Gestank verschwunden. Genauer gesagt, er wurde durch den gewohnten Gestank abgelöst, den stickigen Mief stehender Luft, den beißenden Geruch nach brennendem Seetang. Die Mitglieder des Coven ließen einander los, der Kreis löste sich auf. Im Saal schwirrten die Stimmen der Kuttenträger durcheinander, während der Coven schwieg.

Schließlich erhob sich der kahlköpfige Alte, wandte sich den Thingbrüdern und -schwestern zu, hob die Hände zur Saaldecke und sagte salbungsvoll: »Tungrita sei Dank. Möge es unseren Feinden eine Lehre sein.«

Ohne Wert auf einen rituellen Abschluß der Zeremonie zu legen, ließ der Sprecher die Hände sinken und verließ gebeugt das Podium. Er stieg eine schmale Treppe herab, hielt sich dabei am Geländer fest und ging durch den Mittelgang an den Stuhlreihen vorbei zu Pandur und Druse. Die Kultisten diskutierten leise miteinander und beachteten ihn kaum.

Die beiden Männer hatten sich wieder so weit erholt, um aufzustehen, waren aber beide noch zu benommen von den Ereignissen, um reden zu können.

»Euch ist die Gunst widerfahren, ein zweites Mal durch Tungrita gerettet zu werden«, sagte der Sprecher. Es klang überhaupt nicht pathetisch, sondern wie eine nüchterne Feststellung. Der Mann ließ sie deutlich spüren, daß sie für ihn Fremde waren, die nur geduldet wurden, weil die Lichthexe sie verschont hatte. Pandur hatte den Eindruck, daß der Coven Tungrita nicht wirklich kontrollierte, sondern nur aktivierte. Die Lichthexe selbst schien fähig und willig zu sein, Entscheidungen zu übernehmen. Sie hatten es ihr und nicht dem Coven zu danken, daß ihnen nicht ebenfalls ein tödlicher Schneeball vom Scheitel bis in die Zehenspitzen gefahren war.

»Wir wären auch allein mit den Drekheads fertig geworden«, behauptete Druse wider besseren Wissens.

Der alte Mann stieß ein kurzes Lachen aus. »Natürlich nicht, aber es geht nicht um euch. Ihr solltet besser nicht auf die Idee kommen, Auserwählte zu sein. Ihr wurdet geschont, mehr nicht. Tungrita hilft unserem Thing, sich seiner Feinde zu erwehren. Das ist alles.«

»Auch draußen in der Bucht?« fragte Pandur. Er konnte nicht erkennen, inwieweit die Konzernjacht dem Thing gefährlich geworden war. Und selbst die Proteusleute wollten angeblich nur Druse fangen oder töten, die Kultisten dagegen schonen. Druse... Wodurch hatte sich der Rothaarige den Zorn von Proteus zugezogen? Pandurs Bild von den Ereignissen der letzten Stunden geriet ins Wanken. Hatte der Angriff in der Bucht, hatte Tupamaros Verrat gar nichts mit ihm, sondern allein mit Druse zu tun? Wer war Druse in Wirklichkeit? Nur ein Pirat oder etwas anderes?

»Auch dort draußen«, gab der Sprecher leidenschaftslos zur Antwort. »Obwohl unsere Aktion gegen das Schiff möglicherweise auf einer Fehlinformation beruhte.«

Aha! Der Erste Sprecher räumte einen Fehler ein. Mehr denn je hatte Pandur den Eindruck, daß der Alte eine Kompetenz für sich beanspruchte, die er in Wirklichkeit nicht hatte.

Der Sprecher schien zu spüren, daß seine Autorität gelitten hatte. Er sah sich veranlaßt, Erklärungen abzugeben. »Wir sind Proteus ein Stachel im Fleisch«, sagte er. »Man hat uns schon einmal überfallen. Wir waren nicht vorbereitet. Es gab Tote. Deshalb haben wir beschlossen, ein Schiff des Konzerns zu vernichten. Offenbar hat Tungrita jedoch ein anderes Schiff angegriffen. Aber jetzt wird Proteus begreifen, daß wir nicht weichen werden.«

»Proteus wird nur fünf Leute vermissen und wiederkommen«, sagte Druse düster. Er schien nervös zu sein. Offenbar hatte er wenig Lust, noch bei den Kultisten zu sein, wenn Proteus eine weiteres Kommando schickte.

»Proteus hat in allen Einzelheiten erfahren, was vorgefallen ist«, sagte der Alte selbstzufrieden.

Weder Pandur noch Druse fragten ihn, wie das geschehen konnte. Sie waren sicher, daß der Sprecher nicht log. Er hatte gesehen, was in der Bucht passiert war, und sie erwartet. Hellsicht vermutlich, eine magische Fähigkeit. Offenbar verfügte der Coven auch über die Macht, Bilder an andere Orte oder in andere Köpfe zu projizieren. Nach allem, was Pandur über Magie wußte, war für das eine wie das andere ein wissentlich kooperierendes Medium nötig, aber vermutlich ersetzte Tungrita dieses Medium. Womit sich die Frage stellte, wie groß Tungrita in Wirklichkeit war und wie weit ihr Einflußbereich reichte. War die Lichthexe der heimliche Herrscher des Weser-Jade-Busens, vielleicht sogar der gesamten Deutschen Bucht?

»Wir nehmen jetzt eine kleine Mahlzeit zu uns und besprechen dabei euren Transport zur Küste«, sagte der Sprecher.

3. KAPITEL

›Sittin' On the Fence‹

Hexen und Weise Leute organisieren sich fast immer in Gruppen von dreizehn Mitgliedern (›Coven‹), die beinahe völlig eigenständig sind, was Details des Kultus angeht. Ein geistiges Zentrum der deutschen Hexen hat sich allerdings am Brocken im Harz gebildet; daneben existieren zwölf weitere Kultplätze der Natur, die besondere Bedeutung genießen und als wichtige Ritualorte für bestimmte Landstriche dienen. Die ›Wächterinnen und Wächter‹ dieser dreizehn Orte bilden für bestimmte Rituale den sogenannten Hohen Coven, der zumindest in Hexenkreisen als mächtigste magische Gruppe der Welt gilt.

Für die Hexen stehen im Mittelpunkt der Welt die Gottheiten der Natur: in erster Linie die Erdmutter, manchmal auch der Gehörnte. Eine Vielzahl von Gruppen verehrt besonders Diana (die Mondin), was eine eher männerfeindliche Einstellung mit sich bringt. Diese Gruppen verehren manchmal auch herkömmlicherweise männliche Idole (Drachentöter, Der Wilde Jäger) in weiblicher Gestalt.

Einige Hexen lehnen die ›unterwürfige Verehrung‹ von Idolen als Götter ganz ab und wählen sich statt dessen ein tiergestaltiges Totem, fast immer Katze, Elster oder Schlange.

Die weitaus meisten Weisen Leute fühlen sich ihrem Idol weit eher freundschaftlich verbunden als unterworfen. Die der Gottheit entgegengebrachte Verehrung tendiert daher eher zum ausgelassenen Fest als zur ehrfürchtigen Beterei.

Die in der Regel positive Einstellung zur Natur erlaubt durchaus eine verantwortungsbewußte Nutzung ihrer Ressourcen – der bei vielen Weisen Leuten festzustellende Vegetarismus etwa ist eine Frage der persönlichen Einstellung und steht in keiner Beziehung zum Funktionieren der Magie.

Eng mit dem Hexenwesen verbunden ist der Naturglaube der Elfen Pomoryas, und der dortige Herzog ist immer zugleich auch Mitglied des Hohen Covens.

Zu den dauerhaften Fetischen zählen im Hexenwesen der Ritualdolch (Athame), silberne Kelche, Ketten und Armreife sowie rote Schnüre und Tücher, als Verbrauchsfetische werden Räuchermischungen (Weihrauch, Harz, in manchen Gruppen auch Cannabis), geweihtes Salz sowie kleine Gebilde aus organischem Material (Holz, Wachs, Leder) verwendet.

Am Rande des Hexen- wie des Schamanenwesens gibt es eine Reihe von weiteren Kulten, die sich lokalen Geister, Geist-Materie-Zwittern oder auch vereinzelt Crittern widmen. Sie sind in der Regel allein auf ihren Kultgegenstand konzentriert, lehnen die Zusammenarbeit mit anderen Kulten ab und sind auch nicht in magischen Zusammenschlüssen wie dem Hohen Coven vertreten.

Dr. Natalie Alexandrescu:
Hexenwesen und andere Naturmagie in der ADL,
Deutsche Geschichte auf VidChips,
VC 24, Erkrath 2051

Sie erhielten ein Zimmer zugewiesen, wo sie den Rest der Nacht in richtigen Betten verbringen konnten. Es lag inmitten des Gebäudes, war fensterlos, weiß getüncht und außer den beiden Betten kahl wie die Zelle in einem Kloster. Es gab irgendwo Öffnungen, damit die Luft abziehen konnte, aber die Klimaanlage, die einst für den Luftaustausch gesorgt hatte, funktionierte nicht mehr. Schal und stickig lastete eine Atmosphäre im Raum, in der sich Reste des Seetang-Dopes mit Chemie und Fäkalien zu einem penetranten Odeur verbündeten.

Der Raum ließ sich sogar absperren, eine Eigenschaft, die Pandur und Druse zu schätzen wußten und von der sie Gebrauch machten. Wenn sich der Thing die Sache anders überlegte, steckten sie ohne Frage in der Falle. Aber sie liefen zumindest nicht Gefahr, im Schlaf überrascht zu werden.

»Bei Kultisten mußt du mit allem rechnen«, sagte Druse, während er sich aus den nassen Klamotten schälte. »Vor allem bei Kuttenträgern, die Seeungeheuer anbeten. Vielleicht kann man bei Tungrita Eindruck schinden, wenn man Fremden den Schlund durchschneidet. Oder die Hexe schickt ihren Anhängern nach einem Massaker immer ein paar Überlebende und erwartet, daß sie ihr in gegrillten und garnierten Häppchen, den Schwanz im Maul oder so was, als Nachspeise geopfert werden.«

»Krieg dich wieder ein«, erwiderte Pandur, der seine Sachen bereits zum Trocknen über das Bettende gehängt und sich in die Synthobettdecke eingerollt hatte. Seine Secura hatte er griffbereit unter das Kopfkissen gelegt. »Bisher können wir uns nicht beklagen. Außerdem gilt im Zweifelsfall, daß die Feinde deiner Feinde deine Freunde sind – solange sie nicht das Gegenteil beweisen. Umgekehrt sehen sie es zum Glück genauso.«

Die Bettwäsche war schmuddelig. Sie schien oft benutzt, aber seit Monaten oder Jahren nicht gewechselt worden zu sein. Sie stank nach Schweiß, Urin und kalten Fürzen. Aus nächster Nähe überlagerte dieser Duft sogar die anderen Gerüche des Raums. Aber Pandur störte sich nicht daran. Wichtig war allein, daß die Haut von dem feuchten Syntholeder befreit war und er die müden Glieder ausstrecken konnte.

»Fast wie im Riz«, meinte Druse, der sich ebenfalls ins Bett verkroch. Er schnüffelte und ergänzte dann: »Na, sagen wir mal, eher wie in einer Stinkritze. Hoffe nur, daß keiner in die Matratze geschissen hat. Aber egal.«

In diesen Betten übernachteten sonst die Thingbrüder und -schwestern vom Festland, wenn größere Beschwörungen oder sonstige Zeremonien stattfanden. Der hagere alte Erste Sprecher hatte außerdem verraten, daß der Tungrita-Thing aus einigen hundert Mitgliedern bestand, von denen die meisten eher Mitläufer nach Art einer religiösen Gemeinschaft waren und ansonsten an der Küste ganz normalen Tätigkeiten nachgingen. Der Kern der Kultistengruppe, jene etwa dreißig bis vierzig Leute, die sie vorhin gesehen hatten, lebte dagegen seit Jahren in dem alten Hochhaus, um Tungrita so nahe wie möglich zu sein.

Druse kaute an einem Soystick, der an fades Dörrfleisch erinnerte. Er hatte sich ein paar davon eingesteckt, als in einem Nebenraum des Saals ein frugales Mahl serviert wurde. »Was hältst du von dem Gesangverein, Chummer?« fragte er. »Einen besonders völkischen Eindruck machen sie wirklich nicht, oder?«

Pandur antwortete nicht gleich, sondern überlegte. »Wie es aussieht, haben sie sich vom Runenthing losgesagt und ihren eigenen Klüngel aufgemacht. Die Runen und das ganze germanische Zeug dienen ihnen nur noch als Staffage, als Fetisch und Kraftfokus bei der Beschwörung. Der Kult ist zum Selbstzweck geworden, und der Klimbim vom nationalen Mythos scheint keine Rolle mehr zu spielen. Gut so. Sie berufen sich auch nicht mehr ausschließlich auf germanische Riten, sondern auf ältere Mythen, die bis in die Steinzeit zurückreichen ...«

»Drek! Wie wollen die denn wissen, was in der Steinzeit abging? Ist lange her, nich'?«

»Du hättest nicht nur ans Futtern denken sollen, Chummer, sondern auf das hören sollen, was der Alte erzählt hat«, entgegnete Pandur. »Er sagte, sie hätten auf dem Festland in den Resten einer steinzeitlichen Siedlung eine uralte Kultstätte entdeckt, die zu ihm gesprochen und ihre eigene Magie entfaltet hat. Ich bin keine Schamane oder Hexer, aber ich glaube ihm. Du kannst die Magie nicht nach den Maßstäben der physikalischen Welt beurteilen.«

»Und diese Kraft hat ihm von Tungrita erzählt?«

»Nicht direkt. Er hat zunächst nur geschnallt, daß irgendeine Wesenheit vorhanden war, die früher im Boden steckte, sich dann aber mit anderen Kräften verbündete. Ich habe nur die Hälfte kapiert, und ich nehme an, der Alte weiß im Grunde selbst nicht so genau, was Tungrita eigentlich ist. Aber du hast ja gehört, was er sagte. Es scheint sich aus mehreren Elementargeistern sowie den Geistern von Crittern und verstorbenen Menschen eine neue Form gebildet zu haben, die den Morast und flache Gewässer liebt.«

»Warum sieht sie dann aus wie eine Hexe?« Druse puhlte sich Reste des Kaustreifens aus den Zähnen.

»Nicht immer, wie du erlebt hast. Aber meistens kopiert sie wohl eine der Moorleichen, die in ihrem Geistfundus stecken. Wenn sie sich Menschen zeigen will.« Pandur machte eine kleine Pause und hing seinen Gedanken nach. »Weißt du, daß es vor Jahren Berichte über eine Moorhexe gab, die über dem Teufelsmoor schwebte und alles Silber schwarz anlaufen ließ? Bisher habe ich das genauso für Mumpitz gehalten wie die Story, nach der Odin auf seinem Schlachtroß auf den Deichen erschienen ist, bevor die Flut kam. Aber diese Lichthexe haben wir ja mit eigenen Augen gesehen, oder?«

»Ich frage mich, was die alte Schachtel gegen die Megakons hat. Und wieso mag sie Piraten? Will sie in die Politik einsteigen oder was?« Druse lachte. »Stell dir die mal als erste Präsidentin der Freibeuterrepublik Friesland vor! Wäre doch ein echter Hammer für die Medien.«

»Finde ich gar nicht so komisch«, meinte Pandur. »Wenn die Piraten nicht so blöd wären und nur ihren Profit und ihren eigenen Machtdrang im Kopf hätten, würden sie sich mit magischen oder kultischen Gruppen wie dieser hier verbünden.«

»Stimmt. Der Grenzschutz würde sich nicht mehr aus den Häfen trauen, wenn die Hexe ihm ein Schiff nach dem anderen versenkt. Da könnten wir gehörig Beute machen.«

So richtig schien Druse noch nicht begriffen zu haben, daß seine Piratenfreunde ihn ausgebürgert hatten.

»Du denkst zu kurz«, sagte Pandur. »Ein solches Bündnis dürfte nicht den Zweck haben, mehr Beute zu machen. Neue Strukturen müßten her. Ein Gebilde, das den Megakons die Stirn bieten könnte. Aber nicht indem es deren Regeln folgt und nur die Profite in andere Taschen lenkt, sondern ...« Er brach ab. »Ach, was soll's. Ist nicht mein Problem. Hat sowieso alles keinen Wert.« Er wußte, daß er besser daran tat, sich nicht die Köpfe anderer zu zerbrechen. Er sollte eigentlich genug damit zu tun haben, seinen eigenen Kram im Auge zu behalten. Er hatte diese alte Schwäche längst überwunden geglaubt und ärgerte sich, daß sie noch immer nicht ausgemerzt war. »Daß sich die Lichthexe gezielt wie eine Waffe einsetzen läßt, erscheint mir unwahrscheinlich. Aber immerhin, sie ist ein Machtfaktor. Magie ist ein Machtfaktor. Der Klabauterbund scheint das erkannt zu haben, aber dem wollen sich die Piraten ja nicht unterordnen ... Wie auch immer, wenn ich an Tupamaros Stelle wäre, wüßte ich, was ich zu tun hätte. Mit den Klabautern, den Kultisten und anderen kleinen magischen Vereinigungen hätte sie eine Chance, ihren Traum zu verwirklichen. Ihren utopischen Traum, meine ich, nicht den anderen, den du ihr unterstellst.«

»Laß gefälligst dieses verdammte Weib aus dem Spiel!«

»Wieso?« fragte Pandur mit unschuldig klingender Stimme. »Hast du diese Frau etwa nicht geliebt, Chummer?«

»Geliebt?« Druse spie aus. »Pah! Wenn du es genau

wissen willst: Ich habe sie immer gehaßt. Da staunst du, was? Ja, verdammt, ich hab' mit ihr gepennt und wollte sie für mich allein. Sie hat erotische Talente, weißt du… Ich habe schon viele Frauen gehabt, aber keine war so total schamlos und einfallsreich wie Steffi. Und so gierig. Unersättlich. Hätte eine Spitzenhure werden und bei den Execs ihren Ebbie randvoll füllen können. Die schlaffen Säcke hätten sie von einer Orgie zur nächsten weitergereicht, mit den heißesten Empfehlungen. Oder sie hätte die Hauptrolle in einem Sim-Sinn-Porno spielen können. Wäre wie eine Granate eingeschlagen. Manche Leute haben eben einfach den falschen Beruf ergriffen.«

»Eh, du trauerst ihr aber ganz schön nach…«

Druse sah ihn mit einem wilden Gesichtsausdruck an. »Drek, Chummer! Nix da! Anfangs… ja, anfangs hab' ich gedacht: Mensch, was für eine Frau. Aber dann… Sie ist total gefühlskalt, und das kriegst du verdammt schnell mit. Du bist für die nix weiter als ein Schwanz mit was dran. Aber ich bin nicht bloß ein Schwanz, klar? Kein Mann ist nur Schwanz, von einigen degenerierten Blödmännern mit Pickelhirn mal abgesehen, die das so sehen mögen. Und selbst die haben irgendwelche verdrehten Gefühle.«

»Bleib cool«, versuchte ihn Pandur zu beruhigen.

»Du hast gut reden«, knurrte ihn Druse an. »Du hast ja bei ihr gekniffen. Du weißt nicht, wie das ist.«

»Ich hatte andere Erfahrungen, und die waren auch nicht ohne«, sagte Pandur spröde. »Männer sind nun mal Deppen, und es gibt Frauen, die das ausnutzen.«

»Frauenfeind, wie?«

»Drek! Es gibt auch Männer, die Frauen ausnutzen. Alles in allem leiden die Frauen wahrscheinlich mehr unter Männern als umgekehrt. Aber das hilft dir gar nichts, wenn du selbst betroffen bist.«

»Scheinst ja doch was von dem mitbekommen zu haben, was zwischen den Geschlechtern läuft, Chummer. Dabei hatte ich dich schon für schwul gehalten. Und da war ich an Bord nicht der einzige.«

»Weil ich nicht mit Tupamaro ins Bett wollte?« Pandur lachte. »Ich bin nicht schwul, Chummer. Und selbst wenn es so wäre, würde es dich nichts angehen.«

»Sachte, Chummer, ich hab' nichts gegen Schwule.« Druse winkte ab. »Mir doch egal, wo andere ihren Schwanz reinstecken. Hauptsache, meiner findet auch ein Plätzchen. Ansonsten zählt für mich, ob mich einer aus dem Wasser zieht oder nicht. Und das hast du getan.« Er machte eine Pause und grinste dann. »Aber wenn man Flagge zeigt, hat man mehr Spaß, weil man die richtigen Angebote kriegt. Cisco zum Beispiel hätte dich bestimmt gern mal in den Clinch genommen.«

»Cisco?« Pandur schüttelte sich. »Nein danke.«

Inzwischen war er das Gerede über Sex leid. »Hör zu, ich bin nicht schwul, so ka? Und du brauchst keine Angst zu haben, daß ich zu dir unter die Bettdecke krieche. Sonst noch was?«

»Hab's schon kapiert, Chummer.« Mit einer beiläufigen Handbewegung wischte Druse über den Lichtschalter, der sich neben seinem Bett befand. Die einsame Leuchtstoffröhre an der Zimmerdecke erlosch.

So schnell wollte ihn Pandur jedoch nicht in den Schlaf entlassen. Es stand noch eine wichtige Frage offen.

»Was hat Proteus gegen dich, Chummer?«

»Keine Ahnung.«

»Wirklich nicht?«

»Wirklich nicht, ich schwör's dir.«

Pandur konnte Druses Gesicht in der Dunkelheit nicht sehen. Aber er hatte im Laufe der Jahre ein Gespür dafür bekommen, an der Stimme zu erkennen, wenn jemand log. Und Druse log. Warum wollte er ihm nicht sagen, weshalb Proteus Jagd auf ihn machte?

Eine Weile schwiegen beide.

»Eigentlich ein Witz«, kam es schließlich aus der

Dunkelheit von Druses Bett. »Die Kultisten haben Tungrita beschworen, um Proteus eins auszuwischen, und die Hexe hat statt dessen unsere Verfolger allegemacht. Es ist eben auf nix Verlaß.«

»Für mich ist das ein Beweis dafür, daß die Leute ihre multielementare Hexe nicht im Griff haben. Vielleicht sind Runen und Seetang wirklich nicht das richtige Werkzeug für diesen Job.«

Es herrschte wieder Ruhe. Pandur glaubte schon, Druse sei eingeschlafen, aber dann meldete sich der Chummer doch noch einmal zu Worte.

»Gute Nacht – Walez.«

Es klang kalt, beinahe bedrohlich. Jedenfalls empfand Pandur es so. Unwillkürlich tastete er nach seiner Waffe. Aber Druse, der offenbar mit keiner Antwort gerechnet hatte, legte sich nur geräuschvoll auf die Seite. Wenig später kam leises Schnarchen von seinem Bett.

In den vergangenen Stunden waren andere Dinge wichtiger gewesen, als über einen Namen nachzudenken, der mit einem W begann und mit einem Z endete. Aber jetzt ließen sich Pandurs Gedanken nicht länger abschalten. Er begann die einzelnen Fakten zu sortieren. Vorher hatte er flüchtig daran gedacht, daß dies alles nichts mit ihm, sondern allein mit Druse zu tun hatte. Aber was immer Proteus gegen Druse haben mochte – die Konzernjacht war nicht von Proteus geschickt worden. Der Erste Sprecher hatte es bestätigt. Ein unbekannter Konzern jagte Walez, Proteus jagte Druse. Ein höchst merkwürdiger Zufall. Woher wußte Proteus, daß sich die beiden Männer bei den Kultisten aufhielten?

Dann fiel ihm ein, daß der Thing Proteus seine Rache televisuell übermittelt hatte, als Tungrita die fünf Söldner tötete. War es nicht denkbar, sogar wahrscheinlich, daß Proteus auch Bilder von der Vernichtung der Jacht übermittelt wurden? Immerhin hatte der Erste Sprecher einen Fehler eingeräumt. Offenbar hatte man lange genug geglaubt, die Jacht sei mit Proteusleuten bemannt.

Pandur schüttelte den Kopf. Das war zu kompliziert gedacht. Selbst wenn man bei Proteus Bilder von der Vernichtung der Jacht empfangen hatte, vielleicht sogar sah, daß im Wasser zwei Männer schwammen und den Angriff überlebten... Es wäre schon sehr eigenartig, wenn ein Proteus-Exec Druse erkannt hätte, ihm eingefallen wäre, daß mit diesem noch ein Rechnung offenstand, und er sogleich ein Kommando zur Hochhausruine geschickt hätte.

Plötzlich hatte er es. Tupamaro war in diesem Spiel die entscheidende Karte gewesen. Sie hatte Pandur geopfert. Und sie hatte Druse geopfert. Es mußte so sein. Sie hätte Druse ohne weiteres unter einem Vorwand vorher an Bord holen können, wenn es nur um Pandur gegangen wäre. Sie hätte damit ein Wamo, einen Wamoreiter und obendrein ihr Bettvergnügen gerettet.

Und umgekehrt, vom Bettvergnügen mal abgesehen, wenn sie nur Druse ans Messer hätte liefern wollen. Sie hatte bewußt *beide* Wamoreiter geopfert. Wahrscheinlich hatte Tupamaro die beiden in der Funkortung behalten, um ihr weiteres Geschick zu verfolgen. Als sie wider Erwarten überlebten, hatte sie einen ihrer Auftraggeber, Proteus, informiert, wo man Druse abholen konnte. Pandur zweifelte nicht daran, daß auch seine Jäger inzwischen wußten, wo er sich aufhielt. Der gute Käpt'n! Aber er hatte schon immer ihre Tüchtigkeit bewundert.

Er hatte keinen Zweifel daran, daß Tupamaro nicht aus eigenem Antrieb handelte, als sie ihre Wamoreiter im Wasser ließ und mit der *Broken Heart* flüchtete. Es war eigentlich müßig, darüber zu grübeln, wie seine wahre Identität aufgedeckt wurde, wer ihn enttarnt hatte. Er tat es dennoch. Da er nicht an Zufälle glaubte, ging er davon aus, daß jemand seine Spur aus den Schatten bis zur *Broken Heart* verfolgt hatte. Jemand, der systematisch und zäh war. Jemand, der an Tupamaro herangetreten und sie dafür bezahlt hatte, ihn auszusetzen. Ihm fielen sofort die beiden überlebenden Killerelfen ein, die ihn und Natalie gehetzt und schließlich Natalie getötet hatten. Damals, im Konzil von Marienbad, schienen sie damit zufrieden zu sein, den Originalchip mit den darauf versteckten Daten aus dem Renrakusystem in ihren Besitz zu bringen. Und Natalie zu töten. Pandur – damals noch Walez – schien sie nicht zu interessieren. Ihr Auftraggeber wollte die Daten und Natalies Tod. Nur einer konnte dieses Doppelinteresse haben: Natalies Ex-Mann, einer der Mächtigen bei der AG Chemie.

Was wollte der Mann jetzt von ihm? Späte Reue eines Mörders, der nach einem Sündenbock für sein Handeln suchte und nun Thor Walez für Natalies Tod verantwortlich machte? Oder griff der Unbekannte wieder ein, der Thor wie ein Versuchstier im Astralraum markiert hatte, um ihn sich jederzeit greifen zu können?

Pandur hatte geglaubt, die Vergangenheit abschütteln zu können, aber jetzt war er von ihr eingeholt worden. Er mußte sich den Fakten stellen. Tupamaro hatte ihn und Druse zurückgelassen, sie direkt vor die Gewehre einer Jagdgesellschaft gestoßen, die im Auftrag eines unbekannten Konzerns unterwegs war.

Wenn ich eine Lehre aus den Jahren in den Schatten gezogen habe, dann doch wohl die, daß ich immer nur ein Rädchen im Getriebe war. Ich war ein Teil des Systems, nützlich, aber nicht besonders wichtig. Entbehrlich. Was macht mich plötzlich so interessant, daß man sich so viel Mühe macht, mich zu erledigen? Ausgerechnet jetzt, wo ich abgetaucht bin, niemandem schaden kann und nichts besitze, was für die Megakons einen Wert darstellt?

Er wußte keine Antwort darauf. So wenig wie auf die Frage, was Protcus gegen Druse hatte. Schade, daß der Chummer alles abstritt. Vielleicht wären sie gemeinsam auf Querverbindungen ihrer Jäger gestoßen. Vielleicht hätte sich herausgestellt, daß Tupamaro nicht zwei, sondern nur einen Auftraggeber besaß, dessen Finger in vielen Töpfen herumrührten.

Pandur seufzte leise. Er wußte nur eines: Wer ihn bei den Piraten aufgespürt hatte, würde ihn überall finden. Auch dann, wenn kein Helmsender die Spur wies. Dieses Mal hatte ihm eine Hexe aus der Klemme geholfen. Beim nächsten Mal würde er sich selber helfen müssen. Allein. Aber darin war er ja geübt.

Endlich versickerte der Gedankenfluß. Pandur schlief ein.

Man ließ ihnen nur wenig Zeit, sich auszuruhen. Pandur glaubte im ersten Moment sogar, zwischen seinem Einschlafen und dem Hämmern einer Faust an der Tür seien nur wenige Minuten vergangen. Aber ein Blick auf sein Multifunktionsarmband belehrte ihn, daß es sechs Uhr morgens war. Knapp vier Stunden Schlaf lagen hinter ihm, aber er fühlte sich kein bißchen erfrischt. Im Gegenteil. In der Nacht hatte er sich munterer gefühlt. Jetzt spürte er seine Muskeln, seine Knochen, die Müdigkeit seines Geistes.

Die Faust ließ sich durch Rufe nicht abstellen. Druse, der schon beim ersten Klopfen aus dem Bett gesprungen war, um sich anzuziehen, entriegelte die Tür und öffnete. Der Besitzer der Faust erwies sich als untersetzter Thingbruder mit einem Mondgesicht und hervorquellenden Augen unter der Kapuze. Ein Fall von Basedow. Der Mann ließ die Faust endlich sinken. Über dem anderen Arm trug er zwei graue Kutten, die er Druse zuwarf.

»Der Erste Sprecher wünscht, daß ihr die Kutten überzieht«, sagte er mit mürrischem Gesichtsausdruck und verschwand.

»Na, von mir aus«, meinte Druse, schloß die Tür und warf Pandur eine der Kutten zu. »Hatte schon immer einen Hang zu einem klösterlichen Leben. Nonnenkloster natürlich.« Er schien schon gut drauf zu sein und lachte laut los.

Pandur haßte Leute, die am frühen Morgen gut gelaunt waren und Witze reißen konnten. Er schaute Druse grimmig an, stieg dann wortlos in seine noch feuchte Kluft, schnallte sich die Waffe um und stülpte sich die Kutte über. Dann nahm er seinen Helm und folgte Druse, der schon unterwegs zur Tür war.

Draußen auf dem Gang wartete der Erste Sprecher. Er schien ein Frühaufsteher zu sein. Oder die Tungrita-Kultisten hatten den Rest der Nacht mit weiteren Beschwörungen oder Meditationen verbracht. Letzteres hielt Pandur für wahrscheinlicher. Er hatte darauf gedrängt, noch im Laufe der Nacht die Hochhausruine zu verlassen, aber die Kultisten hatten sie zum Bleiben aufgefordert. Erst am frühen Morgen würde ein Boot von der Küste eintreffen. Offenbar war dieses Boot jetzt eingetroffen. Pandur hatte sich bereits gefragt, wovon die Kultisten lebten. Allmählich wurde in seinem Kopf die Struktur des Things deutlich. Um Tungrita nahe zu sein, hielt sich ein Teil der Gruppe ständig im Hochhaus auf. Die restlichen Anhänger versorgten die vorderste Frontlinie mit Lebensmitteln und was sonst noch benötigt wurde. Es war schon immer so gewesen, daß Kulte und Religionen ihren Führern ein angenehmes Leben ermöglichten. Vielfach war diese materielle Komponente der eigentliche Grund für Religionsstifter, ihren eigenen Laden aufzumachen. Es ging nicht so sehr um spirituelle Inhalte, sondern um eine schmucke Motorjacht, kopulationsbereite Glaubensschwestern und eine gute Rendite. Pandur mußte allerdings zugeben, daß der Tungrita-Thing seinen Anhängern nicht mit theologischer Beckmesserei aufwarten mußte, sondern ein handfestes Objekt der Anbetung zu bieten hatte. Die Leute bekamen etwas für ihre Ecu.

Insgesamt befanden sich die Religionen weltweit allerdings auf dem Rückzug. Das Erwachen der Sechsten

Welt hatte keineswegs den zu erwartenden Schub zum Spirituellen erbracht. In den Köpfen der meisten Menschen war die physikalisch erklärbare Welt lediglich um eine astrale Dimension erweitert worden. Metamenschen, Drachen und Zauberei waren Elemente des Alltags geworden, zu hautnah, um neue Katechismen zu gebären. Wer betet schon einen zaubernden Elfen an, wenn er nichts weiter als der Sohn des Nachbarn ist. Die eindrucksvollen Drachen, die unter den Bergen aus jahrtausendelangem Schlaf erwacht und hervorgebrochen waren, hätten sich schon eher als Kultobjekte geeignet. Einzelnen eitlen Drachen hätte dies wahrscheinlich auch gefallen. Aber die Bereitschaft der Drachen, sich in die Gesellschaft der Menschen zu integrieren, machte dies zunichte. Zu offenkundig war der materielle Drang dieser einst mythischen Wesen. Namentlich ihr ausgeprägtes Interesse am Finanzwesen und den vom Kapitalismus angebotenen Möglichkeiten, Schätze anzuhäufen, verbauten diesen Weg. Aber Drachen hatten es auch gar nicht nötig, den Kirchenboß zu spielen, um Milliardär zu werden. Sie schafften es mit ökonomischem Spürsinn, atemberaubenden finanziellen Transaktionen, einem Sortiment hinterhältiger Tricks und Intrigen. Kurzum, sie waren mit allen Wassern gewaschen und bestens gerüstet für die materielle Welt. Zu gut, um überzeugende Propheten eines Gottes zu sein, der über den materiellen Dingen stand. Sie selbst standen mittendrin, und ihre höchsten Werte waren die des guten alten Onkel Dagobert.

Was Tungrita den Kultisten außer ihrer bloßen magischen Präsenz gab, war Pandur unklar. Selbsterhöhung vielleicht. Die Hoffnung, einen Zipfel von Macht und Bedeutung in einer Welt zu fassen zu bekommen, deren Strukturen undurchsichtig waren und von anderen beherrscht wurden. Ob sich Tungrita ihrer selbst bewußt war und eigene Ziele verfolgte, vermochte Pandur nicht zu beurteilen. Vor allem hätte er gern gewußt, welches Interesse sie an ihm persönlich hatte. Oder an Druse. Immerhin waren sie beide durch Tungritas Eingreifen zweimal vor dem Tode bewahrt worden. Tungrita hatte Feinde vernichtet, die Pundur oder Druse oder beiden nach dem Leben trachteten. Bewußt? Mit einem Plan dahinter? Aus einer Laune heraus? Eher zufällig? Oder unterschätzte er den Einfluß des Things? Waren Druse und er Figuren in einem Spiel, das der namenlose Erste Sprecher mit den Mächtigen im Lande spielte?

Die beiden Männer folgten dem Ersten Sprecher. Er wählte einen anderen Weg als den ihnen vertrauten, um in die unteren Stockwerke zu gelangen. Man sah dem Treppenhaus an, daß es häufiger benutzt wurde als das Gegenstück auf der Seeseite. Es wurde oberflächlich saubergehalten.

Der Erste Sprecher verlor kaum ein Wort, als sie die Stufen hinabstiegen. Er blieb unnahbar und zugeknöpft, beinahe unfreundlich. Vielleicht ärgerte er sich schon darüber, daß er in der vergangenen Nacht Fremden einen Einblick in den Tungrita-Thing gewährt hatte – so mager die Informationen auch gewesen und so widerwillig sie gewährt worden waren.

Sie erreichten ein Fenster, das nachträglich zu einer Türöffnung erweitert worden war, und kletterten auf einer Eisenleiter zu einem mit Stahlseilen an der Außenmauer befestigten Ponton hinab. Die Kultisten hatten sich auf diese Weise einen gezeitenunabhängigen Anleger geschaffen. Der Ponton dümpelte träge in den Fluten. Es wehte eine leichte Brise, nicht zu vergleichen mit dem steifen Wind, der in der Nacht geherrscht hatte. Es nieselte. Ein ungemütlicher Morgen, wolkenverhangen und grau. Am Anleger vertäut lag eine Barkasse älterer Bauart, die offenbar nachträglich für Solarantrieb umgebaut worden war. Das gesamte Oberdeck des kleinen Schiffes war mit aufgedampften Siliziumzellen versehen.

Pandur streifte die Barkasse nur mit einem kurzen Blick. Statt dessen starrte er zum vierschrötigen Block der Arcologie hinüber, der sich nur zögernd in den oberen Regionen verjüngte. Vorherrschend blieb der Eindruck eines Kubus, der wie ein künstlicher Basaltfelsen aus dem Wasser ragte, eine gigantische Kaaba des Nordens, schwarz und drohend. Zum erstenmal sah er die Arcologie Bremerhaven im Tageslicht und so nah. Die langen Reihen kleiner Fenster wirkten wie Schießscharten, aber die selbst aus dieser Entfernung sichtbaren Geschütztürme machten deutlich, daß Heckenschützen überflüssig waren. Es gab weitaus größere Kaliber. In der Mitte der Arcologie ragte ein Radarturm zu den Wolken hinauf. Über einem Antennenwald drehten sich mehrere Radarschirme um ihre Achse, langsam, präzise, unermüdlich, die unfehlbaren Sensoren einer Trutzburg, die sich von allem abkapselte und nichts an sich heranließ. Und manchmal mit tödlicher Effizienz zuschlug.

Pandur zählte sieben Privathelikopter, aber keine Kampfhubschrauber auf dem Kopterport der Arcologie. Am Tiefwasserkai lagen zwei Frachter. Er war falsch informiert gewesen, als er dachte, die Arcologie würde ausschließlich mit Last-Hovercrafts von der Küste aus versorgt und wickle ihren Fernverkehr über Bremen ab. Er sah darin ein weiteres Element der Abschottung, die eingesetzt hatte, als Proteus die Arcologie vor einigen Jahren von einem Firmenkonsortium erwarb.

Offenbar herrschte Ebbe. Die Arcologie und die Hochhausruine waren nicht die einzigen Objekte, die aus der Flut ragten. Zweihundert Meter entfernt befanden sich Reste eines weiteren Hochhauses, wesentlich schlechter erhalten, ein gezacktes Etwas, das die früheren Konturen nur erahnen ließ. Offenbar war ein Teil des oberen Bereichs abgesprengt oder zerschossen worden. Ein ganzer Wald verbogener Metallteile – Reste von Docks, Kränen und skelettierten Fertigungshallen – war mit Warnbojen abgesteckt worden. Das mit scharfen Widerhaken versehene Sperrnetz eines Fallenstellers, der Schiffe fangen wollte, um sie seiner Schrottsammlung einzuverleiben. Einige hundert Meter östlich davon gab es den Stumpf eines ehemals hohen Kirchturms. Hinzu kamen zahllose kleinere Objekte, die im diffusen Licht der Morgendämmerung wie abstrakte Skulpturen wirkten und zu weit entfernt waren, um ihren früheren Zweck erahnen zu lassen. Der Rest der von der Flut verschluckten Stadt kauerte unsichtbar unter schmutziggrauen Wassern am Grund der Bucht. In der Ferne erkannte Pandur die schwachen Konturen einer Küstenlinie, die weit jenseits der früheren Deiche verlief. Marschen, die im Rhythmus von Ebbe und Flut trockenfielen, tote Schlickzonen und Salzwiesen, auf denen besonders resistente Pflanzen dem verseuchten Wasser widerstanden. Hier lebten heute nicht mehr Menschen als im Mittelalter, und es gab keinen Anlaß, ihnen zuliebe neue Deiche zu errichten. In flutgefährdeten Gebieten sorgte ein Damm dafür, daß die von Bremen nach Cuxhaven führende Autobahn sowie die Transrapidlinie nicht beeinträchtigt wurden. Ähnliches galt für die Westostverbindung nach Hamburg, die in den Elbsumpfgebieten über den berüchtigten Theodor-Storm-Damm führte. Berüchtigt deshalb, weil der TS-Damm bis heute ein beliebtes Ziel für Anschläge von Ökoterroristen war.

Druse hatte nur Augen für die Arcologie. Nichts anderes schien ihn zu interessieren, nichts anderes schien er überhaupt wahrzunehmen. In seinen Augen standen Haß und Furcht geschrieben, während er zu dem schwarzen Block hinüberstarrte. Aber Pandur bemerkte noch etwas anderes, Rätselhaftes. Bewunderung? Sehnsucht? Für einen Moment lang hatte er den Gedanken, daß so ein Junge aussehen mußte, der verprügelt und verstoßen worden war und mit widersprüchlichen Gefühlen auf sein Elternhaus zurücksah. Aber er mußte zugeben, daß er möglicherweise Dinge in Druses Blick hineininterpretierte, die gar nicht vorhanden waren.

Eine in eine Kutte gehüllte Gestalt stand am Ruder der Barkasse. Als sie sich zu ihnen umwandte, erkannte Pandur, daß es sich um eine junge Frau handelte, die ihnen mit unverhohlener Neugier entgegensah. Sie war kräftig gebaut, aber nicht dick, und hatte grün gefärbte, mittellange Haare. Eine Gesichtshälfte war mit einem vielfarbig schillernden Paillettenmuster belegt, das von der Stirn bis zum Kinn reichte. Offenbar Implantate, die dem Gesicht eine metallische Härte verliehen, die den runden Konturen widersprach.

Pandur stieß Druse mit dem Ellbogen an, als dieser keine Anstalten machte, sich aus seiner Versunkenheit beim Anblick der Arcologie zu lösen. Der Rothaarige fuhr zusammen, nahm die Barkasse und die Frau wahr, ging zusammen mit Pandur und dem Ersten Sprecher an den Rand des Anlegers. Er lächelte der jungen Frau zu, und das Lächeln wurde erwidert. Interesse? Bei Druse: bestimmt. Bei der Frau: vielleicht. Pandur hatte den Eindruck, daß die beiden sich etwas länger ansahen, als dies normalerweise in einer solchen Situation üblich war. Druse war gewiß kein schöner Mann, aber er schien dieses gewisse Etwas zu haben, das Frauen anzog. Pandur nahm es ohne Neid zur Kenntnis. Oder steckte mehr dahinter? Kannte Druse die Frau von früher? Seit sich erwiesen hatte, daß Druse nicht nur ein verstoßener Pirat und zufälliger Gefährte war, sondern etwas vor ihm verbarg, betrachtete Pandur den anderen mit Wachsamkeit und gemischten Gefühlen.

»Juriela«, sagte die Frau streckte die Hand aus und half den beiden Männern nacheinander an Bord. Diese kletterten über die tiefliegende Reling, überbrückten dabei den schmalen Spalt zwischen Anleger und Reling. Alte Autoreifen dienten als Distanzpuffer. Wieder hatte Pandur das Gefühl, daß Druse seine Hand etwas länger als nötig in der Rechten der Frau ließ. Es brachte ihm aber nicht viel, da Juriela dicke gelbe Plastikhandschuhe trug.

»Meine Freunde nennen mich Juri«, fuhr Juriela fort und sah dabei nur Druse an.

»Hallo Juri«, sagte Druse. Er nannte seinen Namen und den von Pandur. Auf Erläuterungen verzichtete er, und Juri nahm die Namen ohne Kommentar zur Kenntnis. Gewiß hatte sie schon mit anderen Piraten zu tun gehabt oder kannte Leute, die Straßennamen führten. Ihr eigenwillig gestaltetes Gesicht ließ vermuten, daß sie Verbindungen zur Subkultur besaß und kein Dasein als Sararifrau führte. Was mochte sie zum Tungrita-Kult geführt haben? Die Suche nach einem besonderen Kick?

Der Erster Sprecher blickte frostig zu ihnen herab. Vermutlich sah er es nicht gern, wenn eines seiner Schäfchen sich allzu freundlich mit den Fremden abgab. Piraten obendrein. Obwohl nicht darüber gesprochen worden war, wußte er sicherlich, daß Pandur und Druse zu den Leuten gehörten, die die *King Creole* überfallen hatten. Vielleicht hatte er es mit seiner Hellsicht gesehen. Außerdem war gewiß in den Medien darüber berichtet worden. Nur die Nacht und das schlechte Wetter hatten sie vor Helikoptern mit Kamerateams von regionalen TridTV-Sendern bewahrt.

»Thingschwester Juriela bringt euch bei Stotel an Land«, sagte er.

»Danke für alles«, sagte Pandur und reichte ihm die Hand.

Der alte Mann brüskierte ihn, indem er keine Anstalten machte, sich von ihm mit einem Händedruck zu verabschieden. »Wir haben es für Tungrita getan. Dankt ihr.«

Er wandte sich ab, stakste mit steifen Schritten über den Anleger, kletterte die Leiter hinauf und verschwand im Innern des Gebäudes.

Juri löste die Vertäuung. Wie selbstverständlich half ihr Druse dabei, während Pandur dem alten Mann hinterhersah. Pandur fühlte sich nicht verletzt, sondern betrachtete die Zurückweisung als konsequenten Ausdruck der Persönlichkeit und der Interessen des Kultisten. Der Mann war in seiner Wasserburg eine Art Priesterkönig, der über die Irrwege des Runenthings erst spät in seinem Leben ein neues Ziel und Erfüllung gefunden hatte. Autoritär und selbstgerecht, wie Pandur ihn einschätzte, dazu spröde im Umgang mit Menschen, gepaart mit einem Überlegenheitsgefühl, betrachtete er Tungrita mehr oder weniger als sein Privateigentum. Er wollte hier keine Fremden. Und wahrscheinlich war er eifersüchtig, daß Tungrita ihnen zweimal eine Gunst erwiesen hatte. Er schien froh zu sein, sie wieder loszuwerden. Und er sah keine Notwendigkeit, den unwillkommenen Gästen noch Freundlichkeiten mit auf den Weg zu geben.

Der Elektromotor der Barkasse begann zu schnurren, wurde aber schnell überlagert vom Schraubengeräusch. Der Propeller peitschte das Wasser, ließ es schmutziggrau schäumen und drückte das Boot vom Anleger. Es nahm rasch Fahrt auf. Juri steuerte die Barkasse auf Landkurs, umschiffte dabei mit der traumhaften Sicherheit einer Einheimischen Untiefen und Hindernisse.

Druse schlug die Kapuze der Kutte zurück, um sich den Wind durch das Haar wehen zu lassen, bekam aber von Juri sofort einen Tadel zu hören.

»Laß die Kapuze oben, Chummer«, befahl sie.

Druse war verblüfft, gehorchte aber sofort. »Warum?«

»Was meint ihr denn, weshalb ihr die Kutten tragt?«

»Keine Ahnung«, gab Druse zu. »Wir sollten sie anziehen, und das haben wir getan. Warum sollten wir Opa nicht eine kleine Freude bereiten, nach dem, was er für uns getan hat?«

»Du solltest dem Ersten Sprecher etwas mehr Respekt entgegenbringen«, sagte Juri nicht ohne Schärfe. Sie schien einiges von dem alten Mann zu halten. Aber schließlich war er der Führer des Kultes, wahrscheinlich sein Begründer, für sie vielleicht der große Guru.

Mit ihrer schroffen Reaktion hatte sie Druse erneut verblüfft, aber er lenkte sofort ein. »So ka. Soll nicht wieder vorkommen.«

Juri zeigte sich versöhnt und fuhr freundlicher fort: »Wir werden auf Schritt und Tritt von der Arcologie beobachtet. Und Proteus sucht einen gewissen Druse.« Die Ereignisse der Nacht schienen sich bereits herumgesprochen zu haben. »Man muß Proteus nicht unbedingt mit der Nase darauf stoßen, daß zwei fremde Männer mit einer Barkasse an Land gebracht werden, oder?«

»Wird man nicht trotz der Kutten die richtigen Schlußfolgerungen ziehen?« fragte Pandur skeptisch.

»Schon möglich«, sagte die junge Frau. »Aber man muß es nicht herausfordern.«

»Und wenn Proteus die Barkasse angreift?« Obwohl sich Druse Mühe gab, sich sein Unbehagen nicht anmerken zu lassen, klang seine Stimme belegt.

»Dann wird Tungrita uns helfen!« erwiderte Juri mit gläubiger Inbrunst, die keinen Widerspruch duldete. »Aber der Coven ist müde von der langen Nacht. Er wird Tungrita anrufen, wenn es sein muß. Doch wenn es sich vermeiden läßt, ist es für alle Seiten angenehmer, so ka?«

Auf der Arcologie blieb alles ruhig. Obwohl Juri sorgfältig darauf achtete, nicht in den Sicherheitsbereich der Festung zu geraten, durfte nicht daran gezweifelt werden, daß sich die Barkasse über die Bildschirme von Proteus bewegte mit welchen Zooms und Bildausschnitten auch immer. Kein angenehmer Gedanke.

Die Barkasse fuhr nahe der Küste in einem Halbkreis um die Arcologie herum. Eine Weile lag die Festung im immer gleichen Abstand rechts vom Boot. Dann fiel sie zurück. Die Barkasse bewegte sich im alten Stromtal der Weser nach Süden.

Bisher hatte sich Pandur keine Gedanken über die nähere und fernere Zukunft gemacht. Er hatte immer noch damit gerechnet, daß ihm die Entscheidung abgenommen wurde. Bekannte und noch namenlose Megakons wollten Druse und Walez. Worauf warteten sie? Ließen sie sich wirklich durch zwei Kutten täuschen? Hatten sie die Spur verloren? Pandur konnte es nicht glauben. Aber die Fakten besagten, daß der Gegner zumindest eine Pause eingelegt hatte. Keine Helikopter, keine Schnellboote, keine Konzerngardisten. Nicht einmal Tupamaro oder Tungrita, die für Abwechslung sorgten. Es war an der Zeit, das Geschick wieder in die eigenen Hände zu nehmen.

Er mußte nicht erst lange überlegen. Sein Unterbewußtsein hatte die Entscheidung längst getroffen. Ein Zurück kam für ihn nicht in Frage, auch dann nicht, wenn er einen anderen Kapitän fand, der einen Wamoreiter gebrauchen konnte. Er würde zurück in die Schatten gehen. Zurück in die Matrix. Wieder als Decker arbeiten.

Was blieb ihm sonst? Wenn seine Feinde ihn selbst bei den Piraten aufgespürt hatten, gab es keinen sicheren Ort für ihn. Besser unter der Nase der Gegners operieren als vor seinen Pranken.

Es gab ein paar Freunde, die ihm helfen würden, wenn er gar nicht mehr weiter wußte. Rem, der geheimnisvolle Zwerg, den sie im unterirdischen Königreich Hvaldos unter dem Namen Grusim kannten. Er hatte Pandur noch nie enttäuscht. Ob er nach wie vor im Lumpenloch von Zombietown lebte? Es gab andere, denen er traute, und wieder andere, die ihm einen Gefallen schuldig waren. Er würde zurechtkommen.

Pandur zog es allerdings vor, nach Möglichkeit auf eigenen Füßen zu stehen. Er mußte nur einfach irgendwo beginnen. Herauskommen aus dem norddeutschen Sumpfland. Er brauchte einen Run. Und den würde er bestimmt im nächsten Sprawl finden. Er war Pandur. Nicht Bad Luck Walez. Das war einmal. Zwei Jahre sind eine lange Zeit.

Er würde nach Hamburg gehen. Ein Katzensprung. Wenn die Katze erst einmal zum Sprung ansetzen konnte. Dazu war trockener Boden unter den Füßen nötig. Neue Kleidung. Muni. Verkehrsverbindungen. Für den Anfang schon eine ganze Menge. Vor allem dann, wenn man mit kleinem Gepäck reiste, wie ein verunglückter Klosterbruder aussah und nicht einmal einen abgelutschten Ebbie besaß. Sein Kredstab war an Bord der *Broken Heart* zurückgeblieben. Kein großer Verlust. Wer immer ihn geerbt hatte, würde sich dafür an Land nicht mehr als eine Kanne Soykaf leisten können. Er bedauerte, daß er auch Miriams Kredstab zurückgelassen hatte. Er wäre die Fahrkarte für den Transrapid gewesen. Miriam würde sich wundern, was demnächst auf ihrem Konto passierte. Piraten waren nicht so rücksichtsvoll wie Thor Walez, wenn es um fremder Leute Eigentum ging.

»Wie heißt der Ort noch mal, wo wir an Land gehen?« fragte Pandur die junge Frau. »Stotel?«

»Korrekt.«

»Nie davon gehört.«

»Muß man auch nicht.«

»Autobahnanbindung, Transrapid?«

»Beides.«

»Ich *liebe* dieses Kaff!«

Am liebsten hätte Pandur Druse gefragt, wie dieser sich seine Zukunft vorstellte. Aber er dachte bereits wieder so, wie er in den Jahren gedacht hatte, die er in den Schatten verbrachte. Keine unbedachten Informationen an dritte! Auch dann nicht, wenn sie vertrauenswürdig erscheinen. Juri schien in Ordnung zu sein, aber was sie wußte, konnte jeder erfahren, der sie sich mit Drogen oder Folter gefügig machte. Falls sie es nicht freiwillig oder für ein paar Ecu ausspuckte. Wenn die Feinde die Spur aufnahmen.

Außerdem schien Druse mit anderen Dingen beschäftigt zu sein. Er alberte mit Juri herum, was dieser zu gefallen schien. Wahrscheinlich sah er seine allernächste Zukunft im Bett der Kultistin. Und Druse schien nicht der Typ zu sein, der über eine Bettkante hinaus etwas plante. Es sei denn den Weg ins nächste Bett.

Ich brauche Druse nicht, dachte Pandur. *Wahrscheinlich ist es für uns beide von Vorteil, wenn wir uns trennen. Dann muß wenigstens keiner das Risiko des anderen mittragen.*

Auf der anderen Seite war es nicht seine Art, einen Chummer im Dreck sitzen zu lassen. Wenn Druse ihn begleiten wollte, hatte Pandur nichts dagegen. Und wenn der Rothaarige Pandurs Secura als Sprachrohr für eine aufgezwungene Unterhaltung mit Proteus benötigte, würde Pandur sie ihm nicht verweigern. Er würde ihn nach seinen Plänen fragen, sobald sie allein waren. In Stotel. Oder wo immer.

Der Nieselregen hatte aufgehört. Es klarte auf. Die Sonne wurde hinter den Wolken sichtbar.

»Was ist das?« fragte Pandur und deutete auf einen Betonberg, der ein Stück von ihnen entfernt aus dem Wasser ragte.

»Eine Zeitbombe«, erwiderte Juriela. Als Pandur sie fragend ansah, fuhr sie fort. »Ein Atomreaktor. Man hat die Brennstäbe noch herausziehen, sie aber nicht mehr bergen können, weil schon alles überflutet war. Man hat solange Kunststoff und Spezialbeton darüber ausgekippt, bis der Berg entstanden ist. Frage mich nicht, was passiert, wenn der Berg rissig wird und das Wasser zu den Brennelementen vordringt.«

»Und das kümmert niemanden?«

Juriela zuckte die Schultern. »Warum sollte es? Das Wasser ist eh schon verseucht. Wenn ein bißchen Radioaktivität hinzukommt, fängt's vielleicht an zu leuchten. Wäre 'ne feine Touristenattraktion. Tourismus würde der Gegend guttun.«

»Proteus müßte etwas dagegen haben.«

»Warum? Sie sind weit genug entfernt. Glauben sie zumindest. Jedenfalls hat unser kleines Atomdenkmal sie nicht daran gehindert, die Arcologie zu übernehmen.«

Sie ließen den Betonberg hinter sich zurück. Die Barkasse näherte sich dem Ufer. Pandur war noch niemals in dieser Gegend gewesen. Nach der großen Flut mußten alle küstennahen Regionen aufgegeben werden. Nur zögernd hatte eine Neubesiedlung eingesetzt. Es kehrten fast nur Leute zurück, die mit diesem Land verwurzelt waren. Mit den Arcologien waren die Fremden hinzugekommen. Wissenschaftler, die nur Formeln im Kopf hatten. Söldner aus den Sprawls, Absolventen der konzerneigenen Waffenschulen. Alles Leute, die mit den Einheimischen kaum Kontakte unterhielten. Bis auf die wenigen Zentren war dies ein Sumpfland ohne Bevölkerung, zu karg und widerborstig, um für irgendwen interessant zu sein. Es hätte ein Biotop sein können, ein Rückzugsgebiet für seltene Arten, aber das Gift steckte noch überall im Boden. So war es vor allem ein schwarzes, totes Land mit kleinen entgifteten Inseln darin. Es paßte zu der Arcologie.

Braunes, kümmerliches Schilf kam in Sicht. Es stank nach Fäulnis und Chemie. Reste eines alten Flutsperrwerks mit einem Deichstück, die zu einer Insel geworden waren. Juriela fuhr im Schatten der Insel durch das Schilf, erreichte wieder flaches Wasser, steuerte schließlich in ein Haff hinein. Im anderen Ende befand sich eine Anlegestelle aus mehreren miteinander verbundenen Pontons. In der Nähe standen mehrere Häuser, einige aus Stein und auf den Grundmauern von älteren Bauwerken hochgezogen, die meisten Behelfsquartiere aus Fertigbauteilen, einige Dutzend Wohncontainer. Satellitenschüsseln allerorten. Leute ließen sich nicht blicken.

Juriela und Druse machten die Barkasse fest.

»Landende«, sagte die junge Frau. »So heißt das hier.«

»Entzückend«, kommentierte Pandur. »Ein Ort zum Liebhaben.«

Druse hatte den Arm um Juri gelegt und tuschelte mit ihr. Dann wandte er sich an Pandur. »Was hast du vor, Chummer?«

»Das wollte ich dich fragen.«

Juri machte sich von Druse frei und kletterte auf den Ponton. »Ich gehe schon mal voraus und rechne die Fahrt ab«, sagte sie. »Die Barkasse gehört Freunden, die dort drüben wohnen.«

Sie zeigte auf eines der größeren, festen Häuser und ging dann darauf zu. Sie schien sich absichtlich zu beeilen, damit die Männer sich ungestört unterhalten konnten.

»Hab' mir die Chose durch den Kopf gehen lassen«, sagte Druse, während die Männer erst auf die Reling und dann auf den Ponton stiegen. »Ich habe 'ne Stinkwut auf Tupamaro und möchte es ihr heimzahlen.«

»Du willst zurück zu den Piraten?«

»Weiß ich noch nicht. Aber ich kenne Steffis Hehler. Irgendwann muß sie dort auftauchen. Kann sein, daß sie sich dann was Schlimmeres einfängt als 'nen Tripper. Kann sein, daß es aus einer Beretta kommt.«

»So böse, weil sie dich ausgesetzt hat? Du hast doch schon Trost gefunden, wie mir scheint.« Pandur empfand keinen Haß für Tupamaro, sondern höchstens Verachtung. Vielleicht sogar weniger. Enttäuschung.

»Sie hat mich reingelegt, die Abmachungen nicht eingehalten.«

Pandur horchte auf. »Was denn für Abmachungen?«

Druse ging nicht darauf ein. »Mein Ziel ist Hamburg. Und deines?«

»Der nächste Megaplex. Hamburg.«

»Auch Tupamaro?«

»Drek, die kann mich mal.« Er überlegte, ob er Druse reinen Wein einschenken sollte. »Mal sehen, was es dort für mich zu tun gibt«, sagte er dann vage.

»Was dagegen, wenn wir gemeinsam touren?«

»Wäre auch mein Vorschlag gewesen«, antwortete Pandur. »Was ist mit Proteus?«

»Was ist mit den Drekheads, die dir ans Leder wollten?« konterte Druse.

»Sie versuchen es wieder oder auch nicht«, sagte Pandur. »Ich bin kein Hellseher.«

»Proteus versucht es wieder oder auch nicht. Ich bin ebenfalls kein Hellseher.«

»So ka. Gehen wir.«

»Nicht so eilig, Chummer.« Druse grinste. »Hab' Chancen bei der Kleinen. Und Hunger – auf alles mögliche. Hör zu, Chummer, gib mir ein paar Stunden Zeit. Wir treffen uns um zwölf in Stotel. Am Hochhaus. Es gibt nur eines. In der Zwischenzeit werde ich etwas für Leib und Seele tun. Juri wird Klamotten für uns organisieren, und ich bringe dir auch was zum Futtern mit. So ka?«

Pandur nickte. Er fühlte sich Druse nicht verpflichtet. Wenn sich eine bessere Möglichkeit bot, würde er sie wahrnehmen. In den Schatten hätte Druse schlechte Karten, dachte er. Er ließ sich zu leicht ins Bett locken. So etwas konnte tödlich sein. Mit Proteus im Nacken zog man sich besser Siebenmeilenstiefel an. Landende lag zu dicht an der Arcologie, um nicht zu ihrem Kontrollbereich zu gehören.

»Die Kutte behältst du besser an«, riet ihm Druse. »Die Leute hier kennen die Kultisten und dulden sie. Wer weiß, ob dies auch für ehemalige Piraten gilt.«

Er ging zu dem Gebäude, in dem Juriela verschwunden war.

Müde marschierte Pandur die einzige Straße des

Ortes entlang. Sie war asphaltiert. Ein deutlicher Hinweis, daß der Anleger nicht nur von Kultisten für den Zweck benutzt wurde, von der Lichthexe gerettete Piraten an Land zu bringen. Ob dies einer der Nachschubwege für Proteus war? Ein Grund mehr für Druse, schnell aus den Hosen zu kommen, dachte Pandur.

Nach den zehn Monaten auf See fühlte er sich an Land verloren. Und einsam.

So einsam war er schon einmal eine Straße entlanggegangen. Vor zwei Jahren, nach Natalies Tod. Damals gab es nichts als eine entsetzliche Leere in ihm. Enttäuschung, Trauer um Natalie, obwohl sie ihn verraten hatte. Der Wunsch, alles hinter sich zu lassen. Nicht mehr als Figur über das Schachbrett geschoben zu werden, sondern in Ruhe gelassen zu werden.

Er hatte damals den Wagen erst bemerkt, als er neben ihm hielt. Ricul saß darin. Mit einer verächtlichen Geste warf er ihm den Kredstab zu, den Lohn für den Renraku-Job. Pandur wäre nicht umgekehrt, um ihn zu holen.

Ricul tat so, als seien es die dreißig Silberlinge, die Judas erhalten halte. Der Lohn für Natalies Tod. Und in einer verdrehten Weise hatte Ricul sogar recht damit. Ohne Renraku, ohne Thor Walez wäre sie nicht gestorben. Ricul schien dies zu ahnen. Oder stand etwas anderes in seinen Augen, eine Wahrheit hinter den Dingen, die Pandur verschlossen geblieben war?

Pandur seufzte. Den fetten Kredstab könnte er jetzt gut gebrauchen. Aber er war längst bis zum letzten Ecu abgebucht. Ein paar Monate im Ausland, Paris, Nizza, Lissabon … Erinnerungen in Drogen, Alkohol und sinnlosem Konsum ertränkt … Am Ende war er froh gewesen, in einer Hafenkaschemme einen Portugiesen kennenzulernen, der gute Kontakte zu Piraten unterhielt. Über drei Stationen in Spanien, den Niederlanden und Schottland war er schließlich auf die

Faröerinseln gelangt, wo er sich Tupamaros Piraten angeschlossen hatte.

Die Odyssee hatte ein Ende. Er war wieder zu Hause.
Es gab keine Blumen. Er hatte auch keine erwartet. Statt
dessen wartete schon vor Erreichen der Küste ein Emp-
fangskomitee. Pandur hätte gern darauf verzichtet.

*Aber danach fragt dich hier niemand. Du tust gut daran,
dich wieder an die Sitten und Gebräuche der Heimat zu erinnern.*

4. KAPITEL

›Alone In the Endzone‹

Nach der großen Flutkatastrophe hat sich das Aussehen der deutschen Nordseeküste gründlich verändert. Teile von Ostfriesland und Nordfriesland wurden zum Meeresboden oder zum Wattenmeer, das nur bei Ebbe trockenfällt. Besonders verheerend wirkte sich die Flut im Bereich der Weser- und Jademündung aus, wo mit dem Weser-Jade-Busen ein tiefer Einschnitt in das Land entstanden ist. Für die Bevölkerung, die Wirtschaft und die gesamte Infrastruktur des Nordens waren die Folgeschäden der Flut jedoch noch vernichtender als die Landverluste. Das vergiftete Wasser der Nordsee war in weite Bereiche der norddeutschen Küstenlandschaft vorgedrungen, hatte Mülldeponien durchweicht, Öltanks auslaufen lassen, Atomkraftwerke überflutet und chemische Fabriken unter Wasser gesetzt. Die Folge war eine Vergiftung der Landschaft, die Vernichtung der Natur. Davon hat sich die Küste bis heute nicht erholt. Weite Teile sind tote, unbewohnbare Sumpfgebiete geblieben. Während die Wirtschaft dieser küstennahen Regionen des Norddeutschen Bundes zusammenbrach und die meisten Menschen landeinwärts flüchteten, scheint für einige Megakonzerne gerade die Unzugänglichkeit des Gebiets ein Standortvorteil zu sein. Gegen den erbitterten Widerstand der Umweltorganisation nutzen sie das tote Land für umweltschädliche Produktionen und behindern damit die Renaturisierung.

Dr. Natalie Alexandrescu:
Der Norddeutsche Bund,
Deutsche Geschichte auf VidChips,
VC 4, Erkrath 2051

Man mußte nur immer der Straße folgen, dann erreichte man den Autobahnzubringer Stotel. Es war ganz einfach, aber Pandur benötigte zwei Stunden für die vielleicht sechs Kilometer lange Strecke. Das lag an seinem müden Schritt, seiner inneren Ziellosigkeit, aber auch daran, daß er Kontakten aus dem Weg ging. Viermal kamen Trucks aus der Gegenrichtung angebraust. Pandur gelang es jedesmal, rechtzeitig die Straße zu verlassen und in Deckung zu gehen. Zweimal schlüpfte er hinter die Mauerreste von Hausruinen, die es zu Dutzenden entlang der Straße gab, einmal diente ihm ein abgestorbener Baum als Sichtschutz, ein anderes Mal duckte er sich hinter einen Schutthaufen. Jedesmal kauerte er mit angespannten Sinnen in seinem Versteck, die Walther Secura schußbereit in der Hand.

Keiner der Trucks hielt an. Entweder hatten ihn die Fahrer nicht gesehen, oder sie kümmerten sich nicht um die Versteckspiele seltsamer Kuttenträger. Im Grunde rechnete Pandur nicht damit, daß ihm von einem Truck Gefahr drohte, aber er zog es vor, nicht von Leuten gesehen zu werden, die nach Landende fuhren. Natürlich waren Druse und er am Anleger gesehen worden, aber vielleicht gab es eine gewisse Loyalität der Anwohner zu Juriela. Er hoffte, daß es sie gab und daß sie groß genug war, um die Leute von unbedachten Plaudereien abzuhalten, falls Konzerngardisten neugierige Fragen stellten.

In Stotel Versteck zu spielen, hatte wenig Sinn. Sich in der Nähe des Ortes herumzudrücken, würde ihn erst recht verdächtig machen. Er fürchtete nicht, daß später jemand sagen würde, er habe einen Kuttenträger in Richtung Autobahn oder zum Magnetbahnhof gehen sehen. Aber er mußte ja nicht gerade einen Schuhplattler beginnen oder Passanten mit gezogener Secura um eine Suppe anhauen. Niemand sollte einen Grund haben, sich an das Vidphon zu hängen und irgendwem von einem durchgeknallten Mönch zu berichten, der im Ort herumgeisterte.

Das von Druse erwähnte Hochhaus sah er bereits, als er noch drei Kilometer vom Ortskern entfernt war. Aus der Ferne sah es wie eine weitere Ruine aus, von Stürmen gebeutelt und aufgegeben. Als Pandur näher kam, erkannte er, daß es sich nur um einen Rohbau handelte, der nie fertiggestellt worden war. Entweder war während des Baus die Katastrophe hereingebrochen, oder es handelte sich um eine Abschreibungsruine. Mit Sicherheit würde der häßliche Turm außer Ratten, Möwen, Tauben und Krähen, die den Umweltgiften bisher widerstanden hatten, niemals andere Bewohner finden.

Insgesamt bot Stotel mehr, als Pandur erwartet hatte. Die Hälfte der Häuser war verfallen, der Rest mehr oder weniger sorgfältig wieder nutzbar gemacht, aber es gab auch Neubauten. Kleinstadtangebot: drei Supermärkte, ein ALDI REAL Center mit Aldiburger, zwei Tankstellen, ein HighTech Center, zwei Multireparaturshops, die auch Gebrauchtwagen führten und Landhovercrafts verliehen, mehrere Kneipen, Vidcenter und Lifeshows, eine Kirche, eine Moschee, ein Taliskrämershop für die ortsansässigen Spökenkieker und sonstigen Magier, ein erstaunlich gut sortierter Laden mit Cyberware. Pandur hätte darauf gewettet, daß im Schuppen hinter dem Laden illegal auch verbotene Waffen vertickt wurden. Für all diese Segnungen, die ihn rasch wieder schattenfähig gemacht hätten, fehlte ihm der Zauberstab der monetären Welt: ein gefüllter Ebbie. Er hatte nicht mal ein paar Ecu-Scheine, um sich einen Soyburger bei ALDI zu leisten. Ein Musikclub fiel ihm auf: PINK SHIT. Er konnte sich gut vorstellen, daß Juriela sich hier ihre Kultaction holte, wenn Tungrita den Thing zu kurz kommen ließ.

Müßig schlug er die Zeit tot, indem er die Straßen auf und ab wanderte, sich den öden Bahnhof der Magnetschwebebahn ansah, sich in den Läden umschaute.

Er erntete den einen oder anderen neugierigen Blick, aber es liefen ein paar andere Typen durch die Gegend, die mindestens genauso seltsam aussahen. Ausgeflippte Chipheads mit irren Frisuren und Gesichtstätowierungen, ein paar Glatzen in brauner Montur, die zu besoffen waren, um Stunk zu machen, zwei Orks, mehrere Zwerge, ein finster blickender Straßensamurai, offenbar auf der Durchreise. Tatsächlich schienen die meisten Freaks Fremde zu sein, die den Ort als Rastplatz nutzten. Eine Reihe von Trucks und Landhovercrafts parkte vor ALDI REAL.

Einmal geriet er in Verlegenheit. Ein anderer Kuttenträger kam ihm entgegen, ein bärtiger Mann Mitte Fünfzig. Er blieb stehen und starrte Pandur ins Gesicht, erstaunt. Pandur grinste ihn an und schob sich an ihm vorbei. Der Mann murmelte etwas Unverständliches und ging seiner Wege.

Langsam wurde Pandur unruhig. Er kannte sich hier nicht aus. Es war nicht gut, lange an einem Ort zu verweilen, den man nicht kannte. Man wurde als Fremder identifiziert und forderte Reaktionen heraus. Man wurde lokalisierbar. Sicher steckten hinter einigen Mauern oder in einigen der Trucks Leute, die mit Verbrechersyndikaten zusammenarbeiteten. Leute, die sich fragten, was jemand unter der Kutte trug. Leute, die nicht für Reizwäsche oder nackte Tatsachen, sondern für Kredstäbe oder andere nützliche Kleinigkeiten empfänglich waren. Leute, die sich nicht lange fragten, ob dieser Kuttenträger etwas gegen eine Leibesvisitation einzuwenden hatte. Und wenn die Straßenräuber zu träge waren, blieben noch die Randalekids, die immer ein paar Ecu für irgendeine Designerdroge gebrauchen konnten. Pandur hatte schon ein paar von ihnen gesehen. Da sie keine Kutten trugen, konnte er eine brüderliche Gesinnung bei ihnen nicht voraussetzen.

Er fürchtete weder die einen noch die anderen Räuber, aber sie hätten ihn gezwungen, Farbe zu bekennen, vielleicht von seiner Waffe Gebrauch zu machen, auffällig zu werden. Es war an der Zeit, etwas zu unternehmen, bevor es andere taten.

Ohne SIN mit dem Transrapid zu fahren, schied aus. Davon abgesehen brausten neun von zehn Zügen vorbei, ohne zu halten. Die Vidwand verzeichnete einen einsamen Zug am Nachmittag, der hier Station machte.

Pandur entschloß sich, einen der Truckpiloten zu fragen, ob er ihn ein Stück mitnehmen könnte. Vielleicht hatte er Glück und erwischte einen Truck, der direkt nach Hamburg fuhr. Bremen wäre ihm auch recht gewesen. Die Stadt war kein Megaplex, aber groß genug zum Untertauchen. Er suchte sich den ALDI REAL-Parkplatz aus. Dort standen die meisten Trucks. Einmal entschlossen, fragte er sich, warum er überhaupt so lange damit gewartet hatte. Solidarität mit Druse? Vielleicht. Vertrauen in Druse? Dafür gab es keinen Anlaß.

Fünf Trucks standen zur Wahl, außerdem ein Hovercraft Messerschmidt-Kawasaki SX-A, Schwerlastausführung. Pandur schritt einen nach dem anderen ab, aber keiner der Fahrer ließ sich blicken. Saßen vermutlich im Aldiburger. Früher oder später mußte jemand aufkreuzen. Pandur lehnte sich gegen die Fahrerkabine eines der Trucks, ein knallroter MAN Koloß X-7, und behielt dabei die anderen Fahrzeuge im Auge. Er vergab sich dabei nichts. Das Hochhausskelett ragte auf der anderen Seite des Parkplatzes empor. Falls Druse doch noch auftauchte, konnte er ihn nicht verfehlen.

Müßig schaute er zum Eingangsportal von ALDI REAL. Auf dem darüber angebrachten MaxiTrid, der mit seinem Sechsmeterformat weithin sichtbar war, liefen Werbespots für besonders heiße Angebote des Centers. Nach einem Highlight aus dem Trid-Remake des ›Kettensägenmassakers‹ wurde ein kleiner Junge gezeigt, der mit einer Saeder-Krupp-Kettensäge herumfuchtelte und fröhlich rief: »Ich habe meine Mami *mörderisch* lieb! Und meinen Papi auch!« Die angepriesenen Sägen waren für

300 Ecu zu haben. Pandur fühlte sich an einen Straßensamurai namens Pepe erinnert, der sich cyberverdrahtete Kettensägen hatte implantieren lassen und immer einen sauschweren Powerpack mit sich herumschleppen mußte. Seine Sägenarme hatten ihn allerdings auch nicht davor bewahrt, in der Gosse zu sterben. Aber es ging das Gerücht, daß er im Todeskampf erst den Gullydeckel und dann sich selbst in kleine Teile zerlegt hatte. Das brachte eigene Erinnerungen zurück. Cracker. Auch ein Straßensamurai. Und Schäfchen einer Sekte, die sich ›Kirche der letzten Heiden‹ nannte. Auch er hatte über den Tod hinaus seinen treuen Geeker bedient und sich mit einer Signatur verabschiedet.

Die letzten Runs im Rhein-Ruhr-Sprawl waren verdammt hart. Besonders der Renraku-Run. Willst du wirklich wieder in dieses Geschäft einsteigen, Chummer?

Zwischen zwei Trucks, die am anderen Ende des Parkplatzes standen, wurde eine verstohlene Bewegung sichtbar. Instinktiv warf sich Pandur zur Seite. Im nächsten Moment schwirrte ein Pfeil heran, traf auf die panzerverglaste Pilotenkanzel des MAN Koloß und sprang in schrägem Winkel davon ab. Die gläserne Kuppel vibrierte leicht, und ein hohes Summen lag in der Luft, als habe jemand ein riesiges Triangel geschlagen.

Pandur rollte sich hinter eines der Vorderräder des Trucks und zog seine Secura. Er spürte, wie ihm eine Gänsehaut über den Körper lief.

Pfeil. Kompositbogen. Killerelf. Natalies Mörder.

Er wartete auf den nächsten Pfeil, aber dieser blieb aus. Dann ging er in die Hocke, raffte die Kutte, die ihn behinderte, sprang aus der Deckung nach vorn, die Secura schußbereit in der Rechten. Ohne sich darum zu kümmern, daß er sich wie auf einem Präsentierteller anbot, rannte er quer über den Parkplatz auf die Lücke zwischen den beiden Trucks zu.

Kein weiterer Schuß. Kein Geräusch. Keine Bewegung zwischen den Trucks oder seitlich davon.

Er erreichte die Stelle, wo vorhin der Bogen in Schuß-position gebracht worden war.

Kein Bogen. Kein Schütze. Der Erdboden schien beide verschluckt zu haben.

Pandur passierte die Lücke mit vorgereckter Secura und sicherte blitzschnell nach beiden Seiten. Die Trucks standen verlassen da. Niemand hielt sich in den Pilo-tenkanzeln auf. Der eine Truck war ein Tanklastzug, der andere besaß einen massiven, rundum gekapselten Aufbau aus gleißendem Aluminium. Pandur umrun-dete die beiden Fahrzeuge. Der Tankzylinder des einen bot kein Versteck, der Heckklappenverschluß des ande-ren war verplombt.

Es war ihm ein Rätsel, wohin der Schütze verschwun-den war. Hinter den Trucks befand sich eine freie Fläche. Dahinter ragte der Sockel des Hochhausskeletts auf. Der Schütze mußte ein verdammt guter Sprinter sein, wenn er die Distanz von etwa fünfzig Metern in den wenigen Sekunden zurückgelegt hatte. Oder täuschte sich Pan-dur? Hatte alles viel länger gedauert? Er besaß nicht mehr die Reflexe wie vor zehn Jahren.

Seitlich vom Fundament des Hochhauses bewegte sich etwas.

Pandur fuhr mit der Waffe herum und hätte um ein Haar abgedrückt.

»Cool bleiben, Chummer!« rief jemand und trat aus der Deckung. Als er sah, daß Pandur die Waffe senkte, kam die Gestalt näher. Pandur hatte ihn schon an der tiefen Stimme erkannt, und der rote Haarschopf besei-tigte den letzten Zweifel. Druse!

»Dich kann man aber auch keinen Moment allein lassen«, begrüßte ihn der Rothaarige. Statt einer Kutte trug er abgewetzte Jeans und einen grauen Anorak mit dem aufgedruckten Bild eines Critters. Es handelte sich um eine Naga, von der vorn nur der drachenähn-liche Kopf und das Schwanzende zu sehen waren, aber der Schlangenkörper wand sich über den gesamten

Anorak. Auch dieses Kleidungsstück sah gebraucht aus.

Druse trug ein in Plastikfolie gewickeltes Bündel unter dem Arm und warf es Pandur zu, als er ihn erreicht hatte. »Klamotten«, erklärte er. »Du kannst dein Büßergewand ausziehen, Bruder. Die Welt hat uns wieder.«

Pandur stand der Sinn nicht nach Späßen.

»Verdammt, auf mich ist geschossen worden«, sagte er und sah Druse dabei scharf an. »Mit einem Kompositbogen. Der Schütze kann nur im Hochhaus verschwunden sein.«

»He, Chummer, du verdächtigst mich doch nicht etwa, oder?«

»Ich sagte, der Drekhead kann nur im Hochhaus verschwunden sein.«

Druse blickte ihn wütend an. »Hör zu, Chummer. Ich bin eben erst eingetroffen, so ka? Siehst du in meiner Hand einen Bogen? Drek, warum sollte ich dir Klamotten mitbringen, wenn ich dich erschießen will! Verdammte Kacke, Chummer, denk nach, preß deine Arschritze zusammen, damit du mehr Druck auf deine verdammten rissigen Hirnwindungen kriegst. Du hast mir das Leben gerettet, wir haben beide Feinde, die uns die Eingeweide rösten wollen, wir wollen beide nach Hamburg, wir wissen, daß wir nur gemeinsam stark sind – wie soll ich da auf die verdammte Idee kommen, dich umzulegen? He? Denkst du, ich habe Alzheimer, oder was ist los?«

»Reg dich ab«, meinte Pandur und steckte die Secura ein. »Ich habe dich nicht wirklich im Verdacht gehabt. War nur ein bißchen von der Rolle. Habe schlechte Erfahrungen mit einem Bogenschützen gemacht. So ka?« Er machte eine kleine Pause. »Ist dir jemand an der Ruine aufgefallen?«

»Niemand, nur ein paar Kids, die wegrannten, als ich kam.«

»Randalekids?«

»Schon möglich. Wahrscheinlich. Sie rannten einfach weg, zeigten mir die Hacken. Hatten keine Waffen dabei – schon gar keinen Bogen, wenn du das meinst.«

»Sie könnten ihn irgendwo versteckt haben.«

»Vergiß es, Chummer«, erwiderte Druse. »Randalekids springen dich mit Messern an oder werfen Granaten, wenn sie von der härtesten Sorte sind. Aber mit einem Kompositbogen schießen? Drek, dafür fehlen denen die Kraft und das Training. Und der Bogen. Außerdem rennen Randalekids nicht weg, sondern versuchen dich auszuplündern.«

Pandur winkte ab. »Weiß ich alles. Aber wer soll es sonst gewesen sein?«

»Wie wär's mit irgendeinem Freak, der was gegen die Kultisten hat? Zum Beispiel jemand vom Runenthing?«

»Hmm.« Pandur mußte zugeben, daß so etwas nicht auszuschließen war. Die Kultisten hatten bestimmt auch Feinde, und die Kutte konnte einen solchen Feind angelockt haben. Rätselhaft blieb allerdings nach wie vor das spurlose Verschwinden des Schützen. Es hatte wenig Sinn, die Ruine zu durchsuchen. Die dicken Pfeiler des Skeletts, daran lehnende und sich dazwischen stapelnde, teilweise zerborstene Fertigbauplatten sowie Schutthalden boten unzählige Verstecke. Außerdem hatte der Schütze inzwischen ausreichend Zeit gehabt, sich auf der anderen Seite aus dem Rohbau zu schleichen.

Pandur wickelte die Folie von dem Bündel. Druse hatte ihm eine Jeans und eine blaue, halblange Cordjacke mitgebracht, dazu robuste Lederstiefel, alles gebraucht, aber akzeptabel. Ohne lange zu überlegen, zog Pandur die Gummischuhe und die Syntholederhose aus, streifte die Jeans über. Er war froh, endlich trockenen Stoff auf der Haut zu spüren. Die klamme Nässe hatte sich auch durch seine Körperwärme nicht vertreiben lassen.

»Paßt hoffentlich?« erkundigte sich Druse. »Der Se-
condhand-Laden hatte keine große Auswahl, und ich
mußte deine Größe schätzen.«

»Etwas zu weit, aber das ist kein Problem.«

Die Stiefel saßen perfekt. Pandur streifte die Kutte,
die Box mit dem Cyberdeck und das Oberteil der Syn-
tholedermontur ab. Er schlüpfte in die Jacke. Zu groß,
aber warm. Nichts dagegen zu sagen. Er räumte die Taschen der alten Kleidung aus und verstaute das Cyberdeck unter der neuen Jacke. Dann rollte er die abgeleg-
ten Sachen zusammen mit der Kutte in die Plastikfolie.
Vielleicht konnte er den Kram irgendwo verhökern.

Druse steckte ihm ein paar Ecu-Scheine in die Jackentasche. »Leiste dir ein Soysteak oder was immer, bevor
wir losfahren. Oder nimm dir Fastfood auf die Faust,
was noch besser wäre.«

»Hört sich an, als hätten wir es eilig.«

»Haben wir auch, Chummer«, antwortete Druse.
»Juri hat herumtelefoniert. Wir können mit einem Hovercraft reisen, der Richtung Hamburg fährt. Er steht
hier irgendwo auf dem Parkplatz rum. Die Pilotin wartet im Aldiburger auf uns.«

»Drek, ich wäre gern eine Weile ohne Hovercraft aus-
gekommen.«

Der Rothaarige lachte und marschierte los.

Mit gemischten Gefühlen sah Pandur noch einmal
zum Hochhausskelett hinüber, zuckte dann die Schultern und folgte dem Chummer. »Wir sind Juri einiges
schuldig«, meinte er.

»Mach dir darum keine Sorge. Sie hat 'ne Menge an
Gegenleistung bekommen«, sagte Druse und grinste
selbstzufrieden. »Glaube nicht, daß sie es bereut.«

»Glauben macht selig. Deine letzte Bettgenossin war
von deinen Bemühungen so begeistert, daß sie dich mit
einem Katapult in die Holle schicken wollte.«

»Verdammt, Chummer, laß mich mit diesem Mist-
weib in Ruhe.«

Als sie die Stelle erreichten, wo noch immer der rote MAN Koloß parkte, suchte Pandur die Umgebung nach dem Pfeil ab. Druse half ihm. Er entdeckte den Pfeil schließlich unter einem in der Nähe abgestellten weißen, aber total verdreckten VW Impuls. Er zog ihn darunter hervor, befühlte die Spitze und reichte das Geschoß dann an Pandur weiter.

»Hartgummispitze«, sagte er. »Tut beim Aufprall verdammt weh, aber der Unbekannte wollte dich nicht töten.«

Pandur prüfte den Pfeil ebenfalls und mußte Druse recht geben. Durch die hohe Aufprallgeschwindigkeit waren die Pfeile keineswegs ungefährlich. Man konnte damit Augen herausschießen und Männer kastrieren. Aber der eigentliche Zweck bestand darin, das Opfer zu betäuben. Um es dann zum Beispiel auszurauben.

»Vielleicht waren es doch die Kids.«

Randalekids, die gut im Geschäft waren, leisteten sich manchmal Kunstmuskeln, obwohl das bei noch nicht ausgewachsenen Kindern der helle Wahnsinn war. Und mit Kunstmuskeln konnte auch ein Kind einen Kompositbogen spannen.

»Na also«, sagte Druse zufrieden. Zugleich wirkte er auf unbestimmte Art nervös.

Flüchtig registrierte Pandur, daß der Pfeil unbeschädigt war, bevor er ihn in einen der Papierkörbe vor dem Aldiburger stopfte. Tatsächlich, dachte er, sah er aus wie neu. Druse hatte ihn gefunden und Zeit genug gehabt, den richtigen Pfeil einzustecken und ihm diesen hier als Ersatz zu präsentieren ...

Gesundes Mißtrauen bringt dich durch die Schatten, Paranoia macht aus dir selbst einen Schatten. Also vergiß es.

Die Vorstellung, daß Druse den Fehlschuß einkalkuliert hatte und einen präparierten zweiten Pfeil mit sich führte, war zu abenteuerlich. So kompliziert dachte der Rothaarige nicht, und er hatte auch nicht voraussehen können, daß er es war, der den Pfeil fand. Trotzdem konnte Pandur sein Mißtrauen gegen Druse nicht völlig abstellen. Warum sagte ihm Druse nicht, was Proteus von ihm wollte? Und warum wirkte er so nervös?

Als sie den Aldiburger betraten, winkte ihnen sofort jemand von einem der Tische zu. Ein weiblicher Ork. Vielleicht hatte Juri ihr die beiden Männer beschrieben. Druse steuerte den Tisch an, während Pandur zum Bestelltresen ging und sich zwei Soyburger und einen Soykaf geben ließ. Er mußte nicht lange warten. Mit dem Tablett ging er durch das nur mäßig besuchte Restaurant. Er setzte sich zu Druse und der Pilotin und hörte den beiden zu, während er aß.

Die Frau hieß Freda, war auch im Vergleich zu anderen Orks ungewöhnlich korpulent und völlig unbehaart. Sie hatte ein klassisches Mondgesicht mit einer sehr, sehr dicken Nase. Ihr breites Grinsen, das oft kam, hätte man als erfrischend bezeichnen können, wenn nicht das mächtige, unregelmäßige Gebiß mit den verlängerten Eckzähnen gewesen wäre, das beim Grinsen ganz und gar freigelegt wurde. So wirkte sie wie ein fetter Frosch mit einem Raubtiergebiß.

Ungeachtet dieser Äußerlichkeiten machte Freda einen eher gutmütigen und kumpelhaften Eindruck. Sie erzählte gerade einen zotigen Witz, dessen Pointe mit der riesigen Vagina einer Zwergenfrau und dem unvermutet winzigen Penis eines gigantischen Trolls zu tun hatte. Allerdings verpatzte sie die Pointe, da sie schon vorher vor Lachen bebte, dumpf blubberte und sich im entscheidenden Moment verhaspelte.

Außer für Trollpenisse interessierte sich Freda in besonderem Maße für Trid und 2DTV. Sie war ein Fan harter Realityshows und kannte sich bestens in den einschlägigen Programmen der verschiedenen Sender aus. Neben Realityshows liebte sie die uralten 2D-Zombiefilme und hatte Suhrkamp Pay-TV abonniert, einen Spezialkanal für Horror aller Art. Druse bekam Schwierigkeiten mitzuhalten, weil die meisten von Fredas Lieblingsprogrammen auf See nicht zu empfangen waren.

»Was hat euch denn in diese öde Gegend verschlagen?« fragte die Orkfrau beiläufig.

Druse grinste verschwörerisch. »Geschäfte«, meinte er vieldeutig. »Transitgeschäfte, so ka?«

»Verstehe. Gut gelaufen?«

»Bestens.«

»Ist 'ne Gegend für gute Transitgeschäfte, wenn man was drauf hat.«

»Was die Bezahlung der Fahrt angeht ...«, begann Druse, aber Freda unterbrach ihn.

»Das ist geregelt.«

Pandur nahm an, daß Juri dafür aufkam. Erstaunlich. Und das alles für ein bißchen Bumsen? Oder war Freda den Kultisten auf irgendeine Weise verbunden? Als Thingschwester in einer Kutte vermochte Pandur sie sich nur schwer vorzustellen. Aber warum eigentlich nicht? Oder gab es etwas, das Pandur nicht wußte? Druse, der diesen Trip managte, gab sich für Pandurs Geschmack zu schnell mit Fredas Antwort zufrieden.

Proteus jagt dich, Chummer. Da darf es dir nicht gleichgültig sein, wer dir die Flucht bezahlt. Bist du so gut im Bett, daß dir nicht die Idee kommt, Juri könnte falschspielen?

»Wer regelt das?« fragte Pandur.

»Ich frage nicht nach euren Geschäften und ihr nicht nach meinen, so ka?«

Pandur schwieg. Irgendwie gefiel ihm die Sache nicht. Er hatte gern klare Verhältnisse.

Anders als Pandur schien Druse froh zu sein, das Thema wechseln zu können. Er begann eine Diskussion über Sport.

Pandur behielt den Rothaarigen unauffällig im Auge. Druse trommelte unruhig mit den Fingern auf der Tischplatte. Nervös, der Chummer, sehr nervös. Aber Pandur wollte auch so schnell wie möglich von hier verschwinden. Er beeilte sich, seine Soyburger zu verzehren. Den Rest des zweiten Burgers nahm er in die Hand und signalisierte mit vollem Mund, daß sie aufbrechen konnten.

Freda watschelte voraus und präsentierte einen riesigen Hintern in einer schmutzigen, ehemals lindgrünen Latzhose. Die kurzen, säulenartigen Beine steckten in schwarzen Stulpenstiefeln. Die Orkfrau führte die Männer zu dem hinteren der beiden Hovercrafts, ein ultraflaches, aber ausladendes Gefährt mit bulligem Tankaufbau, das gut zu seiner Pilotin paßte. Es versetzte Pandur einen leichten Stich, als er flammendrot auf grauem Untergrund den Schriftzug AG CHEMIE sah. Natalies Ex-Mann arbeitete als Exec für diesen Megakon. Er war es vermutlich gewesen, der die Hetzjagd auf Natalie und Pandur veranlaßt hatte, die bis zur Burg Königsberg führte und dort ihren traurigen Höhepunkt fand. Zumindest war es ein Tanklastzug der AG Chemie gewesen, der ihnen auf der Autobahn den Weg versperrt hatte ...

Mit einiger Mühe warf Pandur die alten Erinnerungen aus seinem bewußten Denken. Das hatte nichts zu bedeuten. Die AG Chemie unterhielt einen riesigen Fuhrpark. Es entbehrte nicht einer gewissen Ironie, daß der alte Feind ihm jetzt half, ohne es zu wissen. Über andere Möglichkeiten wollte Pandur nicht nachdenken. Der Gegner war stark, aber nicht allmächtig. Er konnte dies nicht alles geplant haben.

Ein beklemmendes Gefühl blieb, als er neben Freda und Druse in der Pilotenkanzel Platz nahm.

Um für den Straßenverkehr zugelassen zu werden, mußten Landhovercrafts über einen zusätzlichen Räderantrieb verfügen. Das war auch bei Fredas Dornier Manta Roadrunner der Fall. Der beliebteste Hovercraft des Wattenmeeres hatte sich auch in der abgespeckten, erheblich verkleinerten Landversion als Verkaufsschlager erwiesen, weil er sich speziell für die norddeutschen Sumpfgebiete hervorragend eignete und zugleich ein wendiges und kraftvolles Straßenfahrzeug war.

Innerhalb von Ortschaften sowie auf Autobahnen und Allianzstraßen war der Einsatz vertikaler Schubdüsen nicht erlaubt. Freda hielt sich an diese Vorschrift und ließ den Manta, der ohne den Tank tatsächlich flach und breit wie ein Rochen wirkte, mit mäßigem Tempo die Hauptstraße hinabrollen. Der Elektromotor summte so leise, daß das Fahrzeug beinahe lautlos dahinglitt.

Freda sorgte für Musik. Sie programmierte ihren Bordcomputer und ließ ihn einige herzzerreißende Schnulzen aus ihrem Musikchipvorrat präsentieren. Ihr Musikgeschmack stand in einem krassen Widerspruch zu ihren sonstigen Vorlieben. Oder war diese Art von Musik der notwendige emotionale Ausgleich zu Zombiehorror und dem Live-Blut aus den Realityshows?

Über die Musik hinweg stritten sich Freda und Druse darüber, welches Team in diesem Jahr die Teuton-Bowl gewinnen würde. Freda war Anhängerin der Schwaben Critters, während Druse den Cyberwölfen aus Berlin den Vorzug gab. Pandur war das Ganze völlig egal.

Links und rechts von der Straße standen abgestorbene Bäume. Gelegentlich konnte man verfallene Reste von ehemaligen Bauernhöfen sehen. Die Erde dazwischen war grau oder schwarz, meistens morastig und mit unzähligen Tümpeln durchsetzt. Nach etwa zehn Minuten steuerte Freda den Hovercraft auf eine schlecht erhaltene Landstraße und schaltete das Triebwerk ein. Sanfter als Pandur befürchtet hatte, glitt das Fahrzeug über den unebenen Boden. Schließlich war die Straße kaum noch zu erkennen. Freda programmierte einen Kurs ein und ließ den Autopiloten einen Weg quer durch das Moor suchen.

Da der Magen sein Recht bekommen hatte, drohten Pandur nach der allzu kurzen Nacht die Augen zuzufallen. Er sah sich um und entdeckte im hinteren Bereich der Kabine eine Schlafkoje. Er wußte, daß er früher oder später im Sitzen einschlafen würde. Im Moment schien keine Gefahr zu drohen. Warum sich dann nicht richtig ausruhen?

»Wenn niemand was dagegen hat, lege ich mich da hinten ein Stündchen aufs Ohr«, sagte er.

»Mach es dir nur bequem, Chummer«, gab Freda zur Antwort. »Wir wecken dich, wenn wir in Harburg sind.«

Zufrieden rollte sich Pandur in eine Decke und ließ sich vom Fauchen der Düsen und vom sanften Schwingen des Fahrzeugs in einen Halbschlaf geleiten. Er fühlte sich beinahe wie zu Hause. In den letzten Monaten war die *Broken Heart* sein Zuhause gewesen, und wenn man die Augen schloß, konnte man den Unterschied zwischen dem Schiff und dem Manta kaum bemerken. Dabei war Pandur vor ein paar Stunden noch froh gewesen, der *Broken Heart*, Tupamaro, den anderen Piraten, dem Zielbildschirm der Vindicator und all dem anderen entronnen zu sein ...

Irgendwann schreckte er hoch, richtete sich auf, schlug die Decke zurück und kroch aus der Koje.

Vorn schnarchte Druse auf seinem Sitz. Freda saß daneben und starrte auf den Multiscreen. Schon die ersten Bilder, die Pandur sah, machten klar, daß sie sich einen Horrorfilm reinzog. Eine Zombiearmee wankte über einen Friedhof. Eine junge Frau flüchtete, strauchelte, wurde eingeholt ...

Mit einem flüchtigen Blick streifte Pandur die Bordarmaturen. Er stutzte.

»Was ist denn los?« sagte er. »Wieso fahren wir nach Westen?«

Freda sah auf. »Giftgeister vor Buxtehude«, sagte sie lapidar. »Kam vorhin über den Infokanal. Sie belagern die Stadt und blockieren das ganze Umland. Die Stadt hat zur Bekämpfung Lohnmagier eingesetzt, aber es wird ein paar Stunden dauern, bis die Strecke frei ist.«

»Aber Westkurs ...«, murmelte Pandur. »Das bringt uns doch zur Weser zurück.«

»Wir müssen einen kleinen Umweg machen, Chummer. Mach dir keine Sorgen deswegen.«

Eine winzige Anspannung in Fredas Haltung, in ihrer Stimme alarmierte Pandur. Er behielt die Armaturen im Auge und versuchte gleichzeitig, Einzelheiten der Landschaft wahrzunehmen, durch die der Hovercraft fuhr. Schlick, Morast, tote Bäume und Sträucher, hin und wieder Ruinen, manchmal Schilf und braungrünes Sumpfgras. Alles wie gehabt. Er konnte keinen wesentlichen Unterschied zu der Umgebung von Landende und Stotel feststellen. Ein Blick auf sein Multifunktionsarmband belehrte ihn, daß er mehr als eine Stunde gedöst hatte. Giftgeister vor Buxtehude oder nicht, sie mußten längst auf Geestland sein, das von den giftigen Fluten der Nordsee nicht verätzt worden war.

Für ein oder zwei Sekunden geriet ein verwittertes Straßenschild in sein Blickfeld. Der kurze Moment genügte, um es zu lesen: Bremerhaven 14 km.

Pandur griff in die Jacke, zog die Secura und richtete sie auf Freda. »Was wird hier gespielt, Chummer?« sagte er scharf.

Die Orkfrau blickte über die Schulter zurück, sah die Waffe und wurde blaß. Ihre Finger glitten nach vorn.

»Hände weg vom Vidphon!«

Die Finger verharrten.

Druse war hochgeschreckt, sah Pandur mit gezogener Waffe.

»He ... Chummer«, stammelte er. »Verdammter Drek! Ist dir 'ne Sicherung durchgeknallt? Hast du schlecht geträumt? Steck das Ding weg!«

»So?« fragte Pandur. »Soll ich das wirklich? Ist es dir etwa recht, daß uns dieses Miststück zurück nach Landende kutschiert? Sehnst du dich danach, von Proteus gegrillt zu werden?«

Druse wollte nach seiner Waffe greifen.

»Finger weg von deiner Knarre!« sagte Pandur scharf.

»He, was soll das?« wollte Druse wissen. »Spinnst du? Ich bin es, dein Chummer!«

»Es genügt, wenn einer sagt, wo es langgeht.« Pandur wußte selbst nicht so genau, warum er Druse daran gehindert hatte, die Waffe zu ziehen. Runnerinstinkt. Das alte Mißtrauen gegen jedermann. Er mußte an den allzu jungfräulichen Pfeil denken, den Druse angeblich unter dem Truck gefunden hatte.

»Drek!« fluchte Freda. »Hab's dem Chummer schon gesagt, daß unser Weg von Giftgeistern blockiert wird. Aber er will's nicht kapieren. Bißchen irre, wie? Das hat man von seiner Gutmütigkeit, Fremde mitzunehmen …«

»Wir sind 14 Kilometer von Bremerhaven entfernt«, unterbrach Pandur knapp. »Soviel zu den Giftgeistern.«

»Aber die Giftgeister …«, begann Freda.

»Vom Lügen fallen Orks die Hauer aus«, sagte Pandur. »Hast du das nicht gewußt, Freda? Also los, spuck es aus. Oder ich schicke dich auf der Stelle zu deinen geliebten Zombies.«

Die Orkfrau gab den Versuch auf, ihn für dumm zu verkaufen. »Sollte warten, bis ihr unaufmerksam werdet, und dann zurückfahren«, gab sie kleinlaut zu.

»Wer hat das angeordnet?« Pandur drückte den Lauf seiner Secura in ihr Fettgewebe.

»Jemand, der was zu sagen hat.« Freda wand sich.

»Der wo was zu sagen hat?«

»Bei der AG.«

»Du änderst jetzt den Kurs wieder auf Harburg«, befahl Pandur. »Mach schon. Und das Vidphon bleibt ausgeschaltet, so ka?«

Die Pilotin des Manta tat, was er verlangt hatte. Pandur schaute ihr dabei über die Schultern. Soweit er es beurteilen konnte, hatte sie nichts getan, was den Gegner alarmierte. Das mußte aber nicht viel heißen. Pandur konnte sich gut vorstellen, daß Proteus den Kurs des Mantas überwachte und auf die Kursänderung reagieren würde.

Während der Hovercraft eine weite Kurve fuhr und dann auf Ostkurs ging, sagte Pandur: »Ich will jetzt genau wissen, wie das gelaufen ist. Wer ist wann an dich herangetreten? Was hat man dir gesagt?«

»Nimm zuerst deine Pistole aus meinen Rippen«, beschwerte sich Freda nörgelig wie ein dickes Kind, dem man die Süßigkeiten weggenommen hatte. Es sah aus, als würde sie gleich zu greinen anfangen. »Das tut verdammt weh!«

»Rippen kommen noch lange nicht«, meinte Pandur. »Ich war noch voll in den Fettwülsten. Immer an die Zombies denken, Schwester. Die kennen keinen Schmerz. Und von den Zombies hältst du doch einiges, oder?« Aber er tat ihr den Gefallen und ging mit der Secura auf Distanz. »Ich höre.«

»Nicht aufregen, Chummer, ich rede ja schon.« Freda schien sich gefangen zu haben. »Ich habe 'ne Fuhre für die Arcologie an Bord, bekam aber den Auftrag, in Stotel zu halten und auf euch zu warten.«

»Genauer«, forderte Pandur. »Wer und wie?«

»Von Tetzlaff, dem Chef des Fuhrparks der AG Chemie in Hamburg. Über Vidphon, was sonst?«

»Was hat er genau gesagt?«

»Er sagte, die Arcologie sei von Piraten angegriffen worden, und man suche zwei Überlebende. Der eine davon sei für die AG interessant. Die Piraten würden versuchen, von Stotel wegzukommen, und ich sollte meine Hilfe anbieten. Habe drei freie Plätze nach Harburg an die MFA gemeldet und gewartet …«

»Wer ist die MFA?« fragte Pandur.

An Fredas Stelle antwortete Druse. »Eine Agentur, die Mitfahrgelegenheiten im Norddeutschen Bund vermittelt. Juri hat dort angerufen und den Tip bekommen.«

Pandur überlegte. Wenn hier niemand log, dann

hatte die AG Chemie einen Blindschuß abgegeben, der sich als Zufallstreffer erwies. Er kannte die Effizienz, mit der die Megakons arbeiteten. Mehr noch, er respektierte sie in hohem Maße. Die Effizienz, die Kompetenz, nicht die moralischen Aspekte. Megakons waren die Gegenspieler der Schattenläufer. Und andere Megakons waren die Auftraggeber. Das System funktionierte, weil auf beiden Seiten Könner am Werke waren. Konzerne, die ihre Daten mit einem großem Aufwand an Hirnschmalz, Ecu und Personal zu schützen suchten. Schattenläufer, die diese Daten mit einem großen Aufwand an Hirnschmalz, Tollkühnheit und Blutzoll zu rauben suchten. Pandur wollte nicht in den Kopf, daß die AG Chemie eine ihrer Hovercraftpilotinnen abkommandierte, die Piraten zurückzubringen, und daß dies tatsächlich beinahe geklappt hätte. Warum wurde Stotel nicht durchkämmt? Warum blockierte man nicht die Autobahn, die Magnetschwebebahn und die Allianzstraßen? Hatte man es getan, ohne daß er und Druse davon wußten? Waren Druse und er durch pures Glück auf das schwächste Glied gestoßen?

Und doch schien etwas ganz entschieden faul zu sein. Man hätte die Piraten spätestens dann schnappen müssen, als sie den Aldiburger betraten. Was war das für ein Drek? Man verläßt sich doch nicht auf eine froschgesichtige Orkfrau, wenn man das Wild *wirklich* fangen will.

Entweder spielt man nur mit uns, oder man hatte keine Zeit, Vorbereitungen zu treffen. Aber wenn Zeitnot das Problem war, kann sich die Geschichte unmöglich so zugetragen haben, wie Freda sie geschildert hat.

Pandur beschloß, wachsam zu bleiben.

»Ehrlich, Chummer, ich habe nichts gegen euch«, beteuerte Freda. »Habe mich immer aus Konzernpolitik herausgehalten. Mir ist scheißegal, ob ihr Piraten oder sonst was seid. Aber ich mußte tun, was verlangt wurde, sonst wäre ich meinen Job losgeworden.«

Pandur winkte ab. Er glaubte der Orkfrau, daß sie gegen ihn und Druse persönlich nichts hatte. Die Konzerngardisten, die auf Schattenläufer schossen, hatten auch keine persönlichen Motive, sondern verrichteten nur einen Job. Aber das änderte nichts daran, daß die Kugeln genauso tödlich waren wie solche, die mit Wut im Bauch oder aus Rache abgefeuert wurden.

Pandur war es spätestens seit dem Renraku-Run leid, benutzt, herumgestoßen und gejagt zu werden, ohne die Gründe dafür zu kennen. Er wandte sich an Druse.

»Wie es aussieht, ist die AG Chemie an meinem Arsch interessiert. Aber ich bin nicht der einzige, der vor einem Megakon flüchten muß. Ich will jetzt endlich wissen, warum Proteus soviel an dir liegt! Ist doch wohl nicht zuviel verlangt, oder?«

Druse zuckte die Schultern. »Du würdest dich langweilen, Chummer. Du kennst die Gründe, warum ein Megakon Leute ausschalten will. Du solltest nicht versuchen, den Spieß umzudrehen. Du bist von uns beiden derjenige, der tief in der Scheiße hängt. Ist es nicht so – Walez?«

Drekhead! Was hat ihm Tupamaro über mich erzählt?

»Du willst es mir also nicht sagen?«

»Nope.«

»Wenn wir hier lebendig rauskommen, trennen sich unsere Wege!«

»Was ohnehin geplant war.«

»Ich möchte es nur noch mal erwähnt haben.«

»Hast du getan. Soll ich es dir quittieren?«

Druse war wirklich ein harter Brocken, das mußte Pandur zugeben. »Warst du Exec bei Proteus? Hast du sie beschissen? Konzerngelder abgezweigt?«

Druse grinste nur und schwieg.

Freda wand sich unbehaglich auf ihrem Sitz. Wahrscheinlich fürchtete sie, zwischen die Fronten zu geraten oder aber auf dem Altar wiederentdeckter Gemeinsamkeiten geopfert zu werden.

Mühsam rang sich Pandur dazu durch, den Streit beizulegen. Sie konnten sich in ihrer Situation keinen Grabenkrieg leisten. Widerstrebend mußte er zugeben, daß er den Disput ausgelöst hatte. In den Schatten hätte ihm eine solche Beharrlichkeit, einen Chummer auszuforschen, eine Kugel eingetragen. Er verstand sich selbst nicht mehr. Er konnte es sich nur durch seinen Ekel davor erklären, noch einmal als Schachfigur benutzt zu werden.

Wenn du ehrlich bist, dann geht es nicht um Druse und Proteus, sondern um dich und deine Gegner, die aus dem Nichts wiederauferstanden sind. Du projizierst deine Ohnmacht nur auf andere. Druse weiß wenigstens, vor wem er davonlaufen muß und warum er es tut. Du weißt noch immer nicht, warum sie dich benutzt und gejagt haben, dich eine Weile in Ruhe gelassen haben und dich jetzt wieder jagen.

»So ka«, sagte er mit spröder Stimme. »Es geht mich wirklich nichts an.«

»Irrtum, es geht dich etwas an«, erwiderte Druse zu seiner Überraschung. »Es geht schließlich auch um deinen Arsch, falls sich das Blatt wendet und Proteus Jagd auf uns macht. Und der eigene Arsch geht einen 'ne ganze Menge an, denke ich. Meiner ist mir jedenfalls ziemlich kostbar, verstehst du?« Er lachte und wirkte wieder so freundlich wie vor dem Disput. »Friede?«

Pandur war nicht zufrieden, wollte aber den Streit beenden. »Friede.«

Eine Weile schwiegen die Männer sich aus. Freda sagte auch nichts. Pandur behielt den Monitor im Auge, achtete auf die Kursangaben. Gelegentlich schaute er hinaus. Moor, Sumpf, Schlick. Tote Farben. Nur langsam eroberte sich die Natur ein paar Nischen zurück.

»Irgendwie langweilig«, versuchte Druse das Gespräch wieder in Gang zu bringen.

Das gelang ihm nicht. Aber über Langeweile mußte er sich nicht mehr beschweren.

Ein Geräusch wurde geboren. Es schwoll an. In Windeseile wurde alles andere davon überlagert.

Dicht über ihnen peitschten Rotorblätter die Luft. Dann begann eine Maschinenpistole zu bellen.

Ein Hubschrauber im Tiefflug. Er kam aus der Sonne. Nur die Konturen waren zu erkennen. Offenbar hatte die AG Chemie die Kursänderung bemerkt und die Verfolgung aufgenommen. Oder waren zur Abwechslung wieder Druses Jäger am Zug?

Die Männer und die Orkfrau duckten sich in ihre Sitze. Kugeln prallten gegen das Heck des Manta.

»Verdammter Drek! Das können sie doch nicht machen!« tobte Druse.

»Warum nicht?« fragte Pandur. »Proteus hat dir schon einmal ein Killerkommando auf den Hals geschickt. Dachtest du, sie würden beim zweiten Mal nur Stinkbomben werfen?«

»Du denkst, es sind Leute von Proteus?«

»Keine Ahnung. Ist doch auch egal, oder? Oder bestehst du auf Kugeln mit einem Monogramm?«

Freda zitterte. In der Realität hatte Muni nun einmal mehr Durchschlagskraft als im Trid. Und Freda war nicht einmal ein Zombie, dem ein paar Kugeln nur ein paar ohnehin verweste Fleischbrocken von den Knochen pusten konnten.

Der Hubschrauber war über den Manta hinweggebrummt, flog eine Kurve und näherte sich erneut, diesmal von Süden. Pandur erkannte, daß es sich um einen MK Kolibri handelte, hellblau lackiert, mit dem Emblem einer Verleihfirma. Wenigstens kein Kampfhubschrauber. In der halb geöffneten Kanzel saßen neben und hinter dem Piloten drei Figuren, die in Uniformen steckten und mit ihren Gewehren herumfuchtelten. Sicherheitsleute.

»Autopilot raus und Zickzack fahren!« schrie Pandur die Orkfrau an. »Na los, worauf wartest du noch? Die machen keinen Unterschied. Für die sind wir alle drei

Ratten, und sie halten sich für die Kammerjäger. Würdest du eine Ratte nach ihrer Konfession fragen, bevor du sie tötest?«

Das schien zu wirken. Freda zog das in die Konsole versenkte Lenkrad nach vorn. Ihre Finger huschten über die Tastatur des Bordcomputers. Plötzlich wirkte sie beherrscht und professionell. Die Berührung der vertrauten Bedienungselemente schien sie verwandelt zu haben, schien die Energie des Hovercrafts auf sie zu übertragen. Keine Spur von Unsicherheit mehr. Die Angst war nacktem Überlebenswillen gewichen.

Die Düsen heulten auf. Der Hovercraft brach nach links aus. Wasser spritzte auf. Morast wurde aufgewühlt. Dreckklumpen und herausgerissene Grasbüschel flogen durch die Luft.

Der Hubschrauber war fast greifbar nahe, stieß aber durch die Kursänderung des Manta ins Leere. Geschosse prallten gegen den Tankbehälter und brachten ihn zum Dröhnen. Es klang dumpf. Offensichtlich war er gefüllt.

»Was ist in dem Tank?« rief Pandur. »Explosives Zeug?«

Freda hielt das Lenkrad umklammert, als sei es ein Kruzifix, mit dem sie Graf Dracula abwehrte. Sie schwitzte, und ihre Augen schienen aus den Höhlen zu quellen. »Nährlösung für Brüter«, stieß sie hervor. »Nicht entzündbar.«

Pandur hatte den Eindruck, daß Freda ihre Sache gut machte. Sie selbst mochte einen unbeweglichen Körper haben, aber den breiten Manta bewegte sie mit einer erstaunlichen Virtuosität. Pandur hätte nicht gedacht, daß sich der schwere Hovercraft so elegant bewegen ließ. Er huschte wie ein flacher Kiesel über die im Sonnenlicht gleißenden Tümpel des Moores. Die enorme Masse des Manta ließ keinen Vergleich mit der Wendigkeit eines Wamos zu, aber die Orkfrau tat ihr Bestes, dem Kolibri unlösbare Aufgaben zu stellen.

»Brüter?« fragte Pandur. »Was meinst du mit Brütern?«

»Zuchtbottiche der Genabteilung«, antwortete Druse an ihrer Stelle. »Proteus.«

Da spricht der Insider, dachte Pandur.

Der Kolibri unternahm den dritten Anflug. Wieder pfiffen die Querschläger durch die Gegend. Zum erstenmal wurde die Pilotenkanzel getroffen. Die Kugeln konnten das Sicherheitsglas nicht durchschlagen, sprengten aber Risse und blinde Flecken hinein.

»Immer noch was dagegen, wenn ich meine Beretta in die Faust nehme?« fragte Druse.

Pandur schüttelte den Kopf. Die Situation hatte sich verändert. Er brauchte Unterstützung. Er wartete, bis Druse die Waffe gezogen hatte. Dann riß er das Seitenfenster auf und feuerte einen Streifen Muni auf den Kolibri ab. Vorn eiferte Druse dem Beispiel nach. Es war sinnlos. Sie trafen nicht einmal den Hubschrauber, geschweige denn den Piloten oder einen der Schützen. Mit ihren Pistolen hatten sie keine Chance.

»In der Box unter der Koje liegt ein Gewehr«, preßte Freda angestrengt zwischen zusammengepreßten Lippen hervor.

Pandur steckte seine Secura ein, robbte nach hinten, klappte die Box auf und zog die Waffe hervor. Ein Ruger 100 Sportgewehr. Eine leichte Waffe, aber besser als eine Pistole.

Beim nächsten Angriff des Helikopters zielte er auf den Schützen, der sich am aggressivsten gebärdete und am weitesten aus dem Seitenfenster des Kolibri herauslehnte.

Er verfehlte ihn, traf aber immerhin die Pilotenkanzel.

Wieder prallten Kugeln gegen die Sicherheitsverglasung des Manta. Dann flog etwas aus dem Hubschrauber heran. Ein greller Blitz. Eine Granate detonierte. Zum Glück hatte sie den Manta verfehlt und schleuderte nur Morast in den Himmel.

130

»Wenn sie mehr davon haben, reißen sie uns früher oder später vom Arsch bis zu den Haarwurzeln auf!« schrie Druse über das Getöse hinweg.

Das Kräfteverhältnis wurde deutlich. Trotz aller Fahrkünste, die Freda an den Tag legte, würde der Manta nicht in der Lage sein, den Helikopter abzuhängen. Mit dem Kolibri hatten die Verfolger eine gute Wahl getroffen. Er war leicht und wendig, und der Pilot schien sein Handwerk zu verstehen. Pandur stimmte insgeheim Druses Einschätzung zu. Weitere Granaten oder eine einzige geschickt plazierte Splitterbombe würden dem Manta den Garaus machen. Falls sie nicht gleich mit dem explodierenden Treibstofftank ins Himmelreich hüpften, würden sie platt wie eine Flunder auf dem Morast liegen. Eine leichte Beute für den Jäger. Sie mußten unbedingt Deckung gegen Luftangriffe finden.

»Drek, gibt es denn nirgendwo einen Wald, ein Dickicht oder sonst etwas, wo wir uns verstecken können?« stieß Pandur hervor.

»Alles abgestorben«, erwiderte Freda.

»Es muß ja nicht leben, sondern nur Sichtschutz bieten!«

»War auch früher keine Waldgegend«, sagte die Orkfrau.

»Dann eine verdammte Scheune, eine Fabrikhalle, irgendeine verfluchte Ruine, die groß genug ist, daß wir hineinfahren können!«

Wieder ein Anflug, wieder Fehlschüsse von Pandur. Zwei Granaten. Die eine explodierte so nahe an der Pilotenkanzel des Manta, daß die feurigen Splitter Striemen hineinschlugen. Sah aus, als hätte Lucifer eine Krallenhand auf das Glas gelegt und mal lässig damit nach unten gewischt. War wie ein Versprechen für das nächste Mal. Für den Stoß mit dem Dreizack.

Erstaunlicherweise schien Freda das alles nicht sonderlich zu beeindrucken. Nach dem ersten Schreck schien sie sich entschlossen zu haben, das Ganze doch für eine Art Fernsehrealität zu halten. Vielleicht war es ihre einzige Möglichkeit, mit der Angst fertig zu werden. »Das mit der Scheune wäre möglich, Chummer«, meinte sie beinahe lässig. »Ich achte darauf. Mal sehen, ob sich was ergibt.« Keine Spur von Unsicherheit mehr. Fast schon Überheblichkeit. Sie schien es zu genießen, den Piloten des Kolibri mit ihren Fahrkünsten zu foppen. Wahrscheinlich staunte sie selbst über ihre verborgenen Talente. Pandur kannte die Gefahr, die von einer solchen Euphorie ausging. Man wurde leichtsinnig, überschätzte sich, beging einen dummen Fehler, der alle bis dahin erzielten Erfolge mit einem Schlag zunichte machte. Äußerlich lagen Welten zwischen ihr und Typen wie Wenzel, der in Düsseldorf verblutet war. Und doch fühlte sich Pandur plötzlich an ihn erinnert.

»Verdammt, Freda!« schrie er sie an. »Das sind da draußen keine dämlichen *special effects*, sondern richtige hundsgemeine Totmacher! Wir brauchen die Scheune, und zwar *schnell!*«

Ob er damit bei Freda etwas bewegt hatte, war ihr nicht anzumerken. Fairerweise mußte man eingestehen, daß sie alle Hände voll zu tun hatte, in einem wilden Schleuderkurs dem Helikopter und allen auftauchenden Hindernissen auszuweichen. Wenn sie das Ganze als mit Blitz und Knall gewürzten Fortgeschrittenenkursus für Hovercraftpiloten ansah, gab sie zumindest ihr Bestes, von den Kampfrichtern Bestnoten zu erreichen.

»Da drüben ist etwas Großes!« rief Druse und deutete nach rechts.

Ein einsames Gehöft kauerte sich windschief und halb zerstört gegen ein langgezogenes, dichtes Krüppelgehölz. Zu dem Hof gehörten eine riesige alte Fachwerkscheune und ein fast genauso großes Wirtschaftsgebäude, letzteres wie das Hauptgebäude nur noch ein Karree aus Brandmauern. Die Scheune war an einer Seite eingestürzt.

»Da hinein?« fragte Freda skeptisch. »Das einzig Massive an dem Ding scheint das Eingangstor zu sein. Wir müßten es niederwalzen, und vielleicht fällt dann alles zusammen.«

»Das lassen wir bleiben«, gab Pandur zurück, der gerade wieder ein paar Schüsse auf den Kolibri abgegeben hatte und sich vom Fenster zurückzog. Er warf das Gewehr auf den Sitz. »Ohne Dach nützt uns die Scheune nicht viel. Macht sowieso nur Sinn, wenn der Gegner nicht sieht, daß wir dort Unterschlupf suchen.«

Er sah zu dem Kolibri hinüber, der gerade hinter dem Stumpf eines ehemaligen Kirchturms verschwand und bald den fernsten Punkt der Kehre erreicht hatte. Die Gelegenheit zum Handeln war günstig.

»Das Gehölz!« rief er. »Rein in das Gehölz, so tief wie möglich. Und dann das Triebwerk ausschalten!«

Er wußte nicht, welche Ortungsinstrumente der Gegner an Bord hatte. Mit etwas Glück verfügte er weder über Massedetektoren noch über Infrarotsensoren. Die Expedition schien überhastet aufgebrochen zu sein. Andernfalls hätte man professionelleres Gerät eingesetzt.

Freda fragte nicht lange. Sie handelte. Mit Bravour bestand sie den letzten Teil der Kür. Der Hovercraft erreichte das Gehölz, bevor der Hubschrauber hinter dem Kirchturm wieder in Sicht kam. Taumelnd und sich um die eigene Achse drehend, krachte die Manta in das Gehölz, walzte Dutzende von abgestorbenen Bäumen nieder und kam unter einem Dach herunterprasselnder toter Stämme und Äste zum Stehen. Freda schaltete den Antrieb aus. Gluckernd sackte das Fahrzeug bis zur Mitte der Räder in den Sumpf. Der breite Ponton des Rumpfes hielt ihn wie ein Schneeschuh und verhinderte das weitere Einsinken.

Der Kolibri näherte sich. In der plötzlichen Stille wirkte das Schrappen der Propellerblätter wie eine hektisch geschwungene Sense. Gevatter Tod, zeitgemäß motorisiert.

Aber Gevatter Tod hatte keine guten Augen.

Offenbar vermutete er sie in der Scheune und kreiste eine Weile darüber. Erst dann wandte er sich dem Gehölz zu.

Der Kolibri flog es von einer Seite zur anderen ab. Die Besatzung schien sich unschlüssig zu sein. Pandur war der Meinung gewesen, man würde aus der Luft sehen können, wo der Manta steckte. Immerhin hatte er eine Schneise gezogen. Als er sich umblickte, erkannte er jedoch, daß es zahllose ähnliche Schneisen gab. Die Orkane der letzten Wochen hatten fleißig gearbeitet, und das morsche, faulende Holz bot wenig Widerstand.

»Der Pilot ist eine Pfeife!« äußerte sich Druse. »Er muß doch unsere Spur sehen.«

Obwohl der Manta im Gleitmodus hoch genug über dem Boden lag, um keine Reifenspuren zu hinterlassen, hatten die Schubdüsen den Morast aufgewühlt. In die meisten Löcher war sofort Wasser eingesickert, aber die Spur als Ganzes sollte eigentlich aus der Luft erkennbar sein.

»Nebel«, sagte Freda und deutete nach vorn. »Sie können nichts sehen, weil Nebel vom Boden aufsteigt. Das ist unsere Rettung.«

Jetzt, da der Manta wie ein toter Rochen im Sumpf lag, ohne die Power der fauchenden Düsen, schien sie wieder ein Gefühl für die Realität zu bekommen. Ihr Gesicht sah käsig aus. Sie wirkte müde, erschöpft. Die Luft war raus.

»Es gab doch vorher keinen Nebel«, wunderte sich Druse. »Wieso jetzt auf einmal?«

Tatsächlich verdichtete sich der Nebel mit atemberaubender Geschwindigkeit. Von der Umgebung des Hovercraft waren nur noch die schemenhaften Umrisse einzelner Baumstämme auszumachen.

»Was denkst du?« fragte Druse und wandte sich an Pandur.

»Wahrscheinlich das gleiche wie du«, sagte Pandur. »Wir haben einen Schutzgeist.«

»Meinst du das wortwörtlich? Tungrita?«

»Keine Ahnung. Eher nicht. Die Lichthexe ist vor Bremerhaven zu Hause, im Wasser. Sie kann nicht hier sein. Außerdem wüßte ich nicht, warum sie uns abermals helfen sollte.«

»Sie scheint aber einen Narren an uns gefressen zu haben.«

Pandur schüttelte den Kopf. »Unsinn. Wir haben nur Glück gehabt. Sie kam, sah – und schluckte andere. Aber das hier ...«

»Seid ihr Schamanen oder so was?« fragte Freda. »Ihr seht gar nicht so aus.«

»Vergiß es«, sagte Pandur. »Wir sind einfach nur artige Jungs, die Blut spenden, alte Leute über die Straße bringen und so. Du weißt schon. Vielleicht haben wir der gebrechlichen Mutter eines Schamanen mal einen Gefallen getan. Der Sohn wollte sich schon immer mal bedanken. Jetzt schickt er uns einen Elementargeist. Es werde Nebel, und es ward Nebel.«

»Quatsch!« Freda tippte sich an die Stirn. »Ihr und artige Jungs! Versucht andere zu verscheißern, aber nicht mich.«

»Hältst du es wirklich für möglich, daß uns ein Magier geholfen hat, Chummer?« fragte Druse. Er wirkte verunsichert.

»Die Magier, die ich kennengelernt habe, waren höchst selten Philanthropen«, erwiderte Pandur. »Die meisten wollten mir sogar inbrünstig ans Leder. Außerdem ...«

Er brach ab. Er hatte sagen wollen, ihm sei nicht bekannt, daß Magier jemanden aus der Ferne auf Schritt und Tritt überwachten, ob nun mit guten oder bösen Absichten. Aber dann fiel ihm ein, was Natalies Mutter über seine Markierung im Astralraum gesagt hatte. Und Schamanen waren in der Lage, einen Elementar mit Fernaufgaben zu betrauen. Sie verloren dann seine Dienste, aber grundsätzlich war es möglich. Ein Magier, der einen Elementar kontrollierte, konnte irgendwo, an einem nahen oder fernen Ort, Nebel entstehen lassen. Wenn er wollte. Aber warum sollte jemand ihm oder Druse oder Freda helfen wollen?

»Was außerdem?« hakte Druse nach, als Pandurs Schweigen andauerte.

»Egal. Ist doch auch unwichtig. Hauptsache, der Nebel hält sich, bis der Hubschrauber aufgibt.«

»Ist der Manta okay?« erkundigte sich Druse bei Freda. »Kommen wir hier wieder raus?«

»Denke schon«, antwortete sie. »Die Düsen sind spezialverkapselt, weil man im Sumpfland mit solchen Situationen rechnen muß. Und wir haben genug Power, um die Bäume wegzudrücken.«

Das Geräusch der Rotorblätter war leiser geworden und schien aus größerer Höhe zu kommen. Offensichtlich umkurvte der Pilot noch mehrmals das Gehölz und versuchte dabei, sich dem Nebel fernzuhalten.

Dann verklang das Schrappen in der Ferne.

»Sie haben aufgegeben!« jubelte Freda.

»Heda, vielleicht waren es deine eigenen Leute«, erinnerte sie Pandur.

Die Orkfrau spuckte aus. »Drekheads, die mich in den Orkus blasen wollen, sind nicht meine Leute. Egal was ich vorher gedacht habe.«

»Das ist die richtige Einstellung«, lobte Pandur.

»Finde ich gar nicht«, sagte Druse. »Man sollte schon wissen, auf welcher Seite man steht. Sonst sitzt man am Ende zwischen allen Stühlen.«

Seine Stimme klang ungewohnt. Belegt. Angespannt. Gefährlich leise. Es lag unterdrückte Wut darin. Und wilde Entschlossenheit.

Plötzlich wandte er sich ruckartig nach hinten und richtete seine Beretta auf Pandur.

»Wage ja nicht, nach der Waffe zu greifen!« warnte er.

Er entspannte sich etwas, als er sah, daß Pandur nichts dergleichen versuchte. Er angelte mit der freien Hand nach dem Gewehr und zog es zu sich auf den Vordersitz. Er hielt weiter die Pistole auf Pandur gerichtet und beobachtete ihn aufmerksam. »Ist einiges schiefgelaufen. Da bleibt mir nichts anderes übrig, als die Sache selbst in die Hand zu nehmen.«

Er wandte sich an Freda. »Du hältst dich da raus, klar? Wenn du deinen Arsch in Nullstellung läßt, werde ich deinen Bossen nichts von deiner Fahnenflucht erzählen. Aber ich verlange ab sofort volle Kooperation!«

Freda blickte ihn starr an. Mehr als jemals zuvor sah sie wie ein dicker Frosch aus, der die Welt sah, sie aber nicht verstand. Für einen Frosch bestand die Welt aus drei Arten von beweglichen Dingen: solchen, die kleiner waren als er selbst und deshalb als Nahrung geeignet waren; solchen, die gleich groß waren und deshalb zur Kopulation geeignet waren; und solchen, die größer waren als er selbst und vor denen man flüchten mußte.

Obwohl Freda kein Frosch, sondern eine Metamensch war und erheblich komplexer dachte, hatte ihr übermäßiger TV-Konsum sie auf ähnliche Werte eingeschworen. Kein Wunder, daß sie die Welt nicht mehr verstand. Die Feinde wurden zu Freunden, die Freunde zu Feinden. Wahrscheinlich wartete sie nur noch auf ein Kopulationsangebot. Dann hätte der Irrsinn wenigstens Methode.

Druse genügte es zu sehen, daß die Orkfrau konsterniert war. Er beachtete sie nicht weiter.

»Was Freda vorhin sagte, gilt auch für mich«, wandte er sich wieder an Pandur. »Es ist nicht persönlich gemeint, Chummer. Ich mag dich, Walez. Ich mag dich wirklich. Bist'n guter Chummer, und ich müßte dir dankbar sein, weil du mein Leben gerettet hast. Bin ich auch. Aber du bist meine einzige Chance. Und mein Arsch ist mir noch ein Stück wichtiger als deiner. So ka?«

Als Pandur nicht antwortete, fuhr er fort: »Was denkst du, Walez?«

»Daß du ein verdammter Drekhead bist!« Pandur spuckte aus. Er war verblüfft, aber nicht wirklich überrascht. Sein Instinkt hatte ihm gesagt, daß Druse nicht zu trauen war. Er hatte damit recht behalten. Aber das half ihm wenig. Zu diesem Zeitpunkt hatte er nicht mit einer solchen Attacke gerechnet.

Druse grinste. »Kann dich gut verstehen, Chummer. Würde an deiner Stelle genauso denken. Ich weiß, daß ich ein Drekhead bin, Chummer.«

»Mea culpa, mea maxima culpa«, sagte Pandur verächtlich. »Du solltest in die katholische Kirche eintreten. Da hast du Publikum für so was.«

»Ja, verhöhne mich nur. Ich meine es aber so, wie ich es sage. Ist wirklich nicht schön, einen Chummer so aufs Kreuz zu legen. Ich mache so was bestimmt nicht gern. Aber ich hänge an diesem verdammten, beschissenen Leben. Hab' noch vor, die eine oder andere Tussi aufs Kreuz zu legen. Ohne dauernd Angst haben zu müssen, von Proteus umgelegt zu werden.«

Pandur überlegte fieberhaft, was Druse vorhatte. Wer immer sie angegriffen hatte, er machte keinen Unterschied, nahm in Kauf, daß alle starben, die im Manta saßen. Druse war für den Moment entkommen und hätte damit zufrieden sein können. Pandur konnte sich keinen Reim darauf machen.

»Ich verkaufe dich an die AG Chemie«, sagte Druse. Mit geradezu unanständiger Neugier beobachtete er, wie diese Eröffnung auf den anderen wirkte.

»Für einen satten Ebbie?«

»Quatsch.« Druse grinste. Dann holte er zu seinem triumphierenden Schlag aus, war sich der Wirkung ganz und gar bewußt, genoß seinen Auftritt. »Die AG Chemie will dich, Walez. Und Proteus will mich. Wußtest du, daß die beiden Megakons gemeinsame Interessen haben, partiell zusammenarbeiten? Wenn ich der

AG Chemie einen Herzenswunsch erfülle, ist man bereit, für mich bei Proteus ein gutes Wort einzulegen, vielleicht einen materiellen Schaden zu regulieren. Man könnte dann bei Proteus bereit sein, einige ... hmmm ... sagen wir mal Differenzen zu vergessen, die man mit einem früheren Mitarbeiter hatte. Verstehst du? Es ist eine Art Ringtausch, der allen Beteiligten Freude und gute Sachen einbringt. Pech für dich, daß du der einzige bist, der Verluste einfährt. Aber einer ist immer der Dumme, nicht? So ist das nun mal im Leben.«

Endlich hatte Druse die Katze aus dem Sack gelassen. Pandur war jetzt klar, was hier ablief. Druse wollte sich auf seine Kosten sanieren. Während es hinter seiner Stirn arbeitete, spürte er, wie Druse sein Gesicht zu erforschen suchte. Er schien enttäuscht zu sein, daß Pandur die Neuigkeiten ohne erkennbare Reaktion wegsteckte.

»Morgenstund hat Gold im Mund, wie?«

Druse starrte ihn verblüfft an. Dann begriff er und lachte. »Ja, du hast recht. Ich habe nicht nur mit Juri im Bett gelegen, sondern die Zeit genutzt, mich mit der AG Chemie in Verbindung zu setzen.«

»Man scheint dir aber nicht geglaubt zu haben, oder?«

»Wie kommst du darauf?«

»Sonst hätten sie mich schon in Stotel gejagt.«

»Drek! Denkst du, ich lege meine Karten gleich offen auf den Tisch? Ich bin doch nicht blöd. Habe ihnen nur gesagt, daß ich dich bringe und dafür nur einen Truck brauche. Alles so unauffällig wie möglich. Keine Falle, keine Gardisten. Der Truckpilot kooperativ, aber nicht in die Einzelheiten eingeweiht. Ich schätze dich hoch ein, Walez. Ich weiß, daß du 'nen sechsten Sinn für so was hast. Ich habe mein Bestes getan, alles glaubhaft erscheinen zu lassen. Kleidung besorgt und so, du weißt schon.«

»Und dann hast du versucht, mich mit einem Pfeil zu erledigen.«

Druse winkte ab. »Unsinn! Ich habe noch nie in meinem Leben einen Bogen in der Hand gehalten.«

Wenn es nicht Druse war, wer dann? Der Killerelf? Die Kids, die weggelaufen sind? Oder log ihn Druse wieder einmal an?

Aus den Mosaiksteinchen formte sich ein Bild. Die AG Chemie hatte wohl Druse nur halbherzig geglaubt, ihm aber eine Chance gegeben. Erst als der Manta nicht wie abgesprochen zurückkehrte, hatte man in aller Eile einen Helikopter gechartert und ein paar Sicherheitsmänner damit losgeschickt.

Oder täuscht sich Druse? Hat die AG Chemie Proteus informiert? Pfeift Proteus auf Druses Handel und hat statt dessen ein Mordkommando geschickt? Aber woher wußte Druse, daß es die AG Chemie ist, die mich jagt? Von Tupamaro?

Als Pandur sich ausschwieg, schien Druse zu erkennen, daß Pandur die Informationen verarbeitet und seine Schlüsse daraus gezogen hatte. Druse sah keine Möglichkeit mehr, sich weiter in der Rolle des überlegenen Planers zu produzieren. Sein Vorrat an Überraschungen war fast erschöpft. Deshalb spielt er jetzt seine letzte Karte aus.

»Ach übrigens, Walez«, sagte er wie beiläufig. »Du brauchst keine Versagensängste zu haben. Die AG Chemie will nichts Besonderes von dir. Sie will eigentlich überhaupt nichts von dir. Sie will dich nur tot sehen. Und es ist ihr völlig egal, wer das für sie besorgt.«

Sein Finger krümmte sich um den Abzug der Beretta.

5. KAPITEL

›No Expectations‹

Zu Beginn des neunten Jahrhunderts gegründet, erlebte Hamburg seine erste Blüte in der Hansezeit und baute seither seine Position als Hafenstadt und Handelsmetropole zügig aus. Zur Jahrtausendwende nahmen die charakteristischen Unruhen in der Bevölkerung zu. Arbeitslosigkeit, Wohnungsnot und Kriminalität, wie auch die Unfähigkeit der Regierung, diese Probleme zufriedenstellend zu lösen, verursachten auch in Hamburg chaotische Verhältnisse, die die Megakonzerne nutzten, um ihre vom Staat losgelöste Vormachtposition zu festigen und auszubauen. Die große Sturmflutkatastrophe im Jahre 2011, die massiven Flüchtlingswellen aus Osteuropa, die verheerende Seuche VITAS und die schon immer in Hamburg anzutreffenden anarchistischen Bewegungen verhinderten trotzdem eine völlige Übernahme durch die Megakons.

Hamburg blieb weitgehend von den Eurokriegen verschont, doch in seinen Straßen tobt ein ganz anderer Krieg: Konzerngardisten und Anarchisten verschiedenster Gesinnung liefern sich täglich schwere Auseinandersetzungen. Trotz zum Teil bürgerkriegsähnlicher Zustände und großer sozialer Probleme bleibt Hamburg auch im Jahre 2053 der wichtigste euroökonomische Knotenpunkt ...

Als zur Jahrtausendwende der Senat angesichts der Problematiken in Sachen Kriminalität, Drogen, Wohnungsnot, Arbeitslosigkeit und Asylunterkünfte resignierte, kam es bei den nachfolgenden Bürgerschaftswahlen zu erheblichen Veränderungen. Die CDU und SPD mußten bei der Bürgerschaftswahl 1999 große Stimmenverluste hinnehmen. Der sensationelle Gewinner war, nach Auflösung der GAL 1996, die FDP, die mit

22,4 % Stimmanteil als drittstärkste Fraktion in die Hamburger Landesregierung einzog.

Nachdem sich die Koalitionsregierung aus Vertretern der Parteien FDP und CDU gebildet hatte, kam es zu massiven Umbrüchen. Der Senat wurde von den Megakonzernen unterwandert, und es wurde der Versuch unternommen, die Hafenstraße als anarchistisches Zentrum endgültig zu beseitigen. Bei diesem mißglückten Versuch weitete sich die neoanarchistische Bewegung auf große Teile des Kiezes aus. Zu dieser Zeit bildeten sich mehrere neoanarchistische Politgruppen.

Nach der Neugruppierung der beiden großen Parteien und der Einführung der 3-%-Klausel kam es zu nachhaltigen Veränderungen der Hamburger Regierung bei den Bürgerschaftswahlen zu Anfang des einundzwanzigsten Jahrhunderts. Einige anarchistische Kleinparteien erzielten ihre ersten Wahlerfolge. Des weiteren konnten Parteien wie USPD, ESP, LDFP, CVP und sogar die Grünen (nach ihrer Neugründung 2007) in die Bürgerschaft einziehen. Mit dem Auftreten der UGE und dem ›Erwachen‹ der Metamenschen gewannen rechtsextreme Gruppierungen wie die Partei der Nationalen Erneuerung auch in Hamburg genügend Stimmanteile, um 2023 in die Bürgerschaft einzuziehen. Nach den Wahlen kam es zu heftigen Straßenkämpfen zwischen Anarchos und Neonazis, vor allem in den rechten Hochburgen Pinneberg, Ahrensburg und Bezirk Bergedorf inklusive Geesthacht. Zu diesem Zeitpunkt hatten sich die neoanarchistischen Kleinparteien zur Anarchosyndikalistischen Union zusammengeschlossen und erzielten 2027 bei der Hamburger Bürgerschaftswahl ihren ersten großen Erfolg, der sich in den darauffolgenden Wahlen bestätigte. Die PNE und die Grünen konnten seit 2031 bis heute keine großen Wahlerfolge mehr erzielen und schafften dementsprechend nicht den Sprung über die 3-%-Hürde und somit auch nicht in die Bürgerschaft.

Die Regierung wird derzeit von der USPD gestellt und von der ASU toleriert, doch die beiden Gruppen wissen um ihren geringen Vorsprung. Sollte jemals die LDFP unter der Führung der Megakons an Stimmen gewinnen, so steht eine Koalition zwischen LDFP, CVP und ESP bevor, wodurch wieder bürgerkriegsähnliche Zustände heraufbeschworen werden könnten, denn die ASU wird mit all ihrer Macht versuchen, den Kons ihre Vorherrschaft streitig zu machen – was immer dabei herauskommen mag.

Dr. Natalie Alexandrescu:
Hamburg, Venedig des Nordens,
Deutsche Geschichte auf VidChips,
VC 5, Erkrath 2051

Pandur hatte dem Tod schon zu oft in die Augen geschaut, um wirklich zu erschrecken. Beinahe mechanisch registrierte sein Gehirn, daß der unvermeidliche Moment gekommen war. Löffel abgeben, Cyberware rausklauben, Rest in die Gruft, Ende.

Oder der Trip in die Große Ewige Matrix. Auch nicht das Verkehrteste. Was immer dort für Action angesagt ist: Keiner kann dir Löcher in den Körper pusten, weil du keinen mehr hast.

Er wartete auf das Eindringen der Kugeln und hoffte, daß er schnell sterben würde.

Das Schlimmste wäre, wenn der Drekhead Scheiße baut, dir einen Steckschuß ins Gehirn verpaßt und dich zum sabbernden Idioten macht. Jesus, wieso braucht der so lange?

Druse war bei weitem nicht so ruhig, wie er sich gab. Und er hatte keine Praxis darin, einen Menschen aus nächster Nähe zu erschießen. Er hatte auch nicht gelogen. Er tötete Pandur wirklich nicht gern. Er tat es für sich, für seinen verdammten Arsch und aus anderen Gründen, die nichts mit Pandur zu tun hatten. Er tat es, weil er meinte, daß es sein mußte.

Druse zögerte. Er machte es sich richtig schwer.

Er wartete zu lange.

Im nächsten Moment rammte ihm Frieda die zehn Zentimeter lange und einen Zentimeter breite Klinge ihres Schnappmessers bis zum Heft in die Brust. Sie war eine Orkfrau, eine sehr dicke Orkfrau. Sie war nicht sehr wendig, aber wuchtig. Sie hatte Kraft.

Druses Finger war nicht weit genug gekrümmt, um in einem Reflex den Schuß freizugeben. Vielmehr zuckte der Finger in die Gegenrichtung. Die ganze Hand zuckte und wurde dann schlaff. Die Beretta rutschte heraus und fiel zu Boden. Die flache Seite traf auf. Der für Pandur bestimmte Schuß löste sich nicht.

Druses Augen waren ungläubig geweitet. Der Schock hatte ihn schon erwischt. Jetzt, mit Verzögerung, erreichte ihn der Schmerz. Druse stieß einen Schrei aus, wild und tierisch. Zutiefst enttäuscht. Aber vor allem steckte darin die unbändige Angst, wie sie jede Kreatur empfindet, die an den Rand der Todesschlucht getrieben wird.

Mit einer reflexhaften Bewegung tauchte Pandur zum Boden der Kanzel hinab. Sein Körper tat das, was er schon vorher hatte tun wollen. Pandur hatte es ihm untersagt, weil er die Ausweichbewegung als sinnlos ansah. Er prallte gegen den Vordersitz.

Als er sich wieder aufrappelte, griff er nach Druses Pistole und sicherte sie. Er richtete sich ganz auf. Seine Schulter tat weh, aber er kümmerte sich nicht darum. Sein Knöchel machte sich auch wieder bemerkbar, aber er hatte keine Zeit für ihn. Er beugte sich über die Lehne des Vordersitzes und sah nach Druse.

Der Rothaarige war zusammengesackt. Sein Hintern war den Sitz herabgerutscht, der Oberkörper lag seltsam zurückgebogen auf dem Sitzpolster. Das Heft des Messers ragte aus seiner Brust. Ein großer roter Fleck hatte sich rund um das Heft auf dem Anorak gebildet. Er befand sich genau vor dem Maul des aufgedruckten Nagas. Es sah aus, als schnüffle der Critter an einem rohen Fleischbrocken, der ihm aufgespießt als Opfergabe hingereicht wurde.

Neben Druse saß Freda. Stocksteif. Stumm. Die Augen quollen ihr noch weiter aus den Höhlen, als das sonst der Fall war. Ihr Gesicht sah verstörter aus als das von Druse. Sie schien einen Schock erlitten zu haben. Wahrscheinlich hatte sie noch nie zuvor einem Menschen ein Messer zwischen die Rippen gejagt. Tut man ja auch nicht, wenn es nicht sein muß. Wahrscheinlich hatte sie gar nicht gewußt, daß sie dazu fähig war.

Druses Hände kamen hoch. Sie glitten zu dem Messergriff in seiner Brust.

»Laß das!« sagte Pandur scharf. »Wenn du es herausziehst, bist du in fünf Minuten verblutet!«

Druse hielt inne. Seine Hände bewegten sich langsam zum Sitzpolster, stützten seinen Körper ab. Er stemmte sich mühsam hoch und gelangte wieder in eine sitzende Position.

Pandur starrte den Mann an, der ihn hatte töten wollen und nun selbst dem Tod auf der Schippe lag. Er war erschrocken. Er glaubte das Messer in der eigenen Brust zu spüren. Er hatte schon eine Menge Blut gesehen. In seinem Kopf gab es schlimmere Bilder. Abgetrennte Gliedmaßen und Köpfe, nach außen gestülpte Innereien, herausquellende Därme. Aber er war davon nicht abgestumpft, würde es niemals sein.

Das Messer war Druse in die rechte Körperseite getrieben worden, durch die Rippen, durch die Leber, in den rechten Lungenflügel. Pandur hatte keine Ahnung, ob man das überleben konnte. Obwohl der Rothaarige ihn ins Jenseits hatte schicken wollen, tat Druse ihm leid. Pandur hatte selbst auf einen sauberen Tod gehofft und ihn weniger gefürchtet als langes Siechtum. Er wünschte, Freda hätte Druses Herz getroffen.

Mit glasigen Augen, Schweiß auf der Stirn, wischte sich Druse mit dem Handrücken rosafarbenen Schaum von den Lippen.

»Walez … es tut mir leid«, stammelte Druse.

»Tu dir selber leid«, sagte Pandur spröde. Es war schwer, mit einem halbtoten Mann zu sprechen, der beinahe sein Mörder geworden wäre.

Druse rang nach Luft. »Es war … ein Fehler«, sagte er mühsam. »Paßt zu allem anderen … Habe viele Fehler … in meinem Leben … gemacht. Dies war der schwerste … Zu glauben … ich könnte mein … Leben mit einem anderen erkaufen.«

»Druse …«, sagte Pandur und sah ihm ins Gesicht. »Erwarte nicht von mir, daß ich den Kasper spiele und dir sage, daß du in zwei Wochen wieder putzmunter bist. Eisen in der Brust ist der Gesundheit nicht zuträglich. Wird dir jeder Arzt sagen. Aber eines sollst du wissen: War nicht schön von dir, was du angestellt hast. Außerdem war es dumm. Hast du im Ernst geglaubt, du könntest auf die Art wieder mit Proteus ins Geschäft kommen? Drek! Was warst du bei denen? Exec?«

»Einkaufsleiter für die Genforschung«, antwortete Druse.

»Also leitender Sararimann. Drek, kapierst du das nicht? Der Laden läuft auch ohne dich. Die wollen dich nicht zurück. Die stellen keinen wieder ein, den sie umbringen wollten. Könnte sich rumsprechen, daß man sich für schwache Leistungen leicht mal 'ne Kugel einfängt. Ist nicht gut fürs Betriebsklima, so ka?«

Freda begann sich wieder zu rühren. Sie öffnete irgendwo unter dem Bordcomputer ein Fach, zog Papierhandtücher hervor und drückte Druse einen ganzen Stapel davon in die Hand. Druse führte eines davon an den Mund, spuckte blutigen Speichel hinein und wischte sich Lippen und Kinn ab.

Pandur klappte die Rückenlehne des Vordersitzes vorsichtig nach hinten, damit Druses seinen Körper ausstrecken konnte. Ihn in die Koje zu tragen, schien ein zu großes Risiko zu sein.

»Hast du große Schmerzen?« fragte Freda den Rothaarigen. Sie vermied es, ihn anzusehen.

»Mir geht's gut …«, gab Druse zurück. »Bis auf … daß mir … der Sack juckt. Du könntest … mich mal kratzen.«

»Verdammter Jackhead!« fluchte die Orkfrau. Sie schien froh zu sein, daß sie sich Luft machen konnte. »Wie auch immer. Wenn die Schmerzen zu stark werden, dann melde dich. Hab' Tranqpatches in der Bordapotheke und auch ein Traumapatch, wenn's sein muß.«

Immerhin etwas, dachte Pandur. Wenn Druse nicht innerlich verblutete, konnte ihn ein Traumapatch einige Stunden am Leben halten. Es wurde dem Patienten über dem Herzen auf die Haut geklebt und gab einen Drogencocktail an den Kreislauf ab, der den gesamten Organismus stabilisierte. Aber das Zeug war ein verdammtes Gift, das natürlich nicht ohne Nebenwirkungen blieb. Aber wer kurz vor dem Abnippeln war, mußte nehmen, was er kriegen konnte.

»Später ... vielleicht ... wenn noch nötig.«

»Hast du als Beinahe-Exec keinen BuMoNA-Kontrakt?«

»Wurde gekündigt ... als ich ... den Laden verließ.«

Das hätte sich Pandur eigentlich denken können. Mit BuMoNA hätte Druse eine gute Chance gehabt. Ein Anruf, und die fliegenden Docs hätten ihn in zehn Minuten mit einem Helikopter hier rausgeholt. Schon an Bord wäre es mit der Rundumerneuerung losgegangen: Mikrochirurgie, eimerweise Medkit, Gebirge von Kunsthaut, Biotech-Implantate, was immer nötig war. Aber BuMoNA kam nur, wenn der gültige Code des Vertrags durchgegeben wurde. Sonst bekam man von einer süßen Schwester am Vidphon nur kühle Genesungswünsche zu hören, gefolgt von einem Werbespot. In BuMoNA-Kliniken wurde allerdings jeder aufgenommen, der im voraus zahlte. Man fragte nicht einmal nach seiner SIN-Nummer.

»Reichen Juris Ecu für die Klinik?« fragte Pandur.

Druse schüttelte leicht den Kopf.

»Ich habe knapp 1000 auf dem Kredstab«, meinte Freda.

»Nett von dir«, sagte Pandur. »Aber das wird nicht

genügen. Hoffen wir, daß ein Straßendoc ihm helfen kann. Wo sind wir genau?«

Freda schaltete den Bordcomputer ein und ließ sich die Daten geben.

»Noch 48 Kilometer bis Harburg.«

»Gibt's ein Kaff, das näher dran ist?«

»Buxtehude. Aber dort sind die Giftgeister.«

»Glaubst du jetzt schon deinen eigenen Stuß?«

»War kein Stuß, Chummer«, beteuerte Freda. »Kam mir nur gelegen. Buxtehude wird tatsächlich von Giftgeistern belagert. Wir müssen es im weiten Bogen umfahren.«

»Was ist näher dran als Harburg?«

»Stade. Oder Neugraben. Wäre besser. Wenn wir Buxtehude südlich umfahren, kommen wir automatisch dorthin. Kenne Leute in Wildost, die euch helfen werden.«

»Wildost?« Pandur hatte reichlich Geschichten über das Ponton-Ghetto gehört. Schauergeschichten. »Die können sich doch selbst nicht helfen.«

»Keine feine Gegend, Chummer. Aber wie das in Rattenlöchern so ist: nix zu fressen, aber massenweise HighTech, Drogen, Transplantate. Alles geklemmt natürlich. Docs gibt's da auch, teuflisch gute Docs. Erschwingliche Preise. Mag sein, daß so'n Weißkittel ein paar schlimme Hobbies hat und untertauchen mußte. Ein guter Chirurg kann er trotzdem sein. Vielleicht gerade deshalb. Man muß ihm nur auf die Finger sehen.«

»Also gut. Mal sehen, was Doc Ripper auf der Pfanne hat. Bring uns hier raus, Freda.«

Sie setzte sich hinter dem Lenkrad zurecht. Der Körper wirkte angespannt und voll konzentriert. Die Turbine heulte auf.

Die Orkfrau hatte schon bewiesen, daß sie eine gute Mantapilotin war. Jetzt zeigte sie, daß sie nicht nur mit einem entfesselten Hovercraft umgehen konnte, sondern auch mit einem halb abgesoffenen. Der Schwerpunkt des Manta lag inzwischen unter dem grau-schwarzen Schlick. Freda aktivierte die Düsen. Mit einer Sanftheit, die man den dicken Fingern nicht zuge-traut hätte, schob sie den Speedhebel in einer unendlich langsamen, gleitenden, grazilen, keinen Moment stockenden Bewegung nach vorn.

Der Manta ruckelte, Dreck spritzte, Äste knackten. Der Hovercraft legte sich schief, schaukelte, steckte dann hinten fest. Die Finger von Fredas linker Hand tanzten über das Sensorenfeld, das die zwölf verschie-denen Düsen neu ausbalancierte. Ihr schien die dritte Hand für das Lenkrad zu fehlen, aber Lenken war im Moment nicht nötig. Das Heck löste sich schmatzend aus dem Schlick, knallte gegen morsches Holz. Ein letz-tes Stabilisieren der Düsen, dann war Freda zufrieden und schaltete die manuelle Korrektur aus. Den Rest würde der Computer erledigen.

Der Manta lag mit fauchenden Düsen wie ein Brett über dem Sumpf. Pandur hätte nicht geglaubt, daß er dieses rubbelnde Tanzen auf der Stelle nach all den Mo-naten auf See noch einmal genießen würde. Aber er genoß es. Er liebte es. Und er liebte den dicken Frosch in Latzhosen, der dieses Ding steuerte und ihm das Leben gerettet hatte.

Die Orkfrau ließ den Manta sich wie auf einem Teller an Ort und Stelle drehen, zeigte Pandur stumm den gereckten Daumen und preschte dann durch die glei-che Lücke hinaus, durch die sie in das tote Gehölz ge-fahren war.

»Saubere Leistung«, lobte Pandur. »Ich habe dir noch gar nicht gedankt wegen vorhin. Werde ich dir nie ver-gessen.«

»Hatte Sorge, weil der Tank randvoll ist und uns nach hinten drückte. Aber dann flutschte es plötzlich wie auf Babykacke.« Auf Pandurs Dank ging sie nicht ein. Sie umklammerte das Lenkrad und blickte starr ge-radeaus. Sie wirkte beinahe verlegen.

Was deine Leute in Schneverdingen getan haben, ist für mich nicht aus der Welt. Aber du weißt gar nicht, wie gut es mir tut, daß es dich gibt, dickes Mädchen! Trotz deiner Zombies und Trollpenisse.

Der Manta fuhr aus dem Nebel in trübgelbes Sonnenlicht hinaus. Freda lenkte ihn über die früheren Felder des verfallenen Gehöfts. Der Nebel stand noch immer dicht und undurchdringlich über dem Gehölz. Er wirkte wie ein riesiger Watteballen, aus dem ein paar Bäume und Äste wie dunkle Fäden herausragten.

Im stillen hatte Pandur befürchtet, daß der Hubschrauber der Proteusleute vor dem Bauernhof gelandet war. Daß die Kerle auf sie warteten. Aber es war weit und breit kein Hubschrauber zu sehen.

Freda gab den neuen Kurs ein und ließ den Autopiloten die restliche Arbeit tun. Der Manta bewegte sich in schneller Fahrt nach Südosten.

Druse stöhnte leise vor sich hin. Ohne ihn noch einmal zu fragen, öffnete Freda die Bordapotheke und reichte Pandur ein Tranqpatch. Er schob den Ärmel von Druses Anorak hoch, riß die Folie des Patches ab und klebte es dem Mann in Höhe der Armbeuge auf den Unterarm. Stumm starrte er den steil aufragenden Messergriff an. Der Blutfleck hatte längst den ganzen Kopf des Naga verschluckt, und seitlich sickerte Blut auf das Sitzpolster. Druse hatte die Augen geschlossen. Sein Gesicht sah grau und fahl aus. Pandur glaubte nicht, daß er noch lange zu leben hatte.

»Traumapatch!« sagte er leise.

Die Orkfrau reagierte sofort. Sie schien froh zu sein, irgend etwas tun zu können. Sie reichte ihm das dicke Pflaster. In das Gazepolster waren kleine Kanülen, winzigen Solarzellen als Energielieferanten, für das Auge kaum sichtbare Mikrodosierpumpen und haardünne Verteilerschläuche eingearbeitet. Ein kleines Kunstwerk und äußerst wirkungsvoll. Für Wunder war es allerdings nicht zuständig. Und Druse schien

schon ein mittleres Wunder zu benötigen, um durch-
zukommen.

Mit steifen Fingern und einer Heidenangst, den Messergriff zu berühren, schob Pandur den Anorak des
Verwundeten nach oben. Eine Blutlache erwartete ihn.
Er tupfte das Blut mit Fredas Papierhandtüchern ab,
aber es floß immer neues nach. Druses Brustkorb hob
und senkte sich nur minimal, aber bei jedem Atemzug
zitterte das Messer. Die Atmung war unregelmäßig.

Wortlos reichte ihm Freda eine Schere, als er mit dem
Hochschieben des Anoraks nicht weiterkam. Er trennte
dem Naga den Schlangenleib durch und klappte das
aufgeschnittene, blutgetränkte Stück Stoff zurück. Er
säuberte die Haut über dem Herzen und war froh, als
er das Traumapatch endlich aufgeklebt und mit leichten Druckbewegungen des Handballens aktiviert hatte.

Er sah wie ein Metzger aus, der aus dem Schlacht-
haus kam. Freda reichte weitere Papierhandtücher
herüber. Pandur wischte sich das Blut ab.

Mehr konnten sie für Druse im Moment nicht tun.

»Wir könnten ihn natürlich auch den Bullen übergeben«, sagte Freda zögernd. »Könnte sein Leben retten.«

Pandur winkte ab. »Die würden weniger für ihn tun
als Doc Ripper. Minimalversorgung. Heftpflaster, Aspirin und Salbe.«

Freda schien ihm nicht zu glauben. »Wenn du keinen
Bock auf die Bullen hast, setze ich dich vorher ab.«

»Vergiß es. Die lassen ihn abkratzen. Und wenn sich
tatsächlich irgendein Bullen-Sanitäter erbarmt und ihn
durchkriegt, liefern sie ihn an Proteus aus. Was die mit
ihm machen, wenn er ihnen nicht meine Birne als Tro-
phäe bringt, weißt du ja.«

Das war die Realität. Konzernrecht ging vor Allianz-
recht. Mit den sogenannten Menschenrechten konnte
man sich getrost den Hintern abwischen. Da sie keinen
Profit abwarfen, waren sie für die Megakons uninteres-
sant. Wenn sich ein Megakon für jemanden interes-

sierte, den die Polizei geschnappt hatte, bekam er ihn und konnte mit ihm anstellen, was er wollte. Wenn die Mafia sich für einen interessierte, den die Polizei geschnappt hatte, bekam sie ihn ebenfalls und konnte mit ihm anstellen, was sie wollte. Das erste war legal, das zweite illegal. Dem Opfer konnten diese Feinheiten allerdings egal sein.

Die Orkfrau schwieg. Vielleicht dachte sie darüber nach, daß Suhrkamps Zombies völlig überflüssig waren. Horror gab's genug in der Wirklichkeit.

Der Mann mit dem Messer in der Brust begann zu reden. Leise, aber verständlich. Er befand sich im Dilirium. Sein getrübtes Bewußtsein teilte der Welt mit, was die Synapsen unter dem Einfluß der Drogen für tolle Sachen erlebten. Höchst seltsame Dinge natürlich. Meldeten irgendwas von Messern in der Brust und so. Sahen das als den gleichen Shit wie alles andere an und kramten statt dessen in der Truhe mit den Oldies. Pandur hörte zu. Das meiste, was Druse von sich gab, war Müll. Totaler Schrott. Hirnscheiße. Der Rest bestand zum größeren Teil aus nachgekosteten Fickereien. Aber ein paarmal addierten sich Erinnerungen und Empfindungen zu klaren Informationen, manchmal ganzen Sätzen.

Allmählich formte sich ein Bild aus den Fetzen. Konturen der Last, die Druse wie ein dicker Dinosaurier auf der Seele lag, wurden deutlich.

Der Mann hatte bei Proteus irgendeinen Bockmist fabriziert. Einen richtigen Knaller. Ziemlich deftiger Betrug oder so was. Pandur hatte eher Weibergeschichten erwartet, aber es schien tatsächlich um prall gefüllte Kredstäbe zu gehen. Was diesen Punkt anging, verstanden Megakons überhaupt keinen Spaß. Druse war gerade noch rechtzeitig geflüchtet, bevor sie ihm auf die Schliche kamen. Seither war er Freiwild für Proteus. Aber im Gegensatz zu seinen Behauptungen vorhin schien es Druse im Kern gar nicht darum zu gehen, wieder in die Proteus-Familie aufgenommen zu werden. Das war zweitrangig, Mittel zum Zweck. Pandur war überrascht, als er Druses wirkliches Motiv erkannte: Haß auf Tupamaro. Rache. Er wollte Proteus benutzen, wollte den Megakon dafür gewinnen, Tupamaro zu jagen.

Einige Male besiegte Druses starker Wille seine herumflippenden Synapsen. In solchen Momenten versuchte er Pandur ein paar Sachen zu erzählen, die für diesen wichtig waren. Offenbar ging er davon aus, sterben zu müssen. Er wollte etwas Ballast abwerfen, damit seine Seele einen besseren Flug hatte. Damit sie vielleicht doch noch die Kurve in den Himmel kriegte und nicht mit dem Hintern in der Hölle hängenblieb.

»Ich wußte davon … Steffi … Angebot hatte, dich … ans Messer … liefern«, flüsterte er. »Aber sie … mich reingelegt … auch ausgesetzt … wollte mich loswerden.«

Eine Weile kam wieder nur total abgefahrenes Zeug, aus dem Anal- und Genitalbereich.

Dann sagte er: »Sie wußte … Proteus mich … sucht … Wette, sie hat es … Proteus gesteckt … als sie mitkriegte … daß wir überlebt … Kriegte Schiß, daß … ich … rächen würde … Hat recht damit … dieses Miststück!«

Der Rest bestand aus wirren Rachephantasien. Falls Druse überlebte und er Tupamaro wirklich in die Finger bekommen sollte, mußte sich der Käpt'n auf stürmischen Seegang gefaßt machen. Druse würde aus Blut-Steffi feingekörntes Hackfleisch machen – allerdings erst ganz am Schluß.

Pandur war beeindruckt und zugleich erschrocken. Der Haß des Rothaarigen schien keine Grenzen zu kennen. War das die Wut darüber, daß eine Frau *ihn* weggeworfen hatte? Leute wegzuwerfen, insbesondere Frauen, schien er bisher als *sein* Privileg angesehen zu haben. Pandur hielt Druse zwar nicht für einen Menschen, der ohne ethische Werte auskam, aber er schien zumindest ein triebgesteuerter Mensch zu sein. Wer seinen Trieben nicht in die Quere kam, erlebte einen durchaus erträglichen, sogar sympathischen Zeitgenossen. Pandur hatte allerdings das Pech gehabt, Druses Trieberfüllung im Wege zu stehen. Und das wiederum war Druse mit einem Umweg über Fredas Messer zum Verhängnis geworden.

Interaktion, Chummer, menschliches Miteinander. Schicksalstheater. Selbst beim Zwei-Personen-Stück ist der Schluß offen. Vergiß die Proben. Erst bei der Premiere entscheidet sich, ob aus dem Charakterstück eine Posse oder eine Tragödie wird. Und umgekehrt. Wenn jedoch mehr als zwei Personen auf der Bühne stehen, mußt du damit rechnen, daß dein Stück abgesetzt und ein anderes gespielt wird.

Die Orkfrau steuerte den Hovercraft sicher durch den Sumpf. Der Manta hatte einige ausgebaute Straßen passiert, aber Freda folgte ihren Instrumenten und ihren eigenen Wegmarken. Deren gab es genug: zerborstene Ruinen in aufgegebenen Orten, heimgesucht von der Flut, von Plünderern, von Gefechten zwischen Ordnungskräften und Anarchisten, von Blitzeinschlägen und Feuer, rostige Reste von Eisenbahnbrücken, Strommasten, Fahrzeugen. Die Westostautobahn überquerte Freda auf einer der wenigen Brücken, die von den Wirren der vergangenen Jahrzehnte unberührt geblieben waren. Die Orkfrau kannte dieses Gebiet wie die Taschen ihrer riesigen Latzhose. Tagtäglich durchquerte sie den Morast, steuerte die wenigen industriellen Zentren wie Stade, Bremervörde, Zeven, Buxtehude sowie die Arcologien Cuxhaven und Bremerhaven an. Hier wurde produziert, was für andere Gebiete zu giftig, zu gefährlich oder zu geheim war. Die Megakons begannen den Elbe-Weser-Raum für sich zu entdecken. Nur die Tücken des Sumpfes sowie die hohen Erschließungskosten wirkten bislang noch als Bremse für überschäumende Expansion.

Freda achtete sorgsam darauf, außerhalb der Zone zu

bleiben, in der die Giftgeister ihr Unwesen trieben. Hin und wieder schaltete sie den Multiscreen ein und holte sich SPIEGEL oder einen anderen Nachrichtenkanal auf 2DTV herein. Die Sperrung war noch nicht aufgehoben worden. Einmal erwischte sie SOR, einen Piratensender, der die Giftgeister zum Weitermachen aufforderte. Daß die einen 2DTV hatten und SOR guckten, war allerdings etwas kühn gedacht. SOR stand für ›Schamanenzelle Odins Rebellen‹, eine magisch-anarchistische Splittergruppe mit deutlichen Sympathien für GreenWar. Laut SOR war Buxtehude ein ›Zentrum der Giftmafia‹, das ›in die selbstfabrizierte Scheiße getunkt werden sollte‹. Die Lohnmagier, die zur Bekämpfung der Giftgeister eingesetzt wurden, bezeichnete SOR als ›stinkende Scheißhaufen mit einer kranken Aura‹, die von SOR-Aktivisten bei passender Gelegenheit ›auf unerquickliche Art und Weise einer Kloake‹ übergeben würden.

Endlich erreichte der Manta die Elbmarschen südöstlich von Buxtehude. Freda nutzte die Reste eines alten Deiches als befestigte Fahrbahn. Er ragte nur ein paar Zentimeter aus dem Morast hervor.

Die toten Farben waren durch lehmiges Gelbbraun und Schilfgrün ersetzt worden. In Flußnähe hatten sich die zähesten Pflanzen behaupten können. Links lag die Elbe, viermal so breit wie früher. Weiter im Osten blitzte an beiden Ufern die Skyline von Hamburg und Harburg in der Sonne. Aus der Entfernung waren vor allem die Sahnestücke zu sehen, die glitzernden Prunkgebäude, die steil aufragenden Tower der mächtigsten Megakons, die Autobahnbrücken, die Pfeiler der Magnetschwebebahn, die Hafenanlagen. Das andere Hamburg, der wuchernde, halb überflutete Sprawl, der wie ein eiterndes Krebsgeschwür das andere Ufer bedeckte, lag wie ein grauer Belag unter den Türmen.

»Ratten-Hamburg sieht aus wie die Scheiße von Kommerz-Hamburg«, gab Pandur seinen Eindruck wieder.

»Was ist daran neu, Chummer?« fragte Freda. »Ist doch überall so, oder? Was dagegen?«

»War nur 'ne Feststellung. Scheiße ist sowieso fruchtbarer als der Arsch, aus sie kommt. Aber hier fällt mir besonders auf, wie eng der Abstand zwischen beiden ist.«

»Das Ghetto«, sagte Freda schlicht und zeigte nach vorn. »Wir kommen von Nordwest, da wird kaum kontrolliert. Können wir nicht gebrauchen, nich'?«

Auf dieser Seite der Elbe waren vor den fernen Türmen von Harburg, dem neuen Zentrum des Megaplexes, die Wohnsilos von Neugraben und Neu-Wulmstorf zu erkennen, wo Hunderttausende von Lohnsklaven der Megakons hausten. Eine Stadt für sich. Davor lag Wildost, das Pontonghetto. Auch hier lebten fast hunderttausend Menschen. Keine Lohnsklaven. Aussätzige.

Sie erreichten bereits die ersten Ausläufer von Wildost. Die Habenichtse, die dort vegetierten, hatten kaum eine Möglichkeit, über die Elbe oder durch die Sümpfe zu fliehen. Dort erwartete sie nur der Tod. Die zumeist illegalen Einwanderer wurden erbarmungslos gejagt, wenn sie sich aus dem Ghetto entfernten. In den Kneipen von Neugraben und Buxtehude tummelten sich Hunderte von Kopfgeldjägern. Viele waren von der Stirn bis zu den Waden mit Kreuzen oder Sternen tätowiert. Jedes Kreuz und jeder Stern stand für einen Abschuß und 500 Ecu Prämie. Auf der Elbe patrouillierten die Boote des Bundesgrenzschutzes. Im Osten und Süden, wo die natürlichen Barrieren fehlten und statt dessen die Wohnsilos der Lohnsklaven lockten, war das Ghetto hermetisch abgeriegelt. Zaun, Sperrgürtel, Wachtürme, Zaun. Durchlaß nur für Leute mit ID-Chip. Die Fahrer der Lebensmitteltransporte. Die Arbeiter des Friedhofamtes oder der Müllabfuhr, die die Leichen herausholten und in ein Massengrab warfen. Beauftragte von Notkomitees und der Exilorganisationen osteuropäischer Flüchtlinge, die Spenden herankarrten. Krankenschwestern und Ärzte des Gesundheitsamtes, die Medikamente verteilten. Leute, die Geschäfte machen wollten. Leute, die eine weibliche oder männliche Nutte suchten. Leute mit abartigen Neigungen. Mörder. Spieler, Süchtige, Verrückte, Sektenprediger. Polizei. Bundesgrenzschutz. Mindestens zweimal pro Woche wurde eine Razzia durchgeführt. Die Gesuchten wurden selten gefunden, gestohlene Waren häufiger, Tote gab es immer. Die meisten Toten traf nur die Schuld, im Weg gestanden zu haben. In dem engen Ghetto standen immer Leute im Weg.

Wildost bestand aus Tausenden von zusammengebundenen Pontons, die im Wasser schwammen oder auf dem Schlick lagen. Große, kleine, zu diesem Zweck erbaute oder zweckentfremdete schwimmfähige Körper. Hinzu kamen Fertigteile und Konstrukte aller Art. Schlauchboote, Flöße aus Holzstämmen, Flöße aus Kunststoff, Wracks von Schiffen und Barkassen, größere Behälter aller Art, ins Wasser hineingebaute bizarre Konstruktionen aus Schrott und Müll. Jede Woche soff eines der Objekte ab, Dutzende von Bewohnern ertranken oder versanken im Schlick. Die Reste der Objekte dienten als Grundlage für neue Gebilde. Auf den Pontons und anderen Konstrukten türmten sich auf bis zu drei Ebenen Wohncontainer, Baracken, Zelte, Schilfhütten, Blechschuppen, windschiefe Bretterbuden, aus Hartplastik und Kunststoffolien gebastelte Behausungen, Quartiere aus Kisten und Kartons. Nebeneinander, übereinander, kreuz und quer, wo gerade Platz war. Das alles war mit Stegen, Leitern und primitiven Brücken auf allen vorhandenen Ebenen miteinander verbunden. Wer das von außen sah, konnte kaum glauben, daß man in diesem Chaos von einem Ort zum anderen gelangen konnte. Aber wer dort wohnte oder sich aus anderen Gründen häufiger dort aufhielt, wieselte in oft verblüffender Geschwindigkeit zu den Garküchen, zu den winzigen Läden, zu den wenigen, ständig überfüllten Waschräumen, zu den Trid-Kabinen, zu den Kneipen, zu den Bordellen und zurück.

Die ersten Pontons waren vor Jahren mit Wohncontainern versehen, als Notquartiere eingerichtet und hier verankert worden. Die anderen kamen nach und nach, mehr oder weniger illegal wie die Bewohner, mehr oder weniger geduldet, weil man sie lieber an diesem Ort konzentriert als anderswo hatte. Auf den ersten Pontons hatte es sogar Toiletten gegeben. Sie waren längst zweckentfremdet. Toilette waren der Sumpf, der Strom. Es stank entsprechend. Es gab mehr ansteckende Krankheiten als Namen dafür. Hartnäckig hielt sich das Gerücht, daß hinter den Kulissen die AG Chemie die Auflösung von Wildost verhinderte. Wie es hieß, war das Ghetto für den Megakon eine Art Freiluftlabor, in dem die Entstehung neuer Krankheiten beobachtet und neue Medikamente getestet werden konnten.

Die Bevölkerung von Wildost bestand fast ausschließlich aus Russen, Polen, Ukrainern, Balten, Ungarn und Tschechen. Norms und Metamenschen. Treibgut der Eurokriege. Ehemalige Soldaten, Söldner, Flüchtlinge, Entwurzelte, Verbrecher, Täter und Opfer, allein oder mit ihren Familien. Keiner besaß einen ID-Chip, keiner eine SIN. Die meisten besaßen überhaupt nichts außer ihrem fragwürdigen Leben, ein paar Kleidern und vielleicht ein paar Habseligkeiten, die andere weggeworfen hatten.

Freda drosselte die Schubdüsen, und der Manta kam fünf Meter vor dem Gebirge aus Kisten und Kästen zum Stehen. Langsam sank er in den Schlamm. Die Orkfrau ließ die Vertikaldüsen mit Minimalleistung weiterlaufen, um ein weiteres Absacken zu verhindern. Worauf die übereinander geschichteten Wohnhöhlen ruhten, konnte man nur erahnen. Die an der Ostseite sichtbaren tragenden Elemente bestanden aus miteinander vertäuten Ölfässern. Vermutlich gründete dieser jüngste in den Schlick hineingetriebene Anbau insgesamt auf Fässern und ähnlich fragilen Hohlkörpern. Im Verein mit den Aufbauten machte die Konstruktion einen äußerst windigen Eindruck. Da mehr oder weniger alle Pontons so aussahen, war dies allerdings nichts Besonderes.

»Wie hingeschissen«, bemerkte Pandur. »Wenn sich irgendwo eine Möwe an der verkehrten Stelle niederläßt, düst die ganze Chose wahrscheinlich mit Raketenantrieb in den Schlamm hinab.«

»Scheiße ist das einzige, was es hier reichlich gibt«, sagte Freda. »Und Scheiße bringt bekanntlich Glück. Vielleicht ist es auch irgendeine Art von Russenmagie, die das Ding an Ort und Stelle hält. Die Stürme und Fluten kommen und gehen, aber Wildost bleibt bestehen.«

Skeptisch blickte Pandur zu der Plattform hinauf. Zu sehen war niemand, aber er fühlte sich von Hunderten von Augen beobachtet. Die Ghettobewohner waren offenbar mißtrauisch gegenüber allem, was sich Wildost näherte. Sie zeigten sich nicht, aber sie beobachteten und suchten eine Chance, ihren Vorteil aus der neuen Situation zu ziehen.

Druse stöhnte. Ein Wunder, daß er so lange durchgehalten hatte. Pandur tupfte ihm den Schweiß von der Stirn. Die Elendsquartiere vor Augen, zweifelte er mehr denn je daran, daß Druse hier irgendeine Art von Hilfe erwarten konnte.

»Worauf warten wir noch?« fragte er.

»Es kommt gleich jemand«, behauptete Freda zuversichtlich.

Sie schien nicht zum erstenmal hier zu sein. Pandur fragte sich, was für kleine oder auch größere Nebengeschäfte die Orkfrau machte, wenn sie für die AG Chemie durch den norddeutschen Sumpf fuhr.

Er deutete auf das bizarre Sperrmüllgebirge. »In diesen Drecklöchern soll es HighTech geben? Medkit und endoskopische Mikrolaser?« sagte er. »Bist du sicher, daß du Wildost nicht mit Frankensteins Laboratorium verwechselst?«

»Sie haben all diese Sachen«, behauptete die Orkfrau. »Irgendwo in diesem Labyrinth ist teuerste Elektronik und Mikrotechnik versteckt. Mußt du mir einfach glauben. Ich weiß es.«

»Wie sollen sie denn so was klauen, wenn man sie nirgends hinläßt?«

Freda zeigte auf die Spuren im Schlick. Ihr Manta war nicht das einzige Fahrzeug, das in den letzten Stunden zum Ghetto gefahren war. »Man braucht billige Arbeitskräfte in Hamburg. Was denkst du, wer in den Russen-Rikschas die Pedale tritt? Und wenn die Jungs erst mal drüben sind, lassen sie auch was mitgehen. Oder sie arbeiten als Hehler für ihre Sklavenhändler. Bunte Szene.«

Pandurs kramte seine Erinnerungen zusammen. Russen-Rikschas waren Wassertretmobile. Sie tummelten sich zu Tausenden in den Hamburger Kanälen und wurden als billige Taxen und Lastkarren benutzt.

»Die meisten Rikschas gehören exilrussischen Gangs«, fuhr Freda fort, als hätte sie seine Gedanken gelesen. »Sie organisieren den Transport der Wildostler über die Elbe und bringen sie auch zurück. Die Treter werden wie KZ-Häftlinge behandelt, und ein paar von ihnen setzt man als Kapos ein. Denen geht's vergleichsweise gut.«

»Ist wie überall im Dreck. Ein paar verstehen sich darauf, Scheiße zu fressen, und werden fett dabei. Die Treter sollten die Chance nutzen und sich absetzen.«

»Einige versuchen es, aber die Gangs lassen ihre Sklaven nicht so einfach entwischen. Sie jagen jeden Flüchtling, bis sie ihn haben, und schicken dann nur seinen Kopf ins Ghetto zurück.«

»Wozu?« fragte Pandur. »Weil's hier Aspirin gegen Kopfschmerzen gibt?«

»Witzbold. Als Warnung für andere natürlich.«

»Hab's schon kapiert, Chummer. Nicht nett, so was. Anderen die Rübe runterzuholen, kann schnell zu einer schlechten Angewohnheit werden. Hat manchmal schlimme Folgen. Man wird zum Beispiel nicht mehr so oft zu Parties eingeladen.«

»Chummer, du solltest wirklich keine Witze darüber machen. Soweit ich mitbekommen habe, sitzt deine Rübe auch nicht so besonders fest.«

»Deshalb mache ich ja Witze darüber. So ka? Kapierst du nicht? Dachte ich mir. Vergiß es.« Pandur hatte keine Lust, der Orkfrau zu erzählen, daß sein schwarzer Humor ihm half zu überleben. »Komplettreisen für Rikschatreter und Kopftourismus. Das soll ein Ghetto sein? Ich denke, der Grenzschutz schottet den Wasserweg ab.«

»Na klar, gegen Flüchtlinge. Nicht gegen Sklaventransporte. Ist für die Grenzer 'ne nette Aufbesserung des Solds, so ka?«

»Kann ich gar nicht glauben. Deutsche Beamte tun so was nicht. Ist doch gegen die Dienstvorschriften.«

»Spinnst du? Du hast doch selbst vorhin was gegen die Bullen vom Stapel gelassen.«

Pandur seufzte. »Suhrkamps Zombies haben deinen Sinn für Humor verkümmern lassen, Chummer.«

Freda grummelte etwas Unverständliches.

Das erste, was Pandur von den Ghettobewohnern sah, war ein nackter Hintern. Ein kleiner Hintern mit einem kleinen Anhängsel, das ihn als Gesäß eines Jungen auswies. Der Hintern wurde aus einem Loch in einer der oberen Wohnhöhlen gestreckt. Dann sah Pandur auch noch eine Hand, die unter den Hintern fuhr. Der Hintern wurde zurückgezogen, eine rasche Bewegung folgte, und im nächsten Moment klatschte das Produkt des Geschehens gegen die Frontscheibe des Manta.

»Verdammter kleiner Scheißer!« fluchte Freda.

»Wildost grüßt den Rest der Welt mit einem kleinen Werbegeschenk«, meinte Pandur. »Lehm zu Lehm. Treffsicher und passend.«

Plötzlich wurde eine Klappe in einer der Seitenwände geöffnet. In der Öffnung stand ein magerer, grobknochiger Mann Mitte Vierzig, dessen auffälligstes Merkmal ein Haarkamm nach Irokesenart war. Die einzelnen Zotteln standen wie Igelstacheln vom Kopf ab. Jede war anders eingefärbt. Der Mann trug eine Art Poncho. Trotz der knalligen, kunterbunten Farben strahlte der Mann Ruhe aus. Gelassenheit. Auf schwer definierbare Art so etwas wie Würde.

Er winkte Freda zu und machte klar, daß sie den Manta näher an den Einstieg heransteuern sollte.

»Das ist Rote Wolke«, sagte Freda. Sie gab etwas Schub auf die Düsen und brachte den Hovercraft Zentimeter um Zentimeter an die Öffnung heran. »Er besitzt großen Einfluß im Ghetto, obwohl er keine Gang hinter sich hat.«

»Er sieht nicht wie ein Indianer aus«, meinte Pandur. »Wie ein Russe allerdings auch nicht.«

»Er ist Ire, hat aber ein paar Jahre bei einem Indianerstamm in den UCAS gelebt.«

»Ein Schamane?«

»Nein.«

»Was macht er im Ghetto? Auf der Flucht vor irgendwas und irgendwem?«

»Schon möglich. Was er genau macht, weiß ich auch nicht. Geschäfte. Gleichzeitig ist er so eine Art Sozialarbeiter, der den Leuten zu helfen versucht. Ob selbstlos oder aus Berechnung, kann ich dir nicht sagen. Wahrscheinlich sowohl als auch.«

Ein Einzelkämpfer, aber nicht unbedingt ein Egoist. Ein Mann, der die Indianer mochte. Pandur dachte an sein Indianer-Icon, seine Identität in der Matrix. Rote Wolke schien ein interessanter Mann zu sein.

Freda war bis auf anderthalb Meter an die Öffnung

herangefahren. Noch näher traute sie sich nicht an die labile Plattform heran. Sie beugte sich aus dem Seitenfenster der Pilotenkanzel und rief: »Wir haben einen Mann an Bord, der ein Messer in der Brust hat. Könnt ihr ihm helfen?«

Rote Wolke zog die buschigen Augenbrauen hoch. Sonst ließ er sich keine Überraschung anmerken. Er wandte leicht den Kopf und sagte leise etwas nach hinten. Dann schaute er wieder die Orkfrau an.

»Wir haben Mittel und Wege für manches«, orakelte er. »Jemand, der sich auf so was versteht, wird sich den Mann anschauen.«

Dann musterte er Pandur. »Neu in der Gegend, Chummer?«

»Das ist Pandur«, antwortete Freda für ihn. »Kenne ihn erst seit heute. Gab ein paar Mißverständnisse. Möchte das wiedergutmachen. Ich glaube, er braucht ein bißchen Unterstützung.«

»Hast du den Mann mit einem Messer verheiratet, Pandur?« fragte Rote Wolke.

»Nicht daß ich wüßte.«

»Das war ich«, gab Freda zu.

Rote Wolke zog erneut die Augenbrauen hoch, diesmal ein ganzes Stück höher als vorher. »Ein Ork, der dich vergewaltigen wollte, Freda?«

»Was? Verdammt, nein! Wie kommst du auf so was?«

»Weiß ich auch nicht. Egal.« Er wandte sich wieder Pandur zu. »Bist du ein Runner?«

Konnte Rote Wolke Gedanken lesen? Oder hatte er einen Blick für die Ausbuchtungen unter der Jacke, die auf ein Cyberdeck und eine Waffe hindeuteten?

»Schon möglich.«

»Suchst du Arbeit?«

»Schon möglich.«

Rote Wolke verzog das Gesicht zu einem leichten Lächeln. »Die Welt ist rund, und wenn sie eckig wäre, würde es dich auch nicht wundern, was, Chummer?

Hätte da eventuell was. Suche eventuell jemanden…
Spar dir eine Antwort, Chummer. Wir besprechen das
später, falls du interessiert bist.«

Pandur war überrascht. Allmählich wurde ihm der
Mann unheimlich. Er schien Menschen sehr gut lesen
zu können. Gleichzeitig erwachte in Pandur das alte
Mißtrauen des Schattenläufers. Rote Wolke sah nicht
aus wie ein Herr Schmidt, der im Auftrag eines Megakons Runner suchte. Im Ghetto würde er sie auch kaum
finden. Konnte es sein, daß irgend jemand Rote Wolke
auf ihn angesetzt hatte? Wußte die AG Chemie, wo er
sich aufhielt? Wollte wieder irgend jemand mit ihm ein
Spiel spielen?

Nüchtern betrachtet, mußte Pandur allerdings zugeben, daß Rote Wolkes Reaktion ganz normal sein
konnte. Er wohnte im Ghetto, hatte offensichtlich Einfluß und gute Kontakte, suchte seinen Vorteil. Was gab
es Normaleres, als sich interessante Neulinge anzuschauen und sie auf ihre Möglichkeiten abzuklopfen?
Wenn Rote Wolke Kontakte nach draußen hatte, dann
waren es illegale Kontakte. Piraten, Diebe, Hehler,
Schattenläufer. Der Kontakt zu diesem Mann konnte
sich durchaus als Glücksfall erweisen. Er schien nicht
nur zu wissen, daß die Welt rund war, sondern auch einiges davon zu verstehen, warum sie sich drehte. Wer
wo und wann an was drehte. Pandur kannte einen ähnlichen Mann, der auch in einer Elendswelt zu Hause
war, obwohl er es nicht nötig hatte: Rem. Und Rem war
sein Freund. Vielleicht würde auch Rote Wolke irgendwann zu seinen Freunden zählen können. Er hoffte es.
Irgendwie mochte er ihn.

Eine spindeldürre Frau tauchte neben Rote Wolke
auf. Sie trug ein graues, verdrecktes Gewand, eine Art
Kaftan, und war von bemerkenswerter Häßlichkeit.
Strähnige, ungepflegte, abstehende aschblonde Haare,
eine lange, spitze Nase, eine blasse, ungesunde Ge-
sichtsfarbe, Pusteln, geplatzte Blutgefäße. Sie besaß dü-

ster glosende rote Cyberaugen, wahrscheinlich Second Hand und viel zu groß für das schmale, eckige Gesicht. Die Augen sahen wie eine altmodische Brille mit besonders dicken, gewölbten Gläsern aus. Ein weiblicher Dr. Caligari.

Rote Wolke schob eine Planke durch die Öffnung. Sie reichte gerade aus, um den Abstand zwischen der Plattform und dem Unterbau des Hovercrafts zu überbrücken.

»Doc Sitkajew kommt jetzt zu euch«, sagte er.

Die Frau drückte sich an Rote Wolke vorbei und überquerte mit wenigen Schritten die schwankende Brücke. In der Rechten trug sie einen großen, schwarzen Arztkoffer.

Pandur öffnete die Tür der Pilotenkanzel und machte der Frau Platz, indem er sich in den hinteren Teil der Kabine zurückzog. Sie ließ sich auf dem Rücksitz nieder, beugte sich über Druse und tastete ihn ab. Druse hatte seit einiger Zeit nicht mehr gestöhnt. Er schien bewußtlos zu sein. Oder er war bereits tot.

Als die Frau den Piraten untersuchte, sah Pandur ihre Hände. Sehnige, schmale Hände mit unglaublich langgliedrigen Fingern, feinnervig. Blaue Adern schimmerten durch die blasse Haut und zauberten ein harmonisches Muster. Die Hände waren das einzige an der Frau, das sauber und gepflegt wirkte. Die Frau schien zu wissen, wo ihr Kapital lag.

Sie schnitt die Reste des Anoraks von der Wunde. Dann öffnete sie den Koffer, streifte sich Kopfhaube, Atemschutz und Gummihandschuhe über, befestigte mehrere Sonden an Druses Körper, nahm ein Laserskalpell in die Rechte und eine Art Spraypistole in die Linke. Von der Pistole führten Schläuche in den Koffern hinein.

Es dauerte eine Weile, bevor Pandur begriff, daß sie Druse hier und jetzt operieren wollte. Er bezweifelte, daß ihre Werkzeuge und ihre anderen Utensilien sauber, geschweige denn keimfrei waren. Der Manta als OP-Saal war es auf gar keinen Fall. Aber das schien die Frau wenig zu kümmern.

»Ziehen… Messer… raus«, radebrechte sie deutschen Megaplexslang mit russischem Akzent. Sie hatte eine rauhe, rauchige Stimme, als hätte sie dreißig Jahre lang jeden Tag fünfzig Papirossy weggedampft.

Achtung, Druse! Falls du noch leben sollest: Jetzt kommt die gute alte Tante Doc Ripper zu dir und schnippelt ein bißchen an dir rum. Gnade dir Gott!

Pandur war klar, daß es ihm nicht helfen würde, den Moment hinauszuzögern. Insgeheim gab er der Frau sogar recht. In diesem Zustand würde Druse einen Transport in das Labyrinth des Ghettos bestimmt nicht überleben. Da war es besser, ihn all den Keimen auszusetzen. Es war die einzige Chance, die er noch hatte. Falls er überhaupt noch eine hatte.

Kurz entschlossen packte Pandur den Griff des Messers und zog es mit einem wilden Ruck aus dem Körper.

Druse war noch nicht tot. Sein Körper pumpte Blut in das Loch. Es quoll mit soviel Wucht hervor, als gelte es, die ohnehin versauten Polster des Mantas in Sekundenschnelle von Beige auf Rot umzufärben.

Freda starrte mit weit aufgerissenen Augen auf das Blut. Dabei mußte sie aus ihren geliebten Splatterpunk-Horrorfilmen doch eigentlich Schlimmeres gewohnt sein.

Doktor Sitkajew stieß Pandur mit dem Ellenbogen zur Seite und stürzte sich auf die Wunde. Sie wirbelte wie eine Furie mit ihren Werkzeugen herum, spritzte mit der Spraypistole Medkit in die Wunde, verschweißte gleichzeitig die Ränder der Wunde mit dem Laser, schnitt mit dem Laser tiefer, sprühte, verschweißte, schnitt, sprühte, verschweißte…

Pandur war nahe daran, sich zu übergeben. Er schaute weg.

Irgendwann lehnte sich die Ärztin zurück und schaltete ihre Geräte aus.

»Wird ... ungewiß leben«, sagte sie mit ihrer rauhen, kehligen Stimme. »Vielleicht ... wann glücklich ... sagt man so?« Sie zog die Schutzkleidung aus, verstaute sie zusammen mit den Instrumente, blutig, wie sie waren, im Koffer und klappte ihn zu. »Wir ... lassen werden holen ... Mann in Klinik ... Dort mit ... Endoskop arbeiten. Viel Arbeit mit ... äh ... Lunge und ...« Sie gebrauchte einige russische Wörter, einige lateinische. Pandur entnahm dem Ganzen nur, daß Druses Luxuskörper eine Menge Reparaturen nötig hatte, bevor er den Frauen dieser Welt wieder zur Verfügung stehen würde. Vielleicht konnte er dann auch Doc Caligari auf seine Art honorieren.

Die Frau kroch mit dem Koffer nach draußen und verschwand grußlos. Statt ihrer erschien Rote Wolke, sah sich flüchtig das Werk an und grinste.

»Unser Doc ist spitze«, sagte er zufrieden. »Darauf könnt ihr einen lassen. Wenn jemand den Typ wieder ins Leben biegt, dann ist sie das.«

Pandur hatte das dumpfe Gefühl, mal die Tatsache ansprechen zu müssen, daß Bargeld und abbuchungsfähige Kredstäbe bei ihm, Freda und Druse eine Mangelware darstellten. Er glaubte nicht, daß Fredas tausend Ecu reichen würden, Rote Wolke zufriedenzustellen. Soviel gab er wahrscheinlich allein für das Styling seiner Frisur und die Haarfärbemittel aus.

Bevor er dazu kam, sich zu diesem Punkt zu äußern, erledigte sich das Thema.

»Verrechnung mit der nächsten Lieferung?« fragte Rote Wolke die Orkfrau.

»So ka«, kam die knappe Antwort.

Was auch immer Freda dem Ghetto liefern mochte, es schien seinen Wert zu haben.

Wenig später erschienen zwei finstere Figuren, die wie russische Mafiosi aussahen und dies vielleicht auch waren, packten Druse auf eine Trage und verschwanden mit ihm über die schwankende Planke im Innern des Ghettos.

»Der Doc sagte was von einer Klinik«, sagte Pandur, dem das Ganze nicht russisch, wohl aber spanisch vorkam.

»Aber ja doch«, meinte Rote Wolke. »Sie wird sich euren Chummer dort vornehmen und alles richtig zusammenlöten, was sie vorhin provisorisch dichtgekleistert hat.«

»Im Ernst?« Pandur wollte es nicht glauben. »Ihr habt eine Klinik in diesem Schutthaufen?«

»Die Docs da draußen würden es vielleicht als Schlachtbank in einem Müllcontainer bezeichnen«, gab Rote Wolke zurück. »Ist auch nur eine drei mal drei Meter große ehemalige Messe in einem halb abgesoffenen Krabbenkutter irgendwo in der Mitte unseres schmucken kleinen Städtchens, aber wir haben dort ein modernes Endoskop mit den besten Mikroapparaturen, die es gibt. Man kann damit jede Zelle einzeln aufschneiden und wieder zusammenflicken. Von innen heraus oder durch den Bauchnabel oder was auch immer. Und wir haben einen Doc, der damit umgehen kann. Sie war mal Chefchirurgin in der besten Klinik von St. Petersburg. Ist eine Weile her, aber sie hat nix verlernt.«

»Warum ist sie hier?« Pandur bereute die Frage schon, als er sie stellte.

»Warum bist du hier?« fragte Rote Wolke zurück. »Wer Gründe sucht, bekommt schnell Gelegenheit, die Würmer in der Gruft zu fragen, warum sie an ihm lutschen.«

»Ist mir so rausgerutscht«, sagte Pandur. »Ich will's gar nicht wissen.«

»Weise Entscheidung.« Rote Wolke sah ihn mit einem schwer zu deutenden Gesichtsausdruck an. »Glaube mir, Chummer – wenn du es wüßtest, würdest du dir wünschen, es nicht zu wissen. Sie ist ein guter Doc, und damit hat es sich.«

Freda hatte einen äußerst ungewöhnlichen Tag hinter sich, an den sie sicherlich noch lange denken würde. Sie war von Leuten angegriffen worden, die zu ihrem eigenen Lager gehörten, war in Gefahr geraten, getötet zu werden, hatte selbst beinahe einen Mann getötet. Sie saß an den Kontrollen eines Hovercraft, dessen Polster blutgetränkt, dessen Bleche und Fenster von Einschußlöchern übersät, dessen tiefliegende Zonen von Schlamm überkrustet waren und dessen Frontscheibe zu allem Überfluß mit einem Haufen Scheiße verziert worden war. Sie hatte alles mehr oder weniger geduldig ertragen und sich nicht beklagt. Aber jetzt, zu Tatenlosigkeit verdammt und ohne den Druck einer unmittelbaren Gefahr, reichte es ihr.

»Quatscht anderswo weiter«, sagte sie. »Ich will weg von hier.«

Man sah ihr an, daß sie nicht nur von hier weg wollte, sondern am liebsten von allem, daß sie endlich wieder ihre geliebte Ruhe haben wollte. Gleichzeitig war sie in Sorge, daß ihr Hovercraft aus der Luft identifiziert werden könnte und sie dann noch mehr Schwierigkeiten bekäme, als ihr ohnehin bevorstanden.

»Was wirst du tun?« fragte Pandur. »Wie willst du der AG Chemie die ganze Chose verklickern?«

»Indem ich zunächst mal das Vidphon in tausend Stücke schieße«, erwiderte Freda. »Das erspart mir umständliche Erklärungen, warum ich mich nicht mit meinem Chef in Verbindung gesetzt habe.«

»Kluges Mädchen«, lobte Pandur. »Und weiter?«

»Ich fahre nach Neugraben, melde, daß ich von den Männern, die ich auf Weisung von oben mitnehmen mußte, bedroht und gezwungen wurde, ihren Befehlen zu gehorchen. Außerdem melde ich, daß wir von einem Privathubschrauber unbekannter Herkunft beschossen wurden. Dann kam der Nebel, die Männer kriegten

169

Streit, einer jagte dem anderen ein Messer in die Brust und zwang mich, nach Wildost zu fahren. Sage aber, ich hätte euch weiter östlich abgesetzt. Will nicht, daß man diesen Platz zu genau untersucht. Brauche ihn noch. Kurzum, ich bleibe im wesentlichen bei den Tatsachen. Bleibt mir auch gar nichts anderes übrig. Die prüfen den Bordcomputer und wissen damit ziemlich genau, wo der Manta wann gewesen ist.«

»Du bastelst an meiner Legende«, stellte Pandur fest. »Jetzt gehe ich zu allem Überfluß auch noch als Messerheld in die Datenbanken der Megakons ein.«

»Tut mir leid, Chummer, aber …«

»Ist schon okay«, beruhigte Pandur sie. »Aber merke dir eines: Ich bin Pandur, ein Pirat, der schnell mit dem Revolver und dem Messer bei der Hand ist. Nichts weiter, so ka? Solltest du einen anderen Namen gehört haben, dann vergiß ihn schnellstmöglich. Noch mal: Ich heiße Pandur – P.A.N.D.U.R. Alles andere bekommt dir nicht. Und mir auch nicht.«

»Hab' verstanden, Chummer.«

»Gut. Bleibe bei deiner Version.« Insgeheim fürchtete er, daß die AG Chemie Freda mit Drogen oder Magie zum Plaudern bringen würde. In diesem Fall war Freda so gut wie verloren. Er wollte ihr aber auch nicht empfehlen, den Manta und die Ladung auf dem Schwarzen Markt zu verkaufen und unterzutauchen. Sie schien ihre Geschäftchen nebenher zu machen, wie es die meisten taten, die auf den Straßen unterwegs waren. Aber sie taugte nicht für ein professionelles Leben in den Schatten. Bei der AG Chemie hatte sie wenigstens eine Chance. In den Schatten hatte sie keine.

Er winkte ihr zu und verließ zusammen mit Rote Wolke den blutbesudelten und mit Scheiße beworfenen Manta. Er half dem Bunthaarigen, die Planke einzuziehen, und blickte dem Hovercraft hinterher, der sich zunächst mit mäßiger Geschwindigkeit vom Ghetto entfernte. Dann gab Freda vollen Schub auf die Düsen.

Schlamm spritzte auf. Der Manta begann das Ghetto in weitem Bogen zu umkurven und nahm Kurs auf Neugraben. Er verschwand außer Sichtweite der beiden Männer. Pandur drückte Freda die Daumen.

»In einer Stunde oder so weiß jemand, der mich sucht, wo ich mich aufhalte«, teilte Pandur dem anderen Mann mit.

Der winkte ab. »Und wenn schon. Hier bist du in Sicherheit.«

»Ich habe von Razzien gehört.«

»Wenn die Bullen eines Tages nicht mehr kämen, würde uns direkt was fehlen. Sie erwischen auch den einen oder anderen. Aber keine Sorge. Wenn ich nicht will, daß die Drekheads dich finden, dann finden sie dich auch nicht.«

Rote Wolke führte ihn in das Innere des Ghettos. Zunächst ging es durch einen Korridor, der von den Seitenflächen, Ecken und Überhängen anderer Bauteile gebildet wurde. Sperrmüll machte ihn zu einer verwinkelten Slalompiste. Sie stiegen eine Art Hühnerleiter nach oben. Ein Stück Himmel. Dann ging es wieder hinab. Sie passierten der Reihe nach zwei Wohncontainer und einen aus Blechen zusammengeschweißten doppelstöckigen Wohnschuppen. An den Wänden mehrere Reihen übereinandergetürmter Betten, darin Norms jeden Alters, dösend, miteinander diskutierend. Einige sahen weggetreten aus. Drogen. Drei hatten Kopfbuchsen und waren gemeinsam an ein SimSinn-Deck angeschlossen. Wahrscheinlich zogen sie sich einen BTL-Chip rein. Sie sprachen Russisch. Kaum jemand sah auf, als sich die Männer durch den Raum schlängelten. Im Hintergrund lief ein Trid mit voller Lautstärke. Irgendein blutiger Kriegsfilm über die Eurokriege. Ein Dutzend zerlumpter Kids saßen darum herum und kommentierten das Geschehen, indem sie noch lauter schrien als die sterbenden Männer im Trid. Manchmal gab es eine Nische, die durch Vorhänge abgetrennt war, aber das war selten. Schmutzige Klein-kinder mit hungrigen Augen, apathisch am Boden hockend. Irgendwo saß jemand mitten auf dem Gang und schiß in einen Plastikeimer. In einem Bett war ein nacktes Paar am Kopulieren. Einige Kids sahen zu und feuerten die beiden an. Es schien sie nicht zu kümmern.

Man stolperte dauernd über irgendwelche Stromka-bel, die kreuz und quer, nach oben und nach unten ver-liefen, oft in dicken Bündeln. Mitunter sah Pandur einen Grill oder einen schrottreifen Mikrowellenherd. Es roch nach geschmorten und verschmorten Soyaboh-nen, nach säuerlichem Soyfleisch, nach Dingen, von denen er lieber nicht wissen wollte, was sie einmal dar-gestellt hatten. Vor allem jedoch stank es permanent nach ungewaschenen Leibern, Schweiß, Urin und Fäka-lien. Manchmal, wenn man in die Nähe eines Lüftungs-loches kam, überwog der Geruch nach ölgetränktem Schlick, Lösungsmitteln, Chlor, Schwefel oder organi-schem Faulschlamm. Aber Sekunden später stank es unausweichlich in erste Linie wieder nach den Dingen, die erst noch Schlick werden wollten. Pandur ver-mochte dies alles nur zu ertragen, indem er so flach wie möglich atmete.

Rauf und runter, kreuz und quer. Leiter, Vorsprünge, Nischen, schwankende Planken, über Wohnschachteln hinweg, in Wohnschachteln hinein, unter Wohnschach-teln hindurch. Immer die gleichen Bilder, meistens im trüben Licht von leistungsarmen Niederfrequenzlam-pen, die in fensterlosen Räumen an Kabeln von der Decke baumelten, Pandur, der Schlafsärge kannte und sie bisher für die Antwort auf minimalste Bedürfnisse gehalten hatte, begann zu erkennen, was für einen ge-radezu grotesken Luxus ein allseitig abgeschotteter massiver Schlafsarg mit seinem vergleichsweise riesi-gen Innenraum, mit der bequemen Bettunterlage und der großzügigen Luftversorgung in Wahrheit doch bot.

Rote Wolke stapfte stumm voraus, und Pandur hatte

längst jede Orientierung verloren. Es hätte ih[...] verwundert, wenn im nächsten Moment die W[...] von Neugraben zum Greifen nahe aufgetauch[...] Genausowenig hätte es ihn überrascht, wiede[...] Stelle herauszukommen, an der sie in das Labyrinth eingedrungen waren.

Die meisten Menschen, die er sah, waren Norms. Aber es gab auch vereinzelt Wohnbereiche, in denen sich zehn oder zwanzig Elfen, Zwerge, Orks oder Trolle aufhielten. Sie verhielten sich nicht anders als die Norms. Die meisten Leute im Ghetto wirkten friedlich, viele gleichgültig, einige wenige aggressiv. Es gab junge Typen, die miteinander kämpften, zumeist spielerisch. Es gab andere, die ihre Messer zückten, als sie Fremde auftauchen sahen. Die sie schnell wieder verschwinden ließen, als sie Rote Wolke erkannten. Einmal wurde Pandur Zeuge, wie ein junger Typ von vier anderen bestialisch abgestochen wurde, ein anderes Mal vergewaltigten zwei Burschen gerade ein Mädchen. In beiden Fällen griff Rote Wolke unter seinen Poncho, brachte eine CMDT Combat Gun, eine der besten Schrotflinten auf dem Markt, hervor. Mit fast beiläufig wirkenden Feuerstößen servierte er die vier Messerstecher und die beiden Penisstecher als Appetithäppchen direkt auf die Schaschlikspieße in der Garküche des guten alten Lucifer. Pandur hatte sich zuvor gefragt, worauf der Respekt gründete, den die Leute Rote Wolke entgegenbrachten. Nach diesen Aktionen erübrigte sich die Frage.

Pandur hatte längst jedes Unterscheidungsvermögen für die konkrete Beschaffenheit seiner Umgebung verloren. Letztlich machte es keinen Unterschied, ob die kafkaeske Schachtelwelt um ihn herum auf einem TÜV-abgenommenen Ponton der Extraklasse, gebaut von Blohm & Voß, auf dem Schlick auflag oder im flachen Wasser dümpelte. Ein Floß aus zusammengebundenen Plastikbehältern erfüllte den gleichen Zweck, solange nicht absoff. Die Basis hatte nicht die geringsten Auswirkungen auf den Grad des Chaos, der darüber herrschte. Nur manchmal registrierte er, daß die Unterlage mehr schwankte oder weniger, aus welchen Gründen auch immer.

Endlich wandelte sich das Bild. An der unglaublichen Enge, der chaotisch verschachtelten Struktur und dem allgegenwärtigen Elend hatte sich nichts geändert. Es war nicht damit zu rechnen, daß es irgendwo in Wildost einen Fleck gab, an dem auch nur die geringsten jener kleinen Freiheiten Gültigkeit hatten, die in anderen Elendsquartieren wie etwa dem Lumpenloch in Zombietown eine Selbstverständlichkeit darstellten: genug Platz für alle für ein Privatleben, ein ruhiges Örtchen für die Notdurft, ein geschütztes Plätzchen zum Kopulieren oder Onanieren. Und doch gab es plötzlich eine gewisse Annäherung an diesen Zustand. Sie hatten einen Bezirk erreicht, der nicht mehr allein privaten Bedürfnissen, sondern in erster Linie geschäftlichen Erfordernissen diente. An erster Stelle stand dabei allerdings das Geschäft mit den privaten Bedürfnissen. Hunderte von zumeist nackten Nutten boten in langen Reihen von Kojen ihre Körper zur Besichtigung an. Kam ein Geschäft zustande, kletterte der Geschäftspartner in die Koje, und ein Vorhang schirmte die Umsetzung der geschäftlichen Absprache vor den Augen der anderen ab. Ein Fortschritt. Das Zurückschlagen und Schließen der Vorhänge bildete ein rasselndes Hintergrundgeräusch, denn die Geschäfte florierten, waren kurzfristig angelegt, und die nächsten Geschäftspartner standen bereits Schlange. Alles in allem ging es hier so schnell voran wie in der Praxis eines Arztes, der ohne eingehende Untersuchung der Patienten für Beschwerden aller Art das gleiche Placebo verschrieb.

Pandur fiel auf, daß Details der Umgebung eine andere Qualität besaßen. So sehr auch hier alles verschachtelt war und jeder Zentimeter für irgendeinen Zweck genutzt wurde, gab es etwas mehr Höhe und ungewohnte geometrische Formen, die sich in kontinuierlicher Abfolge wiederholten. Das Gefühl massiver Umschlossenheit, wie sie ein Schlafsarg vermittelte. Er entdeckte Rundungen. Schließlich nahm er Spanten wahr, einmal sogar ein Bullauge. Er befand sich in einem Schiffsrumpf. Er hatte nicht bemerkt, daß er ein Schiff betreten hatte. Es war mit dem Wirrwarr der angebauten und darauf gesetzten Schachteln der restlichen Umgebung zu einem Segment des Ganzen geworden, das nur der Kundige in seiner ursprünglichen Kontur wahrnehmen konnte.

»Wir sind gleich in meinem Quartier«, durchbrach Rote Wolke sein langes Schweigen.

Pandur fragte sich, ob Rote Wolke etwas mit den feuchten Fließbandgeschäften zu tun hatte, die in nächster Nähe praktiziert wurden. Irgendwie mußte er ja die Muni für seine Schrotflinte finanzieren. Die Samenschießer aus Wildost waren bestimmt nicht in der Lage, ein Vermögen für eine schnelle Nummer auszugeben, aber schließlich bestand die Schrotmuni ebenfalls aus vielen Teilstücken, die erst gemeinsam die nötige Effizienz aufwiesen.

Vielleicht war Rote Wolke auch an der Kneipe beteiligt, die sich an das Bordell anschloß: ein dreigeschossiges, stickiges, lärmerfülltes Übereinander, rammelvoll mit Schluckspechten beiderlei Geschlechts, aller Altersgruppen, Norms wie Metamenschen. Pandur hatte den Eindruck, draußen auf der Elbe müsse ein Tanker mit Soybier liegen, von wo aus das Gesöff mit überlasteten, bereits qualmenden Pumpen durch Hochdruckschläuchen in das Ghetto gepumpt wurde. Die alte Regel des Rotlichtmilieus, »Saufen, Ficken, BTL füllen deinen Kredstab schnell«, schien auch im Ghetto von Neugraben Gültigkeit zu besitzen.

Pandur stand neben Rote Wolke im Eingang und

schaute sich um. Irgendwo im Hintergrund nahm er eine Bewegung wahr, eine zu schnelle Bewegung für Leute, die sich in einer Kneipe volldröhnen lassen. Er fuhr herum, sah für den Bruchteil einer Sekunde ein Gesicht, das im nächsten Moment wegtauchte. Genauso wie der Körper, der dazugehörte. Er schien sich in Luft aufgelöst zu haben.

Trotz des diffusen, funzligen Lichts, trotz der Tatsache, daß er das Gesicht nur flüchtig wahrnehmen konnte: Es brannte ihm noch immer auf den Pupillen, hatte sich in seine Retina gestanzt. Leicht gewelltes tiefschwarzes Haar, ein dichter Schnauzbart, beides gestutzt und erheblich kürzer, als Pandur es in Erinnerung hatte. So sahen viele aus. Dunkle und zugleich leuchtende Augen. Seltener, aber häufig genug. Rituelle Kreuznarben auf den Wangen. Gelegentlich zu finden. Es gab jedoch nur einen, auf den die Kombination dieser drei Merkmale zutraf.

Der Mann war ihm damals nachgeeilt und hatte ihm einen fetten Kredstab übergeben. Einen Kredstab, für den Pandur sein Leben eingesetzt hatte. Für die gleichen Stäbe waren viele Chummer gestorben. Diesen einen hatte er bekommen, weil er überlebte. Thor Walez' Kredstab. Kodiert. Der andere Mann konnte nichts damit anfangen. Sonst hätte er ihn sicherlich behalten. So wollte er ihn loswerden. Weil er nicht wünschte, daß Pandur zurückkehrte und ihn sich holte.

Das Gesicht, die Haare, der Schnauzbart, die Kreuznarben: Der Mann mit dem Kredstab hatte einen Namen.

Ricul.

Was hatte Natalies Bruder an einem solchen Ort verloren? Warum verschwand er wie ein Phantom, als er Pandur erblickte? Sie hatten den gleichen Menschen geliebt, jeder auf seine Weise. Das sollte verbinden. Aber Ricul haßte ihn. Fürchtete er ihn auch? Dafür gab es keinen Grund. Pandur wollte ihm nicht ans Leder.

War Ricul vielleicht für die Mafia unterwegs? Das mochte den Schlüssel für sein plötzliches Verschwinden liefern. Vielleicht wollte er etwas tun, was Pandur nicht gefiel. Vielleicht fürchtete er, der Liebhaber seiner toten Schwester könnte sich ihm in den Weg stellen.

Wie weit reicht der Arm meiner Feinde? Sie wissen alles über mich und Natalie, über Burg Königsberg. Haben sie Natalies Bruder, vielleicht auch ihre Mutter, in ihre Pläne einbezogen? Natalies Ex-Mann haßt mich, weil ich mit Natalie zusammen war. Ricul haßt mich, weil ich mit Natalie zusammen war, macht mich für ihren Tod verantwortlich. Haß verbindet. Haß ist ein Hebel für manches. Und wenn Ricul nicht mit Natalies wahrem Mörder paktieren wollte, gab es gewiß Mittel und Wege, ihn eines anderen zu belehren. Bleibt zu fragen, was sich die AG Chemie davon versprechen könnte, Ricul auf mich anzusetzen.

Zwei Möglichkeiten also: Ricul ist für die Mafia unterwegs. Oder Ricul ist für die AG Chemie unterwegs. An die dritte Möglichkeit, den Zufall, glaubte Pandur nicht. Allmählich gewann er seine Ruhe zurück. Falls Natschas Bruder wirklich plante, etwas gegen Pandur zu unternehmen, war seine beste Waffe bereits stumpf: das Überraschungsmoment. Pandur war gewarnt. Er würde wachsam sein. Er würde abwarten.

Jemand tippte ihm ungeduldig auf die Schulter. Rote Wolke war vorausgegangen und wieder umgekehrt. Er hatte bemerkt, daß Pandur stehengeblieben war, daß seine Augen eine Ecke des Raumes fixierten.

»Etwas nicht in Ordnung?«

Pandur schüttelte den Kopf. »Ich glaubte, einen Bekannten gesehen zu haben. Ich habe mich wohl getäuscht.«

Rote Wolke zuckte die Achseln und wandte sich ab. Er bahnte sich einen Weg durch ein Knäuel von Leibern, winkte, und diesmal folgte ihm Pandur. Der andere Mann führte ihn wenige Meter an der Peripherie der Kneipe entlang und verharrte vor einem runden, massiven Schottendeckel. Er zog einen Codechip aus dem Poncho, bediente damit ein in dieser Umgebung irgendwie deplaciert erscheinendes Elektronikschloß, bückte sich, stieg durch die einen Meter durchmessende Rundung, winkte Pandur, ihm zu folgen, und führte ihn in den dahinter liegenden Gang. Er drückte den schweren Schottdeckel ins Schloß.

Schlagartig herrschte Ruhe. Der Lärm aus der Kneipe war wie abgeschnitten. Ein Niederfrequenzer beleuchtete einen schmalen Korridor, gerade mannshoch, keine vier Meter lang, von dem vier Holztüren abgingen, jede mit altmodischen, uralten, von zehntausend Händen abgewetzten Messingknöpfen versehen. Dieser Gang war eng und primitiv, und es roch muffig. Aber im Vergleich zu dem, was Pandur in der letzten Stunde gesehen hatte, war er ein Paradies der Abgeschiedenheit, Geräumigkeit und Wohlgerüche. In einer solchen Umgebung ein unvorstellbarer Luxus.

»Ein Privileg«, räumte Rote Wolke ein. Es klang nicht verlegen, sondern zufrieden. »Ich teile es mit sechs oder sieben anderen Typen, denen die restlichen Kabinen gehören, aber eine Kabine ist mein eigenes kleines Reich.« Selbstbewußt fügte er nach einer kleinen Pause hinzu, ohne es zu erläutern: »Sie schulden es mir.«

Wieder hatte Pandur den Eindruck, der Mann sei Gedankenleser. Aber wahrscheinlich gehörte wirklich nicht viel dazu, um zu erraten, in welche Richtung sich Pandurs Gedanken unter den gegebenen Umständen bewegten.

Sie befanden sich also in einem Schiff. Ganz deutlich wurde es, als Rote Wolke die Tür des zweiten Raums auf der rechten Seite öffnete, nachdem er sie mit dem gleichen Codechip entriegelt hatte. Es handelte sich um eine schmale Schiffskabine, zwei mal drei Meter groß, mit einer Koje und einem massiven Bullauge mit massiven Knebelmuttern aus Messing, von Grünspan überzogen. Das dicke Glas war weiß übermalt. Vermutlich gab es dahinter ohnehin nichts anderes als die Blechwände anderer Behausungen zu sehen, an das alte Schiff geschraubt, geschweißt, festgebunden oder was auch immer. Pandur fragte sich, ob Druse irgendwo in der Nähe war. Er verneinte die Frage für sich selbst. Rote Wolke hatte davon gesprochen, daß sich die sogenannte Klinik in einem ehemaligen Krabbenkutter befand. Dies hingegen schienen die mehr oder weniger intakten Reste einer Motorjacht zu sein, vielleicht auch einer Personenfähre. Oder eines anderen Schiffes, das Kabinen für Passagiere oder eine größere Besatzung besaß.

Der Raum war spartanisch einfach eingerichtet. Ein kleiner, hochbeiniger Tisch aus Kunststoff, darauf ein Computer, ein Vidphon mit Funkadapter, zwei Schalensessel, ebenfalls aus Kunststoff, eine kleine, alte Kommode aus Eichenholz, zwei Regale, beladen mit Kassetten voller Daten-, Vid- und Musikchips, ein Einbauschrank, die Koje. An der Wand hingen mehrere Gewehre sowie, als ungewöhnlichstes Requisit, der ausgebreitete Federschmuck eines Indianerhäuptlings. Die gesamte Habe war an, in oder in der Nähe der Wand untergebracht. Pandur glaubte den Grund zu kennen. In der Enge des Ghettos mußte ein solcher Raum wie ein großzügiges Refugium wirken. Jeder, der so etwas besaß, würde versuchen, sich die Illusion eines großen freien Raums zu erhalten, und sein Bestes tun, die Fläche nicht zu verstellen oder mit platzraubenden Dingen vollzustopfen.

Rote Wolke nahm Platz und lud Pandur ein, den anderen Schalensessel zu benutzen. Dieser setzte sich dankbar hin und streckte die müden Beine weit von sich.

»Um das klarzustellen, Chummer«, sagte Rote Wolke. »Wenn du bleibst, schläfst du nicht hier, sondern in einem anderen Quartier. Nicht so schön, aber sicher, bewohnt von Leuten, die mir verpflichtet sind.«

»So ka.« Pandur hatte nicht damit gerechnet, daß der Mann sein Reich mit ihm teilen würde. An seiner Stelle hätte Pandur genauso gehandelt.

»Du bist Decker«, stellte sein Gegenüber fest. »Du hast dein Cyberdeck dabei, wie ich sehe. Was für ein Deck benutzt du? Allegiance? Sony?«

»Fuchi«, antwortete Pandur.

Rote Wolke pfiff durch die Zähne. »Nicht billig.«

»Cyber-6 mit Besonderheiten, von denen der Hersteller nichts ahnt.«

»Cyber-6 allein kostet ein Vermögen.«

»Mit entsprechenden Connections kriegt man es billiger. Erheblich billiger. Es gibt Runner, die sterben ...«

»Soll vorkommen.«

»... oder wahnsinnig werden. Es gibt Leute, die solche Runner beerben und Cyberdecks hassen. Sie machen es verantwortlich ...«

»Auch davon habe ich gehört.«

»Wenn man solche Leute kennt, vielleicht mit ihnen befreundet ist – oder es war –, kommt man an teure Ware, die man sich sonst nicht hätte leisten können.«

»Und du kannst damit umgehen?«

»Geht so.«

»Du bist nicht aus dem Hamburg-Megaplex?«

»Ich war auf dem Weg dahin.«

»Hmm ... Ich glaube, du bist mein Mann.«

»Wofür? Soll ich für Wildost einen Run übernehmen? Wollt ihr ins Megabusiness einsteigen? Die Produktion von Scheiße ganz groß vermarkten? Soll ich eure dickste Konkurrenz ausspionieren? Wer baut am meisten Scheiße? Die AG Chemie?«

Rote Wolke fixierte ihn eine Weile. Dann sagte er leise: »Du bist verdammt gut, Chummer. Auch wenn es nur ein Blindschuß war. Es geht tatsächlich um die AG Chemie.«

Pandur hatte nur so dahergeredet. Jetzt erstarrte er. Die Botschaft traf ihn wie ein Hieb mit einem Vorschlaghammer. Wollte ihn Rote Wolke auf den Arm nehmen? Es sah nicht so aus. Dem Mann war ohne weiteres alles mögliche zuzutrauen. Zum Beispiel, daß er Leute für einen Run rekrutierte. So ka. Warum nicht? Pandur rang mit sich. Ausgerechnet die AG Chemie. Sie hatten Natalie und ihn gejagt. Hatten Natalie getötet. Jagten ihn jetzt wieder.

Warum eigentlich nicht? Zahle es ihnen heim! Gib ihnen einen Grund, dich zu hassen und dich zu jagen. Vielleicht ist es ein Run, der den Drekheads so richtig weh tut. Bei dem der Laden in die Luft gesprengt wird. So wie es bei Renraku war. Ich würde mit Freuden tun, was Rommel getan hat. Die verdammten Computer der AG Chemie in die Luft jagen. Notfalls mit dem Plastiksprengstoff selbst hineinspringen und mich in die Luft jagen. Wie Rommel.

Der kurze Haßausbruch verging. Kein guter Ratgeber. Pandur wußte das. Er war nicht Druse. Druse baute Mist, weil er sich von seiner Rache den Weg diktieren ließ. Er war nicht Rommel. Auch ihn hatte die Rache gelenkt und schließlich vernichtet. Pandur ging seinen Weg und nahm dabei mit, was er an Rache einfahren konnte. Das war seine Art, es zu tun. Er hatte damit überlebt. Bis jetzt.

»Erzähl mir mehr darüber«, sagte er.

»Wenn ich Einzelheiten ausspucke, mußt du den Job annehmen oder hierbleiben, bis andere ihn ausgeführt haben.«

»Einverstanden.«

»Jemand möchte Näheres über die Umweltsauereien wissen, die von der AG Chemie zu verantworten sind.«

»Ein anderer Megakon? Wozu?«

»Kein Megakon.«

»GreenWar?«

»Denke dir, was du willst.«

»Vergiß es, Chummer. Ich will einen Job, um meinen Kredstab zu füllen. Keine Politik. Kein Idealismus.

Hab' ich früher mal gemacht, und es hat nichts gebracht. Ich arbeite nicht mehr für einen feuchten Händedruck.«

»Nennst du 50 000 einen feuchten Händedruck?«

Pandur war überrascht. »GreenWar füllt Ebbies?«

»Der Auftraggeber, mag er nun heißen, wie er will, hat für diesen Job nur einen geeigneten Kämpfer, aber keine Spezialisten. Man ist bereit zu akzeptieren, daß gute Spezialisten etwas kosten.«

»Was gibt es für Besonderheiten?«

»Als Decker kommt nur jemand in Frage, der in der Hamburger Szene noch unbekannt ist.«

»Warum?«

»Im Megaplex gibt es viele Interessenten für Daten der AG Chemie. Der Auftraggeber möchte, daß du dich nicht vorher umhörst und einen Huckepackauftrag übernimmst, andere Spezialdaten für andere Auftraggeber suchst. Der Auftraggeber ist der altmodischen Auffassung, daß du für deine 50 000 und die Infrastruktur im Rücken auch nur die Daten besorgen solltest, die der Auftraggeber haben möchte.«

»Du hältst mich also so lange hier fest?«

»Nur einen Tag. Bis das Treffen mit deinem Schmidt stattfindet.«

»Einverstanden. Weitere Spezialitäten?«

»Der halbe Megaplex steht unter Wasser.«

»Mir bekannt.«

»Ihr fahrt mit einem U-Boot zur Arbeit.«

Pandur überlegte. Diesen Aspekt hatte er nicht bedacht.

»Großes Kommando?«

»Mini-U-Boot. Kleines Kommando.«

»Wie viele?«

»Mit dir zusammen drei.«

»Drek, das ist zu wenig für die AG Chemie!«

»Ihr fahrt mit dem verdammten U-Boot so dicht an den Stinker heran, daß ihr ihm sofort in die Eier treten könnt. Außerdem gibt es Ablenkungsmanöver, damit er den Tritt zu spät kommen sieht.«

Trotzdem waren drei Runner viel zu wenig. Kein Flankenschutz. Hörte sich mal wieder nach einem Himmelfahrtskommando an. Das war eigentlich nicht die Art von Neueinstieg, die er sich gewünscht hatte.

»Ich brauche erstklassige Chummer.«

»Die bekommst du.«

»Der U-Boot-Fahrer muß ein Rigger sein! Ein hervorragender Rigger.«

»Es ist der verdammt beste Rigger, den du im gesamten verfickten Norddeutschen Bund finden wirst. Und ich sage dir eins, Chummer. Er ist nicht nur ein Spitzenrigger, sondern obendrein ein Straßensamurai der Sonderklasse. Zwei Mann in einem. Was willst du mehr?«

»He, wer ist er? Superman?«

»Nein. Er hat viele Talente, aber fliegen kann er nicht.«

6. KAPITEL

›Burned My Eye‹

Chronologie der Hamburger Geschichte seit der Jahrtausendwende (1):

2001 – Die Einwohnerzahl Hamburgs überschreitet die Drei-Millionen-Grenze. Der Senat resigniert angesichts der steigenden Kriminalitätsrate und der Zahl der Drogentoten.

2002–2004 – Anarchistische Bewegungen verstärken sich. Massive Umweltdemonstrationen und steigender Ökoterrorismus beherrschen auch in Hamburg zunehmend das Bild. Die weltweit operierende Umweltorganisation ›Greenpeace‹ erklärt den Ölraffinerien den Ökokrieg und benennt sich in ›GreenWar‹ um. Trotz intensiver Hochwasserschutzmaßnahmen seitens des Senats und der Bürgerschaft kommt es 2003 zu einer schweren Überflutung Hamburgs. Große Teile des Hafens und der Innenstadt erleiden Schäden in Milliardenhöhe. Die Sturmflut fordert 4800 Tote. Die daraus resultierende Wirtschaftskrise und die sozialen Unruhen sind ein neuer Nährboden für anarchistische Bewegungen. Es kommt zu bewaffneten Straßenkämpfen.

2005 – Infolge bewaffneter Anschläge und der Tatsache, daß die Hamburger Polizei der wachsenden kriminellen Flut kaum noch Widerstand leisten kann, erläßt der Senat eine Notverordnung, nach der die privaten Sicherheitsdienste der Großkonzerne sich mit Schußwaffen ausrüsten dürfen. In Hamburg Nord kommt es zu heftigen Auseinandersetzungen zwischen Kongardisten und Ökoguerillas. Gegen Ende des Jahres beginnen die Bauten für einen Hochsicherheitstrakt um die in Hamburg Nord ansässigen Großkonzerne.

2006–2008 – Hamburg erlebt eine große Flüchtlingswelle. Etwa 180 000 Balten, Russen und Polen beantragen innerhalb von drei Jahren Asyl. Die sozialen Spannungen nehmen zu. Der Senat gibt die Verwaltung der Polizei an die Sicherheitsgesellschaft ›Hanse Security GmbH‹ ab. Diese nimmt Einzug in den ehemaligen Luftschutzbunker am Heiligengeistfeld. 2008 bricht über Hamburg erneut eine Flüchtlingswelle herein, nachdem das Saarland durch den Super-GAU im AKW Cattenom verseucht wird. Die Einwohnerzahl steigt auf 3,6 Millionen.

2009–2010 – In der Region Hamburg sterben aufgrund von VITAS 170 000 Menschen.

2011 – Im Februar 2011 erlebt Norddeutschland (wie auch die Niederlande und Dänemark) die schwerste Sturmflut seit Menschengedenken. Sie fordert allein in Hamburg 90 000 Menschenleben. Der Hafen wird zu 40 % zerstört, die Innenstadt erleidet Schäden in Milliardenhöhe. Große Teile des Süderelberaums wie auch das Hafengebiet und die Innenstadt bleiben überflutet. Die zu Hamburg gehörenden Inseln Neuwerk und Scharhörn im Wattengebiet der Elbmündung werden vollständig überschwemmt und zerstört. Durch die defekte Infrastruktur wird Hamburg zunächst vom Umland abgekapselt. Hunderte von Firmen melden Konkurs an und lassen sich von den Großkonzernen aufkaufen. Über Hamburg wird bis Ende des Jahres der Ausnahmezustand verhängt. Ganze Stadtteile werden von Großkonzernen aufgekauft. Schmuggel, illegaler Menschenhandel und Piraterie feiern fröhliche Urständ. Der Senat kapituliert, und am 24. 06. 11 übernimmt die Bundeswehr die Herrschaft.

Dr. Natalie Alexandrescu:
Hamburg, Venedig des Nordens,
Deutsche Geschichte auf VidChips,
VC 5, Erkrath 2051

In der Nacht träumte Pandur von der AG Chemie. Der bevorstehenden Run und die Beschäftigung damit mochten hinter diesem Traum stehen, aber dies nahm keinen Einfluß auf seinen Verlauf. Der Run spielte in dem Traum keine Rolle. Pandur war kein

185

Runner. Er fand sich in der Rolle eines Execs des Megakons. Er hatte keinen Namen. Er hatte kein Gesicht. Er
wußte nicht, wie er Exec des Megakons geworden war.
Aber er war er selbst. In seinem Fühlen, in seinem Denken. Doch er hatte keine Vergangenheit als Runner. Er
war Manager. Er war das, was er vielleicht hätte werden können, wenn er nicht in die Schatten gegangen
wäre. Bei Renraku. Aber Renraku spielte in diesem
Traum keine Rolle. Er war Exec der AG Chemie. Ohne
Vergangenheit.

Er liebte seine Arbeit. Er hatte *Macht*. Er liebte die AG
Chemie. Die AG Chemie war *mächtig*. Er wußte, daß es
Konkurrenten gab. Er konnte sie gut verstehen. Neid,
Mißgunst. Die Kläffereien derjenigen, die nicht so er-
folgreich waren. Execs anderer Megakons. Nicht so
mächtig, nicht so effizient, nicht so innovativ.

Er traf Entscheidungen, die er im Traum verstand,
die ihm glasklar vorkamen. Später konnte er sich nicht
mehr daran erinnern. Er wußte über alle verästelten Interessen des Megakons Bescheid, hatte alles im Griff. Er
schaute hinab auf eine Struktur, die für ihn durchsichtig war, die makellos war, perfekt. Eine riesige Maschine, die sich mit bewunderungswürdiger Präzision
drehte. Er war diese Maschine, war der Kopf und zugleich jedes ihrer Segmente. Er wußte, daß es keine besser arbeitende Maschine gab.

Ihn quälte der Gedanke, daß es Kräfte gab, die diese
Perfektion stören, die Maschinerie auseinanderreißen,
die herrliche Struktur zerbrechen wollten. In ihm däm-
merte die Erkenntnis, daß er selbst zu diesen Kräften
gehörte. Ihm fiel seine verdrängte Vergangenheit ein. Er
war Schattenläufer gewesen. Er konnte es nicht glauben. Ein derartiger Widerspruch...

Er wachte auf.

Der Traum war absurd. Er kannte sich gut genug, um
zu wissen, daß nirgendwo in seinem Innern der geheime Wunsch schwelte, das Lager zu wechseln. Er war

es vielleicht müde, durch die Schatten zu laufen. Aber er sehnte sich gewiß nicht danach, Exec eines Megakons zu sein. Er bereute nicht, seinen Weg gegangen zu sein. Bei Renraku wäre er längst erstickt.

Er hatte den Eindruck, den Traum eines anderen geträumt zu haben. Er schämte sich für einen solchen Traum. Im Dunkeln horchte er auf die Atemgeräusche der drei anderen Männer, die mit ihm eine Kammer teilten. Er hoffte, sie hatten ihn nicht im Schlaf reden gehört. Es wäre ihm peinlich gewesen.

Bevor er wieder in den Schlaf versank, dachte er, daß er eigentlich viel zu wenig über die Strukturen eines Megakons wußte. Er hatte sich immer nur für einzelne Daten interessiert, nie für die Zusammenhänge. Vielleicht sollte er versuchen, globale Daten für sich selbst zu sammeln. Vernetzung, Kapitalinteressen, Beteiligungen, Risiken. Zum Beispiel bei der AG Chemie. Das könnte interessant sein…

Rote Wolke wollte nicht an der Besprechung im Megaplex teilnehmen. Aus Gründen, die nur er allein – und vielleicht ein paar Staatsorgane, ein paar Sicherheitsdienste, ein paar Execs von Megakons – kannte, verließ er das Ghetto nur ungern. Außerdem war er nicht ein Herr Schmidt, der den Run organisierte, sondern nur ein Mittelsmann, der Pandur ins Gespräch gebracht hatte.

Pandur wurde am Mittag des nächsten Tages von einem Hehler mitgenommen, der Ware aus dem Ghetto holte, andere Ware im Austausch brachte und zum anderen Elbufer zurückkehrte. Dieser setzte ihn in St. Pauli am Fischmarkt ab. Pandur legte den Rest des Weges als Passagier einer Tretboot-Rikscha zurück.

Das Café zu finden, erwies sich als problemlos. Die anderen beiden Runner, Festus und Jessi, waren ihm beschrieben worden. Sie warteten bereits. Jetzt fehlte nur noch einer.

»Unser Schmidt«, sagte Festus, als ein Mann das Café betrat, sich kurz orientierte und dann die Nische ansteuerte, in der Pandur mit Festus und Jessi saß. »Geiler Typ«, fügte der Rigger hinzu und sah dabei Jessi an.

Der Mann war groß, schlank und drahtig. Mitte bis Ende Zwanzig. Er sah überhaupt nicht so aus, wie man sich einen Herrn Schmidt für gewöhnlich vorstellte. Er trug einen dunkelgrünen Guerilla-Kampfanzug und besaß ein energisches Gesicht mit einem Dreitagebart. Die struppigen dunkelblonden Haare wurden nur mühsam von einem grünen Stirnband gebändigt. Darunter befand sich eine Stirnbuchse. Für einen anarchistischen Treffpunkt, wie es das Café Kropotkin darstellte, war er äußerst korrekt gekleidet. Aber Pandur hatte den Eindruck, daß es sich keineswegs um eine Maske handelte.

Ein paar kurze, belanglose Worte zur Begrüßung. Er bestellte Irish Coffee, Walnußeis und einen Krabbencocktail. Eine abartige Kombination und nicht billig, auch nicht bei Anarchisten. Aber wer Ebbies mit 50 000 zu vergeben hatte, dem würde das Kleingeld für einen Gaumenkitzel nicht fehlen. Erste Augenkontakte. Der Mann hatte energische, kämpferische Augen. Vielleicht etwas zu kompromißlos, vielleicht etwas zu ehrgeizig.

Er schien Jessi recht gut zu kennen. In den Blicken lag Nähe und Distanz zugleich, und zwar auf beiden Seiten. Pandur deutete die Blicke als Ausdruck einer gestörten Vertrautheit. Die beiden schienen sich schon mal besser verstanden zu haben.

Festus wurde von Schmidt kaum beachtet. Zu wenig. Einen Fremden nimmt man genauer unter die Lupe. Wie dies mit Pandur geschah. Schmidt musterte ihn unverhohlen neugierig, fast schon aufdringlich. Als er sich schließlich seinem Irish Coffee und den Beigaben zuwandte, schien er zufrieden zu sein.

Die reinste Familienfeier, dachte Pandur. *Die kennen sich alle. Nur ich bin hier neu.*

Daß es ein Band zwischen Festus und Jessi gab, hatte er bereits zuvor registriert. Welcher Art die Beziehung war, vermochte er nicht zu beurteilen. Runner, die als Team arbeiteten? Freunde von irgendwoher, die zufällig wieder zusammenarbeiteten? Oder ein Paar, das auch im Alltag zusammenlebte? Wenn letzteres zutraf, dann bemühten sich beide mit Erfolg, das Private vom Geschäftlichen zu trennen.

Schmidt schien nicht besonders gesprächig zu sein. Er hörte Festus zu, der sich in Fachtermini, die in dieser Runde wahrscheinlich nur ihm vertraut waren, über die Cybit in Hannover und die Feinheiten der dort ausgestellten neuesten Cyberware-Produkte äußerte.

Das ist also unser Superman, dachte Pandur und musterte den Rigger.

Festus sah eigentlich alterslos aus, war aber nach eigenen Angaben jünger als Pandur, Mitte Zwanzig. Mit seinen einen Meter achtzig war er klein im Vergleich zu anderen Messerklauen und viel leichter und schlanker als die meisten anderen. Aber er hatte einen muskulösen, durchtrainierten Körper, der geschmeidig wirkte. Er versteckte nur wenig davon unter Bermudashorts und einer offenen Jeansweste, unter der nackte Haut zu sehen war. Was ihm an körpereigener Masse fehlte, ersetzte er durch Kunstmuskeln. Irgend etwas, vielleicht ein Umweltgift, vielleicht auch eine genetische Erblast, hatte seine Haare frühzeitig ergrauen lassen. Er hätte diesen kleinen Fehler der Natur leicht mit einer modischen Haartönung – Hellblau und Rostrot galten bei Männern im Augenblick als modern – korrigieren können. Statt dessen schien er seinen lockigen Graukopf zu genießen. Er stand ihm in der Tat und gab seinen etwas nichtssagenden, zu glatten, zu ebenmäßigen Zügen Konturen. Sie wurden allerdings nicht nur durch graue Haare konterkariert. Festus trug Cyberaugen.

Vielleicht hatten ihn seine Freunde ein paarmal zu oft Babyface genannt. Oder es war schlicht und einfach seine Begeisterung für Cyberware gewesen, die ihn dazu gebracht hatte, sich die Augen implantieren zu lassen. Es konnten natürlich auch die Erfordernisse in den Schatten dahinter stehen. Ein Tiger braucht gute Augen. Ein Runner braucht die besten. Viele in den Schatten dachten so.

Falls kosmetische Gründe ausschlaggebend gewesen waren, hatte sich das Implantat als Reinfall erwiesen. Die Augen machten sein Gesicht nicht eckiger, sondern perfektionierten es. Selten hatte Pandur einen Chummer gesehen, an dem Cyberaugen wie angeboren wirkten. Bei Festus war es der Fall. Es schienen auch besondere Cyberaugen zu sein, wie von Künstlerhand entworfen, androidenhaft schön. Wie die Augen eines blinden Schönlings, der in Wahrheit besser sehen konnte als alle anderen. Es waren diese Cyberaugen, die ausdruckslos registrierten, was es zu registrieren gab. Pandur hatte dieses Fabrikat noch nirgendwo gesehen. Sie schienen brandneu zu sein. Es war kaum daran zu zweifeln, daß sie eine Weiterentwicklung darstellten, obwohl Pandur ihre Besonderheiten im Moment nicht abschätzen konnte.

Hinter den Augen schien sich ein leistungsfähiges Gehirn zu befinden, das die Informationen der Augen zu verwerten wußte. Wetware, aber gut in Schuß. Dies zumindest war Pandurs Eindruck der ersten halben Stunde, die er mit dem Rigger verbracht hatte.

Wenn der Chummer obendrein noch gut mit seiner verchipten Knarre umgehen konnte – Pandur hatte kaum einen Zweifel daran –, war er wirklich ein Tausendsassa, wie man ihn selten in den Schatten fand. Ein Allroundtalent. Ein Rigger mit Killerinstinkt. Ein intelligenter Straßensamurai, der sich darauf verstand, die Seele der Maschine auszuloten. Erstaunlich. Aber genau so einen hatte Pandur haben wollen.

Und Jessi…? Er sah die mittelgroße, schlanke Frau mit den langen blonden, über Brust und Schultern fallenden Haaren an. Sie trug ein zu weites lila Sweatshirt und Bundfaltenjeans. Auf die linke Wange waren in Hellblau eine Mondsichel und drei Sterne tätowiert, auf der rechten Wange ein Regenbogen. Was sie konnte, wußte er. Magie und Decking. Auch eine ungewöhnliche Kombination. Jessi schien fast so anachronistisch vielseitig wie Festus zu sein. Dagegen fühlte sich Pandur beinahe eindimensional. Aber war sie auch gut in ihren Disziplinen? Er würde es bald wissen.

Pandur blickte auf, weil er das ungewisse Gefühl hatte, daß ihn jemand beobachtete. Für den Bruchteil einer Sekunde glaubte er im Hintergrund des Cafés einen Mann zu sehen, der die Augen im gleichen Moment abwandte und in einer Gruppe von Diskutierenden untertauchte. Wahrscheinlich hatte ihm seine Phantasie einen Streich gespielt, aber er glaubte tatsächlich, der Mann habe Ähnlichkeit mit Ricul gehabt.

Hör auf damit, Chummer. Mach dich nicht selbst verrückt. Du siehst Gespenster!

Er nahm sich zusammen und wandte sich wieder seinen Tischnachbarn zu. Schmidt schien nicht die Absicht zu haben, sich in dem Café zu dem Run zu äußern. Er trank seinen Irish Coffee aus, bezahlte die Zeche für alle drei und führte die Runner dann die Stufen vor dem Lokal hinab zu den Ankerplätzen. Das Café Kropotkin lag im ersten Stock eines Hauses, das früher an einer normalen, trockenen Straße gestanden hatte. Aber die Straße war nach der Großen Flut ein Fleet geworden, und der frühere erste Stock stellte jetzt das unterste der Geschosse dar, die man betreten konnte, ohne einen Taucheranzug anziehen zu müssen.

Schmidt gehörte eine kleine, eiförmige Elektrobarkasse mit Solarantrieb. Ein Michel Standard, wie man sie in großer Zahl auf den Hamburger Gewässern sah. Der Rumpf bestand aus grünem Kunststoff. Schmidt blockierte mit einem Fernsignalgeber das im Heck verborgene und auf den Einstieg gerichtete sensorgesteuerte Schrotgewehr, bevor er das Boot betrat. Nachdem seine drei Gäste an Bord geklettert waren, löste er mit seinem Chip den kodierten Magnetanker, der das Heck des Bootes gegen einen Doppel-T-Träger gezogen hatte. Man mußte schon Gustav Gans heißen, wenn man sich traute, ein Boot vor dem Kropotkin nur zu vertäuen.

Erst an Bord entdeckte Pandur einige Besonderheiten, die erklärten, warum die Michel-Barkasse so tief im Wasser lag. Sie war nachträglich innen mit schußfestem Plexiglas ausgekleidet worden, und unter einer bei Bedarf hochklappbaren, stromlinienförmigen Verkleidung verbarg sich ein stationäres leichtes Maschinengewehr von H&K. Herr Schmidt schien ganz entschieden ein Profi zu sein.

Wenig später bewegte sich die Michel Standard mit mäßigem Tempo den Fleet hinauf, gesteuert vom Autopiloten. Ihr Ziel war ein stilles Gebäude in Winterhude, halb unter Wasser stehend wie viele der alten Häuser aus der Zeit vor der Flut. Schmidts Leute unterhielten dort ein Depot, das unter dem Wasserspiegel eine breite Öffnung zur Alster besaß.

Pandur sah sich aufmerksam nach Booten um, die ihnen folgten. Ihm ging der Mann aus dem Kropotkin nicht aus dem Kopf. Ob es nun Ricul gewesen war oder nicht, der Mann hatte ihn aus irgendeinem Grund angestarrt. Aber Pandurs Sorge schien unbegründet zu sein. Es gab regen Schiffsverkehr auf den Kanälen, Fleeten und ehemaligen Straßenzügen, doch keines der Boote lag auf ihrem Kurs.

Unterwegs erläuterte Schmidt in groben Zügen die Strategie des Runs. Mit Kleinigkeiten hielt er sich nicht auf. Pandur erfuhr kaum mehr als das, was Rote Wolke ihm schon erzählt hatte.

»Jessi leitet das Unternehmen. Sie kennt alle Einzelheiten und wird den Plan mit euch durchgehen.« Er sah sie leicht spöttisch, leicht überheblich an. »Mehrmals, wie ich sie kenne.«

»Mehrmals, weil ich so wenig wie möglich dem Zufall überlassen will!« Jessi war noch jung, höchstens zweiundzwanzig. Sie klang trotzig wie ein Mädchen, das erst siebzehn ist. Sie schien die Art nicht zu mögen, in der Schmidt mit ihr redete.

»So ka«, sagte Schmidt. »Verbockt die Sache nicht, Chummer! Es ist wichtig, daß wir Erfolg haben.«

Das hörte sich nach Abschied an. Tatsächlich sprach Schmidt schon im nächsten Moment in ein Miniaturfunkgerät, das er am Handgelenk trug. Sekunden später begann vor ihnen ein hochtouriger Motor zu knattern. Dann löste sich ein superschneller Surfgleiter Quadro aus den Schatten eines ehemaligen Fabrikgeländes. Zwei Elfen befanden sich an Bord. Eine Frau steuerte, ein Mann saß mit einem schußbereiten Schnellfeuergewehr neben dem Außenbordmotor am Heck. Wie Schmidt trugen beide olivfarbene Kampfanzüge. Im Nu befand sich der Surfgleiter in Höhe der Michel-Barkasse, hielt einen Abstand von höchstens dreißig Zentimetern. Schmidt reichte Jessi eine Mappe und den Codegeber. Dann kletterte er auf das Oberdeck der Michel Standard und machte Anstalten zu springen.

»Moment«, rief Pandur ihm zu. »Wir haben noch nicht über den Ebbie geredet. Rote Wolke sprach von 50 000. Abgemacht?«

»Rote Wolke hat unser Angebot präzise weitergegeben«, sagte Schmidt. »Es gilt. Übergabe bei Lieferung. Falls es sonst noch Probleme gibt, halte dich an Jessi, Chummer. Oder an Rote Wolke – falls Jessi etwas zustößt.«

Pandur fand, daß eine Spur Grausamkeit in der Stimme von Schmidt lag, als er den letzten Satz von sich gab. Er war sich sogar ziemlich sicher, daß Schmidt absichtlich grausam sein wollte. Er fühlte sich bestätigt, als der Mann sich Jessi zuwandte und sagte: »Viel Glück bei allem, Jessi. Und jede Menge Spaß.«

Er sprang.

Der Elf am Heck fing ihn auf. Der Surfgleiter schoß davon, verschwand in den Schatten, aus denen er gekommen war.

»Die Booster-Chips der Ultra-Torps sind Siliziummüll, aber die paar Stunden werden sie wohl noch durchstehen«, war das erste, was der Graukopf von sich gab, nachdem er sich in die Zentraleinheit des Vulcan Delphin RQ-7 eingestöpselt hatte.

Danach war eine Weile nichts zu hören, aber die reihenweise aufflammenden Kontrollämpchen der Steuereinheit zeigten, daß der Rigger seinen Grips durch die Leitungen jagte.

»So ka«, sagte Festus und schnappte sich den Cyberhelm, den er für eine perfekte Rundumsicht benötigte. »Wir starten in zehn Sekunden.«

Die elektrischen Antriebsaggregate, drei Saeder-Krupp HighPower 12, begannen kaum hörbar zu summen. Die Ballast-Expreßpumpen drückten die Vulcan Delphin RQ-7 innerhalb von vier Sekunden unter Wasser. Das Boot nahm Fahrt auf, schob sich aus dem geöffneten Tor des Depots, glitt in die Außenalster.

Die Anspannung wich für den Moment. Pandur lehnte sich in seinem Sitz zurück und versuchte durch die Plexkuppel nach draußen zu sehen. Bei dem verdreckten und verölten Wasser ein sinnloses Unterfangen. Außerdem wurde es allmählich dunkel. Nur ein paar trübe Lichter waren zu erkennen. Aber mit Festus an den Kontrollen hatte er ein gutes Gefühl.

Er überlegte, ob wirklich GreenWar den Run finanzierte. Dafür sprach einiges, nicht zuletzt das Outfit von Schmidt und der Elfen, die ihn auf den Surfgleiter übernommen hatten. Aber vielleicht steckte auch ein Policlub dahinter. Der Klaubauterbund verfolgte ähnliche Ziele wie GreenWar, und es schien geheime Querverbindungen zu geben. Sowohl GreenWar als auch der Klabauterbund setzten auf eine Zukunft, die den Möglichkeiten der Magie Vorrang einräumte gegenüber einer umweltzerstörenden Technik. Aber man dachte realistisch, dachte nicht an Maschinenstürmerei. Rote Wolke, Schmidt und die anderen, die an der Vorbereitung des Runs gearbeitet hatten, wußten natürlich, daß man mit Magie allein nicht weiterkam. Die Schlüssel dieser Welt lagen in der Matrix. Und wenn es um die Sache ging, waren sowohl die GreenWarriors als auch die Klabauter clever genug, sich der Instrumentarien ihrer Gegner zu bedienen. Das bewies die Auswahl der Akteure für diesen Run.

Mit Festus hatten sie einen Rigger engagiert, der zugleich als Straßensamurai arbeitete. Daß Festus ein Vollprofi war, hatte Pandur sofort erkannt, als der Mann mit dem glatten Gesicht seinen kleinen Handkoffer öffnete: Microtronics-Ersatzteile für alles und jedes, was er an Cyberware in seinen drahtigen Körper gesteckt hatte, teure Jashica XM-Volleysnaps, die vom häufigen Gebrauch abgegriffen waren, Hochleistungsakkus, um irgend etwas von seinem Sortiment bei Bedarf noch schneller zu machen.

Pandur bemerkte, daß Jessi ihn heimlich gemustert hatte. Er glaubte sogar eine Spur weiblichen Interesses in ihren Augen zu sehen. Das überraschte ihn, denn die meisten Frauen fühlten sich von seinem verschlossenen Wesen eher abgestoßen.

»Laß uns den Plan noch einmal durchgehen, Chummer«, forderte Jessi.

Sie schien die Kämpferin zu sein, die aus Idealismus dabei war. Ihr ging es um die Sache. Ihr Lohn war Befriedigung. Pandur war für seinen Kredstab dabei. In erster Linie jedenfalls. In zweiter Linie hoffte auch er auf Befriedigung. Festus verriet nicht, was er für den Job erhielt, aber Nuyen oder Ecu waren es nicht. Das hatte Pandur aus Andeutungen herausgehört. Er bekam etwas, was für ihn einen größeren Wert als eine fette Marge auf dem Kredstab hatte.

Pandur sah die junge Frau ohne große Begeisterung an. Er erinnerte sich an Schmidts Bemerkung: »Mehrmals.« Der Mann schien das langhaarige blonde Mädchen gut zu kennen. Dann zuckte er gleichgültig die Achseln. »Meinetwegen – weil es das letzte Mal ist.«

Bei Jessi war sich Pandur immer noch nicht sicher, ob sie trotz ihres Doppeltalents dem hohen Standard genügte. Ein Run zu dritt, ohne zusätzlichen Schutz durch Messerklauen oder Sprenger, erforderte bedingungslose Leistungsbereitschaft. Die hatte Jessi ohne Frage in hohem Maße. Und er erforderte einen hohen Leistungsstandard. Ob Jessi den besaß, wußte Pandur nicht. Sie war für seinen Geschmack zu jung, um die nötige Erfahrung zu besitzen, zu klein und zu zerbrechlich, um unter Belastung noch zulegen zu können. Aber vielleicht täuschte er sich auch. Wenn er ehrlich war, mißtraute er ihr vor allem deshalb, weil sie jung und schlank war, schön geformte Brüste unter dem Sweatshirt erkennen ließ und ein hübsches Gesicht besaß.

Hübsche Frauen sind es gewohnt, daß ihnen andere die Schwierigkeiten aus dem Weg räumen. Aber in den Schatten muß jeder bereit sein, die Last des anderen zu tragen, wenn es nötig sein sollte, im Extremfall die Lasten aller.

Jessi hatte ihr Cyberdeck aus der Rückentasche ihres schwarzen Overalls gezogen, schloß es an eine freie Datenbuchse des Unterseeboots an und gab einige Codes ein.

Pandur sah zu und gab ihr schlechte Noten. Ihr Deck war ein Billigprodukt aus Malaysia oder Kenia. Und sie war zu langsam. Er hoffte, daß sie ihre Magie besser beherrschte. Trotzdem faszinierte ihn immer noch, daß eine Magierin sich überhaupt mit der Matrix einließ.

Der Plan der Hamburger Innenstadt erschien auf dem

Monitor. Jessi veränderte mehrmals den Ausschnitt, bis der Einsatzbereich zu sehen war. Die blauen Stellen signalisierten eine Wassertiefe von mehr als zehn Metern. Sie markierten in etwa die Konturen der Binnen- und Außenalster, der Elbe, der Fleete und der alten Hafenbecken vor der Überschwemmung. Die gelben Markierungen zeigten Wassertiefen von fünf bis zehn Metern an. Dort konnte der Delphin noch bequem manövrieren. Diese Zonen erstreckten sich in weite Teile der Innenstadt und zum Teil nach St. Pauli und Altona hinein. Riskant wurde es in den Bereichen, die rot gekennzeichnet waren. Dort herrschten nur Tiefen von drei bis fünf Metern. Das Boot hätte auftauchen müssen. Da sie dann unvermeidlich von den Sicherheitskräften entdeckt würden, kamen diese Zonen nicht in Betracht.

»Wir sind hier«, sagte Jessi und zeigte auf ihre Position in der Außenalster. »Und dort wollen wir hin.« Sie hatte den Kartenausschnitt verändert und deutete auf den Meßberg. »Genauer gesagt: hierhin.« Sie deutete auf das Chilehaus.

Pandur nickte. Das war nichts Neues für ihn. Jessi wiederholte sich. Pandur hatte von Anfang an, ohne genaue Kenntnis der Route, gewußt, daß keine Spazierfahrt angesagt war. Er hatte seine Gründe gehabt, einen Spitzenrigger zu verlangen. Der Meßberg lag im roten Bereich, das Chilehaus gerade noch im gelben, und rundherum gab es kaum Blauzonen. Sie benötigten einen Könner, um unversehrt an den Grundmauern der Häuser in den überfluteten Straßenzügen vorbeizukommen. Es würde verdammt eng werden. Weit und breit kein Fleet mit sicheren Tiefen. Sie hätten natürlich von der anderen Seite über den Zollkanal kommen können, aber das wäre der helle Wahnsinn gewesen. Dort kreuzten die Hovercrafts des Bundesgrenzschutzes. Die sondierten auch nach unten. Und wenn man denen entwischte, ging man unweigerlich den Begleitschutzbooten der Reedergilde ins Netz.

»Binnenalster, Alsterfleet, Mönkedammfleet, Nicolaifleet«, fuhr Jessi die Strecke mit dem Leuchtzeiger ab. »Dann in den gelben Bereich.«

Ursprünglich hatten sie über den ehemaligen Ballindamm rutschen wollen. Das hätte ihnen die Sicherheitssperre am Rathausmarkt erspart. Aber die Fahrt im gelben Bereich wäre zu lang, eine Entdeckung aus der Luft wahrscheinlich gewesen. Es gab zu viele Helikopterpatrouillen über diesem Gebiet.

»Wenn wir das Chilehaus erreicht haben, versuchen wir durch das Tor in den Innenhof zu kommen, docken dort an und steigen unter Wasser aus«, erklärte sie weiter. »Ist das Tor verrammelt oder bewacht, müssen wir draußen auftauchen und schwimmen. Schwimmanzüge haben wir an Bord. Aber das ist riskant, wie ihr wißt. Festus bleibt dann im Delphin und holt uns exakt eine Stunde später wieder ab. Ist er aus irgendeinem Grund verhindert, müssen wir uns allein durchschlagen.«

Diese Variante lag Pandur schwer im Magen. Während ihres Einsatzes würde es zur Tarnung einen Angriff auf das Chilehaus geben. Drei Kampfhubschrauber MK Sperber würden das Gebäude attackieren, ein paar Raketen abschießen, mit ihren Gauss-Schnellfeuerkanonen leichte bis mittelschwere Sachschäden anrichten und wieder abdrehen, bevor die Sicherheitskräfte der AG Chemie Europa einen Gegenangriff organisieren konnten. Das Ganze verfolgte den Zweck, im Gebäude so viele Alarmsirenen heulen zu lassen, daß ein paar mehr nicht auffallen würden. Und es würden so viele Sararimänner durch die Gegend gescheucht, daß man hoffentlich in der Zentrale den Überblick verlor. Der unangenehme Aspekt dabei war, daß es hinterher am Meßberg nur so wimmeln würde von Hovercrafts, Schnellbooten und Helikoptern. Festus würde alle Cyberreflexe brauchen, um seinen Arsch da rauszubringen. Daß er es obendrein schaffen würde, seine Partner einzusammeln, konnte man sich abschminken. Außerdem fehlten Festus' Cyberaugen, seine Kunstmuskeln, seine Reflexbooster und seine Smartgunverbindung beim Einsatz im Chilehaus, wenn er mit dem Delphin draußen herumkurven mußte.

Aber Pandur schwieg. Diese Diskussion war früher schon geführt worden. Hoffentlich kam Jessi endlich zum Kern der Sache. Bisher hatte sie noch nichts gesagt, was den beiden Männern nicht sattsam bekannt war. Langsam wurde es Zeit, das Ziel des Einsatzes auszuspucken.

»Binnenalster«, murmelte Festus und zeigte auf den Actionscreen, der das Bootsymbol unter die vom Wasser überspülte, aber noch intakte Lombardbrücke hindurchgleiten ließ. »Meine Augen wollen endlich hören, was Sache ist.«

Pandur horchte auf. Er überlegte, ob Festus sich versprochen oder eine ihm unverständliche Anspielung gemacht hatte. Er fand keine Antwort.

Jessi schien einzusehen, daß es Zeit war, die fehlenden Daten nachzuliefern.

»So ka«, sagte sie. »Ich kenne ungesicherte Zugänge zum Gebäude, vom Hof aus, aber auch von außen. Wenn wir genügend dicht herankommen, gelangen wir auch hinein. Belassen wir es dabei. Sobald wir zu zweit oder besser zu dritt im Chilehaus sind, dürft ihr euch nicht wundern. Das Haus ist innen total umgestaltet. Jedenfalls dort, wo wir hingehen. Die vergammelte Fassade ist Absicht. Man will keine Aufmerksamkeit erregen. Aber glaubt mir, ihr findet dort mehr High Tech, als euch lieb sein wird.«

Pandur hatte schon so etwas vermutet. Alles andere hätte diesen Aufwand nicht gerechtfertigt. Rein formal beherbergte das Chilehaus die Hamburger Verwaltung der AG Chemie Europa, die als eher nebenrangig galt. Offenbar stimmte das nicht so ganz.

»Ziel unserer Aktion ist der Keller. Man hat ihn nicht

einmal leergepumpt, sondern einen abgekapselten Unterwassertrakt aus einem hochfesten Alu-Keramik-Verbundmaterial eingebaut. Dort unten sind die einzigen ungeschützten Interfaces für die Logistikcomputer der AG Chemie, die in unserem Aktionsgebiet erreichbar sind. Schmidt interessiert sich für die Daten über die Koordinaten der illegalen Sondermülldepots in der Nordsee, die Transportwege, die zum Einsatz kommenden Fahrzeuge und Schiffe, die Terminplanungen.«

Warum interessiert sich Schmidt nicht für Daten über Art und Umfang der Produktion, neuentwickelte Produkte, ihre Marktreife und die Infrastruktur des Unternehmens?

Pandur wußte nicht, wieso er plötzlich daran denken mußte. Dann fiel ihm der Traum ein, den er in der letzten Nacht hatte. Das mochte seinen Gedanken erklären.

Jessi fuhr fort: »Insbesondere gilt es auch, Hinweise zu überprüfen, wonach die AG Chemie eine Kapitalverflechtung mit der Cyberaugen-Industrie beabsichtigt. Warum sie da einsteigen will. Infos über Neuentwicklungen im Bereich Cyberaugen sind ebenfalls willkommen, falls so etwas vorhanden ist.«

»Das interessiert mich ebenfalls – und mehr«, erklärte Festus mit Nachdruck. Er hielt es nicht für nötig, dies zu erläutern. Dann konzentrierte er sich voll auf die Durchfahrt zur Kleinen Alster.

Festus hatte den Delphin direkt unter ein Reparaturschiff der HEW gesteuert und hielt es dort minutiös. Seine Cybersinne beherrschten den hochsensiblen Steuermechanismus des Bootes perfekt, und der Antriebsschub war exakt dosierbar. Der Delphin war nur fünf Meter lang, während das Versorgungsschiff mindestens die doppelte Länge besaß. Gemeinsam mit dem vergleichsweise schwerfälligen Kahn passierten sie die Unterwassertore der Doppelsperre. Damit war die erste Hürde überwunden.

Um Festus nicht abzulenken, hatten Pandur und Jessi geschwiegen. Als das Boot sich am Rathausmarkt vorbeibewegte, aktivierte Jessi das Funkgerät und sendete ein Codesignal.

»Wenn irgendwas schiefgeht und wir getrennt werden«, erklärte sie, »dann versucht euch zu den Ruinen der Alsterarkaden durchzuschlagen. Dort wartet ein Chummer mit einem Sportboot. Er ankert im Innern des Westflügels und wird euch in Sicherheit bringen – oder es zumindest versuchen.«

Schemenhaft tauchten Kaimauern und Umrisse von Häusern auf. Man konnte Türen und Fensterhöhlen erkennen, die früher einmal zu ebener Erde gelegen hatten, bevor die Große Flut gekommen war. Festus steuerte den Alsterfleet entlang und mußte bis knapp unter die Wasseroberfläche steigen, weil Gerümpel und abgerissene, verbogene Metallstreben aus dem Grund des Fleet aufragten und die Gefahr drohte, daß sie den Bauch des Delphin aufrissen. Pandur fragte sich, wie das erst aussehen würde, wenn sie sich in der gelben Zone über den Fahrbahnen und Bürgersteigen ehemaliger Straßen dahinbewegen würden. Wie viele Autowracks, unterspülte und zusammengesackte Grundmauern von Häusern und andere Hindernisse ihnen dort den Weg versperrten, konnte niemand sagen.

Festus dirigierte den Delphin wieder in tieferes Wasser, als er den Mönkedammfleet erreicht hatte. Das war auch ratsam. Sie passierten das Verwaltungsgebäude der Reedergilde. Eine hell erleuchtete Pyramide aus Aluminium und Spiegelglas, deren Ausmaße man vom Delphin aus nur erahnen konnte. Auch oberhalb der Wasserlinie sah man nicht, was hinter den Scheiben ablief, aber die zahlreichen Helikoptereinsätze, die vom Gebäude aus in der Vergangenheit gestartet worden waren, ließen nur eine Deutung zu. Die Konzernwachen lauerten kampfbereit auf ihren Aussichtsposten und suchten die Umgebung nach verdächtigen Bewegungen ab. Am liebsten hätte die Reedergilde den Fleet zur Privatsphäre und damit zum Sperrgebiet für andere erklärt, aber das ließ der Grenzschutz nicht zu. Der Fleet war als Wasserweg für die anderen Anrainer unverzichtbar.

Der Delphin fuhr langsam am Sockel der Pyramide vorbei und löste keinen Alarm aus. Festus ließ ihn langsam wieder steigen, als er sich im Nicolaifleet befand. Jetzt ging es in die gelbe Zone. Es war nicht mehr weit bis zum Meßberg.

Der erste Versuch, vom Fleet auf eine ehemalige Straße zu kommen, scheiterte. Ein verrotteter Truck blockierte die Einmündung. Festus hielt sich südlich und probierte es an der nächsten Straße erneut. Diesmal gelang es. Der Bootskörper kollidierte leicht mit der Hauswand eines Gebäudes, als Festus einem halb im Schlick steckenden PKW auswich, schob sich dann aber mit einem schabenden Geräusch durch die Lücke.

Der Rest der Straße war kein Problem, obwohl weitere Schrottfahrzeuge aus dem Schlick ragten. Festus umkurvte sie elegant und bog in die nächste Straßenschlucht ein.

»Wir gondeln schon durch die Kleine Reichenstraße«, brummte der Rigger. »Wenn alles glatt läuft, sind wir in fünf Minuten am Chilehaus.«

»Nicht die Kleine Reichenstraße!« stieß Jessi hervor, aber es war bereits zu spät.

Aus einem Fenster im ehemaligen zweiten Stock eines Gebäudes, der jetzt gerade noch in Höhe der Wasserlinie lag, jagte irgendein Aggressivling eine Salve aus einer Schnellfeuerkanone ins Wasser. Vermutlich eine Ruhrmetall SF20, dachte Pandur, denn die Waffe war nicht fest installiert. Der Delphin fuhr zu dicht unter der Wasseroberfläche, um diesem Beschuß zu entgehen. Die Geschosse hagelten im Stakkato auf den Rumpf des Bootes und ließen ihn dröhnen wie das Innere einer Glocke. Wirklich anhaben konnten sie der

Panzerung des Delphin allerdings nichts. Er würde höchstens ein paar Dellen davontragen.

»Wer zum Teufel ist das?« fluchte Festus und beeilte sich, den Delphin aus dem Schußfeld des Schützen zu lenken.

»Ein verdammter Drekhead. Da oben treiben sich oft NA-Glatzen rum«, erklärte. »Mein Fehler, Festus, ich hätte dich früher warnen müssen. In der Kleinen Reichenstraße liegt ein Tagungslokal der PNE. Da geben sich auch Glatzen von der Nationalen Aktion die Klinke in die Hand, obwohl sich die PNE offiziell von denen distanziert.«

»Und die ballern auf alles, was sich bewegt?« fragte Pandur und strich sich unruhig die hellblau gefärbten Haare aus der Stirn. Er konnte sich noch kein klares Bild von den Hamburger Verhältnissen machen. »Und das läßt der Grenzschutz zu?«

»Der wird gleich hier sein«, erwiderte Jessi. »Und diese Art von Aufmerksamkeit wollte ich gerade vermeiden.«

Der Schütze hatte sich zurückgezogen, wohl aus den von Jessi genannten Gründen.

Festus ruhte mit angestrengtem Gesicht in seinem Sessel. Seine Cybersinne huschten durch die Elektronik des Fahrzeugs. Er war das Boot und versuchte sein Bestes, den Delphin so schnell wie möglich an den Autowracks vorbeizusteuern. Vor ihnen dröhnte schon das Geräusch eines Hovercrafts. Es würde nicht reichen, um vor dem Einsatzfahrzeug des Grenzschutzes in eine Seitenstraße abzubiegen.

Der Delphin sank wie eine Feder in den Schlamm, ohne ihn verräterisch aufzuwühlen, und kam genau zwischen zwei Autowracks zur Ruhe. Das Summen des Antriebs verstummte. Dort oben würde man es schwer haben, das Boot zu orten

Stumm horchten die drei Schattenläufer nach oben. Der Hovercraft passierte die Stelle, wo der Delphin lag.

Er verharrte. Entweder, um zu orten, oder, was wahrscheinlicher war, auf der Suche nach dem Schützen.

»Ich könnte die Jungs jetzt bequem mit einem Ultra-Torp zu uns in den Schlick holen«, flüsterte Festus. »Soll ich?«

»Das läßt du bleiben«, zischte Jessi. »Wir töten nur, wenn es unbedingt sein muß. Außerdem wäre hier anschließend erst recht die Hölle los.«

Dann bewegte sich der Hovercraft langsam die Straße hinauf.

»Ein Gutes hat die verseuchte Brühe ja«, sagte Pandur. »Man kann kaum hindurchsehen.«

»Die werden jetzt mindestens eine halbe Stunde in diesem Bezirk patrouillieren. Sie brauchen uns nicht zu sehen, um uns zu orten. Drek!« Jessi faßte einen Entschluß. »Wir ändern den Plan«, gab sie den beiden Männern bekannt. »Wir schwimmen den Rest des Weges.«

»Und was mache ich?« fragte Festus. »Hier warten und Däumchen drehen?«

»Du kommst mit uns, Festus.« Bevor der Rigger eine Chance hatte, sein Erstaunen in Worte zu gießen, fuhr Jessi fort. »Fahr zum ehemaligen Parkhochhaus in der Brandstwiete. Dort verlassen wir den Delphin.«

Ohne Widerspruch steuerte Festus das Boot zurück und am Tagungslokal der PNE vorbei, das jetzt wie ausgestorben dalag, und bog dann links ein. Direkt vor ihnen gähnte die ehemalige Zufahrt des Parkhochhauses. Sie war groß genug für den Delphin.

Festus mußte sein ganzes Können aufbieten, um den Delphin auf dem ersten Deck in die Auffahrt zum nächsten Level zu drehen, aber er schaffte es, ohne anzuecken. Noch in der Schräge der Auffahrt zur zweiten Ebene plätscherte das Wasser hörbar gegen den Beton. Der Delphin durchbrach die Wasseroberfläche. Festus ließ den Anker fallen und stöpselte sich aus, während Pandur bereits die Plexkuppel entriegelte und hochklappte. Oben war alles dunkel und ruhig. Offensichtlich wurde dieser Teil des Hauses nicht benutzt.

Jessica öffnete Fächer unter den Sitzen und verteilte Schwimmanzüge, Schutzbrillen mit Stirnlampen und Sauerstoffpatronen. Außerdem erhielt jeder einen wasserdichten Behälter für die Cyberdecks, Waffen und sonstigen Geräte.

»Warum nicht gleich so?« fragte Pandur und streifte sich den Anzug über.

»Weil das Risiko größer ist«, entgegnete Jessi. »Innenstadt, verstehst du, Chummer? Hier sitzen die Konzerne dicht an dicht. Jeder belauert den anderen. Du mußt mit allem rechnen. Das mit dem Delphin war eine gute Idee, und es hat uns weit in die Sicherheitszone des Gegners gebracht. Aber jetzt hat er erst mal ausgedient.«

Sie war bereits fertig. Nur Brille und Mundstück fehlten noch. Bevor sie ausstieg, aktivierte sie noch einmal das Funkgerät und tippte einen weiteren Code ein.

»Ich will nicht aus dem Chilehaus herausfunken«, erklärte sie. »Ab jetzt zwanzig Minuten bis zum Angriff der GreenWarriors.«

Diesmal verzichtete sie darauf, von den »Kräften des Auftraggebers« zu reden, sondern nannte Roß und Reiter. Sie setzte die Atemmaske auf und ließ sich ins Wasser gleiten.

Pandur und Festus folgten wenig später. Festus als letzter schloß mit der Fernsteuerung die Plexkuppel und ließ den Delphin auf Tauchstation gehen. Zu dritt bewegten sie sich den Weg zurück, den sie gekommen waren, und schwammen nach dem Verlassen des Parkhochhauses wieder die Kleine Reichenstraße hinauf. Gelegentlich waren über ihnen Hubschrauber- und Schiffsmotorengeräusche zu hören. Scheinwerfer ließen Lichtfinger durch die Dämmerung geistern. Wo sie das Wasser berührten, zerfaserten sie milchig, als habe oben jemand aus einer riesigen Dose einen Schwall Kondensmilch in die Brühe gekippt.

Die drei ließen sich davon nicht beirren. Jessi lotste sie zielsicher durch mehrere Straßen und zeigte dann auf eine wuchtige Klinkermauer, die vor ihnen aufragte. Das mußte das Chilehaus sein. Jessi und Pandur sahen es nur schemenhaft im Licht ihrer Stirnlampen, während Festus mit seinen lichtverstärkten Cyberaugen eine bessere Sicht hatte.

Es handelte sich um ein großes, im Südosten spitzes Dreieck mit einem Innenhof und einer tunnelartigen Straße, die quer hindurchführte. Als sie den ganz unter Wasser liegenden Straßentunnel erreicht hatten, konnte Pandur Jessi im stillen nur zu ihrem Impuls beglückwünschen, den Delphin zurückzulassen. Der Tunnel war mit einem stabilen Drahtgitter gesichert. Der Delphin hätte nicht wie geplant in den Innenhof vorstoßen können. Zumindest nicht ohne Brachialgewalt und entsprechenden Lärm. Und die vielen Lichtkegel dort oben ließen vermuten, daß ein Auftauchen die sichere Entdeckung zur Folge gehabt hätte.

Jessi ließ sich durch das Gitter nicht entmutigen, sondern winkte den beiden Runnern, ihr zu folgen. Sie zeigte sich auch nicht davon beeindruckt, daß alle unter Wasser liegenden Türen und Fenster mit Gittern gesichert waren. Sie orientierte sich kurz und schwamm dann zu einer unterhalb eines früheren Schaufensters gelegenen Stahlblechklappe, die aus der Zeit vor der Überschwemmung stammen mußte. Sie war total verrostet.

Festus wollte ihr zu Hilfe eilen, um seine Kunstmuskeln einzusetzen, aber Jessi war schneller. Zum erstenmal zeigte sie, was sie als Magierin draufhatte. Sie konzentrierte sich kurz, streckte die Hand aus und murmelte hinter der Atemmaske vermutlich einen Zauberspruch. Ein violett-weiß schimmernder Feuerball von der Größe einer Apfelsine erschien einen Zentimeter über ihrem Handballen und ließ das Wasser aufsprudeln. Ohne ihn wirklich zu berühren, stieß sie ihn in Richtung der Klappe. Er trudelte gemächlich darauf zu, wie ein Komet einen Schweif aus brodelndem Wasser hinter sich herziehend, und zerbarst wie eine reife Tomate auf der Klappe. Dabei wuchs sein Durchmesser auf fast einen halben Meter.

Als sich das brodelnde Wasser beruhigt hatte, sanken die Reste der pulverisierten Klappe träge in den Schlick hinab.

Vor ihnen lag ein Servicetunnel mit allerlei verrosteten Rohrleitungen, der groß genug war, um Menschen hindurchzulassen.

Festus zeigte Jessi anerkennend den erhobenen Daumen und stieg dann als erster ein. So schlank er sonst auch war: Seine Kunstmuskelpakete machten ihn breit. Wo er durchkam, würden Jessi und Pandur leicht passieren können.

Der Tunnel führte zunächst waagerecht in das Gebäude, ging dann aber in einen nach oben führenden Schacht über. Die Schattenläufer hangelten sich hinauf, indem sie sich an den Rohrleitungen festhielten und mit den Schwimmfüßen der Froschanzüge leichte Paddelbewegungen vollführten. Es war überall reichlich Platz vorhanden, so daß die Passage keine Probleme bereitete.

Als erster durchbrach Festus die Oberfläche des Wassers. Der Schacht führte weiter hinauf in die oberen Stockwerke des Hauses, aber ihr Ziel lag unten. Festus hievte sich mit der Kraft seiner Kunstmuskeln leicht in einen Seitenstollen hoch und machte Platz für Jessi. Mühelos zog er sie zu sich hinauf. Dann tauchte Pandur an der Wasseroberfläche auf.

Festus und Jessi hatten schon das Gesicht freigemacht. Jessi verschwand in dem Stollen, so daß Festus Platz hatte, auch Pandur hinaufzuziehen. Er nahm ebenfalls das Atemstück und die Brille ab. Es stank nach Moder und Chemie.

»Sehr gut.« Jessi schien sich zu freuen, daß bisher

alles so gut geklappt hatte. Sie streifte die Schwimmfüße ab, behielt den Rest des Schwimmanzugs jedoch an. Pandur und Festus folgten ihrem Beispiel.

Jessi nahm ihr Cyberdeck aus dem Schutzbehälter, stöpselte sich ein und rief Informationen ab.

»Das Stollenende ist vermauert«, sagte sie dann. »Wir müssen dort durchbrechen und sind dann schon im richtigen Stockwerk. Dort befindet sich ein Zugang zu dem abgekapselten Keller mit den Computern. Vermutlich ist er bewacht. Wir warten mit der Aktion, bis die Kräfte unseres Auftraggebers angreifen.«

Das Warten fiel schwer. Besonders Festus wirkte unruhig. Oder war es mehr? Pandur musterte ihn. Der Rigger litt doch hoffentlich nicht an Klaustrophobie? Seinen Cyberaugen war nichts anzusehen, aber seine Kunstmuskeln zuckten nervös. Das Zucken wurde heftiger. Schweiß stand auf seiner Stirn. Pandur sah ihn überrascht an. Er war sofort alarmiert. So etwas hatte er schon einmal erlebt. Und damals hatte ihn nur ein geistesgegenwärtiger Sprung zur Seite davor bewahrt, von einem ähnlichen Muskelpaket buchstäblich zerfleischt zu werden. Und auch dieser andere Schattenläufer war nicht sein Gegner, sondern sein Freund und Partner gewesen. Bis er wahnsinnig geworden war.

»Was ist mit dir, Chummer?« fragte er vorsichtig.

Jessi wandte sich ihm zu. »Er kann dich jetzt nicht hören«, sagte sie. »Aber er wird gleich wieder okay sein – hoffe ich.«

»Du nimmst einen Rigger mit in die Schatten, der aussteigt?« fragte Pandur verblüfft und ärgerlich zugleich.

Verdammter Drek, Rote Wolke, ist das dein gepriesener Superman?

Er dachte daran, was passiert wäre, wenn Festus bei der Fahrt im Delphin einen solchen Aussetzer gehabt hätte. »Bist du genauso wahnsinnig wie er, Chummer?«

»Ohne ihn wären wir nicht hier«, hielt sie dagegen.

»Es gab keine Alternative. Und er ist motiviert bis in die letzte Neurofaser seiner Reflexbooster, daß dieser Schattenlauf ein Erfolg wird – das kannst du mir glauben.«

Pandur nahm es, wie es gesagt wurde, obwohl er anderer Meinung war. Er hatte etwas gegen Partner, auf die kein Verlaß war. »Was fehlt ihm? Ist er süchtig und leidet unter Entzug? Hat er sich soviel Cyberware reingepackt, daß er schizophren geworden ist?« Er wußte, daß Depressionen häufig die Quittung für Cybermanie waren. Und das Erlebnis mit jenem anderen Chummer hatte ihm gezeigt, daß manchmal auch aggressiver Wahn die Folge sein konnte.

Jessi schüttelte den Kopf, daß die langen blonden Haare flogen. »Nein, sie haben ihn reingelegt, und er will sich rächen. Deshalb ist er hier. Er ist an illegale Chips gelangt, die aus einem Experimentallabor stammen. Es sind seine Augen, Chummer, verstehst du, seine verdammten Cyberaugen! Er wollte sie noch besser machen und hat einen virenverseuchten Chip gebootet. Das Fiese daran ist, daß das Virus nicht nur in unregelmäßigen Abständen Datenmüll produziert, sondern die Hardware dazu bringt, biogenetische Signale an die Wetware abzustrahlen. Es macht ihn krank: Gehirnfäule, Gedankenkrebs, Gehirnmaden, nenn es, wie du willst! Jedenfalls verändern sich seine Gehirnzellen, und manchmal rastet er ganz aus, so wie jetzt.«

Pandur schüttelte sich. Dann zählte er zwei und zwei zusammen. »Die AG Chemie?« fragte er.

»Ich sagte schon, unser Auftraggeber vermutet, daß man sich in den Cyberaugen-Markt einkaufen will«, war alles, was Jessi darauf antwortete.

Stumm starrte Pandur den Rigger an. Was mochte er mit seinen reglosen Cyberaugen sehen? Das Fegefeuer einer Cyberhölle? Verhandelte er mit dem obersten Siliziumteufel um den letzten Rest seiner Seele für einen neuen Satz Superreflexbooster, um irgendeinem Unterteufel den Hochspannungs-Dreizack aus der Hand treten zu können?

Festus stieß einen animalischen Schrei aus und sackte dann zusammen. Das Zucken hatte aufgehört. Einen Moment lang dachte Pandur, Festus habe das irdische Jammertal für immer verlassen. Aber dann regte sich der Rigger. Er richtete sich auf.

»Wo bleiben denn die Warriors mit ihrem Feuerzauber?« fragte er mit kontrollierter Stimme. Er wirkte beherrscht.

»Sie müssen jeden Moment angreifen«, gab Jessi gleichmütig zurück.

Jessi schien kein Interesse daran zu haben, noch ein Wort über das Verhalten von Festus zu verlieren. Festus selbst äußerte sich ebenfalls nicht dazu. Vielleicht wußte er nicht einmal, daß er ausgerastet war. Pandur zuckte die Achseln und ging zur Tagesordnung über. In dieser Welt hatte jeder seine eigenen Probleme, und zwar meistens massive. Er selbst sprach ja auch nicht über das, was in ihm gärte. Aber er beschloß, fortan ein waches Auge auf Festus zu haben.

Das Krachen von Detonationen, wie sie von einschlagenden Raketen verursacht werden, ließ ohnehin keine Zeit mehr für irgendwelche Diskussionen. Die Warriors flogen ihren Ablenkungsangriff. Alarmsirenen gellten durch das Gebäude.

Jessi trat an das vermauerte Ende des Stollens, konzentrierte sich und ließ die violett-weiße Kugel, die ihr schon vorhin geholfen hatte, erneut über ihren Handballen tanzen. Zischend fraß sie sich in die Steine und den Mörtel und ließ beides mit einem dumpfen Implosionsgeräusch zerbröseln. Eine beinahe kreisrunde Öffnung von gut einem halben Meter Durchmesser war entstanden.

Die Schattenläufer krochen durch das Loch, Jessi als erste. Sie richteten sich auf und schauten sich um. Pandur und Festus hatten ihre Waffen gezogen: Pandur seine bewährte Walther Secura, Festus seine CMDT Combat Gun mit Smartgunadaptern, eine Pump-Action-Schrotflinte, mit der er einen Muni-Mix aus 30-mm-Patronen und Minigranaten verschoß. Jessi griff in die Brusttasche und zauberte eine H&K Caveat hervor. Offenbar verließ sie sich nicht allein auf ihr magisches Talent.

Für den Moment erwies sich die Wachsamkeit als unbegründet. Zu sehen gab es nichts weiter als die nackten, glatten Wände eines Korridors, der sich etwa zwanzig Meter in die eine und zehn Meter in die andere Richtung erstreckte, wo er jeweils abknickte. Der Boden war mit Teppichboden ausgelegt, die mit gerippten Kunststofftafeln verkleidete Decke verströmte gelbweißes indirektes Licht. Das auf- und abschwellende Geräusch der Alarmsirenen war lauter geworden.

Die Schattenläufer wußten, daß sie keine Zeit zu verlieren hatten.

»Nach links«, kommandierte Jessi.

Die drei rannten den Gang zur Linken entlang. Festus hatte die Spitze übernommen. Wenn es sein mußte, würde er die schnellsten Reflexe haben.

Aber niemand stellte sich ihnen entgegen. Weder auf diesem Korridor noch auf dem Querkorridor war jemand zu sehen. Keine der zahllosen Türen zu beiden Seiten des Ganges öffnete sich. Die meisten Sararimänner waren längst zu Hause, und die Sicherheitskräfte des Konzerns schienen auf der anderen Seite beschäftigt zu sein, obwohl die Detonationen inzwischen verstummt waren. Die Helikopter der GreenWarriors hatten wie geplant den Rückflug angetreten. Ob von den für die Sicherheit verantwortlichen Drekheads schon jemand ahnte, daß der Angriff ein Ablenkungsmanöver gewesen war? Pandur schoß dieser Gedanke flüchtig durch den Kopf, aber er verdrängte ihn sofort wieder, weil er die Antwort gar nicht wissen wollte.

Der Querkorridor endete vor einer wuchtigen Stahltür.

»Der Zugang zum Sicherheitsbereich«, flüsterte Jessi.

Das Auge einer Vidkamera war auf sie gerichtet. Festus machte mit seiner Combat Gun ein totes Auge daraus. An der Tür war eine Konsole mit einem ID-Scanner angebracht. Hier kam nur durch, wer sich durch die richtigen ID-Chips ausweisen konnte. Ausnahmen bestätigten die Regel.

Eine der Ausnahmen war Festus. Er traktierte die Tür mit einer gemischten Salve aus seiner Combat Gun. Die Tür schien diese Sprache zu verstehen und sprang auf. Von ihrem Schloß war nicht mehr viel zu erkennen.

Dahinter setzte sich der Korridor fort. Der einzige Unterschied bestand darin, daß die Wände und der Fußboden aus hellblau lackiertem Aluminium bestanden. Trotz eines dunkelblauen Teppichbodenbelags klangen die Schritte hohl. Rechts befanden sich Fahrstuhltüren.

Die Aufzüge waren auch ohne Code zu benutzen, wie Pandur feststellte, als er über das Sensorfeld an der Tür strich. Leuchtzeichen und Geräusche signalisierten, daß die Kabine zu ihnen unterwegs war. Wenig später öffnete sich die Tür des Aufzugs. Die Schattenläufer traten in die Kabine. Festus sicherte weiter zum Korridor hin, bis sich die Tür schloß.

Jessi hatte die Sensortaste für das zweite Kellergeschoß berührt, und der Fahrstuhl setzte sich in Bewegung. Ihre Informationen besagten, daß sich dort in mehreren Büros Buchsen zum Einstöpseln befanden.

Pandur hatte sich sein Cyberdeck umgehängt. Wenn es auch weiterhin keine Komplikationen gab, würde er in wenigen Minuten in die Matrix gehen. Zum erstenmal wieder seit mehr als zwei Jahren. Er wußte nicht, was ihn an Ice erwartete, aber er rechnete mit allem. Immerhin bestand eine gewisse Aussicht, daß er hier im Innern des Chilehauses nicht mehr auf Schwarzes

Ice treffen würde. Wenn es aber stimmte, daß die AG Chemie mit illegalen Experimenten und Killerviren zu tun hatte, wäre es aus der Sicht des Konzerns geradezu sträflich leichtsinnig, auf Schwarzes Ice zu verzichten. Er drängte den Gedanken daran zurück. Bald würde er schlauer sein.

Die Fahrstuhlkabine bremste, kam zur Ruhe, und die Tür schnellte auf. Vor ihnen standen zwei Konzernmänner mit umgehängten Sturmgewehren, die auf den Fahrstuhl gewartet hatten. Sie waren ebenso überrascht wie die Schattenläufer. Die Männer griffen nach ihren Waffen, aber Festus mit seinen Reflexboostern war um einiges schneller als sie.

Er ließ ihnen keine Chance, klebte sie an die Wände des Korridors. Das makellose Hellblau bekam psychedelisch anmutende rote Tupfer. Ein Muster zum Erbrechen.

Die Runner hasteten durch den Gang, bis sie die erste der Türen erreicht hatten. Sie war verschlossen. Festus ließ seine Combat Gun das Problem lösen. Die Tür sprang auf.

Auf dem vordersten Schreibtisch lag eine nackte Frau mit gespreizten Beinen. Davor stand ein dicker, schwitzender Mann mit hellgrünem Rüschenhemd und heruntergelassener Hose. Was er dort machte, war ziemlich eindeutig. Gemacht hatte, denn das Paar war zu einer absurden Skulptur erstarrt. Die Kleidung der Frau lag überall im Raum verstreut.

»Nur nicht verkrampfen, Leute«, meinte Festus und grinste. »Immer schön cool bleiben. Kleine Pause wird dir guttun, Dicker. Überstunden, wie? Nettes Arbeitsklima, wirklich.« Als der Mann leicht den Kopf bewegte, fuhr der Rigger fort: »Komm ja nicht auf die Idee, irgendwelche Alarmknöpfe zu drücken. Gehört?« Er drückte dem Mann im Rüschenhemd die Combat Gun tief in das Fleisch des Hinterns. Er sah in die weit aufgerissenen, ängstlichen Augen der Frau. »Gilt auch für dich, Lady. Mein Püster ist größer als der von deinem Lover. Und er spendet absolut keine Glücksgefühle. So ka?«

»Spiel dich nicht als Macho auf!« fauchte Jessi den Rigger an. »Genügt doch wohl, daß du den Sararis den Orgasmus versaut hast.«

»Wenn sie lieb sind, tu ich ihnen nichts, und sie können hinterher weitermachen. Wenn die den Nerv haben, trotz Alarmsirene weiterzuvögeln, bringen sie auch den Rest auf die Reihe. Nach dem kleinen Schreck macht es bestimmt doppelt soviel Spaß. Wird für sie die Supernummer des Lebens!«

Pandur hatte sich inzwischen im Raum umgesehen. Außer einem Notebook gab es keinen Computer, und das Notebook war natürlich nicht mit der Matrix verbunden. »Hier kommen wir nicht weiter.«

»Wo steht der nächste Computer, der mit eurem Netz verbunden ist?« fragte Festus und stippte den Mann wieder mit der Waffe an.

Der Sararimann, ein großer Bursche mit leicht angegrautem schwarzem Haar und deutlich älter als die Frau, war völlig von der Rolle. Konnte man ihm nicht verdenken. »Im … im … Raum nebenan«, stotterte.

»Rausziehen«, befahl Festus. »Hose bleibt unten.«

Das Paar trennte sich. Festus richtete die Combat Gun auf die Frau, als sie nach ihrer Wäsche greifen wollte, und schüttelte den Kopf.

»Vorwärts!« Er stieß den Mann leicht mit seiner Waffe an, und die beiden stolperten vor ihm her zur Verbindungstür, die zum benachbarten Büro führte. So unfreiwillig komisch die zwei wirkten, so sehr taten sie Pandur im Grunde leid. Immerhin besaß der Mann genug Geistesgegenwart, sich beim Gehen von seinen um die Füße schlotternden Hosen zu befreien.

Festus schien das alles großen Spaß zu bereiten. Im Moment war er überhaupt nicht der intelligente Rigger, der mit komplizierter Elektronik verschmolz und kom-

214

plexe Maschinen seinem Willen unterwarf. Die Combat Gun im Anschlag, definierte er sich allein durch die Waffe, die Smartgunadapter, die Kunstmuskeln, die Reflexbooster, war nichts weiter als eine hundsgemeine Messerklaue. Straßensamurais waren gegen andere so hart wie zu sich selbst. Und zu sich selbst waren sie verdammt hart.

Die Tür war abgesperrt. Kodiertes Magschloß.

»Erzähle mir bloß nicht, du darfst nicht nach nebenan!« herrschte Festus den Mann an.

Instinktiv griff der Mann in die Brusttasche seines Rüschenhemds. Die Bewegung kam so ruckhaft, daß sie fast die letzte Bewegung seines Lebens geworden wäre. Aber Festus vertraute seinen Reflexboostern und der Smartverbindung zu seiner Combat Gun genug, um abzuwarten, ob der Drekhead eine Waffe hervorzaubern oder einen anderen Trick versuchen würde.

Es war keine Waffe, sondern eine Schlüsselkarte, die der Mann jetzt mit fragendem Gesichtsausdruck hochhielt. Er schien sich der Gefahr, in der er geschwebt hatte, gar nicht bewußt geworden zu sein.

Festus nickte, und der Mann steckte die Karte in den Schlitz des Magschlosses. Die Tür sprang auf. Die Walther Secura im Anschlag, stieß Pandur die Tür weit auf und warf sich in den Raum. Er wirbelte herum. Es gab zwei Schreibtische, einige Monitore, einen Drucker und einen Scanner. Hinzu kam eine Sitzecke mit drei Sesseln und einem kleinen Tisch. Die Schreibtische waren aufgeräumt. Niemand hielt sich in dem Raum auf. Keine Sararis, keine Kongardisten.

»Da haben wir ja schon alles, was wir brauchen«, sagte Jessi, die ihm gefolgt war. Sie deutete auf die Buchsen unter dem Monitor. »Worauf wartest du noch, Chummer?«

Sie schien nicht die Absicht zu haben, ihn in die Matrix zu begleiten. Pandur war froh darüber. Sie wäre nur eine Last gewesen. Ihr Cyberdeck aus der Sonderangebotsecke bei ALDI REAL war kaum der geeignete Passierschein für das Netz der AG Chemie.

Festus winkte die beiden traurigen Gestalten mit der Waffe in den Raum, kam hinterher und schloß die Tür. Das Heulen der Alarmsirenen war nicht mehr so laut und nervtötend. Wenig später riß es ganz ab.

Der Rigger suchte nach einer Strippe, um die beiden zu fesseln, und bediente sich bei den Kordeln der Fenstervorhänge. Jessi kam, um ihm zu helfen, und im Nu waren die beiden, Bauch an Bauch zusammengebunden, zu einem solide verschnürten Paket geworden.

»Keine Sauereien«, ermahnte Festus die beiden. »So was tut man nicht, wenn andere Leute zusehen, verstanden?«

Die beiden hatten alles stumm über sich ergehen lassen, aber jetzt begann die Frau zu schluchzen. Der Mann versuchte sie linkisch zu trösten, indem er sie auf die Wange küßte. Viel mehr konnte er sowieso nicht tun.

Währenddessen hatte Pandur sein Cyberdeck in Position gebracht. Er stöpselte sich ein.

Vor zwei Jahren war Pandur zuletzt im Netz gewesen. Er hatte sich geschworen, nie wieder in die Matrix zu gehen. Er wollte nicht mehr in den Schatten laufen, er hatte die Schnauze voll von allem, sogar von der virtuellen Realität.

Und jetzt befand er sich wieder dort, wo er vor zwei Jahren aufgehört hatte.

Rückkehr aus Einsicht ist eine lobenswerte Sache. Rückkehr, weil alle anderen Wege verbaut sind, ist deprimierend. Eines Tages würde sich vielleicht einer erinnern, der alles überlebt hatte. »Da gab es noch einen Chummer«, *würde er sagen.* »Einen Thor Walez, der sich auch Pandur nannte. Er tauchte hinein in die Schatten. Er befreite sich von den Schatten. Er tauchte wieder hinein. Und dann verschlangen ihn die Schatten. Ja, Leute, das war dieser Walez. Er hat's eben nicht geschafft.«

Und plötzlich befand er sich auf dem Weg. Es gab kein Zurück mehr, kein Zögern, kein Grübeln, kein Wehklagen, keine Grabreden, keine Legenden, die in fernen Zeiten an Lagerfeuern der verfallenen und überwucherten Megaplexe von Hunden und Robotern erzählt wurden.

Keine Zeit für Spinnereien! Alles Drek, Shit! He Chummer, wir haben es hier mit perfekter Kontrolle von HighTech zu tun, mit elektronisch gesteuerten Abläufen, mit HighTech pur, mit HighTech in selbstgekrönter Herrlichkeit, mit dem Kosmos, der sich selbst erschaffen hat.

Und wo bleibt der Spaß, die Romantik, die Abenteuerlust?

Abenteuerlust? Spaß? Romantik? Drek, Shit! He Chummer, was soll denn das sein? Eine nicht zu definierende Ansammlung von Elektronen? Unfug, Quark! Hier ist alles klar definiert! Sogar der Tod! Er ist ein Meister aus Elektronen.

Der Bob war schon auf der Bahn. Raste hinein in das gleißende Eis, in die schimmernde Röhre, wurde hineingesogen, hindurchgepreßt und auf der anderen Seite wieder ausgespuckt.

Da war er nun. Ein Decker namens Pandur in der Matrix. Er war… Irgendwie war er zu Hause, fand er. Es hatte sich nichts verändert. Die gute alte Matrix. Zwei Jahre hatten sie nicht verändert. Zwei Jahre hatten nur Thor Walez verändert. Hatten Pandur aus ihm gemacht. Und jetzt spazierte Pandur in der Matrix herum, mit den Erinnerungen von Thor Walez.

Ja, er war zu Hause, und er hatte nichts verlernt. Draußen, in der anderen Welt, wirbelten seine Finger über die Tastatur des Cyberdecks, luden Utilities ein, luden seine Persona hoch. Aus der unscheinbaren weißen Pyramide, die sein Ego in diesem Kosmos darstellte, wurde ein alter Indianer. Ein Indianer mit einem Umhang, der eine gleißende, liegende Acht zeigte. Ein Indianer, der ein zweites Gesicht hatte, die Maske eines Roboters.

Ja, Walez-Pandur, das bist du. Schon vor Jahren hast du geahnt, daß zwei Personen in deiner Brust wohnen. Nimm es hin. Nimm dich an. Dir bleibt sowieso nichts anderes übrig.

Pandur spürte, daß sich eine tiefe Ruhe in ihm breitmachte. Es gibt Menschen, die Ruhe ausstrahlen, weil sie in sich selbst ruhen und dies nach außen vermitteln. Hier war es umgekehrt. Er hatte das Gefühl, das ihn ein Kosmos umgab, der in sich selbst ruhte und auf ihn abstrahlte. Er wußte, dieser Eindruck war flüchtig. So flüchtig wie in der Welt draußen das träge Dösen in der Sonne – bevor der Löwe zum Sprung ansetzt. Er befand sich nicht in einem Paradies. Er war Jäger und Gejagter. Später. Vielleicht schon bald. Aber nicht jetzt, nicht in diesem Moment. Er hatte sich selbst etwas vorgemacht. Von wegen Schnauze voll. O ja, er hatte die Matrix vermißt. Nicht die Schatten, aber die Matrix. Gut, das eine war für ihn unlösbar mit dem anderen verbunden. Er genoß die Matrix, genoß sich selbst. Abenteuerlust, Spaß, Romantik? Alles vorhanden. Meistens verschüttet, aber manchmal brach es hervor. Er war erleichtert. Erst jetzt begriff er, daß er Angst davor gehabt hatte, wieder in das Netz zu gehen. Und er verstand, wovor er Angst gehabt hatte. Angst vor der Angst. Angst davor, er würde wie gebannt auf den Moment warten, in dem wieder Robertis Fratze auftauchte. Angst davor, wieder in der Matrix das Bewußtsein zu verlieren. Angst davor, herauszukommen und auf einer schmierigen Pfütze auszurutschen, die einmal Rose gewesen war. Er wußte, daß ihm all das oder zumindest Ähnliches erneut widerfahren konnte. Aber es war zu einer abstrakten Bedrohung geworden, der allgegenwärtigen Bedrohung des Lebens, die mal Aids, mal Krebs, mal Alzheimer, mal Lungenpilz, mal Gehirnmaden und mal Nervenbrand hieß. Man lebte damit. Solange es einen nicht am Haken hatte, hinderte es einen nicht daran zu leben. Und wenn man den ganzen Shit weit genug in die Ecke schieben konnte, machte der Rest manchmal direkt Spaß.

Dann stürzte er sich hinein in das Labyrinth der Schaltkreise und Knotenpunkte, tauchte in die bunt schillernden Datenströme. Er ließ die signalrote Wabe der SPU hinter sich und jagte den fernen Sonnen entgegen.

Die riesige CPU-Sonne ignorierte er. Pandur ging davon aus, daß er sich bereits in der Computeranlage des abgeschirmten Gebäudetrakts befand. Diese CPU war nur eine von mehreren Zentraleinheiten der AG Chemie, die jeweils durch separate System Access Nodes voneinander abgeschirmt waren. Trotzdem glaubte er nicht, daß die Logistikcomputer des Megakons leistungsfähiger waren als die Zentralrecheneinheit, die den aktuellen Datenhaushalt dieses Segments verwaltete. Die Kellergeschosse enthielten zu viele Büros, zu viele Sararimänner, die mit Computern arbeiteten. Die Leute waren von der Sicherheit auf Herz und Nieren überprüft worden. Aber die Execs des Megakons würden es nicht zulassen, daß sie direkten Zugang zu den Computern hatten, in denen sich die geheimen Daten befanden. Sie würden diese Computer mit Ice abschirmen, das nur sie allein mit Paßcodes überwinden konnten.

Er ließ sich nacheinander in mehrere SPU-Waben hineintragen, folgte den jeweils breitesten Datenströmen. Die Waben erwiesen sich als ungeschützt. Pandur wußte von vornherein, daß er die gesuchten Daten hier nicht finden würde. Trotzdem nahm er sich die Zeit, die Datenspeicher zu überprüfen, um sicherzugehen. Wie erwartet, befanden sich in den Computern nur niederrangige Dateien der Verwaltung.

Er änderte seine Taktik. Die Logistikcomputer des Megakons waren sicherlich besonders leistungsfähig, aber nicht unbedingt Einheiten, die einen großen Datentransfer aufwiesen. Das Gros der eingehenden und zu speichernden Daten betraf den speziellen Zweck dieser Abteilung. Produktion, Verkauf und Verwaltung wurden vermutlich in anderen Systemen abgewickelt. Vielleicht befaßte man sich im abgesoffenen Kellertrakt des Chilehauses vorrangig mit Forschung, mit den Rezepturen für die Pillenpresserei, die anderswo betrieben wurde. Aber Pandur war nicht hier, um der AG Chemie geheime Mittelchen gegen Schweißfüße oder Hämorrhoiden zu stibitzen. Er wollte die Mittelchen, die auf die geheime Globalstrategie abzielten, sowie ausgearbeitete Pläne und verwirklichte Umsetzungen dieser Pläne. Der Zugang zu diesen Daten war den Execs vorbehalten und spielte in den Datentransfers der AG Chemie keine große Rolle. Er mußte also nicht den breiten Strömen, sondern den kleineren folgen, unter diesen wiederum den besonderen. Pandur überlegte. Wenn ein Exec geheime Daten benötigte, dann forderte er sie vermutlich mit einer leistungsfähigen Einheit an, aber es kam nicht zu einem längeren Datenaustausch. Kleine, aber stetige Datenströme konnte er ausklammern. Sie betrafen unterrangige SPUs, die mit lokalen Steuerungsaufgaben befaßt waren und einen Datenaustausch auf gleichbleibendem Niveau vornahmen. Seine SPU mußte Ausgangs- oder Zielpunkt von Datenströmen sein, die plötzlich anschwollen und ebenso plötzlich wieder verebbten.

Mit seiner neuen Strategie hatte er auf Anhieb Erfolg. Er bemerkte in einem der regenbogenfarbenen Datentunnel das Pulsieren einer blaßblauen Ader, die von einem Moment zum anderen anschwoll und sich wie ein Sturzbach auf eine der weiter entfernten SPUs zubewegte.

Pandur ließ sich in den pulsierenden Strom hineinfallen und an das Ziel dieser Daten tragen. Bevor der Strom in die Ziel-SPU einmündete, sprang Pandur hinaus, um die Wabe in Augenschein zu nehmen. Der Datenfluß versiegte. Die Wabe lag rotgelb schimmernd vor ihm, verwaist, trügerisch inaktiv.

Pandur lud ein Maskenutility ein. Er wählte sein bestes Schleicherutility. Sein Icon verschwand und wurde durch einen schwarzgekleideten Mann ersetzt, der eine Kopfmaske trug. Nur die Augen waren zu sehen. Eine Spielerei wie das Indianer-Icon. Sehen und würdigen konnten es nur andere Decker, die sich im System aufhielten. Wenn das Schleicherutility seinen Zweck erfüllte, würde das Zugangs-Ice ihn nicht als schwarzen Mann, sondern überhaupt nicht wahrnehmen.

Er driftete mit den schmalen Datenströmen, die Routineabgleichungen mit anderen Einheiten des Systems entsprangen, in den Knoten hinein. Die AG Chemie hatte sich nicht die Mühe gemacht, ihn für die virtuelle Realität besonders phantasievoll herauszuputzen. Er stellte sich als eine nüchterne sechseckige Kammer dar, in der Tausende von Energieblitzen an den Wänden, der Decke und dem Boden entlanghuschten und über Schaltkreissegmente hinwegzüngelten.

Beim Ice hatte man sich mehr Mühe gegeben.

In der Mitte der Kammer hing ein weiß schimmerndes Spinnennetz. Weißes Ice. Über das Netz eilten geschäftig Hunderte von Spinnen, schienen jeder Bewegung nachzugehen, glotzten mit riesigen, aufmerksamen Augen die Datenströme an. Graues Ice. Wenn das Netz irgendwo berührt wurde oder die Spinnen auf andere Art aufmerksam wurden, wurde Alarm ausgelöst.

Die Maschen des Netzes waren groß genug, die Datenströme passieren zu lassen, aber zu eng für den schwarzen Dieb. Aber Pandur war mit seinem Latein noch nicht am Ende. Er modifizierte seinen Schleicher. Der Dieb wurde zu einem schwarzen Speer oder besser einer Nadel, in deren Kopf sich die Augen befanden. Mühelos bewegte sich die Nadel durch eines der Löcher, von Pandur so gesteuert, daß sie mit dem klebrigen Netz nirgendwo in Berührung kam.

Eine der Spinnen schoß auf ihn zu und beäugte ihn, als er gerade den Kopf durch das Netz gesteckt hatte. Sie schien sich für seine Augen zu interessieren. Pandurs Finger jagten über die Tastatur. Rauch legte sich um seine Augen. Er sah die Spinne nicht mehr, aber die Spinne konnte sich auch nicht länger über seine Augen wundern. Als der Rauch sich auflöste und Pandur die Sicht freigab, hatte er das Netz passiert. Die Spinne bewegte sich zu einer anderen Stelle des Netzes, um besonders intensiv leuchtende Datenmengen anzuglotzen.

Pandur hatte gerade genug Zeit, um erleichtert aufzuatmen. Dann sauste aus dem Nichts ein Schwarm von durchsichtigen Mollusken, Pantoffeltierchen nicht unähnlich, auf ihn zu und hüllte ihn ein. Er hatte so etwas bisher noch nicht gesehen. Es schien weder Weißes noch Graues Ice zu sein, Schwarzes Ice erst recht nicht. Aber was zum Teufel stellten diese Mollusken dann dar? Die Mollusken schwirrten um ihn herum, ohne ihn zu berühren. Es waren Tausende. Pandur war verwirrt und wußte nicht, was er tun sollte. Plötzlich stellte er fest, daß die Einzeller sich zu verändern begannen. Jeder einzelne von ihnen verwandelte sich in eine schwarze Nadel mit Augen.

Die Mollusken kopierten ihn!

Es mußte sich bei dem Schwarm um ein besonderes Aufspürprogramm handeln. Aber es reagierte nicht wie Aufspürprogramme. Da keine direkte Gefahr drohte, verzichtete Pandur darauf, Kampfutilities hochzuladen, um den Schwarm zu vernichten. Damit würde er sich dem irgendwo lauernden Schwarzen Ice offenbaren. Genausogut konnte er eine riesige Zielscheibe vor sich hertragen.

Der Schwarm enthob ihn der Arbeit, die eines seiner Kampfutilities nicht besser hätte verrichten können: Er platzte auseinander, als sei ein Torpedo in ihn hineingefahren und in seiner Mitte explodiert. Tausende von

Mollusken spritzten in ebenso viele Richtungen davon. Die meisten wurden von den Blitzen an den Wänden der Kammern aufgesogen, viele blieben im Spinnennetz hängen und wurden von den herbeieilenden Spinnen blitzschnell geborgen und weggeschleppt. Andere schossen durch die Löcher des Netzes und dann aus dem Knoten hinaus.

Pandur registrierte, daß kein Barrieren-Ice herunterfiel und kein Alarm ausgelöst wurde. Der Abtransport der in kleine schwarze Nadeln verwandelten Mollusken schien für die Spinnen, die das Graue Ice verkörperten, eine Routinearbeit zu sein. Nervöse Finger tanzten auf den Tasten, die seine Kampfutilities aktivierten.

Kein Grund zur Panik! Nichts ist passiert!

Aber es war etwas passiert. Pandur versuchte den Sinn dieser Aktion zu verstehen, die Bilder der virtuellen Realität, die ihm die BTL-Chips seines Cyberdecks in den Kopf projizierten, in einen Prozeß der Datenverarbeitung zurückzudenken. Das System besaß jetzt Tausende von Kopien eines Eindringlings, der vom Ice nicht als Gegner angesehen wurde, aber die Neugierde dieses neuen Programmelements erregt hatte. Das fremde Objekt war kopiert und damit gespeichert worden. Wozu? Systemanalytiker würden nach dem Run auf die Aufzeichnungen stoßen und sich ein Bild von dem Eindringling machen können. Aber was half ihnen eine schwarze Nadel mit Augen? Es waren nicht Pandurs Augen. Eine Retinavergrößerung zeigte ihnen nichts als gleichmäßige Rasterpunkte ohne jede besondere Charakteristik.

Wozu also?

Dann fiel Pandur ein, welche Aussage die schwarze Nadel mit den Augen machen konnte. Eine ganz naheliegende Aussage. Sie verwies auf ein sehr spezielles, maßgeschneidertes Schleicherprogramm, das einzig und allein Thor Walez besaß! Normalerweise hätte sich Pandur nach dieser Erkenntnis wichtigeren Dingen zugewandt, denn daß Thor Walez ein solches Programm besaß, wußte eben nur Thor Walez. Andere konnten von diesem Spezialschleicher nicht auf ihn schließen. Aber nach dem, was Pandur vor zwei Jahren in der Matrix selbst erlebt hatte, kamen ihm Zweifel. Er hatte keine Garantie dafür, daß er allein wußte, was in seinem Cyberdeck steckte. Es war durch andere Hände gegangen. Axa hatte ihn manipuliert, als er in der Matrix war. Was hatte er über sein Cyberdeck gewußt? Aber Axa war tot. Ein anderer lebte jedoch. Der irre Magier, der ihn mit Dumpy süchtig gemacht und zu dem Run auf Renraku gezwungen hatte. Er hatte Pandurs Sachen aus dem Versteck bei Pjatras holen lassen, auch das Cyberdeck. Er und seine Spezialisten hatten Zeit genug gehabt, sich damit vertraut zu machen.

Pandur hatte als neuer, jungfräulicher Decker in die Matrix zurückkehren wollen. Als Pandur, nicht als Thor Walez. Er mußte sich jetzt mit dem Gedanken vertraut machen, daß man den Eindringling als Thor Walez identifizieren konnte, wenn man die richtigen Leute befragte. Normalerweise hätte er den verrückten Magier als Gegner der AG Chemie eingestuft, der seine Informationen nicht mit dem Megakon teilen würde. Aber die Jagd, die nach dem Renraku-Run eingesetzt hatte, und die vielen merkwürdigen Vorkommnisse jener Tage hatten ihn unsicher werden lassen. Er sah keine klaren Fronten mehr.

Ihm gefiel nicht, daß seine Identität so durchsichtig geworden war. Tupamaro, Druse, die unbekannten Jäger auf der Jacht, Freda, jetzt vielleicht die AG Chemie – sie alle wußten, wonach sie suchen mußten, wenn sie Thor Walez haben wollten: nach einem Decker namens Pandur. Das hatte er sich anders vorgestellt.

Dann sah er den riesigen schwarzen Adler am Ausgang des Knotens kreisen. Schwarzes Ice! Wie nicht anders zu erwarten.

Und das Schwarze IC hatte ihn schon entdeckt. Der Adler flog auf ihn zu, und es sah nicht so aus, als wollte er sich den Hals kraulen lassen.

Dieses Mal halfen Pandur die Maskenutilities nicht die Bohne. Aber Thor Walez hatte sich seinen Ruf nicht mit Maskenutilities erworben. Er besaß so ziemlich die besten Kampfutilities, die erhältlich waren, zusätzlich modifiziert für seine speziellen Bedürfnisse von einem befreundeten Cyberware-Experten. Hinzu kam eine erstklassige elektronische Reaktionsverstärkung. Das Schwarze Ice war gefährlich und schnell, aber Pandar war gefährlicher und schneller. Blitzschnell lud er die Maskenutilities aus der Onboard Memory und jagte den Ritter mit dem Lichtschwert aus der Speicherbank ins Onboard. Als der Adler mit geöffneten Greifklauen auf ihn herabschoß, ließ der Ritter das Schwert blitzartig nach oben schnellen und schnitt das Schwarze IC sauber in zwei Teile. Es gab einen Blitz, und dann verpufften die Reste des Adlers.

Pandur sah sich nach weiteren Gegnern um, aber offensichtlich hatte es nur dieses eine Schwarze IC gegeben. Pandur spürte fast so etwas wie Verachtung. Der Adler hatte ihn vor keine große Aufgabe gestellt. Die AG Chemie schien sich sehr sicher zu sein, daß niemand in ihren Geheimkeller gelangte, und hatte nur halbherzig Schwarzes Ice installiert. Vielleicht diente es den Konzerndeckern als Jagdwild, wenn sie Lust hatten, ihre Reflexe zu testen.

Der Wunsch, sich an der AG Chemie zu rächen, war von den praktischen Erfordernissen tief in seinem Inneren verdrängt worden. Aber jetzt spürte er ein leichtes Bedauern, daß sie ihm nicht ein mächtiges, bizarres Schwarzes Ice geschickt hatten. Er hätte es ihnen mit Freuden in tausend Stücke gehauen.

So schnell der Gedanke aufgetaucht war, so schnell hatte ihn Pandur wieder verbannt.

Er tauschte die Kampfutilities gegen sein Indianer-

Icon aus: Die Zeit der Masken war vorbei, der Alarm war ausgelöst. Er mußte sich beeilen. Anders als bei Jacobi war das Auslösen des Alarms kein Fauxpas. Die Auftraggeber hatten damit gerechnet, die Runner auch. Sie saßen in einem aufgescheuchten Termitenhaufen. Der zusätzliche Alarm konnte nicht mehr bewirken, als ohnehin längst wegen der gesamten Sicherheitslage eingeleitet worden war: Kongardisten und Sicherheitsmänner waren unterwegs, durchkämmten die Stockwerke, die einzelnen Räume. Die Runner würden mit den Drekheads zusammentreffen. Oder auch nicht. Das Chilehaus war groß. Sie benötigten ein bißchen Glück. Besser wäre allerdings ein bißchen mehr davon.

Ob das Ziel des Runs überhaupt erreicht werden konnte, entschied sich allerdings sofort. Wenn Pandur nicht den Computer mit den Geheimdaten erwischt hatte, blieb nicht genügend Zeit für einen neuen Anlauf. Er konnte sich jedoch nicht vorstellen, daß man einen unwichtigen Knoten mit Weißem, Grauen und Schwarzem Ice sowie diesen kopierwütigen Spürnasen versah.

Er sprang hinein in den Datenspeicher, lud seine Sensorutilities hoch. Mit einem Schmökerprogramm prüfte er die Datenblöcke, wehrte wie beiläufig mit einem Entschlüsselungsprogramm Wirbel-IC ab, bevor es die Daten unbrauchbar machen konnte. Es war alles vorhanden, was er suchte. Auch einiges über Vernetzung, Unternehmensstruktur, Risikofinanzierungen, Kapitalfestlegungen. Bestens geeignet für sein neues Interessengebiet. Stichprobenhaft prüfte er das Material, bevor er es kopierte. Hochinteressantes Material! Er mußte sich bremsen, um sich nicht festzulesen. Er nahm mehr davon in seinem Kopf auf, als er dies jemals zuvor bei einem Run getan hatte.

Dann stieß er auf etwas, das ihn elektrisierte. Material über Aktivitäten einer Tochterfirma der AG Chemie in Zentralafrika. Was er las, war ungeheuerlich! Er wußte sofort, daß diese Daten von höchster Brisanz waren. Niemand in der Öffentlichkeit ahnte etwas von diesen Dingen.

Pandur war sich bewußt, daß diese Daten eigentlich überhaupt nichts in einem großen Computer zu suchen hatten. Sie waren etwas, das nicht einmal in den Notebooks der Execs Stufe Eins hätte vorkommen dürfen. Diese Informationen trug man selbst im elektronischen Zeitalter nur im Kopf mit sich herum oder, wenn es unumgänglich war, als handschriftliche Notizen in verplombten Aktenkoffern, die Tag und Nacht beaufsichtigt wurden. Er hatte keine Ahnung, was er mit diesen Daten anfangen würde. Für die Medien waren sie wahrscheinlich zu heiß. Pandur glaubte nicht, daß sie sich verkaufen ließen. Aber eines wußte er genau: Ihr Besitz war mehr als nur ungesund. Er brachte den Tod.

Er konnte sich trotzdem nicht entschließen, den Datenblock zu ignorieren. Sobald die AG Chemie bemerkte, daß jemand in ihr Logistiksystem eingestiegen war, würde der Megakon alles daran setzen, den fremden Besucher ausfindig zu machen. Man würde sich nicht mit Mutmaßungen aufhalten. Die Möglichkeit, daß er die Daten besaß oder auch nur gelesen hatte, machte ihn zu einer Gefahr. Die AG Chemie würde diese Gefahr eliminieren wollen. Eliminieren müssen.

Er kopierte den Datenblock und stöpselte sich aus.

Benommen sah Pandur auf, registrierte sich selbst als Decker, der vor einem Computer saß, das Kabel gerade aus der Stirnbuchse gezogen hatte. Er zog das zweite Kabel des Cyberdecks aus der Buchse des I/O-Ports, verstaute Kabel und Cyberdeck im Koffer und hängte sich diesen um. Dann stand er auf.

»Was hast du gefunden?« fragte ihn Festus und trat näher.

»Die gewünschten Daten«, antwortete Pandur. »Wir haben, wofür Schmidt uns bezahlt.«

»Chummer«, sagte Festus gedehnt, »du hast vielleicht schon mitgekriegt, daß Schmidt mir keinen einzigen Ecu zahlt, weil ich keine Ecu haben will. Hast du auch etwas für mich?«

Pandur hatte die Datenströme natürlich nur stichprobenhaft überprüfen können. Aber er wußte genug, um Festus antworten zu können.

»Tut mir leid, Chummer«, sagte er. »Wenn die AG Chemie mit deinen Killerviren zu tun hat, dann stecken die Daten nicht in ihren Logistikcomputern.«

Festus gab sich keine Mühe, seine Enttäuschung zu verbergen. »Und sonst?« fragte er schließlich.

Pandur wußte, was er damit meinte. Er versuchte ein gleichgültiges Gesicht zu machen. »Nichts, Chummer«, antwortete er und wandte sich ab.

Die Gleichgültigkeit war nur eine Maske. Er hoffte, daß der Rigger dies nicht bemerkte. Pandur hatte ihn belogen. Nicht nur in bezug auf den Afrika-Block. Der ging den Rigger nichts an. Er hatte auch Daten kopiert, die Festus interessieren würden. Aber er hielt es nicht für ein gute Idee, sie ihm zugänglich zu machen. Zumindest nicht hier und nicht jetzt.

»Wenn wir wollen, dann können wir«, sagte er lapidar zu Jessi. »Zu eurer Information, falls ihr es nicht bemerkt haben solltet: Ich bin auf Schwarzes Ice gestoßen und habe Alarm ausgelöst.«

»Dann sollten wir in die Hufe kommen«, gab sie ruhig zur Antwort. »Die Drekheads scheinen noch im Südflügel herumzuschwirren. Wir sollten uns ihre Blindheit zunutze machen.«

Pandur nahm die vor der Computerkonsole abgelegte Walther Secura wieder in die Hand.

Festus richtete seine Combat Gun drohend auf das zusammengebundene Pärchen, das sich bisher ruhig verhalten hatte. »Wenn ihr in den nächsten Minuten nicht weiter mucksmäuschenstill seid, komme ich zurück und sorge für Ruhe«, drohte er grimmig nach guter alter Samarai-Art. Er ließ keinen Zweifel daran, wie das gemeint war.

Ob seine Mahnung eindrucksvoll genug gewesen war oder die beiden Sararis sich sagten, daß die paar Ecu, die monatlich ihre Kredstäbe vor dem Verschimmeln bewahrten, Selbstversuche dieser Art nicht einschlossen, blieb unklar. Jedenfalls schwiegen sie. Sie würden es sicherlich auch vorziehen, selbst die Entfesselung zu versuchen, um nicht von anderen in ihrem eindeutigen Outfit entdeckt zu werden.

Die Schattenläufer nickten einander zu. Pandur öffnete die Tür, sicherte und winkte die beiden anderen heraus, als draußen niemand zu sehen war.

Sie eilten zurück zum Fahrstuhl. Die Kabine des rechten Lifts befand sich noch immer auf ihrem Level. Sie fuhren hinauf in das Stockwerk, aus dem sie vorhin gekommen waren. Dieses Mal wartete niemand vor der Lifttür.

Die drei passierten die zerschossene Tür, die den normalen Bürobereich mit dem Sicherheitstrakt verband, und liefen den Korridor hinab.

Pandur sicherte nach hinten ab. Im Grunde traute er dem Frieden nicht. Entweder hatten sie tatsächlich enormes Glück gehabt und waren in der Hektik des Scheinangriffs von GreenWar nicht entdeckt worden – oder der Gegner wußte über sie Bescheid und erwartete sie dort, wo sie unvermeidbar wieder auftauchen mußten, wenn sie das Chilehaus unbemerkt verlassen wollten. Dieser Ort war der mit Jessis Energieball aufgesprengte Zugang zu dem stillgelegten Versorgungsschacht.

In den Köpfen von Jessi und Festus mußten sich ähnliche Gedanken breitgemacht haben, denn die beiden wurden langsamer und hielten schließlich an, als sie das Ende des Korridors erreicht hatten. Festus nickte und sprang, die schußbereite Combat Gun im Anschlag, in den Quergang.

Der Korridor lag genauso verwaist vor ihnen, wie sie ihn verlassen hatten.

»Sieht aus, als kämen wir ohne eine weitere Schießerei davon«, rief Festus und stürmte los, dichtauf gefolgt von Jessi und Pandur.

Das Loch, das sie hinausbringen würde, lag unmittelbar vor ihnen. Plötzlich blieb Festus so abrupt stehen, daß Jessi gegen ihn prallte und Pandur sich zur Seite werfen mußte.

Der Rigger sah die beiden mit toten Augen an. Seine Hände zuckten. »Verdammt, Festus!« schrie Jessi. »Mach keinen Scheiß!«

Pandur wurde schlagartig klar, daß Festus einen weiteren Aussetzer hatte. Und dieses Mal lag er nicht still in einem Schacht, sondern hielt eine erzgefährliche Waffe mit Smartgunadaptern in der Hand.

Die Mündung der Combat Gun bewegte sich von einem zum anderen. Fast hätte Pandur in Panik den Abzug seiner Walther Secura durchgezogen. Aber bevor er sich zu diesem Entschluß durchringen konnte, richtete der Rigger seine Waffe blitzartig nach oben und jagte einige Sekunden lang seinen Munimix in die Decke. Die Kunststoffplatten zersplitterten, und die Reste regneten herab. Der Korridor war nur noch spärlich beleuchtet. Festus hatte den meisten Leuchtstoffröhren hinter den Plastikplatten den Garaus versetzt. Es stank nach verbranntem Kunststoff und Muni. Festus blutete aus mehreren kleinen Wunden. Daß keiner von den dreien durch Querschläger und explodierte Minigranaten ernsthaft verletzt worden war, grenzte an ein Wunder.

Der Körper des Riggers zuckte unkontrolliert. Er riß sich den Haltegurt der Combat Gun von den Schultern und schleuderte die Waffe den Korridor hinunter. Dann sackte er wie ein nasser Sack zusammen.

»Verdammter Jackhead!« fluchte Pandur. »Wenn bisher noch niemand gecheckt hat, daß wir hier sind, dann wissen sie's jetzt!« Trotzdem war er froh, daß er nicht auf Festus geschossen hatte. Der Mann tat ihm leid. Erst recht nach dem, was er in der Matrix gesehen hatte. »Wir müssen blitzartig abtauchen. Was machen wir mit ihm?«

»Faß mit an!« schrie Jessi. »Verdammt, Chummer, faß mit an!«

Sie zerrte an den Armen des Riggers, der jetzt in eine leblose Starre verfallen war.

Dann begann die Musik zum Tanz aufzuspielen. Die Musik bestand aus dem Rattern einer MP, deren Mündung an der nächsten Korridorabzweigung aufgetaucht war. Aus dem Solisten wurde eine hämmernde Band, als sich zwei weitere Konzernwaffen hinzugesellten. Die einfallenden Kontrastimmen von Pandur und Jessi klangen dünn und konnten sich kaum behaupten. Immerhin hielten sie die Schützen mit ihren Schnellfeuerwaffen auf Distanz und hinderten sie daran, gezielte Schüsse abzugeben.

Den Schattenläufern pfiff die Muni um die Ohren. Pandur griff mit einer Hand die Beine des Grauschopfes, feuerte mit der anderen. Jessi zog mit einer Hand an den Armen, feuerte mit der anderen. Irgendwie kamen sie voran, zerrten Festus zum Loch. Die Situation verschärfte sich, als am gegenüberliegenden Ende des Ganges weitere Sicherheitskräfte auftauchten. Mehrere von Kopf bis zu den Zähnen gepanzerte Konzerngardisten schoben sich auf den Gang hinaus, feuerten mit Sturmgewehren. Die Muni aus den leichten Waffen der Schattenläufer vermochte ihnen nichts anzuhaben, und das wußten sie. Zum Glück machte die Panzerung sie langsam.

Jessi tauchte als erste in das Loch hinein und zog den Rigger hinter sich her. Pandur schoß noch und kletterte dann selbst hinein. Fast verwundert stellte er fest, daß er noch immer unverletzt war.

»Das schaffen wir nicht«, keuchte er. »Die werden gleich hier sein und uns verfolgen.«

»Halt die Schnauze!« fuhr ihn Jessi an. »Er wird gleich wieder zu sich kommen.«

»Und wenn nicht?« fragte Pandur.

»Dann lassen wir ihn liegen, und er muß sich selber helfen.«

Stumm schleiften die beiden den Rigger durch den Stollen. An der Öffnung tauchten hockende Figuren auf und feuerten. Pandur duckte sich und schoß mit seiner Secura. Einer der Schützen brach zusammen. Seine Kameraden zerrten ihn von der Öffnung fort. Pandur legte einen weiteren Munistreifen ein und schoß in unregelmäßigen Abständen, bis der Streifen leer war. Dann übernahm Jessi seinen Part und feuerte mit ihrer Caveat.

Die Sicherheitsmänner hatten das Spiel kapiert. Keiner wagte es, sich vor dem Loch zu zeigen oder gar hineinzuklettern. Die gepanzerten Konzerngardisten hätten das Spiel wagen können, aber sie waren zu sperrig und unbeweglich, um in das Loch zu steigen. Pandur und Jessi wußten, daß sie nur eine Atempause gewonnen hatten. Früher oder später würde jemand den Sicherheitsmännern klarmachen, daß ihr Brötchengeber sie nicht dafür bezahlte, daß sie sich in die Klamotten furzten.

Die Runner zogen Festus tiefer in den Stollen und brachten ihn in eine sitzende Position, als sie den nach unten führenden Schacht erreicht hatten. Mehr konnten sie nicht für ihn tun.

»Er hat sowieso keine Chance«, bemerkte Pandur leise.

Jessi wußte sofort, was er meinte. »Was hast du in der Matrix gesehen, Chummer?«

»Daß es tödlich ist«, gab Pandur zurück. »Es sei denn ...«

Eine kunstmuskelverstärkte Hand umklammerte seine Kehle. Der Rigger war wieder zu sich gekommen.

»Es sei denn – was, Chummer?« fragte er lauernd. »Warum hast du mir nicht die Wahrheit gesagt?«

232

»Pfoten weg!« fuhr ihn Jessi scharf an. »Laß ihn gefälligst zufrieden und setze deinen Arsch in Bewegung! Du hast uns schon genug Scherereien gemacht!«

Der Rigger gehorchte und legte wie die beiden anderen die zurückgelassenen Schwimmfüße an.

Pandur rang keuchend nach Luft. Er war wütend über den Angriff, obwohl er andererseits nachempfinden konnte, was in Festus vor sich ging.

»Na schön, du verdammter Chiphead«, knurrte er. »Ich sage dir, was ich weiß. Der Shit, den du dir in den Schädel geschoben hast, war nicht von der AG Chemie, aber man weiß dort, daß es so was gibt und wer es macht: Mitsuhama CT in Prag. Es führt innerhalb von drei Monaten zum Tode – es sei denn, du bringst die Mitsu-Docs dazu, dich wieder hinzubiegen. Und davon wirst du sie nicht so leicht überzeugen können. So, nun kannst du dir selbst ausrechnen, wieviel Zeit dir noch bleibt.«

Der Rigger reagierte erstaunlich ruhig. Er wirkte sogar erleichtert.

Er sah auf, als an der fernen Öffnung Geräusche zu hören waren. Diesmal zuckte seine Hand kontrolliert hoch, brachte die Combat Gun in Stellung und jagte alles, was er noch hatte, in den Stollen. Erstickte Schreie waren das Echo.

Festus senkte die Waffe, schien sich kaum bewußt geworden zu sein, was er getan hatte. Das war sein Job. Er tat, was er tun mußte, ohne groß darüber nachzudenken. Seine Gedanken waren ganz woanders.

»Danke, Chummer«, sagte er und drückte Pandur die Hand. »Tut mir leid wegen vorhin. Jetzt weiß ich wenigstens, woran ich bin. Ich hab' wahrscheinlich noch ein paar Wochen Zeit – und ein Ziel!« Er wandte sich Jessi zu. »Ihr könnt unbesorgt sein, ich bringe euch sicher im Delphin zurück. Zwei Anfälle in einer Stunde sind die Ausnahme. Jetzt habe ich erst mal wieder ein paar Tage Ruhe.«

Er streifte die Atemmaske über und sprang als erster in die dunkle Brühe hinab. Jessi und Pandur folgten ihm. Erst durch den Versorgungsschacht, dann hinaus aus dem Chilehaus und zurück zu dem Gebäude, wo sie den Delphin zurückgelassen hatten. Niemand folgte ihnen, niemand versuchte sie aufzuhalten.

Als der Rigger, ruhig und souverän, als sei überhaupt nichts passiert, den Delphin in die Außenalster hinaussteuerte, wurde Pandur ganz allmählich bewußt, daß er wieder einmal, für den Moment, die Schatten hinter sich gelassen hatte.

7. KAPITEL

›Let's Spend the Night Together‹

Chronologie der Hamburger Geschichte seit der Jahrtausendwende (2):

2012 – Auch Hamburg wird mit magischen Phänomenen konfrontiert. Vor allem Wasserelementare treiben in den überfluteten Gebieten ihr Unwesen. Erdgeister verursachen unter Altona Geländeabsenkungen, die zu Überflutungen bisher über dem Wasserspiegel liegender und sicher geglaubter Gebiete führen. In Norddeutschlands Medienstadt häufen sich die Berichte von paranormalen Tieren in den Harburger Bergen und im Sachsenwald. Von dort wird auch über das Auftreten von Natur- und Elementargeistern berichtet. Die ersten Kinder von UGE werden in Hamburg geboren. Die Universitätsklinik Eppendorf nimmt sich ihrer an und beginnt mit intensiven Forschungen. Die bei der Flutkatastrophe fast vollständig zerstörte Insel Wilhelmsburg wird, nach Beschluß des Hamburger Senats und unter Einfluß diverser Großkonzerne, zur Gefängnisinsel umgebaut.

2017 – Sergius Hergheim verkündet bei einer Sitzung des Hamburger Senats, daß er als Vertreter des Druidenzirkels ›Heilige Quelle‹ das Gebiet um Trittau, Reinbek und Geesthacht wie auch den gesamten Sachsenwald für sich beanspruche. Die in diesem Gebiet liegenden Orte seien innerhalb eines Monats zu verlassen. Nachdem er diese Botschaft verkündet hat, verwandelt er sich vor den Augen der Anwesenden in ein Einhorn und galoppiert in das besagte Gebiet. Die Stadt Bad Segeberg wird wenige Tage nach Ablauf der Frist durch ein Erdbeben zerstört.

2019 – Das Großgefängnis Wilhelmsburg wird eingeweiht. 4.000 Häftlinge aus ganz Deutschland werden auf der Insel (in der Bevölkerung meistens ›Big Willi‹ genannt) untergebracht. Hamburg profitiert von den Einnahmen der Inselfabriken, in denen die Häftlinge arbeiten müssen.

2021 – Der Beginn der Goblinisierung im April führt bald zu heftigen Straßenkämpfen, als sich viele Parteien und Verbände dafür aussprechen, die Metamenschen in geschlossene Lager einzuweisen. Viele Orks und Trolle, aber auch Elfen und Zwerge fliehen in das Druidenland des Sachsenwaldgebietes, als sich im folgenden Jahr die Angriffe auf sie immer mehr verstärken. Hamburg sieht sich gezwungen, die Metamenschen in das Druidenland umzusiedeln und damit anzuerkennen. Die zweite VITAS-Welle fordert weitere 60 000 Menschenleben. Am 29. Mai zerstört der Wasserdrache Kaltenstein etliche Großtanker und Passagierschiffe sowie den gesamten Petroleumhafen. Dieser Akt soll nur ein kleiner Teil der Vergeltung für die Verseuchung der Nordsee gewesen sein.

2028 – Der NDR richtet als einer der ersten deutschen Sender experimentelle SimSinn-Studios ein.

Dr. Natalie Alexandrescu:
Hamburg, Venedig des Nordens,
Deutsche Geschichte auf VidChips,
VC 5, Erkrath 2051

Der Rigger ließ den Delphin auftauchen, um die heiße, stickige Innenluft gegen die Luft über der Außenalster auszutauschen. Es stank draußen, aber es war kühl. Pandur war verschwitzt wie die anderen und genoß es, wieder frei durchatmen zu können.

»Unnötiges Risiko«, kritisierte Jessi den Rigger. »Wir haben es nicht mehr weit.«

»Muß meine Rübe abkühlen«, erwiderte Festus.

Jessi schwieg. Wahrscheinlich dachte sie das gleiche wie Pandur. Besser das Risiko, entdeckt zu werden, als ein neuer Aussetzer des Riggers.

Sie fuhren ohne Positionslampen und dümpelten im

Schatten einer unbeleuchteten Wohnhausruine. Laserlicht jagte über den Horizont, wo die Innenstadt lag. Die anderen Lichter des Megaplexes umgaben sie in einem weiten Halbrund, als würden sie sich mitten in einer Arena befinden, in dem die Besucher auf den Rängen Streichhölzer abbrannten. Die Lichter brachen sich in den trüben Fluten, waren aber zu weit entfernt, um dem Licht des Mondes Konkurrenz zu machen. Kopter kreisten in der Innenstadt, etwa dort, wo das Chilehaus lag. Auf der Außenalster war es jedoch ruhig. Keine Kopter. Zwei kleinere Boote bewegten sich langsam von ihnen weg.

»Unser Depot«, sagte Jessi und deutete nach vorn, wo sich ein weiterer, von Ruinen gesäumter Fleet befand.

»Wirklich nur noch ein Katzensprung«, meinte Pandur. Er erkannte die Gegend wieder, obwohl er sie bei der Abfahrt nur flüchtig auf dem Vidscreen gesehen hatte.

Das Haus, in dem sich das Depot befand, besaß von außen den robusten Charme eines häßlichen, grauen Betonbunkers. Der Keller und zwei Stockwerke standen unter Wasser. Was darüber hinausragte, zeigte sich als schmuckloser Betonklotz, drei Stockwerke hoch, leere Fensterhöhlen, zugig und kalt. Sah nach einem ehemaligen Bürohaus aus. Kein großer Verlust für das Stadtbild, wenn der ganze Bau abgesoffen wäre, aber er hatte sich in der Großen Flut behauptet.

In der Nähe gab es weitere ungenutzte Häuser, die meisten schwer beschädigt, die oberen Stockwerke zerschossen oder weggesprengt, kaum noch für irgend etwas zu gebrauchen. Die Häuserzeile wirkte wie ein von Karies zerstörtes Gebiß, in dem nur dieser eine Zahn noch Nüsse knacken konnte.

»Sieht aus wie nach einem Bombenangriff«, sagte Pandur, während der Rigger die Kuppel des Delphin wieder schloß und auf Tauchstation ging.

»Sieht nicht nur so aus, Chummer«, antwortete Jessi. »In Winterhude und speziell hier am Osterbekkanal gab es in den späten Dreißigern eine Schlacht zwischen anarchistischen Stadtguerillakämpfern und einer Senatsflotte. Damals wurde der Senat von den Konservativen und den Ultrarechten gebildet. Und das, obwohl die Anarchisten schon in der Bürgerschaft vertreten waren und immer stärker wurden. Gab überall in der Stadt reichlich Zoff, aber hier besonders. Raketenwerfer und schwere Geschütze auf beiden Seiten. Am Ende mußten die Anarchisten flüchten, aber sie haben zähen Widerstand geleistet.«

Während sich der Delphin dem Ziel näherte, sah Pandur auf den Frontscreen. Zwei der traurigen Ruinen bildeten zusammen mit dem Depotgebäude ein U, dessen offene Seite im Schatten eines weiteren Hauses lag. Dies hatte den Vorteil, daß die Michel Standard, die im verstecktesten Winkel dieser Häusergruppe ankerte und zusätzlich mit einem Tarnnetz abgedeckt worden war, nur zufällig entdeckt werden konnte. Tatsächlich befand sich das Boot noch an Ort und Stelle.

»Später wickelten die Hovercraftpiraten und Hehlerbanden ihre Geschäfte gern in dieser Gegend ab«, fuhr Jessi fort. »Aber die Grenzschützer haben die Zufahrtskanäle abgeriegelt. Deshalb hat sich diese Szene nach St. Pauli und in die Speicherstadt verlagert. Die Osterbek ist auch zu nahe dran am Alsterpalast und an den Mundsburger Türmen. Zuviel Publikum aus der Oberschicht, zu viele Sicherheitsdienste, zu viele reiche Ärsche, die mit ihren Privatbooten auf der Alster herumgondeln. War immer die Rede davon, dieses Viertel zu sprengen und ein weiteres Luxuscenter auf Pfählen ins Wasser zu bauen, aber bisher sind alle Investoren wieder abgesprungen.«

»Ist Winterhude nicht auch das Revier von Navaria?« fragte Pandur. Einige wenige Nixen gehörten zu den Erwachten Wesen der Sechsten Welt, und unter den Piraten wurde erzählt, eine davon lebe in den Hamburger Gewässern. »Ich würde gern mal eine leibhaftige Nixe sehen.«

Jessi lachte. »Nixen scheinen die Phantasie von Männern irgendwie auf Trab zu bringen. Warum eigentlich? Ihr könnt sie doch nicht mal bumsen.«

»Aber schöne Titten haben sie«, behauptete Festus. »Jedenfalls in den Abbildungen der alten Märchenbücher.«

»So ka, für dich sind alle Arten von Frauen allein durch Titten definiert«, gab Jessi ärgerlich zurück. Sie wandte sich wieder Pandur zu. »Navaria lebt im Feenteich, ein gutes Stück weiter weg, in Uhlenhorst. Sie kann dort leben, weil das Wasser von einer unterirdischen Quelle gespeist wird. In der Außenalster würde sie sich bestimmt nicht wohlfühlen, und hier im dreckigen Kanal schon mal gar nicht. Navaria ist okay und arbeitet manchmal mit den Ökogruppen zusammen. Aber sie liebt ihre Zurückgezogenheit und zeigt sich selten.«

»Hast du schon mal mit ihr zu tun gehabt?«

»Nein, wenn überhaupt, dann zeigt sie sich nur Irdina, einer alten Schamanin, die seit vielen Jahren mit ihr in Kontakt steht.«

»Was hat Navaria außer Titten zu bieten?« Pandur mußte unwillkürlich an Tungrita denken. Die Erwachten Wesen lebten um sie herum, aber das schien die Menschen wenig zu kümmern. Es gab sogar Leute, die das Vorhandensein solcher Wesen noch immer leugneten. Und die wirklich Machtvollen unter den Erwachten interessierten sich zu wenig für die Menschen, um daran etwas ändern zu wollen. Sie folgten ihren eigenen Lebenswegen und Zielen und griffen nur ein, wenn sie sich von den Menschen gestört fühlten.

»Sie hat genug drauf, um ihre Feinde von ihrem Domizil fernzuhalten«, sagte Jessi spröde. »Drek, warum freuen wir uns eigentlich nicht darüber, daß all unsere

Märchen und Legenden wahr geworden sind? Warum können wir nicht einfach staunen, so wie kleine Kinder es tun? Über Nixen zum Beispiel. Über die ganze Vielfalt der Natur. Was machen wir statt dessen? Wir vernichten die Natur, wo wir nur können. Und wenn wir es mit Erwachten Wesen zu tun bekommen, fragen wir sofort nach ihren besonderen Kräften...« Sie unterbrach sich. »'tschuldigung, war nicht persönlich gemeint, Chummer.«

»Hab' schon kapiert.« Pandur fühlte sich trotzdem angesprochen.

Festus steuerte den Delphin in die Öffnung, die zum Depot führte.

Die Runner waren vom Ankerplatz des Delphin unterwegs zum Versteck der GreenWarriors, das sich irgendwo in diesem Gebäude befand. Ihre Schwimmanzüge hatten sie im Delphin gelassen. Sie trugen wieder die Kleidung, in der sie gekommen waren.

Jessi führte die beiden Männer zielsicher durch die Überreste des Gebäudes. Zunächst ging es zwei Stockwerke nach oben, dann wieder eines hinab. Sie schien sich bestens auszukennen.

Sie erreichten das Ende der Treppe und einen Gang. Es sah genauso aus wie zuvor im Treppenhaus. Die ehemals gelbe Farbe war von Sickerwasser und den durch das Gebäude jagenden Winden verwittert und zum größten Teil abgeblättert. Auf dem Boden hatten Staub und Dreck der vergangenen, wenig glorreichen Jahrzehnte eine dicke Kruste gebildet. Breite Risse durchzogen den Beton. Irgendwo tropfte Wasser, als hätte der letzte Bewohner den Hahn nicht fest genug zugedreht.

Jessi blieb vor einem Raum in der Mitte des Korridors stehen. Er unterschied sich von den anderen dadurch, daß die Türöffnung von innen mit grauer Plastikfolie verklebt war, die in der Mitte geschlitzt war, um den Zugang zu ermöglichen.

Der Raum war fensterlos und dunkel. Jessi schlüpfte als erste durch den Spalt, zauberte eine Stablampe unter ihrem Sweatshirt hervor und ließ den Lichtkegel durch den Raum wandern. Allerlei Gerümpel lag über den Fußboden verstreut: leere Flaschenkisten aus Kunststoff, Reste der Plastikfolie, mit der die Türöffnung verklebt worden war, ein in der Mitte auseinandergebrochener Plastikschreibtisch, zwei ausgeweidete leere Gehäuse, in denen sich einst 2DTV-Geräte befunden hatten, Plastikkörbe, die Kufen eines Katamarans, Reste der Decksverkleidung. Der Raum wirkte wie eine Abstellkammer, in die jemand alles hineingestopft hatte, was in den anderen Räumen herumlag.

Zielstrebig kletterte Jessi über den Müll zur Ecke des Zimmers und räumte eine dort liegende Plane ab. Darunter kam ein Loch zum Vorschein, das der Architekt an dieser Stelle nicht vorgesehen hatte. Die Decke zum darunter liegenden Geschoß war aufgestemmt worden. Eine Strickleiter baumelte in der Öffnung. Sie bestand aus Kunststoffseilen und Alumiumstreben. Unten war es genauso dunkel wie oben.

»Hier geht's runter«, sagte Jessi. Sie wartete, bis die beiden Männer über das Gerümpel hinweggestiegen waren, und kletterte dann die Leiter hinab.

»Die Treppe entspricht aber nicht den TÜV-Vorschriften«, beschwerte sich Pandur. »An Senioren und Runner mit Krücken hat mal wieder keine Sau gedacht.«

»Nur Mut«, meinte Festus. »Auf alle Runner über dreißig, die es schaffen, wartet unten ein Notärzteteam und verabreicht hochwirksame Einreibungen gegen Rheuma.«

»Die liebevolle Massage einer hübschen, blonden Krankenschwester wäre mir lieber.« Pandur begann hinabzuklettern.

»Vorsicht, Chummer. Hübsche, blonde Schwestern können verdammt fies sein.«

»Und manche Männer labern nur noch Scheiße,

wenn sie mal was auf die Nase bekommen haben«, kommentierte Jessi von unten.

Pandur nahm an, daß Jessi sowohl Festus als auch ihn gemeint hatte. Er fragte sich, ob der Rigger Jessi an die Wäsche gegangen war und dafür eine Quittung erhalten hatte. War Patrick das gleiche passiert?

Sie ist zu jung und zu hübsch für die Schatten. Kein Wunder, wenn sie die Wünsche und Begierden der Männer in ihrer Nähe weckt. Dir geht es ja genauso.

Als Pandur unten angekommen war, sah er sich um. Abgesehen davon, daß hier kein Gerümpel, sondern nur der aus der Decke herausgebrochene Bauschutt herumlag, schien der Raum mit dem darüber liegenden identisch zu sein. Als Jessi der linken Wand zustrebte, erkannte Pandur im Lichtkegel ihrer Lampe eine massive Stahltür in einem genauso massiv wirkenden Rahmen. Die hatte es oben nicht gegeben. Im Gegensatz zu dem provisorischen Durchstieg wirkte die Tür nebst Einfassung solide und professionell eingebaut. Der blitzende Stahl verriet, daß sie neueren Datums sein mußte. Batteriegespeistes Codeschloß, registrierte Pandur. Die Schwarze Serie von Kienzle. Gutes Fabrikat, das selbst gewiefte Einbrecher zur Verzweiflung treiben würde.

Das blonde Mädchen zückte einen Codechip und öffnete die Tür, ließ die Männer eintreten, schloß die Tür, vergewisserte sich sorgfältig, daß das Schloß auch wirklich einrastete.

Der Raum lag im Dunkel. Wasser gluckste leise. Der Lichtkegel von Jessis Lampe tanzte über Kisten, die entlang den Wänden gestapelt waren, und streifte Stahlrollos, die mehrere offene Fensterhöhlen ausfüllten und den Raum versiegelten. Das glucksende Geräusch kam von draußen. Das war plausibel. Sie mußten sich in jenem Stockwerk aufhalten, das sich etwa auf Höhe der Wasserlinie befand.

Jessi suchte und fand auf einer Kiste ein Powerpack

und schaltete zwei Niederfrequenzer ein, die daran angeschlossen waren. Mattes Licht erfüllte den Raum. Pandur sah, daß er sich in einem etwa dreißig Quadratmeter großen Zimmer befand. Daran schlossen sich drei kleinere Räume an. Der große Raum diente als Lager. Zwei weitere Räume waren wohnlich eingerichtet. Beide enthielten mehrere Klappbetten und Sitzmöbel, weitere Lampen, einer besaß eine Eßnische. Bei dem letzten Raum handelte es sich um ein Bad. Ein Überbleibsel aus besseren Tagen, das nur benutzt werden konnte, wenn man das Wasser mitbrachte und auch wieder hinaustrug. Offensichtlich diente das Versteck GreenWarriors als einigermaßen komfortables Notquartier, in dem ein Kommando es mit den entsprechenden Vorräten eine Weile aushalten konnte. Es gab deutliche Spuren, daß erst vor kurzem andere Besucher zu Gast gewesen waren. Pandur entdeckte eine zugemauerte Öffnung. Das Versteck war nur durch den getarnten Einstieg zu erreichen, den sie benutzt hatte. Und wasserseitig durch die Fenster.

Pandur hatte sich schon gedacht, daß der Stützpunkt der Warriors mehr als nur ein Provisorium war. Man richtete nicht ein Unterwasserdepot für ein U-Boot ein, um das Boot dann ungeschützt seinem Schicksal zu überlassen. Vermutlich würden bald wieder Warriors im Depot stationiert sein. Wahrscheinlich jenes Kommando, das den Ablenkungsangriff auf das Chilehaus gestartet hatte. Oder würden sich die Warriors aus Sicherheitsgründen entschließen, den Stützpunkt aufzugeben und den Delphin woanders zu stationieren? Obwohl er vor Jahren mit GreenWar zusammengearbeitet hatte, war er nicht wirklich in die Organisation eingebunden gewesen. Er hatte keinen Einblick in die Logistik der Ökoterroristen. Die Erfolge der Warriors bewiesen jedoch die Effizienz dieser Logistik.

»Die Stahljalousien sind ein Schwachpunkt«, merkte Pandur an. »Wer die Dinger von draußen sieht, kann sich leicht ausmalen, daß sich dahinter etwas Interessantes verbirgt.«

»Irrtum, Chummer«, erwiderte Jessi. »Vor den Fenstern befindet sich ein altersschwaches Gerüst, das die Rolläden gut abschirmt. Außerdem haben die Warriors die Läden von außen mit einer Farbe angemalt, die sie als total verrostet erscheinen läßt.«

»Na gut«, räumte Pandur ein. »Aber der Plastikvorhang vor dem oberen Zugangsraum macht mißtrauisch.«

»Er ist mit Sensoren gespickt, die den Eindringling sofort melden«, konterte Jessi. »In dem Plunder dort oben sind Sprengladungen versteckt. Wenn die falschen Leute kommen, geht oben alles in die Luft, während gleichzeitig von hier aus ein direkter Zugang zum Delphin freigesprengt wird. Überzeugt dich das?«

»Hört sich an, als hätte sich jemand was dabei gedacht«, räumte Pandur ein. Er war überrascht, daß Jessi diese Einzelheiten kannte. Er fragte sich, ob sie zur Kommandoebene der Warriors gehörte. Er konnte sich nur schwer vorstellen, daß man einen führenden Warrior bei einem Schattenlauf einsetzte. Wahrscheinlich hatte man sie nur in die Details eingeweiht, damit sie nicht aus Versehen den Stützpunkt in die Luft sprengte.

Trotzdem hat jemand einen Fehler gemacht. Man hätte uns das Boot irgendwo in der Speicherstadt übergeben und es dort wieder übernehmen können. Warum riskieren die Warriors ihren Stützpunkt?

Festus hatte ein Paket mit eingeschweißten Soyburgern entdeckt und vertilgte einen nach anderen, bis das Paket leer war. Pandur hatte zwölf Stück gezählt.

»Lege mich aufs Ohr, bis Patrick ... ich meine, dieser Herr Schmidt kommt«, verkündete der Rigger, verstaute seine Artillerie unter einem der Betten, streckte die Glieder von sich und war Minuten später schon am Schnarchen.

Pandur versuchte sich einen Reim darauf zu machen,

daß der Rigger Schmidts richtigen Namen verraten hatte und dieser Patrick bei ihm nicht hoch im Kurs stand. Weil dieser ihn im Kropotkin nicht beachtet hatte? Oder war es umgekehrt? Strafte Patrick den Rigger mit Verachtung, weil zwischen den beiden Männern etwas stand? Er erinnerte sich an die ironische Distanz, die Schmidt Jessi gegenüber zeigte.

»Lust auf ein Bier?« fragte Jessi. »Nebenan steht ein Karton mit Veltins.« Sie schaute auf ihren Multitimer, den sie wie Pandur am linken Handgelenk trug. »Schmidt wird erst in siebzig Minuten hier sein.«

»Immer.« Pandur folgte ihr in das benachbarte Zimmer. Jessi machte Licht, schloß die Tür zum Nebenraum, holte zwei Flaschen Bier und setzte sich neben Pandur auf einen sofagroßen Sitzsack. Pandur öffnete die Flaschen. Beide tranken und entspannten sich.

Eine Weile genossen sie stumm die äußere Stille und die innere Ruhe, die sich aus dem Bewußtsein ergab, daß ihnen im Moment keine unmittelbare Gefahr drohte.

Pandur war sich der körperlichen Nähe der jungen Frau bewußt. Er fühlte sich mehr denn je zu Jessi hingezogen. Er fragte sich, ob das umgekehrt auch der Fall war. Aber mehr als eine gewisse Neugier glaubte er in ihrem Blick nicht zu entdecken. Er suchte ihre Augen. Sie lächelte flüchtig, sah dann aber weg.

»Festus scheint ziemlich groggy zu sein«, meinte Pandur schließlich.

»Wenn er diese Anfälle hat, verbraucht sein Körper in Sekunden soviel Energie wie bei einem Zehntausendmeterlauf«, sagte Jessi. »Und er hatte zwei, wie du dich erinnern wirst … Danach frißt er immer maßlos und ratzt dann weg. Den werden wir nur mit einem Wasserguß wachkriegen, wenn Schmidt kommt.«

»Ihr kennt euch?«

»Wer kennt wen?«

»Du hast Festus nicht erst heute kennengelernt.«

»Richtig.« Jessi schien keine Lust zu haben, das Thema zu vertiefen.

»Und Schmidt ... Patrick?«

Jessi schaute ihn von der Seite an. »Geht dich eigentlich nichts an, Chummer. Aber egal. Bist ein guter Beobachter, was? Patrick war mal mein Lover. Zufrieden?«

Pandur nickte. Ja, das paßte. Schmidt behandelte sie wie eine Frau, der er den Laufpaß gegeben hatte. Oder sie ihm. Pandur trank einen Schluck Bier. Es ging ihn wirklich nichts an.

Jessi schien es sich anders überlegt zu haben. Sie hatte plötzlich das Bedürfnis zu reden. »Wir waren eine Weile zusammen. Hat anfangs großen Spaß gemacht. Wir schienen wie füreinander gemacht zu sein. Hatten jede Menge Spaß im Bett, hatten die gleichen Ideale, kämpften für die gleichen Ziele, waren bei den Warriors im gleichen Kommando. Verstehst du? Theorie und Praxis, Liebe und Sex. Diskussionen, Action, Gefahr, Zärtlichkeit und wildes Bumsen. Alles zusammen und alles auf einmal ...« Sie schien sich in Gedanken zu verlieren, fing sich dann aber wieder. »Es war zuviel, glaube ich. Zu eng alles, zu sehr komprimiert. Was andere in einem ganzen Leben nicht finden, das hatten wir in wenigen Wochen, ein paar Monaten. Immer wieder, immer schneller, die Höhepunkte, die Orgasmen ... Nicht nur beim Bumsen. Todesgefahr ist ja auch so 'ne Art Orgasmus. Du wirst mich verstehen, Chummer, du mußt es doch genauso erleben ...«

Pandur war sich nicht sicher, ob er es genauso empfand. Aber er wußte zumindest, wovon sie redete. »Für manche ist es ein Ersatz für Sex«, sagte er.

»Ja, aber für uns war beides da, immer alles zusammen, eine Kette, die niemals unterbrochen wurde, ein Karussell, das sich immer schneller drehte ... Weißt du was, Chummer? Irgendwann nimmst du die einzelnen Höhepunkte nicht mehr wahr, du bist nur noch auf dem Toplevel, du kommst nicht mehr runter. Du kannst es nicht mehr genießen. Es erscheint dir fast langweilig, während dein Körper dabei ausbrennt.«

Sie schwieg so lange, daß Pandur schon dachte, das Thema sei für sie abgeschlossen. Dann sagte sie leise: »Ich habe von heute auf morgen mit allem Schluß gemacht. Als ich von dem Trip runter war, habe ich erst gesehen, wie sich alles im Kreis drehte. Wir hatten nichts anderes an uns herangelassen, zehrten von der eigenen Substanz, konnten es nicht mehr genießen, konnten nicht mehr auf andere hören. Als ich draußen war, wurde mir klar, daß alles ein Rausch war. Und noch etwas wurde mir klar. Patrick hätte dieses Spiel noch viele Runden lang spielen können. Er zog eine zusätzliche Art von Befriedigung daraus. In Wahrheit ist Patrick egoistisch und eitel und arrogant. Das wurde mir klar, als es vorbei war. Ich dachte, es sei unser Spiel gewesen, aber in Wahrheit war es sein Spiel. Ich habe es mitgespielt, nach seinen Regeln. Durch Selbstaufgabe habe ich es eine Weile genossen. Aber das ist jetzt vorbei.«

»Liebst du ihn noch?«

»Nein.« Es klang nüchtern. »Ich schätze ihn, ja. Er ist intelligent und glaubt an die Ziele der Warriors. Er ist ein guter Stratege und durchsetzungsfähig. Es ist gut für die Warriors, daß sie Leute wie ihn haben. Sie müssen nur aufpassen, daß Patrick und seinesgleichen den Laden nicht übernehmen. Er liebt sich selbst zu sehr, als daß er andere Menschen wirklich lieben könnte.«

Sie schien ihre Erfahrungen bereits seit einiger Zeit verarbeitet zu haben. Ihre nüchtern abwägende Einschätzung des Mannes entsprach dem flüchtigen Eindruck, den Pandur von ihm gewonnen hat. Damals in München hatten Leute wie Patrick – eine Spur zu fanatisch, eine Spur zu kompromißlos, eine Spur zu unmenschlich – ihn im entscheidenden Moment geopfert, seinen Tod in Kauf genommen, obwohl es Alternativen

247

gab. Als er es doch überlebte, hatte er den Kontakt zu den Ökoterroristen abgebrochen. Aber er war nur ein Mitläufer gewesen, der ihnen ein paarmal geholfen hatte, kein wirklicher Aktivist. Bei Jessi war das anders.

»Sie haben dich einfach gehen lassen?« wunderte er sich.

»Sie bringen niemanden um, der abspringt – wenn du das meinst. Ich wurde … freigestellt. Für Sonderaufgaben. Ich mache noch die eine oder andere Aktion wie diese hier. Es ist ein langsames Hinauswachsen. Irgendwann sind meine Informationen veraltet, und die Warriors können mich gehen lassen.«

Und du suchst eine neue Aufgabe, Jessi. Stimmt's? Auch einen neuen Mann?

Als hätte sie seine Gedanken gelesen, fuhr sie fort: »Ich habe mich den Klabautern angeschlossen. Die Ziele sind fast die gleichen, aber die Mittel sind andere.«

»Wie hat er es aufgenommen?« fragte Pandur.

»Patrick? Ziemlich cool, wenigstens nach außen hin. Vielleicht etwas verblüfft, etwas gekränkt, daß ich die Kraft hatte, mich aus seiner Umklammerung zu befreien. Ich glaube, er hat immer noch nicht richtig kapiert, daß es endgültig vorbei ist. Wahrscheinlich denkt er, ich würde es mir wieder anders überlegen, zu ihm zurückgekrochen kommen.«

Pandur schwieg.

»Erzähl mir von dir«, sagte das Mädchen, »bevor ich mir noch den Mund fusselig rede.« Pandur zögerte. Patrick würde kommen, ihm seinen Kredstab geben, ihn vielleicht mitnehmen und irgendwo absetzen. Es war unwahrscheinlich, daß er mit Jessi noch einmal zu tun hatte. In den Schatten würden sich ihre Wege nicht mehr kreuzen. Und privat erst recht nicht. Er mochte das Mädchen. Er wollte ihr Vertrauen nicht mit Schweigen beantworten und schon gar nicht mit Lügen. Aber er wollte ihr nicht zuviel über sich erzählen. Zu viele wußten schon über ihn Bescheid. Ein Schattenläufer sollte den Schatten gehören und nicht den Ohren, die in die Schatten hineinlauschten. Er entschloß sich, keine konkreten Informationen preiszugeben. Sie hatte eine enttäuschende Liebesbeziehung hinter sich. Es würde sie interessieren, von einer anderen enttäuschten Liebe zu hören. Er erzählte von Natalie.

Er beschränkte sich auf das Wesentliche, sparte die Namen Renraku und AG Chemie aus, sprach nur von Gegner, von Jägern. Jessi hörte aufmerksam zu. Sie sah ihm dabei in die Augen. Er hatte den Eindruck, daß sie sich wirklich für diese Geschichte interessierte.

Als er zu Natalies Tod und damit zum Ende einer Geschichte kam, ließ sie ihm Zeit, sich wieder zu fangen.

»Ich glaube, du täuschst dich in ihr«, sagte sie dann sanft, weich, beinahe zärtlich. »Sie hat dich geliebt und wollte dich nicht verraten.«

»Ich halte mich an die Fakten. Sie hat es versucht. Sie wollte ihr Leben für meines erkaufen.«

Jessi schüttelte leicht den Kopf. »Ich verstehe sie nicht, aber ich bin sicher, daß sie es nicht wirklich tun wollte. Dir fehlen irgendwelche Informationen, die sie hatte. Deshalb kannst du den Zusammenhang nicht erkennen.«

»Es hat keinen Sinn, sich darüber den Kopf zu zerbrechen. Sie ist tot, und damit ist die Sache erledigt.«

»Hast du seither wieder eine Frau geliebt, Pandur?« wollte Jessi wissen.

»Ich bin kein Eunuch.«

»Ich habe dich nicht gefragt, ob du seitdem mit einer Frau gebumst hast, sondern ob du dich seitdem wieder in eine Frau verliebt hast.«

Pandur schüttelte stumm den Kopf.

»Dann ist die Sache für dich noch nicht erledigt«, sagte Jessi. »Du mußt erkennen, daß sie dich nicht wirklich verraten wollte. Nur so kannst du die Angst davor verlieren, dich wieder in eine Liebesbeziehung hineinfallen zu lassen.«

Die Lebensweisheit eines gerade erwachsen gewordenen Mädchens, dachte Pandur. Er sprach es nicht laut aus. Er wollte sie nicht verletzen.

»Ich möchte gern mit dir bumsen, Pandur«, sagte sie leise.

Einen Moment lang glaubte er seinen Ohren nicht zu trauen. Aber sie hatte es gesagt. Ihre Augen ließen keinen Zweifel. Sie hatte es nicht nur gesagt, sondern auch so gemeint.

Dieses Mal behielt er seine Gedanken nicht für sich.

»Willst du den Seelendoktor spielen? Du hast selbst gesagt, daß Sex nichts mit Liebe zu tun haben muß…« Er brach ab, als er erkannte, daß er sich selbst eine Falle gestellt hatte.

Sie lächelte. »Eben. Ich habe nicht behauptet, daß ich dich kurieren will. Ich möchte einfach mit dir schlafen. Weil ich dich mag. Weil du mir gefällst. Weil mir Sex gefällt, und weil ich Sex brauche. Hast du vergessen? Patrick und ich haben immer nach den Momenten der Gefahr miteinander gebumst… Es macht dann besonderen Spaß.«

»Aber… Ich denke, du hast damit gebrochen…« Pandur fühlte sich hilflos wie ein Schuljunge in der Pubertät. Und gleichzeitig spürte er die Wärme der jungen Frau neben sich, war sich ihrer Nähe bewußt, ihres weiblichen Körpers.

Du willst sie doch schon die ganze Zeit. Warum versuchst du es ihr dann auszureden, du Idiot?

»Ich habe mit Patrick und seinem Egotrip gebrochen, mit dem Karussellfahren ohne Pause. Aber nicht mit dem Sex. Auch nicht mit der Gefahr. Es kommt auf die richtige Dosierung an.«

Sie schmiegte sich an ihn. Sie versuchte ihn nicht zu verführen. Sie lud ihn nur ein.

Er nahm die Einladung an. Nicht dankbar, sondern mit Lust und Freude.

Er wollte sie.

Er bekam sie.

Es war anders als damals mit Natalie in der Höhle. Jessi hatte ihn nicht belogen. Sie wollte nicht den Seelenklempner spielen, und sie wollte ihm keinen Gefallen tun. Sie wollte sich selbst einen Gefallen tun.

Sie rissen sich gegenseitig die Kleider vom Leibe und fielen übereinander her, als hätten sie beide jahrelang hinter Klostermauern in Enthaltsamkeit gelebt. Ungestüm genossen sie ihre nackten Körper, beschränkten das Vorspiel auf einige heftige, fast schmerzhafte Umarmungen. Ihr Lust entlud sich schon nach wenigen Minuten in einem gemeinsamen Orgasmus. Jessi stieß auf dem Höhepunkt einen Schrei aus, der laut genug war, um Tote aufzuwecken. Der nebenan schlafende Rigger schien jedoch nichts gehört zu haben. Oder er ließ sich nichts anmerken. Als sie erschöpft ausruhten, hörte Pandur aus dem anderen Raum die gleichen gedämpften Schnarchlaute wie zuvor.

Sie liebten sich ein zweites Mal, wieder wild und hemmungslos. Schließlich ein weiteres Mal mit intimerer Erkundung des anderen und mehr Zärtlichkeit.

Danach hielten sie einander noch eine Weile im Arm. Zum erstenmal nahm Pandur bewußt und in Ruhe den Körper seiner Partnerin in allen Einzelheiten wahr. Jessi besaß einen fast makellosen Körper. Sie hatte kleine, wohlgeformte Brüste, einen flachen Bauch, schmale Hüften und eine reine Haut. Sie war verschwitzt wie er selbst, aber sie roch gut, und die blonden, jetzt offenen Haare fielen ihr bis auf die Brüste herab.

Wie in einem stillen Einverständnis lösten sie sich voneinander, erhoben sich und kleideten sich an. Sie wollten es nicht darauf ankommen lassen, von Schmidt überrascht zu werden.

Pandur hatte Arbeit zu erledigen.

»Ich habe ein paar Dateien kopiert, die unseren Auftraggeber nicht interessieren werden«, sagte er. Einen Moment lang überlegte er sich, ob er Jessi in das Geheimnis der Afrika-Daten einweihen sollte. Es war leichter, diese Last zu tragen, wenn man sie mit einem anderen Menschen teilte. Aber dann entschied er sich dagegen. Er würde sie warnen, bevor sie sich trennten. Als Teilnehmerin an dem Schattenlauf war sie gefährdet genug, ohne von den brisanten Daten zu wissen. Wenn er sie einweihte, verurteilte er sie vielleicht zum Tode.

»Darunter sind Dateien, die für Festus wichtig sein könnten«, sagte er. Flüchtig ging ihm durch den Kopf, ob es irgendeinen Zusammenhang zwischen den Hinweisen auf MTC in Prag und den Aktivitäten in Afrika gab, aber ihm wollte kein Zusammenhang einfallen.

Er küßte Jessi sanft auf die Schulter und wandte sich dann seinem Cyberdeck zu. Er wollte für sich selbst den Originalchip behalten und Schmidt zwei Kopien mit ausgewählten Dateien übergeben.

Als er das Deck einschaltete, fiel ihm unvermeidlich ein, in welche Schwierigkeiten ihn das Kopieren beim letztes Mal gebracht hatte. Nach dem Renraku-Run waren ohne sein Wissen versteckte Dateien auf dem Originalchip gespeichert gewesen, die auf den Kopien nicht auftauchten. Diese versteckten Dateien waren offenbar eines der Motive gewesen, Natalie und ihn zu jagen. Natalie hatte zuerst ihres und Pandurs Leben für diesen Originalchip erkaufen wollen, schließlich nur noch ihr eigenes. Der Chip war für sie zu einem One-Way-Ticket geworden. Hätte es ihn nicht gegeben, würde Natalie vielleicht noch leben. Pandur wäre noch Thor. Und Thor würde nicht wissen, daß seine Gefährtin ihr Leben mehr liebte als sonst irgend etwas auf der Welt …

Pandur zögerte kurz. Aber dann entschloß er sich, nicht auf ein Ritual zu verzichten, das ihn zehn Jahre lang durch die Schatten begleitet hatte. Ein weiteres

Motiv kam hinzu. Er hatte über das verlangte Material hinaus Dateien kopiert, die ihn persönlich interessierten oder die für Festus wichtig sein mochten. Er war nicht bereit, dieses Material dem Auftraggeber als Bonus zu überlassen. Schon gar nicht die explosiven Geheimdaten.

Er wußte, daß ihm genügend viele freie optische Chips in der Speicherbank zur Verfügung standen. Er rief die Speicherbank auf, lud den kodierten Sektor mit den zuletzt aufgenommenen Dateien in den Aktiven Speicher. Auf dem Vidscreen Display sah er jetzt die Datenblöcke so, wie er sie in der Matrix wahrgenommen hatte. Sie waren als Würfel und Quader dargestellt. Man konnte nur ihre Kennung und einige der außen liegenden, bruchstückhaften Informationen lesen, aber er konnte sie in Form und Farbe voneinander unterscheiden. Er gruppierte die Datenblöcke, die er nicht weitergeben wollte, darunter die MTC-Hinweise und den Afrika-Block, zu einem kleineren Würfel, die anderen zu einem großen Würfel. Dann drückte er die Tastenbefehle, um den großen Würfel zweimal zu kopieren.

Auf dem Vidscreen erschien eine Nachricht.

KOPIEREN UNMÖGLICH

Pandur schüttelte den Kopf und wiederholte den Befehl.

KOPIEREN UNMÖGLICH

Er konnte es kaum glauben. Er steuerte den kleinen Würfel an und wiederholte den Befehl.

KOPIEREN UNMÖGLICH

Drek! Offenbar wies sein Cyberdeck einen Defekt auf.

Er lud einen beliebigen anderen Datenwürfel aus der Speicherbank hoch und wiederholte den Befehl.

Der Würfel wurde im Bruchteil einer Sekunde kopiert.

Pandur fuhr wieder den größeren Würfel an und gab den Kopierbefehl ein.

KOPIEREN UNMÖGLICH

»Probleme?« fragte Jessi und schaute ihm über die Schultern.

»Das Cyberdeck weigert sich, die Daten der AG Chemie zu kopieren«, antwortete Pandur.

»Wir können es auf meinem Deck versuchen«, schlug Jessi vor.

»Warte noch...«, meinte Pandur. »Vielleicht gelingt es mir, wenn ich die Zusammensetzung des Würfels verändere.«

Er löste den großen Würfel in kleinere Datenblöcke auf. Versuchsweise gab er den Befehl, den kleinsten der Blöcke zu kopieren.

KOPIEREN UNMÖGLICH

»Verdammter Drek!« explodierte Pandur. »Mein Cyberdeck hat ein eigenes Bewußtsein entwickelt! Es will selbst entscheiden, was es kopiert und was nicht.«

»Rede keinen Scheiß, Pandur«, gab Jessi zurück. »So etwas gibt es nicht. Dein Deck ist wahrscheinlich so hochgerüstet, daß es die simpelsten Dinge verlernt hat. Wie ein Matheprof, der im Kopf Integrale lösen kann, aber vergessen hat, wie man den Trid einschaltet.«

»Laß mich noch mal...« Pandur führte die gleiche Prozedur mit beliebigen anderen Blöcken durch. Stammten sie aus dem Computer der AG Chemie, ließen sie sich nicht kopieren, alle anderen Datenblöcke

254

und größeren Datenwürfel wurden ohne Problem dupliziert.

Er versuchte, einzelne Blöcke zu öffnen, die Daten auf den Screen zu holen.

ZUGANG VERWEIGERT

Pandur grübelte. An den Datenblöcken selbst konnte es nicht liegen. Sicherheitsfanatiker schützten manchmal nicht nur den SAN, die SPU- und CPU-Knoten, sondern sogar noch die Speicher mit Ice. Und manche machten sich einen Spaß daraus, selbst einzelne Datenblöcke mit Ice zu umgeben. Das war natürlich Unsinn, weil der Zugriff für sie selbst viel zu aufwendig wurde und entsprechend lange dauerte. Aber man konnte so etwas machen, wenn man verrückt genug war. Man konnte jeden einzelnen Block mit Kopierschutz einwickeln. Nur, verdammt noch mal, man konnte diesen Kopierschutz oder das Ice oder was auch immer, nicht verstecken. Die Matrix war nicht gefaltet. Sie hatte keine Taschen. Was vorhanden war, stellte sich dar. Und diese Datenblöcke, das zeigte der Vidscreen klipp und klar, waren nichts weiter als ganz ordinäre Datenmengen. Ohne Wenn und Aber. Pandur gab auf. Er schaltete den Vidscreen aus und gab den Öffnungsbefehl ein.

Sein Cyberdeck war *schnell*. Befehle wurden in Nanosekunden umgesetzt. Das war Pandurs Existenzgrundlage in der Matrix. Das Magnetschloß, das den Deckel über der Speicherbank verankerte, mochte etwas langsamer sein. Aber normalerweise flippte der Deckel sofort hoch, wenn der Befehl eingegeben war. Das Eingeben des Befehls war überhaupt der einzige relevante Zeitfaktor bei dieser Prozedur.

Diesmal war alles anders. Der Deckel hob sich überhaupt nicht.

Pandur stieß eine Verwünschung aus.

Zweiter Versuch.

Negativ.

Dritter Versuch.

Negativ.

»Das dreimal verdammte Cyberdeck spinnt total!« fluchte Pandur.

Er hätte es noch einmal versucht, aber Jessi hielt plötzlich seine Hand fest.

»Sieh mal«, hauchte sie.

Pandur wußte im ersten Moment nicht, was sie meinte. Aber dann sah er es ebenfalls.

Sein Cyberdeck leuchtete von innen heraus. Ein blauer Nebel drang aus dem Deck und hüllte es ein. Der Farbton wurde heller und gleichzeitig intensiver. Er wandelte sich in ein milchig weißes Licht, das allmählich an Leuchtkraft verlor. Der Nebel löste sich auf, und alles war wie zuvor.

»Magie«, hauchte Jessi.

Davon wollte Pandur nichts wissen. »Magie kann keinen Einfluß auf den Elektronenfluß nehmen«, sagte er.

Verbissen versuchte er erneut, das Deck zu öffnen.

Das Leuchten kehrte zurück. Schon beim ersten Versuch.

Es verblaßte, als er die Finger von der Tastatur nahm.

Wie benommen starrte Pandur sein Cyberdeck an. Er mußte zur Kenntnis nehmen, daß es nicht mehr ihm, sondern einer unbekannten Kraft gehorchte.

»Wie ist es möglich, mir das Kopieren bestimmter Daten zu erlauben und anderer Daten zu verbieten, wenn der Zauber sich nur in materiellen Dingen manifestiert?«

»Magie kann nur auf Materie einwirken«, sagte Jessi. »Aber das genügt ja wohl. Ein Cyberdeck ist eine Kombination aus elektronischen und mechanischen Bauteilen. Jemand hat einen Zauber an der Mechanik deines Cyberdecks verankert.«

256

»Unsinn«, protestierte er. »Niemand hatte die Möglichkeit …« Er brach ab. Er wußte zu wenig über Magie. Und
was er wußte, war durch Mandas Eröffnungen ins Wanken gekommen. Jemand hatte ihn im Astralraum markiert. Warum sollte dieser mächtige Magier nicht in der
Lage sein, sein Cyberdeck zu verzaubern, zu bannen, wie
auch immer der Ausdruck lauten mochte. Vielleicht war
dies aus der Ferne möglich. Oder es war ein Zauber, der
schon länger auf dem Deck lastete, der aber erst jetzt aktiviert worden war. Andere hatten sein Cyberdeck in
ihren Griffeln gehabt. Zum Beispiel der verrückte Magier,
der ihn in den Renraku-Run gezwungen hatte …

»Wer?« fragte Jessi. »Die AG Chemie?«

»Ausgeschlossen.«

»Wer dann?«

»Eine andere Macht, nehme ich an.«

»Die verhindern will, daß die Daten übergeben werden?«

»Sieht so aus.«

Jessi starrte das Cyberdeck an, als handle es sich um
einen Feind. »Es muß sich um einen komplizierten
Zauberspruch handeln, der den Befehlscode erfaßt, den
du über die Tastatur eingibst, und die Energiezufuhr
mal freigibt, mal unterbricht.«

»Schau im Astralraum nach, ob es einen solchen Zauber gibt und was er genau bewirkt«, bat Pandur.

»So etwas kann ich nicht«, gestand Jessi ein. Es klang
kleinlaut.

»Warum nicht? Du bist eine Magierin!«

»Ich bin eine Magieradeptin!« Es klang nicht mehr
entschuldigend, sondern selbstbewußt und trotzig.
»Magieradepten können nicht askennen. Wir haben Zugriff auf einen kleinen Bereich des Astralraums, aber
ansonsten bleibt er uns versperrt.«

*Von wegen Superteum! Der Rigger hat Gehirnmaden, und
die Magierin kann nicht in den Astralraum sehen. Wie
konnte ich mich so verscheißern lassen.*

Immerhin mußte er sich eingestehen, daß er zu einem guten Stück sich selbst verscheißert hatte. Er hatte gewollt, daß seine Chummer die Crème de la crème waren. Rote Wolke hatte Festus als besten norddeutschen Rigger bezeichnet, und das war wahrscheinlich nicht gelogen. Und er war eine kraftvoll scheppernde Messerklaue. Nur leider war er ein kranker Mann und nicht immer auf dem Damm. Was Jessi anging, so hatte Pandur fasziniert, daß sie Magie und Decking beherrschte. Jetzt stellte sich heraus, daß sie auch nur mit Wasser kochte. Er hätte es wissen müssen. Sie war viel zu jung, um nur eine der beiden Disziplinen wirklich zu beherrschen. Eine wirklich gute Magierin konnte die Welt nur in magischen Dimensionen sehen. Sie liebte den Astralraum, wie er die Matrix liebte. In ihrer freien Zeit studierte sie ihre Kunst, wie er sich im Decking schulte. Hatte sie sich der hermetischen Magie zugewandt, befaßte sie sich mit der akademischen Erforschung ihrer Kunst. Folgte sie dem schamanischen Weg, suchte sie die Kommunikation mit ihrem Totem zu vervollkommnen. Ein junges Mädchen wie Jessi mochte noch so hochbegabt sein: Wenn sie zwei so unterschiedliche Spezialgebiete wie hermetische Magie und Decking studierte, konnte sie in beiden nur eine Anfängerin sein.

»Aber ...«, begann er. Er wollte immer noch nicht einsehen, daß Jessi nicht wenigstens zu einem kurzen Blick in den Astralraum fähig sein sollte. »Die Schamanin, von der ich dir vorhin erzählt habe ... Manda ... Sie sagte, es mache keinen Unterschied, ob der Killerelf ein Magier oder ein Adept sei. Er habe meine Markierung im Astralraum lesen können ...«

»Was weiß eine Schamanin schon über das Wesen der Magie«, sagte Jessi verächtlich. »Sie *fühlt* nur, was ein Magier *weiß*.«

»*Sie* kann in den Astralraum sehen!« sagte Pandur.

»Meinetwegen, aber damit konnte sie ihrer Tochter

auch nicht helfen!« entgegnete Jessi wütend. »Außerdem hast du sie wahrscheinlich mißverstanden. Drek, wollen wir jetzt vielleicht über Magie diskutieren und Noten verteilen? Wir haben ein Problem und sollten uns damit beschäftigen. Wie willst du die Daten kopieren? Wie willst du Patrick überhaupt einen Chip geben, und sei es der mit sämtlichen Daten, wenn du dein Deck nicht öffnen kannst?«

»Es muß eine Möglichkeit geben. Ich kann versuchen, den Deckel mit Gewalt zu öffnen.« Der Gedanke daran, sein Cyberdeck zu beschädigen, gefiel Pandur überhaupt nicht. Er wußte auch nicht, wie er es bewerkstelligen sollte, ohne Gefahr zu laufen, im Innern etwas zu beschädigen.

»Asche«, sagte Jessi. »Wenn dich Magie daran hindert, den Chip zu kopieren oder herauszunehmen, mußt du damit rechnen, daß sie auch Gewaltlösungen vereitelt.«

»Magie sollte mit Magie bekämpft werden.«

»Ich beherrsche nur meinen kleinen Spezialbereich. Ich kann dir nicht helfen.«

»Aber ein erfahrener Magier könnte es?«

»Was ich spüre, ist mächtige, kunstvoll gewirkte Magie. Es bedarf eines Könners, um diese Magie zu brechen.«

»Du kennst solche Magier?«

»Ich kenne Leute, die gut sind. Aber ich weiß nicht, wie gut man sein muß.«

»Wir haben wohl nicht die Zeit, einen solchen Magier zu finden, oder?«

»Kaum. Patrick soll sich darum kümmern. GreenWar hat gute Kontakte zu Magiern.«

»Ich gebe mein Cyberdeck nicht aus der Hand! Es ist weit mehr als die 50 000 wert, die mir der Run bringt.« Sein Cyberdeck war nicht nur wertvoll, sondern für ihn unersetzlich. Es steckte eine Runnerkarriere darin. Die Ergebnisse von zehn Jahren in den Schatten. Sie waren die Basis dafür, noch eine Weile im Geschäft zu bleiben. Falls die Feinde es ihm erlaubten. Daß es noch andere Gründe gab, erwähnte er nicht.

»Du wirst es zurückerhalten – oder einen Ersatz.«

»Kommt nicht in Frage!«

Jessi seufzte. »Kann ich gut verstehen. Aber mir fällt keine andere Lösung ein. Dir?«

»GreenWar muß warten, bis wir einen Magier gefunden haben, der den Zauber von dem Deck nimmt.«

»GreenWar braucht die Daten *jetzt*. Man hat viel in dieses Unternehmen investiert. Ich glaube nicht, daß sich Patrick …«

Draußen war der Motor eines Boots zu hören. Ein lauter, hochtouriger Außenbordmotor. Der Surfgleiter, mit dem Patrick verschwunden war, hatte sich so angehört.

Vielleicht ist es gar keine so schlechte Idee, das Deck mit allem, was darin ist, den GreenWarriors zu überlassen. Sie kämpfen für die Umwelt, aber auch für ein menschenwürdiges Leben in einer natürlichen Umwelt. Kann sein, daß sie etwas aus den Afrika-Daten machen.

Pandur verwarf den Gedanken. Die AG Chemie würde die deutsche Sektion von GreenWar ausradieren, bevor sie eine Chance hatte, die Daten weiterzugeben. Patrick und seine Leute würden zu lange diskutieren. Das konnte nicht gutgehen. Pandur sah seine einzige Chance darin, möglichst bald möglichst viele Kopien des Afrika-Blocks an sicheren Orten zu deponieren. Er mußte die AG Chemie wissen lassen, daß seine Ermordung den Weg der Daten nicht stoppen konnte. Es war die einzige Lösung.

Mit steifen Fingern schaltete Pandur sein Cyberdeck aus, legte es in den Behälter, hängte sich den Behälter um den Hals.

»Komm, wir müssen Festus wecken«, sagte Jessi. »Wir werden Patrick die Sache erklären. Er muß Rücksicht nehmen.«

Ihre Prophezeiung von vorhin traf nicht ein. Es war nicht nötig, den Rigger mit einem Wasserguß zu wecken. Er war bereits wach, als sie den Nebenraum betraten.

»Es gibt Probleme«, fiel Jessi mit der Tür ins Haus. »Pandurs Cyberdeck ist magisch blockiert. Wir kommen nicht an die Chips heran.«

»Ich brauche deine Hilfe, Chummer!« beschwor Pandur den Rigger. »Denk an die Mitsu-Docs in Prag. In meinem Deck sind Dateien, die unseren Schmidt nichts angehen, wohl aber dich. Du mußt mir helfen, falls Patrick versucht, mir das Cyberdeck abzunehmen. Ich brauche deine Zimmerflak und deine Muskeln. Wenigstens zur Einschüchterung!«

Festus sah ihn mit einem rätselhaften Gesichtsausdruck an. Gemischte Gefühle. Anders war es nicht zu beschreiben. Skrupel, sich gegen einen Auftraggeber zu stellen? Oder zögerte Festus, weil er sich nicht entscheiden konnte, auf welche Seite der Front er gehörte?

»Wir sind ein Team«, sagte der Rigger schließlich und hängte sich seine Combat Gun um. »Hoffe, ihr erinnert euch bei passender Gelegenheit daran.«

Pandur fiel ein Stein vom Herzen, obwohl er sich auf die letzte Bemerkung keinen Reim machen konnte.

Die Runner eilten in den Lagerraum. Pandur hatte ein schlechtes Gewissen, als er die Vorräte sah. Gewiß gab es hier allerlei nützliche Sachen. Er hätte seine noch immer lückenhafte Ausrüstung ergänzen und den Gegenwert von seinem Ebbie abziehen lassen können. Aber er bereute nicht, die Zeit anderweitig genutzt zu haben.

Das Geräusch des Motors näherte sich der Fensterfront des Hauses und erstarb dann. Unter einem der Fenster begann ein dort verborgenes Mikrofunkgerät zu fiepen. Jessie eilte zu dem Gerät und nahm es in die Hand.

Sie drückte die Sendetaste und sprach in das Mike. »Schmetterling. Kommen.«

Auf der anderen Seite knackte es. Dann meldete sich die Stimme eines Mannes, die Pandur als die von Patrick identifizierte. »Hornisse. Alles klar bei euch?«

»Wir sind okay, haben allerdings ein technisches Problem. Wie sieht es bei dir aus?«

»Alles nach Plan. Öffne das Fenster.«

Das Mädchen wandte sich an die beiden Männer: »Licht aus.«

Festus betätigte den Schalter des Niederfrequenzers. In den benachbarten Räumen brannte noch Licht. Pandur eilte hinüber und sorgte für Dunkelheit. Dann tastete er sich zurück.

Das Funkgerät funktionierte gleichzeitig als Fernbedienung für einen Servomotor. Jessi gab einen Code ein. Der Motor lief surrend an. Die Stahljalousie des mittleren Fensters begann sich rasselnd zu heben.

Draußen dümpelte der Surfgleiter direkt vor der Fensterhöhle, schob sich durch das Gerüst, das die Fenster abschirmte. Der Mond und die Lichter des Megaplexes spendeten genug Licht, um Pandur erkennen zu lassen, daß der Warrior allein in dem Boot saß. Er stand am Heck und hatte ein Sturmgewehr geschultert.

»Wir sollten uns beeilen«, sagte er leise. »Ihr habt einigen Wirbel entfacht. Bei der AG Chemie ist die Hölle los. Sie ziehen Kräfte zusammen. Wir müssen uns auf eine Razzia gefaßt machen.«

Er bückte sich und warf dem Rigger ein Seilende zu. Festus sah sich nach einer Bestigungsmöglichkeit um und band das Seil an einem verrosteten Heizkörper fest.

Der Warrior legte das Seil um zwei Bootspoller und zog den Gleiter so nahe an die Fensteröffnung heran, daß der Kunststoffrumpf gegen den Beton schabte. Das Bootsdeck lag nur einen halben Meter unter der Fensterbank. Patrick kletterte zu ihnen in den Raum.

»Wie war das mit dem technischen Problem?« fragte er und sah Festus an. »Deine Augen?«

»Die sind okay, Mann«, erwiderte Festus. »Ich sehe deine häßliche Visage auch im Dunkeln so deutlich, daß ich gleich kotzen muß. Möchtest du einen Schnappschuß als digitale Aufzeichnung?«

Das Angebot war wortwörtlich zu nehmen, denn die Augen des Riggers waren mit einem Restlichtverstärker ausgerüstet, und er konnte sie als Kamera benutzen. Wenn er wollte, konnte er dreidimensionale Bilder aufzeichnen, an ein Datenterminal abgeben und dann auf einen Vidscreen projizieren.

Patrick ging nicht darauf ein. »Wo liegt dann das Problem?«

»Mein Cyberdeck ist magisch blockiert«, sagte Pandur ruhig. »Keine Chance, an den Chip mit den Daten heranzukommen.«

Patrick starrte ihn an. »Willst du mich verarschen, Chummer? Laß dir eine bessere Ausrede einfallen, wenn du plötzlich keine Lust mehr auf deinen fetten Ebbie hast. Was soll das? Hast du vergessen, wer den Run organisiert hat? Denkst du, du hättest deinen verdammter Arsch aus dem Chilehaus retten können, wenn wir den Drekheads nicht gleichzeitig in die Eier getreten hätten? Versuchst du etwa nachträglich den Preis raufzusetzen? Wenn das so ist, dann wirst du uns kennenlernen, das kann ich dir …«

»Verdammt, Patrick!« schrie ihn Jessi an. »Hör auf damit, Scheiße zu erzählen! Es ist so, wie Pandur gesagt hat. Ich habe mich selbst davon überzeugt. Das Deck ist magisch blockiert. Man kann es nicht öffnen. Überzeuge dich selbst davon, wenn du uns nicht glaubst.«

»Verdammter Drek!« Der Warrior stieß mit dem Stiefel gegen eine herumliegende Getränkedose und kickte sie wütend davon »Wie kommst du an so was, Chummer? Wer hat dir das angehängt?«

»Null Ahnung.« Pandur hatte nicht die Absicht, dem

Mann von den Ereignissen zu erzählen, die zwei Jahre zurücklagen. Es hätte auch niemandem weitergeholfen. Er wußte ja selbst nicht, welche Mächte im Hintergrund agierten und ihm das Leben schwer machten.

»Aber die Daten sind in deinem Cyberdeck?« wollte Patrick wissen.

»Sie sind da, aber ich komme im Moment nicht heran. Ich kann sie dir auf dem Screen zeigen.«

»Dann werden wir sie vom Screen abnehmen.«

Pandur schüttelte den Kopf. »Ich kann nur die Symbole hochladen, die kompakten Blöcke, wie sie in der Matrix zu sehen sind. Man kann sie nicht lesen.« Da er den Eindruck hatte, daß der Warrior wenig über Decking wußte, fügte er hinzu: »In der Matrix knacke ich die Blöcke mit meinen Utilities und lese sie. Normalerweise kann ich die Dateien auch zweidimensional auf den Screen bringen. Aber diese Funktion des Decks ist ebenfalls blockiert.«

Das Gesicht des Mannes lag im Dunkeln, aber es war hell genug, um zu sehen, daß Patrick die Hände nervös zu Fäusten ballte, sie wieder öffnete und gleich darauf wieder ballte.

»Wir lösen das Problem später«, sagte er schließlich. »Wir müssen hier weg. Das Depot ist mir nicht sicher genug.«

»Mir gefällt es hier«, meinte Festus. »Warum, zum Teufel, sollten die Drekheads gerade hier nach uns suchen?«

»Weil sie überall suchen werden!« schnappte der Warrior. »Ihr könnt euch nicht vorstellen, was da los ist.« Er wandte sich Pandur zu. »Die wirbeln herum, als hätte sie jemand an der Gurgel gepackt. Was war sonst noch in den verdammten Datenspeichern, Chummer? Hast du irgendeine Scheiße aufgerührt, von der ich nichts weiß?«

»Wenn ich in die Matrix gehe, suche ich nach Daten, die benötigt werden«, entgegnete Pandur. »Ich habe weder die Zeit noch die Lust, mich durch den gesamten Datenbestand zu schmökern. Kapiert? Ich kann mir gut vorstellen, daß die Drekheads nervös werden, wenn ihre Umweltpolitik entblößt wird. Warum diese falsche Bescheidenheit? Die nehmen euch eben verdammt ernst.«

»Ich kenne unseren Stellenwert!« sagte der Warrior schneidend. »Und ich kenne die normale Reaktion auf so was. Aber was die jetzt treiben, grenzt an Panik!«

Pandur war nahe daran, den anderen reinen Wein einzuschenken. Er tat es nicht. Keinem wäre damit geholfen.

»Ich wurde im System von einem neuen Ice aufgespürt und ...« Er suchte nach einem passenden Ausdruck: »Meine Schleichermaske wurde fotografiert, wenn ihr so wollt. Nachgebildet und festgehalten. Unter Umständen, wenn die richtigen Drähte gezogen werden und verschiedene Umstände zusammentreffen, kann man aus meiner Schleichermaske auf meine Identität schließen. Ich wollte das erwähnt haben. Damit weiß die AG Chemie aber noch lange nicht, wo ich mich aufhalte.«

Patrick winkte ab. »So ka, mit solchen Tricks war zu rechnen. Ich sehe nicht, daß es ihnen im Moment viel helfen könnte.« Mit mehr Mitgefühl in der Stimme, als Pandur bei ihm vermutet hätte, ergänzte er: »In deiner Haut möchte ich nicht stecken, Chummer. Dein Arsch wird Freiwild, weißt du?«

»Nichts Neues für mich«, gab Pandur zurück. Er gab sich gelassener, als er sich fühlte. »Man gewöhnt sich daran.«

So ein Stuß, Chummer. Du wirst dich nie daran gewöhnen. Du wolltest so etwas niemals wieder erleben. Dir reicht es noch von Renraku. Und jetzt steckst du schon wieder bis zur Halskrause in der dicksten Scheiße.

Mit einem Anflug von bitterer Ironie stellte er bei sich fest, daß sich eigentlich nicht viel geändert hatte.

Die AG Chemie hatte ihn damals gejagt und jagte ihn heute wieder. Wo lag der Unterschied? Daß es dieses Mal ein paar Drekheads mehr waren, die der Feind aufbieten würde? Sie hatten ihn noch lange nicht vor der Flinte. Im Moment hatten sie nur ein paar Tausend winzige schwarze Nadeln mit Augen. Oder täuschte er sich?

Wenn du nur endlich alle deine Gegner kennen würdest, Thor Walez! Es war nicht allein die AG Chemie, die dich gejagt hat. Es war nicht Natalies rachsüchtiger Ex, der dich im Astralraum markiert hat. Roberti steht nicht auf der Gehaltsliste der AG Chemie. Der verrückte Magier auch nicht. Was hast du, daß dieses verdammte Rattenpack an dir einen solchen Narren gefressen hat?

Der Warrior hatte einen Entschluß gefaßt. »Wir nehmen das Boot«, sagte er und wandte sich dem offenen Fenster zu. »Ich bringe euch zu Freunden, die euch verstecken und sich um das Cyberdeck kümmern werden.«

Pandur hatte nicht die Absicht, sich auf Gedeih und Verderb den Warriors auszuliefern. Aber es schien vernünftig zu sein, so schnell wie möglich das Depot zu verlassen. Er hatte es für einen sicheren Ort gehalten. Inzwischen waren ihm Zweifel gekommen. Es war das Versteck einer terroristischen Organisation. In solchen Organisationen gibt es immer ein paar Verräter, V-Leute, Konspitzel. Der Gegner sammelt Informationen, um irgendwann einen empfindlichen Schlag zu landen. Wenn die AG Chemie dieses Versteck kannte, würde sie es in den nächsten Stunden auffliegen lassen.

Zu schaffen machte Pandur das Problem, daß er unzureichend ausgerüstet und ohne Ebbie war. Ihm war klar, daß der Warrior ihm den Ebbie erst geben würde, wenn die Gegenleistung erbracht war. Die Gegenleistung waren die Daten, nicht der Schattenlauf. Aber Pandur würde das Deck nicht aus der Hand geben.

Es würde schwer sein, sich durchzuschlagen. Allein

und gejagt. Aber es würde auch eine Erleichterung sein. Er war meistens allein gewesen, wenn er nicht gerade mit einem Team durch die Schatten lief. Er hatte überlebt. Er glaubte, eine Chance zu haben, auch diesmal davonzukommen.

Der Warrior kletterte auf das Fensterbrett.

Plötzlich stieß er einen gurgelnden Schrei aus, klappte wie ein Taschenmesser zusammen und stürzte in den Surfgleiter. Im gleichen Moment flammte ein Scheinwerfer auf, dessen Lichtkegel auf die Fensteröffnung gerichtet war. Dann sprach ein Schnellfeuergewehr.

Pandur hechtete nach links, gegen die Beine von Jessi, brachte sie zu Fall, preßte sich gegen sie. Gemeinsam robbten sie aus dem Licht des Scheinwerfers, aus dem Kugelhagel.

Der Rigger hatte sich zur anderen Seite geworfen. Noch im Fall riß er seine Combat Gun hoch und feuerte in das Licht hinaus. Dann rollte er sich in die Deckung einer schweren Metallkiste.

Geschosse schlugen in den Beton ein, dröhnten auf dem Stahl der Rolläden, schwirrten als Querschläger davon, zerfetzten den Fußboden des Lagers, prasselten gegen Metallkisten, durchbohrten Holzpaletten und Kunststoffbehälter.

Als der Warrior zusammenbrach, hatte Pandur ihm am nächsten gestanden. Er sah, wie der Körper auf dem Deck der Surfgleiters aufschlug, sich halb drehte, wie das Gesicht sich dem Himmel zuwandte. Das Gesicht war nicht das einzige, was sich dem Himmel zugewandt hatte. Pandur sah das Blut, sah die weit geöffneten gebrochenen Augen. Vor allem jedoch sah er den Pfeil, der dem Warrior über dem linken Ohr in den Kopf eingedrungen und über dem rechten Ohr wieder ausgetreten war.

Der Mann war unzweifelhaft tot. Aus und ade für alle Träume von einer besseren Welt. Aus und ade für die Rolle, die ein Kader wie Patrick in dieser Welt übernehmen wollte. Aus und ade für jede aberwitzige Hoffnung, wieder mit Jessi Karussell zu fahren. Die grauen Zellen, die das alles geträumt haben mochten, die daran gearbeitet hatten, das eine oder andere davon zu verwirklichen, waren aufgespießt, durchbohrt, zusammengepreßt und durch einen fünf Millimeter durchmessenden und vierhundert Millimeter langen Hohlkörper aus Aluplast ersetzt worden. Kein Platz mehr für Pläne und Träume.

Pandur kannte jemanden, der solche Pfeile verschoß. Der geradezu versessen darauf war, solche Pfeile von der Sehne seines Kompositbogens schnellen zu lassen. Der sein Hobby, wildfremde Leute zu durchbohren, zu einem einträglichen Beruf gemacht hatte.

Während Pandur mit seiner Walther Secura auf die Fensteröffnung zielte, fragte er sich, ob der weißblonde Killerelf wieder seine dunkelhäutige Gefährtin dabeihatte. Wahrscheinlich. Das Gewehrfeuer schien aus einer einzigen Waffe zu kommen. Die beiden waren ein eingespieltes Team. Ein tödliches Team. Pandur hatte noch eine Rechnung mit den beiden offen. Sie hatten Natalie umgebracht.

Jessi angelte sich den zu Boden gefallenen Mikrosender und versuchte die Stahljalousie zu schließen. Das Gerät blinkte, gab den Impuls ab, der Servomotor drehte sich. Die Jalousie senkte sich jedoch nicht herab. Die Einschüsse schienen sie verkeilt zu haben.

Der Rigger wechselte in eine hockende Haltung, die Waffe vor sich im Anschlag. »Der Scheinwerfer muß weg«, rief er. »Gebt mir Feuerschutz, so gut ihr könnt.«

Pandur und Jessi hoben ihre Waffen in Schußposition und jagten einen Schuß nach dem anderen in das helle Viereck des Fensters. Das Gewehrfeuer verstummte für einen Moment. Festus sprang mit einem Satz aus der Deckung, kam federnd mitten in der Fensteröffnung zum Stehen, bot dem Gegner dabei nur seine Schmalseite und feuerte aus der Hüfte. Er jagte Muni in die Nacht hinaus, drehte sich beim Feuern leicht nach links, dann leicht nach rechts.

Kunststoff splitterte. Der Scheinwerfer erlosch.

Von draußen kam wieder Antwort. Keine freundlichen Worte, sondern grobe Muni. Dann zischte ein weiterer Pfeil durch die Luft.

Der Rigger wurde nicht getroffen. Er tauchte in die Deckung des Fenstersimses.

»Sie haben ein gepanzertes Boot«, sagte er. Der Scheinwerfer hatte seine Riggeraugen nicht blenden können. Und für ihn machte die Nacht keineswegs alle Katzen grau. »Haben sich irgendwie herangeschlichen. Leiser E-Motor oder so was. Es sind drei. Ein weißhaariger Elf mit einem Bogen, ein Negerelf mit 'ner Knarre und ein schwarzhaariger Norm mit Narben im Gesicht. Er steuert das Boot.«

»Der Negerelf ist eine Frau«, korrigierte ihn Pandur. Er hatte also also recht gehabt. Die Killerelfen hatten ihr Team wieder aufgestockt, den dritten Mann ersetzt, der von Natalie gehimmelt worden war. Aber warum gaben sie sich mit einem Norm ab?

»Kannst du sie erwischen oder das Boot leck schießen?«

»Ich sagte schon, es ist gepanzert. Die Drekheads haben sich gut verschanzt. Schwer an sie ranzukommen.«

»Drek!«

»Alte Bekannte, Chummer?« fragte Festus.

»Schon möglich.« Pandur hatte plötzlich ein dunkle Ahnung. »Was für Narben hat der Norm?«

»Kreuze auf den Backen. Mafia-Narben.«

Obwohl sich Pandur äußerlich nichts anmerken ließ, war er innerlich zusammengezuckt. Ricul! Die Begegnungen im Ghetto und wahrscheinlich auch im Kropotkin waren kein Zufall gewesen. Aus irgendwelchen Gründen hatte sich Ricul mit den Mördern seiner Halb-

269

schwester verbündet und jagte mit ihnen zusammen jenen Mann, dem er vor zwei Jahren noch einen fetten Kredstab hinterhergetragen hatte. Warum?

Zum Teufel noch mal – warum? Er hat mich beschimpft und macht mich für den Tod seiner Halbschwester mitverantwortlich. Aber seither sind zwei Jahre vergangen. Er kann sich doch nicht im Ernst in den Kopf gesetzt haben, mich deshalb zu töten.

Aber dann dachte Pandur daran, daß Ricul ein Roma war, der viel von Blutrache hielt. Zudem war er ein Mafioso. Und vielleicht hatte ihn Natschas Mutter aufgehetzt. Vielleicht war er auch einfach unter die Kopfjäger gegangen, hatte einen Job angenommen.

»Der Drekhead mit den Narben hat uns schon im Kropotkin beschattet«, sagte er.

»Dann wissen wir wenigstens, wie er uns aufgespürt hat«, meldete sich Jessi zu Worte. »Er ist Patrick gefolgt.«

Ihre Stimme klang leise und tonlos, ihre Augen waren weit geöffnet. Pandur besaß keine Riggeraugen, die das Dunkel durchdringen konnten. Aber er sah genug. Das Mädchen stand unter einem Schock. Er wußte nicht, ob sie mit angeschaut hatte, wie der Warrior gestorben war. Daran, daß er tot war, konnte sie jedoch keinen Zweifel haben. Sie hatte sich von ihm getrennt, aber sein Tod konnte sie nicht unberührt lassen. Die Grenzlinien, die Gevatter Tod zieht, sind tiefer als alle Gräben, die Menschen voneinander trennen.

»Schmidt ist hinüber«, sagte Festus zu allem Überfluß. »Der Elf mit dem Bogen hat ihm den Halleluja-Paß gegeben.«

Er schob die Combat Gun über das Fensterbrett und jagte eine Salve in die Nacht hinaus.

Neben dem Mädchen kauernd, legte Pandur seine Linke um Jessis Schulter und zog sie einen Moment an sich heran. Sie ließ es geschehen, schmiegte sich an ihn.

»Es ... es ist nur der Schock«, flüsterte sie.

270

»Diese beiden Elfen dort draußen«, gab er ebenso leise zurück, »haben auch Natalie getötet.«

Festus schoß erneut. Diesmal wurde ihm mit mehreren Schüssen geantwortet. Dann kehrte wieder Ruhe ein.

»Aber warum sind sie jetzt hier? Wollen sie dich?«

»Keine Ahnung, Jessi. Ich weiß es nicht.« Er zögerte. »Wir haben vielleicht eine Chance, es ihnen heimzuzahlen...«

»Vielleicht«, sagte sie. »Aber sie würden uns auch erwischen, nicht?«

»Wahrscheinlich«, gab er zu. »Wäre es das nicht wert?«

»Tu es nicht, Pandur«, bat ihn das Mädchen. »Auch wenn sie dir viel bedeutet hat. Du wirst eine bessere Chance bekommen.«

»Und du?«

Als sei er die leise Unterhaltung der beiden leid, richtete sich der Rigger erneut auf und feuerte. Die andere Seite antwortete sofort. Scheppernd fiel eine von Einschußlöchern durchsiebter Kunststofftonne zu Boden.

»Der Dreakhead mit dem Bogen hat einen Chummer getötet«, sagte Jessi langsam, als das Geräusch verklungen war. »Und dafür hasse ich ihn. Patrick hat viel für die Warriors getan. Er wird ihnen fehlen. Aber ihm in den Tod zu folgen, wäre irgendwie nicht richtig. Es würde mich nachträglich zu seiner Braut machen, die ich nicht mehr bin. Halte es bitte nicht für Feigheit, Pandur, aber ich halte dieses Opfer für... nicht angemessen.«

Einen Moment lang war Pandur von ihr enttäuscht. Aber dann konnte er sie verstehen. Sie war traurig. Aber sie hatte sich schon zu weit von Patrick gelöst, um blind für die Realitäten zu werden. Er war dankbar für ihre Entscheidung. Es war keine Lösung, in den Tod zu gehen, um ein paar Drekheads mit auf die Reise zu nehmen. Es gab größere Drekheads als diese Figuren, die nur ihre tödlichen Instinkte vermieteten. Er hatte noch Dinge zu erledigen. Er hatte Daten in seinem Cyberdeck. Onkel Lucifers Bratpfanne mußte noch warten.

»Wie stellt ihr euch den weiteren Verlauf des gemütlichen Abends vor?« fragte der Rigger. »Früher oder später wird die Schießerei andere Drekheads anlocken, die denken, sie müßten auch zeigen, daß ihre Knarren gut geölt sind.«

Wenn Ricul und die Elfen von der AG Chemie angemietet wurden, haben sie sich längst mit denen in Verbindung gesetzt. Dann ist Verstärkung unterwegs. Wir müssen raus aus diesem Loch. So schnell wie möglich!

»Laß uns…«, begann er, aber er kam nicht dazu, seinen Satz zu beenden.

Irgendwo über ihnen, ein oder zwei Stockwerke höher, detonierte eine Granate. Es folgte ein zweite, dritte, vierte, fünfte Explosion. Draußen blitzte Geschützfeuer. Sie lagen unter Granatwerferbeschuß. Vielleicht waren auch noch andere größere Kaliber beteiligt. Alles harte Sachen, die dort abgeschossen wurden. Keine Farbbeutel, keine Tomaten und kein Pudding. Sie konnten von Glück sagen, daß die Schützen offenbar nicht wußten, wo die Runner genau steckten. Sie beharkten das Gebäude, als sei es ihr persönlicher Feind. Vielleicht war das Getöse auch als Abschiedsfeuerwerk gedacht. Noch mal was Buntes, bevor es zappenduster wurde.

In einer kurzen Feuerpause war das Schrappen von Hubschrauberrotoren zu hören, das sich deutlich von dem Geräusch mehrerer Bootsmotoren abhob. Die Boote näherten sich schnell. Die Helikopter waren schon da, standen in der Luft. Die blinden Schützen machten sich wieder daran, die einzelnen Paragraphen ihrer Tarifverträge in Stahl zu gießen. Die Elfin, die wenigstens wußte, wo das Wild kauerte, schloß sich ihnen an.

»Los!« drang Jessis helle Stimme über das Inferno hinweg.

Festus war bereits unterwegs. Er robbte außerhalb des Schußfeldes des Gegners in Richtung Tür. Jessi und Pandur krochen hinterher.

»Nicht!« rief das Mädchen, als der Rigger Anstalten machte, sich aufzurichten und das Türschloß unter Feuer zu nehmen. Sie richtete sich auf, drückte sich an der Wand entlang, hatte den Codechip schon in der Hand und preßte ihn in das Schloß.

»Angst vor 'ner Anzeige wegen Sachbeschädigung?« fragte Festus und grinste.

»Angst davor, daß die Querschläger das besorgen, was die Drekheads bisher nicht geschafft haben!« fuhr sie ihn an.

Die Tür sprang auf.

Die Schattenläufer stürzten in den kleinen, dunklen Raum dahinter. Jessi warf die Tür ins Schloß, um Verfolger aufzuhalten, die früher oder später durch die Fensteröffnung eindringen würden.

Der Beschuß war eingestellt worden. Ein paar Sekunden lang herrschte eine geradezu gespenstische Ruhe. Dann trampelten im Stockwerk über ihnen schwere Stiefel. Dem Geräusch nach zu urteilen, waren Dutzende von Konzerngardisten unterwegs. Sie schienen das Gebäude systematisch zu durchkämmen.

Jessis Stablampe flammte auf.

»Halt mal«, sagte sie und drückte Pandur die Lampe in die Hand. »Gib mir Licht!«

Pandur richtete den Lichtkegel auf die Hände des Mädchens. Sie hielt den Mikrosender in der Linken und gab mit der Rechten einen Code ein. An der Unterseite glitt leise schnurrend eine Abdeckung zur Seite. Ein roter Knopf war zu sehen.

»Auf den Boden legen und Deckung!« Sie riß Pandur die Lampe aus der Hand und ging selbst in eine hockende Haltung. »Und jetzt beten, daß alles so funktioniert, wie die Warriors es sich ausgerechnet haben.«

Die Männer hatten sich zu Boden geworfen und versuchten, den Kopf mit den Armen zu schützen.

»Hoffentlich weißt du, was du tust!« murrte der Rigger.

Pandur teilte seine Skepsis. Wenn Jessi die Sprengladungen im Raum über ihnen zündete, würde die Decke herunterkommen. Aber es war keine Zeit für Debatten.

Das Mädchen drückte den roten Knopf.

Es gab einen dumpfen Knall. Direkt vor ihnen implodierte die Wand. Ein sauberes, fast kreisrundes Loch von anderthalb Metern im Durchmesser war entstanden. Fast alle Betonstücke landeten im benachbarten Raum. Die Runner bekamen nur ein paar kleinere Bruchstücke und grauen Staub ab.

»Los, los, los!« rief Jessi, sprang auf und rannte auf das Loch zu. »Wir haben nur fünfzehn Sekunden!«

Sie hechtete durch die Öffnung. Hinter ihr kroch Pandur durch das Loch, halb mit eigener Kraft, halb gestoßen von dem nachdrängenden Festus.

Das Mädchen war bereits wieder auf den Beinen, leuchtete ihnen und hastete vorwärts. Sie befanden sich in einem großen, dunklen, feuchten Raum ohne Fenster. Am anderen Ende befand sich eine Tür.

Jessi rannte schnurstracks auf die Tür zu.

Stumm hatte Pandur die Sekunden gezählt. Als er bei vierzehn angelangt war, gab es schräg über ihnen eine gewaltige Explosion. Der ganze Bau erzitterte. Einen Moment lang dachte Pandur, das ganze trostlose Gebäude würde in sich zusammenfallen. Aber es hielt stand. Nur einzelne lose Betonklumpen, Farbreste und jahrzehntealter Dreck lösten sich von der Decke.

»Die Warriors sind spitze!« lobte Festus. »Es geht doch nichts über gewiefte Terroristen, die sich mit Sprengstoff auskennen.«

Das Mädchen hatte die Tür erreicht. Eine Brandschutztür aus Stahl, vergammelt, aber erst in jüngster Zeit vom gröbsten Rost befreit. Jessi drückte die Klinke herab und riß die Tür auf.

Vor den Schattenläufern lag eine Halle mit einem zum größten Teil aufgesprengten Fußboden. Pandur erkannte den Ort sofort wieder. Die einsame Tür am Ende der Halle war ihm schon aufgefallen, als er vor Stunden zum Run gegen die AG Chemie aufgebrochen war. Und als er zurückgekehrt war.

In dem Loch, einen Meter unter dem Niveau des erhalten gebliebenen Fußbodens, stand Wasser. Es stank nach Petrochemie. Gutes norddeutsches Wasser eben.

Auch dieser Raum war dunkel und besaß keine Fenster. Damit hatte er die Eignungsprüfung der Warriors bestanden und sich das Fußbodenloch eingehandelt.

An dem brüchigen, improvisierten Kai lag der Delphin, wie sie ihn verlassen hatten. Heck und Bug waren an verbogenen Stahlträgern des Gebäudes vertäut.

Der Lichtkegel von Jessis Lampe huschte über das Unterseeboot, als wollte sie sich davon überzeugen, daß es auch wirklich vorhanden, unbeschädigt und von niemandem besucht worden war. Pandur war genauso skeptisch. Im stillen rechnete er damit, daß die ruhige Szene eine Falle war. Es hätte ihn nicht gewundert, wenn im nächsten Moment Scheinwerfer aufgeflammt und aus allen Ecken und Winkeln Willkommensgrüße der besonderen Art durch den Luftraum transportiert worden wären. Diese Aufmerksamkeiten blieben ihnen erspart. Keine Garantie, daß nicht Begrüßungsgeschenke nachgereicht wurden. Wenn die Blindfische an den Stahlorgeln der Kopter auf dumme Gedanken kamen, konnte der Raum am Ende leicht die vom Architekten versagte Fensterfront erhalten. Mondschein wäre noch das geringste, was dann hereinfallen würde.

Festus hatte am wenigsten Sinn für die Prüfung der Umstände gehabt. Ihm schien zu genügen, daß sich überhaupt eine Chance bot, mit heiler Haut davonzukommen. Es erwies sich als günstige Fügung, daß niemand den Rigger aufgefordert hatte, die Fernsteuerung des Delphin zurückzugeben. Er hielt sie bereits in der Hand und ließ die Plexkuppel aufgleiten.

»Beeilt euch!« sagte er und löste eines der Halteseile. »Oder zieht es einer von euch vor, mit der 'Michel zu flüchten? Dem könnte ich nur eine dicke Haut wünschen.«

Die vor der Halle vertäute Michel Standard bot keine Alternative. Wenn die Konzerngardisten sie nicht längst zerschossen oder versenkt hatten, würde das spätestens dann passieren, wenn jemand damit entkommen wollte. Pandur und Jessi kletterten an Bord des Delphin und zwängten sich durch den engen Einstiegsschacht in den Leib des U-Boots.

Festus löste das zweite Tau, sprang an Bord, schloß die Kuppel. Wortlos und ohne Zeit zu verlieren, stöpselte er sich in die Riggerkonsole ein. Die Ballastpumpen liefen an und drückten das Boot unter Wasser. Erst dann setzte er sich den Cyberhelm auf.

»Wie stehen unsere Chancen?« fragte Jessi.

»Ich bin kein Hellseher«, gab Festus zurück. »Ich habe nur einen Cyberhelm. Und der sagt mir, daß im Moment unter Wasser noch alles ruhig ist. So was kann sich schnell ändern.« Nach einer Pause fuhr er fort: »Wenn die Drekheads nicht wissen, daß wir den Delphin haben, flutschen wir vielleicht hindurch. Wenn sie wissen, was Sache ist, werden sie am Ausgang auf uns lauern. Peng. Zonk. Aus.«

Er konzentrierte sich jetzt ganz darauf, mit dem Boot zu verschmelzen, es wie seinen organischen Körper zu fühlen und ebenso selbstverständlich zu lenken. Die Saeder-Krupp-Aggregate liefen an. Es blieb keine andere Wahl. Sie konnten nur darauf hoffen, daß der Gegner die Antriebsgeräusche nicht registrierte. Die Aussichten dafür standen gut. Die AG Chemie hatte zuviel in der Luft und auf dem Wasser, um eine neue

Geräuschquelle so ohne weiteres wahrzunehmen. Die Elektromotoren des Delphin arbeiteten ohnehin extrem leise. Blieb die Frage, wie gut die Einsatzgruppe des Megakons ausgerüstet und vorbereitet war. Wenn sie mit dem Verschwinden der Runner rechnete, würde sie einen Helikopter mit Sonarortung über dem Geschehen kreisen lassen.

Hatten Ricul und die Elfen die Konzerngardisten zur Unterstützung angefordert? War die AG Chemie durch andere Informationen auf das Depot der Warriors aufmerksam geworden? Diese Frage blieb ungeklärt. In jedem Fall glaubte man sich des Erfolgs des Unternehmens sicher zu sein. Man wähnte die Runner in der Falle. Vielleicht hätte man sich fragen sollen, wie es ihnen gelungen war, in das Chilehaus zu kommen.

Die Helikopter, die das Gebäude angegriffen hatten, waren inzwischen auf dem Dach gelandet und spuckten Konzerngardisten aus. Die Boote hatten weitere Sicherheitskräfte ausgeladen. Die Michel Standard war versenkt worden. Patricks Boot wurde bewacht. Alles schien unter Kontrolle zu sein. Man mußte die Schattenläufer nur noch aus dem Winkel herausklauben, in den sie sich geflüchtet hatten.

Niemand schien auf das leise Schnurren der HighPower 12 zu achten. Niemand schien den Schatten zu sehen, der durch das Wasser huschte.

Die Runner entkamen ihren Feinden.

Fast.

Ein einsames Boot folgte in weitem Abstand. Die drei Jäger verfügten über Killerinstinkte und gute Instrumente. Sie hatten Zeit, auf eine günstige Gelegenheit zu warten. Die Unterstützung der Konzerntruppen benötigten sie nicht. Sie wollten die Prämie für sich allein.

8. KAPITEL

›Murder City Nights‹

Chronologie der Hamburger Geschichte seit der Jahrtausendwende (3):

2029 – Durch den Computercrash wird das Finanzsystem auch in Hamburg völlig ins Chaos gestürzt. Nur eine Gruppe von CCC-Mitgliedern, die vom Senat und einigen Konzernen angeheuert werden, kann das schlimmste verhindern. Alle Hacker kommen dabei ums Leben. Sie werden später als ›Die Sieben von Altona‹ zu Märtyrern der Deckerszene.

2030 – Die Fabriken auf Big Willi sind mit 12 000 Häftlingen am Ende ihres Fassungsvermögens und müssen vergrößert werden. Zur Überwachung der Häftlinge stellt Hamburg eine Spezialtruppe der HanSec auf.

2031–2034 – In Hamburg wird die erste ›Hanseatische Akademie für magische Künste‹ gegründet. Hamburg erklärt sich zu Beginn der Eurokriege zur ›Entmilitarisierten Zone‹ und läßt mit Hilfe von Kontruppen die umliegenden Kasernen räumen. Die leerstehenden Gebäude werden bald von Kriegsflüchtlingen aus allen beteiligten Ländern besiedelt. Die Großkonzerne und der Senat nutzen diese Flüchtlingswelle sowohl für den Wiederaufbau des Hafengebietes und der Innenstadt als auch für den Bau des Theodor-Storm-Damms. In den Sümpfen westlich des überfluteten Finkenwerder, nahe Neugraben, tauchen immer mehr von Piraten angeschleppte Schwimmpontons auf, an die stetig neue Schwimmgebilde angebaut werden. Auf engstem Raum tummeln sich hier bald Zehntausende von meist illegalen Zuwanderern, die unter katastrophalen hygienischen Verhältnissen in unvorstellbarem Elend leben. Seuchen breiten sich aus, und die Pontons sind eine Brutstätte des Verbrechens, zugleich ein idealer Unterschlupf für Piraten und Big Willi-Flüchtlinge.

2037 – In der Nacht zum 1.Mai beginnen die etwa 21 000 Inhaftierten auf Big Willi mit einem Aufstand, dem die 2500 Wachleute kaum etwas entgegenzusetzen haben: Auf ungeklärte Weise sind die Häftlinge an eine große Zahl von Schußwaffen gekommen. Der Aufstand dauert 4 Tage und kostet 640 Wachen das Leben. Die Verluste seitens der Häftlinge betragen 4200. Der Ausbruch der Häftlinge konnte nur mit Hilfe von Lohnmagiern und des Militärs verhindert werden. Der Hamburger Senat erklärt die Gefängnisinsel zur autarken Zone.

2038 – Die Flüchtlingswellen aus den beendeten Eurokriegen halten an. Viele Metamenschen suchen in Hamburg Zuflucht. Die Einwohnerzahl überschreitet zum ersten Mal die Vier-Millionen-Grenze. Es kommt im Juni mehrfach zu Gewalteskalationen gegen Metamenschen. Ein Großteil der Elfen flüchtet in den westlichen Teil des ehemaligen Süderelberaums und findet im Alten Land Zuflucht. Später konzentrieren sie sich vor allem in Stade, während wieder andere von ihnen nach Pomorya ausreisen.

2040 – Aufgrund gezielter Überfälle von Hovercraftpiraten wird der Hamburger Hafen zur Militärischen Zone deklariert. Eine Kieler Marineeinheit wird für diese Zwecke dem Hamburger Senat unterstellt.

2042 – Der Alsterpalast wird eröffnet.

2045 – Hamburg erklärt den Ohlsdorfer Friedhof wegen vermehrten Auftretens von Ghulen zum Sperrgebiet und setzt ein Kopfgeld von 800 EC für jeden toten oder lebendigen Ghul aus, der den Behörden oder einem der Ordnungsdienste übergeben wird. Das Tragen von Schußwaffen ist in Hamburg nur mit Waffenschein gestattet, was aber in einigen Stadtteilen lediglich auf dem Papier steht.

2048 – Die Wilhelmsburger Gefängnisinsel ist wieder aufgebaut und trägt jetzt den Namen ›Hansestrafvollzugsanstalt 1‹, Spitzname nach wie vor ›Big Willi‹. HanSec übernimmt die Sicherung von Blankenese und der Innenstadt rund um die Alster.

2049 – Die Einschienenschwebebahn durch ganz Hamburg wird fertiggestellt.

Dr. Natalie Alexandrescu:
Hamburg, Venedig des Nordens,
Deutsche Geschichte auf VidChips,
VC 5, Erkrath 2051

Der Rigger ließ den Delphin auf sieben Meter Wassertiefe absinken, als sie die Außenalster erreicht hatten. Optisch waren sie in dem öligen Gewässer nicht mehr wahrzunehmen. Er schaltete den Antrieb ab, ging auf Notstrom und stöpselte sich aus.

»Mit dem Boot kommen wir nicht mehr weit«, sagte er. »Die Akkus waren schon halbleer, als wir zu dem Run aufbrachen. Jetzt haben wir noch zwanzig Prozent Betriebsstrom. Verfolgungsrennen sind nicht mehr drin. Der ganze Kahn ist schrottreif, und die Akkus taugen am wenigsten. Die Warriors haben das Ding verludern lassen.«

»Was schlägst du vor?« fragte Jessi.

»Mit den müden Akkus möchte ich nicht noch mal durch die Fleetsperre«, sagte Festus. »Entweder die Alster hoch oder zur Musikinsel.«

»Musikinsel? Da müssen wir auch durch die Sperre.« Jessi schüttelte den Kopf.

»Müssen wir nicht. Ich kenne einen sicheren Schleichweg, der nicht abgeriegelt ist.«

»Warum ist dir das nicht früher eingefallen? Hätte uns den Weg durch die Innenstadt erspart.«

»Drek, hätte es nicht. Wir kommen von Osten an die Insel heran, aber danach ist Sense. Unterwassersperren. Kein Durchkommen.«

»Was zum Teufel sollen wir auf der Musikinsel?« sagte Jessi. »Zuviel Trubel für uns, finde ich.«

»Genau die Art von Trubel, die wir brauchen«, meinte Festus. »Da tauchen wir schnell unter. Ich kenne die Insel gut, vor allem die verschwiegenen Winkel. Wenn die Störtebekerpassage inzwischen nicht verrammelt ist, fahren wir bis zum Keller des Reaktor, steigen aus, lassen den Delphin zurück und latschen direkt in den Schuppen. Ohne Eintritt zu löhnen.« Er wandte sich an Pandur: »Der Reaktor ist 'ne Musikkneipe, Chummer.«

Pandur nickte. Seine Kenntnisse über den Hamburger Megaplex konnten nicht mit denen der Chummer konkurrieren und waren veraltet. Aber er hatte von der Musikinsel gehört. Sie war nach der Großen Flut als gigantisches Veranstaltungszentrum auf dem Gelände des früheren Hauptbahnhofs errichtet worden. Eine eigene kleine Glitzerstadt aus buntem Glas, Alukeramik und Laserlicht, errichtet auf Betonsäulen inmitten des Wassers. Eine dadaistisch-anarchistisch inspirierte Gruppe, die sich ›Null Konsumverein mit nichteingeschränkter Knastverschonung (NUK-NUK)‹ nannte, hatte die Konstruktion mit einem Bakterienanschlag auf die Säulen zum Einsturz gebracht. Ein Drittel des Baus war im Wasser versunken, aber der Rest wurde noch immer genutzt. Als schillernde Thrillwelt für Betuchte war die Musikinsel allerdings längst vom Alsterpalast in der Schwanenwik-Bucht abgelöst worden. In dessen Luxushotels, Nobelbars und Feinschmeckerrestaurants verkehrten die Execs der Megakons, ihre japanischen Bosse und Geschäftsfreunde, die Cracks aus der Welt des Kampfsports, Trid- und SimSinn-Stars, die Hamburger Schickeria und andere Drekheads, die noch nie davon gehört hatten, daß es Leute gab, die einen Kredstab mit einigem Grund als Ebbie bezeichneten oder überhaupt noch nie einen besessen hatten.

»Meinetwegen.« Jessi gab ihren Widerstand auf. »Die Scheißer von der AG Chemie werden es sich nicht leisten können, halb Hamburg auf den Kopf zu stellen, um ein paar Runner zu erwischen. Versuchen wir es mit der Insel. Pandur?«

»Mir egal. Hauptsache, wir kommen irgendwann aus dem Wasser.« Allmählich reichte es ihm. Monatelang mit Tupamaro auf dem Wasser, gestrandet im Weser-Jade-Busen, in den Sümpfen, auf dem Pontonghetto, im Delphin... Er hatte zuviel Zeit auf schwankenden Untersätzen, in engen Blechbüchsen und im Schwimmanzug verbracht. Außerdem hatte er wenig Spaß daran, in einem Schrott-U-Boot auf dem Grund der Alster zu liegen, gesteuert von einem Rigger, der jeden Moment wieder zur Beute seiner Gehirnmaden werden und ausflippen konnte, während über ihm Killerelfen, Mafiosi und Konzerngardisten die Messer wetzten. »Weiß einer von euch, wo man einen Herrn Mustapha kennenlernt, der Schattenläufer für einen heißen, trockenen Run in Saudi-Arabien sucht?«

»He, Chummer«, sagte Festus gedehnt. »Bevor du deinen Arsch in einen neuen Run hängst, wirst du mir noch ein paar glasklare Antworten auf ebenso viele glasklare Fragen geben. So ka?«

»Soll das eine Drohung sein?« fragte Pandur und spannte sich an. Er hatte sich längst entschlossen, den beiden reinen Wein einzuschenken. Aber er mochte es nicht so gern, unter Druck gesetzt zu werden.

»Drek«, erwiderte der Rigger. »Wenn ich drohen will, habe ich meine Flak in der Faust. Siehst du eine Flak? Na also. Ich will dir nur klarmachen, daß du mir ein paar Antworten schuldig bist.«

Das klang versöhnlicher und war wohl auch so gemeint.

»Die Fragen?« sagte Pandur.

»Was Schmidt dich gefragt hat. Weshalb jagt uns die AG Chemie? Was hast du im Logistikcomputer gefunden? Und was unser Schmidt dich nicht mehr fragen konnte: Was wollen die Drekheads von dir, die uns zuerst angegriffen haben? Wer hat dein Deck magisch behandelt? Was spielst du für ein Spiel?«

Pandur fühlte sich an den Run in Düsseldorf erinnert. Wenzel hatte ebenfalls vermutet, er spiele ein doppeltes Spiel.

»Denkst du, ich arbeite für zwei Auftraggeber? Chummer, ich bin ein paar Jahre länger in den Schatten als du. Ich kenne die Regeln.«

»Du weißt nicht, wer der Magier ist?« fragte Festus. »Oder wer es sein könnte?«

»Jemand, der die Daten abstauben will, ohne zu bezahlen, ohne einen Run zu organisieren. Das glaube ich.« Er zögerte, fragte sich, ob er mehr verraten sollte. »Ich habe vor zwei Jahren ein paar seltsame Sachen erlebt, die damit zusammenpassen. Irgendeine Graue Eminenz, die Fäden zieht und sich nicht zu erkennen gibt. Habe nie rausgekriegt, wer mich da am Haken hatte.«

»Ganz schön tricky, deine Chummer mit so einer Scheiße zu belasten!« schnappte Festus

»Ist eben mein Handicap!« konterte Pandur. »Andere Typen haben andere Probleme, schlimmere Probleme, und muten das auch ihren Chummern zu!«

Der Rigger schwieg eine Weile. Dann zuckte er die Achseln. »Und die Killer im Boot?«

»Hängen mit der Grauen Eminenz zusammen oder auch nicht. Zwei von ihnen haben mich und ein Mädchen mal gejagt. Sie wollten ebenfalls Daten. Andererseits bin ich ziemlich sicher, daß sie für die AG Chemie arbeiten. Kann gut sein, daß sie mehrere Verträge haben. Kann sein, daß sie nur auf unseren Schmidt scharf waren oder auf mich oder auf einen von euch. Oder auf die Daten. Oder auf alles. Diese Drekheads sind gut im Geschäft und sehen sich um, damit der Job einträglich wird.«

»Gilt das auch für den Mafioso? Jagt dich die Mafia?« fragte Jessi dazwischen.

»Der Mafia habe ich noch nie so ans Bein gepinkelt, daß sie Patronen für mich ausspucken würde«, antwortete Pandur. »Der Bursche heißt Ricul und ist der Halbbruder der Frau, von der ich dir erzählt habe. Er macht mich für den Tod von Natscha verantwortlich.«

»Hast viele Feinde, wie?« Der Rigger sah ihn forschend an.

»Wer hat die nicht im Schattenland?«

»Aber es reicht dir noch nicht?«

Pandur wußte nicht, worauf der Rigger hinauswollte. »Ich bin ein Runner, der es nun mal nicht allen rechtmachen kann. Ansonsten bin ich kein Typ, der sich gerne Feinde macht. Ich bescheiße keine Leute, bin nicht besonders aggressiv und lebe gern mit anderen im Frieden, wenn sie mich ebenfalls zufrieden lassen.«

Festus sah ihn finster an: »Du steckst deine Körperteile zu sehr in anderer Leute Sachen, Chummer. Sei froh, daß manche Chummer nur ausrasten, wenn ihnen die Viren durch die Birne marschieren. Sei froh, daß es noch mehr Chummer gibt, die so friedliebend sind wie du. Sonst hättest du noch einen Feind mehr. Könntest dann langsam 'nen Laden damit aufmachen.«

Aha, dachte Pandur. *Dein Schlaf war also doch nicht fest, Chummer ...*

»Du blöder Drekhead!« schrie ihn Jessi an. »Was bist du? Ein verdammter Spanner? Und wage es nicht noch mal, mich als 'anderer Leute Sachen' zu bezeichnen. Ich bin dir nichts schuldig, so ka? Ich gehe ins Bett, mit wem ich will!«

»Du verdammte Nutte!« explodierte Festus.

Pandur sah, daß Jessi zu einem Zornesausbruch ansetzte, sich dann aber unter Kontrolle bekam, bevor ein einziges Wort über ihre Lippen kam. Mühsam beherrscht stieß sie statt dessen hervor: »Das ist wohl kaum der richtige Moment, um uns zu fetzen, oder? Laß mich in Ruhe, Chummer! Wir sind ein Team, aber ansonsten geschiedene Leute! So ka?«

Der Rigger schwieg. Eine dicke Zornesader auf seiner Stirn schwoll erst ganz allmählich ab.

Pandur sagte ebenfalls nichts. Er hatte von Anfang

an gewußt, daß die beiden sich schon länger kannten, und Jessi hatte es ihm bestätigt. Nichts in den vergangenen Stunden, kein Wort und keine Geste, hatte ihn jedoch vermuten lassen, daß es sich um eine so enge Beziehung handelte. Es kam vor, daß Schattenläufer nach dem Run miteinander ins Bett gingen. Männer mit Frauen, Männer mit Männern, Frauen mit Frauen, je nach ihren Vorlieben. Das war normal. Schneller und eruptiver vielleicht als anderswo, weil das Leben in den Schatten schneller und eruptiver war. Meistens kamen nur flüchtige Beziehungen zustande, One-Night-Stands. Chummer wie Molotowa und Dr. Mabuse, die im Leben wie in den Schatten ein Paar gewesen waren, bildeten die Ausnahme. Die Schatten waren kein weiches Bett, in dem Liebe auf Dauer Bestand haben konnte. Pandur hatte gewußt, daß ein Mädchen wie Jessi Männerphantasien weckte. Es hätte ihn nicht gewundert zu hören, daß Jessi und Festus mal miteinander gebumst hatten. Aber er hatte nicht wissen können, daß mehr im Spiel gewesen war. Jessi hatte ihm nur von Patrick erzählt. Und doch...

Eigentlich hätte ich es mir denken können. Die Anspielungen, diese gewisse Art von Spannung zwischen den beiden...

Der Rigger wandte sich von dem Mädchen ab. Er wirkte ruhiger als erwartet. Aber eigentlich war das kein Wunder. Immerhin hatte er vorher genügend Zeit gehabt, sich mit der Situation auseinanderzusetzen.

»Was hast du im Computer gefunden, Chummer? Was ist so heiß, daß die Giftmixer uns in den Orkus blasen wollen?«

Pandur zögerte, aber es mußte hinaus. »Ich bin zufällig darüber gestolpert und wußte gleich, daß das Vorhandensein dieser Daten uns Ärger einbringen würde. Es geht um irgendeinen kriminellen Scheiß, den die AG Chemie in Afrika abzieht. Fragt mich bloß nicht nach Einzelheiten. Ich habe das Zeug nur überflogen. Aber die Sache ist verdammt brisant: Menschenexperimente. Die Drekheads haben Hunderte, wenn nicht Tausende Menschen umgebracht, um irgend etwas zu testen. Sie arbeiten dabei mit zwei anderen Megakons zusammen, die in den Unterlagen nur mit A und B bezeichnet wurden. Das Ganze ist in Kenia über die Bühne gegangen.«

Es war heraus. Pandur fühlte sich erleichtert.

»Was denn?« Festus pfiff durch die Zähne. »Ein richtig altmodischer Massenmord?«

»Das ist vielleicht zu hart. Eher Experimente mit Menschen, bei denen viele den Arsch zugekniffen haben.«

»Verstehe«, sagte der Rigger. »Und jetzt haben sie Schiß, daß es bekannt wird.«

»Mag ja sein, daß sich die Megakons fast alles erlauben können«, meinte Jessi bitter. »Aber irgendwo gibt es Grenzen. Wenn das herauskommt ...«

»Müssen die Giftmixer mit einem Bußgeld rechnen«, sagte Festus lapidar. »Du, du, du – tut man so was? Massenmorde mit mehr als tausend Toten werden mit drei Punkten in der Flensburger Massenmörderkartei geahndet.«

Pandur hatte sich schon gefragt, warum die AG Chemie so erbittert versuchte, die Angelegenheit geheimzuhalten. Megakons bewegten sich weitgehend außerhalb der staatlichen Gesetze. Aber es gab natürlich Grenzen. Wenn die Empörung in der Öffentlichkeit zu groß wurde, mußte der schwache Staat etwas unternehmen. Es würde eine Untersuchung geben. Aber vermutlich würde es der AG Chemie gelingen, sich reinzuwaschen. Das allein konnte nicht die Ursache für die Hektik sein.

»Für die Aktien der AG Chemie wird es einen Kurssturz bedeuten«, sagte er. »Die Konkurrenz wird versuchen, die Situation für sich zu nutzen und der AG Chemie Marktanteile abzunehmen. Deshalb ist es für den

Megakon so wichtig, daß die Daten nicht nach draußen gelangen dürfen.«

»Sind die Daten in deinem Cyberdeck?« fragte Jessi.

Pandur nickte. »Ich habe mir das überlegt. Sie hätten uns auf den Verdacht hin gejagt, daß ich die Daten kopiert habe – warum also darauf verzichten?«

»Ausgezeichnet!« Das Mädchen reckte energisch das Kinn vor. »Wir werden sie dem Klabauterbund übergeben. Er wird dafür sorgen, daß die Öffentlichkeit mobilisiert wird. Gibt Querverbindungen von den Klabautern zu den Schockwellenreitern, weißt du. Die klinken sich in die NewsFax-Kanäle ein und überspielen das Material den Medien.«

»Wäre eine Möglichkeit«, gab Pandur reserviert zurück. Er hatte selbst schon an die Hilfsorganisation der Decker gedacht. Als Einsamer Wolf mißtraute er Organisationen, selbst illegalen. Aber in diesem Fall benötigten sie alle Hilfe, die sie bekommen konnten. »Du vergißt nur, daß wir an die Daten nicht herankommen.«

»Die Magier des Klabauterbundes werden das Problem lösen.«

»Die Zauberer wissen das Geschenk hoffentlich zu würdigen«, meinte Festus, »und spendieren uns noble Särge. Ich hätte gern einen aus Eichenholz und einen wurmfesten Alukoffer für meine Cyberware. Man kann nie wissen. Vielleicht brauche sie sie, wenn ich als Zombie zurückkehre.«

»Um die Würmer hättest du dich kümmern sollen, bevor dir dein Doc die Wunderaugen in die Rübe gebastelt hat«, sagte Jessi.

»Drek, die Augen sind spitze! Wie oft soll ich dir noch sagen, daß die Software verseucht war?«

Bevor der Streit zwischen den beiden wieder aufflammen konnte, sagte Pandur: »Sind deine Fragen jetzt abgehakt, Chummer? Können wir uns jetzt endlich den praktischen Problemen zuwenden?«

Der Rigger schaute ihn an, mit seinen kranken Augen, denen man die Krankheit nicht ansah, mit seinen zugleich fähigen, analysierenden Augen, unergründlich wie immer. Cyberaugen. »Ich will nur noch mal genau wissen, was du über meine verfickte Cyberware herausgefunden hast.«

»Hör zu, Chummer, die Daten sind wie die anderen in meinem Cyberdeck, und da kommen wir im Moment nicht ran. Alles schon bekannt, oder? Du kriegst 'ne Kopie der Dateien, die für dich wichtig sind, sobald wir das Deck geknackt haben. Oder sobald die Klabautermänner ein Mittel gefunden haben – falls wir uns mit ihnen einlassen.«

»Aber die Spur führt zu MCT nach Prag?«

»Es gibt ein Protokoll über eine Besprechung mit MCT. Ein Exec von MCT, ein gewisser Dr. Gregor Kroll … nein, warte Dr. Gregor Krumpf, das war der Name … Also, dieser Doc Krumpf hat zu einer Demonstration neuartiger Cyberaugen nach Prag eingeladen. Aber die AG Chemie lehnte ab, weil die Interessen von Konzern B tangiert sein könnten.« Pandur faßte sich an die Stirn. »Das wird mir jetzt erst bewußt. Hier kommt der gleiche Konzern vor, der mit der AG Chemie in Kenia zusammenarbeitet. Das kann kein Zufall sein.«

»Na also, Chummer.« Der Rigger wirkte hochzufrieden. »War doch schon 'ne ganze Menge. Den guten Doc Krumpf schnappe ich mir.«

»Bist du dir sicher, daß die MCT mit deinen Augen zu tun hat?« fragte Pandur.

»Hundert Pro. Die Augen sind aus der Tschechei. Und die Software kommt ebenfalls von dort. Müßte schon ein verrückter Zufall sein. Nur ein großer Konzern hat die Power, so etwas zu entwickeln.«

»Aber vermutlich ist die Software geklaut. Sie kann von irgendwelchen Pfuschern verseucht worden sein.«

»Ich erzähle dir bei Gelegenheit Einzelheiten, Chummer. Aber du kannst mir glauben, daß nur ein Megakon hinter der Sache stecken kann. Egal, ob die Software gezielt oder illegal unters Volk gebracht wurde.«

Der Rigger verfiel in Schweigen. Wahrscheinlich überlegte er sich bereits, wie er an Krumpf herankommen sollte. Execs eines Megakons traf man nicht im Aldiburger. Wenn man etwas so Nachdrückliches von ihnen wollte wie Festus, mußten erst einmal die Bodyguards ausgeschaltet werden.

»Was ist sonst noch in dem Deck, Pandur?« Jessi sah ihm so direkt in die Augen, wie der Rigger es getan hatte. Aber ihre Augen waren hellblau, warm, ausdrucksvoll. Sie dominierten in ihrem Gesicht, ließen die Tätowierungen verblassen.

»Die Daten, die unser Auftraggeber haben wollte. Ich möchte sie ihm nach wie vor auch übergeben. Ich bin ziemlich blank, weißt du? Ich bin nicht durch die Schatten gelaufen, weil ich Spaß an so was habe.«

»Wenn wir die Daten befreien können, wirst du deinen Ebbie bekommen. Ich weiß, wer nach Patricks Tod für die Sache zuständig ist. Notfalls wird Rote Wolke die Sache regeln.«

Sie wollte sich abwenden, aber Pandur war noch nicht fertig. »Ich habe noch Daten zur Logistik des Unternehmens im Deck«, sagte er. »Für mich privat.«

Jessis Augen wurden groß, rund, ungläubig. »Für dich? Also doch ein Zusatzgeschäft?«

Pandur schüttelte den Kopf. »Ich weiß nicht, warum ich die Daten mitgenommen habe. Ich sah die Aufstellungen und fand sie interessant. Ich habe null Ahnung, ob man sie verkaufen kann. Aber ich biete euch an, den Erlös mit euch zu teilen, falls wir einen Abnehmer finden.«

»Hmmm …«, machte Festus. »Vielleicht sind diese Daten für die AG Chemie sogar wichtiger als die Daten über die Experimente.«

»Glaube ich nicht.« Gar so sicher war sich Pandur nicht. Außerdem war ihm plötzlich eingefallen, was er in der letzten Nacht geträumt hatte. Er war ein Exec der AG Chemie gewesen. Diese Daten hatten ihn *interessiert*. Er fragte sich, ob dieser Traum die Ursache für sein plötzliches Interesse an Struktur- und Verflechtungsdaten, an Statistiken über Umsatzentwicklung und Rendite war. Er hatte schon einmal einen Traum gehabt, der ihn später in Schwierigkeiten brachte. Roberti. Er hatte von ihm geträumt, ihn dann in der Matrix bei Jacobi gesehen. Roberti war aufgetaucht, als die Runner vor den Sicherheitsleuten flüchteten. Und Roberti hatte sich als das wahre Gesicht des verrückten Magiers erwiesen, der den Renraku-Run organisierte. Pandur fragte sich, ob es einen Zusammenhang gab.

Noch immer konnte sich Pandur nicht entschließen, sein Cyberdeck aus der Hand zu geben. Ohne das Deck war er nur eine der vielen Sprawlratten, die keine Perspektive hatten und auf die eine oder andere mühsame Art versuchten, an ein schäbiges Nachtquartier und einen mickrigen Soyburger zu kommen. Mit einem magisch blockierten Deck war er allerdings auch nicht mehr. In jedem Fall hatte er Jäger im Nacken. Ohne das Deck vielleicht ein paar weniger.

»Ist dem Klabauterbund zu trauen?« fragte er Jessi.

»Verräter, Schlitzohren und Drekheads findest du in jeder Vereinigung unterhalb der Heiligen Dreieinigkeit, wahrscheinlich schon in den Engelschören«, erwiderte das Mädchen. »Aber bei den Klabautern gibt es jede Menge guter Typen, vom ökologisch engagierten Sim-Sinn-Rocker bis zum anarchistischen Rechtsanwalt. Wenn sie irgend etwas eint, dann der Kampf für ein Leben im Einklang mit der Natur und die Opposition gegen die Megakons. Bessere Voraussetzungen für uneigennützige Hilfe wirst du nicht auftreiben. Du machst dir Sorgen um dein Cyberdeck?«

»Ich mache mir Sorgen, daß die Daten klammheimlich verschwinden, bei der AG Chemie landen und wir trotzdem tot sind. Und natürlich, mein Cyberdeck ist mir auch wichtig.«

»Du mußt Vertrauen haben, Pandur. Außerdem werden wir beide das Deck nicht aus dem Auge lassen. Du mußt es nicht hergeben. Du mußt nur zulassen, daß es im Beisein anderer einer magischen Prozedur unterworfen wird.«

»Du bleibst also bei mir?« Pandur hatte dies nicht als selbstverständlich angesehen.

Jessi lächelte. »So schnell wirst du mich nicht wieder los.«

Der Rigger schnaubte. »Täusche dich nicht, Chummer. So was geht manchmal schneller, als du denkst.«

»Ich möchte das klarstellen«, sagte Jessi zu Pandur. »Festus versucht mich in seiner Wut zu einem Flittchen zu machen. Bin ich aber nicht. Mit Festus habe ich vor einer Woche Schluß gemacht. Nicht er mit mir heute. Er hat es nur nicht wahrhaben wollen und darüber gelacht, als ich es ihm sagte. So ka?«

Der Rigger schwieg. Irgendwie tat er Pandur leid. Aber er konnte ihm nicht helfen. Trotzdem war er erleichtert, daß er nicht den Anlaß für die Trennung der beiden geliefert hatte. Jetzt verstand er besser, warum sich der Rigger ihm gegenüber zurückgehalten hatte. Es hatte ihn verletzt, daß seine frühere Geliebte mit einem anderen ins Bett ging, hatte wahrscheinlich gehofft, sie zurückzugewinnen. Das war verständlich. Und natürlich hatte es den Mann hart getroffen: Maden im Kopf und der Laufpaß von der Freundin. Pandur konnte ihn nur zu gut verstehen.

»Du wirst Hilfe benötigen«, sagte er spontan. »Warte mit deiner Rache, bis die Klabautermänner das Deck befreit haben. Laß uns gemeinsam bei MCT einsteigen.«

»Das schaffe ich auch allein«, gab Festus schroff zurück.

Wer ist hier eigentlich der Einsame Wolf, fragte sich Pandur.

»Vergiß deinen Stolz, Chummer«, sagte er. »Wir sollten uns wirklich nicht trennen. Die Killer machen Jagd
auf uns drei, nicht nur auf einen allein. Sie nehmen,
was sie kriegen können: einen Arsch, zwei Ärsche, drei
Ärsche. Liegt wohl auf der Hand, daß sie es schwerer
haben, wenn wir uns gegenseitig schützen. Welche
Chance hast du gegen zwei Killerelfen, einen wild gewordenen Mafioso und weiß der Henker, was sie sonst
noch auf uns ansetzen? Stell dir vor, deine Maden tanzen im entscheidenden Moment Samba. Meinst du, daß
du Doc Krumpf dann noch deine persönliche Danksa-
gung überbringen kannst?«

Er wußte nicht, ob das die richtigen Argumente für
einen Mann waren, der vermutlich ohnehin dem Tod
geweiht war. Aber etwas Besseres fiel ihm nicht ein.

»Pandur hat recht«, wurde er von Jessi unterstützt.
»Du mußt über deinen Schatten springen. Trotz allem
mag ich dich, und das weißt du auch. Ich möchte nicht,
daß du vor die Hunde gehst.«

Der Rigger dachte eine Weile nach.

»Also gut«, sagte er. »Ihr helft mir, und ich helfe
euch. Wir bleiben ein Team, bis die Daten abgeliefert
sind. Vorausgesetzt, mein Kopf spielt mit. Was Prag angeht, reden wir darüber, wenn es soweit ist.«

Pandur und Jessi atmeten erleichtert auf.

»Wie gehen wir konkret vor?« Der Rigger nahm sein
Glasfaserkabel in die Hand und machte sich bereit, sich
wieder in den Bordcomputer des Delphin einzustöp-
seln.

»Musikinsel, wie geplant«, antwortete Jessi. »Im Reaktor oder wo immer sich die erste Möglichkeit bietet,
setze ich mich über Vidphon mit einem der Führer des
Klabauterbundes in Verbindung. Sie werden Leute
schicken, die uns abholen und in Sicherheit bringen.
Dann sehen wir weiter.«

»So ka.«

Festus stöpselte sich ein. Die HighPower12 Aggregate begannen leise zu summen. Der Delphin nahm Fahrt auf. Festus schwieg. Er benötigte seine volle Konzentration, um das Boot durch die Untiefen und Hindernisse der Fleete und ehemaligen Straßen zu steuern.

Der Delphin tauchte in den abgesackten Teil der Musikinsel hinein. Mehrmals drohte das Boot im Gewirr der zerborstenen Säulen und zusammengedrückten Stahlträger steckenzubleiben, und Festus mußte es mitunter wie auf einem Teller drehen oder es Millimeter um Millimeter vor und zurück bewegen, um das enge Labyrinth passieren zu können. Ohne Riggerkontrolle wäre die Passage nicht möglich gewesen. Früher oder später hätte das Boot sich selbst blockiert. Oder das Ruder wäre beschädigt worden. Oder die scharfen Stahl- und Betonkanten hätten den Rumpf aufgeschlitzt. In jedem Fall wäre die Besatzung früher oder später kläglich abgesoffen.

Nach schier endlosem Drehen, Winden, Vortasten und Zurücksetzen hatten sie es geschafft. Festus ließ das Boot auftauchen und zog sein Glasfaserkabel aus Riggerkonsole und Stirnbuchse. Er strich sich mit der Hand das graue Haar glatt und grinste. »Hätte selbst nicht gedacht, daß wir durchkommen würden. Ich bin die Strecke mal mit Taucherausrüstung geschwommen, war mir aber nicht sicher, ob die Löcher groß genug sind für unseren schwimmenden Sarg.«

»Drekhead!« Das Mädchen sah ihn ärgerlich an. »Warum hast du uns das nicht vorher gesagt?«

»Wozu? Damit ihr euch in die Hosen scheißt? Konnte keine Panik an Bord gebrauchen. Genügt ja wohl, wenn der Käpt'n hin und wieder ausflippt, oder?«

»Du hättest einen anderen Weg nehmen können. Die Musikinsel war nur angesagt, weil du uns den Weg schmackhaft gemacht hast. Du hast ihn als sicher geschildert.«

»Was willst du? Hat uns jemand mit Muni bespuckt?

War doch sicher, war doch bekömmlich. Keiner kann meckern.«

»Was soll das, Festus?« sagte Jessi. »Du bist früher nur kalkulierbare Risiken eingegangen.«

Festus zuckte achtlos die Schultern. »Na und? Das Risiko war kalkulierbar. Der Weg mußte nur ausprobiert werden. Kann natürlich sein, daß ich meine Risikoschwelle etwas höher gelegt habe. Weiß nicht. Wäre möglich. Vielleicht ist mir mein beschissener Arsch nicht mehr so viel wert wie früher?«

Das Mädchen schwieg.

Pandur blieb ebenfalls ruhig. Es hatte wenig Sinn, den Chummer darauf aufmerksam zu machen, daß er nicht allein an Bord war. Er nahm sich aber vor, diese Einstellung des Riggers künftig in seine Rechnung aufzunehmen. Neben der Gefahr, daß die Gehirnmaden Festus zum Ausrasten bringen konnten, war dies ein Grund mehr, sich nur im Notfall von ihm und seinen Cybersinnen abhängig zu machen. Schade, denn der Mann war fraglos ein einsamer Könner.

Sie befanden sich in einer Halle mit schiefen, zusammengedrückten Wänden. Durch Risse und nachträglich vergitterte oder verrammelte Fensteröffnungen drang Mondschein und flimmerndes Laserlicht zu ihnen herein. Die Decke hing im Winkel von 45 Grad nach unten, der Fußboden genauso. Der Delphin schwamm in jenem Teil der Halle, der vom Wasser überspült war. Nur das hintere Drittel des ehemaligen Hallenbodens lag trocken.

Als Festus die Kuppel des Fahrzeugs öffnete, drang stinkende, aber kühle Luft zu ihnen herein. Trotz der Chemikaliendünste eine Erholung gegen die heiße, stickige Luft im Delphin. Mit der Luft kamen Geräusche. Motoren, Turbinen, Generatoren, hämmernde Rockmusik. Von oben und von allen Seiten, von der Insel und von draußen. Es war vier Uhr morgens, aber das spielte keine Rolle. Auf der Insel herrschte rund um die Uhr Betrieb. Auf den Fleeten waren Boote unterwegs. In den Kneipen wurde noch fleißig geschluckt, gedoped und Better Than Life elektronisch stimuliert. Nur in den Vormittagsstunden wurde es in dieser Gegend etwas ruhiger.

Das Aussteigen brachte Probleme. Sie mußten bis zu den Knien im verpesteten Wasser waten und hatten Mühe, sich auf dem schrägen Hallenboden bis zu einer Türöffnung nach oben zu arbeiten. Pandur rutschte einmal ab und landete bis zum Bauch im Wasser. Durch rasches Zugreifen konnte er Jessi vor dem gleichen Los bewahren. Nur Festus krabbelte mit traumwandlerischer Sicherheit nach oben, den Koffer mit seinen kostbaren Ersatzteilen und die Combat Gun über die Schultern gehängt. Seine Kunstmuskeln und cyberverstärkten Reflexe glichen jede Fehlbelastung mühelos aus. Außerdem besaß er ausgezeichnete Kletterschuhe. Als die beiden anderen es endlich geschafft hatten, saß er längst auf der Türschwelle und hatte den Delphin mit der Fernsteuerung auf Tauchstation geschickt.

»Für alle Fälle«, sagte er. »Ich glaube allerdings nicht, daß jemand den Kahn hier findet und zurück ins offene Wasser lotsen kann. Wahrscheinlich säuft er früher oder später ab.«

»Die Warriors werden sich bedanken«, meinte Jessi.

»Die Warriors können mich mal«, gab Festus zurück. »Im Gegensatz zu dir bin ich Freiberufler.«

Pandur schüttelte sich das Wasser aus den Kleidern und überprüfte das Cyberdeck und die Secura. Beide hatten keinen Schaden genommen.

Festus führte die Chummer in den benachbarten Raum, der sich als genauso groß und leer erwies. Er lag bereits ein Stück über dem Wasser und war weniger stark abgesackt. Der nächste, kleinere Raum wies noch klaffende Risse auf, aber die Absenkung des Fußbodens spielte kaum noch eine Rolle. Wie in den anderen

Räumen waren die Fenster vergittert. Der Ausgang wurde ebenfalls durch ein Gitter versperrt.

Der Rigger ließ sich davon nicht aufhalten. Er hielt es nicht einmal für wert, daran Muni zu vergeuden. Er prüfte es kurz, packte es an zwei strategisch wichtigen Punkten und hob es dann mit einem Ruck sauber aus den Scharnieren.

Sie standen in einem fensterlosen Treppenhaus. Breite Stufen führten nach oben und nach unten. Die Beleuchtung war hier unten ausgefallen oder abgeschaltet worden, aber es drang ausreichend Licht von den oberen Stockwerken herab.

Die Musik war lauter und dröhnender geworden.

Festus zeigte mit dem Daumen nach oben. »Der Reaktor, wie versprochen. Weiter oben liegen die Scheißhäuser. Ihr seid wieder zu Hause, Chummer.«

»Du vielleicht«, erwiderte Pandur sarkastisch. »Ich schlafe in einem richtigen Bett.«

Der Rigger verzichtete auf eine Antwort und stiefelte die Treppe hinauf. Pandur und das Mädchen folgten mit einigen Stufen Abstand.

Ein Stockwerk höher begegneten ihnen die ersten drei Typen. Junge Männer mit regenbogenfarbene Rastalocken, Gesichtstätowierungen, auf den nackten Körper aufgesprühter Kunsthaut, der eine in Knallrot, die beiden anderen in Giftgrün. Glasige Augen. Sie schienen als Trio unterwegs zu sein, hatten sich als Trio irgendwelche Sachen reingezogen und machten sich als Trio daran, die Sachen wieder loszuwerden.

Sie beachteten die Runner überhaupt nicht, störten sich auch nicht an der offen getragenen Combat Gun des Riggers. Wahrscheinlich waren sie einen solchen Anblick gewohnt. Sie verschwanden auf dem Flur hinter einer Tür eines Raumes, dessen Odeur über die dort vollzogenen Verrichtungen keinen Zweifel ließ.

Die Wände waren von oben bis unten mit Graffiti bemalt und besprüht.

GreenWar-Symbole, Hakenkreuze, das A der Anarchisten, SS-Runen, arabische und kyrillische Zeichen, Christenfische, Hammer und Sichel, jede Menge erigierter Phallen.

KRIEG DEN MEGAKONS ... FUCK THE NAK ... BEFREIT DIE CYBERWARE-KNECHTE ... FICKEN FÜR WALHALLA ... HEXENPOWER IST VON DAUER ... HÖHERER TIEFGANG FÜR ALLE ... NICHT SABBELN SONDERN TÖTEN ... BRECHT DAGOBERT DIE GRÄTEN, HER MIT DEN MONETEN ... RÜBE AB FÜR ANARCHISTENPACK ... MÄNNER SIND STINKER ... ALLES IST NICHTS ... ES GIBT NICHTS NEUES MEHR ... HASS-SS ... KRYPTO-CYBERWARE BILLIG BEI JEDDI ...

Das Licht wurde dunkler, bunter und flackernder.

Festus stieß eine abgegriffene Holzpendeltür auf. Lärm. Dröhnende Musik.

Sie standen im Reaktor. Blind angelaufenes Aluminium, Abfallfässer mit dem Symbol für radioaktive Strahlung als Hocker und Tische, dreckverkrustete Stroboskope, die nur noch stumpfe Lichtblitze schleuderten, die Wände als Kontrolltafeln nachgebildet, aber die meisten Lämpchen blinkten nicht mehr. Etwa hundert junge Typen, Frauen und Männer, Norms und Metamenschen, standen oder saßen in einem fünfhundert Quadratmeter großen Saal. Gemischte Gesellschaft, von der schicken Sararimaus in modischen Klamotten bis zu einer fast nackten Elfin mit einer geschulterten, anderthalb Meter langen, verdralteten Laseraxt; von Mitgliedern einer Straßengang, die alle so bleich aussahen, als würden sie einen Friedhofsbezirk beherrschen, bis zu langhaarigen Burschen in pinkfarbenen Kaftanen und einem ehemaligen Straßensamurai im Rollstuhl, dem fast die gesamte linke Körperhälfte fehlte, Gesicht inklusive. Die Plempe, ob mit oder ohne Muni, besaß er noch. Den Rollstuhl hatte ihm wahrscheinlich seine Krankenkasse als Honorar für einen Trid-Werbefilm spendiert. »Und nun zeigen wir Ihnen, was Ihre Kasse alles *nicht* bezahlt, wenn sie leichtsinnigerweise einen gesundheitsgefährdenden Lebenswandel führen.«

Vorn auf der Bühne spielte eine Band. Synthesizergitarre, zwei digital verzerrte Tröten, eine Kesselpauke, eine Sängerin. Auf der Pauke stand der Name der Band: Funkelnde Furunkel. Zwei Norms und ein Zwerg bedienten die Instrumente, ein Troll haute furchterregend auf die Pauke, lag aber selten im Takt mit den anderen. Bis auf ihn war die Truppe nicht besonders laut. Wahrscheinlich hatte man ihnen die Amps kastriert, damit sich die Leute im Saal unterhalten konnten. Die magere Sängerin, eine tuberkulös und picklig aussehende Punkgöre, sang etwas von einem Chummer, der Frettchen Charly genannt wurde, Augen aus Bernstein, einen Schwanz aus Plastik und einen Cyberarsch hatte.

Der Song war mäßig, und die Band war es auch. Aber was sollte man groß erwarten, wenn man nachts um vier ohne Eintrittskarte hereinplatzte.

Die Runner riskierten keine Strahlenverseuchung, sondern wählten den direkten Weg zum Fronteingang. Niemand stellte sich ihnen in den Weg. Wenig später standen sie in einer Passage, die mit buntem Plexglas überkuppelt war. Auf dem Boden lag tonnenweise Abfall. Gefegt wurde offenbar nur an hohen Feiertagen, und hohe Feiertage kannte man hier nicht. Links und rechts blinkten die Laserlichtfassaden von anderen Kneipen, SimSinn-Centern, Bordellen und billigen Futterläden. Ein paar Typen lungerten herum, die das Vibromesser oder die Schnappkrallen locker haben mochten. Aber an beiden Enden der Passage gab es zwei erhöhte, schutzverglaste Kabinen. Darin saßen jeweils zwei Kerle in schwarzgelben Monturen, auf der Brust das Symbol einer geballten Faust, gepanzert wie Schildkröten, nachgemachte deutsche Wehrmachtshelme bis tief in die Stiernacken gezogen, Artillerie im Arm. Irgendein lokaler Sicherheitsdienst.

Die schmierigen Typen, die nach Raubüberfall rochen, vertrauten entweder auf ihre schnellen Beine oder auf eine plötzlich einsetzende Serie von Herzattacken unter den Behelmten. Als sie Festus mit seiner verchipten Combat Gun erblickten, ließen sie alle Hoffnung fahren und wandten sich ab.

Zu den eindeutigen Vorzügen der Passage gehörte eine Vidphon-Zelle, die sich sogar als funktionstüchtig erwies. Während Festus und Pandur draußen Stellung bezogen, zog Jessi ihre Chipkarte und wählte eine Nummer.

Das Gespräch dauerte etwa zwei Minuten. Pandur konnte nur Bruchstücke verstehen und sah flüchtig, daß auf dem Bildschirm eine alte Frau mit schlohweißem Haar und einem hochgeschlossenen schwarzen Umhang zu sehen war. Sie besaß auffällig große, durchbohrende Augen. Auch ohne die funkelnden Objekte genau erkennen zu können, die mit ihrem Haar verflochten waren – vermutlich handelte es sich um magische Utensilien –, wußte Pandur sofort, daß eine Magierin am anderen Ende der Leitung saß. Schließlich wurde das Gespräch beendet, und Jessi verließ die Zelle.

»Ich habe mit Irdina gesprochen«, sagte sie. »Die Magierin, die mit der Quellnixe Kontakt hält. Sie hat großen Einfluß im Klabauterbund und wird alles Nötige veranlassen. Wir werden in zehn Minuten abgeholt.«

»Kommt sie auf einem Hexenbesen angeritten?« fragte der Rigger skeptisch.

»Sie ist keine Hexe, sondern eine Schamanin, die die Große Mutter verehrt«, erwiderte das Mädchen ungeduldig. »Außerdem kommt sie nicht selbst, sondern schickt uns ein paar zuverlässige Leute. Mit einem Kopter. He, worauf wartet ihr noch? Wir müssen zum Kopterport nach oben.«

Sie eilten an dem Sicherheitsmann vorbei, der sie mit Froschaugen unter dem Wehrmachtshelm anglotzte, ohne sich von seinem Hochsitz zu rühren. Träge Blicke folgten ihnen, als sie das Foyer des Gebäudes durchquerten und schließlich durch einen gläsernen Tunnel die Freitreppe erreichten. Erst dann wandte er sich wieder seinen Klienten in der Passage zu.

Die Treppe führte als außen am Gebäude anliegende Stahlkonstruktion von den Kais zu den einzelnen Passagen und endete an der obersten Plattform der Insel, die als Helikopterport diente.

Rundum schimmerten die Lichter des Megaplexes. Wie die Lichterketten von Tannenbäumen blinkten die Fassaden der pyramidenförmigen Konzernburgen aus der Innenstadt herüber, mit flirrenden Laserreflexen lockte in der Ferne St. Pauli, während das nahe St. Georg düsterrot gloste und lichtscheues Vergnügen in allen perversen und blutigen Variationen versprach.

An den Kais der Musikinsel gleisten megahelle Scheinwerfer und leuchteten jeden Zentimeter Beton aus. Mehrere Gruppen von Besuchern stiegen in Motorboote und Russen-Rikschas. Elektromotoren schnurrten leise. Ein Boot legte gerade ab, ein anderes steuerte den frei gewordenen Anlegeplatz an. Aufmerksam musterte Pandur die Neuankömmlingen. An Bord des Kuppelboots befanden sich neun oder zehn junge Typen, alle mit abenteuerlichen Haartrachten und Gesichtstätowierungen, die Hälfte weiblich. Sie lachten und alberten herum. Begleitet wurde die Gesellschaft von drei Sicherheitsmännern mit umgehängten Gewehren.

Runner kennen vor allem die Höhlen, Nischen, Tunnel, Elendsquartiere, dachte Pandur. *Man vergißt manchmal, daß es daneben eine Glitzerwelt gibt und daß viele höherrangige Sararileute und erst recht die Betuchten nichts anderes als diese Glitzerwelt kennenlernen. Nur ihre Bodyguards erinnern die Wohlhabenden manchmal daran, daß es irgendwo*

an der Peripherie ihrer Welt eine zweite Welt gibt, ein Reich
der Schatten, mit dem sie nichts zu tun haben wollen.

Die Runner stiegen die Stufen hinauf. Jeder
Schritt hallte und klackte auf den Stufen, als würden
sie sich im Innern einer Glocke bewegen. Andere
Nachtschwärmer waren zwischen den sechs Ebenen
unterwegs, obwohl man niemanden sehen konnte.
Deren Schritte wirkten wie ein ferner Nachhall. Als
die Runner die fünfte Ebene erreichten, hatte Pandur
flüchtig den Eindruck, die Schritte zwei Ebenen tiefer
glichen zu sehr den eigenen. Die gleiche Geschwindigkeit. Hastig. Der gleiche Rhythmus. Ungeduldig. Die
gleiche Zahl von Fußpaaren. Drei. Einen Moment lang
hatte er den Eindruck, daß ihnen jemand folgte, der
ihren Laufstil kopierte, um weniger aufzufallen. Der
darauf hoffte, daß die Geräusche wie ein Echo wirkten. Aber dann tat er diesen Gedanken als Eingebung
seiner überreizten Runnerphantasie ab. Durch das Labyrinth war ihnen gewiß niemand gefolgt. Niemand
konnte wissen, daß sie sich auf die Insel abgesetzt hatten.

Die Runner erreichten die Dachplattform und sahen
sich um. Vier an Eckmasten angebrachte Fluter tauchten die Fläche in weißes Licht. Sechs Helikopter waren
hier abgestellt, hauptsächlich Messerschmitt Grashüp-
fer und Dornier Intercity. Drei von ihnen trugen Ho-
heitszeichen von Megakons. Mit Befriedigung registrierte Pandur, daß die Aufschrift AG CHEMIE nicht
vertreten war. In jedem der Hubschrauber, auch in den
Privatmaschinen, saßen zwei oder drei Sicherheitsmänner, die von ihren plappernden und plärrenden
TV-Screens hochschauten, als die Runner an den
Treppe sichtbar wurden. Offensichtlich hatten sie den
Auftrag zu warten, bis ihre Brötchengeber von ihrem
Vergnügungstrip zurückkehrten. Einige griffen nach
ihren Waffen, als sie den Rigger und seine Combat Gun
erblickten. Da Festus keine Anstalten machte, seine

Waffe einem Funktionstest zu unterziehen, begannen sich die Wachen zu entspannen.

Die Chummer blieben stehen und schauten in die Runde. Die Sicherheitsleute wandten sich wieder ihren TV-Programmen zu, behielten die Neuankömmlinge jedoch im Auge. Über der Innenstadt drehten sich die Positionslichter mehrerer Helikopter, und leises Knattern ihrer Rotoren wehte herüber, aber keine der Maschinen machte Anstalten, sich der Insel zuzuwenden. Über der Binnenalster bewegten sich Lichter, die sich langsam zu nähern schienen. Die Positionslichter trennten sich von den anderen Lichtquellen und wurden zu einer Lichtspinne. Sie schien nach Beute auszuschauen, aber es war noch nicht auszumachen, ob sie die Musikinsel als ihr Revier erkannt hatte.

»Unsere Maschine?« fragte Pandur und deutete auf die Lichtspinne. »Möglich«, gab Jessi zurück. »Ich weiß nicht, aus welcher Richtung der Hubschrauber zu erwarten ist.«

»Kann ebensogut ein Killerkommando der Drekheads sein«, meinte Festus.

»Danke für die aufmunternden Worte«, sagte Pandur.

Sie hatten sich einige Schritte von der Treppe entfernt. Pandurs Ohren hingen noch zurück. Am Rande bewußter Wahrnehmung registrierte er, daß die anderen Schritte verklungen waren. Sie schienen doch nur ein Echo gewesen zu sein. Oder die Verursacher hatten zwei Stockwerke tiefer ebenfalls ihr Ziel erreicht.

Pandur beobachtete die Lichtspinne. Sie kam näher, steuerte die Musikinsel an. Zu den Lichtern gesellten sich schwache Rotorengeräusche.

Plötzlich waren die Schritte auf der Treppe zurück. Zunächst heimlich und verstohlen. Die Leute versuchten leise zu sein. Die Stahltreppe vereitelte derartige Versuche schon im Ansatz. Sie vibrierte, klirrte und gongte. Jetzt war es den Leuten egal. Sie gaben sich keine Mühe mehr. Die Frequenz der Schritte erhöhte sich, die Sohlen der Stiefel wurden mit mehr Wucht aufgesetzt. Die Treppe antwortete. Sie klickte und summte.

Pandur war alarmiert herumgefahren. Es konnte kein Zweifel daran bestehen, daß sich die Schritte näherten. Und er war überzeugt davon, daß sie ihnen galten.

»Gefahr!« stieß er hervor und zog seine Walther Secura.

Jessi und Festus hatten nur Augen und Ohren für den sich nähernden Helikopter gehabt. Jetzt wirbelten sie ebenfalls herum und starrten der Treppe entgegen. Das Mädchen griff nach der Waffe und schob einen Streifen Muni hinein. Es war ihr letzter. Pandur erging es nicht besser. Er hatte noch fünf Schüsse.

Die Combat Gun lag dem Rigger von einem Moment zum anderen im Arm. Smartgunadapter. Reflexbooster. Kunstmuskeln. Funktionstüchtig. Funktionsbereit. Festus hatte noch reichlich Muni.

Sie verstanden sich darauf zu kämpfen. Sie besaßen Waffen. Sie waren gewarnt. Aber sie wußten zugleich, daß sie schlechte Karten hatten. Sie befanden sich auf dem Präsentierteller. Kein Deckung. Zuviel Licht.

Pandur sah an der Treppe einen Kopf auftauchen. Diesen Kopf würde er unter Tausenden erkennen. Er verfolgte ihn sogar in seinen Träumen. Weißblondes, struppiges Haar, spitze Ohren, glitzernde Augen, in denen die Hölle funkelte, aus der ihr Besitzer kam und in der er nach seinem irdischen Gastspiel wieder verschwinden würde.

Ein Arm, ein Stück Bogen. Den Pfeil konnte Pandur nur erahnen.

Ein Feuerstoß des Riggers knatterte los. Die Hälfte der Muni ritzte und schlitzte den Beton der Plattform, der Rest brachte den Stahl der Treppe zum Kreischen und Singen.

Der Elf war wahnsinnig schnell. Er schoß seinen

Pfeil ab und tauchte im nächsten Moment weg. Die Muni fegte über ihn hinweg. Der Pfeil schwirrte so dicht an Pandurs rechtem Ohr vorbei, daß die Spitze ihm das Ohrläppchen ritzte. Ohne die künstlichen Reflexe des Riggers, ohne dessen Salve hätte Pandur dieses Mal definitiv den ID-Chip für den Friedhof bekommen. Das Splittern und Schaben der Geschosse im Beton hatte die Hand des Killerelfen um jenen entscheidenden Zehntel Millimeter zittern lassen, der in der Summierung das Ziel um eine Idee aus dem Zentrum rutschen ließ.

Pandur dachte nicht darüber nach, ob der Pfeil ihn einfach zwischen den Augen getroffen oder seinen Schädel in zwei saubere Hälften gespalten hätte. Das kam auf den Bogendruck und das Material des Pfeils an. Aber er war schockiert. Er hatte den Feind rechtzeitig gehört. Er hatte den Feind rechtzeitig gesehen. Und trotzdem hätte ihn der Feind getötet, wenn nicht eine verchipte Schrotflinte rechtzeitig ein ablenkendes Mittelchen ausgespuckt hätte.

Er zog nachträglich den Kopf ein, als könne das noch etwas bewirken. Er drückte den Abzug seiner Secura und schickte ein Geschoß in die Richtung, in der längst kein Kopf mehr zu sehen war.

Festus jagte eine zweite Salve zur Treppe, opferte mehr Muni als beim erstenmal. Er bewegte den Lauf der Combat Gun wie einen Besen, fegte den Treppenabsatz sauber, zwang den Elfen und seine Begleiter, die Nasen und die Waffen unter dem Streuwinkel der Muni zu halten.

Die Sicherheitsmänner in den Hubschraubern waren aufgesprungen oder hatten sich zur Seite geworfen. Sie hatten ihre Waffen in Schußposition gebracht oder waren noch dabei, dies zu tun. Aber sie griffen nicht ein. Schußwechsel zwischen verschiedenen Parteien kamen vor. Häufig sogar. Ging sie nichts an. Ihr Job war der Schutz von Eigentum, der Schutz bestimmter

Leiber. Dafür wurden sie bezahlt. Alles andere war ihnen egal.

Die Runner hatten sich keine Unterstützung von den Sicherheitsmännern erwartet. Diese Leute standen für gewöhnlich auf der anderen Seite der Barrikaden. Es war schon eine große Erleichterung, sie einmal nur als neutrales Publikum zu erleben.

Der Rigger bewegte sich geduckt in Richtung Treppe, die Waffe dabei im Arm haltend und gelegentlich feuernd, den Gegner in Deckung haltend. Er überwand die Distanz von gut zehn Metern in wenigen Sekunden, warf sich dann nieder, robbte bis an den Rand des Absatzes und tankte Muni nach unten. Von dort kam Antwort. Einzelne Schüsse aus zwei Gewehren. Festus quittierte die Gaben mit üppigen Gegengeschenken.

Das Knattern von Rotorblättern begann das Rattern der Waffen und das metallische Sirren der Querschläger zu überlagern. Der Helikopter, eine graue Dornier Intercity ohne Emblem, setzte nahe der Treppe zur Landung an. Neben der Pilotin, deren Gesicht unter dem Cyberhelm nicht zu erkennen war, erkannte Pandur einen älteren Elfen mit einem zerfurchten, zerklüfteten Gesicht und schlohweißem Haar, das von einem glitzernden Stirnband gebändigt wurde. Er winkte ihnen zu.

Im ersten Moment war Pandur erstarrt. Die spitzen Ohren und das weiße Haar erinnerten ihn zu sehr an seinen Feind. Aber dann fing er sich. Der Blick des Mannes war klar und aufrichtig. Aus seinen Augen sprach nicht die Hölle, sondern Hilfsbereitschaft.

Die Pilotenkanzel öffnete sich.

»Beeilt euch!« schrie der Mann über den Lärm hinweg. Dann sagte er etwas zu der Pilotin, und diese bewegte nickend den Helm. Offenbar hatte er sie angewiesen, den Rotor nicht abzustellen.

Pandur und Jessi stemmten sich gegen den Wind des Rotors und stolperten vorwärts.

Pandur sah sich nach Festus um und wollte auf ihn warten, aber Jessi zerrte ihn mit sich. Das Mädchen kletterte als erste in den hinteren Bereich der Kanzel. Als Pandur die Einstiegsöffnung umklammerte und sich hineinzog, feuerte der Rigger ein letztes Mal die Treppe hinab und rannte auf den Hubschrauber zu.

Der Elf beugte sich aus dem Helikopter, holte mit dem linken Arm weit aus und warf etwas über den Kopf von Festus hinweg. Es schlug nahe der Treppe auf und detonierte. Sofort bildete sich dichter Rauch und hüllte den gesamten oberen Bereich der Treppe ein.

Während Festus an Bord kletterte, warf der Elf eine zweite Rauchgranate, diesmal etwas kürzer, um die Strecke zwischen Hubschrauber und Treppe einzunebeln. Bevor der Rigger noch das zweite Bein in die Kanzel gezogen hatte, hob die Maschine bereits wieder ab. Die Pilotin zog sie durch den Rauch schräg nach vorn und ließ sie mit größtmöglicher Geschwindigkeit nach oben steigen. Von unten ertönten Schüsse, aber die Geschosse verfehlten die Maschine um einiges.

Unten konnte Pandur drei Schemen erkennen, die versuchten, sich aus der Rauchzone zu lösen und die Waffen in den Himmel zu richten. Aber dann ließ der Pilot den Helikopter schräg abkippen. Die gesamte Dachplattform der Musikinsel geriet aus seinem Sichtbereich und mit ihr alles, was sich darauf bewegte.

»Rettung aus höchster Not«, stellte Jessi fest. »Ihr seid genau im richtigen Moment erschienen.«

Der Elf lächelte. »Das war unsere Absicht.«

Er trug einen mit glitzernden Metallstreifen durchwirkten blauen Umhang, darunter eine schlichte graue Leinenhose und ein T-Shirt in der gleichen Farbe. Zuerst hatte Pandur ihn für einen Magier gehalten, aber es fehlten magische Insignien. Ein Magier hätte sich auch wohl kaum dazu herabgelassen, etwas so Profanes wie Rauchgranaten zu werfen. Als der Mann den Umhang zur Seite schob, um sich an der Kanzeltür festzuhalten und die Granaten zu werfen, sah Pandur seine nackten Arme. Beide waren von den Handflächen bis zu den Schultern mit kleinen und größeren Narben übersät. Er schaute sich das Gesicht des Mannes genauer an. Er entdeckte, daß die Furchen und Falten nur zum Teil altersbedingt waren. Die meisten setzten sich aus Narbenketten zusammen, die sich auch über den Hals erstreckten. Pandur zweifelte nicht daran, daß sich das Muster auf dem vom T-Shirt verdeckten Oberkörper fortsetzte. Er hatte noch niemals einen Menschen mit derart vielen Narben gesehen.

Vielleicht hatte der Elf seinen Blick bemerkt. Oder er hielt es für angebracht, bei neuen Bekanntschaften neugierigen Fragen zuvorzukommen. »Ich bin Jostin«, sagte er. »Meine Narbenkollektion ist eine Erinnerung an eine friedliche Umweltdemonstration, die von Konzergardisten der Ruhrmetall mit Splitterbomben beendet wurde. Ich habe als einziger überlebt. Aber das nur am Rande.« Er deutete mit dem Kopf auf die Pilotin. »Wadid bringt uns aus dem Megaplex raus. Wir haben ein sicheres Quartier, wo ihr euch erst einmal ausschlafen könnt.«

»Treffen wir dort mit Irdina zusammen?« fragte Jessi.

Jostin schüttelte den Kopf. »Ihr habt einiges losgetreten. Die AG Chemie ist derart in Aufruhr, daß Green-War jede Beteiligung an dem Anschlag abstreitet. Wahrscheinlich fürchtet man Vergeltungsmaßnahmen. Um so größer ist Irdinas Sorge, der Klabauterbund könnte in die Sache hineingezogen werden. Wir sind empfindlicher zu treffen als GreenWar. Irdina darf nicht mit euch in Verbindung gebracht werden.«

»Was bringen die Medien über uns?« fragte Jessi. »Werden Namen genannt?«

»Man sucht Terroristen, die das Chilehaus angegriffen haben«, antwortete Jostin. »Nicht nur drei, sondern Dutzende. Wenn man mehr über euch drei weiß, dann hat man diese Informationen zumindest nicht weitergegeben. Aber wozu aus zweiter Hand berichten ...«

Er schaltete den Bordscreen ein und zappte dann durch die Kanäle.

Eine Talkshow mit einem jungen, dynamischen Exec: »... wird das enorme soziale Engagement, das in den Chefetagen der großen Konzerne vorhanden ist, viel zu wenig gewürdigt ...«

Werbung: »... wo aufrechte Deutsche nicht von Kanaken, Krüppeln, Schwulen und Mißgeburten belästigt werden. Sauber und sicher übernachten im Wehrhotel Adolf Hitler. Buchungen unter ...«

Eine nackte, vollbusige Moderatorin: »... HOSEN RUNTER zeigt euch live vom Porno-Traumschiff den Prominenten-Wunschfick der Woche mit ...«

Werbung: »... Wiremasters jetzt mit Ersatzklingen aus komprimiertem Kalziumkarbid. Bei eurem Straßen-Doc oder direkt im Anarchistischen Hospital Altona ...«

Werbung: »... auch für dich Sicherheit und Geborgenheit in der Bruderschaft der Freien Diener. Immer daran denken, Chummer: Freiheit ist Einsicht in die Notwendigkeit. Nur wer sich selbst fesselt, ist frei. Nur ...«

Bilder vom Combat Biking: »... hat den Fettwanst aus dem Sattel gehoben, und jetzt werden die Kampfsporne ausgefahren. In breiter Front fahren die Fortunen auf den am Boden liegenden ...«

Endlich hatte Jostin den Nachrichtenkanal gefunden.

Bilder von enthaupteten Leichen zwischen den Grabsteinen eines Friedhofs: »... kamen bei dem rituellen Opfer 14 Anhänger des Schwarze Rose-Kults ums

Leben, bevor die Polizei eingreifen und die Priester entwaffnen konnte. Die Täter wurden auf die Gefängnisinsel Wilhelmsburg gebracht. Von den Mordwerkzeugen konnten nur zwei Äxte sichergestellt werden. Die anderen Äxte wurden von flüchtigen Sektenmitgliedern gestohlen. Es wird befürchtet, daß diese Äxte als geweihte Werkzeuge der Schwarzen Rose in weiteren Zeremonien zur Ermordung von Ritualopfern benutzt werden.«

Werbung: »Reich sein, schön sein, jung sein – und es zeigen. Potellis Cyberschmuck aus edelsten Materialien, kunstvoll gestaltet in höchster Vollendung.«

Die Nachrichtensprecherin im Studio, Bilder von Randalekids. »Randalekids überfielen ein Seniorenheim in Rahlstedt und stachen zwei Heimbewohnerinnen nieder, als diese ihnen nicht ihren Schmuck aushändigen wollten. Dr. Elmar Renslin, Psychologe und Kinderschutzbeauftragter des Hamburger Senats, kritisierte die mangelnden Schutzvorrichtungen des Heims, machte aber das aggressive Verhalten der Opfer für die Eskalation mitverantwortlich. Laut seinen Angaben sind die beiden Frauen schon häufiger durch eigenwilliges und widerspenstiges Verhalten aufgefallen.«

Werbung: »Und wieder verlost Wedel Pils 500 heiße Karten für das Hoverligaspiel zwischen den HSV Silent Sharks und den Bremer Mangy Blackcats am Sonntag. Klickshot-Hotline 37 68 49 90.«

Bilder von kreisenden Kampfhubschraubern über dem Chilehaus: »In den späten Abendstunden des gestrigen Tages wurde ein terroristischer Anschlag auf die Hamburger Verwaltung der AG Chemie verübt, bei der nach ersten Informationen drei Sicherheitsbeauftragte des Unternehmens ums Leben kamen. Die Täter sind flüchtig. Bei dem Angriff, der mit Kampfhubschraubern und eingeschleusten Terrorkommandos durchgeführt wurde, sind Sachschäden in Millionenhöhe angerichtet worden. Ein Konzernsprecher beschuldigte GreenWar, für den Anschlag verantwortlich zu sein. GreenWar hat dies inzwischen bestritten und distanzierte sich von der Tat.«

Werbung: »Sotur, die Kampfsportversicherung für den Aktiven, zahlt jetzt auch bei Mordanschlägen und ...«

Der Elf schaltete den Screen aus. »So sieht's aus«, sagte er.

»Kein Wort über das eigentliche Ziel der Aktion«, äußerte sich Festus. »Sind die Ärsche wirklich so blöd, oder tun sie nur so?«

»Alles Taktik«, meinte Pandur. »Warum schlafende Hunde wecken? Wenn nichts geklaut wurde, kann man die Echtheit der Daten später besser abstreiten.«

Der Rigger wollte noch etwas darauf erwidern, aber plötzlich verdrehte er die Augen und begann zu zucken. Im nächsten Moment schlug er wild um sich. Pandur bekam eine kunstmuskelverstärkte Faust in den Magen getrieben. Der Schlag preßte ihm die Luft aus den Lungen, und er klappte wie ein Taschenmesser zusammen. Mühsam rappelte er sich wieder auf und duckte sich unter den Hieben seines Nachbarn. Der schien mit allen Gespenstern der Welt gleichzeitig zu kämpfen. Jessi, Jostin und Wadid schrien wild durcheinander, aber die Stimme des Riggers war lauter als alles andere. Mit einem tierischen Schrei, in dem sein ganzes Elend komprimiert war, brachte er die Pilotenkanzel zum Erzittern. Pandur hätte sich nicht gewundert, wenn das Brüllen bis zur weit zurückgefallenen Musikinsel gedrungen wäre und dort die Killerelfen und Ricul zu Salzsäulen hätte erstarren lassen.

Festus verkrallte sich in den Polstern. Dann riß er

plötzlich die Arme hoch, knallte sich die Fäuste blutig an der Plexverglasung und traf sie dabei so heftig, daß sie sich ein Stück aus der Verankerung löste. Dann kippte er besinnungslos vom Sitz.

»Was war das denn für eine Vorstellung?« fragte die Pilotin, die nach dem ersten Zucken des Riggers geistesgegenwärtig den Autopiloten eingeschaltet hatte. Sie erhielt mehrere Hiebe ins Kreuz und hätte dabei leicht die Kontrolle über den Dornier verlieren können.

»Sollten wir ihn nicht besser fesseln, bevor er wieder aufwacht?« fragte der Elf besorgt. Er und Jessi saßen am weitesten von Festus entfernt und hatten außer dem Schreck nichts von der Attacke abbekommen.

Jessi erklärte Wadid und Jostin, was dem Rigger fehlte, und daß es nach den bisherigen Erfahrungen nicht nötig war, ihn nach einem Anfall in Fesseln zu legen. »Allerdings kommen die Anfälle jetzt in immer kürzeren Abständen«, sagte sie. »Ich weiß nicht, ob er nicht irgendwann völlig durchknallt und in diesem Zustand bleibt.«

Der Elf lehnte sich nach hinten und sah auf den Rigger hinab. »Jeder hat seine Narben«, sagte er. »Die einen sieht man mehr, die anderen weniger und manche gar nicht.«

Nach einer Weile kam Festus wieder zu sich, richtete sich auf und wischte sich das Blut von den Fingerknöcheln. Er zeigte ein bleiches, versteinertes Gesicht und sprach kein einziges Wort. Es erwartete auch niemand, daß er redete. Es gab nichts zu sagen. Und entschuldigen mußte er sich ebenfalls nicht. Es gab nichts zu entschuldigen.

Irgendwann hatte der Hubschrauber die Lichter des Megaplexes hinter sich gelassen. Der Morgen begann zu dämmern und hüllte den Horizont in ein fahles, krankes Licht. Sie befanden sich südlich des Megaplexes und senkten sich fernab der Lichtertrassen von Autobahnen und Eisenbahnlinien in mageres Heideland hinab. Es war bereits hell genug, um Einzelheiten der unter ihnen liegenden Landschaft auszumachen. Ein stilles Dorf tauchte auf und fiel wieder zurück. Rundum Ödland, manchmal unterbrochen von dünnen Gehölzen und einzelnen Birken. Ein einsames Gehöft kam in Sicht.

Wadid hatte die Maschine wieder vom Autopiloten übernommen und ließ den Dornier Intercity auf eine Wiese vor dem Gehöft herabtropfen.

Vor ihnen lagen ein altes reetgedecktes Bauernhaus und drei moderne Wirtschaftsgebäude. In dem Bauernhaus brannte Licht. Die Bewohner schienen auf die Maschine gewartet zu haben. Die Tür des Hauses öffnete sich. Zwei weibliche Elfen traten heraus und eilten auf den Landeplatz zu. Sie trugen dunkle, enganliegende, lederähnliche Anzüge und hatten Gewehre geschultert.

»Dies ist eine vom Norddeutschen Bund anerkannte und unter staatlichen Schutz gestellte Enklave der Metamenschen«, erklärte Jostin. »Ein fragwürdiger Schutz, aber immerhin hält er die Norms normalerweise auf Distanz. Hier leben zwanzig Elfen in einer Art Kommune zusammen. Sie werden euch ein paar Tage beherbergen. Wir senden euch einen Magier, der sich das Cyberdeck anschaut. Aber ruht euch erst einmal aus.«

Wadid hatte nicht die Absicht, den Helikopter länger als nötig am Boden zu halten, und schaltete den Rotor nicht ab. Auch abseits der Luftverkehrskorridore bestand jederzeit die Gefahr, daß andere Maschinen das Gebiet überflogen. Es mußte auch damit gerechnet werden, daß die Killerelfen oder andere Suchkommandos in der Luft waren. Für sie würde jede Maschine in dieser Einöde verdächtig sein.

Die Runner winkten ihren Helfern zu, duckten sich unter den Wind und kletterten aus der Maschine. Im nächsten Moment hob sich der Dornier bereits wieder in den Himmel und nahm Kurs auf den Megaplex.

»Kommt«, sagte die ältere der beiden Frauen knapp, drehte sich um und kehrte zum Wohngebäude zurück.

Die jüngere Elfin lächelte den Runnern flüchtig zu und machte eine aufmunternde Geste. Die drei setzten sich in Bewegung. Die Elfin bildete die Nachhut. Sie musterte aufmerksam den Himmel. Außer dem Hubschrauber, dessen Rotorgeräusch nur noch schwach zu hören war und dann verwehte, befand sich weit und breit nichts in der Luft.

Die anderen Mitglieder der Kommune schliefen noch. Die beiden Frauen schienen ebenfalls müde zu sein und sprachen nur das Nötigste. Die ältere Elfin stellte ihnen in der geräumigen Küche einen Laib Brot, ein Stück Leberpastete und einen Krug Wasser hin, zeigte ihnen dann zwei Zimmer, in denen sie schlafen konnten, sowie das Badezimmer. Dann zogen sich die beiden Frauen, die ihre Namen nicht genannt hatten, zurück.

Die Runner bedienten sich in der Küche. Neben einer funktionalen HighTech-Grillecke gab es eine nostalgische Einrichtung mit einem wuchtigen Kohleherd, historischen Küchengeräten und polierten Kupferpfannen und -töpfen. Hinzu kamen ein massiver Eichenholztisch mit kunstvoll gedrechselten Beinen und dazu passenden Stühlen. Dort nahmen die Chummer Platz.

Festus hatte seit seinem Anfall kein Wort mehr gesagt und blieb auch jetzt stumm. Er schien fix und fertig zu sein, was nach dem erneuten Anfall kein Wunder war. Außerdem wirkte er geistesabwesend. Pandur musterte ihn verstohlen. Danach war er beruhigt. Der Rigger war bei Verstand. Er schien einfach nur müde und deprimiert zu sein.

Die drei verließen die Küche und gingen zum hinteren Ende der breiten Diele, wo sich die ihnen zugewiesenen Räume befanden. Sie lagen nebeneinander.

Pandur hatte sich darauf eingestellt, mit Festus in einem Raum zu schlafen und Jessi den anderen zu überlassen. In beiden Räumen gab es Decken und Schlafplätze genug, um ein halbes Dutzend Leute unterzubringen. Vermutlich dienten die Zimmer nicht zum erstenmal als Notunterkunft.

Der Rigger ging stumm in eines der Zimmer und schloß die Tür hinter sich. Es schien ihn nicht zu kümmern, wie sich Pandur und Jessi arrangierten. Pandur nahm Jessi kurz in den Arm und drückte sie. Dann wollte er sich abwenden und dem Rigger auf das Zimmer folgen. Aber Jessi hielt ihn am Arm fest.

»Was soll das?« fragte sie. »Du willst mich doch wohl nicht allein schlafen lassen?«

»Ich will das Team nicht kaputtmachen«, sagte Pandur.

»Indem du dich seinen Regeln unterwirfst?« Sie schüttelte energisch den Kopf, daß die langen Haare flogen. »Da muß er durch. Er hat schlimmere Probleme als den Verlust einer Bettgefährtin.«

»Er braucht vielleicht Hilfe.«

»Du hast ihn bei seinen Anfällen gesehen. Niemand kann ihm dann helfen.«

Pandur gab sich geschlagen und folgte ihr in den anderen Raum. Er hatte sein Verhältnis zu Jessi noch nicht auf die Reihe gebracht. Er mochte sie, ihr Wesen, ihren Charakter. Und er begehrte sie. Zuerst ihren Körper. Aber er hoffte auf mehr. Er wußte noch nicht, ob dies eine Beziehung werden würde, die über körperliche Lust hinauswachsen würde. Unwillkürlich dachte er an Natalie. Er hatte sie geliebt, schon nach diesen wenigen Stunden des Beisammenseins. Er hoffte, daß er sie durch Jessi vergessen konnte. Er glaubte, daß auch sie mehr geben und nehmen wollte als Sex.

Pandur zog sich aus, war froh, endlich die immer noch nassen Klamotten loszuwerden. Jessi machte ebenfalls keine Umstände. Nackt kuschelten sie sich aneinander, hüllten sich in Wolldecken ein. Worte waren nicht nötig. Es gab ein stummes Einverständnis. Sie waren beide viel zu müde, um wieder miteinander zu schlafen. Aber jeder von ihnen genoß die Nähe des anderen. Unwillkürlich dachte Pandur, daß dem Rigger nebenan diese Nähe eines anderen Menschen fehlen würde. Er hoffte, daß der gequälte Körper dem Rigger schnell zu einem traumlosen Schlaf verhelfen würde.

»Ich möchte mit dir über die Sache mit Festus reden«, sagte das Mädchen leise.

»Du bist mir keine Erklärung schuldig.«

»Ich bin mir selbst eine Erklärung schuldig. Ich will nicht, daß du mich als eine Frau siehst, die mit jedem ins Bett geht.«

»Ich sehe dich keineswegs so.«

»Aber du könntest den Eindruck haben.«

»Es genügt mir, daß du in meinem Arm liegst und dich wohlfühlst.« Aber im stillen wußte Pandur, daß es nicht stimmte. Es mochte für den Moment genügen, aber das war keine Basis für eine längerfristige Beziehung. Er wußte zu wenig von Jessi. Und er hätte gern mehr gewußt.

Sie schien seine Gedanken lesen zu können.

»Meine Alten sind stinkreich«, sagte sie. »Hausbesitz, Grundbesitz, Aktien, ein kleines Firmenimperium. Mein Alter macht mit allem Geld und aus allem Geld. Kauft Pleitefirmen auf, saniert sie und verkauft sie wieder für ein Mehrfaches. Meine Mutter ist seine Anbeterin, unfähig, sich aus sich selbst heraus zu verwirklichen. Und ich bin… war… die einzige Tochter. Verwöhnt. Kannst du dir ja denken. Hat mir nie an irgendwas gefehlt. Ich habe es früher natürlich nie so gesehen, für mich war alles selbstverständlich.« Eine Weile schien sie den alten Zeiten nachzuhängen, dann fuhr sie fort. »Ich war vierzehn, als ich zum erstenmal mit einem Jungen geschlafen habe. Er war siebzehn. Wir blieben eine Weile zusammen, dann kamen andere. Ich hatte eigentlich immer jemanden zum Bumsen. Ich war trotzdem wählerisch. Aber es hat mir nicht viel bedeutet. Es hatte irgendwie mit Prestige zu tun.« Sie machte wieder ein Pause. »Bis mich das alles angekotzt hat. Die oberflächlichen Beziehungen, das Leben im Luxus, die Heuchelei meiner Eltern, meiner Freunde. Ich begann mich für meine Umwelt zu interessieren, engagierte mich politisch. Ich war im Metakom tätig, einem Komitee, das sich für die Gleichstellung der Metamenschen einsetzt. Dann begann für mich der Schutz der Umwelt immer wichtiger zu werden. Kriegte Krach mit meinen Eltern. Denen paßt natürlich die gesamte Richtung nicht. Das Ganze wurde zum Grabenkrieg. Ich suchte den Kontakt zu GreenWar, lernte Patrick kennen. Meine Alten sprangen im Dreieck, als sie die GreenWar-Kontakte spitzkriegten. Riesenkrach. Ich zog aus, lebte mit Patrick zusammen. Wurde enterbt.«

»Armes Mädchen«, sagte Pandur halb mitfühlend, halb ironisch.

Jessi knuffte ihn spielerisch. »Wie das mit Patrick gelaufen ist, habe ich dir erzählt. Wir waren anderthalb Jahre zusammen. Der Bruch liegt sechs Monate zurück. Irgendwie wollen die Männer mir nie glauben, wenn ich sage, daß Schluß ist.« Ihre Stimme klang plötzlich traurig.

Pandur drückte sie sanft an sich. Er ahnte, daß sie die Bilder aus dem Depot vor Augen hatte.

»Festus habe ich kennengelernt, als GreenWar für einen Sabotageanschlag einen Rigger brauchte. Er hatte sich damals noch nicht das Virus eingefangen. Er faszinierte mich. Er wirkte auf mich so unglaublich lebhaft, agil, zäh, war hart im Nehmen. Für mich war er der Könner, der absolute Profi, perfekt wie eine Hochleistungsmaschine. Er wirkte so verdammt cool. Aber das war es nicht allein. Du kennst ihn noch zu wenig, um seine andere Seite überhaupt zu ahnen. Er hat eine unglaubliche Bandbreite, vereint totale Gegensätze. Im einen Moment denkst du, er ist eine gefühllose Maschine, und im nächsten Moment diskutiert er mit dir über Gedichte von Rilke. Er ist sehr intelligent, weißt du. Hat Hegel und Marx gelesen, Kant, Nietzsche, Schopenhauer. Kennt sich in theoretischer Physik genauso aus wie in modernster Cyberwaretechnik. Und er kann sehr gefühlvoll sein, wenn er will ...«

»Hört sich wie eine Liebeserklärung an«, sagte Pandur trocken.

»Es war das pure Staunen eines kleinen Mädchens, das zuvor ein paar oberflächliche Lover hatte und sich dann an einen Vampir verlor, der ihre Seele ganz und gar in sich einsaugte«, erwiderte sie. »Ich liebte Patrick oder besser diese endlose Kette von Action und Orgasmen, nicht dieses Wunder von einem Supermann.«

»War Patrick nicht auch ein Supermann?«

»Er war ein Energiebündel, aber ansonsten durchaus nicht perfekt«, gab Jessi zurück. »Aber ich glaubte ihn zu lieben. Festus war ... so etwas wie ein Phänomen, das man anstaunt, das man sich aber nicht in seinem Bett vorstellen kann, es dort auch gar nicht haben will. Festus blieb auch nach der Sabotageaktion in unserer Nähe. Ich nehme an, daß er sich in mich verknallt hatte. Er suchte meine Nähe. Ich nahm sie hin. Patrick ... er war genauso fasziniert von Festus wie ich, wollte ihn zu den Warriors holen. Aber Festus ließ sich nicht einfangen.«

»War Patrick nicht eifersüchtig?«

»Er wußte nur zu gut, wie sehr er mich im Griff hatte. Außerdem ließ er Festus nicht wirklich in unsere Zweisamkeit hinein. Das klang eben vielleicht nach mehr Nähe, als in Wahrheit vorhanden war. Wir sahen Festus nur, wenn Patrick Anregungen und technische Tips benötigte. Meistens waren wir mit uns selbst und GreenWar beschäftigt. Rund um die Uhr. Habe ich dir ja schon erzählt.«

»Und Festus war tröstend zur Stelle, als du mit Patrick und den Warriors Schluß gemacht hast.«

»Nein. Ich wollte mich selbst finden, wollte keinen

neuen Gott, zu dem ich aufschaute. Und Festus war nach wie vor für mich eine Maschine, die man bewundert, die man aber nicht in den Arm nimmt. Dann fing er sich plötzlich das Virus ein. Ich entdeckte, daß er ein Mensch war, ein Mann... Ich begann ihn zu lieben. Und dann zerrte ich ihn irgendwann in mein Bett. Wirklich, ich mußte mich ziemlich anstrengen, um ihn zu verführen.«

»Aber ...?«

»Nichts aber. Ein paar Wochen waren wir glücklich. Es war ganz anders als das Gefühlschaos mit Patrick. Ich glaube schon, daß es so etwas wie Liebe war, jedenfalls mehr als nur Bumsen. Doch dann ließ es wieder nach. Ich mochte ihn nach wie vor, mag ihn noch immer. Aber im Grunde ist er mir fremd geblieben. Oder wurde mir wieder fremd, ich weiß es nicht. Ich verstehe ihn nicht, kann seine vielen Widersprüche nicht zu einer einzigen Person verschmelzen. Er wechselte zu oft zwischen den einzelnen Facetten seiner Persönlichkeit, und ich hatte immer mehr das Gefühl, daß er nie er selbst ist, immer eine Maske trägt. Hinzu kamen die extremen Schwankungen, die durch seine Krankheit bedingt sind. Dafür kann er nichts. Aber irgendwie haben wir immer die Krankheiten, die zu uns passen, nicht? Seine Gehirnmaden reißen ihn auseinander. Doch sie können es nur, weil sie sich in die Risse hineinbohren, die schon immer vorhanden waren. Verstehst du, was ich sagen will, Pandur?«

»Ungefähr. Du hast nach einer inneren Ganzheit in ihm gesucht und sie nicht gefunden.«

»Ja. Er ist zu vieles, ist zu gut in zu vielen Rollen. Und dadurch ist er letzten Endes nicht er selbst. Er hat kein wahres, ausgeprägtes Selbst, obwohl er nach außen den Anschein erweckt, als sei sein Selbst besonders ausgeprägt. Er ist innen ziemlich leer. Nicht kalt-leer, sondern warm-leer. Klingt blöde, ich weiß. Er ist keine Maschine, sondern ein Mensch. Gefühlvoll, ja.

Aber keine Einheit. Er weiß, was ihm fehlt, und er ist auch verzweifelt, gerade deshalb. Aber … Ach, wir sollten aufhören, uns über Festus zu unterhalten. Wir sollten uns miteinander beschäftigen und nicht mit einem Dritten. Auf jeden Fall wuchs meine Distanz zu ihm immer mehr. Wir stritten uns immer häufiger. Er tat mir nur noch leid. Ich hätte schon früher Schluß gemacht, aber ich wollte ihn nicht mit seiner Krankheit allein lassen. Will ich auch heute noch nicht. Aber ich mußte ihm einfach sagen, daß unsere Liebesbeziehung zu Ende war. Das habe ich vor einer Woche getan. Er hat es nicht akzeptiert. Bei Patrick war es anders. Er zog sich sofort zurück, dachte aber, ich würde zurückkommen. Festus dagegen wollte es einfach nicht zur Kenntnis nehmen. Ich hoffe, er begreift es jetzt.«

Jessi schwieg. Pandur hatte nicht das Gefühl, daß sie ihre Beziehungen mit Festus schon wirklich bewältigt hatte. Daraus war ihr kein Vorwurf zu machen.

Manche brauchen dafür ihr restliches Leben, und manche schaffen es nie. Was sind da schon ein paar Tage, Wochen, Monate?

Auf jeden Fall hatte Pandur genug von Supermännern gehört, auch wenn Jessi ihre beiden Männer schon vom Sockel gezerrt und psychologisch einigermaßen zerpflückt hatte. »Was interessiert dich überhaupt an mir?« fragte er rauh.

Ihre Antwort kam überraschend spontan. »Deine Ruhe, deine Wärme«, sagte sie sanft. »Deine Reife. Deine Menschlichkeit…«

»Wir kennen uns erst ein paar Stunden, und ich hatte nicht gerade reichlich Gelegenheit, meine Menschlichkeit unter Beweis zu stellen.«

Jessi lächelte. »Vielleicht reichen mir schon ein paar kleine Gesten? Vielleicht bin ich auch emphatisch begabt, wer weiß? Emotional weiß ich bereits eine Menge über dich. Ich sehe dein Ich. Deine Ganzheit. Deine Seele.«

»Wußte gar nicht, daß ich eine habe«, erwiderte Pandur und legte sich auf die Seite, um zu schlafen.

Jessi streichelte ihm über das Haar und drehte sich ebenfalls um.

Pandur schlief ein. Er träumte von einem Mann ohne Gesicht, der mitten in einer riesigen leeren Halle auf einem Thron aus Jade saß. Der Mann schnippte mit den Fingern, und die Killerelfen materialisierten aus dem Nichts. Er sagte etwas zu ihnen, schnippte mit den Fingern, und sie lösten sich wieder in Luft auf. Er schnippte wieder mit den Fingern. Ricul erschien. Fingerschnippen. Ricul verschwand. Schnipp. Roberti. Schnipp-Schnipp. Der irre Magier. Schnipp-Schnipp. Druse. Schnipp-Schnipp. Axa. Schnipp-Schnipp. Pjatras. Schnipp-Schnipp. Freda. Schnipp-Schnipp. Rote Wolke. Schnipp-Schnipp. Immer schneller, Gesichter, die nur aufblitzten, Gesichter, die Pandur nicht erkennen konnte oder niemals zuvor gesehen hatte. Schnipp-Schnipp. Schnipp-Schnipp. Schnipp-Schnipp-Schnipp-Schnipp-Schnippschnippschnippschnipp ...

9. KAPITEL

›Paint It Black‹

Der Klabauterbund ist ein vor allem im Norddeutschen Bund aktiver Policlub, dem gute Verbindungen zu GreenWar und den Nordseepiraten nachgesagt werden. Der Bund hat nach eigenen Angaben 7000 Mitglieder, davon 5000 allein in Hamburg. Er ist erklärtermaßen ökologisch-anarchistisch orientiert, gegen die Megakons eingestellt und propagiert eine natürliche Lebensweise. Technik, insbesondere High-Tech, steht er mißtrauisch gegenüber. Unter den Mitgliedern findet man viele Metamenschen und Zauberer, aber auch eine Reihe von prominenten Künstlern und Repräsentanten der Subkultur.

Piraterie wird von den Klabautern unter der Hand als legitime Notwehr gegenüber den Megakons verteidigt, sofern sie nicht der persönlichen Bereicherung dient. Kein Wunder, denn die Gründer des Bundes beriefen sich u.a. auf die Gemeinschaft der Vitalienbrüder zu Zeiten der Hanse, die nach Auffassung der Klabauter gute Gründe hatten, gegen die ›Hanseatischen Pfeffersäcke‹ Front zu machen. Eine der magischen Wurzeln des Bundes ist der Glaube, daß früher oder später auch Klabautermänner zu den Erwachten gehören und sich für den Mißbrauch der Meere rächen werden.

GreenWar Europe/Grüne Zellen ist eine terroristische Organisation, die sich dem aggressiven Umweltschutz verschrieben hat. Den Ökoguerillas, die nur im äußersten Notfall Menschenleben gefährden, werden vor allem Anschläge gegen hochgradig umweltverschmutzende Industrien zur Last gelegt. GreenWar ist eine international operierende Organisation von schätzungsweise 3000 gut ausgebildeten Aktivisten und sicherlich 5 Millionen Unterstützern und Sympathisanten,

während die Grünen Zellen sich eher aus sogenannten
›Feierabendterroristen‹ rekrutieren, keine hierarchische
Organisationsstruktur besitzen, sondern einen lockeren
Verbund bilden, nur in Europa aktiv sind, dafür aber
breite Sympathie in der Bevölkerung besitzen.

Die bekanntesten Aktionen von GreenWar (International) sind die Versenkung der letzten japanischen Walfangflotte im Pazifik und die Besetzung, Abschaltung
und kontrollierte Unbrauchbarmachung des ukrainischen KKW Tschernobyl, während die Grünen Zellen in
Deutschland vor allem durch die Sabotage des AG-Chemie-Netzwerks und den nächtlichen Raketenwerferangriff auf die leeren Ausstellungshallen der Chemexpo
'47 von sich reden gemacht haben.

Die Mitgliedschaft sowohl bei GreenWar als auch in
den Grünen Zellen wird nach dem Staatssicherheitsgesetz von 2046 mit bis zu 15 Jahren Haft geahndet.

Dr. Natalie Alexandrescu:
Policlubs, Geheimbünde und terroristische
Organisationen in der ADL,
Deutsche Geschichte auf VidChips,
VC 23, Erkrath 2051

Man ließ sie ausschlafen. Erst am frühen Nachmittag wachte Pandur auf. Jessi schlief noch, hatte
sich im Schlaf zu ihm herumgedreht und den Kopf auf
seine Brust gebettet. Sie umklammerte ihn mit beiden
Händen, als wollte sie ihn nie mehr loslassen. Ihr langes blondes Haar bedeckte fast seinen gesamten Oberkörper und kitzelte ihn an der Nase. Vorsichtig, um sie
nicht zu wecken, schob er die kitzelnden Haare aus seinem Gesicht. Er spürte ihren warmen, gleichmäßigen
Atem auf seiner Brust.

Er dachte nach. Er durchschaute das Spiel nicht, das
der Mann ohne Gesicht mit ihm spielte. Er war sich jedoch sicher, daß er es mit dem gleichen Gegner zu tun
hatte, der ihn vor zwei Jahren manipuliert hatte. Magie.

Der Mann war ein Magier. Er hatte dafür gesorgt, daß er versteckte Daten bei Renraku mitgehen ließ. Wie hatte er es geschafft? Durch irgendeine Art von Hypnose vermutlich. Möglicherweise war Axa sein Helfershelfer gewesen. Axa hatte irgendeinen Zauber auf ihn ausgeübt, der ihn in der Matrix das Bewußtsein verlieren ließ. Oder der ihn glauben ließ, das Bewußtsein zu verlieren. In Wahrheit hatte er in dieser Zeit Daten gesammelt und sie in versteckten Dateien untergebracht. Später versuchte der Unbekannte, diese Daten in seinen Besitz zu bringen. Er hatte ihn im Astralraum markiert, damit sein Helfershelfer ihn leichter aufspüren konnte. Wieder ein Magier, einer der drei Killerelfen. Der Unbekannte hatte eine starke Affinität zur Magie, und er arbeitete mit anderen Magiern zusammen. Vielleicht benutzte er sie auch nur, so wie er Pandur benutzte.

Das könnte zusammenpassen. Es würde erklären, warum die Elfen, die offensichtlich einen Vertrag von Natalies Ex-Mann erfüllen und entweder für ihn direkt arbeiten oder für seinen Megakon, die AG Chemie, zugleich nach den versteckten Daten gesucht haben.

Oder täuschte er sich? Gab es in Wahrheit nur einen einzigen Gegner, jenen Exec der AG Chemie, dessen Namen er nicht einmal kannte? Natalie hatte nicht erwähnt, daß ihr Ex-Mann sich mit Magie beschäftigte. Vielleicht bediente er sich eines Konzernmagiers, der diese Arbeiten für ihn erledigte.

Aber es *mußte* eine andere Macht in diesem Spiel vorhanden sein. Der Unbekannte hatte ihn durch Traumhypnose dazu gebracht, Wirtschaftsdaten des Megakons einzusammeln. Und er hatte das Cyberdeck magisch versiegelt. Das eine wie das andere paßte nicht zu einem Exec der AG Chemie. Wenn die AG Chemie frühzeitig von dem Run erfahren hätte, wäre der Run verhindert worden. Oder der Magier hätte das Cyberdeck mit den geraubten Daten zerstört. Der Mann mußte schon verrückt sein, um …

Du kennst jemanden, der einwandfrei verrückt ist. Und er ist ein Magier. Roberti. Oder zumindest ein Mann, der das Gesicht von Roberti trägt. Der irre Magier, der den Renraku-Run finanziert hat. Aber dieser Mann kann nichts mit der AG Chemie zu tun haben.

Er gab es auf. Er kam einfach nicht weiter.

Sanft strich er über das weiche, dichte Haar des Mädchens, schob es zur Seite. Seine Hand glitt über die Rundung zwischen Hals und Schultern und streichelte dann ihre Schultern, ihren Rücken. Sie fühlte sich gut an. Er mochte diese empfindlichen Stellen mit der zarten Haut, den anmutigen Rundungen. Er hob den Kopf und küßte sie zärtlich auf das Ohrläppchen, dann im Nacken.

Jessi seufzte leise. Offensichtlich war sie aufgewacht. Er spürte, wie sie seine Lippen an ihrem Hals und seine Hände auf ihren Schultern und Hüften genoß und sich seinen Bewegungen anpaßte. Sie drehte sich langsam, umfaßte eine seiner Hände und führte sie zu ihren Brüsten.

Es klopfte an der Tür. Im nächsten Moment streckte Festus den Kopf herein. Er war bereits angezogen. Seine Augen verengten sich, als er die beiden aneinandergeschmiegten Körper sah.

»Hebt die Ärsche«, sagte er rauh. »Wir haben Besuch. Bis gleich, in meinem Zimmer.«

»Drekhead!« sagte Jessi leise, nachdem er die Tür zugeschlagen hatte.

Ihre Hand glitt leicht an Pandurs Körper herab und berührte ihn zwischen den Beinen, blieb eine Weile dort liegen. »Wirklich schade, ein Jammer«, sagte sie bedauernd und erhob sich.

Pandur zog sich etwas über und suchte das Badezimmer auf. Auf der Diele wurde er von drei Kindern, einem Elfenjungen und zwei Elfenmädchen, angestarrt. Die Kinder waren zwischen vier und sechs Jahre alt. Pandur ging flüchtig durch den Kopf, daß Norms auf die Kinder in dieser Kommune wahrscheinlich so seltsam und staunenerregend wirkten wie auf ihn die ersten Metamenschenkinder, als er im Berliner Bezirk Kreuzberg den Kindergarten besuchte.

Jessi machte sich frisch und zog sich an. Pandur wartete auf sie. Dann hängten sich beide ihre Koffer mit dem Cyberdeck um. Sie gingen auf die Diele hinaus und betraten den Raum nebenan.

Das Zimmer glich dem ihren: zwei Etagenbetten, zwei Bettcouches, ein Tisch, vier Stühle, zwei Schränke. Zusammengesucht, nicht für das Auge gemacht, sondern mit einfachsten Mitteln dem Zweck unterworfen. An den Wänden abgenutzte Tapeten mit einem verblaßten bunten Blumendekor. Zwei kleine, tiefliegende Sprossenfenster, die Scheiben fast blind vor Schmutz, abblätternde Farbe an den Rahmen. Obwohl ungepflegt, waren die Fenster und die schweren Stützbalken der Decke das Schönste an dem Raum und wiesen auf das ehrwürdige Alter des Hauses hin. Häuser dieser Art, mit Fachwerkkonstruktion und Reetdächern, wurden im 18. und 19. Jahrhundert gebaut. Es gab nur noch wenige von ihnen.

Auf einem der Betten lag Festus. Entspannt, lässig, als ginge dies alles ihn herzlich wenig an. Was in gewisser Weise ja auch der Fall war.

Drei der um den Tisch herum gruppierten Stühle waren besetzt. Zwei Männer, eine Frau. Die Frau war jung, kaum älter als Jessi. Sie wirkte unscheinbar. Eine etwas plumpe, untersetzte Figur, in weite Kleidung gehüllt, eine unglückliche Farbzusammenstellung von Grün und Blau. Die dunkelblonden, leicht rötlich schimmernden Haare waren halblang, gerade abgeschnitten und wurden mit einer schmucklosen Klammer daran gehindert, ins Gesicht zu fallen. Die Finger waren kurz und dick, die Fingernägel sehr kurz geschnitten, aber silberfarben lackiert. Dies schien der einzige modisch orientierte Fleck ihres äußeren Erscheinungsbilds zu sein.

Einer der beiden Männer war etwa in ihrem Alter, besaß ein schmales, blasses Gesicht mit einer spitzen Nase, krauses blondes Haar und einen Drei-Tage-Bart. Er trug eine dunkelgrüne Lederkluft und Stulpenstiefel, beides abgewetzt und speckig.

Der andere Mann, ein kleiner, schmächtiger Mann von etwa fünfzig Jahren, trug eine altmodische Brille mit halbrunden Gläsern, die er ganz nach vorn auf die Nase geschoben hatte. Er starrte über die Brille hinweg, als Pandur und Jessi eintraten. Pandur hatte den Eindruck, einem optischen Vortest unterzogen zu werden. Leute mit ungeputzten Stiefeln wurden nicht zugelassen. Leute mit verzauberten Cyberdecks erst recht nicht. Oder waren ungeputzte Stiefel und verzauberte Cyberdecks in diesem Fall die Vorbedingungen für die Zulassung zum Studium?

Der Mann hatte, und das war mindestens so auffallend wie die ungewöhnliche Brille, einen Doktorhut mit einer viereckigen Deckplatte auf dem Kopf und trug eine lange Robe, beides in einem atemberaubend tiefen Blau gehalten, in dem merkwürdig verschwommen wirkende goldgelbe Sterne schimmerten. Beim Stoff der Robe schien es sich um Seide oder ein Material von seidenähnlicher Qualität zu handeln. Sobald der Mann sich bewegte, begann der Stoff zu fließen, und die Sterne schienen sich zu bewegen. Die Außenfläche der Robe wirkte auf betörende Weise dreidimensional und hypnotisch. Zweifellos eine beabsichtigte Wirkung.

»Der gute alte Prof hat 'nen Haufen Zaubersprüche drauf und wird uns jetzt was vorzaubern«, sagte Festus respektlos. »Außerdem haben uns die Chummer Muni und einen Haufen Klamotten mitgebracht. Ihr könnt euch bedienen.«

Der Rigger deutete zu einem der Betten, wo zwei aufgeklappte Koffer lagen, randvoll mit Kleidung aller Art. Daneben türmten sich Munistreifen und Munigurte.

»Mein Beitrag«, sagte der junge Mann. »Standard-muni und Spezial. Verschiedene Kaliber. Ich hoffe, ihr findet, was ihr braucht. Festus war jedenfalls zufrie-den.«

»Ich möchte diesen Punkt vorab erledigen«, sagte Pandur, ging zu den Vorräten und fand ein Paket mit 12er Streifen für seine Secura. Er schob Jessi ein zweites Paket für ihre H&K Caveat zu. »In den Schatten ist das Feuer eines Revolvers manchmal das einzige Licht«, meinte er mit einem flüchtigen Grinsen. »Schlimm, wenn einem die Zündhütchen ausgehen.«

»Hört, hört«, meinte Festus. »Welch Poesie in dieser schlichten Hütte.«

»Mein Name ist Professor Lutius Magnus von der Magischen Fakultät der Universität Heidelberg«, stellte sich der ältere Mann vor. »Ich habe meine Assistentin Imogen mitgebracht.« Das Mädchen verzog das Gesicht zu der Andeutung eines Lächelns. »Unser Versorger heißt Tassilo.«

»Zu Diensten«, sagte Tassilo, der viel lockerer wirkte, als sein Haar gescheitelt war. »Ich bin Spezialist für Krimskrams, aber modisches Gedöns dürfte ihr bei mir nicht erwarten. Wenn etwas von den Klamotten paßt, habt ihr schon mehr Glück als Verstand gehabt.«

»Wir suchen uns später etwas heraus«, versprach Jessi. Es war aufmerksam von den Klabautern, auch daran gedacht zu haben, aber Kleider zum Wechseln waren nicht lebenswichtig.

Viele Magier, die Pandur in den Schatten begegnet waren, gehörten der hermetischen Schule an, aber einen wirklich akademischen Magier hatte er bisher noch nicht kennengelernt. In gewisser Weise war er ent-täuscht. Er wußte nicht genau, was er erwartet hatte, aber unbewußt wohl einen theatralischen Auftritt mit Blitz und Donner. Statt dessen erlebte er einen schmal-brüstigen Beamtentypen, der den großen viereckigen Hut möglicherweise nicht nur für die Zauberei, sondern auch zur Stützung seines Selbstbewußtseins benötigte.

Du bist ungerecht. Äußerlichkeiten sind ein Nichts, was dir bekannt sein sollte. Der Mann ist mutig. Sonst wäre er nicht hier. Und er muß im Innern alles andere als ein Beamter sein, sonst würde er in seiner Position nicht den Klabauterbund unterstützen.

»Ich möchte vor übertriebenen Hoffnungen warnen«, sagte Magnus. »Ich bin nur hier, um das Phänomen zu askennen und anderen vielleicht einen Weg zu weisen, wie das Problem zu lösen ist.«

Weder Professor Magnus noch seine Assistentin schienen viel von akademischer Umständlichkeit oder trockener Theorie zu halten. Vielmehr zauberte Imogen zwischen ihren vielen weiten Röcken eine abgeschabte, schmucklose Aktentasche hervor, stülpte sie über dem Tisch kurzerhand um und begann damit, den Inhalt zu sortieren. In der Tasche hatten sich ausschließlich mehr oder weniger bunte Steine befunden: Amethyste, Obsidiane, Opale, Bergkristalle, Lapislazuli, Onyxe, Türkise, Rubine, Mondsteine, sogar schlichte Flußkiesel und Granitsplitter. Jetzt ging Imogen ungleich sorgfältiger vor. Jedes der Objekte wurde genau betrachtet und gedreht. Jeder Stein schien seine ganz spezielle, zuvor bestimmte Auflagefläche zu haben und einen genau definierten Abstand zu anderen Steinen einnehmen zu müssen. Am Ende ergaben dreimal dreizehn Steine ein merkwürdiges Muster, das grob einer liegenden Acht mit einer zusätzlichen kleineren Acht in der Mitte der ersten entsprach, an bestimmten Stellen jedoch knotenartig verdickt war.

Magnus betrachtete Imogens Werk mit höchster Konzentration und nahm dann an zwei Stellen minimale Veränderungen vor. Pandur blieb nicht verborgen, daß die Assistentin bei diesen Veränderungen zusammenzuckte, als habe ihr der Professor Ohrfeigen versetzt.

»Dies«, sagte Magnus, »wird die Magie fokussieren.«

Er beugte sich über die Steine, fixierte den Verbindungspunkt der beiden Kreise und murmelte einen langen Zauberspruch. Dann wischte er mit dem weiten Ärmel seiner Robe wie achtlos über die Steine. Obwohl er sie dabei berührte, bewegte sich keiner davon auch nur um einen Zehntel Millimeter. Als Magnus den Ärmel wegzog, glosten alle Steine in einem düsterroten, wabernden Licht. Magnus sah wie ein Höllenengel aus, der vergessen hatte, seine Lesebrille abzusetzen. Wieder murmelte er einen Zauberspruch. Das Glosen steigerte sich zu einem unirdischen, durchsichtigen Leuchten.

Der Professor streckte beide Hände aus. »Das Cyberdeck!«

Pandur hatte es bereits aus dem Koffer genommen und legte es vorsichtig auf die ausgestreckten Hände des Magiers. Dieser zog das Deck zu sich heran und bettete es auf die leuchtenden Steine.

Dann zog er die Hände zurück und starrte das Deck an.

Pandur wartete darauf, daß irgend etwas Spektakuläres geschehen würde. Aber es passierte überhaupt nichts. Zumindest nichts, was er sehen konnte. Der Professor tat nichts weiter, als das Cyberdeck anzustarren, und die Steine taten nichts weiter, als zu funkeln. Der Rest vollzog sich nicht in dieser Welt. Pandur erkannte jetzt, daß der Blick des Magiers nicht wirklich auf das Cyberdeck, sondern ins Leere gerichtet war. Lutius Magnus, Professor der Magischen Fakultät der altehrwürdigen Universität von Heidelberg, befand sich im Astralraum. Er askennte. Er untersuchte die Entität des Cyberdecks im Astralraum, eine Entität, über die ein HighTech-Gerät eigentlich überhaupt nicht verfügen sollte.

Zehn Minuten oder mehr vergingen. Magnus wirkte reglos, beinahe wie ein Toter. Niemand sprach. Selbst der Rigger verzichtete auf einen Kommentar. Alle wußten, daß eine solche Zeremonie nichts mit dem Humbug von Zauberern früherer Tage zu tun hatte, denen die wahre Magie versperrt gewesen war. Sie spürten, daß Magnus harte Arbeit leistete, kräftezehrende Arbeit, und sie wußten dies zu würdigen.

Dann verglühte das magische Licht der Steine. Innerhalb von Sekunden war der letzte Funke erloschen. Sie waren nichts weiter als bunte Mineralien, recht hübsch anzuschauen, aber weder von besonderem Materialwert noch von erlesener Form oder Farbe. Magnus bewegte sich, nahm das Cyberdeck, wischte mit dem Ärmel der Robe über die Steine. Einige kullerten zu Boden. Imogen hob sie auf, räumte den Rest vom Tisch, stopfte alles scheinbar achtlos in die schäbige Aktentasche.

Magnus streckte die Arme aus und reichte Pandur das Cyberdeck zurück. »Ich wünschte mir, Sie würden Ihr Cyberdeck im Astralraum sehen können«, sagte er. »Oder besser das, was Ihr Cyberdeck umgibt. Es stellt sich als faszinierendes Muster aus bunten Lichtfäden dar, wobei jeder Lichtfaden Verdickungen aufweist, die eine Art Knotenschrift bilden. Jeder Faden steht für einen Zauberspruch in einer magischen Sprache, die ich nicht entschlüsseln konnte …« Er suchte nach Worten, um die Sinneseindrücke einer anderen Art des Sehens begrifflich zu machen. »Ich bin einzelnen Strukturen gefolgt. Es ist ein ungemein kunstvolles Geflecht. Ich verstehe nichts von Computern und vom Cyberspace, aber ich nehme an, daß die Vernetzung dieser Zaubersprüche in etwa der Vernetzung in der Elektronik entspricht. Ich habe ein paar Elemente entschlüsselt. Genug, um zu wissen, daß jeder der Sprüche die Betätigung der mechanischen Elemente des Bords kommentiert. Wenn Sie eine bestimmte Taste Ihres Cyberbords drücken, also bestimmte Befehle erteilen wollen, werden durch die Wirkung des Zaubers zugleich andere Tasten aktiviert. Dadurch wird der Befehl negiert oder ins Gegenteil verkehrt. Ihr Deck als solches, Ihre Chips und die anderen elektronischen Elemente sind nicht verzaubert. Wohl aber die Bedienungselemente. Es ist hochinteressant. Ich hätte solche subtile Magie kaum für möglich gehalten.«

Im Grunde sagte ihnen Magnus nichts Neues. Er bestätigte nur, was allgemeine Lehrmeinung war. Magie konnte elektrische Ladungen, den Fluß von Elektronen, nicht beeinflussen. Sie konnte nur auf Materie Einfluß nehmen.

»Wie kann man den Zauber brechen?« fragte Jessi. »Kann man ihn überhaupt brechen?«

»Ich kann es nicht«, sagte Magnus schlicht und ehrlich. »Nicht mit der Kraft der Steine, nicht mit dem Magischen Wissen, das in der Forschungsarbeit unserer Fakultät gesammelt wurde.«

»Also müssen wir auf die Daten verzichten?« fragte Pandur enttäuscht.

»Nicht unbedingt«, erwiderte Magnus. »Ich sehe zwei Wege, an die Daten zu gelangen. Der eine Weg ist magisch. In einer von einem Ritualteam durchgeführten Zeremonie, möglichst an einem Ort, dem selbst mächtige magische Kräfte innewohnen, kann das magische Gespinst insgesamt zerstört werden. Der andere Weg ist nichtmagisch und erscheint mir weniger aufwendiger. Die Blockierung des Decks wird durch Magie ausgelöst, aber die Blockierung selbst ist technischer Natur. Jemand, der gleichermaßen kompetent ist in Magie und in Cybertechnik, kann die Magie umgehen, indem er die ausgelösten Fehlfunktionen des Bords negiert.«

»Nur leider gibt es niemanden, der wirklich kompetent in beiden Gebieten ist«, sagte Jessi leise. Es klang resigniert. Pandur ahnte den Grund. Sie selbst gehörte zu den wenigen Menschen, die sich in beiden Gebieten versucht hatten. Sie wußte am besten, wie aussichtslos es war, über ein paar Grundkenntnisse hinauszukommen. Jede der beiden Disziplinen erforderte ein Talent, ein genetisches Grundmuster, das in der Kombination offenbar außerhalb der menschlichen Zellkapazität lag.

»Es gibt einen solchen Mann«, sagte Magnus und zerschlug damit Pandurs Theorien. »Ein bedeutender Vertreter der hermetischen Magie, der durch eine besondere Gabe der Natur zugleich ein ausgezeichneter Techniker und Fachmann für Cyberware ist. Er sympathisiert mit dem Klabauterbund und wird uns helfen.«

»Wann wird er hiersein?« fragte Festus. In seiner Stimme lag die Ungeduld eines Mannes, der wußte, daß ihm nicht mehr viel Zeit blieb.

»Er wird nicht kommen können«, erwiderte Magnus. »Er ist zu sehr mit seinen Forschungen beschäftigt. Sie werden ihn in Prag aufsuchen müssen. Der Klabauterbund ...«

»In Prag?« Der Rigger war vom Bett aufgesprungen. »Na ausgezeichnet. Zufälligerweise muß ich da sowieso hin.«

»Der Klabauterbund wird einen Weg finden, Sie über die Grenze zu bringen«, fuhr Magnus fort. Er schrieb einen Namen und eine Adresse auf ein Stück Papier und reichte es Pandur. »Ich melde Sie bei ihm an. Ich bin sicher, daß er sich die Zeit nehmen wird, das Problem zu untersuchen.«

Pandur las den Zettel.

Nadros Vladek, Cervená ulice 13.

»Leicht zu finden«, sagte Magnus. »Ich war selbst schon einmal bei ihm. Er wohnt in einem Haus in der Nähe des ehemaligen jüdischen Rathauses, mit der rückwärts laufenden hebräischen Uhr, Sie haben vielleicht davon gehört. Sonst orientieren Sie sich an der Alt-Neu-Synagoge oder dem jüdischen Friedhof. Es ist alles in der Nähe. Deshalb wohnt Vladek auch dort. Wegen der Magie, die an diesem Ort herrscht.«

»Alle Wege führen nach Prag«, sagte Jessi und schaute erst Festus, dann Pandur an.

Pandur nickte. Es war einen Versuch wert. In Prag waren sie dem direkten Zugriff der AG Chemie entzogen. Wenn Vladek scheiterte, war die Reise wenigstens nicht umsonst gewesen. Sie würden ihr Versprechen gegenüber Festus einlösen.

Ein merkwürdig bekanntes Geräusch lag plötzlich in der Luft. Nur ganz leise, knapp am Rande der Wahrnehmungsgrenze des menschlichen Ohres. Bevor Pandur es identifizieren konnte, ertönten andere, lautere Geräusche. Schreie. Dann jaulten im Haus und draußen in den Wirtschaftsgebäuden Sirenen.

Magnus und seine Begleiter sprangen auf. Die Runner hängten sich ihre Ausrüstung um und griffen zu ihren Waffen. Dann hatte Pandurs Gehirn die zuerst wahrgenommenen Geräusche entschlüsselt. Das pressende, flatternde, schrappende, rhythmische Peitschen von Hubschrauberrotoren. Mehrere. Es schwoll erschreckend schnell an.

Ein rothaariger Elf in blauer Arbeitskleidung, vielleicht vierzig Jahre alt, mit einem runzligen Gesicht, riß die Tür auf. »Kampfhubschrauber!« schrie er. »Vielleicht überfliegen sie uns nur, aber es sieht nach einem gezielten Einsatz gegen uns aus. Ihr müßt sofort fliehen!«

»Unser Wagen steht ein Stück die Straße hinunter«, sagte Magnus. »Wir haben aus Sicherheitsgründen...«

»Den Wagen könnt ihr vergessen!« unterbrach ihn der Elf. »Kommt mit. Wir haben einen Fluchttunnel. Wenn sie ernst machen, ist das eure einzige Chance.«

Er rannte ihnen voraus durch die Diele und von dort zum Kellereingang, der unter der nach oben führenden Treppe lag.

Vom Hauseingang schrie die ältere der beiden Frauen ihnen zu, daß die Hubschrauber das Enblem und den Schriftzug der AG Chemie führten.

Der Elf betätigte einen Lichtschalter. »Geradeaus, immer weiter!« schrie er. »Durch die Öffnung hinter dem Vorhang.« Dann kehrte er zu seinen Leuten zurück.

Der Rigger führte die Gruppe an: Sie hasteten die engen Stufen hinab, jagten durch einen lehmfeuchten, niedrigen Keller, erreichten einen Vorhang, rissen ihn zur Seite. Dahinter gähnte eine nachträglich gegrabene Öffnung. Sie stürzten sich hinein und hasteten einen dunklen Stollen entlang, einem fernen Lichtspalt entgegen, stießen gegen Balken, mit denen der Gang abgestützt war, rochen und spürten Erde um sich herum. Lehmbrösel rieselten auf die Köpfe herab, rutschten zwischen Nacken und Kleidung.

Oben fielen Schüsse. Dann gab es eine gewaltige Detonation. Die Erde bebte und zitterte. Dicke Erdklumpen brachen aus der Decke. Eine zweite Explosion. Eine dritte. Eine vierte. Sie hielten sich an den Balken fest, die den Tunnel abstützten.

Menschen schrien. Weitere Detonationen, wieder Schüsse. Dann schrie niemand mehr. Am Eingang zum Keller gloste fahlrotes Licht, zerbarst in einer weiteren Detonation. Es roch brandig. Dann herrschte Grabesstille.

»Diese verdammten Schweinehunde!« flüsterte Pandur. »Diese verfluchten Drekheads! Dieses elende Rattenpack!« Er dachte an die Kinder, die ihn neugierig angestarrt hatten.

Jessi war neben ihm. Er fühlte sie. Er spürte, daß sie zitterte.

»Sie haben kurzerhand Bomben abgeworfen, das Gehöft plattgemacht, eingeäschert«, stellte Festus nüchtern fest. »Von denen da oben hat keiner seinen Arsch retten können. Bestimmt nicht. Wenn jemand den Flammen entkommen und geflüchtet ist, haben sie ihn aus der Luft abgeknallt.«

»Das ist eine geschützte Enklave!« sagte Magnus tonlos.

»Hab' ich heute schon mal gehört«, meinte Festus.

»Es war eine, Prof. Kannst du dir einrahmen lassen. Dann macht es wenigstens einer. Die AG Chemie hängt sich den Spruch jedenfalls nicht hin. Die zahlen der Regierung ein paar Flocken, sprechen eventuellen Angehörigen ihr Bedauern für das Versehen aus, und damit hat es sich. Das ist die unakademische Praxis, Prof. Bißchen anders als an der Magischen Fakultät, wie? Mach dir nichts draus. Manche werden eben als Scheiße geboren und haben nichts anderes im Sinn, als die Welt in einen Scheißhaufen zu verwandeln. So ka?«

Magnus verzichtete auf einen Kommentar. Die anderen schwiegen ebenfalls. Sie horchten. Ganz leise, wie in weiter Ferne, hörte man noch das Schrappen der Hubschrauberrotoren. Dann verebbte das Geräusch, löste sich auf. Das einzige Geräusch, das blieb, war das Knistern und Knacken von dreihundert Jahre alten Balken, die im Feuer verglühten.

Die Luft im Tunnel roch brandig und reizte die Schleimhäute.

»Durch das Haus können wir nicht zurück«, sagte Pandur. »Es kann Stunden dauern, bis es völlig niedergebrannt ist. Bis dahin sind wir hier unten erstickt.«

»Außerdem könnten sie ein paar Drekheads zurückgelassen haben, die auf alles schießen, was in den Ruinen auftaucht«, fügte Jessi hinzu. »Oder wir treffen auf die Feuerwehr, die Bullen, TV-Teams. Nix für uns. Wir haben nicht die richtigen Gesichter für ID-Kontrollen, Zeugenaussagen und Fernsehinterviews.«

Einen Moment lang überlegte Pandur, ob nicht die mögliche Anwesenheit von TV-Teams eine Chance bedeutete. Sie konnten öffentlich die AG Chemie anschuldigen und die Medien um Schutz bitten, ihnen im Austausch dafür die brisanten Daten im Cyberdeck versprechen. Er verwarf den Gedanken. Es wäre nicht das erstemal gewesen, daß einem TV-Team, das unwillkommene Informationen sammeln wollte, die Drehgenehmigung für das Jenseits erteilt wurde. Reporter lebten gefährlich, es gab Unfälle. Jeder wußte das, keinen würde es überraschen. Das war kein Weg.

»Zum anderen Ende des Tunnels!« sagte der Rigger und setzte sich in Bewegung.

Gebückt, manchmal kriechend, bewegten sie sich den Tunnel entlang. Sie entfernten sich vom Haus. Der Lichtspalt am anderen Ende vergrößerte sich. Nach etwa hundert Metern unter der Erde hatten sie die Öffnung erreicht.

»Ein alter gemauerter Brunnenschacht«, sagte Festus, steckte den Kopf in die Öffnung und schaute nach oben. »Es sind Steigeisen in der Wand angebracht. Wir werden keine Probleme haben herauszukommen. Fragt sich nur, was uns oben für eine Scheiße erwartet.«

Pandur versuchte, die flüchtigen Bilder der Ankunft aus seinem Gedächtnis zu kramen. Es war noch zu dunkel gewesen, und man hatte sie vom Landeplatz des Hubschraubers direkt zum Haus geführt. Er erinnerte sich an die Wirtschaftsgebäude, die jetzt wahrscheinlich wie das Bauernhaus in Schutt und Asche lagen. Aber die hatten sich in nächster Nähe des Hauses befunden. Ein Brunnen in etwa hundert Meter Entfernung war ihm nicht aufgefallen.

»Egal«, meinte der Rigger. »Ich werde mal rausklettern und nachschauen.«

Er schob sich in den Schacht hinaus, hielt sich mit den Füßen und einer Hand an den Steigeisen fest. Dann nahm er sich die Zeit, seine Combat Gun so zu plazieren, daß sie von seinen Kunstmuskeln und Reflexboostern bei Bedarf sofort in Feuerposition gebracht werden konnte. Dann stieg er den Schacht hinauf. Pandur kauerte am Ausstieg und sah zu dem Rigger hinauf.

Über der Brunnenöffnung lag ein Holzdeckel, der aber verrutscht war und die Hälfte des Lochs freigab. Festus schob vorsichtig den Kopf durch die Öffnung und sah sich um. Das Ergebnis schien ihn zufriedenzustellen, denn er schob den Deckel ein weiteres Stück zur Seite und zwängte sich an ihm vorbei durch das Loch.

»Kommt rauf, Chummer!« rief er leise nach unten. »Hier ist niemand, und wir haben Sichtschutz.«

Nacheinander stiegen Pandur, Jessi, Magnus, Imogen und zuletzt Tassilo nach oben. Der Brunnen lag am Rande einer Kuhweide. Einige Kuhfladen in der Nähe wiesen auf die Benutzer des Geländes hin. Zu sehen war keines der Tiere. Sie grasten entweder auf anderen Weiden oder waren wie die Elfen dem Bombenhagel oder dem anschließenden Brand zum Opfer gefallen. Die Brunnenöffnung war von einem Holzzaun umgeben; sie lag direkt hinter einer Hecke. Büsche und einige Bäume schirmten den Großteil der Weide vom Gehöft ab. Es brannte nicht mehr lichterloh, aber eine dichte Rauchsäule stand am Himmel. Durch die Zweige hindurch sah man auseinandergesprengte Mauern, verkohlte Ruinen, einige kleinere Flammenherde. Dort war nicht ein Stein auf dem anderen geblieben; von Menschen und Fahrzeugen gab es weit und breit keine Spur. Niemand schien den Vorfall bemerkt zu haben, oder niemand wollte ihn bemerkt haben.

Stumm sahen die Flüchtlinge zu den Ruinen hinüber.

Zwanzig Menschen, die der AG Chemie nichts getan haben, mußten sterben, dachte Pandur. *Weil irgendein verrückter Exec mich in der Hölle sehen will. Dafür wirst du bezahlen, du verdammter Drekhead!*

Sie hatten ihn gejagt, und er hatte es akzeptiert. Es gab Gründe für die Jagd. Aber längst bewegten sich die Feinde außerhalb aller Spielregeln. Sie machten ihr eigenes Spiel, ihre eigenen Regeln. Bisher hatte Pandur es hingenommen, daß er diesen Regeln unterworfen war. Aber jetzt reichte es ihm. Dieses Mal würde es ihm nicht genügen, vor ihnen zu fliehen, sich zu verstecken und zu warten, bis Gras über die Sache gewachsen war. Er würde seine eigenen Regeln machen. Er würde den verdammten Drekheads zeigen, daß sie zu weit gegangen waren. Er fieberte dem Moment entgegen, in dem die Daten der Öffentlichkeit übergeben wurden und die Aktien des verfluchten Megakons in den Keller fielen. Aber er wollte mehr. Ihm war plötzlich klar, was er wollte. Rache! Den Kopf des Mannes, der Natalie und ihn wie Tiere hatte jagen lassen. Der ihn immer noch jagen und dabei alles niedermähen ließ, was im Wege war. Natalie. Patrick. Die Elfen. Es war genug. *Erst die Daten. Dann die Augen des Riggers. Und dann, wenn ich bis dahin nicht krepiert bin, die Rübe des Kerls, der Natalie und die anderen auf dem Gewissen hat. Ich werde Satan damit einen Gefallen tun. Der Drekhead hat einen Spitzenplatz auf Onkel Lucifers Schaschlikspieß verdient.*

»Unser Wagen steht irgendwo dort drüben«, sagte Magnus und zeigte in die Richtung. »Hinter dem Gehölz. Falls man ihn nicht entdeckt und ebenfalls in die Luft gejagt hat.«

»Wer wußte davon, daß ihr uns besuchen wolltet?« fragte Jessi.

»Im Klabauterbund sind mehrere Leute eingeweiht«, antwortete Tassilo. »Das ließ sich offenbar nicht umgehen. Wenn ihr mich fragt, wußten zu viele, wo ihr euch befindet und um welche Daten es geht.«

»Scheiß Policlubs«, sagte Festus. »Dort wird einfach zuviel gequatscht.«

»Ach ja?« meinte Jessi. »Es steht dir nicht zu, das Maul aufzureißen. Du hältst dich ja grundsätzlich aus allem raus.«

»Und du schmeißt dich grundsätzlich in alles rein«, gab Festus wütend zurück.

»Sich überhaupt nicht zu engagieren, ist auch keine Lösung«, konterte Jessi.

»Hört auf damit«, schaltete sich Pandur ein. »Dies ist keine Podiumsdiskussion zum Thema ›Sinn und Zweck politischen Engagements‹.« Er fragte sich, wem von beiden er zugestimmt hätte. In Jessis Alter hatte er die Dinge wie sie gesehen, aber die Jahre in den Schatten ließen ihn wie Festus denken. Und zugleich wußte er, daß diese Einstellung wohl nur für die einsamen Wölfe in den Schatten taugte.

»So ka«, entschuldigte sich Jessi. »Aber ich kann es nicht ertragen, wenn dieser Klotzkopf alles in Frage stellt.«

Der Rigger sah sie düster an und wandte sich dann Tassilo zu. »Die Drekheads müssen nicht unbedingt euch gefolgt sein. Vielleicht ist der Wagen unbeschädigt. Vielleicht haben sie ihn nicht einmal als Falle hergerichtet. Probieren wir es. Wir müssen sowieso zur Straße, wenn wir unsere Ärsche hier wegbringen wollen.«

Sie nutzen die Deckung der Büsche und Bäume, die bis fast an den Straßenrand reichten. Dabei gaben sie sich keiner Illusion hin. Aus der Luft waren sie mühelos zu entdecken. Und jede Patrouille des Megakons, ob mit einem Helikopter oder mit einem Landfahrzeug unterwegs, mußte sie mit dem abgebrannten Gehöft in Verbindung bringen. Das nächste Dorf lag zu weit entfernt, um der Gruppe eine andere Legitimation zu geben.

»Wenn wir Pech haben und einem Polizeiwagen begegnen«, sagte Magnus, »hält man uns am Ende sogar für Brandstifter und Terroristen und schiebt uns den Anschlag in die Schuhe.«

»Tja, Prof«, meinte Festus lapidar. »So kann's kommen. Solltest dich auch verdrahten lassen und dir 'ne Munispritze besorgen. Dann hast du wenigstens ein paar Gegenargumente parat, wenn sie dir dumm kommen. Keine akademischen, aber durchschlagende Argumente. Doch vermutlich hast du das nicht nötig. Du schmeißt ihnen ein paar Feuerbälle an die Birne oder läßt sie auf Glatteis in den nächsten Graben rutschen, wie?«

»Ich bin kein Kampfmagier«, erwiderte Magnus reserviert.

»Schade«, meinte Festus. »Aber ich war schon immer der Meinung, daß man auf der Uni nix Nützliches lernt.«

»Nützlichkeit ist durch die jeweiligen Bedürfnisse des einzelnen definiert«, sagte Magnus freundlich. »Was dem einen nützt, mag in der Tat für den anderen Ballast sein. Aber vergessen Sie nicht, daß die Bedürfnisse sich wandeln können.«

»Das stimmt«, meinte Festus und grinste. »Wenn ich mir eine andere Plempe zulege, brauche ich auch andere Muni.«

»Unser Jackhead will Sie nur provozieren«, sagte Jessi. »Er kehrt den Straßensamurai und Prol raus, aber unter der Bettdecke zieht er sich heimlich Vidchips über Kant rein.«

»So was brauche ich nicht«, erwiderte Festus. »Ich bin mein eigener kategorischer Imperativ.«

Die Wahrheit ist wohl eher, dachte Pandur, *daß du nicht weißt, was du wirklich bist, weil du zu vieles sein willst.*

Sie hatten die Straße erreicht, marschierten jedoch weiter über die Weiden und erreichten das Gehölz, hinter dem Magnus und seine Begleiter den Wagen abgestellt hatten. Eine Absprache war nicht nötig. Festus, Pandur, Jessi und Tassilo, der ebenfalls bewaffnet war und seine H&K P48 zog, schwärmten aus und arbeiteten sich so leise wie möglich durch das Gehölz. Magnus und Imogen folgten in einigem Abstand.

Die Sorge erwies sich als unbegründet. Ein dunkelroter Mercedes E160 stand unversehrt am Straßenrand. Keine Sicherheitsmänner. Sie konnten auch nicht in der Nähe auf der Lauer liegen, denn das Gehölz wäre die einzige Möglichkeit gewesen, sich zu verstecken. Pandur und Festus bedeuteten den anderen zurückzubleiben und untersuchten den Wagen genau. Festus kroch sogar darunter. Kein Plastiksprengstoff, keine erkennbaren Manipulationen an den Codeschlössern.

Festus winkte die anderen heran und ließ Magnus

die Beifahrertür mit dem Codechip öffnen. Dann besah er sich die Bordelektronik, entriegelte die Klappe zum Batterieraum und prüfte die Kontakte. Niemand hatte sich an dem Wagen zu schaffen gemacht.

»So ka«, sagte der Rigger und hatte es plötzlich sehr eilig. »Los, los, einsteigen. Wir müssen hier weg.«

Ohne sich mit Magnus auf eine Diskussion einzulassen, beanspruchte Festus den Fahrersitz für sich, schaltete den Bordcomputer ein und stöpselte sich ein. Im nächsten Moment begann der Elektromotor zu schnurren. Festus wartete gerade lang genug, bis Tassilo als letzter die Beine in das Fahrzeug gezogen hatte, und fuhr dann los.

Der Professor und Imogen saßen vorn bei Festus, während sich Pandur, Jessi und Tassilo die Rückbank teilten. Magnus hatte seinen Magierhut schon während der Flucht abgesetzt und seiner Assistentin zur Aufbewahrung gegeben. Magier liebten ihre Hüte, und akademische Magier besonders, aber in manchen Lebenslagen erwiesen sich die Dinger doch als hinderlich. Der Mercedes bewegte sich die Straße hinab. Es dauerte noch zehn Minuten, bis ihnen das erste andere Fahrzeug begegnete. Ein EMC Blitz II mit zwei Personen, die nicht in Eile zu sein schienen.

»Die werden in gut zehn Minuten das abgebrannte Gehöft passieren«, sagte Pandur. »Vielleicht halten sie an, vielleicht fahren sie daran vorbei. Aber vermutlich geben sie eine Nachricht weiter. Kann sein, daß sie sich an den weinroten Mercedes erinnern, der ihnen begegnet ist.«

»Bis dahin sind wir auf der Autobahn«, meinte Jessi. »Sie werden sich kaum die Nummer gemerkt haben. Dort sind wir ein Fahrzeug unter vielen.«

Sie passierten Egestorf, fuhren dort auf die A 7, Richtung Hannover, und reihten sich in einen stetigen Strom von Autos ein. Erst jetzt schaltete Festus den Autopiloten ein und überließ den Mercedes dem Verkehrsleitsystem ALI. Er streifte sein Riggerkabel ab und verstaute es in der Jackentasche.

»Deine Karre ist gut in Schuß, Prof«, sagte er. »Bis auf die dreckigen Polster ... du solltest dir deine Fahrgäste sorgfältiger aussuchen. Ziemlich neue Kiste, was?«

»Ein halbes Jahr alt«, bestätigte Magnus.

»Hoffe, du mußt sie nicht hinterher verschrotten. Sie wird nicht schnell genug sein, um uns Verfolger vom Hals zu halten.«

»Wir sollten die nächsten Schritte planen«, meinte Jessi. »Ich nehme an, Sie wollen zurück nach Heidelberg, Professor?«

Magnus nickte.

»Dann setzen sie uns irgendwo unterwegs bei einem Gebrauchtwagenhändler ab«, sagte sie. »Wir mieten uns ein anderes Fahrzeug.« Als hätte sie Pandurs unausgesprochene Frage geahnt, fuhr sie fort: »Mein ID-Chip ist okay, und mein Ebbie ist es auch.«

Pandur schüttelte den Kopf. »Wenn jemand im Klabauterbund unser Versteck bei den Elfen verraten hat, kennt er auch deinen Namen, Jessi. Vergiß die Idee mit dem ID-Chip.«

»Wir machen es anders«, sagte Magnus. »Sie setzen uns bei der erstbesten Gelegenheit ab und fahren mit dem Mercedes nach Prag.«

»Keine Chance, Prof«, erwiderte Festus. »Pandur und ich sind nämlich Große Böse Jungs, die überall gesucht werden. Nicht erwünscht bei den Tschechen, so ka? Scheißen sich vor Angst in die Hosen, daß wir ihre eigenen Großen Bösen Jungs zu sehr aufmischen könnten. Wir müssen unsere Ärsche über die grüne Grenze bewegen. Ohne deinen Mercedes. Ehrlich gesagt, sind mir auch die Polster zu dreckig.«

»Was haltet ihr von einem Kompromiß?« schaltete sich Tassilo ein. »Wir bringen euch zur Grenze, und ihr schlagt euch von dort aus allein weiter durch.«

»Gefällt mir«, sagte Pandur.

Da auch sonst niemand Einwände erhob, ließ Festus den Bordcomputer eine Straßenkarte auf den Overheadscreen projizieren. Bevor sie dazu kamen, gemeinsam einen neuen Kurs festzulegen, schlug sich Pandur plötzlich mit der flachen Hand vor die Stirn. Die Straßenkarte hatte ihn auf eine Idee gebracht.

»Wir nehmen doch das Angebot des Profs an«, sagte er und deutete auf das Gebiet des Konzils von Marienbad. »Ich war schon mal in den Konzilsländern. Die Grenze zwischen der ADL und der CFR verläuft quer durch das Konzil und wird nicht kontrolliert. Es gibt auf deutscher Seite nur Kontrollen für Trucks an der innerdeutschen Konzilsgrenze. Ich wette, das ist bei den Tschechen nicht anders. Mit etwas Glück kommen wir mit dem Mercedes bis Prag.«

»Bist du dir sicher, daß es keine Kontrollen gibt?« fragte der Rigger skeptisch.

»Sicher ist nur, daß für jeden irgendwo und irgendwann eine Kiste wartet.«

»Selbst das ist nicht sicher, Chummer«, erwiderte Festus. »Manche müssen auch mit einem Karton zufrieden sein. So ka, was mich angeht, bin ich einverstanden.«

»Laß es uns riskieren«, sagte Jessi.

Magnus lehnte sich zurück und studierte die Straßenkarte. »Dann setzen Sie uns am besten in Würzburg ab. Ich würde Sie ja gern zu Magister Vladek begleiten, aber ich habe an der Uni einen wichtigen Prüfungstermin und ...«

»Ist schon okay, Prof«, meinte Festus. »Akademisches Zaubern geht vor. Wir werden schon mit deinem Kollegen klarkommen. Ruf ihn an und sag ihm, er soll schon mal seinen Zauberhut aufsetzen.«

Magnus setzte den Vorschlag gleich in die Tat um. Er verdrahtete sein Multifunktionsarmband mit dem Bordcomputer und ließ die gespeicherten Vidnummern auf dem Screen erscheinen. Dann wählte er Vladeks Anschluß in Prag.

»Ja?« meldete sich eine männliche Stimme. Der Bildschirm blieb dunkel.

»Professor Magnus. Lieber Herr Kollege, ich habe ein bündisches Problem ...«

»Ich verstehe, Professor Magnus«, kam die Antwort. Der Mann unterbrach die Leitung.

»Donner noch eins«, staunte Festus. »Das nenne ich kurz und bündig. Zauberische Leistung, Prof.«

»Nicht Zauberei, sondern nur ein bißchen konspirative Geheimnistuerei, mein Bester«, klärte ihn Magnus mit auf. In seiner Stimme lag eine Spur Arroganz. Wahrscheinlich reichte es ihm, von dem Rigger dauernd aufgezogen zu werden. »Magister Vladek schaltet jetzt einen Zerhackercode hinzu und ruft zurück.«

Das Vidphon summte. Magnus drückte die Tastenkombination seines Armbands, die den vereinbarten Code hinzuschaltete, und nahm den Anruf entgegen. Auch diesmal blieb der Screen dunkel.

Magnus erklärte in knappen Worten, worum es ging. Er kündete das Erscheinen der Runner für den Abend an. Vladeks Antworten kamen mit Verzögerung und wurden von einer Computerstimme ausgegeben. Der glatten künstlichen Stimme war nicht zu entnehmen, welche Emotionen Vladek gezeigt hatte. Aber zumindest dem Wortlaut nach war Vladek sofort bereit, sich der Sache anzunehmen. Und er zeigte sich optimistisch, das Problem lösen zu können.

Pandur hatte nur mit einem Ohr hingehört. Seine Gedanken schweiften ab. Sobald die Daten im Cyberdeck zugänglich waren, würde er das Logistikmaterial sichten. Er hoffte, die persönlichen Dossiers der Execs zu finden. Er wollte endlich wissen, wie sein Jäger hieß, wo er wohnte, wie man an ihn herankam. Vergeblich zermarterte er sein Gedächtnis auf Hinweise. Er konnte sich nicht erinnern, daß Natalie den Namen erwähnt hatte. Aber Natalies Mutter würde den Namen wissen. Er überlegte, ob er auf dem Rückweg von Prag Manda

Alexandrescu aufsuchte. Er zweifelte nicht daran, daß sie mit ihrem Klan noch immer auf Burg Königsberg zu finden war. Sie würde kaum begeistert sein, ihn zu sehen, ihn wahrscheinlich gar nicht erst auf die Burg lassen. Aber es mußte möglich sein, mit ihr zu sprechen. Und es sollte auch ihr Interesse sein, daß Natalies Mörder bestraft wurde. Es gab noch jemanden, der den Namen des Drekheads kannte: Ricul. Was ging im Kopf dieses verdammten Mafioso vor? Wie konnte er für den Mörder seiner Halbschwester arbeiten? Oder kapierte er die Zusammenhänge nicht? Hatte ihm Natalies Ex-Mann irgendeine andere Story verkauft?

Pandur glaubte, irgendwo einen Hubschrauber zu hören. Als er sich darauf zu konzentrieren versuchte, war das Geräusch nicht mehr vorhanden. Vermutlich ein Ergebnis seiner überreizten Phantasie. Er hatte an Ricul gedacht, und sein Unterbewußtsein spann den Faden weiter zu den Killerelfen. Zu der Frage, was sie unternommen hatten, um die Spur wieder aufzunehmen. Was immer Pandur auch für Möglichkeiten in Rechnung stellte, eine Variante konnte er ausschließen. Daß die Killerelfen aufgeben würden. Ihr Weg führte so oder so über einen Friedhof. Die Frage war nur, wer die Würmer bedienen würde: Pandur oder sie.

Dann hörte er wieder das Schrappen eines Rotors, und dieses Mal gab es keinen Zweifel. Der Hubschrauber war real. Er hing irgendwo über ihnen in der Luft.

»Festus! Der Helikopter!« stieß er hervor.

»Was ist damit, Chummer?« fragte der Rigger.

»Folgt er uns? Kannst du ein Emblem erkennen?«

Festus beugte sich vor und starrte nach oben. Er zuckte die Achseln. Dann veränderte er den Aufnahmewinkel der Frontvidcam und holte das Bild auf den Screen. Er korrigierte den Aufnahmebereich und wählte einen Bildausschnitt. Jetzt konnten sie den Helikopter deutlich erkennen. Ein MK Kolibri. Privatmaschine ohne Enblem. Rundum verglast, aber man konnte nicht in die Kanzel hineinschauen. Spezialbeschichtetes Glas mit Reflexbrechern.

»Wie lange hängt er schon über uns?« fragte Pandur.

»Er hängt nicht über uns, sondern ist eben erst aufgetaucht«, sagte Festus. »Ist nicht der erste Kopter, der uns passiert. Folgt der Autobahn. Manche Autopiloten orientieren sich an den Trassen. Oder ein reicher Scheißer, der keine Ahnung hat, steuert die Hummel selbst.«

»Oder jemand meint, er müßte sich alle dunkelrote Mercedes-Limousinen E160 ein bißchen genauer anschauen«, meinte Tassilo.

»Ach was«, erwiderte Festus. »Die wollen nichts von uns.«

Er schien recht zu behalten. Der Helikopter blieb auf gleicher Höhe und schob sich langsam über den Strom der Fahrzeuge hinweg. Er flog ihnen noch eine Weile voraus, vergrößerte stetig den Abstand. Irgendwann verloren sie ihn aus den Augen.

Halb erleichtert und halb widerwillig mußte Pandur dem Rigger rechtgeben. Es schien wirklich eine zufällige Begegnung gewesen zu sein. Trotzdem blieb ein Rest Unbehagen. Die Elfen kannten inzwischen die Feuerkraft des Riggers. Festus konnte mit seiner Combat Gun und dem von ihm bevorzugten Schrotmunimix einen ungepanzerten Kopter leicht vom Himmel holen. Wenn sie wirklich in dem Kolibri saßen, würden sie eine bessere Gelegenheit für einen neuen Überfall abpassen.

Pandur versuchte sich von seinen Gedanken abzulenken. Er musterte die drei Klabauterer, die gegen jede Planung ihre Reisegefährten geworden waren. Professor Magnus hielt sich gut. Keine Spur von Angst, obwohl sein Leben als akademischer Magier normalerweise sicher in ruhigeren Bahnen verlief. Anders seine Assistentin. Imogen sah blaß aus und wirkte nervös. Und sie war stumm wie ein Fisch. Aber Pandur machte ihr daraus keinen Vorwurf. Der Bombenangriff auf die Elfen hatte Bilder und Eindrücke in ihrem Kopf verankert, die sie so schnell nicht vergessen würde. Sicher erlebte sie zum erstenmal hautnah, wie brutal die Megakons ihre exterritorialen Privilegien nutzten. Bilder und Eindrücke dieser Art waren es, die so manchen in die Schatten getrieben hatten. Tassilo war zumindest nach außen hin ruhig. Als Besorger war er bestimmt kein unbeschriebenes Blatt und der einzige der drei, der sich in den Schatten auskannte. Pandur bezweifelte allerdings, daß er schon an harten Sachen teilgenommen hatte. Sein Metier war wohl eher die Grauzone zwischen Legalität und Illegalität, die Welt der Mittler, nahe am Dunstkreis der Hehler.

Heimlich musterte er auch Jessi, bestaunte ihre noch jugendlich wirkende Anmut und Schönheit. Ein solches Mädchen hatte er sich in einsamen Nächten oft als Gefährtin in den Schatten gewünscht. Mutig, intelligent und doch gefühlvoll. Natalie, reifer und etwas bitterer, vom Leben schon härter in die Pflicht genommen, war auch so eine Frau gewesen. Beide waren schön, Natalie auf eine herbere, aber nicht weniger anmutige Art. Sie waren zwei sehr verschiedene Frauen, beide interessant und liebenswert, die eine verschlossener, die andere spontaner, aber beide komplexe, eigenständige Persönlichkeiten. Er wußte nicht, ob er dabei war, sich in Jessi zu verlieben. In seinem Herzen war noch immer eine Frau lebendig, die ihn fasziniert hatte. Die ihn verraten hatte. Die tot war. Er hatte Angst davor, eine andere hineinzulassen. Aber er wußte, daß sein Herz bereits daran arbeitete. Weil Pandur die Einsamkeit nicht mehr so leicht ertragen konnte, wie Thor Walez sie viele Jahre ertragen hatte.

Festus zeigte sich als der Routinier und Profi, der Jessi in den Bann gezogen hatte, als sie ihn kennenlernte. Aber Pandur mußte dem Mädchen recht geben. Festus war zu vieles in einem. Wer war Festus wirklich? Ein derber Straßensamurai? Ein sachlicher Rigger? Ein intellektueller Spötter? Ein harter Kerl, der sich keine Gefühle erlaubte? Ein frustrierter Liebhaber? Auf jeden Fall bedeutete er eine latente Gefahr für seine Chummer, solange die Gehirnmaden an ihm knabberten. Pandur war froh, daß er die Riggerkontrolle des Wagens abgegeben und den Autopiloten eingeschaltet hatte.

Jessi ließ ihren Kopf an Pandurs Schulter ruhen. Pandur genoß diese kleine Insel der Zweisamkeit. Gleichzeitig bescherte ihm die Geste der Vertrautheit fast so etwas wie ein schlechtes Gewissen gegenüber den anderen. *Wir dürfen Festus nicht das Gefühl geben, ausgegrenzt zu sein.*

Aber der Rigger kümmerte sich nicht um die beiden. »Mal sehen, ob NN7 was über den Angriff auf die Enklave bringt«, sagte er und schaltete den 2DTV ein.

»... kündigte Beweise für seine Behauptung an, die Gewerkschaft der Arbeitslosen sei in den Menschenhandel verwickelt.«

Werbung: »Hollodriodiöh, Jagdfreunde. Der Bund Bayrischer Jäger lädt euch auch in diesem Jahr wieder zu einer zünftigen Jagd auf Wolpertinger ein. Teilnehmergebühr nur 5000 Ecu. Weißwürstl und Weißbier satt im Preis inbegriffen.«

Interview mit dem Drachen Nachtmeister, der sich anläßlich der Gründung seiner Privatbank in Frankfurt aufhielt. Nachtmeister kündigte eine umfassende Neustrukturierung seines Firmenimperiums an.

Werbung: »*Gossenzauber* – die besondere Herrenparfumnote, entwickelt von Magier Jussifo. Magisch Anrüchiges für Momente, in denen Sie zum Tier werden möchten. Garantiert sündhaft und garantiert revolutionär.«

Ermordung des sächsischen Politikers und SimSinn-Porno-Produzenten Gisbert Treidl, dem Verbindungen zur Illuminatenloge nachgesagt wurden. Die Kriminalpolizei hielt einen Ritualmord der Loge ebenso für möglich wie einen Machtkampf in der Pornobranche.

Werbung: »*Hobbit Styling.* Unter den Herrenausstattern die Top Adresse für den gepflegten Zwerg. Wir führen Blazer aus echtem Critterleder und ein Sortiment besonders großer magischer Gürtelschnallen.«

Generalin Juditha Dietzel zur neuen Befehlshaberin der Mobilen Eingreiftruppe 2000 ernannt. In ihrer Antrittsrede kündigte die als Hardliner bekannte Generalin ein härteres Durchgreifen ihrer Truppe an. Es dürfe nicht sein, daß Erfolge aus falsch verstandenen humanitären Rücksichten verhindert würden. Insbesondere forderte sie, es müsse Schluß sein mit dem kleinkarierten Denken, Terroristen im Zweifelsfall gefangenzunehmen statt gezielt zu töten.

Werbung: Irgend etwas in russischer Sprache. Gezeigt wurde das *Towarisch* in der Hamburger Nordstadt, wo den Bildern zufolge die Kosaken tanzten und guter Borschtsch gekocht wurde.

Dreiundzwanzig Tote bei illegalem Autoduell-Turnier in Braunschweig. Als die Polizei, die das Turnier anfangs geduldet hatte, nach mehreren Duellen mit Todesfolge eingriff, flüchtete der Sieger des Turniers und raste dabei in die Zuschauermenge. Die Zuschauer griffen die Polizei an, als diese den Täter verhaften wollte.

Werbung: »Life Is Better Than Life! *Straps & Co.*, das etwas andere Bordell auf St. Pauli. Reiches Angebot, auch alle Arten von Metamenschen. Unsere jederzeit zugänglichen Damen und Herren erwarten Sie.«

Sechs Tote bei Auseinandersetzungen zwischen Motorradgangs in Kiel. Als besonders aggressiv erwiesen sich die ›Schwarzen Dornenritter‹, die ihre Gegner mit Vibro-Morgensternen attackierten und verstümmelten.

Werbung: »Jeder Troll findet's toll. *Rambozambo*, der Treff für die Großen in der Hamburger Neustadt. Im Ausschank Riesenhuber Urbock in Megahumpen. Jeden Dienstag 22 Uhr deftige Keilerei mit kampferprobten Orks.«

Proteste der katholischen Kirche gegen die ACT 6-Tridsendung *Hochzeitsnacht*, in der jungvermählte Paare live im Fernsehen kopulierten. Der Kölner Kardinal Huesgen kritisierte insbesondere den Einsatz empfängnisverhütender Mittel und die eingeblendete Werbung für diese Produkte. Außerdem wandte er sich scharf gegen die neuere Praxis, in dieser Sendung auch homosexuelle Paare zu zeigen.

Werbung: »Es ist wieder soweit. Der Cybertennisclub Blankenese lädt ein zum Großen Wohltätigkeitsbasar im Nixenhotel. Wir reden nicht über Geld. Wir haben es, und wir geben es. Abendgarderobe vorgeschrieben.«

Festus ließ den Screen noch eine Weile an, bis die ersten Nachrichten wiederholt wurden. Dann reichte es ihm. Er wischte über den Sensor und ließ den Bildschirm dunkel werden. Kein Wort über die Bombardierung der Elfenkommune. Offenbar war es der AG Chemie gelungen, den Vorfall zu vertuschen.

»Das ist wirklich unerhört!« sagte Magnus. »Man kann doch nicht mitten in Deutschland Häuser bombardieren und Menschen umbringen, ohne daß die Verantwortlichen dafür zur Rechenschaft gezogen werden.«

»Und ob man das kann«, sagte Jessi bitter.

»Die Megakons können nämlich zaubern, ohne Magier einzusetzen«, meinte Festus. »Wenn man ihnen Zeit genug läßt, wird aus Rot Blau. Und manche Sachen haben einfach nicht oder ganz anders stattgefunden. Vielleicht werden die Medien morgen melden, daß sich ein paar Elfen in die Luft gesprengt haben, als sie einen Sprengstoffanschlag auf die AG Chemie vorbereiteten.«

Pandur glaubte noch mehrmals, einen Hubschrauberrotor zu hören. Wahrscheinlich spielten ihm seine Ohren dabei nicht einmal einen Streich. Es waren andere Maschinen in der Luft. Einmal sah er seitlich von ihnen einen Helikopter auftauchen. Aber die Maschine war ein himmelblauer Dornier Intercity, und sie entfernte sich von ihnen. Trotzdem hatte er das Gefühl, daß die Elfen in der Nähe waren. Seine Nackenhaare sagten es ihm. Aber beweisen konnte er es nicht. Er hätte auch kein Verlangen danach. Er wollte lieber glauben, daß seine Nackenhaare auf seine innere Unruhe reagierten.

Sie erreichten Würzburg. Der Rigger desaktivierte ALI. Zu Pandurs Erleichterung verzichtete er darauf, den Mercedes selbst zu lenken. Er programmierte den Autopiloten auf den neuen Kurs: Innenstadt, Transrapidbahnhof. Es war 20.38 Uhr, keine Rush-hour mehr, die City fast leergefegt. Der Bahnhof tauchte auf, eine düstere Betonschachtel. Oben ein Airport für Helikopter, in der Mitte der Bahnhof, unten ein ALDI REAL-Kaufhaus, in der ersten Subebene ein Schlafsarghotel und ein Puff. Festus übernahm den Wagen und lenkte ihn direkt in die Tiefgarage des Gebäudes, vorbei an einer Gruppe von fast nackten Nutten, bewacht von ihren Zuhältern, belauert von auf Turbo-Rollerskates herumkurvenden Randalekids und den Mitgliedern einer Motorradgang, die träge auf ihren Maschinen kauerten. Er parkte auf der zweiten Subebene ein. Es war nur ein paar Schritte bis zum Aufzug.

»Wir bringen euch nach oben«, sagte Pandur, als Magnus, Imogen und Tassilo ausstiegen.

Tassilo klopfte auf seine Brusttasche. »Nicht nötig. Die Kids und Macker halte ich uns mit der P48 vom Hals.«

»Wir kommen trotzdem mit«, erwiderte Pandur. »Ich brauche andere Klamotten, nachdem wir Tassilos Kollektion leider nicht mehr würdigen konnten. Stinkt alles nach Chemie. Kleine Erinnerung an das nasse Hamburg. Kann mich schon selbst nicht mehr ertragen.«

»Du mußt dich wirklich mehr pflegen, Chummer«, sagte Festus. »Frauen mögen es nicht, wenn Männer stinken. So ka, Jessi?«

»Halt die Klappe!« fuhr ihn Jessi an.

Nachdem Festus den Wagen gesichert hatte, ging die Gruppe zum Lift. Jessi betätigte den Sensor. Der Aufzug war zu ihnen unterwegs.

An der Einfahrt zur Tiefgarage heulte ein Motor auf. Im ersten Moment dachte Pandur, die Motorradgang hätte sich entschlossen, mal nachzusehen, für welches Spielchen sich die Typen eigneten, die im Mercedes eingetrudelt waren. Aber im gleichen Moment erkannte er, daß der hochtourig gefahrene Motor nicht zu einem Motorrad, sondern zu einem schweren Wagen chinesischer Bauart gehörte. Ein Mandarin7, eine bevorzugt von Mafiosi gefahrene gepanzerte Limousine. Pandurs Nackenhaare glaubten bereits zu wissen, wer in dem Wagen saß.

Noch in der Einfahrt schob sich der Lauf einer MP aus einem der einen Spaltbreit geöffneten hinteren Fenster. Im nächsten Moment begann die Waffe Muni zu spucken.

Pandur stieß eine Warnung hervor, duckte sich und sah sich nach Jessi um. Das Mädchen hatte die Gefahr im gleichen Moment bemerkt. Geistesgegenwärtig riß sie die neben ihr stehende Imogen mit sich zu Boden.

Festus sprang mit einem Riesensatz hinter den nächsten Betonpfeiler. Noch in der Luft riß er seine Combat Gun in Schußposition, und der erste Schrotmunimix verließ die Pistole fast zeitgleich mit seinem Aufprall auf dem Garagenboden. Nur Professor Magnus hatte sich nicht bewegt. Ungläubig starrte er dem Wagen und der MP-Salve entgegen.

Magnus hatte ein geradezu unglaubliches Glück. Der Schütze mußte Pandur und die Frauen im Visier gehabt haben. Die erste Kugel verfehlte den Kopf des Professors um zwei Zentimeter, und alle weiteren hagelten in einem nach rechts geöffneten Streuwinkel in den Beton.

»Runter mit deinem verdammten Arsch, Prof!« schrie Festus.

Endlich kam Bewegung in den Magier. Er nahm nicht länger Rücksicht auf seine teure Robe und warf sich der Länge nach zu Boden. Die zweite Salve siebte die Luft, die gerade über seinem Körper zusammengeschlagen war.

Festus erwischte den Mandarin in voller Breite. Die 30-mm-Projektile prallten wirkungslos an der Karosserie ab, aber die beiden Minigranaten zeigten größere Wirkung. Eine traf die Frontscheibe und sprengte das Panzerglas blind. Die andere zerfetzte den linken Hinterreifen des Wagens. Der Mandarin, der gerade den Einfahrtbogen genommen hatte, geriet ins Schleudern und prallte mit der rechten Vorderseite gegen einen Betonpfeiler. Metall kreischte, Beton knirschte, der Motor jaulte auf und war dann stumm. Festus feuerte das nächste 5er-Magazin leer, schob bereits ein weiteres nach.

Pandur, Jessi und Tassilo hatten ihre Pistolen gezogen und nahmen den Mandarin, der dreißig Meter von ihnen entfernt zum Stehen gekommen war, ebenfalls unter Feuer. Weder sie noch der Rigger konnten jedoch verhindern, daß die ihnen abgewandten Türen des Wagens geöffnet wurden. Drei Gestalten stürzten heraus.

Pandur saß nacheinander struppiges weißblondes, gewelltes schwarzes und krauses schwarzes Haar blitzartig auftauchen und wieder verschwinden. Seine Feinde
hatten weder die Haarfarbe noch die Frisur gewechselt.
Er schoß auf jeden der Köpfe, aber seine Reflexe waren
viel zu langsam, und einen Glückstreffer billigte ihm
Fortuna nicht zu. Die drei Killer verschanzten sich hinter dem Wrack und erwiderten das Feuer. Selbst der
weißblonde Elf bediente sich statt eines Bogens diesmal
eines Schnellfeuergewehrs.

Die Chummer nutzten die Deckung eines eingepark-
ten Pick-ups, um sich vor dem Geschoßhagel in Sicherheit zu bringen. Selbst Magnus war es gelungen, sich
rechtzeitig aus dem Schußfeld zu bringen, bevor der
Tanz wieder losging. Nur Festus harrte auf dem vorge-
schobenen Posten hinter dem Pfeiler aus und beharkte
die Killertruppe mit seiner Combat Gun. Er hinderte sie
mit seinem Munimix am genauen Zielen und vereitelte
jeden Versuch, die Deckung zu verlassen.

Es lief wieder auf einen elenden Stellungskampf hinaus. Pandur packte die eiskalte Wut. Immer wieder hatten ihm die Elfen ihre Art des Kampfes diktiert. Sie
griffen an und setzten sich irgendwo fest, zwangen den
Gegner aus einer sicheren Deckung heraus, am Ort zu
verharren, warteten darauf, daß er einen Fehler machte.
Pandur hatte genug davon.

»Wir greifen sie an!« rief er halblaut zu Tassilo hinüber. »Ich versuche über ihre rechte Flanke zu kommen. Geh du nach links.«

Als Tassilo nickte und in die Hocke ging, rief Pandur
laut: »Feuerschutz, Festus! Spuck ihnen Muni in die
Fresse!«

Pandur hatte sich in gebückter Haltung am Heck
des Pick-ups verschanzt. Er schoß die letzte Patrone
seiner Secura ab und legte einen neuen Streifen Muni
ein.

»Hier!« sagte Jessi und drückte ihm ihre geladene

Caveat in die Linke. »Sei vorsichtig, Pandur! Du wirst noch gebraucht!«

»Jetzt!« rief Pandur und sprang mit einem Satz aus der Deckung, rannte geduckt auf einen Betonpfeiler zu. Festus feuerte mit seiner Combat Gun, was das Zeug hielt. Aus den Augenwinkeln heraus sah er, daß Tassilo sich auf der linken Seite vom Pick-up gelöst und hinter einen parkenden VW Integra geworfen hatte.

Die Killer hatten den Ausbruchsversuch bemerkt und sofort quittiert. Den beiden Männern pfiffen die Kugeln um die Ohren. Obwohl sie von Festus beharkt wurden, fanden die Killer ausreichend Gelegenheit zum Schießen. Immerhin hinderte sie der Rigger daran, genau zu zielen. Pandur blieb unverletzt, und Tassilo schien ebenfalls keinen Treffer abbekommen zu haben.

Jessi hatte sich hinter dem Pick-up erhoben und faßte den Gegner ins Auge. Sie hob die Rechte und konzentrierte sich. Ihre Lippen bewegten sich. Ein orangeroter Feuerball verließ ihre Hand, waberte durch die Luft und jagte auf den Mandarin7 zu. Er landete dicht unter dem Dach des Wagens, zerfetzte die Scheiben und sprühte wie eine Lavafontäne zur Decke.

Pandur hoffte, daß der Feuerregen und die Splitter der zertrümmerten Scheiben die Killer verletzt hatten. Auf jeden Fall waren sie durch das Manageschoß geblendet. Er jagte nach vorn, spurtete gut fünfzehn Meter ohne Deckung schräg nach vorn und preßte sich dann in eine Nische. Gerade noch rechtzeitig. Einer der Killer hatte sich erstaunlich schnell von Jessis magischem Angriff erholt. Er feuerte in Pandurs Richtung.

Pandur fluchte leise. Die Nische war keine gute Wahl gewesen. Nur das äußere Eckstück der Mauer gewährte ihm Schutz. Ein Teil seines Körpers lag im Schußfeld des Gegners. Weit und breit bot sich keine Möglichkeit, seine Lage zu verbessern.

Tassilo, der ebenfalls nach vorn gestürmt war, als das Manageschoß auftraf, hatte es besser getroffen. Er kauerte hinter einem breiten Betonsockel und feuerte, um Pandur zu entlasten. Der Rigger tat ebenfalls, was er konnte, und nahm gezielt den Schützen unter Feuer, der Pandur bedrohte.

Trotz dieser Unterstützung machte sich Pandur keine Illusionen. Der Killer, der ihn im Visier hatte, benötigte nur ein oder zwei Sekunden, in denen er nicht gestört wurde. Ein gezielter Schuß, ein Feuerstoff aus einer MP im richtigen Winkel, und der Würzburger Friedhof würde einen mit P gekennzeichneten Karton voller Fleisch- und Knochenreste in Verwahrung nehmen können.

Jessi hatte erkannt, wie es um ihn stand. Sie stieß einen erstickten Schrei aus. Mit aschfahlem Gesicht erhob sie sich sträflich weit aus der Deckung, reckte beide Hände in die Luft, bewegte die Lippen. Von beiden Händen lösten sich rote Blitze, surrten durch die Luft, schlugen in das Wrack des Mandarin. Aber das Mädchen war nur eine Magieradeptin, keine vollwertige Kampfzauberin. Das Manageschoß hatte sie bereits erschöpft. Die Blitze richteten kaum einen Schaden an, blendeten den Gegner nicht einmal, verpufften.

Noch jemand hatte Pandurs Lage erfaßt.

»Imogen!« rief Magnus. »Deine Abschlußprüfung! Miraculus murus rex maximus! Du kannst es!«

Erschreckt war Imogen zusammengezuckt, als der Professor ihren Namen rief. Aber dann nickte sie, kroch am Boden entlang zum Vorderreifen des Pick-ups. Sie hockte sich hin, lugte am Reifen vorbei und fixierte einen Fleck zwischen Pandur und dem Mandarin7. Dann nahmen ihre Augen einen seltsam entrückten Ausdruck an. Sie murmelte einen sehr langen und sehr komplizierten Spruch.

Festus hörte auf zu feuern. Er mußte seine Combat Gun nachladen. Tassilo versuchte die Lücke zu stopfen, aber von seiner Seite aus konnte er nicht viel ausrichten. Pandur sah, daß sich die schwarze Elfin hinter dem

Wrack des Mandarin aufrichtete. Sie hob ihr Gewehr an die Schulter. Pandur nahm jede Einzelheit wahr, registrierte sogar, daß es ein Ares MA 2100 war, das ihn in die ewigen Schatten schicken würde. Verzweifelt feuerte er beidhändig in ihre Richtung, aber seine Schüsse jagten zu hoch über ihren Kopf hinweg. Die Elfin zielte ganz bedächtig. Ihr Ziellaser erfaßte Pandurs Brust. Ihr Finger krümmte sich um den Abzug.

Imogen murmelte die letzte Silbe des ellenlangen Spruchs.

Die Patrone verließ den Lauf des Scharfschützengewehrs.

Die Luft, die das Geschoß durchschnitt, war plötzlich keine Luft mehr, sondern molekülverdichtete Energie. Eine weißblaue Wand erhob sich von einem Moment zum anderen zwischen Pandur und der Elfin. Flirrende, miteinander verknotete Energiefäden, brodelnder Energieschaum, huschende Entladungen, stechender Ozongeruch.

Die Kugel prallte von der Mauer ab, wurde zurückgeworfen, hätte um ein Haar die Schulter der Schützin erwischt.

Pandur war erstarrt, mußte sich erst an den Gedanken gewöhnen, wieder einmal Gevatter Tod von der Schaufel gesprungen zu sein. Dann sprang er vorwärts. Er wußte nicht, wie lange Imogen die Energiebarriere aufrechterhalten konnte. Aber er war entschlossen, seine Chance zu nutzen. Er lief an der Mauer entlang, die Secura und die Caveat schußbereit nach vorn gerichtet. Sorgsam vermied er es, mit der Wand in Berührung zu kommen. Er war überrascht. Er hatte mit sengender Hitze gerechnet, aber die Wand schien kalt wie Eis zu sein. Oder es war nur der von ihm selbst beim Laufen erzeugte Wind, der ihm die Illusion eines kalten Hauchs verschaffte.

Er erreichte das Ende der fünf Meter langen und drei Meter hohen Wand, eine saubere, glatte Kante, wie die eines Quaders aus blauweißem Marmor, mit einem Laser zugeschnitten. Es handelte sich tatsächlich um einen Quader, wie er jetzt erkannte, nicht um einen Energievorhang. Die Seitenfläche betrug etwa einen Meter.

Das Wrack des Mandarin7 war nur noch sechs Meter von ihm entfernt. Pandur erkannte die Gesichter der dunkelhäutigen Elfin, des weißblonden Killers und Riculs, alle mit schußbereiten Waffen zwischen den verbogenen Holmen des Fahrzeugs. Bevor einer der drei abdrücken konnte, jagte Pandur einen Schuß gegen die Fratze des Weißblonden und stürzte gleichzeitig auf seiner Seite des Wracks in Deckung. Er hatte nicht getroffen. Der weißblonde Killerelf richtete sich auf und versuchte Pandur mit seiner MP zu durchlöchern, aber dieser befand sich schon im toten Winkel der Waffe.

Pandur kauerte in der Nähe des zerschossenen Vorderreifens. Durch den Aufprall an der Betonsäule war die Karosserie des Wagens gegen den Boden gedrückt worden. Pandur mußte nicht befürchten, daß einer der Feinde unter dem Wagen hindurch auf seine Beine schoß.

Tassilo hatte sich auf der linken Seite an mehreren geparkten Wagen entlang vorgearbeitet und machte sich bereit, zusammen mit Pandur hinter den Mandarin zu springen, um die Killer aufzustöbern. Festus war aufgesprungen. Er hatte hinter dem Betonpfeiler eine gute Deckung besessen, aber bisher keine Chance gesehen, nach vorn zu stürmen. Jetzt nutze er die Energiewand aus.

»Verdammtes Gesindel!« schrie er. »Wir packen euch und reißen euch den Arsch auf!«

Er stürzte hinter der Energiewand hervor. Pandur und Tassilo sprangen auf, umrundeten das Wrack von links. Festus kam von der anderen Seite.

Die Killer riefen sich etwas zu. Schüsse. Ein Stakkato prasselnder Sohlen, klackender Absätze. Die Killer flüchteten und versuchten den Rückzug durch Gewehrfeuer zu sichern.

Fast gleichzeitig erreichten die Chummer die andere Seite des Wracks. Die Killer waren bereits ein Stück entfernt, hatten die aufwärts führende Rampe erreicht, tauchten hinter einen Gebäudevorsprung. Festus feuerte seinen Munimix. Pandur und Tassilo schossen ihre Pistolen leer. Von Ricul und der dunkelhäutigen Elfin waren nur noch wegtauchende Schemen zu sehen. Nur der Weißblonde bot ein Ziel. Er stand an der Ecke des Vorsprungs, hatte statt der MP plötzlich seinen Kompositbogen in der Hand und schoß einen Pfeil auf Pandur ab. Pandur duckte sich und jagte die letzte Patrone aus Jessis Caveat.

Festus feuerte ins Leere. Tassilos Schüsse lagen zu hoch. Pandur traf. Das Geschoß erwischte den Elfen genau dort, wo sich das Herz befand. Organisch gesehen, denn eine andere Art von Herz schien der Weißblonde nicht zu kennen. Er taumelte zurück. Dann grinste er, drehte sich zur Seite und tauchte hinter den Gebäudevorsprung.

»Der Drekhead hat 'ne gute Panzerjacke!« fluchte Festus. Er lud ein neues Magazin in die Combat Gun und setzte den Flüchtlingen nach, erreichte den Mauervorsprung, feuerte. Aber schließlich mußte er aufgeben. Die Killer waren bereits im Schutz der nächsten Betonwand und fegten schließlich die Treppe hinauf.

Die Energiewand war zusammengebrochen, hatte sich in nichts aufgelöst. Hinter ihnen ertönte ein erstickter Ausruf der Bestürzung. Magnus. Dann ein Schluchzen. Jessi.

»Pandur …« Jessis Stimme war den Tränen nahe.

Tassilo erstarrte. Festus wandte den Kopf. Pandur wirbelte herum.

Er sah Imogen am Boden liegen. Jessi, neben ihr kniend. Magnus, auf dem Boden sitzend, Imogens Kopf im Schoß haltend.

Pandur rannte herbei. Tassilo kam mit schwerem Schritt nach. Festus blieb an der Einfahrt stehen, sichernd.

»Imogen...«, sagte Jessi mit schwacher Stimme. »Sie ... stirbt.«

Pandur starrte auf die junge Frau herab, die ihm das Leben gerettet hatte.

Bitte nicht schon wieder! Ich will nicht, daß wieder eine Frau stirbt, damit ich leben kann!

Aber er sah mit einem Blick, daß niemand mehr auf dieser Welt Imogen helfen konnte. Der für Pandur bestimmte Pfeil des Elfen war in ihr linkes Auge und dann schräg nach oben ins Gehirn eingedrungen. Die junge Magierin bäumte sich noch einmal auf. Dann hatte sie sich von der Magischen Fakultät der Universität Heidelberg exmatrikuliert. Sie war tot.

10. KAPITEL

›(I Can't Get No) Satisfaction‹

Der Mutter-Erde-Policlub stellt einen der wenigen europäischen Zugänge zur schamanistischen Zauberei dar. Hexenwesen und Schamanismus, pantheistische Ideen und Feminismus sowie die Verbreitung eines ganzweltlichen ökologischen Bewußtseins stehen im Mittelpunkt der Debatten, Vorträge und Aktionen dieses Bundes. Die Mitgliederzahl beträgt etwa 10 000, gut 70 % davon sind Frauen. Gleichzeitige Mitgliedschaft im Mutter-Erde-Policlub, bei SIE und/oder den Grünen Zellen ist nicht selten.

Die Schockwellenreiter sind ein aus dem Chaos Computer Club Deutschland hervorgegangener anarchistischer Policlub – der einzige übrigens, der nur in der Matrix existiert und keine Veranstaltungen oder Treffen in der realen Welt abhält. Die Aktivitäten der Schockwellenreiter bewegen sich irgendwo zwischen Datenschutzverbesserungen für den einzelnen Bürger und Industriespionage, wobei die Gruppe dafür berüchtigt ist, Daten zu üblen Machenschaften der Konzerne via News-Fax-Kanäle zu verbreiten. Kern des Policlubs ist immer noch der halblegendäre CCC, dessen Mitglieder unangefochten die besten Decker Deutschlands stellen. Ansonsten sind die Schockwellenreiter ein Decker-Hilfsbund aur gegenseitiger Basis, eine Art Matrix-Ambulanz für in Not geratene Gridrunner. Etwa 4000 eingetragene Mitglieder arbeiten im legalen Teil der Organisation, etwa 50 bilden den harten Decker-Kern.

Die Doktor-Faustus-Verbindung ist ein bundesweit operierender Zirkel hermetischer Magier und in erster Linie ein Diskussionsforum für neue und unkonventionelle Ansätze im Bereich der theoretischen hermetischen Zauberei. Wenn ein Magier Literatur, Zaubermaterialien oder Kollegen für ein Ritualteam benötigt, dann ist die Doktor-Faustus-Verbindung zur Stelle, aber auch finanzielle Unterstützung und Förderung des geselligen Vereinslebens gehören zum Programm der Faustianer. Die Zulassung erfolgt nur auf Empfehlung eines Mitglieds und durch den Beschluß des örtlichen Zirkels.

Mitglieder der Doktor-Faustus-Verbindung sitzen angeblich in jedem Fakultätsrat magischer Universitätsabteilungen und in vielen Unternehmen und Forschungsinstituten, die mit magischen Forschungen befaßt sind. Man muß nicht Mitglied bei den Faustianern sein, um eine gutdotierte Stelle oder einen Doktorandenplatz zu erhalten, aber wer es sich mit der Verbindung verscherzt, kann seinen Job als Zauberer getrost an den Nagel hängen oder in den Schatten verschwinden.

Obwohl die Faustianer politisch und gesellschaftlich kaum aktiv sind, gelten sie allgemein als liberal und verschiedenen gesellschaftlichen Strömungen gegenüber aufgeschlossen.

Dr. Natalie Alexandrescu:
Policlubs, Geheimbünde und terroristische
Organisation in der ADL,
Deutsche Geschichte auf VidChips,
VC 23, Erkrath 2051

Professor Magnus wirkte verstört. Er barg den Kopf des Mädchens in seinem Schoß, hatte die Arme über ihn gebreitet, als könnte die schützende Geste alles ungeschehen machen und Imogen ins Leben zurückholen. Tassilo starrte stumm auf die Szene. Er machte einen ratlosen Eindruck.

»Wir tragen sie zum Aufzug«, sagte Pandur. Er hatte den Eindruck, etwas tun zu müssen. Sie konnten hier nicht bleiben. Etwas Praktisches würde die beiden Männer vom Klabauterbund zur Besinnung bringen.

Magnus sah auf, schüttelte den Kopf. »Nein, ihr müßt fliehen.«

In all seiner Erschütterung und Trauer bewahrte er sich mehr Vernunft und Übersicht, als Pandur ihm zugetraut hatte. »Die Polizei wird unterwegs sein. Es wird eine Untersuchung geben. Das tote Mädchen. Das brennende Wrack des Mandarin7. Es läßt sich alles erklären. Ein Raubüberfall. Tassilo und ich werden die Täter beschreiben. Zwei Elfen, ein Mafioso. Geht!«

Pandur gab ihm im stillen recht. Die Polizei würde Magnus glauben müssen. Einem Professor der Magie. Man würde ihn schützen. Er und Tassilo hätten nichts zu befürchten. Die Elfen und Ricul würden es nicht wagen zurückzukehren. Die Killer interessierten sich ohnehin nicht für einen Professor der Magie und einen Versorger des Klaubauterbundes. Am wenigsten für die Leiche einer jungen Frau. Sie hatten ihr schon alles genommen, was zu nehmen war. Ihr Interesse galt drei Runnern und einem Cyberdeck.

»Kommt ihr damit klar?« fragte Jessi leise. Wie Pandur fürchtete sie, daß die beiden Männer der Situation nicht gewachsen waren.

»Geht!« wiederholte Magnus. »Uns droht keine Gefahr. Wir werden für den Leichnam tun, was getan werden muß. Aber es darf hier keine Schattenläufer geben, wenn die Polizei eintrifft. Sie würden nicht in das Bild passen.«

Ein Professor aus Heidelberg reist nicht mit Gesetzlosen, mit Leuten, die zum Teil nicht einmal eine SIN besitzen, mit Leuten, die gesucht werden. Wenn die Polizei kommt, müssen wir ohnehin flüchten. Aber unsere Flucht wird Fragen auslösen ...

Im Grunde mußten Pandur, Jessi und Festus nicht überzeugt werden. Sie kannten die Gesetze der Schatten. Besinnlichkeit und Trauer hatten darin keine Paragraphen.

»So ka«, sagte Pandur. »Wir verschwinden.«

»Viel Glück, Professor«, murmelte Jessi. »Und Dank für alles.«

»Setz deinen Hut wieder auf, Prof«, sagte Festus. »Die Bullen mögen Leute, die von Amts wegen Hüte tragen. Hilft dir vielleicht, deinen Spruch aufzusagen, bevor sie dir prophylaktisch was auf die Birne donnern.«

Es war die richtige Art von Abschied. Die Runner wandten sich ab, stiegen ohne weitere Worte in den Mercedes und fuhren los. Tassilo starrte ihnen nach. Magnus sah nicht einmal auf.

Als sie aus dem Parkdeck hinausrollten, kurvte der Streifenwagen gerade die Einfahrt zur Subebene hinunter.

»Wieder nicht dazu gekommen, mir Klamotten zu besorgen«, murmelte Pandur.

»Du wirst es überstehen«, sagte Jessi, die neben ihm im Fond des Wagens saß.

Theoretisch konnten sie sich die Zeit nehmen, anderswo zu parken und noch etwas einzukaufen. Die Polizei würde den hinausfahrenden Wagen nicht mit dem Überfall in Verbindung bringen. Oder doch? Vielleicht wollte man Vidprotokolle von Zeugen einsammeln. Aber selbst wenn man sie nicht suchen würde: Keinem der drei war nach einem Einkaufsbummel zumute.

Es gab einen anderen Grund, den Bahnhof so schnell wie möglich zu verlassen. Sie wußten nur zu gut, daß die Killer sich in der Nähe aufhielten. Die Killer hatten einen Wagen verloren. Sie hatten flüchten müssen. Und vielleicht hatte der entschlossene Angriff der Schattenläufer sie überrascht. Vielleicht würden sie beim nächsten Mal vorsichtiger sein. Aber eines war gewiß: Sie würden die Verfolgung nicht aufgeben. Die Runner taten gut daran, sich wieder einen Vorsprung zu verschaffen.

Keiner der drei Schattenläufer sprach viel, als der Mercedes E160 wieder auf der Autobahn war. Jeder hing seinen Gedanken nach. Pandur trauerte stumm um das stille Mädchen. Er hatte sie kaum gekannt. Er verdankte ihr sein Leben. Zum bitteren Ende war sie an seiner Stelle gestorben. An einem verdammten Pfeil verreckt, der ihm gegolten hatte.

Er hatte auch Rose kaum gekannt. Damals vor zwei Jahren. Sie war ebenfalls gestorben. Für ihn verreckt. Und Natalie? Hätten die Elfen sie wirklich gejagt, wenn er nicht die entscheidenden Weichen gestellt hätte?

Bad Luck Walez! Du dachtest immer, Frauen bringen dir kein Glück. Umgekehrt scheint es richtig zu sein. Du bringst Frauen kein Glück. Was hast du für Jessi in petto, Bad Luck Walez?

Der Autopilot steuerte den Wagen. Festus schien zu schlafen. Jessi suchte den Schlummer, lehnte den Kopf wieder gegen Pandurs Schulter. Nur Pandur hielt die Augen geöffnet. Er wußte, daß er nicht abschalten konnte.

Imogen... Pandur würde wohl nie viel über diese Frau erfahren. Es gab in seinem Gedächtnis lange Reihen von Gesichtern, die Toten gehörten, Gesichter wie ihres, Gesichter von Menschen, die er kurz kennengelernt hatte, die dann gestorben waren. Bei einem Run. Oder danach. An dem Leben, das sie führten. Schattenläufer. Imogen war nicht einmal das gewesen. Sie starb den Tod eines Runners, ohne ein Runner zu sein. Sie hatte nur einem Runner helfen wollen... Weil sie dem Klabauterbund helfen wollte... Weil sie einen Traum von einer besseren Welt hatte... Dem Runner konnte sie helfen. Und tat es. Rettete ihm das Leben. Mit einer Formel, die sie für ihre Abschlußprüfung entwickelt hatte, und das nicht einmal bei Magnus, sondern bei einem Kollegen, der Kampfmagie unterrichtete. Imogen, das Mädchen, das darin aufging, die komplizierte magische Struktur der Steine zu studieren, eine junge Frau, die das Spezialgebiet ihres Professors bewunderte, ihn selbst wahrscheinlich verehrte, anhimmelte, vielleicht heimlich liebte ... Diese Imogen hatte widerwillig, als lästige Pflichtübung, gelernt, eine starke magische Barriere zu errichten, nur so, um die Prüfung zu bestehen. Und diese Barriere hatte Pandur das Leben gerettet ...

Es dauerte lange, bis Pandur sich von den traurigen, lethargischen Gedanken befreien konnte. Um bald wieder anderen düsteren Gedanken nachzuhängen. Der Wagen hatte die Grenze zum Konzil passiert, bewegte sich über dunkle Landstraßen, auf denen kaum Verkehr herrschte. Pandur war dankbar für die Dunkelheit. Zu vieles hätte ihn erinnert an die Fahrt vor zwei Jahren, an die Reise mit Natalie ...

Aber die Bilder kamen auch so, mochte es draußen so dunkel sein, wie es wollte. Sie passierten Eger auf einer Umgehungsstraße. Die Burg Königsberg war nicht weit. Irgendwo dort draußen lebte Natalies Mutter. Vielleicht saß sie in der Burg, bei den Leuten ihres Klans, verfluchte noch immer den Tag, an dem Walez erschienen war und ihr die Tochter für immer genommen hatte. So sah sie es. Jetzt würde es ihr niemals mehr gelingen, sie in den Klan zurückzuholen.

Vielleicht hockte sie auch draußen in der Höhle, beschwor ihr Totem, den Wolf, askennte im Astralraum und sah voller Haß auf Pandurs Aura. Oder voller Genugtuung? Weil der fremde Magier sein Netz wieder ausgeworfen, ihn vielleicht erneut markiert hatte?

Ist es in Wahrheit gar nicht Ricul, der mich haßt und mich töten will? Ist es Manda, die mich für Natalies Tod bestrafen will? Sie hat Macht über Ricul. Wenn sie ihm befohlen hat, mich zu töten, wird er es tun.

Und irgendwo dort draußen, bei der Burg, bei der Höhle, vielleicht sogar in der Höhle selbst, gab es ein Grab. Natalies Grab. Dort lagen die Überreste einer Frau, die er geliebt hatte. Die ihn verraten hatte. Die getötet wurde. Von dem gleichen Killerelf, der Imogen den Pfeil ins Gehirn gejagt hatte.

Es wird Zeit, daß ich dieses Ungeheuer daran hindere,
meine Chummer umzubringen. Jessi soll er nicht bekommen!
Jessi darf er nicht bekommen! Jessi wird er nicht bekommen!

Sie passierten die Grenze zwischen dem tschechischen
Teil des Konzils und der CFR bei Karlovy Vary. Karls-
bad. Es war problemlos. Pandur konnte nicht einmal
erkennen, ob überhaupt Grenzsoldaten in dem Unterstand saßen. Sehen ließ sich niemand, als sie langsam
an den Klinkerbau heranfuhren, den Mercedes in die
Lichtbresche des Flutstrahlers hineinbewegten. Von irgendwoher war leise, aber hämmernde Musik zu
hören. Sie fuhren mit der gebotenen Langsamkeit unter
der Fußgängerbrücke hindurch, die eigentliche Grenz-
markierung. Ein Schlagbaum war nirgendwo zu sehen.
Auf der Gegenseite kam ihnen ein Fahrzeug entgegen,
ein EMC Blitz. Der Fahrer oder der von ihm programmierte Autopilot hielt es nicht einmal für nötig, das
Tempo zu reduzieren, sondern surrte mit gleichbleiben-
der Geschwindigkeit unter der Brücke hindurch und an
dem Unterstand vorbei.

Eine Stunde später erreichten sie Prag. Die Schnell-
straße führte durch einen Komplex von Stadtdschun-
geltürmen, der Tendenzen besaß, sich zu einem Megaplex zu entwickeln. Triste, graue, trübe leuchtende Be-
tonpyramiden kauerten an der Moldau. Sie passierten
Praha8, Praha5, Praha2, drei von zehn Trabantenstäd-
ten, jede abgekapselt wie ein Ghetto, bewohnt von
Lohnsklaven, Arbeitslosen, Alten und Mittellosen. Eigene Einkaufscenter, Vidcenter, Kneipen, Sportarenen.
Man wollte sie aus der chromblitzenden City heraus-
halten, hatte Armut und Subwelt proportioniert, um zu
verhindern, daß diese sich bündelten und wucherten.
Der Erfolg war äußerst fragwürdig. Die Bevölkerung in
den Pyramiden entmischte sich. Die Lohnsklaven lebten vorzugsweise in Praha1, Praha3, Praha4 und
Praha10, die anderen Pyramiden verkamen. Zwischen

den Komplexen siedelten in Zelten und Baracken die illegalen Einwanderer, vor allem Asiaten, die Außenseiter, die Bettler und Asozialen, Typen, die durch alle Raster gefallen waren, vor allem jedoch die Kids, die keine Eltern hatten oder von zu Hause weggelaufen waren.

Der Wagen näherte sich dem Zentrum, den Laserlichtfassaden der Hochhäuser und Arcologien der Megakons der Neustadt, die wie ein Kraterrand die historische Altstadt sowie die Kleinseite mit dem Hradschin umschlossen.

»MCT«, brummte Festus und deutete auf einen halbrunden Turm mit auswuchernden Seitenflügeln, auf denen das Firmenlogo in endlosen Ketten gleißend roter Laserlichtkaskaden von den Enden zur Turmspitze lief und dort versprühte. »Na warte, Krumpf, dir wird der Arsch rasiert. Und zwar bald.«

Ihr Ziel war die Altstadt. Pandur hatte aus jungen Jahren Erinnerungen an die historischen Stätten der Stadt. Er übernahm die Lenkung des Wagens. Wie selbstverständlich wechselte Jessi auf den Beifahrersitz. Sie hätten den Prager Dataservice in Anspruch nehmen und gegen eine Gebühr den Autopiloten mit den aktuellen Stadtplänen versorgen können. Aber die Runner zogen es vor, den Verkehrscomputer nicht mit den Daten ihres Wagens zu füttern.

Die Lethargie fiel von Pandur ab wie ein schwerer Duster, der die Bewegungen gehemmt hatte. Es erleichterte ihn, den unberechenbaren Rigger auf den Rücksitz verbannt zu wissen. Und er war froh, daß die Fahrt zu Ende ging. Ohne Zwischenfall. Ohne einen neuen Angriff der Killer. Die Lösung ihrer Probleme rückte näher. Obwohl es nur ein Etappenziel war. Er machte sich keine Illusionen. Selbst wenn Vladek das Cyberdeck aus der magischen Umklammerung befreien konnte, lag noch ein langer Weg vor ihnen. Die auf ihnen lastenden Schwierigkeiten begannen erst mit der Befreiung der Daten. Aber Pandur war zuversichtlich, daß sie ihren Weg gehen würden. Voraussetzung für alles war jedoch, daß sie den Hebel in die Hand bekamen, um etwas zu bewegen. Und der Hebel waren die Daten, mit denen sie die AG Chemie zerschmettern konnten. Ihm erschien diese Tat wie ein Symbol. Wenn er einen Megakon in die Knie zwingen konnte, würde es ihm auch gelingen, mit den Drekheads abzurechnen, die ihm ans Leder wollten und die Festus die Maden ins Gehirn gesetzt hatten.

»Wir sollten gar nicht erst versuchen, mit dem Wagen in die Altstadt zu fahren«, sagte Pandur. »Die meisten Straßen werden für Fahrzeuge gesperrt sein. Wir würden nur auffallen.«

»Mir egal«, antwortete der Rigger. »Wenn wir nicht ein Abkommen getroffen hätten, wäre ich jetzt schon bei Krumpf und würde ihm das K vom Rumpf hauen.«

»Und dann?« fragte Jessi. »Willst du mit dem K deine Maden füttern? Du mußt dir schon was Besseres einfallen lassen. Wie wär's, wenn du ausnahmsweise deinen Charme spielen läßt?«

»Wozu? Execs kapieren nur die harte Tour.«

»Vielleicht ist Krumpf schwul, und du kannst ihn becircen.«

Festus grunzte nur.

»Im MCT-Tower wirst du Krumpf um diese Uhrzeit wohl kaum finden«, sagte Pandur

»Warum nicht? Das Ding ist groß genug, um als autonome Arcologie zu funktionieren. Ich wette, die meisten Sararis verlassen den Turm nur, wenn sie irgendein Puff im Hradschin besuchen oder von der Karlsbrücke in die Moldau pissen wollen.«

»Ich denke, du kennst dich hier nicht aus?« sagte Pandur.

»Habe ich das behauptet, Chummer?«

»Nein«, gab Pandur zu. Er war davon ausgegangen, weil Festus ihm das Steuer überließ. Offenbar hatte er sich getäuscht. »Ich glaube trotzdem, daß sich ein MCT-

Exec in Prag ein schöneres Plätzchen zum Wohnen sucht als diesen Turm. Aber egal, das kriegen wir schon noch raus, wenn wir erst einmal die Daten aus dem Cyberdeck haben.«

Er lenkte den Mercedes auf die Na příkopě, die Grabenstraße, und stellte ihn dort ab. Sie befanden sich auf dem aufgeschütteten Graben des mittelalterlichen Prags. Von hier war es nicht mehr weit zu ihrem Ziel. Durch den Torbogen des hell angestrahlten Pulverturms führte er die Chummer in die Gassen der Altstadt. Obwohl sich hier die in historischen Gebäuden untergebrachten Luxusrestaurants, Weinkeller und teuren Läden häuften, boten die versteckteren, schummrigeren Gassen Tarnung genug. Sie hielten ihre Waffen in der Kleidung versteckt. Dies bewahrte sie nicht vor den indignierten Blicken mondän gekleideter Nachtschwärmer mit extravaganten Frisuren, Gesichtsbemalungen und Tätowierungen. Hinzu kamen mißtrauische Musterungen ihrer Bodyguards, verstohlene Griffe zu den Gürteln. Aber die Runner kümmerten sich nicht darum. Sie suchten die Schatten und stillen Winkel, und sie fanden sie.

»Wir umgehen den Altstädter Ring«, sagte Pandur und hielt sich rechts. »Zu viele Pinkel, zuviel Licht.«

»So ka«, gab Jessi zurück.

Der Rigger sagte nichts. Er wirkte unbeteiligt. Wahrscheinlich war er im Geiste bereits einige Schritte weiter. Bei Krumpf. Bei einem Rezept gegen seine Gehirnmaden.

Sie erreichten das ehemalige jüdische Ghetto. Es war bereits Ende des 19. Jahrhunderts totalsaniert worden. Nur ein paar Synagogen, den Friedhof und das Rathaus hatte man verschont. Die großbürgerliche Bebauung aus dieser Zeit war vor knapp dreißig Jahren einer weiteren Sanierung zum Opfer gefallen. Inzwischen erhoben sich dort bunte Strukturen aus Alukeramik und Glas. Sie waren als Glitzerwelt konzipiert gewesen: Shopping und Amüsieren. Aber die Freigabe des Hradschin für den Amüsierbetrieb hatte den Bezirk verwaisen lassen. Die Metamenschen entdeckten ihn. Das Glas wurde schwarz angemalt oder ersetzt. In gewisser Weise war das Viertel nach zwei Jahrhunderten wieder zu einer Art Ghetto geworden.

»Magnus hatte recht«, sagte Jessi. »Dieser Ort strahlt Magie aus. Ich spüre es, ohne sagen zu können, was es genau ist.«

Pandur nickte. »Deshalb sind die Elfen, Orks, Trolle und Zwerge hier. Sie spüren es auch.«

»Drek«, gab Festus seinen Kommentar ab. »Was soll an einem früheren Ghetto der Juden magisch sein? Man hat den Juden böse Magie in die Schuhe geschoben, weil sie sich nicht integrieren ließen und an ihren Traditionen und ihrer Religion festhielten. Kabbala, Bestattung von Thora-Rollen, Beschneidung, Kaftane, koscheres Fleisch – für Dumpfbeutel, die mit anderen Symbolen und Traditionen groß geworden sind, war dies Grund genug, die Andersartigen mit teuflischen Mächten in Verbindung zu bringen.«

»Der Ort ist trotzdem magisch«, beharrte Jessi. »Es hat nichts mit den Juden zu tun, die hier einmal lebten. Die Magie, die diesem Ort innewohnt, ist älter. Aber ich bin sicher, die Juden haben sie auch gespürt.«

»Nicht nur die Juden«, sagte Pandur. »Und nicht nur in diesem Viertel. Prag ist voller Magie. Sie ist auch auf dem Hradschin vorhanden. Es gab schon immer Leute, die das gewußt haben. Zum Beispiel die Alchimisten, die auf dem Hradschin Gold machen wollten.«

»Und? Haben sie es geschafft?« fragte Festus.

»Tu nicht so, als wüßtest du das nicht. Sie hatten keinen wirklichen Zugriff.«

»Da kenne ich noch andere, die keinen wirklichen Zugriff haben.« Es war offensichtlich, daß der Rigger Jessi verletzen wollte. »Was mich angeht, so verlasse ich mich auf die Magie, die aus dem Lauf meiner Combat Gun kommt.«

Jessi sah ihn wütend an. »Spielst wieder den wilden Straßensamurai, wie? Du bist zu intelligent, um Magie leugnen zu können. Vor ein paar Stunden war dir Imogens magische Wand noch hochwillkommen, oder?«

»Ich leugne nicht, daß es Magie gibt«, erwiderte Festus griesgrämig. »Ich mag sie nur nicht besonders. Und die Leute, die sie anwenden, mag ich meistens auch nicht besonders.«

»Ach ja? Das habe ich anders in Erinnerung.«

Pandur hörte den beiden stumm zu. Solange Jessi und er mit Festus ein Team bildeten, würden sich Spannungen dieser Art wohl nicht vermeiden lassen. Er fühlte sich unwohl dabei. Es sah nicht so aus, als würde der Rigger in absehbarer Zeit akzeptieren, daß Jessi nicht mehr zu ihm gehörte.

Er musterte die Menschen, die ihnen begegneten. Meistens handelte es sich um Elfen und Zwerge. Trolle und Orks ließen sich seltener blicken, Menschen noch weniger. Magnus hatte nicht erwähnt, ob Vladek zu den Metamenschen gehörte. Falls er ein Norm war, gehörte er in dieser Gegend zu den Außenseitern. Trotzdem hatte Pandur nicht das Gefühl, daß er und die beiden anderen Runner mit unwilligen Blicken ausgegrenzt wurden. Tatsächlich beachtete man sie kaum, und die Dunkelheit war ein zusätzlicher Verbündeter.

Das Viertel atmete noch einen Rest der einstigen Eleganz, genug, um es von heruntergekommenen Slums in Megaplexen abzuheben. Man hatte die Glasflächen geschwärzt oder abgedeckt, aber der Grund dafür lag wohl eher in der Vorliebe der Metamenschen für Höhlen, Subebenen und abgedunkelte Gebäude. Die Bewohner, die am späten Abend noch auf den Straßen unterwegs waren, machten keinen mondänen, aber auch keinen ärmlichen Eindruck. Es schien sich hier um Angehörige einer unteren Mittelschicht zu handeln. Weit genug oben angesiedelt, um Straßengangs keinen Nährboden zu geben, und weit genug unten, um nicht

Zeter und Mordio zu schreien, wenn seltsame Gestalten ihren Weg suchten, zu welchem heiligen Ort oder Sündenbabel auch immer.

Wohl fühlte sich Pandur nicht. Die Runner wurden toleriert, es schien keine Gefahren zu geben, aber sie befanden sich nicht im vertrauten Revier eines Megaplexes. Er horchte immer wieder auf Schritte, die ihnen folgten, suchte nach Schatten, die in Hauseingängen lauerten. Nichts. Aber irgendwann würden die Killer ihrer Spur folgen. Sie ließen sich nicht abschütteln. Er wollte ihnen sogar wiederbegegnen, wollte ihrer Niederlage in Würzburg eine blutigere Niederlage in Prag hinzufügen. Aber nicht jetzt. In den nächsten Stunden konnte er sie nicht gebrauchen. Er bezweifelte jedoch, daß sie sich diesem frommen Wunsch fügen würden.

Sie passierten die Pinkas-Synagoge und den jüdischen Friedhof. Das Meer der ineinander verschachtelten, übereinander getürmten Grabsteine aus Sandstein und Rosenmarmor ragte in chaotischem Durcheinander über die Einfassungsmauer hinaus. Sie sanken hinab zu den in bis zu zehn Schichten bestatteten Toten. Seit dem 18. Jahrhundert war hier niemand mehr den Würmern übergeben worden, aber mit dem Erwachen der Sechsten Welt gab es immer wieder Gerüchte von zwischen den Gräbern wandelnden Geistern. Angeblich waren auch Rabbi Loew und der von ihm aus Lehm erschaffene Golem gesehen worden. Die Magische Fakultät der Universität Prag hatte das Phänomen untersucht, aber keinen schlüssigen Beweis gefunden. Damit war der Fall für die Welt der hermetischen Magie erledigt. Es gab jedoch einflußreiche Schamanen, die den Golem für ein eigenständiges magisches Wesen hielten und nur Hohn und Spott für den Untersuchungsbefund ihrer hermetischen Kollegen übrig hatten.

Vor ihnen tauchten die Alt-Neu-Synagoge und das Rathaus auf. Sie befanden sich am Ziel. Červená ulice. Bis zum Haus mit der Nummer 13 konnte es nicht mehr weit sein. Die Gebäude aus den zwanziger Jahren des 21. Jahrhunderts paßten sich in verfremdeten Varianten den historischen Relikten an, griffen den Baustil der schmalen, spitzgiebligen Häuser auf, die einst das jüdische Ghetto geprägt hatten. Mit ihren bunten Fassaden aus Glas und Alukeramik hatten sie wie eine Replik der Moderne auf das Mittelalter gewirkt, ohne indes die Enge der Gassen in das Konzept aufzunehmen. Inzwischen verdüstert, geschwärzt, geborsten und zersprungen, alterten sich die Häuser an die Vorbilder heran und verschmolzen mit ihnen zu einer verblüffenden Symbiose. Die einstigen Modeboutiquen und Nobelbars waren schlichteren Shops und Kneipen gewichen. In den Obergeschossen gab es Wohnungen, in denen vor dreißig Jahren die Betuchten der Prager Schickeria wohnten. Die Wohnungen genügten längst nicht mehr einem gehobenen Standard an Sicherheit und Komfort, und die Umgebung war für die Schickeria indiskutabel geworden. Es hatten sich andere Interessenten gefunden.

Die Nummer 13 unterschied sich von den anderen Gebäuden. Das Haus stand schief und neigte sich außerdem zur Straße hin. Erst bei genauerem Hinsehen erkannte Pandur, daß das eine wie das andere auf gewollten optischen Effekten basierte. Gerade Stützträger waren versteckt, schiefe Pseudoträger in den Vordergrund gestellt, Vorbauten zur Straße hinausgezogen worden.

Das Haus war höchstens sechs Meter breit und hatte außer dem Erdgeschoß zwei Etagen. Unten gab es einen abgedunkelten Taliskrämerladen. Links von dessen beiden winzigen Fenstern und der Ladentür befand sich der Hauseingang. Ein altmodisches poliertes Messingschild wies auf den einzigen Bewohner der oberen Räumlichkeiten hin: NADROS VLADEK. Die Tür selbst sah schlicht aus, wirkte aber massiv und war mit modernster Elektronik gesichert. Eine Klingel schien es nicht zu geben.

Pandur berührte den Türknauf. Zu seiner Überraschung gab das Codekartenschloß ein schnurrendes Geräusch von sich, klickte dann und sprang auf. Jemand hatte ihr Kommen bemerkt. Offenbar wurden sie erwartet.

Die Runner betraten das Treppenhaus. Eine breite Wendeltreppe aus himmelblauen Kacheln, gehalten von etwas dunkler lackierten Aluminiumträgern, führte nach oben. Pandur übernahm die Führung. Die Treppe mündete in einen offenen Raum, der das gesamte erste Stockwerk einnahm. Mehr noch, der äußere Eindruck hatte getäuscht. Es gab keine weiteren Stockwerke. Der etwa sechzig Quadratmeter große Raum reichte bis zum Dach. Er war vom Boden bis zur sechs Meter entfernten Decke in einem tiefblauen Farbton gehalten und wurde durch verdeckte Strahler indirekt erleuchtet. Hinzu kamen Hunderte von winzigen Lichtpunkten an der Decke. Das Ganze wirkte wie eine mit Samt ausgeschlagene Mulde unter einem nächtlichen Sternenhimmel. Ein mächtiger Schreibtisch aus weißem Marmor stand mitten im Raum und beherrschte ihn. Er sah aus wie ein Sarkophag. Davor befanden sich mehrere mit blauem Syntholeder bezogene Sessel, die beinahe mit dem Boden zu verschmelzen schienen.

Am Schreibtisch saß ein Mann und schaute ihnen entgegen. Er trug einen gelben Umhang und einen gelben Schlapphut, beide mit hieroglyphenartigen Zeichen übersät. Der Hut war tief in die Stirn gezogen. Das Gesicht des Mannes wirkte nichtssagend, beinahe verschwommen, glatt, alterslos. Der Mann trug eigenartige Kontaktlinsen, die das Licht absorbierten und die Iris milchiggrau überkuppelten.

Wie die Augen eines Toten, dachte Pandur.

Obwohl das Gesicht so wenig einprägsam wirkte und die Augen so unbewegt und starr waren, kam ihm irgend etwas daran bekannt vor. Aber er vermochte nicht zu sagen, worum es sich dabei handelte. Er hatte das vage Gefühl, diesem Mann schon einmal begegnet zu sein. Aber vielleicht war es gerade das Fehlen markanter Merkmale, das Assoziationen mit anderen Gesichtern in ihm weckte.

»Sehr schön«, sagte der Mann. Die Stimme klang ausdruckslos und paßte zu dem Gesicht. »Ich freue mich, daß Sie den Weg zu mir gefunden haben.«

»Sie sind Nadros Vladek?« vergewisserte sich Pandur, obwohl er keinen Zweifel an der Identität des Mannes hatte. Vermutlich steckte der Wunsch dahinter, es von ihm selbst bestätigt zu bekommen. Er wollte hören, daß es sich bei dem gesichtslosen Mann mit den unpersönlichen Augen tatsächlich um jenes Wunderwesen handelte, das Magnus gepriesen hatte. Ein Mann, der angeblich in Magie und Cybertechnik gleichermaßen kompetent war.

»Nadros Vladek«, antwortete der Mann und nickte. »Aber setzen Sie sich doch bitte.«

Die Runner ließen sich in die Polster der blauen Sessel gleiten und starrten hinauf zu dem Magier hinter seinem Sarkophag.

»Kennst du einen MCT-Exec, der Krumpf heißt?« fragte Festus unvermittelt.

Vladek starrte ihn eine ganze Weile an, ohne zu antworten. »Warum?« gab er schließlich zurück.

»Weil ich dem Drekhead den Mastdarm herausreißen und darauf Smetanas *Moldau* fidlen werde!« sagte Festus wütend.

»Eine interessante Instrumentierung, wenn auch eine schmutzige Angelegenheit«, antwortete Vladek emotionslos.

»Ich wollte wissen, ob du ihn kennst.«

»Sollte ich?«

Jetzt starrte der Rigger den Magier an. »Jaaa. Er arbeitet an dem gleichen Zeug wie du.«

»Ich kenne ihn«, sagte Vladek. »Sogar sehr gut. Ich kann Sie nur warnen. Er ist ein äußerst fähiger, äußerst gefährlicher und äußerst unberechenbarer Mann. Was hat er Ihnen getan?«

»Cyberaugen.« Festus zeigte auf seine Augen. »Mit Viren, die mein Gehirn zerfressen.«

Vladek schwieg wieder, starrte mit seinen toten Augen den Rigger an. »Sie wollten zuviel, mein Freund«, sagte er dann. »Cyberaugen, mit denen Sie zu allem anderen die Energien des Astralraumes askennen wollten, nicht wahr? Eine Illusion, ein falsches Versprechen, mehr nicht. Sie haben sich Ihr Schicksal selbst zuzuschreiben.«

Pandur glaubte seinen Ohren nicht zu trauen. Weder der Rigger noch Jessi hatten den wahren Zweck der Cyberaugen erwähnt. Er fühlte sich nachträglich düpiert.

»Verdammt!« schrie Festus. »Steckst du etwa mit dem Drekhead unter einer Decke. Oder warum verteidigst du ihn?«

Pandur hatte das Gefühl, das alles schieflief. Sie waren hier, weil Vladek ihnen helfen sollte. Statt dessen wurde er von Festus beschimpft.

Jessi schien genauso zu empfinden. »Mach uns nicht alles kaputt!« warnte sie ihn. »Wir haben eine Vereinbarung getroffen. Erst die Daten, dann die Augen!«

Der Magier blieb ruhig, reagierte auch nicht auf Jessis Einwurf. Er schien ganz und gar auf Festus konzentriert. »Ich verteidige nicht, sondern stelle nur fest. Zufällig weiß ich genau, worum es geht. Es handelt sich um ein Experiment der MCT, Cyberware für Magier zu entwickeln. Es sollte ihnen ermöglicht werden, während des Aufenthalts im Astralraum zugleich im Normalraum zu agieren. Die Cyberaugen sind ein Ergebnis dieser Forschungen. Aber sie wurden ausschließlich für Personen mit magischem Potential konzipiert. Zu glauben, man könne damit askennen, ist kompletter Blödsinn! Was Sie irrtümlich als Viren bezeichnen, ist ein Programm für magiekontrollierende Gehirnzellen. Es organisiert sie zum Teil um beziehungsweise bündelt ihre Energien für zusätzliche Cyberware-Anwendungen. Auf normale Gehirnzellen kann es verheerend wirken. Und auf gar keinen Fall eignet es sich als Spielerei für Dilettanten.«

Bevor Festus weitere Beschimpfungen ausstoßen konnte, sagte Pandur schnell: »Ist seine Krankheit heilbar?«

»Nicht mit herkömmlichen Mitteln. Es hat in seinem Gehirn einen Prozeß in Gang gesetzt, der nicht umkehrbar ist. Und der Prozeß bewirkt bei ihm nicht die Umstrukturierung der Zellen, sondern deren Zerstörung. Das reinigende Feuer gebündelter Magie könnte den Prozeß vielleicht stoppen. Vielleicht, wohlgemerkt. Ein Magier allein wäre dazu nicht in der Lage. Ein magischer Ort, ein Ritualteam ... eventuell die zeitweise Verschmelzung mit einem Geistwesen ... Andere Möglichkeit gibt es nicht.«

»Woher willst du das alles so genau wissen?« fragte Festus mißtrauisch.

»Weil ich mit diesen Sachen bei MCT befaßt bin«, antwortete Vladek. »Ich sagte ja bereits, ich kenne Krumpf sehr gut. Ich kenne ihn selbst sehr gut, und ich kenne seine Arbeit sehr gut.«

»Bitte!« sagte Jessi. »So wichtig das alles für Festus ist, wir sollten dieses Thema für den Moment abschließen. Uns sind Killer auf der Spur, die um jeden Preis verhindern wollen, daß der Klaubauterbund die in diesem Deck gespeicherten Daten veröffentlicht. Sie haben Magnus zugesagt, uns zu helfen. Ich hoffe, Sie haben Ihre Meinung nicht geändert.«

»Keineswegs.« Vladek beugte sich vor. »Ich möchte mir das Cyberdeck ansehen.«

Pandur hielt den Behälter bereits auf den Knien. Er nahm das Deck heraus, stand auf und reichte es dem Magier. Einen flüchtigen Moment lang fragte er sich, ob es noch immer verzaubert war. Vielleicht war die Magie längst gewichen. Er machte sich Vorwürfe, daß er nicht wenigstens ein weiteres Mal versucht hatte, das Deck zu benutzen.

Vladek legte das Deck vor sich auf den Schreibtisch. Er streckte beide Hände aus und bewegte sie in einigem Abstand leicht über das Cyberdeck. Pandur bemerkte an den Ring-, Mittel- und Zeigefingern kostbare Ringe mit funkelnden Steinen. Sie strahlten intensiver, als dies durch die Lichtreflexe erklärbar war. Vermutlich handelte es sich um Kraftfokusse.

Der weiße Sarkophag antwortete den Ringen. Die Platte begann rötlich zu glühen. Das Glühen verstärkte sich. Der ganze Sarkophag leuchtete in einem sanft pulsierenden roten Licht. Das Cyberdeck, die Hände, das Gesicht des Magiers wurden in dieses Leuchten einbezogen. Die Szene hatte etwas Unheimliches an sich.

Als würde sich Lucifer über einen ihm geweihten Altar beugen und eine Opfergabe prüfen.

Dann zog Vladek die Hände zurück. Das rote Licht verblaßte. Schließlich setzte sich das kalte Weiß des Sarkophags durch. Selbst die Ringe des Magiers strahlten nur noch matt, als hätte sich die Leuchtkraft ihrer Steine erschöpft.

»Eine mächtige Magie«, murmelte Vladek. Er sah die Runner an. »Sie haben keinen Hinweis darauf, wer Ihnen diesen Zauber angehängt hat?«

»Nicht den geringsten«, sagte Pandur, der keine Lust hatte, vor Vladek seine Theorien über eine Graue Eminenz auszubreiten. Er war enttäuscht von der Reaktion des Mannes. Offensichtlich sah der Magier sich genausowenig wie Magnus in der Lage, den Zauber von dem Deck zu nehmen. Wo blieben Vladeks Spezialkenntnisse über Cybertechnik? Hatte Magnus sich in dem Mann getäuscht? »Zu stark für Sie, oder?«

Vladek bedachte ihn mit einem seiner toten Blicke. »Kein vorschnelles Urteil, wenn ich bitten darf!« sagte er scharf. »Ich habe die Struktur des Zaubers askennt. Das war nur möglich, weil ich die Systematik eines Cyberdecks verstehe. Ich weiß jetzt, wie der Zauber zu brechen ist. Aber ich brauche dafür Kraft, sehr viel Kraft. Mehr Kraft, als in mir selbst ist.« Er macht eine kleine Pause und fuhr dann fort. »Zum Glück kann ich mir diese Kraft verschaffen.«

Seine Rechte glitt in eine Tasche seines Gewands und kramte einen Chip hervor. Damit öffnete er die Schublade des Marmorschreibtisches. Er zog ein unscheinbares, abgegriffenes braunes Ledersäckchen hervor. Man hätte es für einen Tabakbeutel halten können. Er griff erneut in die Schublade und legte ein altmodisches Tintenfaß, einen Federkiel und einige schmale Zettel aus dickem, vergilbten Papier auf den Tisch. Die Zettel wölbten sich, und er strich sie vorsichtig glatt. Dann steckte er den Federkiel in das Tintenfaß und schrieb etwas auf einen der Zettel. Er nahm einen zweiten und schrieb wieder, dieses Mal einen etwas längeren Text.

»Hebräisch«, meinte Vladek, als würde dies alles erklären. Er richtete sich auf und setzte eine selbstgefällige Miene auf. »Ich habe die alten Prager Legenden studiert, ganz besonders die von Rabbi Loew und seinem Golem. Der Rabbi schuf mit Hilfe der Magie aus Lehm einen künstlichen Menschen, einen Koloß, der ihm zu Diensten war. Im Auftrag des Rabbis half er den Prager Juden aus der Bedrängnis. Seine Befehle erhielt der Golem, indem sein Meister seine Wünsche auf einen Zettel schrieb, den er seinem Geschöpf unter die Zunge legte. Zugegeben, eine etwas altmodische Methode und der Zeit des 16. Jahrhunderts angemessen... Aber man soll funktionierende Magie nicht verändern. Magie kennt keine technischen Neuerungen.«

»Sie haben die Befehle des Rabbis entdeckt und schöpfen daraus magische Kräfte?« fragte Jessi erstaunt.

»Unsinn!« kanzelte Vladek das Mädchen ab. Er lehnte sich zurück. »Aber ich bin den Spuren des Rabbis gefolgt. Er hat hier in der Nähe gewirkt, und er liegt auf dem jüdischen Friedhof dort draußen begraben. Allerdings nicht in der Tumba, die heute als seine Grabstätte verehrt wird, sondern viel tiefer, in einer der untersten Schichten.«

»Weißt du was, Chummer?« sagte Festus ungeduldig. »Du solltest deinen magischen Firlefanz für dich behalten, ihn genießen und damit im stillen Kämmerlein herumzaubern. Was ist? Hast du die morschen Knochen des Rabbis ausgebuddelt, benutzt du seine Birne als Kerzenhalter?« Festus wehrte Jessis Versuche ab, ihn von weiteren Grobheiten abzuhalten. »Alles okay, Zauberer, nix dagegen. Aber was hältst du davon, jetzt einfach ohne viele Gequatsche das Cyberdeck zu knacken und uns die Chips mit den Daten zu geben? Wäre 'ne reife Leistung und würde dir mehr Respekt einbringen, als dumme Sprüche auf irgendwelche Schmierzettel zu schreiben und uns die Ohren mit Stories von Lehmriesen vollzublasen. Ich kenne sogar Typen, die sind aus Scheiße gemacht. Mit denen kann man nix anfangen, ob man denen nun Zettel in den Mund oder in den Arsch schiebt. Klappt nicht mal mit solider Cyberware.«

Pandur hatte gar nicht erst versucht, den Vortrag des Riggers zu unterbrechen. Er wollte Festus nicht noch zusätzlich reizen.

Vladek hatte geduldig zugehört. »Fertig?« fragte er jetzt. »Ignoranz ist kein Weg. Haben Sie vergessen, was ich Ihnen vorhin sagte? Gerade Sie sollten sich an die Macht der Magie gewöhnen. Es ist Ihre einzige Chance.«

»Vergessen Sie einfach, was er gesagt hat«, sagte Pandur. »Festus ist ungeduldig. Kann man verstehen, wenn man sich in seine Haut versetzt. So ka?«

»Ihr Freund liegt gar nicht mal so schief mit seiner Vermutung«, fuhr Vladek fort. »Ich habe den Golem zunächst dort gesucht, wo ihn alle suchten, wo er gemäß der Legende ruhte, wenn der Rabbi ihn nicht brauchte: auf irgendeinem Dachboden. Ich untersuchte die Dachböden der Alt-Neu-Synagoge, der Pinkas-Synagoge, des Rathauses. Ich habe Staub aus allen Ecken zusammengekratzt, analysiert und askennt, in der Hoffnung, Reste jenes Lehms zu finden, aus dem der Golem bestand. Fehlanzeige. Dieser Staub besaß keine magischen Attribute.«

»Hätte ich dir gleich sagen können«, redete Festus dazwischen. »Der einzige Staub, der eine Art Magie besitzt, ist Goldstaub. Bei Klumpen und Barren ist die Magie allerdings erheblich stärker.«

Der Magier beachtete ihn nicht. »Ich habe daraufhin die Legende auf ihren magischen Kern reduziert. Ein Magier, Rabbi Loew, entwickelt eine Zauberformel, mit der er einen Geist an einen Lehmkoloß bindet. Die Formel ist verloren, aber der Geist ist noch immer an die Materie gebunden, wenn der Rabbi ihn nicht entlassen hat. Ich habe mir überlegt, was ich an Rabbi Loews Stelle getan hätte, alt und den Tod vor Augen. Ich hätte den Golem auch im Tode bei mir haben wollen, um vielleicht in einer anderen Dimension auf seine Dienste zurückgreifen zu können. Ich hätte dafür gesorgt, daß er mit mir zusammen bestattet wird. Entweder in seiner vollen Größe, oder, was einfacher gewesen wäre, in Form der Essenz oder auch nur einer Probe seines Körpers. Sicher war seine Form ohnehin noch zu Lebzeiten des Rabbis zu Staub zerfallen. Was wäre für Rabbi Loew einfacher gewesen, als Staub vom Golem immer bei sich zu tragen und zu bestimmen, ihn so zu beerdigen, wie man ihn tot auffindet? Also habe ich den Friedhof untersucht, illegal natürlich. Ich habe automatische Sonden durch die Schichten der Toten geschickt. Ich will Sie mit den mühevollen Einzelheiten nicht langweilen. Jedenfalls befindet sich hier drin…« Er deutete auf den kleinen Lederbeutel. »…Staub aus dem Grab von Rabbi Loew. Staub vom Rabbi selbst. Vor allem jedoch – Staub vom Golem.«

»Ich wette, der Golem hat null Ahnung von Cyberdecks«, schnaubte Festus. »Große Jungs aus Lehm, die nur schnallen, wo es langgeht, wenn man ihnen 'nen Zettel zu lutschen gibt, kommen unter Garantie nicht einmal mit einem Taschenrechner klar.«

»Nun hör doch endlich auf mit der Scheiße!« fuhr ihn Jessi an.

Nadros Vladek schob das Cyberdeck zur Seite, nahm den Beutel und entleerte ihn behutsam auf der Tischplatte. Zu sehen war nichts weiter als ein kleiner Haufen pulverisierter Erde.

Der Magier schob den zuerst beschriebenen Zettel mitten in den Haufen hinein und ließ ihn dort stecken. Dann breitete er die Hände darüber aus und begann eine lange Litanei zu murmeln. Die Ringe an seinen Händen funkelten wieder, schienen ihr Feuer in den Staub hineinzusprühen. Abermals antwortete der Marmorschreibtisch, der wie ein Sarkophag aussah. Er verfärbte sich, nahm einen blutroten Farbton an, der, mal blaß, mal kräftig, im Rhythmus des Herzschlags pulsierte.

Eine Weile geschah nichts weiter. Plötzlich jedoch begann sich der Staub zu bewegen, wirbelte herum, als hätte ihn eine Windhose erfaßt, stieg über dem Sarkophag auf, schloß den Zettel in sich ein. Der Magier führte seine Hände aus dem Wirbel heraus, hielt sie jedoch weiterhin erhoben. Er hatte aufgehört zu sprechen. Seine toten Augen leuchteten.

Das Innere des Wirbels schien aus einer unsichtbaren Quelle weiteren Staub zu fördern. Die Staubsäule wuchs an, verdichtete sich. Immer mehr Staub schien aus dem Inneren zu kommen. Die Säule sah jetzt fest und schwer aus, reichte fast bis zur Decke und wuchs noch im Umfang. Langsam formierte sie sich zu menschenähnlichen Umrissen. Ein dicker Kopf war zu erkennen, breite Schultern bildeten sich heraus, schwere, muskelbepackte Beine ruhten auf dem Sarkophag.

Die Verwandlung schritt in atemberaubender Geschwindigkeit voran. Plumpe Gesichtszüge bildeten sich heraus, eine breite Nase, blinde Augen, halblanges Haar im Pagenschnitt, ein Wams, halblange Hosen, nackte Füße. Der Mann war etwa drei Meter groß, hatte mindestens anderthalb Meter breite Schultern, einen Stiernacken und unglaublich große Hände und Füße. Wäre die Decke nicht so hoch gewesen, hätte das Wesen darin keinen Platz gehabt. Vladek schien dies von vornherein bedacht zu haben.

Allen Details zum Trotz bestand das Wesen unverändert aus Staub. Als hätte jemand eine unendlich sorgsam ausgeführte, detailreiche Gußform benutzt und statt Metall braunes Pulver hineingeschüttet, das aus unerfindlichen Gründen nicht auseinanderlief, als die Form entfernt wurde. Selbst Fingernägel, Wimpern, einzelne Haare wurden nachgebildet. Und doch war alles an ihm nur locker zusammengefügte Materie. Der Koloß war durch und durch aus Staub gemacht. Außer dem Lehmbraun gab es keinen anderen Farbton. Den Zettel des Magiers hielt das Wesen in seinem Inneren geborgen.

Gebannt hatten Pandur und Jessi dem magischen Schöpfungsakt zugesehen. Selbst Festus hatte die Augen aufgerissen und schien unfähig zu jeder Art von Spott zu sein.

Schwerfällig, mit langsamen, plumpen Bewegungen, aber geräuschlos, stieg der Golem von dem Sarkophag herab. Die blinden Augen des Golems starrten nach unten, richteten sich auf den Magier. Nadros Vladek lächelte.

»Knie dich hin!« befahl er.

Zu Pandurs Überraschung sprach der Magier nicht hebräisch, sondern benutzte die Citysprache der Megaplexe, in der sie sich die ganze Zeit unterhalten hatten. Nur die Zettelmagie schien der hebräischen Sprache zu bedürfen.

Der Golem gehorchte und kniete vor dem Sarko-
phag. Vladek umrundete die Marmorplatte, nahm das
Cyberdeck und hielt es auf ausgestreckten Armen dem
Golem entgegen.

»Nimm es an dich!« sagte der Magier.

Der Golem beugte sich vor, streckte die Hände aus,
nahm das Cyberdeck. Er drückte es gegen die Brust. Im
nächsten Moment tauchten die Hände mitsamt dem
Deck in die Brust ein. Dann kehrten sie ohne das Deck
zurück. Die Lücke in der Brust hatte sich geschlossen.
Der Golem hatte das Cyberdeck in sich aufgenommen.

»Öffne den Mund!« sagte Nadros Vladek mit fester
Stimme und nahm den zweiten Zettel auf.

Gehorsam leistete der Golem auch diesem Befehl
Folge. Pandur nahm an, daß der erste Zettel dem
Wesen befohlen hatte, zu erscheinen und seinem Mei-
ster zu gehorchen.

Der Magier reckte sich zum geöffneten Mund des
Kolosses hinauf und schob ihm den Zettel unter die
Zunge. »Den Mund schließen!« befahl er.

Wie ein Roboter tat der Golem, was verlangt worden
war. Nadros Vladek trat ein paar Schritte zurück, sah
den Golem an und wartete. Der Koloß bewegte sich
nicht.

Der Magier spielte nervös mit den Ringen an seinen
Fingern. Der Golem rührte sich noch immer nicht.

Pandurs Blick war unwillkürlich den Bewegungen
Vladeks gefolgt. Er sah die blitzenden Steine, sah die
schlanken Hände des Mannes, sah das Gesicht. Irgend
etwas kam ihm auf schreckliche Art und Weise vertraut
vor. Nicht das Gesicht. Aber die Hände, die Ringe …

Wieder schaute er in das Gesicht. Vladek war ganz
und gar auf den Golem konzentriert.

Plötzlich begann das Gesicht zu verschwimmen. Die
nichtssagende Hülle floß herab wie Wachs, das einer
Flamme zu nahe kommt. Die Maske war ein Illusionszauber gewesen. Jetzt, da der Magier sich nicht mehr

darauf konzentrierte, war dieser Zauber erloschen. Die bis dahin toten Augen sprühten und funkelten. Grüngesprenkelte Augen, wie mit dem Staub von Brillanten gepudert. Die unsteten Augen eines Irren! Augen, die Pandur nicht zum erstenmal sah. Augen, die er niemals vergessen würde.

Der irre Magier, der uns für den Renraka-Job verheizt hat. Der Mann, der mich mit einer Droge gefügig gemacht hat. Der Mann, der aussah wie ...

Als hätte der Magier seine Gedanken aufgefangen, wandte er sich plötzlich Pandur zu.

Roberti starrte ihn an! Die Fratze aus dem Traum! Die Fratze, die ihn sogar in der Matrix verfolgt hatte! Die Fratze, die bei dem Straßenkampf vor Jacobis Lager auftauchte! Die Fratze, die unter der schwarzen Maske des irren Magiers versteckt gewesen und jetzt wieder zutage getreten war! Das wahre Gesicht des Mannes, der sich Nadros Vladek nannte!

In Pandur knallte die letzte Sicherung durch. Mit einem erstickten, kehligen Schrei sprang er auf und griff gleichzeitig nach seiner Waffe.

Jessi kam ebenfalls hoch, die Augen aufgerissen, blankes Erstaunen darin, einen erschreckten Schrei auf den Lippen. Festus stand bereits, war seinem Instinkt gefolgt, witterte in der Reaktion des anderen eine Gefahr, die er selbst noch nicht bemerkt hatte. Die Reflexbooster hatten die Combat Gun in seinen Arm schnellen lassen. Aber er unternahm noch nichts, wartete ab.

Von all dem bemerkte Pandur nichts. Er hatte nur Augen für Roberti.

Ich muß Roberti töten!

Er hatte die Secura in der Hand und wollte feuern. Er kam nicht dazu. Der vorher noch so plumpe, unbeweglich wirkende und schließlich zur Reglosigkeit erstarrte Golem bewegte blitzartig seine mächtige linke Hand und schlug Pandur die Waffe aus der Hand. Sie flog in hohem Bogen durch die Luft und landete weit außerhalb von Pandurs Reichweite hinter dem Sarkophag auf dem Boden.

Der Magier lachte. »Wieder nicht schnell genug, Walez!«

Pandur hätte sich unter dem Einfluß der hypnotischen Wirkung von Robertis Gesicht wahrscheinlich mit nackten Händen auf den Magier geworfen. Aber die plötzliche Bewegung des Golems hatte ihn schlagartig ernüchtert, seinen Geist den hypnotischen Befehlen eines anderen entzogen. Er erschauderte. Ein eigenartiges Gefühl, von einem Wesen berührt zu werden, das mehr Geist als fester Körper war. Ein Wesen, das seltsam elastisch, aber dennoch fest zuschlagen konnte.

Er registrierte Jessis erschreckten Ausruf: »Pandur! Was ist los mit dir?«

Er bemerkte Festus. Kampfbereit, konzentriert, abwartend, die Waffe in der Hand.

Er sah Nadros Vladek, den irren Magier, immer noch mit dem Gesicht von Roberti. Er gab sich keine Mühe mehr, es mit einem Illusionszauber zu verbergen. Pandur verabscheute dieses Gesicht noch immer, aber er konnte es jetzt ertragen. Aus der fehlenden Reaktion von Jessi und Festus erkannte er, daß der Illusionszauber allein ihm gegolten hatte. Vladek hatte gewußt, daß Thor Walez, der sich jetzt Pandur nannte, erscheinen würde. Er wollte von ihm nicht sofort erkannt werden. Jessi und Festus hatte er sich unbesorgt mit seinem wahren Gesicht gezeigt.

Pandur sah den Golem. Das Lehmwesen war wieder zur Reglosigkeit erstarrt.

»Verdammt noch mal!« schrie Vladek den Golem an. »Du sollst deine Befehle ausführen! Nimm die Magie von dem Cyberdeck. Benutze die Formel, die ich dir aufgeschrieben habe! Und töte die Fremden! Wie es dir befohlen wurde!«

Pandur war der einzige der drei, den die Wendung der Dinge nicht überraschte. Wenn Vladek der irre Magier und Roberti war, konnte er nicht der Freund der Runner sein. Nüchtern und fast ruhig stellte Pandur für sich selbst fest, daß sie nicht deshalb sterben würden, weil Vladeks Tarnung aufgeflogen war. Er hatte ihren Tod schon geplant, als er die Zettel schrieb. Dies konnte nur eines bedeuten: Vladek wollte die Daten für sich selbst haben. Seine Bereitschaft, dem Klabauterbund zu helfen, war vorgetäuscht gewesen.

Festus reagierte sofort. Sein Finger krümmte sich um den Abzug der Combat Gun. Vladek stand zwei Meter vor dem Lauf der Waffe. Ungeschützt. Er war nicht zu verfehlen. Schon gar nicht von einer verchipten Schrotflinte. Bedient von einem Mann mit Kunstmuskeln und Reflexboostern. Zaubersprüche waren langsamer. Vladek hatte keine Chance.

Vladek hätte keine Chance gehabt. Wenn der Golem nicht gewesen wäre. Geisterwesen sind schneller als Kunstmuskeln und Reflexbooster. Der Golem schlug Festus die Waffe aus der Hand, wie er es zuvor bei Pandur getan hatte. Die Combat Gun segelte durch die Luft, traf an einer Wand auf. Es löste sich kein Schuß.

Bevor Jessi ihr Geschick gegen die Reaktionen des Golems versuchen konnte, stieß Vladek einen Zauberspruch aus.

Pandur spürte, wie ihm die Glieder bleischwer wurden. Ein Gefühl grenzenloser Lethargie legte sich über seinen Geist. Er ließ sich in den Sessel fallen. Er sah die Dinge um sich herum wie durch einen Filter und harrte der Dinge, die da kommen würden. Am Rande registrierte er mit mildem Interesse, daß sich Jessi genau wie er verhielt. Auch sie war in den Sessel zurückgefallen und betrachtete ihre Umgebung mit einer Gelassenheit, die in keinem Verhältnis zu der Drohung des Magiers stand.

Anders Festus. Er hatte ungläubig verfolgt, wie seine Waffe durch die Luft trudelte und aufprallte. Als der Magier mit seinem Manipulationszauber auf den Geist des Riggers stieß, ging in diesem bereits eine Verwandlung vor. Er konnte durch keinen Zauber der Welt mehr erreicht werden. Festus verlor die Kontrolle über sich. Festus rastete aus.

Der Gesichtsausdruck des Riggers verzerrte sich zu unbändiger Wut. Aus Wut wurde Schmerz. Aus Schmerz Entsetzen. Er stieß einen gutturalen Schrei aus, fuchtelte mit den Armen in der Luft herum.

Dann warf er sich nach vorn. Ziellos. Eine reflexhafte Bewegung. Ungesteuerte Motorik des Körpers, der irgendeine Antwort auf das suchte, was im Gehirn vor sich ging. Oder dirigierte ein Rest von Verstand, ein Quentchen Kalkül, ein Funke Hoffnung letztendlich doch die Richtung der vom Körper verlangten und ausgeführten Bewegung?

Festus schnellte nach vorn und flog durch die Luft. Direkt auf die massive Gestalt des Golems zu. Der Koloß hätte mit seinen zuvor gezeigten Reflexen leicht ausweichen können, aber er tat es nicht. Festus prallte mit dem Kopf voran gegen die Brust des magischen Wesens. Etwas Eigenartiges geschah. Der Körper des Riggers wurde nicht zurückgestoßen. Er verlangsamte seine Geschwindigkeit, als sei er auf ein Wattepolster gestoßen. Dann drang er in den Golem ein. Zuerst verschwand der Kopf des Riggers, dann folgten die Schultern, der Brustkorb, der Rest des Körpers. Für Bruchteile von Sekunden war der Umriß von Festus' Gestalt wie ein ausgestanztes Loch in der breiten Brust des Golems zu sehen. Im nächsten Moment sickerte die verdrängte Substanz des Wesens in die ursprüngliche Form zurück. Die Lücke schloß sich, wie sich die Eintauchöffnung beim Eindringen eines Körpers in eine flüssige Oberfläche schließt. Der einzige Unterschied bestand darin, daß es keinerlei Wirbel, Spritzer oder sonstige Turbulenzen gab. Der Golem war wieder intakt. Gegossen aus Staub. Festus war und blieb verschwunden. Er trat nicht wieder auf der anderen Seite des Wesens heraus. Der Rigger befand sich im Golem, und dort blieb er. Wie das Cyberdeck.

Pandur hatte das Ganze verfolgt, ohne fähig zu sein, in irgendeiner Form darauf zu reagieren, ohne es – unter dem ihm aufgezwungenen Willen eines anderen – überhaupt zu wollen. Aber nichts hinderte ihn daran, die Ereignisse in seiner Umgebung aufmerksam zu registrieren. Nichts verwehrte ihm, Wertungen vorzunehmen, Schlüsse zu ziehen.

Er erinnerte sich daran, was Vladek über die Viren gesagt hatte, die das Gehirn des Runners zerstörten. Nur eine starke magische Kraft könne ihn retten. Oder ein Ritualteam. Oder beides. *Oder die Verschmelzung mit einem Geistwesen!* Unabsichtlich hatte Vladek dem Rigger eine Möglichkeit eröffnet. Aus der vagen Möglichkeit war greifbare Realität geworden, als er den Golem beschwor. Und doch wäre Festus wahrscheinlich lieber gestorben, als in dieses Geschöpf einzutauchen. Pandur konnte sich nicht vorstellen, daß ein Mensch im Innern eines halb geistigen, halb materiellen, auf jeden Fall aber magischen Wesens existieren konnte. Und er glaubte nicht, daß Heilung ohne gezielte Mitwirkung von Magiern oder des Geistwesens möglich war.

Und doch war es die einzige Chance, die Festus hatte. Er hätte nicht mehr lange durchgehalten. Bestimmt wäre er diesmal von den Gehirnmaden aufgefressen worden. Vielleicht hat er diesen Weg schließlich doch gewollt. Oder es war nur Instinkt. Oder Zufall. Auf jeden Fall war es Schicksal, war es sein Pfad, den er gehen mußte. Mag er ihn nun direkt in Lucifers Bratpfanne oder zurück in die Schatten führen.

Vladek schien überrascht zu sein. Trotzdem ließ sein Manipulationszauber auf die beiden anderen Runner nicht nach.

»Spuck ihn wieder aus!« forderte der Magier den Golem auf.

Das Wesen reagierte nicht. Entweder besaß es einen eigenen Willen, oder Vladek benutzte nicht die richtigen Befehle. Vielleicht hätte er den Befehl in hebräischer Schrift auf einen Zettel schreiben und ihn dem Golem unter die Zunge schieben müssen.

Dem Magier kam entweder nicht die Idee, es auf diesem Wege zu versuchen, oder er nahm sich nicht die Zeit dafür. »So ka«, sagte er. »Der Chiphead muß und wird sowieso sterben.« Er hob die Stimme an. »Golem, dein Meister befiehlt dir, den Zauber von dem Cyberdeck zu nehmen! Gehorche!«

Zum erstenmal kam eine Reaktion des Golems auf diesen Befehl. Er hob das Haupt aus Staub und starrte mit seinen blinden, blicklosen Augen auf eine Stelle links von Pandur, hinter dem Magier.

Vladek wirbelte herum. Pandur und Jessi folgten dem Blick langsamer, gehemmt von der Kraft, die ihrem Willen aufgezwungen war.

Dort, wohin der Golem mit seinen Augen aus Staub geschaut hatte, stand eine kleine weiße Gestalt. Niemand vermochte zu sagen, ob sie gerade erst aufgetaucht war oder schon länger das Geschehen verfolgte. Unzweifelhafter als bei dem Golem handelt es sich um einen Geist. Man konnte durch das Wesen hindurchschauen. Gleichzeitig nahm Pandur die Gestalt jedoch in allen durchsichtigen Einzelheiten wahr: klein und gedrungen, ein langes Gewand, ein volles Gesicht von etwa vierzig Jahren mit einem langen Bart, eine scharf gekrümmte Nase, freundliche Augen, das Haupt mit einer Yarmulka bedeckt. Nach allem, was Pandur gehört und erlebt hatte, konnte es sich nur um den Geist von Rabbi Loew handeln. Hatte Vladek nicht selbst erwähnt, daß sich in dem Lederbeutel auch Staub des Rabbi befand?

»Verpiß dich, du verdammter Bastard!« schrie der Magier. »Der Golem gehört jetzt mir! *Ich* bin sein Meister!«

Der kleine, durchsichtige Mann beachtete Vladek überhaupt nicht. Mit leiser, aber akzentuierter Stimme sagte er etwas in einer fremden Sprache. Vermutlich war es Hebräisch.

Der Golem erstarrte wieder zur Reglosigkeit. Pandur nahm an, daß sein alter Meister ihm befohlen hatte, die Befehle des Magiers nicht zu befolgen.

Vladek stand ebenfalls stocksteif. Sein Blick war nach innen gekehrt. Der Geist des Rabbi Loew erstarrte. Im ersten Moment glaubte Pandur, irgendeine Art von Zauber hätte die Zeit angehalten oder zumindest stark verlangsamt. Darin kam aber nur sein eigenes gedämpftes Empfinden zum Ausdruck. Er sah jetzt, daß Vladek leicht taumelte. Die Luft um ihn herum schien zu flimmern. Dann stabilisierte sich die Erscheinung des Magiers wieder. Einen Moment später zitterte das Abbild des Rabbi. Es verblaßte und wurde wieder kräftiger. Plötzlich verstand Pandur, was vor sich ging.

»Astralkampf«, murmelte er. »Vladek und Rabbi Loew kämpfen im Astralraum gegeneinander.«

»Wir können wieder miteinander reden«, stellte Jessi fest. »Vielleicht … Wenn ich jetzt auf ihn schieße …« Sie versuchte den Arm zu haben, aber es gelang ihr nicht. »Dieser Drekhead ist unglaublich stark. Er kämpft im Astralraum, aber sein Zauber gegen uns hat kaum nachgelassen.«

Trotzdem war es eine Chance für sie. Solange Vladek im Astralraum mit dem Geist beschäftigt war, konnte er ihnen weniger Aufmerksamkeit widmen. Jessi hatte die richtige Idee gehabt. Wenn Vladek in der realen Welt überraschend angegriffen wurde, blieb ihm wahrscheinlich nicht genug Zeit, um erneut mit Magie gegen den Angreifer vorzugehen. Pandurs Waffe lag außer Reichweite. Aber er konnte Jessis Waffe nehmen und auf den Magier richten. *Falls es mir gelingt, stärker als Vladek zu sein. Ich muß stärker sein als er! Wenn er den Geist besiegt, wird der Golem ihm gehorchen. Er wird ihm die Daten geben und uns töten. Oder Vladek selbst wird uns töten. Ich muß stärker sein als er! Ich muß!*

Pandur nahm alle Willenskraft zusammen und versuchte sich zu erheben. Er schaffte es, ein kleines Stück aus dem Sessel hochzukommen. Dann verlor er wieder die Kontrolle über seine Muskeln und sackte in sich zusammen. Der Griff des Magiers wirkte noch immer wie eine Klammer. Pandur fühlte, wie ihm der Schweiß von der Stirn in die Augenwinkel lief, wie es aus dem Haar in den Nacken tropfte. Wie Jessi hatte er den Eindruck, daß sein Geist nicht mehr in gleichem Maße dem Zwang unterlag. Aber für seine Muskeln schien dies nicht zu gelten.

Er versuchte es erneut, bewegte seinen Arm in Jessis Richtung. Millimeter um Millimeter. Aber dann fiel der Arm kraftlos herab.

»Drek!« fluchte er. »Ich schaffe es einfach nicht!«

Jessi kämpfte ebenfalls mit ihrem Körper. Ihr Arm hob sich leicht, fiel herab, hob sich, fiel herab. Pandur sah, daß sie Tränen in den Augen hatte. »Der Verräter darf die Daten nicht bekommen!« sagte sie mit halb erstickter Stimme.

»Kannst du nicht Magie gegen ihn einsetzen?« fragte Pandur hoffnungsvoll.

»Das habe ich schon versucht«, sagte Jessi. »Sein Manipulationszauber blockiert nicht nur unsere Bewegungen, sondern versperrt mir auch den Zugriff auf die Energien des Astralraums.«

Der Kampf zwischen Vladek und dem Rabbi wogte hin und her. Beide Gestalten wurden immer wieder erschüttert, wankten, waren von kaum sichtbaren Energiefeldern umgeben, befreiten sich wieder davon. Pandur wußte, daß sich im Astralraum etwas Ähnliches ereignete wie bei Kämpfen in der Matrix. Für Vladek und den Rabbi war die andere Dimension so real wie dieser Raum in Prag, so real wie für Pandur die virtuelle Realität des Cyberspace mit ihrem Ice und ihren phantastischen Konstrukten. Was dort, im Astralraum wie in der Matrix, passierte, hatte Auswirkungen auf den, der sich dort bewegte. Unwillkürlich dachte Pandur an Rose, die in der Matrix wie in der Realität verschmort war. Ereignisse im Astralraum wirkten noch erheblich intensiver auf die materielle Welt ein. So funktionierte die Magie, so wurden Magier in die Lage versetzt, auf physisch vorhandene Dinge einzuwirken. Im Moment allerdings beschränkten sich die Aktionen der Kontrahenten auf die Metaebene.

»Kann Vladek den Rabbi töten?« fragte er.

»Der Rabbi ist bereits tot«, erinnerte ihn Jessi. »Vladek kann höchstens die Energie des Geistes erschöpfen und ihm für eine Weile die Möglichkeit versperren, auf den Golem Einfluß zu nehmen. Mehr nicht. Aber das genügt ihm ja. Er bekommt die Daten. Und wir sterben.«

Pandur beobachtete den Golem. Er rührte sich nicht vom Fleck. Er schien sich auch nicht am Kampf im Astralraum zu beteiligen. Der Golem war ein mächtiges Geistwesen, aber ein Diener. Gebunden an den Willen seines Meisters. Da er im Moment zwei Meister besaß, die ihm unterschiedliche Befehle gegeben hatten, tat er überhaupt nichts.

»Meinst du, Festus lebt noch?« fragte Pandur.

»Ich weiß es nicht. Mir ist kein ähnlicher Fall bekannt. Vielleicht hat er eine Chance. Vielleicht spuckt der Golem ihn irgendwann wieder aus. Vielleicht hat das magische Feuer dieses Wesens ihn dann sogar geheilt. Ich hoffe es für ihn. Aber ich habe wirklich keine Ahnung, wie groß seine Chancen sind, ob nicht für ihn schon alles gelaufen ist.«

Schließlich bahnte sich eine Entscheidung an. Der Rabbi wurde plötzlich in ein bläuliches Licht gehüllt. Er schien dagegen anzukämpfen, aber seine geisterhafte Erscheinung wurde zunehmend blasser, bis nur noch das blaue Licht zu sehen war. Dann erlosch das Licht, als habe jemand einen Schalter berührt und die Energie abgeschnitten. Mit dem blauen Licht war auch Rabbi

Loew verschwunden. Vladek hatte den Kampf gewonnen.

Der Magier kehrte aus dem Astralraum zurück. Der geistesabwesende Blick wurde durch das irre Funkeln der gesprenkelten Augen ersetzt. Pandur und Jessi rechneten damit, daß sich Vladeks Druck auf sie wieder verstärken würde. Aber der Magier kümmerte sich überhaupt nicht um die beiden, schien sie vergessen zu haben. In seinen verrückten Augen stand allein der Triumph des Sieges. Und sein Interesse galt einzig und allein dem Golem.

»*Ich* bin dein Meister, dein *einziger* Meister!« herrschte er ihn an. »Und jetzt gehorche mir, Golem. Führe meinen Befehl aus! Nimm die Magie von dem Cyberdeck und gib es mir zurück!«

Der Golem bewegte das Knie, als wollte er sich erheben. Gleichzeitig setzten sich seine mächtigen Arme in Bewegung. Pandur dachte schon, er würde Vladek angreifen. Aber dann zog er das Knie wieder zurück, senkte die Arme und beugte das Haupt. Er machte einen Diener. Eine Geste der Unterwerfung.

Der Golem hockte still vor dem Magier, das Haupt gebeugt, in sich versunken. Er begann rötlich zu leuchten, glühte dann von innen heraus wie eine gigantische Metallfigur, der gerade die Gußform abgenommen worden war. Ein oder zwei Minuten lang geschah nichts weiter. Schließlich erstarb das Glühen, verschwand der rote Schimmer.

Erwartungsvoll schaute der Magier den Koloß an. Pandur und Jessi starrten nicht minder gebannt auf die Szene. Die Brust des Golem wölbte sich nach außen, verformte sich, floß auseinander. Ein grauer Haarschopf erschien, ein Gesicht, ein Oberkörper. Festus trat aus dem Golem heraus, langsam, beinahe bedächtig, das Cyberdeck vor sich auf den Händen tragend. Er wirkte benommen, schien unter Trance zu stehen.

Pandur und Jessi stockte der Atem. Sie waren nicht

einmal fähig, einen Laut der Überraschung oder der Erleichterung auszustoßen.

Der Rigger hatte sich vollends vom Körper des Golems gelöst, und die entstandene Lücke schloß sich bereits wieder mit atemberaubender Geschwindigkeit. Festus nahm das Cyberdeck, legte es auf die Marmorplatte, betätigte ein paar Tasten. Pandur sah den Screen aufleuchten. Das Deck hatte das magische Feuer im Innern des Golem offenbar so unbeschädigt überstanden wie der Rigger. Es arbeitete.

Pandur wollte einen Schrei ausstoßen, den Rigger beschwören, dem Magier nicht den Chip auszuhändigen. Aber die Stimme versagte ihm den Dienst.

An seiner Stelle sprach ein anderer. Hinter dem Magier kam aus der Ecke des Raums ein leiser, zischender, zorniger Befehl. Es war die gleiche Stimme wie vorhin, die gleiche unbekannte Sprache. Dort stand wieder die Gestalt des Rabbi. Aber die Erscheinung wirkte viel blasser als vorhin, wie eine hitzeflimmernde Fata Morgana, die vor dem diffusen Licht des Raums verschwamm.

Der Golem erhob sich, tat einen Schritt, blieb wieder stehen. Seine mächtige Gestalt verdeckte den Rigger.

Der Magier wandte sich der Erscheinung des Rabbi zu. Vladek wirkte nicht sonderlich überrascht, aber ungehalten, eher abschätzig als wütend. Er schien sich seiner selbst mehr als sicher zu sein.

»Willst wohl einfach nicht begreifen, daß deine Zeit abgelaufen ist«, sagte Vladek. Er wirkte arrogant bis in die Spitzen seines sorgsam gestutzten Oberlippenbartes. Er schien die Situation zu genießen. Vielleicht machte es ihm besonderen Spaß, einen Geist zu demütigen. »Rabbi Loew, eine Legende, nichts weiter. Du magst zu deiner Zeit ein Prom unter den Underdogs gewesen sein, aber heute bist du nur noch ein albernes Gespenst. Du hast einen Zipfel der Magie in der Hand gehabt, meinetwegen. Bist durch Zufall auf eine machtvolle Zauberformel gestoßen. Hast dir einen Geist unterworfen und ihn dann an eine lächerliche Lehmfigur gebunden, um deine abergläubischen Gegner zu erschrecken. Ha! Du hättest diesen Geist ganz anders benutzen können. Du hättest der König aller Könige sein, das Mittelalter aus den Angeln heben können. Nichts hast du gewußt! War nur Religion in deinem Kopf, wie? Wolltest die Menschheit beglücken, das Böse aus der Welt verbannen. Pah! Albern. Armer alter Rabbi. Und nun zurück in dein Grab!«

Vladek war verstummt. Pandur nahm an, daß er jetzt in den Astralraum gewechselt war, um den Geist des Rabbis endgültig zu verbannen.

Der Rabbi stieß einen langen Satz hervor, der sich wie ein monotoner Singsang anhörte. Er wurde leiser und leiser, schien den Spruch aber mit letzter Kraft zu beenden.

Das gleiche blauweiße Kraftfeld umhüllte die durchsichtige Erscheinung. Plötzlich war das eine wie das andere verschwunden. Aber der Rabbi hatte jemanden mitgenommen.

Der Golem war fort. Der Koloß hatte sich buchstäblich in Luft aufgelöst.

Festus war wieder sichtbar. Er stand wie zuvor vor der Marmorplatte des Schreibtischs, die Hände am Cyberdeck, mit unbeteiligtem Gesichtsausdruck, als würde ihn das Geschehen nichts angehen. Das Verschwinden des Golems hatte keinen sichtbaren Eindruck bei ihm hinterlassen.

Als Vladek aus dem Astralraum zurückkehrte, sich umwandte und sah, daß der Golem verschwunden war, fiel die Arroganz von ihm ab. Seine Augen sprühten Blitze, sein Mienenspiel geriet für Sekunden außer Kontrolle, aber er gab keinen Laut von sich. Dann schien er sich wieder im Griff zu haben. Ohne sich sonderlich zu beeilen, trat er zu dem Rigger.

»So ka«, sagte er mit gefährlich leiser Stimme. »Ich will den Chip! Aber zeig mir erst, was drauf ist!«

Mit geradezu erschütternder Beflissenheit beugte sich Festus über das Cyberdeck und bediente die Tastatur. Der Magier gesellte sich hinzu, sah dem Rigger von der Seite her zu, starrte auf den Screen.

Pandur kämpfte mit seinem Körper, schwitzte, aber der Körper gehorchte ihm nicht. Er fühlte sich elend. Einen Moment lang glaubte er, aus dem Erdgeschoß, an der Tür, ein Geräusch zu hören. Er konnte es nicht einordnen. Wahrscheinlich hatte er sich getäuscht. Er wandte sich erneut seinem ungehorsamen Körper zu. Aber die Klammer ließ ihn nicht los, schien sogar wieder seine Zunge zu lähmen.

»Ausgezeichnet«, meinte Vladek schließlich. »Genug. Es sind die Daten, die ich haben wollte. Den Chip, wenn ich bitten darf!«

Der Rigger gab Befehle ein. Pandur sah, daß die Abdeckplatte der Konsole, die seinen Bemühungen so beharrlich Widerstand geleistet hat, aufklappte. Der Rigger langte in die Konsole und zog einen Chip hervor.

»Neeeeeiiiiiinnnn!« Der Schrei explodierte förmlich auf Pandurs Lippen.

»Tu es nicht, Festus!« rief Jessi.

Der Rigger kümmerte sich nicht um die beiden. Er reichte Vladek den Chip. Der Magier lächelte und steckte den Chip in eine Tasche seines Umhangs. »Und nun ...«

»Nicht doch, Krumpf!« kam eine schneidende Stimme von der Treppe. »Oder Vladek oder Jacobi oder wie du dich gerade nennst. Der Chip sollte in deiner Tasche nicht warm werden. Meinst du nicht auch, Zauberer?«

Vladek wirbelte herum und starrte auf die Spitze eines Pfeils auf der gespannten Sehne eines Bogens. Der Pfeil war auf seine Brust gerichtet.

»Keine Zaubertricks, Arschloch! Mein Pfeil ist schneller als jede Magie der Welt!«

Die Stimme war Pandur genauso durch Mark und Bein gefahren wie dem Magier. Er mußte den Mann nicht sehen, um zu wissen, daß es sich um den weißblonden Killerelfen handelte. Die Namen, mit denen er Vladek belegt hatte, ließen seine Gedanken Karussell fahren. Das konnte doch nicht sein! Oder etwa doch? Krumpf...

Das wäre ein gigantischer Betrug, den Vladek durchgezogen hat, aber es würde zumindest passen. Krumpf gilt als Experte für Cyberware. Vielleicht heißt der irre Magier mit dem Gesicht von Roberti in Wahrheit Krumpf. Er kann Vladek umgebracht haben. Oder er hat diesen Vladek nur als Scheinexistenz aufgebaut, um sich das Vertrauen des Klabauterbundes zu erschleichen. Aber Jacobi? Das ergibt keinen Sinn. Was soll Krumpf/Vladek/Roberti mit dem Modedesigner zu tun haben?

Andererseits hatten alle Schwierigkeiten mit dem Run bei Jacobi begonnen. Dort war Roberti aufgetaucht. Und ein unglaublich kompetenter Decker spazierte mit dem Icon eines Wendigos durch die Matrix. Vielleicht gab es doch einen Zusammenhang, auch wenn der Zweck des Ganzen undurchsichtig blieb.

Pandur hatte nur einen Wunsch: eine Waffe in die Hand zu nehmen und zu schießen. Aber er besaß keine Waffe. Er konnte sich nicht einmal bewegen.

Plötzlich bemerkte er, daß sich seine Hand nach vorn schieben ließ. Mühelos. Er spürte alle Muskeln seines Körpers. Nicht länger müde und bleischwer, sondern locker und funktionsbereit. Der Manipulationszauber des Magiers war aufgehoben. Offenbar benötigte Vladek seine ganze Konzentration, um sich auf die neue Situation einzustellen.

»Laß das, Walez!« ertönte eine andere Stimme.

Pandur ließ die Hand sinken, wandte den Kopf.

Ricul. Wie nicht anders zu erwarten. Eine Ceska im

Anschlag. Die Mündung zielte auf Pandur. Neben ihm der Killerelf mit dem Bogen, den Pfeil auf den Magier gerichtet. Dahinter die dunkelhäutige Elfin mit einem Gewehr. Sichernd.

»Wo ist sie, Walez? Wo hast du sie versteckt?« fragte Ricul und näherte sich langsam.

Pandur wußte nicht, was der Mafioso von ihm wollte. Meinte er die Daten? Glaubte er etwa, daß er eine Kopie der Daten besaß?

»Später!« herrschte der Weißblonde Ricul an, und dieser blieb stehen.

Die Mundwinkel des Magiers begannen plötzlich zu zucken. Dann kicherte er leise in sich hinein. Schließlich lachte er schrill und schien überhaupt nicht aufhören zu können. Es klang wie der nackte Irrsinn. Pandur lief eine Gänsehaut über den Rücken.

Der Magier nahm seinen Schlapphut ab, warf ihn auf den Boden, trampelte und tanzte darauf herum. Er lachte immer noch wie ein Wahnsinniger. Der Elf ließ die Pfeilspitze jeder Bewegung des Mannes folgen, witterte in dem Verhalten des Mannes jedoch keine Gefahr. Er ließ den Pfeil nicht von der Sehne schnellen. Pandur sah zum erstenmal die obere Kopfpartie des Magiers, die bisher der Hut verdeckt hatte. Krumpf/Vladek besaß auf der linken wie auf der rechten Seite der Stirn eine Cyberbuchse. Es stimmte offenbar, was behauptet wurde. Krumpf war gleichermaßen kompetent in Magie und in Cybertechnik. Mehr noch, er war ein Decker. Und er war eindeutig verrückt.

»Das Arschloch ist total durchgeknallt«, sagte Ricul.

»So ka«, meinte der weißblonde Killerelf. »Und das schon vor Jahren, als er seine Rübe für die Cyberware geöffnet hat. Hielt sich für Baron Frankenstein persönlich. Aber in Wahrheit ist er nur ein Stück Scheiße. Reif für die Kanalratten.«

»Dann jage ihm endlich deinen Pfeil in die mürbe Rübe«, sagte die dunkelhäutige Elfin. »Wir sollten sehen, daß wir wegkommen. Oder hast du Schiß, daß es ansteckend ist und du genauso durchdrehst, wenn sein Gehirn durch die Gegend spritzt? Soll ich es für dich erledigen?«

Der Magier hatte seinen Hut total zertrampelt und hörte auf herumzutanzen. Das irre Lachen erstarb. Geifer lief ihm die Mundwinkel herab. »Ich weiß, wer euch schickt!« sagte er mit sich überschlagender Stimme. »Es gibt nur einen, der in Frage kommt. Dieser große, dicke Drekhead hat mich sauber aufs Kreuz gelegt. Wir zusammen schalten die AG Chemie aus, hat er gesagt. Hahaha...« Er lachte wieder los, kreischte und stampfte mit den Füßen. »Soll ich euch sagen, wer euer Auftraggeber ist? Ja, soll ich? Es ist...«

Der weißblonde Killerelf ließ den Pfeil von der Sehne seines Kompositbogens schnellen. Die Spitze fuhr dem Magier mitten in den weit geöffneten Mund, nagelte die Zunge an den Gaumen, drang in das Gehirn ein, spießte allerlei davon auf und trat auf der Rückseite des Kopfes wieder heraus. Der Magier sackte zu Boden und rührte sich nicht mehr. So grausig der Mann mit dem Pfeil im Kopf auch aussah, er wirkte mit seiner im Grinsen erstarrten Fratze und dem halb verschluckten Pfeil zugleich wie eine halb alberne, halb makabre Figur aus einem billigen Jahrmarktspanoptikum.

»Wurde auch Zeit«, sagte die Elfin. »Das Gackern ging mir allmählich auf die Nerven.«

»Dem Chummer scheint irgendwas nicht bekommen zu sein«, meinte der weißblonde Killerelf und grinste. »Hätte mehr auf seine Gesundheit achtgeben sollen.« Er hängte sich den Bogen um und nahm statt dessen eine Predator II in die Hand. Dann wandte er sich den Runnern zu. »*Noch* haben wir keinen Grund, euch Pisser hinterherzuschicken. Besser für euch, es dabei zu belassen. So ka?«

»Klar doch«, antwortete Festus. »Hab' gerade ein erfrischendes Bad in einem Golem genommen und bin wieder topfit. Hatte vorher Hirnmaden, wißt ihr. Die sind jetzt weg. Werde doch mein neues Glück nicht aufs Spiel setzen, oder?«

»Du redest zuviel, Drekhead!« sagte der Killerelf verächtlich. »Mich interessiert nicht, ob du ein Scheißhaufen mit oder ohne Maden bist. Hauptsache, du hältst deinen Arsch aus dieser Sache raus. Möchte ich den anderen beiden Arschlöchern auch geraten haben.«

Mit einer Waffe am Leib hätte Pandur die Warnung nicht beachtet. Der Weißblonde und die Schwarze waren Natalies Mörder. Patricks Mörder. Imogens Mörder. Der Teufel mochte wissen, wie viele Chummer sie schon ins Jenseits geschickt hatten. Ein paar mochten es verdient haben, Krumpf zum Beispiel. Aber die meisten hatten nur irgendwelchen Megakons oder deren Execs im Wege gestanden. Die Killerelfen – und Ricul, der mit ihnen gemeinsame Sache machte – auf Onkel Lucifers Grill zu senden, wäre eine Wohltat für die Menschheit. Mit dem eigenen Abgang dafür zu bezahlen war vielleicht sogar eine angemessene Währung. Sich allerdings zu opfern, ohne sie mitzunehmen, wäre Dummheit. Pandur wartete auf seine Chance.

Der Weißblonde ging zu Krumpf und stieß ihn mit dem Fuß an. Dann durchsuchte er seinen Umfang, fand die Innentasche und zog den Chip hervor. Mit einem triumphierenden Grinsen hielt er ihn hoch, damit die anderen ihn sehen konnten, und steckte ihn schließlich in die eigene Brusttasche.

Einen Augenblick lang waren Ricul und die schwarze Elfin abgelenkt. Pandur schnellte aus dem Sessel, hechtete in die Deckung des Sarkophags, langte nach seiner Secura, die dort auf dem Boden lag.

Die Elfin feuerte auf ihn, aber der Schuß ging daneben. Im nächsten Moment sprang Festus aus dem Stand zur anderen Seite des Sarkophags, rollte sich ab, landete an der Wand, griff mit einer fließenden Bewegung nach seiner Combat Gun und rollte zurück. Fast zeitgleich ließ sich Jessi aus dem Sessel gleiten, zog ihre Caveat und verschanzte sich hinter dem Sessel.

Es waren zu viele Bewegungen an zu vielen Orten auf einmal gewesen. Ricul bewegte den Lauf seiner Ceska. Er zögerte einen Moment zu lange, wem er die Kugel geben sollte. Als er sich für Festus entschied, war dieser bereits ein sich schnell bewegendes Ziel. Riculs erster Schuß traf die Stelle, an der Festus kurz zuvor gestanden hatte. Der zweite Schuß traf die Wand, von der sich der Rigger bereits wieder abgestoßen hatte.

Die dunkelhäutige Elfin schoß ebenfalls auf Festus. Sie besaß ein Scharfschützengewehr, ein Walther MA 2100. Aber sie hatte keine Zeit zum Zielen. Sie schoß daneben. Dann war Festus mitsamt seiner Waffe hinter dem Marmorblock verschwunden.

Der Weißblonde mußte sich erst umdrehen. Dann schoß er auf Jessi. Das Projektil zerfetzte das Syntholeder des Sessels. Jessi blieb unverletzt.

Dann kam die Antwort der Schattenläufer. Jessi schoß zuerst. Sie hatte auf den weißblonden Killerelf angelegt, der für sie die größte Bedrohung darstellte. Aber der Elf war gewandt wie eine Katze. Er duckte sich unter dem Schuß hinweg, feuerte in Jessis Richtung und rannte zu seinen Spießgesellen an der Treppe.

Festus brauchte länger, um sich hinter dem Sarkophag wieder aufzurappeln und seine Combat Gun in Schußposition zu bringen. Dann zog er den Abzug durch, zielte auf den Weißblonden. Er hätte ihn erwischt, bevor er sich die Treppenstufen hinunterhechtete.

Aber die Combat Gun klickte nur hohl. Das Magazin hatte sich verklemmt, als der Golem die Waffe gegen die Wand schleuderte.

Pandur war innerlich ganz ruhig, als er sich hinter dem Sarkophag zu einer gebückten Haltung aufrichtete, Kopf und Arm aus der Deckung streckte und den Abzug der Secura durchdrückte. Er hatte sein Ziel klar vor Augen. Seine Hand zitterte nicht. Er war kein erstklassiger Schütze, das wußte er. Er benötigte ein Quentchen Glück…

Es wurde ihm gewährt. Er traf die dunkelhäutige Elfin mitten in der Stirn. Mit einem ungläubigem Gesichtsausdruck ließ die Elfin ihr Gewehr fallen und stürzte scheppernd und krachend die Wendeltreppe herab.

Zur Hölle mit dir! Du hast Natalie umgebracht! Du und dieser blonde Bastard…

Pandur suchte den Bogenschützen, aber der war bereits in das Treppenloch hineingetaucht.

Festus schlug gegen das verklemmte Magazin, drückte wieder den Abzug durch. Die Combat Gun spuckte Muni. Zu spät. Ricul, das letzte Ziel, zog den Kopf ein und verschwand polternd auf der Treppe. Der Rigger sprang auf und eilte den Flüchtlingen nach. Er feuerte die Treppe hinunter, aber Ricul und der Elf waren bereits im Hausflur. Festus rannte die Treppe hinunter. Bevor er den Flur ins Visier bekam, knallte eine Tür ins Schloß. Der Flur war leer. Die Killer befanden sich bereits auf der Straße.

Pandur richtete sich auf, trat vor den Sarkophag. Jessi krabbelte hinter dem Sessel hervor. Pandur ging zu ihr und half ihr auf die Beine. Die Pistolen noch in der Hand, klammerten sie sich aneinander. Mit seiner freien Hand streichelte Pandur dem Mädchen über das Haar. Dann küßte er sie auf die Stirn.

Sie hob den Kopf, sah ihn an. Er bemerkte, daß ihre Augen feucht schimmerten.

»Es war alles umsonst«, sagte sie leise. »Die Daten sind verloren.«

Pandur sagte nichts, hielt das Mädchen einfach nur fest. Seine Gedanken wirbelten durcheinander. Sie hatten versagt. Sie konnten der Welt nicht beweisen, daß die AG Chemie an Menschenexperimenten beteiligt war. Der unbekannte Gegenspieler hatte wieder einmal gewonnen. Doch zugleich war der Schleier ein kleines

Stückchen gelüftet worden. Jessi hatte unrecht. Es war nicht alles umsonst gewesen. Die Killerelfin war tot. Der irre Magier tanzte bereits den ewigen Tanz auf glühenden Kohlen. Festus schien wieder gesund zu sein.

Pandur mußte Zeit finden, um in Ruhe über alles nachzudenken. Offenbar hatte es eine Koalition zwischen dem Magier und der Grauen Eminenz gegeben. Eine Koalition, die von der Grauen Eminenz gebrochen wurde. Ricul und die Killerelfen waren von *ihm* beauftragt worden, Jagd auf die Runner zu machen, um sich die Daten der AG Chemie zu sichern. Die geheimnisvolle Graue Eminenz hatte eine Fährte hinterlassen. Pandur war beinahe froh, daß der Killerelf und Ricul noch lebten. Sie kannten einige der Antworten auf seine Fragen. Er mußte sie nur finden und zum Reden bringen.

Festus kehrte zurück. »Sie sind entwischt. Was machen wir jetzt?«

»Ganz einfach, Chummer«, sagte Pandur »Wir machen weiter.«

ADL – Abkürzung für **A**llianz **D**eutscher **L**änder, Nach-
folgestaat der Bundesrepublik Deutschland. Die ADL hat
wesentliche Hoheitsrechte an die einzelnen Mitglied-
staaten sowie an die Megakonzerne abgegeben. Weltweit
ist staatliche Macht und Autorität im Schwinden, und lose
Staatengebilde wie die ADL sind oft der letzte Versuch,
totaler Zersplitterung und staatlicher Ohnmacht einen Rie-
gel vorzuschieben. Der Erfolg ist selten ermutigend.

Arcoblocks – Spezielle Arcologien (siehe dort).

Arcologie – Abkürzung für **A**rchitectural **E**cology. Gigantische,
turmartige Bauwerke, die faktisch konzerneigene Städte
sind, da die Megakonzerne als einzige die nötigen Investitio-
nen für derartige Projekte aufbringen können. Arcologien
vereinen alle Bedürfnisse eines Megakonzerns in geballter
Konzentration, von der Produktion über die Verwaltung bis
hin zu den Wohnungen der Mitarbeiter, Vergnügungsstät-
ten, Parks, Freizeitanlagen etc. Arcologien findet man als
Trabantenstädte in Ballungszentren, aber auch als komplette
Stadtneugründungen. Eine der bekanntesten deutschen Arcologien ist die Saeder-Krupp-Arcologie in Essen-Bredeney,
in der bereits 60 000 Menschen leben, obwohl sie erst zur
Hälfte fertiggestellt ist. Sie wird allerdings auch nach der
Fertigstellung nicht ausreichen, allen Fertigungsaktivisten
und allen Mitarbeitern Raum zu geben, so daß rund um die
Arcologie weitere Trabanten des Konzerns entstanden sind.
Weitere Arcologien wurden als Neugründungen der unter-
gegangenen deutschen Städte Emden, Bremerhaven, Cuxhaven, Wilhelmshaven sowie der Insel Helgoland in Form
von 1700 Meter hohen Arcoblocks errichtet, die sich ebenfalls in der Hand von Megakonzernen befinden.

BTL-Chips – Abkürzung für ›Better Than Life‹ – besser als die Wirklichkeit. Spezielle Form der SimSinn-Chips, die dem User (Benutzer) einen extrem hohen Grad an Erlebnisdichte und Realität direkt ins Gehirn vermitteln. BTL-Chips sind hochgradig suchterzeugend und haben chemische Drogen weitgehend verdrängt.

Chiphead, Chippie, Chipper – Umgangssprachliche Bezeichnung für einen BTL-Chip-Süchtigen.

chippen – umgangssprachlich für: einen (BTL-)Chip reinschieben, auf BTL-Trip sein usw.

Chummer – Umgangssprachlich für Kumpel, Partner, Alter usw.

Cyberdeck – Tragbares Computerterminal, das wenig größer ist als eine Tastatur, aber in Rechengeschwindigkeit, Datenverarbeitung jeder Ansammlung von Großrechnern des 20. Jahrhunderts überlegen ist. Ein Cyberdeck hat darüber hinaus ein SimSinn-Interface, das dem User das Erlebnis der Matrix in voller sinnlicher Pracht ermöglicht. Das derzeitige Spitzenmodell, das *Fairlight Excalibur*, kostet 990 000 Nuyen, während das Billigmodell *Radio Shack PCD-100* schon für 6200 Nuyen zu haben ist. Die Leistungsunterschiede entsprechen durchaus dem Preisunterschied.

Credstick – Siehe Kredstab.

Cyberware – Im Jahr 2050 kann man einen Menschen im Prinzip komplett neu bauen, und da die cybernetischen Ersatzteile die ›Leistung‹ eines Menschen zum Teil beträchtlich erhöhen, machen sehr viele Menschen, insbesondere die Straßensamurai, Gebrauch davon. Andererseits hat die Cyberware ihren Preis, und das nicht nur in Nuyen: Der künstliche Bio-Ersatz zehrt an der Essenz des Menschlichen. Zuviel Cyberware kann zu Verzweiflung, Melancholie, Depression und Tod führen.

Grundsätzlich gibt es zwei verschiedene Arten von Cyberware, die **Headware** und die **Bodyware.**

Beispiele für Headware sind **Chipbuchsen,** die eine unerläßliche Voraussetzung für die Nutzung von **Talentsofts** (und auch BTL-Chips) sind. **Talentsofts** sind Chips, die dem User die Nutzung der auf den Chips enthaltenen Programme ermöglichen, als wären die Fähigkeiten seine eigenen. Ein Beispiel für ein gebräuchliches Talentsoft ist ein Sprachchip, der dem User die Fähigkeit verleiht, eine Fremdsprache so zu benutzen, als sei sie seine Muttersprache.

Eine **Datenbuchse** ist eine universellere Form der Chipbuchse und ermöglicht nicht nur Input, sondern auch Output. Ohne implantierte Datenbuchse ist der Zugang zur Matrix unmöglich.

Zur gebräuchlichsten Headware zählen die **Cyberaugen.** Die äußere Erscheinung der Implantate kann so ausgelegt werden, daß sie rein optisch nicht von biologischen Augen zu unterscheiden sind. Möglich sind aber auch absonderliche Effekte durch Gold- oder Neon-Iris. Cyberaugen können mit allen möglichen Extras wie Kamera, Lichtverstärker und Infrarotsicht ausgestattet werden.

Bodyware ist der Sammelbegriff für alle körperlichen Verbesserungen. Ein Beispiel für Bodyware ist die **Dermalpanzerung,** Panzerplatten aus Hartplastik und Metallfasern, die chemisch mit der Haut verbunden werden. Die **Smartgunverbindung** ist eine Feedback-Schaltschleife, die nötig ist, um vollen Nutzen aus einer Smartgun zu ziehen. Die zur Zielerfassung gehörenden Informationen werden auf die Netzhaut des Trägers oder in ein Cyberauge eingeblendet. Im Blickfeldzentrum erscheint ein blitzendes Fadenkreuz, das stabil wird, sobald das System die Hand des Trägers so ausgerichtet hat, daß die Waffe auf diesen Punkt zielt. Ein typisches System dieser Art verwendet ein subdermales **Induktionspolster** in der Handfläche des Trägers, um die Verbindung mit der Smartgun herzustellen.

Jeder Straßensamurai, der etwas auf sich hält, ist mit **Nagelmessern** und/oder **Spornen** ausgerüstet, Klingen, die im Hand- oder Fingerknochen verankert werden und in der Regel einziehbar sind.

Die sogenannten Reflexbooster sind Nervenverstärker und

Adrenalin-Stimulatoren, die die Reaktion ihres Trägers beträchtlich beschleunigen.

decken – Das Eindringen in die Matrix vermittels eines Cyberdecks.

Decker – Im Grunde jeder User eines Cyberdecks.

DocWagon – Das DocWagon-Unternehmen ist eine private Lebensrettungsgesellschaft, eine Art Kombination von Krankenversicherung und ärztlichem Notfalldienst, die nach Anruf in kürzester Zeit ein Rettungsteam am Tat- oder Unfallort hat und den Anrufer behandelt. Will man die Dienste des Unternehmens in Anspruch nehmen, benötigt man eine Mitgliedskarte, die es in drei Ausführungen gibt: Normal, Gold und Platin. Je besser die Karte, desto umfangreicher die Leistungen (von ärztlicher Notversorgung bis zu vollständigem Organersatz). Das DocWagon-Unternehmen hat sich den Slogan eines im 20. Jahrhundert relativ bekannten Kreditkartenunternehmens zu eigen gemacht, an dem, wie jeder Shadowrunner weiß, tatsächlich etwas dran ist: Never leave home without it.

Drek, Drekhead – Gebräuchlicher Fluch; abfällige Bezeichnung, jemand, der nur Dreck im Kopf hat.

EC (auch **Ecu**) – Die europäische Standardwährung mit fester Parität zur Weltstandardwährung Nuyen und deshalb eigentlich der Nuyen in europäischer Ausgabe.

ECM – Abkürzung für ›Electronic Countermeasures‹; elektronische Abwehrsysteme in Flugzeugen, Panzern usw.

einstöpseln – Bezeichnet ähnlich wie **einklinken** den Vorgang, wenn über Datenbuchse ein Interface hergestellt wird, eine direkte Verbindung zwischen menschlichem Gehirn und elektronischem System. Das Einstöpseln ist die notwendige Voraussetzung für das Decken.

Exec – Hochrangiger Konzernmanager mit weitreichenden Kompetenzen.

Fee – Abwertende, beleidigende Bezeichnung für einen Elf. (Die Beleidigung besteht darin, daß im Amerikanischen mit ›Fee‹ auch Homosexuelle, insbesondere Transvestiten bezeichnet werden).

geeken – Umgangssprachlich für ›töten‹, ›umbringen‹.

Goblinisierung – Gebräuchlicher Ausdruck für die sogenannte Ungeklärte Genetische Expression (UGE). UGE ist eine Bezeichnung für das zu Beginn des 21. Jahrhunderts erstmals aufgetretene Phänomen der Verwandlung ›normaler‹ Menschen in Metamenschen.

Hauer – Abwertende Bezeichnung für Trolle und Orks, die auf ihre vergrößerten Eckzähne anspielt.

IC (auch **ICE** oder **Ice**) – Abkürzung für Intrusion Countermeasure, Intrusion Countermeasure Equipment, im Deckerslang auch ›Ice‹ (Eis) genannt. Grundsätzlich sind **ICE** Schutzmaßnahmen gegen unbefugtes Decken. Man unterscheidet drei Klassen von Eis: **Weißes Eis** leistet lediglich passiven Widerstand mit dem Ziel, einem Decker das Eindringen so schwer wie möglich zu machen. **Graues Eis** greift Eindringlinge aktiv an oder spürt ihren Eintrittspunkt in die Matrix auf. **Schwarzes Eis** (auch Killer-Eis genannt) versucht, den eingedrungenen Decker zu töten, indem es ihm das Gehirn ausbrennt.

Jackhead – Umgangssprachliche Bezeichnung für alle Personen mit Buchsenimplantaten. Darunter fallen zum Beispiel Decker und Rigger.

Knoten – Konstruktionselemente der Matrix, die aus Milliarden von Knoten besteht, die untereinander durch Datenleitungen verbunden sind. Sämtliche Vorgänge in der Matrix finden in den Knoten statt. Knoten sind zum Beispiel: I/O-Ports, Datenspeicher, Subprozessoren und **Sklavenknoten,** die irgendeinen physikalischen Vorgang oder ein entsprechendes Gerät kontrollieren.

Konzil von Marienbad – Der ADL und der Tschechischen Republik assoziiertes Gebilde aus oft bizarren und chaotischen Kleinstaaten zwischen Bayrischem Wald, Erzgebirge und Böhmerwald. Hier leben wie im Trollkönigreich Schwarzwald sowie im Herzogtum Pomorya besonders viele Metamenschen.

Kredstab (auch **Credstick**) – Elektronisches Zahlungsmittel, das an die Stelle von Kreditkarten und Schecks getreten ist und Papiergeld bzw. Münzen stark zurückgedrängt hat. Kredstäbe können mit Computern gelesen werden und ermöglichen direktes Abbuchen bzw. Gutschreiben von Beträgen. Der in den Kredstäben implantierte Chip ist mit ID-Daten gekoppelt, und die Benutzung erfolgt in der Regel zusammen mit dem ID-Nachweis durch ID-Chip. Aus diesem Grund sind Fälschungen äußerst schwierig. Im Wirtschaftsleben – und als Bezahlung für Schattenläufer – sind auch (oft mehrfach) beglaubigte Kredstäbe im Umlauf, die ohne ID-Chip verwendet werden können. Zur Sicherheit des rechtmäßigen Besitzers wird lediglich dessen Daumenabdruck gespeichert und bei Zahlungen verlangt. Die finanzielle Transaktion betrifft in diesem Fall nur die beteiligten Konten, was die nachträgliche Identifikation des Besitzers eines solchen beglaubigten Kredstabs erschwert bzw. unmöglich macht.

Matrix (auch **Gitter** oder **Netz**) – Die Matrix ist ein Netz aus Computersystemen, die durch das globale Telekommunikationsnetz miteinander verbunden sind. Sobald ein Computer mit irgendeinem Teil des Gitters verbunden ist, kann man von jedem anderen Teil des Gitters aus dorthin gelangen.

In der Welt des Jahres 2050 ist der direkte physische Zugang zur Matrix möglich, und zwar vermittels eines ›Matrix-Metaphorischen Cybernetischen Interface‹, kurz Cyberdeck genannt. Die sogenannte **Matrix-Metaphorik** ist das optische Erscheinungsbild der Matrix, wie sie sich dem Betrachter (User) von innen darbietet. Diese Matrix-Metaphorik ist erstaunlicherweise für alle Matrixbesucher gleich, ein Phänomen, das mit dem Begriff **Konsensuelle Halluzination** bezeichnet wird.

Die Matrix ist, kurz gesagt, eine informationselektronische Analogwelt.

In Deutschland ist die Matrix das Telekomnetz, bestehend aus der Verbindung von Vidphon, Telefon, Faxdienst, Kabeltrideo, Kabel-SimSinn sowie der Datenvernetzung der Computer.

Messerklaue – Umgangssprachliche Bezeichnung für einen Straßensamurai.

Metamenschen – Sammelbezeichnung für alle ›Opfer‹ der UGE. Die Gruppe der Metamenschen zerfällt in vier Untergruppen:

a) **Elfen:** Bei einer Durchschnittsgröße von 190 cm und einem durchschnittlichen Gewicht von 68 kg wirken Elfen extrem schlank. Die Hautfarbe ist blaßrosa bis weiß oder ebenholzfarben. Die Augen sind mandelförmig, und die Ohren enden in einer deutlichen Spitze. Elfen sind Nachtwesen, die nicht nur im Dunkeln wesentlich besser sehen können als normale Menschen. Ihre Lebenserwartung ist unbekannt.

b) **Orks:** Orks sind im Mittel 190 cm groß, 73 kg schwer und äußerst robust gebaut. Die Hautfarbe variiert zwischen Rosa und Schwarz. Die Körperbehaarung ist in der Regel stark entwickelt. Die Ohren weisen deutliche Spitzen auf, die unteren Eckzähne sind stark vergrößert. Das Sehvermögen der Orks ist auch bei schwachem Licht sehr gut. Die durchschnittliche Lebenserwartung liegt zwischen 35 und 40 Jahren.

c) **Trolle:** Typische Trolle sind 280 cm groß und wiegen 120 kg. Die Hautfarbe variiert zwischen Rötlichweiß und Mahagonibraun. Die Arme sind proportional länger als beim normalen Menschen. Trolle haben einen massigen Körperbau und zeigen gelegentlich eine dermale Knochenbildung, die sich in Stacheln und rauher Oberflächenbeschaffenheit äußert. Die Ohren weisen deutliche Spitzen auf. Der schräg gebaute Schädel hat 34 Zähne mit vergrößerten unteren Eckzähnen. Trollaugen sind für den Infrarotbereich empfindlich und können daher nachts unbeschränkt aktiv sein. Die durchschnittliche Lebenserwartung der Trolle beträgt etwa 50 Jahre.

d) **Zwerge:** Der durchschnittliche Zwerg ist 120 cm groß und wiegt 72 kg. Seine Hautfarbe ist normalerweise Rötlichweiß oder Hellbraun, seltener Dunkelbraun. Zwerge haben unproportional kurze Beine. Der Rumpf ist gedrungen und breitschultrig. Die Behaarung ist ausgeprägt, bei männlichen Zwergen ist auch die Gesichtsbehaarung üppig. Die Augen sind für infrarotes Licht empfindlich. Zwerge zeigen eine erhöhte Resistenz gegenüber Krankheitserregern. Ihre Lebensspanne ist nicht bekannt, aber Vorhersagen belaufen sich auf über 100 Jahre.

Darüber hinaus sind auch Verwandlungen von Menschen oder Metamenschen in Paraspezies wie **Sasquatchs** bekannt.

Metroplex – Ein Großstadtkomplex, auch **Megaplex** oder **Sprawl.**

Norddeutscher Bund – Mitgliedstaat der ADL, entstanden aus den flutgeschädigten Resten der ehemaligen Länder Schleswig-Holstein, Niedersachsen und Mecklenburg-Vorpommern.

Norm – Umgangssprachliche, insbesondere bei Metamenschen gebräuchliche Bezeichnung für ›normale‹ Menschen.

Nuyen – Weltstandardwährung (New Yen, Neue Yen).

Paraspezies – Paraspezies sind ›erwachte‹ Wesen mit angeborenen magischen Fähigkeiten, und es gibt eine Vielzahl verschiedener Varianten, darunter auch folgende:

a) **Barghest:** Die hundeähnliche Kreatur hat eine Schulterhöhe von knapp einem Meter bei einem Gewicht von etwa 80 kg. Ihr Heulen ruft beim Menschen und vielen anderen Tieren eine Angstreaktion hervor, die das Opfer lähmt.

b) **Sasquatch:** Der Sasquatch erreicht eine Größe von knapp drei Metern und wiegt etwa 110 kg. Er geht aufrecht und kann praktisch alle Laute imitieren. Man vermutet, daß Sasquatche aktive Magier sind. Der Sasquatch wurde 2041 trotz des Fehlens einer materiellen Kultur und der Unfähigkeit der Wissenschaftler, seine Sprache zu entschlüsseln, von den Vereinten Nationen als intelligentes Lebewesen anerkannt.

c) **Schreckhahn:** Er ist eine vogelähnliche Kreatur von vorwiegend gelber Farbe. Kopf und Rumpf des Schreckhahns messen zusammen 2 Meter. Der Schwanz ist 120 cm lang. Der Kopf hat einen hellroten Kamm und einen scharfen

Schnabel. Der ausgewachsene Schreckhahn verfügt über die Fähigkeit, Opfer mit einer Schwanzberührung zu lähmen.

d) **Dracoformen:** Im wesentlichen wird zwischen drei Spezies unterschieden, die alle magisch aktiv sind: Gefiederte Schlange, Östlicher Drache und Westlicher Drache. Zusätzlich gibt es noch die Großen Drachen, die einfach extrem große Vertreter ihres Typs (oft bis zu 50 % größer) sind.

Die Gefiederten Schlangen sind von Kopf bis Schwanz in der Regel 20 m lang, haben eine Flügelspannweite von 15 m und wiegen etwa 6 Tonnen. Das Gebiß weist 60 Zähne auf.

Kopf und Rumpf des Östlichen Drachen messen 15 m, wozu weitere 15 m Schwanz kommen. Die Schulterhöhe beträgt 2 m, das Gewicht 7,5 Tonnen. Der Östliche Drache hat keine Flügel. Sein Gebiß weist 40 Zähne auf.

Kopf und Rumpf des Westlichen Drachen sind 20 m lang, wozu 17 m Schwanz kommen. Die Schulterhöhe beträgt 3 m, die Flügelspannweite 30 m und das Gewicht etwa 20 Tonnen. Sein Gebiß weist 40 Zähne auf.

Zu den bekannten Großen Drachen zählt auch der Westliche Drache *Lofwyr*, der mit Gold aus seinem Hort einen maßgeblichen Anteil an Saeder-Krupp Heavy Industries erwarb. Das war aber nur der Auftakt zu einer ganzen Reihe von Anteilskäufen, so daß seine diversen Aktienpakete inzwischen eine beträchtliche Wirtschaftsmacht verkörpern. Der volle Umfang seines Finanzimperiums ist jedoch unbekannt.

Persona-Icon – Das Persona-Icon ist die Matrix-Metaphorik für das Persona-Programm, ohne das der Zugang zur Matrix nicht möglich ist.

Pinkel – Umgangssprachliche Bezeichnung für einen Normalbürger.

Rigger – Person, die Riggerkontrollen bedienen kann. Riggerkontrollen ermöglichen ein Interface von Mensch und Maschine, wobei es sich bei den Maschinen um Fahr- oder Flugzeuge handelt. Der Rigger steuert das Gefährt nicht mehr manuell, sondern gedanklich durch eine direkte Verbindung seines Gehirns mit dem Bordcomputer.

Sararimann – Japanische Verballhornung des englischen ›Salaryman‹ (Lohnsklave). Ein Konzernangestellter.

Schmidt (auch **Herr Schmidt** oder **Frau Schmidt**) – Die gängige Bezeichnung für einen beliebigen anonymen Auftraggeber oder Konzernagenten. In anderen Ländern gelten adäquate Bezeichnungen (etwa **Mr. Johnson** in den UCAS).

SimSinn – Abkürzung für **Si**mulierte **Sinn**esempfindungen, d. h. über Chipbuchsen direkt ins Gehirn gespielte Sendungen. Elektronische Halluzinogene. Eine Sonderform des SimSinns sind die BTL-Chips.

SIN – Abkürzung für **S**ystem**i**dentifikations**n**ummer, die jedem Angehörigen der Gesellschaft zugewiesen wird.

So ka – Japanisch für: Ich verstehe, aha, interessant, alles klar.

Soykaf – Kaffeesurrogat aus Sojabohnen.

Sprawl – Wuchernder Großstadtkomplex, auch **Megaplex** genannt.

Straßensamurai – So bezeichnen sich die Muskelhelden der Straßen selbst gerne.

Trid(eo) – Dreidimensionaler Video-Nachfolger.

Trog, Troggy – Beleidigende Bezeichnung für einen Ork oder Troll.

Verchippt, verdrahtet – Mit Cyberware ausgestattet, durch Cyberware verstärkt, hochgerüstet.

UCAS – Abkürzung für ›United Canadian & American States‹; die Reste der ehemaligen USA und Kanadas.

Wetware – In zynischer Ergänzung zu Hardware und Software die Bezeichnung für biologische Organismen, z. B. Menschen.

Wetwork – Mord auf Bestellung.

Yakuza – Japanische Mafia.

Top Hits der Science Fiction

Man kann nicht alles lesen – deshalb ein paar heiße Tips

Ursula K. Le Guin
Die Geißel des Himmels
06/3373

John Brunner
Die Opfer der Nova
06/4341

Poul Anderson
Korridore der Zeit
06/3115

Harry Harrison
New York 1999
06/4351

Wolfgang Jeschke
Der letzte Tag der Schöpfung
06/4200

Wilhelm Heyne Verlag
München